著

冷场大师

漠之雪

之

轩辕剑

[上]

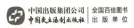

中国出版集团公司 ｜ 全国百佳图书

中国民主法制出版社 ｜ 出版单位

图书在版编目（CIP）数据

轩辕剑之汉之云/冷场大师著. —北京：中国民
主法制出版社，2017.9
ISBN 978-7-5162-1570-8

Ⅰ.①轩… Ⅱ.①冷… Ⅲ.①长篇小说－中国－当代
Ⅳ.①I247.5

中国版本图书馆 CIP 数据核字（2017）第 180087 号

图书出品人：刘海涛
责 任 编 辑：翟琰萍
策 划 编 辑：文　沛　杨荣刚

书 名／轩辕剑之汉之云
作 者／冷场大师　著

出 版·发 行／中国民主法制出版社
地 址／北京市丰台区玉林里 7 号（100069）
电 话／010-63055259（总编室）　010-63057714（发行部）
传 真／010-63055259
http：//www.npcpub.com
E-mail：mzfz@npcpub.com
经 销／新华书店
开 本／16开　710 毫米×1000毫米
印 张／32.5　**字数**／420 千字
版 本／2017年9月第1版　2017年9月第1次印刷
印 刷／唐山新苑印务有限公司

书 号／ISBN 978-7-5162-1570-8
定 价／59.80元（全二册）

目录 〔上〕

目 录

【下】

第一章
飞羽十杰

蜀汉境内，木流渊，望风亭。

"三年了，三年以来我的武道修为虽在稳步提升，可是对于剑道，我却仍旧找不到任何突破的办法……"

皇甫朝云如雕塑一般端坐于石台之上，眼睛紧闭，面容肃穆，双手平放大腿两侧，仿佛已有千年不曾变动过身形。他的枣红色披风上面，已经布起了一层细细的灰尘。

事实上，他已枯坐在这里近三日。

"还是不能凝聚剑气！"叹了口气，看着自己腹部丹田所在的位置，皇甫朝云眼眸中尽是失落。

自修剑道以来，他在短短两年内便到了剑道第三境，是蜀汉最年轻的第三境强者，被无数人奉作剑道天才。

可是三年之前，体内一道不明来历的金色剑气凭空出现。

直接毁掉了他天才的名头，他的剑道修为从此不进反退，很快便从第三境退回到了第一境。

……

魏蜀边界，幽山，汉军大阵中。

多闻使君黑色面具蒙面，端坐于大帐正中主位之上，凝眉沉思道："如何？"

明明他的面前没有任何人，可就在话音刚落的时候，一角黑袍忽然出现。浓厚的杀气凭空滚滚而来，空气凝固，一名仿佛浸润在黑色之中的剑客，从空中一步踏出。

"那柄剑，仍旧不曾出鞘。"

没有任何多余的动作，黑衣人撩起衣摆，单膝跪地，微微低头，抱拳沉声道。

多闻使平整的眉头轻轻皱了起来，手指不由自主嗒嗒地敲击着桌面。

半晌，他才舒展开眉头，缓声问道："可曾发现什么？"

黑衣人沉默片刻，声音如铁道："与之前一样，他的周身虽有剑气缭绕，可进入体内之后，却没能产生任何反应……天才之名，我看是白帝城那些无知百姓不曾见过世面，因此而凭空捏造的罢了。"

多闻使眉头皱了又舒，他自然听得出黑衣人语气中的不屑，然而……真有那么简单吗？

片刻后，他沉思道："即便白帝城中百姓妄言乱传盛名，可当年南方仙门那位，又怎会看走眼？"

听到仙门二字，黑衣人身体一颤，猛然抬起头来，眼神里充满了敬畏，"您是说，皇甫朝云他……"

多闻使点了点头，脸上表情变得严肃起来："飞羽十杰，乃是由我蜀汉最有武道天赋的十人组成，皇甫朝云能在飞羽十杰中排名第一，取号焉逢，又怎是一个普通人可以做到的？即便朝云的剑道修为不见增长，可以他的武道修为而论，他也算得上是天才之流……若是日后他的剑道修为能够与武道并举，未来之成就，恐怕未必会低于当年的子龙将军。"

"这……"

黑衣人顿时怔住了，眼眸之中充满震惊之色，他没有想到多闻使君竟然会给予那个武道修为三年不见明显增长、剑道修为更是没有半分提升的年轻人如此之高的评价……

在随侍的近十年时间里，他算是第一次听见多闻使君如此夸赞一个人……而且是一个年轻人。

子龙将军是谁？

可以说，整个蜀汉，乃至整个天下能与赵子龙将军相提并论者，屈指可数，而这些人，无一不是名动天下的绝世强者……

但是使君的话又岂会是虚言？黑衣人比谁都清楚，眼前这位不露真容，气质却偏偏出尘宛如谪仙一般的老人，他的占卜之术与星算之术，即便是与丞相相比，恐也不会差上多少。

多闻使君看准的人，若无意外，必然都会达到不凡的高度。

因此过了半晌，黑衣人依然没有完全缓过劲来，脑海中不停地响着一个声音，望风亭上那个少年，当真有那样强大的天赋吗？可是现在，究竟是什么原因，让他连一丝的剑道天赋也难以展现出来？

"传我使令。"

多闻使抬手一挥，便从将台上拿起一份早已写好的绢帛，缓步来到黑衣人面前，稍稍俯身，伸手搀住黑衣人的胳膊，将他扶了起来，神情严肃道："你将此卷交到朝云手上，让他务必按绢帛上所书行事，万不可违殆。"

"这是……"黑衣人接过绢帛，觉得此事甚是匪夷所思，面上隐隐升起一抹震惊之色。

"使君……"

"丞相将这木流渊交到我手上，自当由我来安排。"

"可……这般选择，您真的放心吗？"

"老夫……自有计较。"

多闻使身子横站，一只手微握放于胸前，一只手负于背后，虽然蒙着面，但整个人给人的感觉如飘飘临世的仙人，让人不知不觉间，便能对他产生一种自然而然的信任。

"属下……遵命！"

黑衣人思量片刻，终究埋首应下，同时，脸上也浮现出一抹轻松的神色。

作为多闻使君最为器重的护卫，黑衣人自然清楚，一旦对方表露出这般模样，便说明他已有了十足把握。

让皇甫朝云镇守木流渊最后一个关卡，看来是多闻使君心中早已定下的计策。

既然如此，他也没有必要再去考虑太多。

黑衣人恭敬地站了起来，转身之时，他的身体便已随着他的动作从大帐之中翩然而去。

风拂过。

檀香点红。

大帐中，仿佛什么都没有发生过一样，只剩一缕轻烟缭绕。

蜀，益州大旱八个月！浩浩千里农田，举目望去，颗粒无收。

太祖皇帝感念天下苍生不易，不顾群臣劝阻，于九月十二日午时踏上祭天台，头顶炎阳，举剑问苍天：何以才能降下甘露，普度黎民？

轰隆隆！

太祖话毕，晴朗的天空之上突然间雷电交加，响起阵阵轰鸣，大片大片的乌云如铅山一般横压而来，将整个蜀汉笼入黑暗之中。

雨，终究没来。

三日之后，蜀汉三年九月十五日夜，太祖陛下屏退众人，于白帝城独自仗剑外出，再也没有回来，终崩于祭天台，死因不明。太祖当时虽气息已绝，却仍以剑支撑于胸口，不曾倒下。

太祖皇帝驾崩，加上蜀汉举国大旱，宫中流言四起：天下必将大乱。

谁又可曾想到，在太祖皇帝驾崩的当晚，一场阔别了八个月的大雨便凭空而降。

飞羽十杰，正是在这场瓢泼大雨中，飞奔至幽山驻扎下来的。

飞羽十杰甫一至此，便以雷霆万钧之势，一夜之间稳住了因太祖驾崩而引起的朝野动荡。

…………

木流渊，望风亭。

皇甫朝云周身已被无数圈白色剑气完全包裹了起来，剑气呼啸着围绕着他的周身不停飞窜。

这些剑气看似兴奋，可却又不像是面对其他剑者那般，试图寻找空隙钻入到他的身体里面，而是想要挣脱，可不论如何也挣脱不开一样，仿佛在害怕什么。

一缕清风吹来。

那些上下翻飞的剑气不堪重负，倏然而散，激发出点点光亮。在这一瞬间，皇甫朝云也猛地睁开双眼，眸子中顿时倾射出两道如星辰一般璀璨的光芒，瞭望向很远的地方。

皇甫朝云缓缓站起身来，一把抓住那柄一身黑色的方天画戟，发泄怒气般使出全力挥舞起来，空气中立时响起一片呼呼的风声。

良久，皇甫朝云放下方天画戟，叹了口气道："这……毕竟是以剑为尊的世界啊。可为何我的剑气却偏偏是金色——如此一种从未见载于任何古籍中的色彩？甚至连我的剑胎，也与他人所描述的大不一样？"

剑气等级从低到高分别为白、红、橙、黄、绿、蓝、靛、紫八种，这八种色彩不同的剑气均分散于空气之中，一些剑道天才刚一涉足剑道，便能获得红、橙以上的剑气傍身，但更多剑道修行者，依然还是从吸收白色剑气开始，循序渐进，随着境界提升才能吸收更为高贵的剑气。

而皇甫朝云，此时却连白色剑气也难以吸收进去——不，准确地说，应当是白色剑气才一吸收进去，便被他体内突然散发出的金色剑气直接吸收了，连一丝一缕都没有留下。

这也是到如今他的剑道修为依然没有半点提升的原因所在。

"存在就有道理，金色剑气阻挡了你吸收白色剑气，可谁又能够预料，它是否会在以后某一时段，给你带来无穷好处呢？"

一个苍老而厚重的嗓音突然出现在半空之中，闻言，皇甫朝云身子一动，惊喜地看向某个地方。

"您醒了？"只是简单的一句话，却已能看出此时皇甫朝云心中的喜悦，他的眼睛甚至因此而变得明亮了许多。

"我已醒来多时了，只是看你在修炼，不忍心打扰。"那个苍老的声音温和说道，"而且……"

不待那个声音说完，另外一个山头上，忽然有一个黑影快速跳跃而来，很快他的身形就来到望风亭前，随手将绢帛一扔，化作一道幻影飞速离开了，就在同时，声音从远处传递而来：

"飞羽第一将焉逢听令，北方曹魏三十万大军进犯我蜀汉，多闻使大人令你守住木流渊关口，死守望风亭。亭在人在，亭失提头来见。焉逢将军，请接令！"

"焉逢接令！"皇甫朝云抱拳。

绢帛稳稳落在石桌之上。

拾起绢帛，看着使君书于其上的文字，皇甫朝云双眸缓缓眯了起来，与此同时，眉宇间更是少有地浮现出一丝疑惑。

"我蜀汉大旱数月，北方曹魏的豺狼之师，没有任何动静，偏偏在先帝驾崩之后，突然兴兵来犯。莫非先帝之死，和曹魏有关？"

皇甫朝云，大名鼎鼎的飞羽十杰之首，可谁会想到如此盛名在外的飞羽第一将，竟然只是一个二十出头的少年。

他穿着蜀汉军队先锋的盔甲，披着一袭枣红色长袍，坐在护山大阵唯一的一个通道口处，看着前方无尽的雨幕，一人便是千军万马。

"我知道你的怀疑，但太祖的死，未必就是魏国所为，你可能不知道铜雀台里那几位的本事，至少那位紫衣尊者，便有不亚于我的卜卦能力。先帝之死，兴许真的只是天意……"皇甫朝云空荡荡的身前，那个苍老的声音再次出现。

"您是说……铜雀紫衣尊者的实力已经达到了……"皇甫朝云的语音依然透着淡淡的平静，可身前那人却听得出这话里隐藏着的一丝震惊。

这震惊，仅是一丝，便也足够了。毕竟能让第一将皇甫朝云震惊之人，除了多年前刚刚出现的白衣徐暮云，哪怕神算睿智如丞相，也不曾让皇甫朝云的情绪有如此波澜。

"蜀汉自二月起大旱八个月，先帝又在前些时日驾崩，国不可一日无君，朝廷内不知道多少狼子野心。如今曹魏大军来犯，我蜀汉正是内外交困的时节。朝云，你应竭尽全力守住望风亭，即便最后守不住，对丞相也有一个交代……否则丞相在朝中的日子，就将更加难了。"依旧是那苍老的声音。

他继续说道："你这次的任务，与过去的任何一次都不一样，我蜀汉和曹魏已对峙多年，谁也奈何不了谁，就算蜀汉大旱八个月，它也不敢轻举妄动。但为何曹魏如今敢举全国之兵来犯？"

"莫非，铜雀台的那六位全都出动了？"皇甫朝云不停摩挲着手里比人还高的黑色长戟，眼睛里流露出一丝疑惑。

这柄黑色长戟有一个名字，叫作"方天画戟"。

"岂止铜雀台的六位尊者出动了，恐怕连他们背后的仙门，也一起参与了。"苍老的声音里净是无奈。

"仙门竟然参与到俗世的争斗中来，就不怕天罚吗？"皇甫朝云心里已经泛起惊涛骇浪，如果真如老者所言，天下就再难太平了，他深深地知道这些仙门的通天本事。

"一切，源于先帝之死。通理之人都明白，先帝死的蹊跷，有人将之理解为天意了。既然是天意，仙门作为上界豢养的家犬，自然是要顺应天意，奉命行事，还担心什么天罚？"

"总有一天我会带着您杀回去。"皇甫朝云望了一眼大雨倾盆的天，将手里的方天画戟握得更紧了。

"先不用想这些了，安心守护阵法通道，这是你现在唯一能做的事情。"那道苍老声音的主人似乎看出了皇甫朝云眼眸中黯淡的神色，忍不住出声安慰。

"对于阵法通道，丞相是不是太小心了一些？在阵法通道之外，还设有无数机关和关卡，想要从幽山闯到木流渊，恐怕非第三境强者不能做到吧？"皇甫朝云有些不理解。

"可第三境强者哪里那么容易找？我如今，武道境界也只是第二境罢了。"说到这里，皇甫朝云忍不住叹了口气。

在天下人的认同中，除剑道之外，武道一共分为十个境界，每个境界又分为临境和正境。

第一境也称紫门境，体内紫门虚影成形，当紫门打开时，天地灵气会疯狂涌入。

所谓临境，便是踏入正境前的一个过渡阶段。

三年前，皇甫朝云未满十八岁就已经成为第二境的强者了，在同龄人当中，可谓天才。可三年过去了，皇甫朝云依然滞留在第二境，天才的名头早已破灭。

但相比之下，魏国铜雀台的那六位个个都是武道第二境以上的强者，甚至连剑道也达到了与武道同样的高度。而那个穿着一袭白衣的家伙，更是无论声名还是实力，如今都要超过他不少。

"丁零零……"风未动，一阵铃铛声突然响起。

原来是望风亭亭檐边上悬挂的风铃叮叮当当碰撞在了一起，声音异常清脆。

"这是……第五个铃铛？！"李焉逢转头，猛然看到这一幕，大惊失色。

第二章
我要杀您，您准备好了吗？

这些铃铛是当初多闻使君接丞相令，命尚章和祝犁联手所布的，从左往右起每个铃铛都代表着亭子之外的每一道关卡，铃铛一共十个，也就是说在望风亭之外设有十重阻碍。

多闻使君曾交代，铃铛每响起一个，则代表着关卡被破开一处，让他务必留心。

但是现在，前面五个铃铛却同时响了起来，这不就是说明，前面的五个关卡已经被人同时破开了吗？

"到底是谁这么厉害？难道真的是铜雀六尊者一起出动了吗？"皇甫朝云喃喃自语，神情变得凝重起来。

……

第六道关卡阵前。

一座看起来有些破旧的茅屋突兀地矗立在空地中央，屋前一位耄耋老者合衣而坐，仿佛是害怕雨水带来的寒冷一般，他的身体微微蜷缩着，看上去就像皇城根下那些要钱不要命的老叫花子一样，落魄而又寒酸。

但奇怪的是，老人的周身却十分干净，原本应该被雨水淹没的泥地，竟然没有一滴雨落下的痕迹。

仿佛有什么无形的力量将雨滴隔开了一般，雨珠每每落到老人上空一掌之处，便立刻消散于无形，连他的衣角都难以沾到。

一切都显得异常诡异。

忽然间，老人的身体动了动，不是颤抖，只是缓缓地抬起了头，看向空中某个地方，眼睛微眯。

"你来了！"

半晌，老人缓缓吐出一句话。正如他的人一样，老人的声音异常苍老，仿佛一副许久没有刷过油的门轴，刺耳又难听。

几乎在同时，离老者不远处的半空之中，雨幕荡出一片涟漪，无数雨滴被震颤飞散，如同珍珠迸落。

随后，雨中出现一抹白色。

白色由一个点，变成一个面，不停地扩大，最后变成了人形。

一角白衣随风飘了出来，同时一只脚稳稳踏出，坚实地踩住虚空，旋即便是整个身体，都出现在了半空之中。

这，竟然是一个人！

白发白衣，负手而立。

他的眼神淡漠而冰冷，脸上除了自然而然的高贵之外，仿佛已经上千年没有出现过笑容了，冷得有些呆滞，像是一座冰山。

雨，未停；雨，绵绵。

一道白色的冷酷身影，自北方而来，一丝难以掩藏的杀意在白衣年轻人出现的同时毫无保留地释放了出来，吹起周围的风。

——杀意尖锐，就像是一柄剑。一柄锋利而强大的剑横渡虚空而来，不需要任何依托，便如履平地般站在了距离地面尚且有一人高的虚空当中。

白衣白发的年轻人眼神缓缓转动，一眼看向了坐在茅屋前的老者，才发现对方的目光早已集中到了自己的身上。

"久闻丈二老先生大名，只是不知您为何不在白帝城里教书，却跑到这风起云涌的是非之地？"白衣白发青年说话间，眼神却掠过老者，看向了老者身后的茅屋。

茅屋很破旧，上面挂着的六个铃铛里，前面五个叮叮当当响得令人心烦。唯有第六个铃铛，此时便仿佛一口钟、一座山般稳固，即便有斜风吹来，也依旧纹丝不动。

白发白衣的年轻人脸上，第一次出现凝重的神色。

铃铛代表着守关者，铃铛越稳健，便说明守关者的实力越强大。

前面五关，他每到一处，挂在屋檐或树干上的铃铛或多或少都会有一丝颤动，发出一些害怕或恐惧的声音，但是唯独第六关这里，铃铛竟然连一丝的异动都不曾有。

他遇到强敌了。

此人的境界，至少与他一样。传闻中大汉东宫太子的恩师，果然不只是一个教书先生那么简单。

"皇宫待腻了，老夫随丞相出来活动活动腿脚，却不想能在这儿遇见你——徐暮云。"丈二老先生混浊的双眼直视白衣青年，这个时候他仿佛变得年轻了许多，浑身上下再没有半点之前的颓废和苍老。

"总听闻曹魏铜雀六尊者都擅长用剑，拥有天下无双的剑阵组合，近年来更是横空出现一位白衣尊者，号称是百年难遇的剑道天才，方一听闻，老夫便猜到此人应当是你了……恰好，老夫也喜欢用剑，既然白衣尊者今天来了，不妨先陪老夫喝杯茶吧。"

丈二老先生说着，竟真的起身走进茅屋，搬了一桌两椅和一套茶具出来，充满古朴简洁的意味。

"喝完茶，老夫再向你讨教一番——何为剑道……"

徐暮云峰眉微挑，他听到过一些关于这位教书先生的传说，也知道他自然不会像表面看起来那么简单，却没想到他会这么难缠。

所以……

这茶——喝，还是不喝？

……

雨渐渐大了起来。

茅屋屋檐上的雨水由滴连成了线，远方旷野里灰蒙蒙一片，连木流渊外传来的厮杀声也被雨落的声音冲淡了很多。

天地之间一片清明。

便在这时，站在虚空中的徐暮云，身子微微一动，随后他的双脚便仿佛踩在梯子上一般，交替落下，一步一步从空中走到了地面。

他的人到哪儿，哪里的雨水便会自动消失。

他的身上，未落一滴雨。

"哦，梯云纵？"丈二老先生似乎没有想到，喉咙里发出了一声轻咦，"我以为你会直接向我出手。"

"不敢。"徐暮云来到老人身前，微微抱拳行了一礼。

"为何？"丈二老先生有些好奇。

"您是前辈。"

"仅仅如此？"

"仅仅如此。"

"看来在白衣尊者眼里，老夫还不配成为你的对手。"丈二老先生自嘲般地笑了笑，然后将泡好的茶水递到已经落座的徐暮云身前。

"是，您太老了……我承认您对我有威胁，可我费一些功夫，依然可以杀了您。"徐暮云表情冰冷，语气也十分认真。

"是吗？"丈二老先生笑了笑，没有理会徐暮云话里的冰冷，合了一下身上破旧的衣服，接着说道，"我想知道你的剑在哪里？"

"剑？"

徐暮云似乎没想到老人会问这样的问题，凝视老者片刻，却未回答，而是转过头去，左手在雨幕中的虚空一抓，一柄由雨珠化成的雨剑赫然出现在徐暮云的手中，晶莹剔透。

"万物为剑！"徐暮云手腕轻动，雨剑剑身虎虎摆动，下一刻便凌空飞起，在空中飞舞一圈之后，猛然拦腰斩向茅屋。

唰！

仿佛割破衣服的声音一般，雨剑飞出，轻松地将茅屋拦腰斩断。

轰隆！

茅屋轰然倒塌，而那柄雨剑却在此时从倒塌的茅屋中冲天而起，进而垂直落下，徐暮云向天伸手，将雨剑稳稳地握在了手中。

这一切做完，仅仅过去了十个呼吸的时间。

"如何？"徐暮云问。

如何？

徐暮云问的是，他的剑，如何？

"剑道第三境——形意之境！不论何种东西在手，都能当作锋利的宝剑使用，即便使用一根树枝，也可以达到剑气外放的效果……如今，仅仅一颗雨滴，你便已能够将它化作一柄剑，将我的茅屋砍成两截，看来剑道天才之称，果真不是浪得虚名。"

丈二老先生由衷赞叹，脸上的表情变得有些伤感，徐暮云没有说谎。他如果想取自己的性命，只是需要费一些周折。

"我想年轻一代中，恐怕只有焉逢那小家伙才能和你一较高下吧？可惜他停留在第二境已经有三年了，如今恐怕也已不是你的对手了。"

天下知晓之人都在说，汉与魏两国当中，年轻一代就属飞羽十将和铜雀六尊者最为杰出。

可如今看来，单单一个徐暮云，怕就不是飞羽十将能够相比的了。

丈二先生心下莫名担忧起来。

望风亭，是整个大阵入口的最后一关，那里正是由多闻使君寄托了无限期望的焉逢把守的。如果焉逢战败甚至被杀，阵口就很有可能会被铜雀大军强行破开，到时候要通过木流渊运送的十万军粮，便极有可能会完全落入深渊之中，那丞相北伐的一切功夫，恐怕就又一次白费了。

为此，他须不惜一切代价拦下徐暮云。

哪怕因此付出生命。

想到这里，丈二老先生端起茶水来，如喝酒一般仰头一口饮尽。

这一刻，耄耋老人显得豪气干云。

徐暮云一直没有说话，他就这样看着老人一连串的动作，眉头又一次微挑了起来。

如果有熟悉他的人站在这里，便会知道徐暮云做出这个表情和动作，证明他对此已经非常不耐烦了。

他不耐烦的原因有很多。

一是因为老先生泡茶的功夫太差，生生将一壶好茶泡出了老茶的味道，喝着没有口感，这让他的心情非常不好。二是因为他不喜欢别人对他的武道以及剑道修为指指点点，因为他天赋奇高，这是他很久以前就知道的事情，不需要别人再在他面前重复；第三个原因，也是最重要的一点是，所谓迟则生变，他不想再和丈二老先生浪费时间，他需要尽快完成紫衣尊者交代的任务。

闯过阵关，打开阵口，斩断军粮运输路线。

否则一旦粮道疏通，任由蜀汉将十万军粮从后方运输到军中的话，那么两国之间的战事，不知道何年才会结束。

徐暮云的眉头挑得更高了，冰冷的眼神也逐渐有了色彩，如刚才一般的杀意随之溢涌而出，浓稠得快要凝成了水。

人，终究是要杀的。

于是，他抬头看向丈二老先生，终于开口说了一句话。

"我要杀您，您准备好了吗？"

死，准备好了吗？丈二老先生没有回答。

雨依然没有停下的趋势。风也刮得越发猛烈，仅仅片刻时间，便已将倒下的茅草屋都吹得四下散落，也有不少轻盈的枯草被卷飞到了天上，在空中胡乱飞舞着。

丈二老先生的花白头发也被吹了起来。

发簪不知掉在了何处，以至于此时的他看上去更像是为了一文钱便可以与人大打出手、哪怕为此敲破头颅也在所不惜的老乞丐。

乞丐是没有尊严的。

丈二老先生忽然伸手，五指一握，便从空中拉来一根飞舞的稻草，猛然间以闪电般的速度向前刺去，径直指向徐暮云的喉咙。

噔——

这是两柄剑相互碰撞的声音。

在丈二老先生刺出偷袭一剑时，对面的徐暮云便迅速察觉，旋即以极快的速度从凳子上弹起，如老鹰展翅般向后飞掠躲避。

与此同时，徐暮云右手手腕一动，握住空中的一颗雨珠，再次将一颗雨珠幻化成一柄雨剑握在了手中。

随手向前一挡，便将老者凌厉的攻势阻挡了下来。

战斗还没有结束。

丈二老先生手中的枯草与雨剑相碰的时候，仿佛结冰一般，瞬时化成了一柄晶莹剔透的宝剑，比雨剑剑身更宽，看上去也更加锋利，上面闪烁着阵阵寒芒。

那是剑气。

剑气外放是剑道第二境的标志，而化物为剑却是剑道第三境的标志。

"你骗我？！"

徐暮云眼神冷如冰霜，看着丈二老先生手中由一根枯草变幻而来的长剑，心里明白对方早已是达到了剑道第三境界之人，而老人刚才所说的那些话，仅仅只是为了让他降低戒备。

他之前已猜到眼前的教书先生并不一般，却从未想到他会如此强大。

剑道第三境，武道第三境！两者的境界，皆与自己一样！

"我很想和你进行一次公平的交手，但你为曹魏，我为大汉……你我各为其主，我没有办法为了一己私欲而做出影响大局的事情，所以今天——我只能用尽一切办法将你留下来了！哪怕这些办法十分卑鄙可耻，我也在所不惜……毕竟，我连命都可以不要，还在乎什么脸面？"

说完，丈二老先生便往前踏出一步，右手一动便将手中稻草凝结而成的宝剑捏碎，紧接着微微闭眼，将双手抬到胸前，不停地变换手法结出法印——

猛然之间，一阵微弱的白光从他周身散发出来，显得祥和而宁静。

片刻之后，令人惊叹的一幕出现了。

丈二老先生结出的法印在他身体周围上下翻飞，接下来他的身上便突然发生了变化，如同返老还童一般，脸上的皱纹在一瞬间骤然消散，皮肤变得光滑无比，原先花白的头发也随之变得乌黑，很快，一张英俊无比的脸庞便出现在徐暮云眼前，与之前衰弱的模样形成鲜明的对比。

尤其是此时他浑身上下散发出的气势，更是足以让徐暮云动容。

徐暮云皱起眉头，缓缓地道："燃烧精血？"

所谓燃烧精血，是指一些武者为了能在短时间内提升自身的战斗力，而选择的一种将自己体内储藏的能量全部消耗，用以提升境界或者战斗力的方法。

按理说如果不到绝境，谁也不愿意为了达到巅峰状态而选择燃烧自己的精血，因为燃烧精血需要以武道和生命为代价，轻者葬送武道生涯，重者直接被反噬而亡。

丈二老先生转眼之间从一个老头儿变成了高大英武的青年才俊，显然是将浑身的精血燃烧殆尽，打算跟他拼命了。

如昙花一般，为了绽放那一刹的光华，宁愿付出生命的代价。

以丈二老先生武道第三境、剑道第三境的修为，即便不燃烧精血，和自己也有得一战，那他为何这么坚决地燃烧自己的精血？徐暮云内心泛起惊涛骇浪。

"现在，我准备好了。"老者说道。

徐暮云眼睛微眯："你如果要逃，我追不上你。"

丈二老先生摇了摇头，甚至都没有接徐暮云的话。

"我已经七个月没有吃过白帝城的葱油饼了，王小帽家的鱼香肉丝也很有味道，我守在这里的每一天，都会尝试着做一份出来，可惜最后都把肉炒煳了，至今也没有做出那种想要的感觉来……这真是一个令人遗憾的故事！"

徐暮云将剑收了起来。

准确地说，是那柄由雨滴幻化而来的雨剑，忽然在他手里化作一滴水流了下去。

砰的一声，那颗雨滴十分轻巧地砸在了泥土里，溅起无数细小的稀泥。

"现在走，我不拦您！"徐暮云真正的目的是尽快闯过第六关，迟则生变。

"我想你应该知道，我说这么多话不仅仅是想找个人说话，同时也是为了能够多留你一会儿……甚至，将你永远留在这里。"

"是吗？"

"若是不信，现在你可以试试自己还能不能化万物为剑，还能不能将剑气外放？"

"你……"

徐暮云脸色突变，顺着老者的话，他伸手从空中抓了一滴雨珠过来，雨珠依然能够停留在半空之中，但是只要他一使用灵力，空中的雨珠便会被割成碎末，不用说横拉成剑，即便连保持原有的形态都难以做到。

"你对我做了什么？"

徐暮云冷声质问，哪怕是如此危急的时刻，他也依旧保持着冷静。

"只是请你喝了一盏茶。"

"不对……这不是茶，而是……"

"哦？你知道那是什么？"

"这是一个阵法，封禁剑气的阵法！"

"啧啧……没想到你年纪轻轻，却也知道这是一个封禁剑气的阵法，看来我之前夸你的还真没错，剑道天才不是浪得虚名。"

"丈二先生，您以为将我的剑气封禁，我便无法用剑了吗？"徐暮云知道自己无法剑气外放、化物为剑，但还是敢这样说，"你死后，我会送一份鱼香肉丝到你坟前。"

"多谢你……但你不能使用剑气，我的胜算终归会大一些。"丈二老先生伸手在腰间一拍，一串白光突然呼啸一声从腰间口袋里飞窜而出。

"长鄂出鞘！"丈二先生仿佛是在呼唤一个孩子，微微仰起头，将手平伸往胸前一放，一柄朴实无华的长剑便落在了他的手中。长剑通体白色，剑身上镌刻着一组古朴的符文。

"我喜欢这柄剑。"徐暮云双眼之中多了一抹神采，看向丈二先生手里的剑，如同在看绝世珍宝。

"若是我死了，你尽管拿去。"丈二先生眼含柔情地伸手抚摸了一下长鄂剑的剑身。

长鄂剑仿佛感受到了什么，竟在此时发出一声悲鸣。

丈二微微摇头，轻声说道："今日我总归是要死的，临死之前把你交到一个剑道天赋更高的人手上，你应该高兴才对。"

剑仍在悲鸣。

丈二有些伤感地笑了笑。

"拔剑吧！"丈二先生往前踏出一步，手中之剑直直地向前刺去，他身上的衣袍无风而起，连一头青丝也随之飞扬起来。

这一招极为朴实，朴实到几乎笨拙，仅仅是踏出一步，然后刺去，像是他在学堂中教给学生的最简单的早操招式。但是这一步，看似很慢，其实很快，仅仅只是一步，丈二先生和徐暮云的距离就拉近了一半。

下一步，丈二先生就叫以将剑刺入徐暮云的胸口。

徐暮云没有拔剑，甚至没有丝毫的动作，他就站在那里，不偏不倚，等着他。

"终究太过年轻，你大意了！"丈二先生的话刚到嘴边，一柄锋利的剑便刺入了他的心脏，穿过他的胸膛，老先生不可思议地看着刺入自己身体里的这柄无色长剑。

"这……这……怎么可能，难道……难道是虚空剑？"

第三章
你死后，我也会亲手埋了你

丈二先生的剑停留在徐暮云眉间前一寸的地方，差一点，只差一点，他就可以除掉这个敌国的天才。

"丈二先生，是你大意了！"徐暮云寒声说，"我说过，要杀您顶多是费一些功夫的事！现在，我不想费这功夫了……"

"虚空剑，果然是虚空剑，没想到那些人竟然舍得将这柄魏国的镇国宝剑交到你的手上。看来，整个魏国，都对你寄予厚望啊。"

徐暮云一动未动，甚至都没有出招，这一剑太快，快到几乎没有人可以避让得开。

白衣白发的年轻人将虚空剑握在手里，若不是因为上面沾满了血，你就会发现这是一柄完全透明的虚无的剑，哪里又看得见形状。

虚空剑，无形无影，使用它，只能凭感觉。

鲜血，由剑尖滴落在泥地里，混着雨水，异常妖艳。徐暮云恭恭敬敬地朝丈二先生的尸体行了个礼。

然后，转身离开。

望风亭。

皇甫朝云眉头轻皱，眼睛瞟向亭檐上挂着的十个铃铛。

前五个无风自动，响得令人心烦。

唯有第六个，仍旧如一开始那般，纹丝不动。

他已经杵在这里整整一个时辰了。

一个时辰内铃铛都没有出现异动，想来应该是丈二先生已将对手打退，或者是丞相想出了更好的办法，已将敌人击退……

皇甫朝云脸上出现一抹放松的神色，喃喃自语道："只要丈二先生无事便好，否则……"

丁零零——

皇甫朝云的话音还没落下，挂在亭檐上面的第六个风铃便突兀地响了起来。

声音十分清脆，但此时落在皇甫朝云的耳中，却与魔音无异。

"先生……"

皇甫朝云呆住了。

周围下着微雨，却没有风刮过。

风铃无风自动，只能说明，连丈二先生镇守的第六关，也被人破开了！

关破即人亡。

"丈二先生……"皇甫朝云有些不敢相信。他的嘴唇翕动着，眼眶已经微微泛红。

浓浓的愤怒被他强行压抑住，大敌当前，又如何能因愤怒而乱了心智。

"丈二先生几十年未曾出剑，只因为丞相一声令下，便奔赴沙场，置生死于度外，可悲可敬。"那个苍老的声音感慨着道。

"我会替丈二先生报仇！"皇甫朝云双拳缓缓攥紧，神情悲愤，连指甲嵌入掌心也浑然不知。

"只要守住阵口，保证十万军粮安全渡过木流渊，相信丈二先生在天之灵，也会替大汉、替你感到高兴的。"苍老的声音徐徐说道。

皇甫朝云缓缓点头，片刻后，忽然抬头看向木流渊的方向，那里传来一阵阵木牛流马运送军粮的嘎吱声，这声音是战争结束的希望，也是大汉此次北伐能否成功的关键。

只要十万军粮安全渡过木流渊，前方将士能够得到充足的食物保证，那么击退曹魏，也就是时间长短的问题了。

雨，终究还是停了下来。

这场持续了十多日的大雨，给大汉大地上的百姓带来了希望，也将战争搅起的硝烟冲淡了一些。

远山近水，一片舒爽。

倚靠在望风亭前，望着亭檐之上的第七个铃铛，听着山下传来的震天的厮杀声，皇甫朝云脸上流露出复杂的表情。

他将手搭在身前的长戟之上，如同女子抚琴般温柔抚过，眼中露出一丝怀念："方天画戟，你已陪伴我近十年，师父走后，我十年未曾用你杀敌，想来你也应该感到寂寞了。听闻铜雀白衣尊者的剑很快，如今极有可能连丈二先生也死在了他的手上，今日若有机会，你便陪我试试，如何？"

铜雀六尊者中白衣尊者的剑，是天下公认最快的剑，曹魏数百里疆域，新一代之中，几乎没有谁的剑可以与白衣尊者的相比。

数年前号称吴国第一剑客的荆无剑曾与白衣尊者决战于吴国剑池之中，那一战，剑池紧闭，无人知晓其中胜负，后来只听荆无剑说，白衣尊者未曾拔剑。

他，仅仅用了一把普通的木剑。

关于白衣尊者的传说还有许多，譬如，他自出生便拥有剑气之体，修行剑道比常人快出数倍，在弱冠之年，剑道已达第三境，随手便可化万物为剑……

而刚才，丈二先生恐怕也是死于他的剑下。

皇甫朝云身前的方天画戟轻轻一颤，绽放出一抹光华，似乎要照亮这昏暗的天空。

忽然间，那道光芒极速收缩，长戟颤动得越发厉害，似乎要破空而上。

皇甫朝云眉头凝了又舒，转头看向空中某个方向道："来了，为何不现身？"

皇甫朝云话音一落，他看向的那片空间忽然轻轻一荡，无数雨滴被震颤而开，如同珍珠迸落。

随后，雨中出现一片空白，仿佛一个单独的世界般，空白突然极速地向皇甫朝云所在的方向射来。

皇甫朝云双眸微眯，那空白到了亭子边缘后，忽然消失。

一名白衣白发、面色冷冽的年轻人出现在皇甫朝云身前。

皇甫朝云看了一眼白茫茫的远方，眼神回落到徐暮云身上，眸子里瞬间充斥浓浓的杀意："你是白衣，徐暮云？"

徐暮云若有若无地点头："你是飞羽第一将，焉逢？"

皇甫朝云亦点头。

徐暮云又问："丈二先生与你什么关系？"

皇甫朝云眼睛微眯："是你杀了他？"

徐暮云没有丝毫隐瞒的打算，点点头道："我也埋了他。"

皇甫朝云缓缓闭眼，轻吸口气，却又猛然睁开，一双清澈如星辰的眸子之中迸射出两束冰冷的光芒："很好，你死后，我也会亲手埋了你。"

徐暮云眉头轻蹙道："你不是我的对手。"

皇甫朝云摇头冷笑："不打过又怎会知道？"

徐暮云挑了挑眉头，两指斜向天空一伸，顿时一柄白色长剑便出现在他手中。

呼呼——

在徐暮云的随意挥动之下，白色长剑割破虚空，连风也难逃它的边刃。

"长鄂？"

皇甫朝云目光一闪，徐暮云手中之剑，正是丈二先生随身携带的武器——神剑长鄂！

"不错，丈二老先生向来不以剑示人，你能识得此剑，说明你与丈二老先生之间的关系确实非同一般。"

徐暮云两指一收，剑自行消失，只听他面无表情地道："你若认输，主动退出，我会将此剑交还于你，并饶你一条性命。"

"狂妄！"

没有多余的话，皇甫朝云手腕用力，长戟便径直冲天而去，他脚下一动，整个人也腾空而起，伸手握住长戟，如同杀神一般，用尽全力，一戟斩下。

方天画戟上灵气缭绕，接近地面之时，一团火焰猛然飞出，如同炸药一般轰然炸裂，将地面砸出一个大坑。

唰的一声，白衣男子在方天画戟的攻击到来之时，已经离开原地，紧接着，亭外的空中出现一抹空白。

皇甫朝云落于地面，往前踏出一步，只见一道残影闪过，他已经离开了原地。

空中出现两处空白，随后，空白凝实，两人的身影显现出来。

徐暮云的脸色逐渐变得凝重起来。

相比之前标准的面无表情的冰冷，还多出了一分重视的意味。

他没有任何耽搁，在对面的皇甫朝云站定之时，便伸手从背后拔出了一柄剑。

虚空剑。

斩万物于无形，遁虚空如风雨。

这是一柄看不见的剑，更是一柄杀人不眨眼的剑。

隐隐之间，似乎还能感受到剑上传出的浓浓的血腥味……

"没想到，你仅仅只是第二境修为，竟会有如此强大的战力。"徐暮云毫不吝啬自己的夸赞与欣赏，可是下一刻，他的眼神突然变得冰冷而透彻，"一般的武道乃至剑道第三境之人，恐怕也不是你的对手，可惜……你今日遇到了我。"

"莫非你已超越剑道第三境不成？"皇甫朝云冷笑道。

"这倒还不曾……不过杀死你，却也足够了。"说着话，徐暮云已从空中向前迈出一步，与此同时，他手中那柄无形无状的剑也随着他手臂的动作从斜下方的位置缓缓提到了胸前，直指前方。

"虚空剑？真是大手笔。"皇甫朝云眯起双眸，右手五指用力，提起方天画戟从身前横扫而过，落在腰侧的位置，"可是……这便够了吗？"

望风亭前安静下来。

山谷里刮起的风带来一丝凉意，将皇甫朝云身上的枣红色战袍吹得飞舞起来。

他已许久不曾使用这柄黑色的方天画戟了。

方才那随手一击，才发现长戟在他手中，依然是那么得心应手。

可惜现在，他需要面对的是武道境界比他高出一筹、剑道境界更是胜出他不少的白衣尊者徐暮云……即便黑色方天画戟能够让他的战斗力无限升级，可在强大的实力面前，终究还是没有太大的作用。

这一点，皇甫朝云心里比谁都更为清楚。

但是……他不能败。

身后是木流渊流马索，十万军粮需要他去守护，前方将士的希望全都寄托在他身上。

若他被徐暮云踏着身体碾轧而过，还有何脸面回去面见多闻使君，面见丞相，面对前方将士？

猛然间，他的眼神变得无比凌厉。

方天画戟之上，安静缭绕着的灵气仿佛是感受到了他的心情，突然间如闪电般飞速游窜起来，发出吱吱吱的声响。

突然，风停了下来。

无数飘舞着的落叶就那样突兀地停在了半空之中，像是被什么托住了一样，连动也不会动了。

山谷间的鸟兽虫鸣声也戛然而止，极耳听去，连一丝声音都不曾留下。

整个望风亭前，时间仿佛停止了流逝。

扑哧！

仿佛是某种尖锐的物体刺穿了布料，一柄看不清模样与形状的剑悄无声息地从落叶之间穿插而过，留下一个个半指长的裂缝，直直地朝着皇甫朝云飞速刺来。

三丈……

两丈……

一丈……

剑越来越近，眨眼之间就已来到皇甫朝云身前，随时有可能扑哧一声，刺穿他的胸膛。

但是，他始终没有动。

他的眼神当中，甚至看不到一丝惊慌与恐惧。

在剑到来之时，他只是抬起头看了徐暮云一眼，便挺起胸膛，迎着飞速射来的剑往前踏出了一步。

没人注意到，就在他做出这个动作或者说是这个选择的时候，对面的徐暮云毫无情感的脸庞之上，少有地露出了一丝讶异之色。

"怎么会？"他轻咦一声。

然后……

吱的一声。

那柄穿透了无数枯叶才来到皇甫朝云胸前的剑，终于与皇甫朝云的身体接触到了一起。

没有想象中穿胸而过血流如注的场面。

出乎意料，那柄剑在刺到皇甫朝云的胸膛之上时，忽然如同一根长而细的冰雕撞击在一块巨石上面一样，从剑尖到剑柄的位置，剑每前进一分，剑身便会化作无数光点碎裂开来。

空中出现无数点点滴滴的晶莹。

几乎是电光石火之间，那柄剑便已消散殆尽。

而与此同时，皇甫朝云原先站立的位置之上，一柄一模一样但看起来却更加贴近虚无的剑，悄然出现在他的背后，释放出冰冷的寒意，但是想要对皇甫朝云造成伤害，已经没有可能。

徐暮云的脸色渐渐显出稍许凝重。

方才他几乎是使用相同的方法杀死了丈二先生，可是与丈二先生不同的是，皇甫朝云竟然能够看穿他的计策，并迅速地做出了反应，以身向前，将他幻化出的那柄用以引诱的光剑毁去，这等反应能力，绝非一般的第二境武者可拥有的。

"自我涉足剑道以来，虚空剑还是第一次失手……你，是如何做到的？"徐暮云看着那些破碎的光点，眼神当中泛起了一丝疑惑。

虚空剑之优势便在于入虚空如无形，除了使用之人能够感受到它特有的气息之外，其他人则看不见它，更是难以感受到它的存在……除非对手境界极高，或者跟他一样具有某种天赋，否则想要判知虚空剑将会在何时出现，又将出现在哪里，会是一件非常困难的事情。

之前的丈二先生，便是死于这点之上。

但是此时此刻，眼前这个号称飞羽第一将的家伙却做到了，而且表现得十分完美，没有任何可以挑剔的地方。

他不但识破了虚空剑将要出现的位置，还勇敢无畏地向前踏出了一步，亲自用身体来顶住他幻化出的那柄用以诱使他后退的光剑，完美地避开了从身后偷袭的虚空剑的本体。

若说这不是刻意的话，谁也不会相信。

"你能感受到它的存在，我自然也能感受到它会从哪里来……这很难吗？"皇甫朝云微微抬起头来，直视着徐暮云，反问道。

第四章
紫衣尊者

徐暮云眯了眯眼，没有说话。

他看得出来皇甫朝云在说这句话的时候，神情十分自然，没有半点犹豫与说谎的意味。这很难吗？这是皇甫朝云问他的话，徐暮云不是不想回答，而是不知该如何回答。

难吗？

自然难，否则天下又怎会有如此之多的人不明不白地死在虚空剑的剑刃之下？

然而对于皇甫朝云而言，真的难吗？不，不难……否则刚才他也做不到轻而易举地躲开虚空剑并识破那柄光剑的引诱作用。

他的剑道修为接近于无，却能够准确辨别出虚空剑出现的时间与位置，最主要的原因，恐怕还在于他的天赋……

想来大致也是，若是飞羽第一将没有一些本事，又如何能够凭借武道第二境的修为压住飞羽中的其他人？

想到这里，徐暮云不再耽搁，直接向前伸手，手腕轻轻一动，便听到空中响起一阵短暂的宝剑割破空气的声音，接着一道白芒便迅速飞回到了他的手上。

锵的一声。

虚空剑，归鞘。

与此同时，停顿在空中的那些落叶纷纷飘落，山谷间风声呼呼响起，周围传来一阵阵鸟鸣声。

似乎之前凝固的世界又恢复了常态。

这一刻，整个望风亭前终于动了起来，以极快的速度恢复了生机与活力。

徐暮云将右手伸往左腰之前，五指做出抓握的动作，轻轻往外一拉，一柄白色的剑便随着他的动作被缓缓地抽了出来。

神剑长鄂，再次出鞘。

"能使我弃用虚空剑，即便你此番败于我手下，也足以值得骄傲了。"徐暮云执剑在手，不紧不慢地说。

"是吗？"皇甫朝云脸色不变，眼神却已紧紧地盯上了长鄂。

从第一次在丈二先生手中看见长鄂剑开始，皇甫朝云便觉得它没有那么简单。如今剑落在徐暮云手中，在他体内黄色剑气的催动之下，长鄂剑浑身上下更是显现出了无边的威势，这种威势，甚至比虚空剑给他的感觉还要更甚。

这不是一柄普通的剑。

至少相比虚空剑而言，某些方面它甚至还要突出很多。

"准备好了吗？"徐暮云额前的白发随风飞舞起来，他只是轻轻地开口，便已释放出一股强大的威势。

"武道第三境、剑道第三境……看来，你现在才真正开始使用全力。"皇甫朝云的脸色变得无比认真起来，这是他遇到过的最棘手的对手，虽然之前的一次交手他占据了上风，可心底却依然没有太大把握，以至于嘴上说的那些话，都用来为自己助威了。

"说得不错……我听闻你曾经也与我一样，武道剑道皆处在第三境上面，甚至一只脚已经跨入临四境的门槛，可惜天不遂人愿，现在已经不是你展现天赋的时候了。如今，我想杀你……三招足以。"徐暮云冷冷地开口。

"三招？"皇甫朝云摇头笑了起来，"既如此……那便试试吧！"

他天才的名头虽已不在，可突然有同龄人说能在三招之内将他击杀，处在血气方刚的年纪里，皇甫朝云内心自然也会产生不屑甚至愤怒的感觉。

于是，下一刻，他微微加大了手上的力度，攥紧方天画戟的手指骨节顿时变得苍白不已。

一股灵气自然而然地从他腹部丹田的位置朝身体四肢百骸涌去，最终经过右臂，全部灌入了方天画戟之上，再次形成一条条闪电围绕其上，释放出恐怖的气势，将整个望风亭都围拢在了其中。

大战一触即发。

与此同时，距离望风亭两百多里外的曹魏军中大帐里，一位身着紫色华贵文衫、脸上戴着紫色面具的年轻男子正端坐于蒲团之上，用纤细白嫩得如同女子的五指扣住茶杯，上下翻转着。

不一会儿，两杯热茶已成。

他将手向前平伸，嘴角微弯，道："请。"

话音方落，蒲团上已露出一角青衣，紧接着，空气微荡，一只白色布鞋显露了出来。

"真不愧是蜀汉最为擅长隐匿的王五先生，这一手，怕是连出于武道第五境之人也不能轻易施展吧？"

来人不冷不热地道："一些小把戏罢了。"

紫衣男子微微一笑："王五先生谦虚了，你这身法可不是普通的隐匿那般简单，恐怕是由刘备亲自所授吧？听闻他那里可是搜集了不少的天下秘籍……"

王五双眉一竖："休要在我面前提及陛下！"

看着已经坐在自己身前、面带悲意的王五，紫衣男子笑着摇了摇头，接着道："刘备已死是不争的事实，而你是早就被驱逐出皇宫的人，这样太过悲伤可不好。"

王五冷冷地看了一眼年轻的紫衣男子，没有接话，举起茶杯如同喝酒般一饮而尽，然后起身离去。

年轻男子眉头微挑，笑道："喝茶是要付钱的。"

没有回答。

王五停住脚步，伸手往怀里摸去，用两指夹出一枚银钱，微微弯了下指头，一弹，银钱在空中划过一道优美的弧线，稳稳地落在了年轻男子身前。

年轻男子嘴角依旧带着微笑，他拿起银钱，放到唇间轻轻一吹，银钱瞬间化为飞灰散入空气里，消失不见了。

王五刚欲离地而起的右脚又放回了地面，呆呆地看向那些飘落不见的飞灰，年轻男子拍了拍手，轻声道："飞羽第一将焉逢就要死了，死在暮云手下，而且应当是死在望风亭中。"

"当然，以你的速度，若是现在赶过去的话，还来得及，只是……"年轻男子眉头微皱，看了一眼王五的背影，摇摇头道，"刘备身上没有上界留下的绝世功法，所以，你骗了我们。"

"骗我们的代价很高，比如……我会不小心说出你是出卖你们蜀汉先帝的人，我相信这绝对是送给天下所有蜀汉之人的一个不错的礼物。"

"我王五上不愧天，下不愧地！所做之事，全凭良心，何来出卖先帝之说？"王五一颤，终于转过身来，直视着年轻男子，冷声怒斥道。

"哦？"年轻男子轻声一笑，"你以为，天下人是信我，还是信你？"

"你……卑鄙！"

"卑鄙？我从不喜欢有人说我卑鄙，说我卑鄙的人——哪怕是我那位皇弟，如今都死了。不过你放心，我不会杀你，因为我不喜欢杀人，杀人太血腥，看起来总是不舒服，但是……"

年轻男子话锋一转，声音忽然变得微妙起来："我需要你替我杀人啊！只要你替我杀人，我就可以不将那些事告知天下人……这笔买卖，你赚了。"

"杀人？"王五长眉挑动，手已经缓缓摸向腰间，凌厉的杀气喷涌而出，仿佛能将周围陈列的寒铁冷兵生生割裂，使得周围的兵器微微颤动起来，"不如，我先杀了你！"

话音一落，王五往前一踏，身形开始逐渐隐没，须臾间整个人已不见踪影。

两人之间立刻出现了一抹月牙似的剑光。

年轻男子好似事先知道一样，竟然不躲不避，在空中那抹刺眼的光亮到来时，他身后忽然蹿出一个黑影，缓缓地伸出两个指头。

下一刻，如同两把短刃相撞在一起。

咚的一声响！剑与指之间磨出了跳动的火花。

剑来自虚无，只在光滑的剑身上依稀能够看到有一个黑色的人影映在上面——一身青衣，冷冽的面容，发光的眸子，坚定的眼神。

剑还在前进，火花依旧跳动，刺耳如同用指甲刮过金属表面时的声音依然在响个不停。

这时，年轻男子嘴角微微翘起，就在剑身反射出的光划过他的黑色双眸时，面前那个黑色身影手腕一动，轻轻往外扭去——剑已止住，剑身慢慢扩展为一个弧形，可剑尖依然不能前进分毫。

剑只有一柄，手却有一双，当黑色身影的两指夹住剑的同时，他的另一只手也已经伸出，往剑刺来的方向点去。

一点微光在黑色身影指尖绽放，像是缩小了无数倍的彗星一样，顺着既定的轨迹弹射而出，经过剑身，稳稳地落了王五身上。

一抹鲜血自剑柄隐没处飘洒而出，划过空中时，被剑的余威震散开来，星星点点，细如灰尘，最后不知落去了哪里。

"喀喀……"紧接着，一阵咳嗽声传来，引得空气微微震颤，一角青袍钻出空气，带出了王五，"说吧，要我帮你杀谁？"

王五话音一落，黑影便仿佛从未出现过一般，像幽灵一样闪没在大帐之中。

年轻男子叹息着摇摇头，面露疼惜地看着王五腹间的一个血洞，轻声道："你，又何必呢？"

不过片刻，他脸上的疼惜之色越发浓厚，最后微微闭眼道："帮我杀了横艾——飞羽第九将，横艾！"

"好，给我三个月时间。"转瞬间，王五便伸出指头在腹部点了几下，将汩汩流出的血暂时止住。

"不，一个月！"紫衣男子说话之时，身上若有若无地散发出一股王者之气，不容抗拒。

"两个月！飞羽十将的本事，你们魏国没有谁比我更清楚，更何况他们经常一起行动，想要杀掉其中之一，是何其困难的一件事情？！我若不埋伏跟随，摸清他们的习惯，根本无法动手！"王五眉头紧皱，若非他有把柄在对方手中，否则如何会在敌国人面前这般低三下四？

作为先帝的随身侍卫，没有谁比他更了解先帝在这几个年轻人身上倾注的心血了。

说实话，他不想杀。

即便拥有杀死那几个孩子其中任何一个的能力，他也没法对他们痛下杀手。

这是对先帝的愧疚。

也是对先帝的补偿。

"王五先生，你要知道，现在的你没有和我谈条件的机会……我说一个月，那便是一个月。"

紫衣男子站起身来，负手绕着王五走到他的背后，眼睛微眯道："而且，我也可以饶焉逢一命……你考虑考虑，你用一个月的时间去杀一个不相干的人，不但能够守住自身的秘密，还能救下蜀汉最有天赋的年轻人……王五先生，你是聪明人，其中利弊，我想你比谁都要清楚。"

"我有一个问题。"王五双眉竖起，没有直接答应。

"请说。"紫衣男子回到座位上坐下，伸手比了一个"请"的姿势。

"为何其他人不杀，偏偏要去杀一个女孩？"王五直视紫衣男子，想从他的眼神当中看出些什么。

"好玩罢了，杀人而已，哪里需要什么理由？"紫衣男子摇头一笑，忽而将头伸到王五面前，语气邪魅无比，"也许哪天我一不高兴，连你也一起杀了！"

"杀了我，你什么也得不到。"说完这句话，不等紫衣男子有所反应，他便直接起身离开了。

气氛有些微妙。

曹魏中军大帐中，紫衣年轻人凝视着王五渐渐融入虚空的身影，过了许久，才缓缓收回目光。

"我低估他了……原本以为这只是一个有勇无谋的莽夫，没想到他的心思竟如此缜密，临走时，竟还大胆而巧妙地将了我一军。"

"需要我出手吗？"

黑暗里，一道沙哑得有些可怕的声音蓦然在空气之中响起，显得恐怖而诡异。

出手的意思便是杀人。

杀人不眨眼，这种事只有活在阴暗里的人才能做到。

"不，留着他。"

"是。"

"他的父母家眷如今都在我手上，以此为要挟，不怕他不乖乖听话……只是，我担心此人不是飞羽的对手，不管什么原因，若是三十天后他杀不死横艾，你再出手，到时便连着他……一起解决！"

"君尊放心。"

"另外，和今日有关的一切，都不许让磬儿知晓。"

"属下明白。"

"行了，去吧。"

一阵风吹过。

大帐里的烛火摇动了一下，随后归于平静。

第五章
金色剑气

　　黑影离开，紫衣年轻人负手而行，穿过卷起的帘帷，目光悠远，看向大帐外面的远山。

　　"磬儿，我所做的这一切，全都是为了你好啊……横艾是你的姐姐，这是已经确定的事情，可如今她在敌国飞羽阵营之中，我若不将她除去，又怎有把握一直将你留在身边？"

　　紫衣年轻人叹了口气，面对远山凝视片刻，忽然转身快步走到大帐之中，抬头看向挂在营帐之上的一幅地图，上面密密麻麻地标注了周围的许多地名。

　　伸出白玉般的手指，轻轻指向"木流渊"三字，紫衣年轻人呢喃道："我答应过司马都督，今日助他拿下幽山木流渊，如今看来已没有问题。拿下木流渊后，那诸葛亮也就只有两条路可走了，一条是班师回朝，另一条便是前往吴国借粮……"

　　紫衣男子眉头轻蹙，细长的手指轻轻敲打着地图上的"吴国"二字，思虑片刻后，他皱起的眉头才缓缓放松下来，一丝笑容浮现在嘴角之上："看来等暮云回来之后，又得麻烦他再跑一趟了。不过在此之前，还是应当先去拜访一下司马都督，给他吃一颗定心丸……"

　　晴朗的天空之上，不知何时又飞起了雨滴。

　　亭子外，皇甫朝云与徐暮云对立而站。

望风亭上风铃响动，而周围却是一片安静，只有坍塌的山包和无数块被剑光整齐切割成两半的巨石，诉说着这里曾发生过一场战斗。

皇甫朝云看着腹部被血迹染红的地方，脸色微微苍白地道："你的剑，果然很快。"

徐暮云缓缓举剑，冷然道："接下来，我会杀了你。"

皇甫朝云忽然笑了起来，反问道："是吗？"

话音方落，皇甫朝云已经一戟刺出，如剑一般，快而准，狠而稳！白光闪没，对面徐暮云举剑的动作戛然而止，整个人就这样停在了半空之中，像是雕塑一样。

"你，为什么，不用你的剑？"皇甫朝云疑惑地看着面前脸色迅速变得苍白的徐暮云，有些不解，不解为何对方会如此轻易地死在自己手上。

不对……

皇甫朝云像是想到了什么，猛然向前踏出一步，就在这时，他面前的"徐暮云"已经化成了一道光幕消失，紧接着他忽然觉得背后一阵刺痛。

哧的一声！

刺痛的感觉骤然变得强烈起来，他艰难地低下头去，只见一柄透明得根本看不清的剑，从他的背后刺穿到了胸前，带出一串红得妖艳的血。

"虚……空……剑？"

嘴里每挤出一个字，便有一口鲜血随之吐出，很快皇甫朝云的脸色就变得苍白无比，没有了一丝血色。

"你应该想到的。"一个声音随之出现，全身白色的徐暮云出现在了剑柄一端，此时的他手里握着剑，眼神之中冰冷得没有一丝情感。

"原来你刻意拿出长鄂剑，只是用来迷惑我罢了。"皇甫朝云像是想通了什么，眼神忽然变得黯淡下去。

"不错，可惜你知道得晚了一些……"

唰——

虚空剑抽出，皇甫朝云一时间支撑不住身体，下意识地将方天画戟往地上一放，才勉强站立起来，艰难地转身问道："我输了？"

徐暮云冰冷地道："我说过，三招之内必杀你……这，刚好是第三招。"

皇甫朝云惨然一笑，此时他的眼前已经没有了色彩，只觉得眼皮很重，就连一向引以为傲的力量也消失了，竟连方天画戟都难以握起来了："这便是死亡的感觉吗？可是这般死去，真的不甘心啊……"

徐暮云收起虚空剑，说道："你与丈二先生一般，都值得敬重……你死之后，我会为你立坟。"

徐暮云偏过头，嘴角已经扬起一抹若有若无的冷笑。

皇甫朝云声音虚弱，眼神却坚硬如铁："若是我能活下来，必然会与你再战一场。"

徐暮云微微眯眼，停顿片刻，转身直接离开。

锵——

突然，就在徐暮云刚刚转过身落下脚步的时候，一阵如同剑鸣一般的声音响彻整个望风亭，持续了很长时间，同时还释放出一股强大无比的剑气，紧紧地将皇甫朝云包裹了起来。

"这……怎么可能？！"

听到剑鸣，徐暮云猛然转身，眼睛直勾勾地循着声音传来的方向望了过去，看到眼前出现的一幕，一向冷若冰霜的他，脸上竟闪现出一抹浓浓的震惊之色，这丝震惊甚至让他的身体都微微颤抖起来。

"金色剑气，竟是金色剑气！"

没错，在那道熟悉的剑鸣声出现之后，那些从皇甫朝云体内释放而出的竟然是金色的剑气！

金色剑气代表着什么，他不清楚，也不知道它究竟有多强大……真正让他觉得不可思议的是，曾经他的体内，也有金色剑气的存在，只不过那是很小时候的事情了，在他踏入剑道第一境以后，不知为何，体内那些金色剑气便再也没有出现过。

天下剑气便只有白、红、橙、黄、绿、蓝、靛、紫那八种颜色，在查阅过无数古籍、询问过无数剑道先辈之后，他都不曾听说过谁的体内曾孕育出金色剑气……

可是现在，在他的眼前，皇甫朝云体内竟然溢出如此之多的金色剑气，直接将他整个身体都包裹了起来，而且那份威势，绝非一般剑气能够相比的。

徐暮云甚至有种感觉，若是他此时过去，可能会直接被那些剑气重伤。

他咬了咬牙，没有离去，干脆守在了皇甫朝云身前。

他要看看，这些金色剑气究竟想要做什么……若是如他当初体内的那些金色剑气一样，那么事情便没有那么简单了。

望风亭前出现了奇怪的一幕。

铜雀白衣尊者傲然立于望风亭外，白衣白发飘飞舞动，眼神更是一动不动地盯向距离他约摸一丈远、正以长戟支撑住身体的皇甫朝云。

皇甫朝云已然没有一丝呼吸，一圈圈剑气将他围拢起来，没有多久便形成一副盔甲，将他整个人都保护在了里面，严密到连一丝缝隙也没有露出。

时间一分一秒地流逝着，包裹在皇甫朝云身体外面的金色剑气越发凝实，没过多久便彻底变成了一副金色盔甲的模样，坚硬得仿佛连巨石都难以砸开。

一丝焦急爬上徐暮云眉梢。

不能再继续等待下去了。

他今日来到这里的最终目的是为了突破关卡，斩断木流渊粮道，让蜀汉前线大军失去支撑，并非是为了与皇甫朝云周旋……可他身上的金色剑气，与当初自己体内所拥有的那些金色剑气应该具有很大的关联，此番一旦离开，想要再见不知要等到何时了。

怎么办？

几乎是眨眼之间，徐暮云便已做出了决定，没有任何征兆，他伸手迅速从背后拉出虚空剑，只是手腕一动，虚空剑便化作一道光芒飞速射向了皇甫朝云身体外面的金色剑气。

锵——

虚空剑与金色剑气铸成的铠甲直接碰撞在一起，毫无意外，两者刚一接触便擦出了一连串的火花。

火花四溅，凌乱的强大剑气四处纷飞，只听唰唰几声，这些剑气便将周围的树枝花草纷纷拦腰切断。

虚空剑，入虚空如无形……

然而此时，虚空剑却无论如何也难以突破金色剑气形成的盔甲而前进半分。

少有的凝重缓缓凝聚在眉头之上，徐暮云伸出手，虚空剑化作一道流光飞回，紧接着他深深地看了一眼仍旧被包裹在金色剑气里面的皇甫朝云，便毅然转身飞速离开了。

轻咦之声随之出现。

一角青色衣袍蓦然闪现，一个人影迫不及待地从空中踏出，快步走到被金色剑气包裹着的皇甫朝云面前，眼神中露出一抹惊奇之色。

忽然，他抽了抽鼻子，像是感应到什么似的，猛然转身看向徐暮云离开的方向，眉头轻轻蹙起，自言自语：“好强大的剑气……”

凝眉沉思片刻，青衣人收回目光，像是下定了某种决心，目光微闪，转身抱起皇甫朝云，几个闪烁之后，消失在望风亭前……

蜀汉中军大帐中。

多闻使微闭的双眸缓缓睁开，眼神中露出一抹少有的感慨，指尖轻点桌面，轻声自语：“丞相果真神算，料到你会出现，但愿这次……在我的私心下，你能帮助朝云找到踏入剑道的方法。”

说完这句话，透过黑色面具，那双漆黑深邃的眸子看了一眼帐外透进的一丝光线，然后他叹了口气，微微闭上眼睛，仿佛从未睁开过一般。

便在这时。

一名全身隐没在空气中的黑衣人突然出现在多闻使面前，猛然单膝跪地，神情急切地道：“大人，望风亭失守，皇甫朝云不知去处！”

大帐里的灯火一阵摇曳。

帐外有风吹来，多闻使像是没听到一般，依旧在闭眼小憩。

黑衣人急切地重复道：“大人，望风亭失守了！”

多闻使终于睁开眼睛，看了一眼黑衣人，微微眯眼说：“无妨。”

黑衣人呆住了，不敢相信地问道：“大人……您说什么？”

多闻使缓缓站起身来，伸手将他扶起，又缓缓走回，落座于主位之上：“丞相将木流渊交到我手上之后，我本以为你能看出些什么。”

黑衣人越发不解地道：“请大人解惑。”

多闻使随手指向北方，沉声问道：“北方最强大的是谁？”

黑衣人踟蹰道：“曹魏？”

多闻使摇摇头。

黑衣人睁大眼睛道："您是说……仙门？"

多闻使若有若无地点头道："除去仙门，谁又有本事能够培养起铜雀六尊者呢？"

黑衣人越发不敢相信："您是说，其实从很多年前开始，仙门就已经开始插手世俗争端了？"

多闻使没有点头，也不曾摇头，他只开口说道："铜雀六尊者实力强大，其中尤以紫衣与白衣为甚，如今白衣连破七道关卡闯入木流渊大阵之中，其实力之强可见一斑。"

黑衣人愣了一愣，随即双眸中闪过一抹凶光："可若是让我出手，依旧可以败他。"

多闻使轻声说道："因此，我才命朝云镇守望风亭。"

黑衣人极为不解："丞相，您明知道他并非白衣徐暮云的对手，为何还要坚定地派他镇守最重要的一个关卡？徐暮云如今闯入木流渊，十万军粮危在旦夕！"

闻言，多闻使忽然转过身来看着黑衣人，眼神深邃无比："若我说，我是故意将他放进去的，你信还是不信？"

黑衣人怔住了。

多闻使接着说道："既然他已经进入了木流渊，我又岂会轻易让他离开？丞相打算将曹魏来犯军队一举歼灭，而白衣恰在其中，我若不一并将他抓了，又怎对得起丞相的计策？丞相虽不知白衣尊者为何人，可我却知晓他的厉害啊。另外……朝云的剑道修为从三年前开始便不停地减退，如今更是连吸收白色剑气也难以做到……即便他武道修为再强，可日后若是不修剑道，我担心他就再也压制不住飞羽了。"

黑衣人仿若明白了什么，眼神灼灼地看着多闻使问道："因此您将他派到望风亭，是有这方面的考虑？可那毕竟是十万军粮，这个赌注……太大了！"

多闻使难得地露出一抹笑容，心想，十万军粮？丞相果真是神机妙算啊，若是让你们知道那十万军粮其实只是一些草木渣子，不知尔等会作何感想？

摇了摇头，多闻使开口道："若是这些军粮能赢得横艾忠心留下呢？"

黑衣人又一次怔住了。

横艾的来历神秘异常，实力也难以预测，当年的持国使君曾经不止一次提到过，横艾将军极有可能是仙门之人。

多闻使眯眼说道："横艾是一名奇女子，自从加入飞羽以后，她从来都是按自己的喜好行事，若非她天赋强大，哪还会将其留至现在？我早已与三位使君大人商量过，本想将她逐出飞羽……"

黑衣人心下一颤："丞相是想……"

多闻使摇了摇羽扇道："我猜她入飞羽是为了朝云，既然如此，那么她对朝云自然会有非同一般的情感，若是望风亭失守，我下令严惩朝云，她会如何……当然，我将朝云派去镇守望风亭，更重要的自然是为了让他与徐暮云相遇并交手，随之……破而后立。"

"多闻使君妙计！"黑衣人摇头感叹，旋即担忧地道，"可大人虽然能够确定横艾会为朝云求情，却又如何确定那徐暮云不会对朝云痛下杀手？"

第六章
木流渊流马索

多闻使笑了笑，平静地道："因为朝云体内的剑气……我之前曾有过了解，知道徐暮云体内以前也蕴含着金色剑气，可以说金色剑气在整个天下都闻所未闻、见所未见，恰巧……朝云的体内也蕴含着金色剑气，徐暮云见到与他拥有相同剑气的人，怎会舍得痛下杀手？"

黑衣人眼睛明亮，似乎已经明白过来。

多闻使胸有成竹地道："更何况……即便徐暮云冷血不肯放过朝云，最终还是会有人前来相救的。"

黑衣人冷冷的眸子忍不住一颤："您是说？"

多闻使缓缓地吐出两个字："王五。"

黑衣人愣住了，身子微微颤动："您是说王五如今便在幽山？"

多闻使轻轻点头。

黑衣人双目中立刻闪现出一抹亮色："大人，待我前去将他擒来！"

多闻使缓缓摇头道："何须如此急躁……王五此人，没有你想得那么简单，更何况，丞相还想留他性命。"

黑衣男子眉头皱得很高，脸上闪过一抹浓浓的不解，甚至有些着急："可先帝之死，终归与他脱不了干系，甚至……我怀疑这是王五与曹魏联合布下的一个局。"

多闻使突然身子一僵，他微微转身，眼神直直地盯着跪在面前的黑衣人，没有开口言语，但是光凭身上散发而出的一股压迫气息，便已足够让黑衣人心颤。

黑衣人体内气血翻涌，不过片刻，他身体轻轻一颤，连忙低下头去，再也不敢看多闻使一眼。

"大人，属下知错！"

一丝冷汗从他额头上冒出，便连背上也泛起了一股凉意，他整个人如同坠入了冰窖。

"先帝之事，以后休要再论。"半晌之后，多闻使方才开口说出一句话，语气清淡，却不容辩驳。

"是！"那抹压迫性的气息骤然消失，黑衣人轻轻松了口气，身上也莫名一阵轻松，再抬起头时，才发现多闻使又一次微微闭上了双眸，黑衣人敬畏地看了一眼身前这位如谪仙般的老人，心惊胆战地起身，双手执礼缓缓往帐外退去，脚步轻得几乎听不见任何声响。

此时，木流渊内。

数百名兵士身挂绳索，攀登在悬崖峭壁之上，手拿铁器敲敲打打，传出叮叮当当的声响。

而在他们身后，各座山峰之间的流马索传来嘎吱嘎吱的响动，远远地，便能看到成担的粮食系于粗大的绳索与铁链之上，在悬崖峭壁间来回穿运。

"真不愧是智近于妖的诸葛孔明，这番手段，天下又有几人能够做到？"

木流渊下一条不起眼的石道之上，已经由白衣换上一身棕色大汉军服的徐暮云仰头看向那些在空中穿梭个不停的铁链，神情之中自然而然地流露出一抹震撼。

能够让他感到震撼的事情不多，但这木流渊流马索，却足以算得上其中之一。

"可惜……你再如何足智多谋，恐怕也不曾算到，我会如此之快地出现在这里吧？"

随着话音落下，徐暮云脸上的震撼之色缓缓消失，须臾间便变得如同千年玄冰，冷得令人心颤。

徐暮云所在的石道是众多通往木流渊峰顶的其中一条，石道之上的运粮队伍来回穿梭，也有巡视官兵如虎狼一般盯视着周围，警惕防范着随时可能出现的袭击。

此时此刻，徐暮云孤身出现在石道之上，虽不奇怪，但那孤傲的神情却十分引入注目。

一队官兵从不远处走来，与他擦肩而过。

徐暮云看了一眼，迈步往前走去。

"站住！"领头的裨将猛地停下脚步，转过身，狐疑地看向徐暮云，"你是谁？"裨将神色戒备地问，他的五指甚至已经不经意间握住了腰间的剑柄。

"我？"徐暮云没有回答，身子转到一半，只眨了眨眼，似乎是在思考应当如何回答。

"回答我！"

唰——

那裨将的剑顿时抽出一半，释放出缕缕寒光。裨将身后数名兵士，也一同抽出腰间的刀剑，如临大敌般看着眼前的人，并缓缓将其围了起来。

"拔剑？"

徐暮云轻轻蹙起眉头，他转到一半的身子彻底停住，然后缓缓将手伸向旁边的空气之中，一片树叶恰在此时从树梢上飘落下来。

当落至徐暮云手掌上空不足三寸的距离时，树叶忽然间诡异地停了下来。

不等那数名兵士反应过来，这片寻常无比的枯叶，突然间迅速变大，眨眼之间就已经成了一柄光彩熠熠的宝剑。

裨将瞳孔骤缩，一股强大的气息瞬间将他笼罩。

甚至来不及发出一声惊呼，那柄由普通树叶幻化成的剑，便已在他的眸子之中无限放大。

刺——

剑刃微动，轻轻的一声，裨将的眸子黯淡下去。

宝剑在他眼中形成的光影骤然消失，紧接着一阵白光闪过，所有人还来不及拔出腰间的刀剑，便再也动弹不了分毫。

一丝浅浅的血迹在同一时刻从每个人的脖颈之间渗出，乒乒乓乓，兵器与人尽数落地，即便已死，可数名兵士的目光中，却依旧充斥着浓浓的茫然与难以置信。

他们拔剑的动作，竟还不如对方化物为剑快？

这等人物，究竟是谁？

……

没有去看倒在地上的数人，甚至连身子都没有转过去，徐暮云便已掐碎枯叶化作的宝剑，径直背手离开。

石道之上很快响起一声声金鸣。

无数巡视队伍从四面八方迅速赶来，如蝇蚊般吼叫着，但等他们到达这里时，杀死裨将与兵士的徐暮云，却已来到了木流渊的主峰之上。

此时他的视野之下，蜀汉十万军粮已经尽收眼底。数座山峰之间的无数铁链绳索相互连接，铁链绳索之上，一车车粮食从这边运送到另一边，十分安稳，完全没有受到山下金鸣呼啸的影响。

脸上露出一抹微妙的神色，徐暮云举剑向天刺去。

刺啦！

暮色下，如同雷电在天空闪过，一道黄得浓郁的剑气冲天而起，在半空之中劈出一条漆黑粗大的裂缝，仿佛要将虚空吞噬，眨眼之间，裂缝闭合，剑光也已化作点点光芒缓缓消散。

数千米之外，一群黑衣人仰头看到这一幕，顿时从漆黑的山岳间跳跃而来，速度极快，只是片刻便已掠至木流渊不远处的一座山头之上。

整个过程，巡逻的蜀军官兵没有任何一人发现。

"呼哧呼哧——"，站稳之后，领头黑衣人两指放于唇间，使劲一吹，一阵如同拉风车一般的声音顿时响起，呼哧声混杂在流马索嘎吱嘎吱的响声中，显得尤其普通。

可即便如此，徐暮云却也听到了这些声响，他耳朵微动，缓缓偏过头去，待看到已经出现并准备好出击的黑衣人时，他轻轻点头，随后脚下一动，化作一道白色影子朝流马索飞跃而去。

锵——

虚空剑挥出，一道白色光芒闪烁而过，连接在崖间的数十根粗壮无比的绳索铁链被齐齐斩断，绑在其上的数石粮食也随之纷纷坠入谷底。

木流渊一片寂静。

"敌袭！"

片刻之后，一名惊呆的兵士反应过来，惊恐无比地拿起腰间的锣鼓，不要命地奔走敲打，可是还没等他跑出十步之远，他的身形便已停在原地，仿佛被定住了一般，连动都没法动了。

一丝淡淡的血迹从他脖间横溢而出，红得令人心颤。

扑通！

第一个敲响锣鼓的兵士跪倒在地，身体如同软泥一般瘫倒了下去，眼睛睁得鼓圆，似乎至死也不敢相信，一名已经迈入剑道并且境界达到第一境的黑衣人，会突然出现在他面前，并轻轻挥出一剑。

同样的一幕在木流渊各处上演，只是几个呼吸之间，每个敲响锣鼓的人，便在同一时刻被突然出现的黑衣人一剑刺杀。

没有任何停顿。

杀死驻守粮道的汉军官兵后，这些像是从天而降的黑衣人便齐齐举起手中的长剑，以长虹贯日之力朝铁链绳索猛然斩下。

嚓嚓嚓的声音响彻木流渊。

无数根铁链粗绳断成两截，垂落在两崖间的石壁上，发出阵阵拍打崖壁的嘭嘭声，分批捆绑在一起的十万军粮一同散开，如同巨石一般轰然下坠，带起股股旋风。

十万军粮，销毁殆尽。

……

"大人，木流渊流马索已被敌方尽数损毁，十万军粮悉数坠入谷底，无一剩余。"黑衣人微微喘着粗气，单膝跪于地上沉声说道。

"很好，我应当去见见丞相了……"只开口说了几个字，多闻使便畅快地笑了起来。

"大人……"黑衣人微微抬头，恰好看到这一幕，刹那间他的心便颤了一颤。

在他的印象中，多闻使君几乎从未露出过如此笑容，他不知道这种笑容代表着什么，更不知道多闻使君究竟是如何打算的。

自从多闻使跟在丞相身边之后，这些年来似乎变得越发神秘了。

"传令——命飞羽十将一同出动，同时让木流渊官兵关闭阵口，埋伏于木流渊两侧，随时准备拿下来犯之敌！"不等黑衣人思考清楚，多闻使的声音便在耳边响起。

黑衣人一怔，依旧在心颤："大人……十万军粮换一个徐暮云，值得吗？"

"世间总要有人去做不值得的事，但那个人……一定不会是多闻使君。"多闻使还不曾说话，一名同样戴着面具的黑衣人手拄拐杖，如幽灵般突然出现在大帐之中。

来人浑身上下气势寻常，看起来便是一个不曾踏入武道或者剑道的普通人，但是他的声音却十分有力，中气十足，而且全身上下唯一露出的眼睛更是明亮无比，就像一面镜子，能够看清楚很多东西。

"广目使君？"多闻使眉头舒展开来，朝单膝跪地的黑衣人挥了挥手，"好了，你且去吧。"

"是！"黑衣人缓缓站起身来，微微躬身，蓦然转身离开，从大帐之中消失了。

"以木流渊粮草为诱饵，设下埋伏，吸引曹魏军队……这应当是丞相的主意吧？至于捉拿白衣尊者，应当是多闻君自己的想法。"两人相互躬身行了一礼，广目使抬起头来，笑着说道。

"白衣徐暮云是除紫衣尊者之外，铜雀台最强大的天才少年……若是能够将他除去，于我大汉而言，必然好处良多。"身穿黑衣又有面具遮脸的多闻使慨叹一声，"想当年飞羽兴盛之时，我大汉又何须担心曹魏铜雀六尊者？可如今一切都变了……朝云的武道修为是停滞不前，甚至剑道修为还全归于无，若是再这般继续下去，飞羽……便有麻烦了。"

听着多闻使越发沉重的语气，广目使却露出一抹笑容："当年南方仙门那位宗师曾亲口夸赞过朝云，能得仙门宗师夸赞，说明天赋不在话下……只要能够找到其中症结，修为之提升，也便不在话下了。"

"但愿如此吧，希望王五不要令我失望……"多闻使点了点头，没有回答，而是问道，"方才广目使君说……天下人吃亏，我也不会吃亏，莫非广目使君已经看出了一些端倪？"

广目使君闻言，哈哈一笑道："若是我没有猜错的话，丞相用来引诱曹魏的那十万军粮，只不过是一些枯枝败叶罢了，根本不是真正的军粮，否则多闻兄也不敢如此大胆，敢以十万军粮为诱饵啊。"

多闻使面色如常："何以见得？"

广目使想了想，道："丞相于数日前派人知会我等，说粮食已到，标数十万军粮，并命人到处宣扬。可我问过李严大人之后，方才得知……哪里有什么十万军粮，分明只是够万人食用数日罢了，剩下的那些都是用枯枝败叶装扮起来迷惑敌军的……丞相此招高明啊。"

多闻使笑了笑："什么都瞒不过广目使君。"

广目使摇摇头道："丞相以十万军粮为噱头，用以稳定前方将士军心，此为其一；丞相以十万军粮引诱曹军出动，此为其二……除去如我等一般的普通人能够看出的这两点之外，我想丞相一定还别的打算。"

多闻使笑了笑："丞相擅于治军，却不擅长用兵……因此很多时候，用兵之计还需你我共同辅之。"

广目使叹了口气，轻轻点头："这……也正是当初成立飞羽的原因所在啊。"

与此同时。

木流渊峰峦峭壁之上。

上百名黑衣人如同幽灵一般来回穿梭，只是片刻时间，便已将峭壁之间连接着的索道尽数斩断，放眼望去，整个木流渊上连一粒粮食也不曾剩下。

谷底刮来阵阵凉风。

黑衣人整齐地站在一座高峰之上，看着下方迅速聚集的蜀汉军队，神情之中没有半点惊恐，十分平静地看向站在最前面一身白衣的徐暮云

"尊者，我们是否按原定计划离开？"为首的一名黑衣人上前一步，抱拳沉声问道。

"不……似乎哪里不对。"徐暮云看向漆黑的谷底，眉宇之间闪过一抹疑惑。

"这……"黑衣人惊诧，白衣尊者轻易不说话，此时他说哪里不对，那么一定是什么地方出现了问题。

"尊者，您是不是认为太过顺利了一些？"黑衣人小心翼翼地问道。

第七章
凤鸣，北方有仙子

　　"顺利？"徐暮云摇了摇头，没有说话。是太过顺利了一些，但重要的不是太过顺利，而是有一些东西不对劲……

　　见他稍有迟疑，黑衣人决定不再打扰徐暮云，他抱了抱拳，躬身缓缓后退。

　　就在这时，空中一片落叶随风飘来，飞过几圈之后，便轻盈地落到了一只白色鞋子之上。

　　徐暮云低下头，看着鞋面上的枯叶，疑惑地开口道："树叶？"

　　此时早已入秋，山上空气寒冷，已经过了叶落之时。

　　徐暮云双眸一闪，心中立刻想到了某种可能，眼神无比锐利地朝周围扫射而去，空中有零零散散的枯叶落下，但是地面之上，却连一层叶子也不曾铺起来，这在树木茂密的木流渊上很难解释。

　　而且举目望去，凭借超出常人的眼力，徐暮云还看到，不只他们脚下的山峰，便连周围数座高峰之上，也没有任何堆叠的枯枝碎叶。

　　"莫非刚才那些粮食……"

　　心中猛然大惊，在身后黑衣人不解的目光中，徐暮云脚下一动，身影迅速飞掠而出，稳稳地落在方才斩断的一条索道面前，眼神如鹰般紧紧扫过地面。

　　"枯叶……"莫名呢喃一句，徐暮云再次起身，飞速去往其余索道处查看，可是很快他便发现，所有索道运粮之处，多少都残留下一些枯枝败叶，这些枯枝败叶的数量，比木流渊各座峰顶的地上多出不知多少。

"中计了！"

一抹凝重的神色缓缓在他眉间出现，身形几个起落，迅速回到黑衣人面前，徐暮云脸色冷漠地道："按原定路线，迅速撤离！"

"遵命！"

领头黑衣人一挥手，身后的百名黑衣人便无视已经将他们里外包围的蜀汉军队，身形一动，一个个高高跃起，眨眼之间，就穿过人群落在了另外一座山峰之上。

中途有兵士强起阻拦，但这上百名黑衣人只是随手一击，兵士们就被击退或者杀死，至于徐暮云周身，更是无人敢靠近分毫。

"依原路返回！"

行进间，领头黑衣人大喝一声，一剑刺穿阻挡于身前的数名士兵，当先便往来时的路跳跃而去。

只要离开木流渊，到达幽山另一面，他们便能到达魏国大军所在之地，到时候非但任务可以完成，便连命也能保住。

完成任务并保住性命，才是他们来到此地的原因。

"想走？"

突然，一道冷冽孤傲的声音由远及近传了过来，霎时间，一柄剑携着莫大的威势，横渡虚空而来，无视距离与抵挡，迅速地直接从领头黑衣人胸前穿插而过——

哧的一声，带出一串鲜艳的红色，浸透了黑色衣物。

"谁……"

黑衣人跳动的身形木然顿住，表情惊愕，他艰难地扭过头去，只看到一名身穿银色布衫的年轻人出现在他背后，手持长剑，浑身上下散发出强大无比的气势。

如此装扮，如此相貌……

"飞羽第三将……游兆？"

领头黑衣人呢喃一声，脸上惊愕的表情缓缓变得释然……传闻飞羽十将中，飞羽第二将端蒙和第四将强梧，实力都要比第一将焉逢强大，强大到甚至与徐暮云相比也不差多少。

他死在对方手中，看起来也算合情合理。

可是……家就在不远处，妻儿翘首遥盼，而他就这样不明不白地死去，终究是有些不甘啊……

扑通！

黑衣人扑倒在地，血从他的心脏部位汩汩流出，很快便染红了地面。

"白衣尊者手下之人，也不过如此。"

银衫年轻人淡漠的眼神轻轻扫过，嗤笑一声，伸手一挥剑，一只耳朵便凌空飞起，落入他腰间的布袋之中。

黑衣人中有人悲愤地怒吼起来。

唳——

与此同时，高空之上，一声凤鸣远远传来，凤鸣声本身便带有强大的威势，不少实力弱小的蜀汉兵士甚至被吓得身躯颤抖，匍匐在地，不敢动弹。

凤鸣由远及近，直到来到众人的头顶之处，这才看清那原来是一头五彩灵凤，五彩灵凤身上，一名妙龄女子拾裙端坐，神态安然，浑身上下都透露出一股不食人间烟火的仙子气息，任何人看到，都难以升起一丝亵渎之心。

"横艾，截住那名黑衣人！"

游兆一剑挥出，割下数颗黑衣人的头颅，猛然转头之时，才发现一名黑衣人趁他不备已混入人群中溜走，正往横艾那边逃窜而去。

"好。"

轻轻点了点头，端坐于五彩灵凤背上的妙龄仙子轻声应了一句，连剑也不曾拔出，只是拿起腰间的笙，轻轻放于唇间吹奏起来，似乎根本不打算去管逃跑的那个黑衣人。

"横艾，这是战场，收起你的慈悲心肠！"

游兆极其不满地说道，说话的同时，他再次挥剑，一阵光芒闪过，面前的三名黑衣人尽数被他割下头颅。

横艾轻轻地看了他一眼，不为所动，依然在吹奏着笙。笙的声音袅袅传出，如山间溪水一般潺潺入耳，十分好听。那名经过横艾身前，以为已经逃出生天的黑衣人，听到如此妙音，忽然间便停下了身形，痴痴地转过身来，朝着五彩灵凤走了过去。

这一瞬间，所有已经逃离的黑衣人都停下脚步，缓缓折回，朝横艾周围聚拢，神情呆滞木然，仿佛灵魂被抽空了一样。

"哈哈哈，游兆啊，你有时间还得多学学横艾！这叫什么？叫不费一兵一卒，便能玩弄敌人于股掌之间！"一名身材强壮的年轻人哈哈大笑，身背弓箭、手提长剑往这边走来。所过之处，黑衣人尸首遍地。

"最后还不是需要我们动手？"游兆依旧嘴硬地道。

"还不快来帮忙？！"另一边，一名女子猛然一剑刺出，她的对面，白衣徐暮云已被五人紧紧围住，一时之间竟难以招架。

"哟，端蒙大姐这是打算一次性把这白发小哥给拿下啊？我可告诉你，人家可是铜雀白衣尊者，是仅次于紫衣尊者的存在，实力强大得很，差不多就放人家走得了，可千万别玩火啊。"强梧面上哈哈大笑，但手上却老实得很，一点也不敢怠慢地将弓拿下，不急不缓地抽出一支箭来，两指一捻，搭上弓弦。

"哧……除了用箭偷袭，你还会做什么？"游兆在背后嗤笑一声，不等强梧说话，他自己便已向前飞掠而出，整个人化作一柄利剑扑向了徐暮云。

"嘿，会射箭也是一种本事啊！"强梧丝毫不在意，卷起袖子，张开手臂，大喝一声，便将弓箭拉开到了一个夸张的弧度，然后眼睛微眯，直接瞄准了处在中间位置的白衣徐暮云。

"白衣小哥，就让你尝尝我强梧的箭吧……剑和箭，你试试哪个更合你的胃口！"

说话之间，强梧目光一冷，两指一松，羽箭顿时化作一道流光朝前飞去，目标直指正挥剑抵挡的徐暮云。

"让——"

一声长呼。

将徐暮云围住的所有人同时往后退出一步，羽箭急速飞射而来，从人群中间穿过，凌厉的灵气将空气震得直响。

"不自量力！"

徐暮云脸色冰冷，看也不看已经接近身边的强大的羽箭，随手一握，长鄂剑便被他拿在手上，长剑挥去，黄色剑气喷薄而出，与羽箭之上的灵气猛烈相撞在一起，发出一阵剧烈的碰撞声，随后强势无比的羽箭顿时化成碎末，散落在周围。

"好强！"

强梧咂吧咂吧嘴，他的弓箭之强大，世间没有人比他更清楚，要知道……这可是足以杀死武道或者剑道第二境之人的一箭，可现在射到徐暮云面前，却连他的衣角都没碰到。

其余人看到这一幕，也是惊愕无比，天下都传白衣徐暮云是剑道天才，实力无比强大，可百闻总不如一见，作为同一年龄段的少年天才，他们心里自然会有些好斗之气，彼此心中不服对方的情况很是常见。

可是这一招过后，他们才算真正意识到，徐暮云的强大，已完全超乎他们的想象。

"难怪……连朝云都不是他的对手。"强梧皱起眉头，手紧紧地握住弓箭。

木流渊上，黑衣人被斩杀殆尽。

躲过必杀一箭之后，徐暮云被困在中央，神色冰冷，看不出悲喜。

"你就不为你的手下难过吗？"端蒙指着遍地的黑衣人尸体，声音冷冷地问道。

徐暮云看了一眼端蒙，没有说话。

端蒙冷笑道："你们曹魏之人，莫非都像你一样如此无情？"

徐暮云挑了挑眉头，只吐出六个字："飞羽……不过如此。"

"不过如此？"

端蒙似乎没想到徐暮云会如此回应，愣了片刻，忽然笑了起来。对她稍微熟悉的人都知道，一旦端蒙露出如此笑容，便说明怒火已经开始燃烧她的胸腔了。

"布阵——火网！"

一声令下。

远处的五彩灵凤突然飞至上空，呈孔雀开屏状展开双翅，翅膀之下，凤羽化作无数艾叶幻刀，击向白衣徐暮云。

叮叮当当！

艾叶幻刀被徐暮云的剑气震开，纷纷弹跳着飞回。

与此同时，横艾趁机旋转落地，将火丹在徐暮云周身撒了一圈，定下阵眼。艾叶幻刀也于此时飞回她身边，拢于袖中。

做完这些，横艾立即轻蹲。

端蒙手上微动，一枚环刀破空而来，越过俯身避开的横艾，径直奔徐暮云而去，所到之处草木纷飞，然而即便如此，却依旧难以伤到徐暮云分毫。

冷哼一声，游兆手势轻动，一枚爪刺紧随环刀而来，了无障碍，狠狠地扎进巨石之中。

爪刺末端的绳索忽然一分为二。

发射爪刺的机关处，端蒙与强梧各持一端，向后翻腾，远远地分开站定。

由空中看去——

三根绳索分别持在端蒙、强梧和游兆手中，连结成一个三角形，将横艾围在正中。

一支箭斜射入空中。

横艾轻起，一只脚轻踏箭身。

不远处，强梧固定绳索，单膝跪地，眨眼间数箭连发。

箭支上，横艾如踏天梯一般一步步登高，直至立于三角形正中心上空，长袖一舞，一张巨网从天而下。

紧接着，横艾整个人向上从网口飞出，同时燃烧符纸，一指轻弹，直接扔出。

哗！

天网起火。

"退！"

强梧、端蒙、游兆同时松手，向后翻腾退避。

三角形中一声巨响，轰然炸开，熊熊大火燃起，火势被圈定在三角形的范围之内。

火光中，徐暮云的神色越发冰冷，他冷冷地看着将自己围困的火阵，嘴角微动，冷然说道："莫非你们以为，如此，便能够将我困住了吗？"

端蒙脸色冷漠地道："看起来你并没有多么聪明……此阵乃是多闻使君所布，专为捉拿你所用。你以为，自己有把握从阵中逃脱吗？"

其余人也冷笑起来。

徐暮云的强大他们不敢否认，但是如今看来，一旦飞羽几人合力，对付他却也不用太过费力。

"是吗？"徐暮云轻轻摇头，嘴角露出一抹轻蔑之意，眼神更是冰冷如同千年寒冰，"可惜……起风了。"

起风了？

大帐之外一缕轻风吹来，吹得烛火摇曳不停。

"嗯？"

帅位之上，多闻使端坐于蒲团之上，正闭眼沉思，突然睁开双眼，一双长眉随之轻轻蹙起。

"风？"

一丝凝重爬上老人的眼角，多闻使起身走出营帐，身后卫兵跟随，快步来到幽山的观星台上，仰头往周天看去。

此时此刻，天际乌云聚拢，沉重如有数吨的黑铁聚集在一起，仿佛要将整片天压垮。

看着堆叠不止的云层，多闻使的眉头紧紧地挤在一起，凝成一个解不开的疙瘩，过了半晌，他才轻叹口气，缓缓开口道："当真……是天意吗？"

黑衣人适时出现，抱拳道："大人，请让我前去捉拿徐暮云！"

多闻使闭上双眼，沉默片刻，说道："天命如此，谁去也枉然……若是老夫所料不错，此时那铜雀六尊者的其他几位，怕是已经到达木流渊上了。"

黑衣人神情肃然："即便其他几位也在，属下也愿意一试……"

多闻使摆了摆手，摇头说道："你还不是他们的对手……既然都来了，便放他走吧。"

黑衣人不甘心地道："大人，您花费如此苦心，不就是为了能够将他留下吗？可是如今眼看就要成功，不试一试又如何知晓不行？"

多闻使忽然轻笑起来，目光略过层层乌云，仿佛穿透天际一般，看着天上的乌云说道："天意如此……还记得我与你说过的，北方最强大的那些人吗？"

第八章
军中不准饮酒

黑衣人满脸的不可思议："大人是说，他们……"

多闻使眯眼道："丞相前几日夜观星象，并断定今日雨停，可是如今……北方却有雨来了，你以为是丞相看错了吗？"

黑衣人气得一拳砸在地上，恼怒地道："仙门竟敢如此明目张胆了？"

多闻使叹了口气，说道："仙门之心，路人皆知……现如今，唯一令我感到不安的，还是铜雀六尊者中那位号称紫衣尊者的年轻人。"

紫衣尊者？

黑衣人霎时一脸惊诧，能够让多闻使君感到不安，那这紫衣尊者……究竟该有多大的本事？

多闻使缓缓摇头道："捉拿徐暮云已是不可能之事了，如今……便要看王五那边，究竟能帮朝云多少了。"

数百里之外，曹魏军阵中。

司马懿卧病在床，已足足三日。

侍女端来汤药，服侍着司马懿，一勺一勺将药喂下。

谋士钟宇站在一旁，不时伸手抹去额头上冒出的虚汗，抱拳直言道："都督，周将军从昨晚到现在都跪了一整天了，他可是您的爱将。"

司马懿怒容满面，一把打翻药碗，激动得咳嗽起来："爱将？废物！一万精兵、一批批死士，跟着他全都有去无回，木流渊却没能踏进一步！他，竟然还有脸回来！"

钟宇继续说道："都督息怒。其实也难怪，诸葛孔明神鬼莫测，他命人布下迷阵，将整个木流渊隐藏于雾幛之中，实在难测形迹啊，除了关隘再无入口！周将军好不容易才派死士潜入，却撞在了一个妖魔鬼怪身上！仅仅一天，三批死士，便无一生还！"

司马懿冷笑："妖魔鬼怪？你告诉我这世间哪有什么妖魔鬼怪？！分明是他无能，为逃脱罪责，才编了这套鬼话！"

钟宇无奈地道："都督！世间不可测之事，本便不是常人可以想象的。这些，您比属下更为清楚，毕竟紫衣尊者，便是此中之人……他手下掌握铜雀各尊者，暗中实力可谓强大无比。"

司马懿长眉轻蹙，刚想再说些什么，传令兵突然闯进大帐，单膝跪地道："报——启禀都督，紫衣尊者前来犒军！"

钟宇微微一愣，挥手让传令兵退下，抱拳看向司马懿，严肃地道："都督……这位紫衣尊者，绝不像表面那么简单。"

司马懿的神情变得严肃起来，他眯了眯眼，从床上坐起身来："你说得对……紫衣尊者绝不是表面看起来那么简单！他虽看似手无缚鸡之力，却能统领铜雀各位尊者。除他之外，麾下其他五位尊者，个个修为强大，一般人谁能够做得到？只是……他来军中已有几日，在第一日与我夸下一个海口后，便整日窝在帐中，不知此时前来，所为何事……"

钟宇问道："都督是否要出去迎接？"

司马懿不假思索地道："去，召集各位将军，随我一同迎接！"

军帐之外。

几位士兵押着一辆载满酒坛的马车优哉游哉地进入军营，向主帐走来，马车上的酒坛摇摇晃晃。

司马懿带领众将肃然出迎。

马车已停至营前。

但是一眼看去，却只见押解的士兵，哪里有什么紫衣尊者。

司马懿皱了皱眉，上前一步，微微躬身问道："请问君尊何在……"

话音未落，车上的酒坛忽然被悉数推落在地，纷纷碎裂——原来这些酒坛子都已变成了一个个空坛子。

一个身穿紫袍、赤足散发的人醉醺醺地从马车上坐起来，他一身紫色衣袍，脸上戴着紫色的面具，只露出两个瞳孔，正是之前与王五在帐中密谋刺杀横艾之人。

此时的他与之前的模样完全不同，打了个酒嗝，痞气地道："军中……不许饮酒。"

说罢，紫衣尊者哈哈一笑，跳下马车，歪歪扭扭地走将过去，直接倚在司马懿身上，抬头嘻笑着："所以，我就把这犒军的美酒……都喝了！"

司马懿拱了拱手，面无表情地道："君尊可随意饮用。"

紫衣尊者哈哈一笑，伸手拍了拍司马懿的肩膀，又打了一个酒嗝道："面无表情……看来司马都督，是不相信我之前所言？"

司马懿叹了口气，抱拳道："不瞒君尊，我这几日卧病在床，正是因此事所扰。"

紫衣尊者曹睿绕着司马懿，歪歪扭扭地走了一圈，靠在他背后说道："都督此乃心病，心病……自然需要心药来医。"

司马懿转身抱拳："不知君尊，可有何良策？"

曹睿哈哈一笑："司马都督，我前几日告知于你，木流渊上蜀汉大军的十万军粮，今日必然会尽数坠于谷底，而都督不相信……我今日所来，便是要告知都督此事，木流渊……已破。"

木流渊已破？

为了拿下木流渊，斩断流马索，司马懿不知花费了多少心思而不得，可是如今……仅仅几日时间，木流渊便被破了？

司马懿双眸精光一闪："君尊所言当真？"

曹睿神秘一笑，也不说话，直接靠在司马懿肩上，已打起呼噜睡了过去。

就在这时，传令兵高举卷轴冲进军营，高声禀报道："报——启禀都督，木流渊被我军攻下，蜀军十万军粮悉数坠入渊底！"

"你说什么？！"司马懿怔住，随即连忙挥手招来随从，吩咐道："好生照顾君尊！"旋即快步走到传令兵身前，一把抓起卷轴细细观看起来。

一抹狂喜之色出现在他脸上，半晌，司马懿才轻轻地放下手中的卷轴，长长地松了口气道："诸葛孔明啊诸葛孔明，你算来算去，恐怕也算不到今朝吧？"

传令兵再次从背后拿出一份卷轴，双手恭敬地递到司马懿手上："禀都督，木流渊之战，我军有上百人被困，此时仍未脱身！"

"哦？"司马懿收起笑意，眉头微蹙，心下揣度："这些人都是紫衣尊者的心腹，而且他们还是此番攻下木流渊的第一功臣，那……"

钟宇拱手问道："都督，那我们是救，还是……"

司马懿微微抬头，看着前方飘来的雨幕，缓缓吐出一字："救。"

大雨瓢泼而至。

望风亭不远处的一个山洞里。

一个圆滑的光幕将雨水撑开，皇甫朝云端坐于地面，他的身体依旧被厚重的金色剑气化作的盔甲所覆盖，而他的身后，身穿青衣的王五脸色苍白，双手抵在皇甫朝云的背部，不停地朝他体内输送灵气。

这已经是他进行的第三次尝试了。

他试着借助灵气，将自身体内的剑气输送到皇甫朝云的丹田之中，从而助他重塑剑胎，然而不论他如何尝试，不论他输送进入皇甫朝云体内的是白色剑气抑或是更加高级的黄色甚至绿色剑气，这些剑气一旦进入皇甫朝云体内，很快便会消散于无形，仿佛从未出现过一般。

王五知道，这是那些金色剑气带来的影响。

他虽不曾亲眼看到皇甫朝云体内的金色剑气将其他颜色的剑气吞噬，可是除去这种可能之外，他再想不到其他原因。

一抹愁容在他脸上出现。

任何一名剑修，未曾踏入剑道之前，体内一般都不会带有剑气，即便是那些天生带有剑气的天才——剑气之体，也大多是自带白色剑气，顶多是黄色剑气！

可是金色剑气……真是闻所未闻，见所未见！

若是不能尽早解决金色剑气吞噬其他剑气这件事，那么皇甫朝云想要重塑剑胎，再度踏入剑道，几乎就是一件不可能做到的事情。

"即便是先帝所传之《大衍剑术》，其中也不曾对金色剑气有过记载……更不用说，焉逢体内的金色剑气竟浓厚到足以形成一副剑气盔甲，如此浓厚的剑气，即便是剑道第四境强者，也不见得能够拥有。

"这金色剑气善于吞噬其他剑气，这足以说明其强大之处，但其本身却连剑胎都难以塑起，这与手握一座金山，却不知如何开采，又有何区别？"

王五不停地摇头，手上的动作却未停下，灵气如同不要命一般，携带剑气疯狂地涌进皇甫朝云体内。

汩汩汩……

一连串如泉水叮咚的声音在皇甫朝云体内响起，稍微熟悉剑道之人，便能知道这是剑气密集到了一定程度，在经脉中液化成水，流过体内各处时形成的声响。

对于拥有剑道天赋者而言，一旦这些剑气通过经脉流入丹田，在丹田之中形成一个剑胎，便意味着他们已正式踏入剑道，成为一名高高在上的剑修。

可是这种情况想要在皇甫朝云体内发生，却是一件十分困难的事情。

剑气虽然在经络中流动，但不等到达丹田的位置，这些剑气忽然便停了下来，一股金色剑流同时从皇甫朝云丹田之内出现，快若闪电般沿着身体各处经脉回涌而去，与凝结成水的普通剑气相遇在一起。

没有想象中的激烈碰撞，简单得就像是细水遇到海绵一般，还来不及反抗，那些普通剑气便在须臾间被金色剑气所吞噬，连一丝也没有剩下。

"金色剑气，竟霸道如斯！"

王五的脸色越发苍白，脸上愁容更甚。

这已是他第三次传授失败，再这样下去，不用等皇甫朝云醒来，恐怕他就要因灵气枯竭而变成一个废人……

"不能再这般下去了，必须尽快解决问题，否则一旦大军到来，我再想要离开就没有那么简单了。"王五沉思。

他来到这里是与紫衣尊者有交易在身，目的是为刺杀横艾，至于帮助皇甫朝云，则完全是由于心底对先帝存有愧疚，进而顺手所为。

他不能因为为了帮助对方重塑剑胎、踏入剑道，就将自己置于险境。

"焉逢将军，王五也只能帮你到这里了……"

王五叹了口气，拖着疲惫的身躯缓缓起身。

然而，便在此时……

咔嚓！

声音不大，但是声音刚刚落下，一道裂缝便出现在金色剑气所铸的盔甲上面！

"这是……"

王五忽然睁大了眼睛，脸上的表情无比惊愕。

这一刻，他清晰地感受到自己的生机在迅速恢复，一股强大的气息从破开的金色盔甲里面喷涌而出，仿佛是春天万物复苏一般，甫一出现，便释放出勃勃生机，令人无比舒畅！

这还没有结束。

第一道裂缝出现之后，金色盔甲之上又有无数细小的裂缝咔嚓咔嚓接连爆响，很快就如渔网一般覆满金色盔甲。

生机越发浓厚，便连周围的草木，也受到影响，在这一刻疯长起来！

王五难以置信地看着眼前发生的一切，在他的认知中，显然还从未听闻过如此神奇的事情。

究竟是多么强大的能量，才足以让他消耗过度的身体立刻恢复，甚至连周围的草木都因此受益？

王五不知道，他的目光紧紧地落在了皇甫朝云身上。

此时的皇甫朝云，周身的金色盔甲已经破裂殆尽，盔甲化作的金色剑气如同匕首一般，围绕在他的周身不停地飞舞，发出狼嚎一般的声音。

皇甫朝云体内的生机更是以肉眼可见的速度迅速恢复，眨眼之间就已达到顶峰。

更为恐怖的是，在浑身充斥生机的同时，他身上的气势也在一节一节逐渐攀升。

如果说一开始武道第二境的修为是一条溪水的话，那么此刻，皇甫朝云给人的感觉就是一条奔腾不息的河流！

溪水对强大的武者没有威胁，可若是一条奔腾的河流，却足以引起他们的重视。

王五眼神凝重地往后退开一步。

他自身虽足以抵挡这种气势带来的威胁，但是对于如此强大的气势下，那些飞舞在皇甫朝云周身的金色剑气，却无法不保持忌惮。

因为他从那一缕缕奇怪的剑气上面，感受到了一丝古朴与厚重的味道。

哪怕仅仅只是一丝，却也足以令早已是武道临五境、剑道第四境的他，内心感到疯狂的不安和躁动。

这种从内到外被极度压制的感觉已多年不曾在他身上出现过，可是今日，面对那些飞舞的金色剑气，他却真切地感受了一番。

王五的脸色再次变得苍白，明明天气不热，可他的额头上，却频繁地冒出一层层细密的汗珠，如果凑近些看，还能够发现他后背上的衣服都已被浸湿，像是被水泼过一样。

金色剑气带来的古朴与厚重之感久久不散，而皇甫朝云身上的气势也逐渐攀登到了一个顶峰，奔腾的河流化作翻滚的大江，最终逐渐平静下来。

呼……

莫名地松了一口气，王五看向皇甫朝云的眼神，相比之前已多了一丝震撼。

很早的时候他便知道皇甫朝云的不凡，即便后来因为修为倒退之事，皇甫朝云天才的名头付诸东流，被无数人笑话，但王五心里也仍旧坚定地认为，此人，将会是这一代飞羽中，最出色的那一个。

如今看来，他的想法果真没错。

第九章
重塑剑胎

奇怪的修为，强大的生机，霸道的金色剑气……只是没有想到，皇甫朝云会如此厉害！

王五的眼神之中流露出一丝欣慰。

忽然，他的眼神变得古怪起来，甚至顾不得周身金色剑气的威胁，快步走到皇甫朝云身前，看着对方丹田的位置，仔细确认了一遍，才不可思议地摇头道："这……这怎么可能？！"

雨下得越来越大。

猛烈的火焰在豆大的雨珠的浇淋下，眨眼间便化作一堆黑烟消散在木流渊上。

徐暮云站在黑色圆圈的中央，手持长鄂剑看着周围四人，脸色不悲不喜，但看得出来，相比之前，他整个人已变得轻松不少。

一丝嗜血的冷色出现在徐暮云脸上。

他能在火网当中安然无恙，完全仰仗了及时到来的瓢泼大雨。

也正因如此，方才一番大战，他几乎没有花费任何精力。

相比之下，对面四人却已浪费了不少灵气……几人之中境界最高的端蒙与游兆，也仅仅才是武道与剑道第三境之人，远没有达到可以自行储存及补充灵气的第四境界。

因此对于击败甚至击杀对方，徐暮云相信，只是时间早晚罢了。、

一抹白色的剑光在烟雨弥漫的山峰之上闪过。

势如脱兔，宛如雷电，速度快到令人难以看清。

除去在场的飞羽四人，普通之人根本没有时间反应。

只听刺的一声长音出现，剑光所到之处，蜀军兵士成片倒下，连惨叫也来不及发出一声，便已躺倒在血水之中。

"放肆！"

端蒙目眦欲裂，内心却忍不住震颤不止。

因为就在刚才，即便她将所有心神放到了徐暮云身上，可依旧没有看清楚对方究竟是如何出手的……可以说徐暮云的出剑速度，已经快到肉眼难以跟上的地步，她甚至来不及做出一声提醒，便只能眼睁睁地看着那一抹剑光冲入人群，肆意收割性命。

"下一个，便是你。"

面对端蒙的怒斥，徐暮云只是面无表情地说了这么一句话。

仅仅一句话，意思却已足够明显。

我下一个要杀的人，就是你。

这是徐暮云话里的意思。

因为刚才那一剑，他并非是为了杀人，只不过是想在真正动手之前，练练手而已。

杀数十人，只为练手，除去白衣徐暮云外，天下再也找不到第二人。

正因此，此时他说出的话，显然比方才那随意挥出的一剑更加狂妄、更加令人侧目。

要知道，站在他面前的不是普通的武者，而是飞羽十将中的四位，而他扬言要杀之人，更是飞羽之中排位仅次于第一将焉逢的飞羽第二将端蒙！

端蒙气得胸脯鼓动，手中已然拔剑，便在此时，一只手将她抓住了。

强梧拉住她，皱眉道："端蒙，方才多闻使下令，放他离开。"

游兆不满地道："这岂不是太便宜他了？"

横艾手中捏着符鸟，轻声说道："铜雀六尊者中的其余几人正往这里赶来……司马懿老贼那里，也已派出了一支精锐前来接应，据说那些人境界高强，

领头之人甚至是第四境强者。如今我们任务已然完成，是应当撤了。"

强梧的神色是少有的凝重："飞羽其余人各有任务，不可能前来支援我们，而大军尽在阵外与来犯敌军厮杀，更不可能因我们而有所调动……因此，我们必须在敌人到来之前迅速离开，不可恋战。"

端蒙紧紧握拳，脸色冰冷地道："焉逢误我！值此关键时刻，他竟消失无踪！"

游兆眯眼道："焉逢早已不是当年的焉逢了……一个武道第二境之人，莫非端蒙大姐还指望他能够帮到你什么不成？"

强梧皱眉道："游兆，再怎么说，他也是飞羽第一将、羽之部首领！以后休要再如此谈论！"

游兆冷笑道："凭他那修为，若非多闻使君庇护，先不说飞羽第一将的位置他能否保住，能不被逐出飞羽，便算烧了高香了！"

端蒙秀眉轻蹙道："好了，立刻撤退！"

横艾站在一旁不曾说话，此时闻言，便不再理会端蒙，反而淡淡地瞥了一眼游兆，轻轻一笑道："你说此话，日后可莫要后悔。"

"后悔？"

游兆正哈哈大笑，突然一阵剑光从天而降，如银河一般铺开，直接朝几人身上倾泻而来。

"退！"

端蒙疾呼，一瞬之间，四人各显本事，极速地向周围退开。

剑光与地面接触，砰砰几声，数块巨石直接被碾碎，化作细小的石块四下纷飞。

地上的草木更是轻易便被拦腰斩断，碎屑随风飘零，又被暴雨打落。

一时之间，木流渊上一片狼藉。

雨哗哗落下。

端蒙愤恨地看了一眼已踏上空中、手执长剑且面色淡漠地俯视众人的徐暮云，咬牙冷冷地吐出一字："撤！"

刹那间，横艾踏上五彩灵凤，其余人则如幻影一般，脚蹬地面，迅速消失在群峰之间。

徐暮云没有再出手，任由他们离去。

但是很快，他的眉头便微微皱了起来。

"按说赤衣与黄衣应当早已到了，可是为何还不见踪影？"

这也正是他没有恋战的原因。

按照与紫衣的约定，一旦他偷袭木流渊成功，那么便以黑衣人的信号为准，派赤衣与黄衣前来接应他。

按照时间推算，两人现在至少也应该进入了木流渊的大阵之中，可是方才他仔细探查了一番，却发现周围数里的范围内，都没有对方的任何气息出现。

这……便有些不寻常了。

徐暮云轻蹙的眉头向上挑了挑，自语道："看来是途中遭遇了什么……会是谁，竟能将他们两人一同拦下？"

望风亭不远处的山道之上。

大雨如注。

皇甫朝云手持方天画戟，如战神一般立在中央。

他的面前，一名身穿赤衣的女子与一名身穿黄衣的中年男子分开而站，眼神十分警惕地注视着他。

半晌，黄衣男子终于开口问道："飞羽第一将焉逢？"

"正是。"

"传闻你的境界停滞不前，甚至不停地倒退，没想到现在，你却已达到了武道第三境。"

"这本就是我的境界，何来奇怪之说？"

"恐怕……没有那么简单吧？"

皇甫朝云嘴角勾起一抹轻笑，没有说话。

"赤衣，我们走！"

"黄衣师兄，白衣师兄还在等着我们！"

"白衣实力强大，又有司马都督派人接应，逃走已不是问题。可若是我等再留在这里，出问题的就该是我们了！"

"可是，这焉逢怎会如此强大……"赤衣翘了翘好看的眉毛，嘟着嘴说道。

"这件事……需要尽快向紫衣禀报。现在他气息不稳，我们可以趁机离开，若是再纠缠下去，等他气息恢复，到时候便有麻烦了。"

"一切听黄衣师兄安排。"

"走！"

黄衣一把抓住赤衣，脚下连连蹬地，眨眼间便消失在了木流渊的阵口之处。

"呼——"

看着两人远去，皇甫朝云终于松了口气，体内的伤势一时间却难以压制，痛苦之色一闪而逝，一口鲜血随即喷出。

黄衣说得没错，他此时气息不稳，尤其刚才强行动用武力，更是直接伤到了内脏，想要彻底恢复过来，没有几日的调理根本不可能。

"可是……方才究竟发生了什么，为何我醒来之后，会身处山洞之中？"

皇甫朝云眉头皱起，眼神之中流露出一抹浓浓的不解。

半个时辰之前，他刚一醒来，便发现自己竟然端坐于山洞之内，更为古怪的是，他一出山洞，就恰好遇见了黄衣与赤衣两人。

敌人相见，大战在所难免。

好在经过一番交手，他直接打退了两人，但自身，却早已是疲惫不堪。

"还有……我的修为！"

想到这里，皇甫朝云一把抹去嘴角的血迹，再次确认一番，发现自己的武道修为的确已经从第二境越过临三境，直接突破到了第三境！

战力更是比之前上升了不知多少，否则刚才也不可能面对赤衣与黄衣联手，他却还能将对方逼退。

三年了！

三年中，他的修为从来都不见增长，而且还有不停后退的迹象，没有想到在这关键时刻，他竟能恢复到原先的境界。

但，这究竟是怎么回事？

皇甫朝云摩挲着手中的方天画戟，仔细回想之前发生的一切，可是无论他如何回想，却只能想起自己败于徐暮云之手，剩下的事情，竟连一点印象也没有了。

"有人救了你。"这时，一道苍老的声音突然凭空出现，甫一出现，便如同暮鼓晨钟一般，在人心头敲响。

"先生！"皇甫朝云眼神一亮。

"救你之人乃先帝身边的第一侍卫——王五。"苍老的声音继续说道。

"王五先生？"皇甫朝云脸色微变，"王五先生怎会出现在这里？"

"不知……但好在他对你没有恶意，相反，还对你颇为照顾。"苍老的声音欣慰地道。

"王五先生于先帝驾崩前夜突然消失，宫中传言先帝之死与王五先生脱不了干系……但我更愿意相信，先帝之死与他无关。"皇甫朝云眯了眯眼。

"现在暂且不论这些，我倒是要先恭贺你，不仅修为增长，而且连令你无比苦恼的剑胎……也已成形。"苍老的声音中略带笑意，言语之中掩藏不住喜悦。

"剑胎成形？"皇甫朝云一怔，旋即就地盘膝而坐，打开意识顺着经脉游走，缓缓来到丹田之内。

只见此时他的丹田位置，一柄金色小剑剑头向上，剑柄悬空而立！

小剑周围有一丝丝的金色剑气萦绕着，若是仔细观看，便能发现这些金色剑气看似杂乱，可实际上却运行得极有规律，似乎是在按照八卦运转，具有某种极强的规律。

"这……真的是剑胎！"看到丹田中的一切，皇甫朝云一时怔住了。

在三年前体内莫名地出现一缕金色剑气之后，剑道于他便越行越远，直到此时，他辛苦努力了三年，久违的剑胎终于被重新塑起！

但，皇甫朝云心中却充满了疑惑。

因为所谓剑胎，一般而言仅仅只是几缕剑气组合在一起，形成一柄剑的模样，温养在丹田之内。

而且这些剑的颜色会与剑道的修为相对应，例如若是剑道第一境，那么剑胎的颜色便会是白色，若是剑道第二境，剑胎的颜色便会是红色……

可奇怪的是，他丹田之内的剑胎，却并非由几缕剑气简单地组成，而是实实在在的便是一柄缩小版的剑，剑刃、甚至剑柄之上所刻的铭文全都一清二楚，没有半分虚幻的模样！

最主要的是，连剑胎本身也是金色的。

这便显得有些神奇了。

"先试试看！"

皇甫朝云睁眼，也顾不得体内伤势如何，随手抓住一根枝条，站起身来，根据脑海中掠过的某一剑招，随手便往前挥去，只是轻轻一下，枝条之上便有金色剑气喷薄而出，如飞刀一般飞射出去，在不远处的树干之上留下一道极深的刻痕。

"这……"

皇甫朝云呆住了。

"如此威力，恐怕与剑道第二境相比，也不遑多让吧？可是……我才刚踏入剑道，至多也就是第一境的修为啊。"

呆呆地拿起树枝看了片刻，皇甫朝云才收回目光，难以相信地眨了眨眼。

"看起来，如今你的剑道实力应当处在剑道第二境，虽然从剑气上难以看出你具体的剑道修为，但只要能够继续修炼剑道，便算得上是一件喜事。"那道苍老的声音再次说道。

"先生，我有种错觉……"皇甫朝云朝着空中抱拳行了一礼，轻轻挑眉说道。

"错觉？"

"我总感觉……我可以控制金色剑气变幻成任何形态……"皇甫朝云细想片刻，又自顾自点了点头确认道，"不错，正是这种感觉。"

"竟有此事？"苍老的声音出现一丝波动。

"我试试。"皇甫朝云说。

"好……试试。"苍老的声音略显凝重地道。

说做便做，皇甫朝云再次捡起地上的树枝，微微闭眼，脚下站成马步，手上却以一种最原始也最笨拙的出剑姿势，携剑向前刺出。

他的速度很慢，甚至不及被风雨打落飘零而下的树叶快。

但是这看似普通的一剑挥出之后，却让人产生一种气势磅礴的感觉，仿佛此时此刻被皇甫朝云握在手里的不再是一根枝条，而是一柄真正的举世罕见的宝剑。

寒光熠熠，尖锐无比！

第十章
罪在焉逢

刺啦！

宝剑一出，枝条顶端剑气飞窜，快到肉眼难以看见。

但即便仅仅只是片刻，却已足够了。

"白色剑气，果真是白色剑气！若我想要红色的呢……"

皇甫朝云的眼睛猛地睁大，欣喜之余，再度挥出一剑，这一次他的动作相比之前慢了许多。

咔嚓！

一抹红色剑气喷薄而出，直接将前面的一棵枯树拦腰斩断。

大树轰然倒下，砸起泥浆洒了一地。

但皇甫朝云根本没有心情去关注这些，此时他的注意力全部集中到了手上的那根枝条上面。

他确信自己没有看错，刚才从枝条之上冒出的剑气，颜色不再是金色的，而是他心中所想的红色！

再加上挥出第一剑时，他心里默念着白色，枝条之上当真便冒出了白色剑气……

由此，皇甫朝云已能确认，自己确实如心中所感觉的那般，可以完全掌控体内的金色剑气幻化成任何颜色的剑气！

"若不是亲眼所见，老夫真不敢相信。"那道苍老的声音轻轻感叹。

这种事情不论是典籍抑或是民间传说中都不曾听过，剑气的颜色代表着剑道境界，每跨过一级，剑气颜色才会改变一次，绝无逾越之理。

但是现在，因为金色剑气的关系，皇甫朝云竟然可以无视这无数年来人类武者与剑修共同遵循的规律，轻易地一个念头便能使剑气颜色改变，这种事情，说出去，恐怕也不见得有人相信吧？

皇甫朝云难以抑制地激动起来。

三年以来积压的各种苦闷，仿佛都在这一刻烟消云散。

毫无疑问，他，又回到了当年的境界！

"糟糕！望风亭被破，那木流渊……"

皇甫朝云猛然想起此事，啪一下扔掉树枝，整个人便如风一般往木流渊飞掠而去。

"大人，此番木流渊失守，十万军粮尽数被毁，责任应当在我！"

大帐之内，端蒙等人单膝跪于台下，抱拳请罪。

多闻使此时仍旧着一身黑衣，戴着黑色面具，黑衣面具与黑衣袖边上有一个红色的年轮图案，代表着他高贵而特殊的地位。

"好了，此事不怪你们，都起来吧。"多闻使抬了抬手，忍不住叹了口气。

"多谢大人！"端蒙几人起身。

"大人，我有话要说！"游兆上前一步，重又单膝跪下，面色严肃地道。

"哦？何事？"

"大人，此番木流渊失守，捉拿白衣徐暮云不利，皆非天意，而是人为！"游兆咬牙一字一句地道。

"游兆，你在胡说什么？"强梧在一旁伸手扯了一下他的肩膀，想要将游兆拉将起来，却被他一下挡开。

"胡说？若非关键时刻望风亭失守，焉逢无故消失，拖了我们的后腿，我等当时又怎会如此被动？"

"你……"

"强梧，我知晓你与焉逢关系不错，但在公事与私交面前，我想你应该分得清楚孰轻孰重！"

游兆说罢，不理会强梧恼怒的表情，转头面向多闻使道："大人，焉逢实力不济，方才导致望风亭失守，失守便也罢了，可他竟然任由徐暮云闯进木流渊而不加以阻止，这便是他最大的问题所在！"

强梧冷然道："可白衣徐暮云的强大大家也是有目共睹的，即便焉逢来了，又能如何？更何况还有那上百个不知从哪儿冒出的黑衣人，若非他们出现，木流渊流马索怎会被如此轻易地斩断？"

游兆冷笑道："既然没有实力，那便应当退出飞羽，还厚着脸皮待在里面做什么？天才名头，也不知是哪些无知之辈胡乱安上的！"

强梧粗声道："游兆，你不要忘了，他是飞羽第一将焉逢，是羽之部首领，是你的顶头上司！"

游兆瞥了一眼强梧，傲然道："我游兆向来只服有才之人，若想让我心服口服，那便让他拿出真本事来！"

强梧强忍着怒意。

他与焉逢关系最好，但不得不承认的是，正如游兆所言，如今的焉逢……早已不复当年之勇。

端蒙面无表情地站在一旁，不出一言一语。

横艾则秀眉轻蹙，不知在想些什么。

唯有多闻使迈步在台前走了两步，仿佛不曾听到台下的争吵，语气悲伤地道："谁人守着望风亭，便由谁人来承担责任，此事上，焉逢他难辞其咎！但丞相将木流渊交于我手上，此番木流渊失守，我罪责最大，焉逢有罪，我亦有罪。"

端蒙皱眉问道："大人，若是要受罚的话……丞相会如何处置您与焉逢？"

其余几人也看向多闻使。

多闻使看了几人一眼，目光透过黑色面具留出的缝隙，着重在横艾身上停留了片刻，才缓缓开口道："依律，当斩。"

"什么？！"

端蒙神色骤变。

游兆满是吃惊。

强梧则是张了张嘴，想说什么却没有说出来。

横艾轻蹙的眉头渐渐挤到了一起，她细想片刻，看向多闻使问道："大人，您的意思是，焉逢回来之后，也将按军法处置？"

多闻使缓缓点头道："丞相向来治军严明，这一点天下皆知。"

横艾轻声问："可有方法救他？"

多闻使摇头，叹了口气。

横艾又道："任何方法都行！"

多闻使目光微凝，盯着横艾。

横艾捏了捏腰间的炼妖壶，眼神中是少有的坚定："大人，不管丞相他要如何发落，我都不会让焉逢死。只要不让焉逢死，不论需要我做什么都行。"

强梧砰的一声跪地，低头抱拳道："飞羽若是失去大人和焉逢，便等于武者荒废了修为。此次木流渊失守，责任不在大人与焉逢身上，我等愿与大人一同受罚！"

端蒙眼神微凝，考虑良久，同样单膝跪地道："所谓法不责众，我等与大人一同前往领罪，相信丞相不会为难于您的！"

游兆不满地看了两人一眼，却不得不跟着跪下道："属下附议！"

多闻使摇头道："你们这是做甚？军法无情，岂是一两句话便能逃脱罪责的？"

"报——"

"何事？"

"报大人，丞相下令，着你即刻带木流渊各处守将一同前往中军大帐，不得耽搁！"

传令兵退下。

多闻使负起双手，头微微扬起，闭上眼睛，道："我此番前去，不知能否回来……日后，你们要多听增长使与广目使二位使君的教导，齐心协力，共同辅佐丞相完成我大汉未竟之事业，至于焉逢……即便是丞相不处置他，我也会将他按军法处置！"

"报！焉逢将军到！"

"焉逢回来了？"横艾眼神一亮，脸上露出一抹笑意，看了多闻使一眼，便掀开帘帐小步跑了出去。

"没事便好……"强梧暗松了口气。

游兆站在一旁，脸色恼怒，不知在想什么。

多闻使眯眼道："他倒是会挑时候……让他在帐外等候，随我一同前去面见丞相！"

来到帐外，果真看到皇甫朝云单膝跪在地上。

他浑身上下早已被暴雨淋透，枣红色的披风紧贴着银色铠甲，边角部分已经被泥泞的雨水沾染，变得很不干净。

横艾微怔，她清楚皇甫朝云是一个十分喜好洁净之人，此番落得这番模样，一定是遇到了什么难以言说的事情。

再想到方才多闻使说的那些话，她心下更是不忍。

踟蹰片刻，她伸手一拍炼妖壶，一柄油纸伞凭空出现在空中，横艾素手执起雨伞，站在一旁为皇甫朝云遮住了雨。

"多谢。"

"朝云，我会救你的。"

"谢谢。"

"不管用什么方法。"

皇甫朝云摇了摇头："横艾，你先是飞羽之人，其次才是我的朋友，这件事……当听凭多闻使处置。"

横艾不满地看了一眼朝云，没好气地道："多闻使说，他会砍你的头。"

皇甫朝云面色不变地道："从军那一日起，我便已做好了战死沙场的准备。唯一遗憾的是，如今已不能死在战场之上了。"

横艾忽然提高声音道："我说过，我会救你的！"

皇甫朝云不再说话。

因为此时，多闻使同其余三人也已来到了帐外。

"焉逢，你可认罪？"

"焉逢认罪！"

"你可知将望风亭交由你手上，我对你寄托了多大的期望？"

"焉逢知道！"

"既知道，你为何还放任白衣徐暮云闯过大阵，而自己却毫发无损地回到营中？！"

多闻使戴着黑色面具，但是光凭语气，便听得出来他此时已经处在发怒的边缘，也许只要皇甫朝云回答得稍微令他感到不满意，他的满腔怒火便会随之喷薄而出。

"焉逢……非徐暮云之对手！他将我打昏后便趁机闯过望风亭，之后我再醒来时，已出现在一个山洞之中，回来的路上遭遇黄衣与赤衣二人，因此耽搁了时间，没能赶去阻止曹贼军队破坏流马索，致十万军粮尽丧谷底！焉逢……特来向多闻使君请罪！"

皇甫朝云抱拳，不卑不亢，一字一句极简洁地将事情的经过复述了一遍。

多闻使眼睛微眯："你说，你来时遇见了铜雀台黄衣与赤衣二人？"

皇甫朝云点头道："是。"

多闻使微微仰头："……老夫听闻那黄衣乃是铜雀台第三强者，仅次于紫衣与白衣，而那赤衣更是来历神秘，你竟能击退他们助端蒙等人顺利撤退，究竟是怎么回事？"

"竟是他助我们顺利撤退的？"端蒙微微眯眼，脸上升起一丝疑惑。

"难怪我们与徐暮云对战半天，也不见铜雀台来人，原来是被焉逢挡住了。"强梧也暗自点头。

游兆冰冷的眼神中露出一抹讶色。

正如多闻使所言，铜雀六尊者中，黄衣尊者的实力仅次于紫衣与白衣，某种程度上而言，几近端蒙，况且在此基础上，还有一个神秘无比的赤衣尊者，而焉逢的实力众所周知，他再也不是过去那个被称作天才的他了，此番他与那两人相遇却能将其击退，游兆也想知道……他是怎么做到的？

话音甫一落下，皇甫朝云便感觉到一道灼热的目光锁定在了自己身上，他轻轻抬头，才发现原来是多闻使大人。

莫非……大人已经知道了什么？

皇甫朝云心下微凛，自己的武道修为突破到第三境，而剑道修为应当是已到达第一境，并且拥有至少第二境或是……第三境的实力，还可以操控金色剑气变幻成任何颜色的剑气。

若是将这些告知多闻使大人，一定会令他感到几分惊讶与高兴吧？

但是此时此刻，当真适合将这些都说出来吗？

见皇甫朝云犹豫，多闻使目光微闪，心中已猜测到了什么，摆摆手道："也罢，此番木流渊守护不利，你与老夫都难逃罪责，方才丞相已下令，令我携望风亭守将前往中军大帐，所为何事，相信老夫不说，你也应当知道……至于你自己的原因，说与不说都难以逃脱罪责，因此，倒不如不说了。"

横艾又上前一步："多闻使大人，真的没有办法救你与焉逢吗？"

多闻使轻叹一声，摇了摇头。

"随我走吧。"

"是。"

皇甫朝云微微闭眼，随后唰一下站起身来，身上泥泞的雨水抖落一地，朝端蒙、强梧和游兆抱了抱拳，最后看了一眼横艾，转身便跟在了多闻使身后，脊背挺得笔直。

"焉逢！"横艾叫了一声。

"谢谢你为我撑伞。"皇甫朝云转过身来，轻笑着说了一句。

"焉逢……"横艾忽然感到一丝少有的压抑在心底出现。

强梧叹了口气："只希望丞相看在多闻使君为大汉操劳已久的分儿上，能够格外开恩。"

游兆眯眼道："即便真按军法处置，那……也是焉逢自找的。"

强梧脸色一冷，看了一眼游兆，终究没说什么。

中军大帐外。

多闻使背起双手，转过头看了一眼皇甫朝云，道："你且在外等候。"

皇甫朝云抱了抱拳，目送多闻使掀开帘帷走了进去。

大帐内着实空旷，一眼望去，除去一张木桌、几支熄灭的蜡烛、一个蒲团，与一幅挂于正中位置的地图之外，便再也没有其他摆设。

此时双目所及之处，只有一位半百老人。老人头戴纶巾，身披鹤氅，轻摇羽扇，飘飘然仿佛有神仙气，浑身上下，都充斥着一股说不出的仙姿。此时的他正坐于正中位置的凭台之上，白眉微垂，凝神沉思——此人，正是大汉丞相诸葛亮。

　　多闻使理了理衣角，将鞋底踩到的泥在门槛外磕干净后，才快步往里面走去。

　　临到老人面前，他左手搭右手，一躬而下，长揖行礼。

　　"属下，见过丞相。"

　　闻声，坐于主位之上的老人缓缓睁开眼睛，微笑着摆了摆羽扇，道："多闻使君不必多礼。"

　　多闻使又揖一礼，方才直起身来："丞相，不知丞相召属下前来……"

第十一章
斩焉逢

诸葛亮没有回答，只手持羽扇往背后指去。

多闻使抬头看去，只见扇尖正对着地图之上的"木流渊"三个大字。

"多闻使君此番，可谓是立了大功。"

多闻使知道诸葛亮说的是什么，忙摇摇头道："丞相，此乃丞相排兵布阵之功，属下实不敢当。"

诸葛亮抚须笑道："多闻使君谦虚了……若非你以奇人之力拖住那上百黑衣武者，此计能否成功，恐尤未可知。"

多闻使怔然。

诸葛亮口中所谓的"奇人"，自然是指飞羽之人。但是飞羽之神秘向来不让外人所知，丞相又日日忙于军事，不了解实情也在情理之中。

见多闻使怔住，诸葛亮笑了笑道："此番木流渊以枯枝败叶冒充粮食，引诱曹贼来袭，还需感谢多闻使君与老夫相互配合。"

多闻使又长揖一礼。

诸葛亮接着说道："除去那上百黑衣人外，我大汉此次一共伏击曹贼一万两千余人……包括司马懿最为依仗之精英部队，也同样被我军消灭大半。"

多闻使微微一惊，他没有想到此番木流渊之战，大汉军队竟然获得如此大胜。

要知道，司马懿之狡猾完全不是张郃等人所能相比的。此番如此折损兵马，待知晓实情之后，恐怕司马老头儿会气得捶胸顿足吧？

诸葛亮却是摇头，叹气道："可惜……司马老儿过于狡猾，即便是以十万军粮为诱饵，他也不肯亲自出战，也仅仅是派了一些不入流的手下将领而来。"

多闻使闻言，想了想道："丞相，属下有一言，不知当讲不当讲。"

诸葛亮眼眸微亮，微微起身道："多闻使君有何妙计，可直说无妨。"

多闻使沉默片刻，说道："丞相知道那司马懿胆小谨慎，正面与他交锋，他自是不敢出战……可丞相若是派人绕去背后，让他误以为我军要偷袭他后营，仓皇之间，两面顾不得时，丞相到时再作决定是打头还是打尾，岂不更好？何况，只要司马老贼敢随意调动兵将，那我军便有机会与其主力交手。"

闻言，诸葛亮轻摇羽扇，哈哈一笑："多闻使君此计，魏延将军前些日子便与我说过，此计虽妙，可老夫终究苦于……派谁人去为好？后方偷袭，须让司马懿误以为我军主力已转移至邽岭后方砦堡一带，打算攻其后营，可砦堡道路闭塞，大军自是不可能通过，只能派小部分人前往，而这小部分人，又必须拥有非凡的能力，制造出如同大军出动一般的动静，如此……方能达到老夫所想要的效果，也才能……惊一惊那司马老儿。"

多闻使抱拳躬了躬身，抬头缓缓地道："丞相若是相信属下，此事便由我去安排可好？"

诸葛亮摇动羽扇，背过身去，抬头看向地图，面容严肃："使君须知，军无戏言……"

多闻使肃然道："丞相若是不放心，属下这便与丞相立下军令状，不成功则成仁。"

诸葛亮转过身，快步走下高台，伸手将多闻使扶了起来，摇了摇头，情真意切地道："亮相信多闻使君。且使君乃陛下遣派之人，即便此番功不成，老夫也不会责怪于你……只是使君此番行事需慎之又慎，兴汉大业终究不可久拖，一战之成败，便可关乎大汉之存亡，我与你……皆承担不起！"

说到此处，诸葛亮双手携羽扇，后退一步，做躬身状朝多闻使君深深地拜了下去，道："亮预祝使君此番能够马到成功！"

"属下，定当不负丞相所托！"多闻使同样抱拳，对着诸葛亮躬身拜了下去。

"丞相，在下还有一事相求。"直起身来，透过面具上头的眼孔，多闻使目光微闪道。

"多闻使君请讲。"诸葛亮说道。

"属下恳请丞相能亲下一道军令，通令全军，着斩属下帐下一人。"多闻使抱拳躬身。

"哦？"诸葛亮目光微动，"何人，竟令多闻使君如此在意？"

"此人名叫焉逢，便是守卫望风亭之人。"多闻使回道。

"望风亭……此乃有功之臣，使君为何斩他？"诸葛亮疑惑地道。

"不，属下只是想借丞相的军令收服一人，并非真想斩了他。"多闻使犹豫片刻，继续说道，"丞相，实不相瞒，此次扰敌之计能否顺利达成目的，便要看今日之计是否管用了。"

"哦？"诸葛亮眉头轻蹙，深深地看了一眼多闻使，本想透过面具上那两个孔看出一些什么，但除了无尽的黑暗之外，却什么也不曾看到。

天底下，如果说除了司马懿之外，还有哪些人令诸葛亮难以琢磨甚至有些忌惮的话，便要数眼前这位多闻使君，以及他背后已经去世的持国使和其他两位分别号称增长使与广目使的人了。

这些人皆由陛下遣派而来，军中无人知其来路知其姓名，甚至不知此几人是男是女……最主要的是，他们均以监军之名长驻军中，能力非常人所能及，再加上身份地位特殊，威望实在不低。

不过好在有一点可以确定，这些人所思所虑无一不是为了兴复汉室，扫除贼寇，助他辅佐幼主，奋力北上，因此哪怕心里产生了再多的谜团与不解，诸葛亮也几乎从不过问四大使君之事，所谓用人不疑疑人不用，更不用说……大汉目前正是用人之际，唯有人尽其才，北伐之路才有可能顺利一些。

稍稍压下心头的疑惑，诸葛亮转身回到几案之上，笔墨翻飞间，便已写下军令，交付至多闻使手中，同时高声朝外喊道："来人！"

"丞相！"自有卫兵掀开帘帐，单膝跪地。

"传令！通告全军，望风亭守将焉逢擅离职守，私放敌军进入木流渊重地，致使十万军粮尽数被毁，其罪不可恕！着即日押入牢中，听候问斩！"诸葛亮言语平淡，但其中的杀伐之意，却丝毫不弱。

卫兵身子微颤，肃然领命。

多闻使眼中浮现出一抹若有若无的笑意，心中默念慨叹道，横艾啊横艾，你来历神秘，恐怕也只有用焉逢这根线，才能将你拴住吧？

　　大帐外面，皇甫朝云听到了诸葛亮传达的军令，轻吸了一口气，又缓缓吐出，出乎意料地，他的脸色无悲无喜，眼神更是无比平静。

　　他早已料到此番镇守望风亭不利，势必会受多闻使的处罚，虽没想到等来的是丞相直接下达的问斩之令，但既入军中，生死便早已看淡，哪里还会被死亡吓到？

　　因此，他的心情几乎没有太大的波动。

　　唯一可惜的是……于己而言，他的武道修为刚刚提升，剑道修行之路再次开启，正是稳固与提升实力的最佳时期；于外而言，天下黎民尚且处于水深火热之中，北方曹贼欺压南下，大汉未能实现一统大业……面对疮痍河山，他却要先往赴死了。

　　这大概是除去不能战死沙场外，最值得令人伤悲的事情了吧？

　　可是，又有何办法呢？

　　雨仍在下。

　　云层堆叠，秋意渐深，一丝凉意侵袭入盔甲之内，渗透至血骨之中。

　　皇甫朝云少有地打了一个寒战，憋了许久的喷嚏也随之喷出来。

　　"稍后，我会差人给你送一份姜汤过去……即便走，身子也要热着才行。"从大帐中退出，多闻使走到他身前，语气悲悯地说道。叹气间，他伸手一挥，身后便有两人走出，一人一边押住皇甫朝云，扭身朝监斩台旁的牢狱之中走去。

　　焉逢即将被处斩的消息很快传遍全军。

　　因为飞羽的特殊所在，焉逢之名并不为人所知。因此当一开始听到这样一个名字的时候，众人除了惊讶于竟是丞相亲自下令处斩外，并没有产生其他任何情绪波动。直到后面有人解释，正是因为焉逢的疏忽，才导致十万军粮被敌军悉数损毁，前方将士无粮可食，所有人才反应过来……然后纷纷收起事不关己高高挂起的姿态，皆使尽了恶毒的语言对焉逢进行大骂和诅咒，多年战乱带来的满腔压抑、不满与愤怒皆在此时一并倾洒而出，甚至有人扬言要亲自斩下焉逢之头颅，以告慰全军死去的将士。

军营中少有地沸腾起来。

中军大帐内，杨仪半弓着身子站在诸葛亮面前，满是担忧地道："丞相，多闻使君请您下的这一道军令，实是在拿您的威望做赌，您为何要答应于他？他欲以此收买人心，却着实没有考虑丞相的处境！"

诸葛亮笑了笑，轻摇羽扇道："公威是在为老夫担忧？一旦多闻使君不斩焉逢，事后激起众怨，亮该如何向全军将士交代？"

杨仪眉头紧皱，身子越发往下弯了弯："丞相，正是如此啊……眼下丞相正要率军前往邽岭，与司马老贼对抗，三军将士亦是整装待发，值此关键时刻，若是军中出现乱子，丞相又该如何是好？这可是关乎全军的大事！即便此番无事，可朝令夕改，对日后从严治军，必定会形成阻碍！"

诸葛亮面带笑意："公威以为，多闻使君会不知此举带来的后果？正如公威所言，此番老夫打算亲自率兵前往邽岭，伺机约战司马老儿。但木流渊一带，流马索需重新建起，流马索之重要性，公威应当与我一样清楚，多闻使自然也不会不知。几次北伐，我军粮食供应不足已是事实，唯有保证粮道疏通，亮在前方，才能心安。亮心安，军中上下自然也会心安——因此，既然多闻使主动找我领这份人情，亮又岂有不送之理？"

杨仪思考片刻，恍然道："丞相难道是想借助多闻使君手里的神秘力量，守住木流渊流马索，保证后续军粮能够安全运往前方？如此一来，只要军粮按时送达，军中的怨言便会自行消散？"

诸葛亮笑道："此乃其一。其二便是，多闻使作为陛下使臣，为人善谋且善断，多次立下奇功……方才他便与我谏言，与魏延将军之计策一样，皆是派奇兵翻越邽岭，偷袭砦堡，以此迷惑司马老儿，诱他出战，且主动承担了奇袭之责……此等贤良、此等谋略，此番亮送他一个人情，又何尝不可？"

杨仪急切地道："可丞相，万一……"

诸葛亮摆了摆羽扇道："公威不必多言，倒是多闻使想要借此收买谁的人心，才是亮觉得奇趣之所在……"

"这……唉！"杨仪叹了口气，揖手行礼，不再多说什么。

"使君，您真的打算将焉逢斩首示众？"

军营右卫营的位置，矗立着一座比周围士兵居住的军帐都要大出很多的帐篷，事实上，它只是看起来像帐篷，实际上却是一座刚刚盖起不久的木屋。只不过为了保暖，有人在木屋的外围铺上了一层防水的帘帐罢了，使得它的外观看起来更加秀丽一些。

刚才那个声音，便是从这座大帐之中传出的。

军帐门外燃烧着两盆炭火，炭火旁边是身躯站得无比笔直的士兵。

相比于其他帐前的站岗士兵而言，他们的眼神要显得更加的犀利，身材看上去也要精壮不少，一些普通士兵经过这里时，都会不由自主地加快脚步，微微低头弯腰匆忙离开，不敢在这里停留超过三息时间。

大帐之中一共便只有两人。

正是多闻使与着急赶来的强梧。

强梧以心态稳健著称，可此时此刻，一向沉稳的他神色之间却满是焦急，站在兔台之前，与脸色缓缓回归平静的多闻使形成了鲜明对比。

多闻使伸手指了指下方的座位，脸色平静地道："强梧，坐下说。"

强梧脸上焦急之色变得更甚，非但没有坐下，还急切地上前两步说道："使君，午时将至，您再不下令，朝云他就真要死于铡刀之下了！"

多闻使端起茶水喝了一口："不急。"

强梧急切地道："大人……"

多闻使抬头看了一眼强梧，双眼若洞悉之火闪烁了一下，故作冷声地道："为何只有你一人而来？"

强梧一愣："属下……属下不知啊！是啊，他们去哪儿了？这么多年一起出生入死的兄弟，此时一个个竟然见死不救！"

多闻使眯了眯眼："你可知……在军中劫持法场是何罪过？"

强梧愕然："大人……您……您都知道啦？"

多闻使哼道："你们的心思，以为我不了解？"

强梧挠头道："所以大人您更应该赶快下令，放了朝云啊，否则端蒙大姐他们一动手，事情可就闹大了。"

多闻使微微一笑，若有所思地道："你怎知，我不会杀他？"

第十二章
多方救援

强梧干咳一声道："属下知道，在飞羽所有人中，您对朝云感情最深，又怎会因十万军粮便杀了他？"

多闻使反问道："个人感情，怎能和十万军粮相比较？"

强梧讶异："那……"

多闻使摇摇头："若说那十万军粮与朝云谁更重要，放于平日，我自是更为在意朝云；可如今乃是与曹魏对决的关键时刻，不说十万军粮，单是十之二三，也足以左右此次北伐之成败。正如丞相所言，一次失败，便有可能葬送大汉……你说一个朝云与整个大汉相比，又算得了什么？"

强梧微怔。

多闻使沉默片刻，接着说道："我之所以不杀他，是因为坠入木流渊下的并非十万军粮……而是十万枯枝败叶。"

"什么？！"

强梧骤然呆滞，呆愣地站在原地。

多闻使笑道："此乃丞相之妙计也。我军士气正盛，但军粮供应不足乃是事实，为了打消作战将士心中的顾虑，丞相才以谎言蒙骗他们，说十万军粮不日便将到达，让他们无须分心，只管放心备战。"

强梧恍然，旋即疑惑不解地道："可若是到时军粮不到，必然会更加影响士气……"

多闻使神秘地道："不日……李严大人的运粮队伍便将到达，在军粮安稳运送至前线之前，木流渊乃至整个幽山的防务，便都要交予我们了。"

强梧不可思议地摇了摇头，像是突然想起了什么一样，有些难以置信地猜测道："那如此说来，木流渊粮道被敌国斩断，也都在丞相大人的预料之中？"

多闻使微微点了点头："应当说，是丞相他老人家特意安排的。"

强梧仍旧有些困惑："如此一来，朝云他可是立了大功！丞相为何还要下令杀他？"

多闻使轻摇羽扇道："不是丞相想要杀他，而是我……我特意请求丞相下的军令。"

强梧惊道："这是为何？"

多闻使眼睛微眯道："为了一个人。"

强梧不解地道："啊？为了谁，使君您竟……"

多闻使缓缓地道："横艾。"

强梧愣道："这……"

多闻使道："横艾来历神秘，我除了知道她原名笙儿之外，其他皆是一无所知。她对我大汉如何，是否拥有足够的忠心，我心中更是没有半分把握……其实你们几人也同样对她不甚了解，不是吗？而我明知朝云并非铜雀白衣徐暮云之对手，还故意下令让他镇守望风亭，如此朝云放任敌方将十万军粮尽数销毁，便拥有难以推脱的责任，我请求丞相下令将朝云斩首，便是为了逼迫横艾前来为朝云求情，如此……她才能名正言顺地为我大汉所用。"

说到这里，多闻使叹了口气。

论琢磨人心，整个大汉国除了诸葛亮之外，没有谁比他更甚。

从横艾进入飞羽的第一天开始，他便注意到了这个天赋异禀的年轻姑娘，知道她对皇甫朝云拥有一些男女之间才有的特殊情感，可她的身份，终归是太神秘了一些……也是从那时起，他才开始谋划着，如何才能使得横艾不论真实身份如何，也能心甘情愿地为大汉效忠，而不仅仅只是为了逞一时之快那么简单。

恰好，这次军中遭遇的断粮危机给了他一个绝佳的机会。

他知道皇甫朝云属于重情重义之人，因此将皇甫朝云派去镇守阵口。而事情果然也如他所预料的那般发展了下去，皇甫朝云不敌白衣徐暮云，将其放入木流渊内，从而触犯军法，给了自己将他斩首的理由。

如果预料不错，片刻之后，横艾寻求方法无果之后，必然会迅速赶来，亲自到帐中替皇甫朝云求情……

唳！

突然，大帐外面的天空之上忽然响起了一阵轻盈的凤鸣。

彩凤从天而降，由远及近，几个呼吸间便已来到了大帐门口。

"我要见使君！"一道清冷的女声在大帐之外突兀地响起。

"横艾将军，大人他……"卫兵还没说完，外面便传来一阵噼里啪啦的声音。

横艾踏过倒在外面的护卫，掀开帷帐，直接闯了进来。

这是一个无比清纯美丽的女子，正如在木流渊上那般，她的脸蛋仿佛瓷玉，洁白靓丽中透着迷人的光泽，仿佛轻轻捏一下，便能捏坏似的；她的眼睛尤其明亮，带有一丝藐视一切的目光，加之浑身上下飘然出尘的气息，整个人看起来便仿佛是不食人间烟火的仙女，让人生不出半点世俗污秽的想法。

横艾，飞羽排名第九。

一位如月光般清冷却又如星光般璀璨的女子。

横艾进来后，看也不看旁边的强梧一眼，径直走到多闻使面前："大人，横艾特来求您救救焉逢！"

多闻使仿佛已经习惯了眼前女子的行事风格，也不介意，只站起身说道："十万军粮，全都毁在了他手上……前方无数将士便等着这十万军粮，丞相亲自下令处斩，你却让我救他？"

横艾皱眉道："大人，军粮没了可以再筹，可若是人没了，便永远都没了！"

多闻使不理会，闭眼捏了一下手指，睁开眼说道："离午时还有盏茶时间，你赶来为焉逢送行，倒也算来得及。"

横艾脸上的焦急一闪而逝："大人真不肯救他吗？"

多闻使面不改色："当年持国使大人爱你才华，才破格将你收入飞羽，但须知这军中法纪并非为你一人所设，因此……"

横艾眼神坚定地道："大人，横艾之前所言全都算数！只要能救焉逢，我可以答应您的任何条件！"

多闻使闭上双目，似在思考。

咚的一声。

横艾单膝跪了下来，轻声说道："使君，只要您救下焉逢，横艾许诺，您一日在朝，横艾便一日不离飞羽，效忠大汉，万死不辞！"

闻言，多闻使猛地睁开双眼，眼中光芒一闪而过，他紧紧地盯着横艾问道："你……做得到？"

午时将至。

军营外面的空地被临时用作刑场，身躯肥胖的刽子手已经就位，眼神里蕴含着冷冷的凶光，刑台周围，数百名手持刀枪的军士威风凛凛地站成一圈，面向四周，将前来围观的闲散军士挡在了外面。

骤雨初歇，此时又是秋天，空气里因此莫名地多出一丝清凉。

皇甫朝云被绳索捆绑着押解出来的时候，忽然觉得身子有些冷，转头想跟狱官要件衣服，却被一条皮鞭狠狠地抽在了身上，随之而来的是胡子拉碴的矮胖男人粗哑的嗓音："将死之人，哪有那么多事？"

皇甫朝云知道此人，当初去监狱审讯敌国武者时，此人曾点头哈腰地跟在他身后，一脸谄媚，没想到转眼之间，才几天没见而已，这人竟然就敢扬手朝他身上甩鞭子了……

这算是虎落平阳被犬欺吗？

皇甫朝云想着这些，自嘲地摇了摇头。

"快走！"

酷吏瞪眼，再度扬起鞭子挥手欲打。

啪！

可惜他手中的鞭子还没落下，鞭子便已落在了皇甫朝云手中。

便在刚刚，皇甫朝云手上稍稍用力，绑在他身上的绳子啪的一声就断成几截，纷纷掉落在了地上。

而做完这一切，他抬起手来，恰好握住了迅疾下落的鞭子。

这一刻，皇甫朝云微微眯着眼，身上独属于武者的强大气息顿时迸发而出，吓得酷吏大喊大叫，脚下连蹬数步，脸色都变得苍白起来。

"你若再敢无礼，我便直接取你狗命！"

冷哼一声，皇甫朝云脸色坚毅，连看都不看已经跌坐在地上的狱卒，便径直转过身，昂首阔步，往刑台之处走了过去。

武者不可辱。

这是武道世界中一条不成文的规矩。

即便临死，皇甫朝云也不会让自己的武道尊严受到践踏。

刑台上的刽子手感受到皇甫朝云身上强大的武力波动，神情微变，连忙微微低头，恭敬地往后退开几步，刻意让开了路。

踏上刑台，皇甫朝云扭动了一下已经被勒出血印的手腕，开始认真地整理起自己的形容。

从发簪开始，到自己黑色的衣服，身上的每一个地方他都非常耐心地检查了一遍，就像当初进入飞羽宣誓时一样。

等整理完一遍后，他才满意地掸了掸袖子，单膝轻轻跪地，将头伸进铡刀之下，仿佛没有丝毫留恋，眼睛随之闭了起来。

"强梧怎么还不到……"人群中，端蒙的双拳紧紧握起，手背上的青筋已经显露出来。

"若使君真有杀焉逢之意，那任何人去，也没有作用。"游兆冷言道。

虽说他对焉逢向来不服，但值此生死攸关之际，却也见不得堂堂飞羽第一将，就如此窝囊地死去。

因此在经过一番商量之后，他也随其他人一同前来搭救焉逢。

"焉逢不能死。"端蒙双脚已经摆出一前一后的站立姿势，准备好随时出手救人。

"是不能死……可谁来告诉我，横艾去哪儿了？"游兆环视一周，"她自己不来，却要我们来这里以身涉险？"

"师姐会来的。"旁边身形清秀的少年罕见地开口说道。作为飞羽第五将，徒维向来少言寡语，但每出一言，必然能够起到安稳人心的作用，这一点，在前几次执行任务之时已有过印证。

"但愿……如此。"游兆眯了眯眼，五指搭上剑柄，已做好战斗准备。

时间一分一秒地流逝着。

虽然离处斩开始只有短短一刻钟的时间，但此时此刻，所有人却仿佛都已经历了许久。

咚！

刑场之外传来了一道钟声。

午时已到。

围观之人沸腾了。

坐在高台之上的监斩官将身体坐直，眼神微紧，将手伸向桌面之上的斩字牌，轻轻捏起一块，准备往地上扔出。

看见监斩官的动作，刽子手端起酒碗，一口酒灌下，噗地一口喷洒在铡刀刀刃之上，缓缓向前走出两步，双手扶向铡刀。

呼——

令牌扔出，在空气中划过时，带起一股细微的摩擦声。

皇甫朝云刀削般的脸庞上浮起一抹笑容，有些自嘲，但更多的是壮烈。

曾经大汉第一天才的生命，在下一刻，似乎便将结束。

唉！

正当所有人都绷紧神经，人群中的端蒙正要出手、游兆准备冲上监斩台、徒维已放出法术时，刑场上空忽然响起了一声清脆的凤唳。

凤鸣？

这个时候怎么会有凤凰出现……

"横艾？"

皇甫朝云微闭的双眼缓缓睁开，端蒙、游兆和徒维也抬头看向空中，紧接着几人脸上都不同程度地出现了一抹轻松之色。

只见天空之上，一头身上拥有红、橙、黄、绿、蓝五种颜色的凤凰凭空出现，此时正不停地扇动翅膀，朝着刑场俯冲直下，在半空之中掀起一阵狂风。

五彩灵凤！

围观人群呆愣片刻之后，蓦然响起一片惊呼。

一道清冷的声音由远及近地传来："刀下留人！"

话到，人亦到。

横艾从五彩灵凤身上高高跃下，立刻便化作一道影子飞掠到监斩官面前，将那块即将掉落在地面的牌子稳稳地捞在了手中。

她站起身来，转过一圈，青丝翩飞，衣裙舞动。

无数人瞬间睁大了眼睛，呆呆地看着这一幕。

不是因为横艾的神奇，而是因为她的美。

随意一个动作，都是那般灵动而自然，如同驾临俗世的仙子一般。

美极了。

也清冷极了。

世间少见。

一如当年之貂蝉。

"何人敢扰乱刑场？！给我拿下！"监斩官从呆愣当中回过神来，顿时厉声怒喝。

横艾随意瞥了他一眼，右手一翻，便拿出一块腰牌，递到监斩官面前说道："丞相有令，焉逢有重罪在身，这般死去未免太便宜了他，现着焉逢帐下受命，以戴罪之身行立功之事，至于生死，则观后效而定。"

监斩官微微抬起头来，小心翼翼地看了一眼令牌上的"诸葛"二字，见不是作假，连忙吓得跪倒在地，重重地抱拳道："属下领命！"

横艾红唇微动，声音清冷无比："那还不快放人？！"

监斩官吓得一个哆嗦，连忙道："下官这就去，这就去……"

说着，监斩官已经朝刑台那边小跑了过去，亲自动手将皇甫朝云从铡刀下面拉了起来，整个过程他都是一副卑躬屈膝的样子，完全没有了之前坐在高台之上那般掌握生杀大权的气势。

那名狱卒此时更是吓得瘫软在了地上，就在刚才，他还恶毒地想着，待会儿替此人收尸的时候，一定要好好"伺候伺候"他，可是现在，丞相一道军令下来，却直接让皇甫朝云起死回生，以后他的日子……恐怕不会好过了。

第十三章
新的任务

看到皇甫朝云起身，横艾立刻便飞掠过去，抓住对方上下看了一眼，一脸关切地道："没受伤吧？"

皇甫朝云摇了摇头，又喜又忧地道："横艾，你怎么来了？"

横艾翻了个白眼道："自然是来救你了。"

皇甫朝云疑道："这是丞相亲自下令的，你……"

横艾嘻嘻笑道："放心吧，丞相不会再怪罪于你了。"

皇甫朝云衷心地道："横艾，谢谢你……"

横艾赶紧伸手捂住皇甫朝云的嘴，看着对方的眼睛说道："我说过，不管用什么方法，我都会救你，现在相信了吧？"

皇甫朝云点点头，脸上不由得泛起一抹笑意。

端蒙在人群中看了两人一眼，径直转身离去。明明人救了下来，她应当感到高兴，但不知为何，她心里却仿佛被什么堵住了一般。

游兆则冷哼一声，将已抽出一半的剑送回剑鞘，没入人群。

徒维在不远处驻足片刻，神色担忧地道："横艾，你是喜欢上他了吗？"

右卫营大帐之中。

强梧早已离开，黑衣人倏然出现，疑惑地道："大人，我有一事不明。"

多闻使一面观看地图，一面头也不抬地道："你是想要知道，我为何敢肯定横艾一定会为我所用？"

黑衣人点头。

多闻使慨叹道："横艾是一个奇女子，举世难觅，只可惜来历不明，本不知她为何加入飞羽，我今日才明白，她确实是为了朝云……可以说，正是一个情字，将她与飞羽紧紧地系在了一起。"

黑衣人皱眉道："可情之一字，未免太不可靠了些……"

多闻使胸有成竹地笑道："我看准了她对焉逢有情，她自己也已承认，哪还会有问题，只不过……"

黑衣人问道："大人想说什么？"

多闻使笑容渐渐退去，搁下手中地图，有些伤感地说道："一旦我百年之后，怕是没有人能够节制她了，到时候横艾对我大汉是福是祸，全都要看朝云如何应对。"

黑衣人急道："大人如今身体健朗，怎能去想身后之事？"

多闻使不置可否道："罢了，暂且不说这些，他们应当到了……你且先退下吧。"

"是……"黑衣人躬身一拜，缓缓后退间，身形已隐入黑暗之中，消失不见。

"大人，焉逢与端蒙将军到！"

"进！"

话音方落，大帐外面，皇甫朝云与端蒙便并排而入。

"大人！"

"罪臣焉逢，见过大人！"

二人一人躬身行礼，一人单膝跪地请罪。

"都起来吧。"

皇甫朝云头往地上一磕："大人，焉逢……有负您所托！焉逢本想以死明志，但想到空有一身本事却不死在沙场之上，实在心有不甘。因此便负罪而来，请使君交派任务，不求将功折罪，只求战死沙场！"

多闻使笑了笑："若我告知你实情，焉逢将军可莫要与我急眼……"

皇甫朝云愣了一愣："多闻使大人，您这是……"

多闻使缓缓踱步，低眉沉思片刻，便将诸葛亮的计划与他自己的谋划和盘托出，详细地讲述了出来。

皇甫朝云听罢，不出意外怔然半晌；便连一向不喜形于色的端蒙，也流露出一副难以置信的表情。

"多闻使大人，您所说……当真？"端蒙首先问道。

"自然不假。"多闻使笑道。

"那我……要是横艾不来求情，那我这脑袋……"皇甫朝云不由得打了个冷战，摸了摸脖子，一脸庆幸。

"哈哈哈！要是横艾不来求情，你也不会死……是吧，端蒙？"多闻使似笑非笑，端蒙连忙揖手行礼，低下头去。

"好了，你不但无罪，相反有功，嘉奖随后再说……先起来，此番我还有新任务要交付于你们。"说到此处，多闻使变得严肃起来。

"多谢使君大人！"焉逢起身，此时此刻，他的整个人都变得轻松了许多。之前还是满身罪责之人，转眼便成了有功之人。心里不得不感叹丞相用计之妙，竟能连自己手下之人都骗了过去……

只是横艾……皇甫朝云皱了皱眉，她若是知道自己钻进了多闻使的圈套里，又会作何感想？

多闻使已拿出令牌，上面刻着飞羽部队的特殊图腾标记，此令牌一出，便象征着新的任务降临。

"焉逢听令！"

"在！"

"曹贼他们打算使用消耗战，耗尽我们的粮草，逼我们退师。此次你们的任务，便是抄到敌人的后方去，进行扰敌行动。"

"是同日前一样，夜里去偷袭他们的营寨，设法骚扰、激怒他们出来跟我们决战吗？"

"可说是，亦可说不是！此次略有不同，且看……"

多闻使收起令牌，伸手指向地图，神色严肃地道："我军人众，丞相此去岭，补给线将会更长，曹贼似乎是算准了此点，近来都刻意回避与我们正面决战，显然意图以持久战来消耗我军粮食。长此以往，我军粮秣耗尽，只有再次退回汉中一途，白白耗损士气，徒耗国力。因此无论如何，我们必须逼他们与我军正面决战……毕竟兵力上，我大汉军队不见得不具优势。"

"大人，听您的言下之意，莫非如今我军粮草，又……"

"是，粮草所余有限！如今只能希望李严大人的运粮队伍能早日到达……总之，之前派你们去偷袭敌营，虽然屡有所获，但收效似乎不大，敌人仍不为所动。这一次，我要你们偷偷绕至敌人背后，穿越邦岭，痛捣他们后方的砦堡。

"他们若发现后方的砦堡被袭，必怀疑我们是否另派出大军抄他们后路。若有这层顾虑，他们便会考虑派兵出营寨回防，只要一离开营寨，我军便有机会争取主力对决。"

"明白！"

"此次任务，同时派遣给你们二人——焉逢所属之羽之部，及端蒙所属之飞之部共同执行。你们两队人马，此次不要带着部众，只以最少人力，各自分别奇袭敌军后方的白柳砦、赤门堡，记住……动静要大。这两个砦堡，四年前丞相北伐时，曾写信去要求他们归附，他们原本都已同意，不料最后还是背叛了我们，重新归附曹贼，还给他们提供各种支援。所以这一次，你们要率先攻击他们。"

"请问属下是负责白柳砦，还是赤门堡？"

"焉逢负责袭击白柳砦。一如之前，飞羽两组人马，尽管可相互竞争，但不得妨碍彼此。双方于今晚或黎明时分开始行动，谁能越过邦岭，击破指定的砦堡，斩杀最多的敌人，便算胜利！依照惯例，杀敌数以敌耳为凭。至于胜败成绩有什么意义，相信你们都是知道的。""属下明白！"皇甫朝云与端蒙对视一眼，抱拳回道。

飞羽之中，每个人都知道，飞之部及羽之部统共十人，每次每人的表现成绩，都会列入课考成绩，攸关未来担任飞羽部队领导人，或其他正规部队统帅之资格。

可以说，这是追求统领万军的一条捷径。

但是同样，也充斥着更多的血腥。

"我给你们两组人马共两日时间，你们可用自己的方法，穿越邦岭，完成任务。第三日黎明，增长使将会亲自前往，验收你们两队人马之成果。"

"是！"

"焉逢、端蒙！你二人须像往常一般，统领其余各将，因为此次袭扰能否成功，某种程度上而言，可以决定我军能否击溃曹魏大军，北上收复中原。

"二位，切不可大意！"

焉逢与端蒙重重地点头。

"我在军中，等候你们凯旋！"

"谨遵大人令！"

离开营帐，与端蒙道别后，皇甫朝云长长地呼了口气。

"又有任务了……"

但愿这次，百姓能够少遭些殃。否则大汉所谓兴仁义之师，便真的值得商榷了，皇甫朝云心里想道。

"然而战争，又哪有不死人的道理？"虚空中，那道苍老的声音再次出现，"你也无须自责，人之生死自有天命，你不杀他们，他们也有可能会死在其他人手里，到时候或许会死得更惨……"

"可是他们……也有可能会更好地活下去啊。"皇甫朝云语气低沉地说道。

"你须知，边境之民向来容易叛变……退一步而言，哪怕是为了解决后顾之忧，你杀了他们，对于大汉而言也是一件好事。"苍老的声音继续说道。

"先生……您常常对我说，大汉兴兵，是为天下一统、百姓安康，可如今我看到的，却是汉中百姓家无男丁、库无存粮，边境之民更是受此祸患，以至于死伤无数。难道……这便是所谓的百姓安康，这便是大汉所追求的天下一统吗？"皇甫朝云握了握拳，神情有些激动，"若非相信师尊，相信诸葛丞相，相信先生……"

皇甫朝云微微闭眼，后面的话没有接着说下去，但是意思却已非常明白。

他可以冷血地杀死敌军将士，杀死多少都没有关系，却无法用刀剑面对一群生活在山坳之间的普通百姓。这只关乎个人原则，与所谓的妇人之仁没有任何关系。

"唉！我又何尝不希望天下早日太平……"苍老的声音叹了口气，没入虚空之中。

飞羽十将所居住的地方不在大帐之内，而是处于军营外面的一处悬崖峭壁之上。

皇甫朝云离开军营之后，立刻便去到峭洞之中，准备将此事告知其余四人，以便黎明之时能够顺利行动。

强梧所在的峭洞处于最上方的位置。

皇甫朝云进去之时，这家伙正砰砰砰地拉动弓弦，习练技艺。强梧爱箭且擅长射箭，这是飞羽中人全都知道的事情，当初他百步之外连中百个靶心的神技，如今还被不少人传颂。

朝云不由得笑了笑，先是郑重抱拳一礼，随后才说道："今日还得多谢子君，替我向多闻使君求了一命回来。"

强梧一听声音，连忙放下弓箭，哈哈笑道："朝云，果然是你！你我兄弟之间，何须在乎这点小事？"

皇甫朝云心中一暖。

平日里强梧看似大大咧咧，但心思却是无比细腻，否则也不会轻易便进入飞羽之中，排到第四将的位置之上。

此番他本可以袖手旁观，但是在诸葛丞相已经亲自下令将朝云处斩的情况下，强梧却还能主动找到多闻使君说情，这一切，又怎是一般人能够做到的？

但皇甫朝云知道，强梧便是这样的人。

你真心待他，他必然可以为你两肋插刀，哪怕为此赴汤蹈火，也在所不惜。

这些情感，不是一句两句话能够说得清楚的。

强梧让朝云坐了下来，扶着他的肩膀，粗声粗气地道："怎样？又派下新任务了吗？"

皇甫朝云笑着点点头，提到任务，他的神情也变得严肃起来，暂时收起心中的感激之情，说道："不错，只是此次任务略有不同，我们要袭击敌人后方的砦堡，让曹贼误会我们汉军抄他们的后路，好引起他们惶恐，逼他们离开营寨出战。这次任务需要越过邦岭，到达邦岭后方。"

"哦？若是这样的话，那目标便很远了。"

"正是，"皇甫朝云站起身来，"我们有两日的时间完成任务。跟以往一样，仍由我带领大家与飞之部互相竞争，以敌耳计算杀死的敌人，多者为胜。"

强梧嘿嘿笑道："这几次袭击敌营，我们的成绩都领先，如今端蒙心里应该很不是滋味吧？以往可都是她的天下。"

皇甫朝云沉默片刻，忽然摇头道："子君，你认为飞羽之间，真的有必要比来比去吗？"

强梧一愣，挠头说道："你或我是可以不介意这成绩，可是总有人会介意啊。"

皇甫朝云问："你是说游兆吗？"

强梧冷哼道："除了他，还能有谁？"

皇甫朝云解释道："游兆是名将之后，他身上的包袱比我们更重……有时候我们需要去理解他的想法。"

强梧叹了口气："还是像我们这样子比较自由自在，没什么包袱，只需问自己是否对大汉有贡献便够了。"

皇甫朝云感叹道："正好，我也这么以为。"

强梧端了一杯水递给皇甫朝云，颇有感悟地说道："仔细一想，我们羽之部不在乎名利的怪人还真多。你、我，还有横艾，和她那个沉默的师弟徒维。结果我们这一队，反而比执着于成绩的飞之部更出色，好不奇怪……"

皇甫朝云接过水杯，缓缓说道："心中没有负担，或许更利于完成任务。"

强梧点点头："有道理！"

饮下一口水，皇甫朝云便转身离开，行至峭洞口前，转身说道："今晚早些休息，明日黎明我们便一同出发……至于手下，便都不带了。此去邦岭，路途险恶，人多不方便。"

第十四章
飞羽齐聚

强梧哈哈一笑："放心吧……对了，今日游兆也去救你了，他跟端蒙以及徒维都去了，只是没来得及出手，横艾就已经带着令牌将你救了下来。"

皇甫朝云点点头："我会感谢他的。"说完，一步踏出峭洞，顺着峭洞旁边的石刻阶梯走到第二个峭洞前，双腿微弯，稍一用力，皇甫朝云整个人便进入了里面。

此时游兆正端坐于蒲团之上，看到皇甫朝云到来，他只微微睁开双眼，淡淡地看了一眼后，便又闭上了眼睛。

皇甫朝云面色微动，倒不是因为游兆的态度，而是目之所及处，游兆所在的峭洞可谓简洁至极，除去一床一蒲团、一剑一长戟之外，别无他物，甚至连时常带在身边的兵书与酒水也都不见影子。他不由心生敬佩，同时开口道："今日之事……"

游兆站起身来，不在意地说道："今日之事不必说，还是说任务吧。"

皇甫朝云笑道："也好。"接下来，便将多闻使交代的任务又与游兆细说了一遍，没有漏掉任何一个地方。

游兆闻言认真地点头，眼睛也变得无比明亮，亮得就像此时在木桌上闪烁的烛火："很好，又有杀敌立功的机会了。"他看向皇甫朝云，挑了挑眉头说道，"只要你不施以妇人之仁，杀敌立功之事，便真的不在话下了。"

朝云微微一愣，旋即苦笑一声，告辞离开。

游兆缓缓闭上眼睛，轻声说道："爷爷，我绝对不会辱没您的英名！若他明日再阻止我砍杀敌人，那么……"

里面发生的事情皇甫朝云并不清楚，离开游兆所在的峭洞之后，他却发现横艾并不在峭洞之内。

"莫非又去山顶了？"

皇甫朝云心里刚出现这个念头，一首婉转动听的曲子便随着夜风传入了耳朵里面。

是笙的声音。

整个飞羽部队之中，喜欢吹笙，并且能吹得这么好听的，也就只有横艾一人而已。会心一笑，循着声音，皇甫朝云很快便找到了横艾所在的地方。

一块巨石，一位女子，峭壁之畔，横艾盘坐于巨石之上，雨滴落下便自行消失，青衣随风飘舞，如同仙女一般，美极妙极。

皇甫朝云沉浸其中，微微闭眼聆听片刻，方才迈开脚步走上前去，轻轻叫了一声横艾。

"朝云，你来了？"横艾回过头来，嫣然一笑。

"嗯，有新任务了。"皇甫朝云将具体的任务再次细说了一遍，直到横艾点头，他才停了下来。

"明白了，何时启程？"

"黎明便启程，一共三日的时间，一定要完成任务。"

"对了，朝云……我们汉军的粮食是不是还未送达？"

"你怎么知道？"

"我从山下观望，看今日大营一直派人去汉中催促粮草。"

"正是……不过汉中负责粮草补给的是李严大人，他跟丞相一样，都是先帝的托孤大臣，忠心而负责。只怪我们的补给线实在太长了，丞相此番又要带兵上邽岭，如今粮运不济，不能怪他……"

横艾嘟起嘴："真不懂，明明就不擅长用兵，为何又老爱劳师动众、屡次北伐？我们的这位孔明大丞相啊，真是……"

皇甫朝云眉头轻蹙："横艾！"

横艾古灵精怪地道："生气啦？"

皇甫朝云无奈地道："横艾，丞相他是忠心为国，所以才希望早日讨灭曹贼，实现先帝的遗愿啊！这有什么不对吗？"

横艾嘻嘻一笑："朝云真是忠心耿耿，每次都替孔明丞相讲话。"

皇甫朝云严肃地道："横艾！我们是飞羽的成员，是大汉最忠贞的尖兵！"

横艾抬头，面露神秘的微笑："对，我们是飞羽的成员，是大汉最忠贞的尖兵。"横艾拿起笙来，"所以，明朝我们又要去杀戮了。"说着，便兀自吹奏起来，眼睛时不时地看向皇甫朝云。

"横艾……"皇甫朝云一时间不知该说什么，摆摆手道，"我先回去准备，你早些休息。"

刚转过头去，横艾突然放下笙，对朝云嫣然而笑："晚安，朝云！方才我说笑罢了，你别在意。"

皇甫朝云笑道："无妨。"

横艾微笑，继续拿起笙吹了起来。

曲子悠扬，传出很远。

直到快要听不见时，皇甫朝云才反应过来……这首曲子叫作《悲织调》，好像是描写女子思念奔赴沙场的夫君的凄切之作。

这时候吹这种曲子？

朝云伫立片刻，负手离开。

接下来，他又找到徒维，将明日的任务与他交代了一遍。

做完这些，他方才放心地回到自己所在的峭洞之中，点燃烛火，拿起地图，顺着标注的道路仔细勘察起来。

来到这里已有些时日了，在亲眼见识过无数难如登天的崎岖道路之后，皇甫朝云已算大概了解了"蜀道之难，难于上青天"是怎样一种情景。

多闻使告知，此番翻越邦岭，路途会更加凶险，不少人曾在其中迷路，或是受瘴气影响，或是失足跌落山崖谷底而亡。更不用说，邦岭之中还有无数凶猛野兽出没，让人难以招架。

可以预见的是，此去必然凶险万分。

但对于飞羽而言，这不正是他们身上所背负的使命吗？

翻越邦岭之后，他们才能到达砦堡地带，以雷霆手段拿下白柳砦，制造出巨大的动静，迫使曹魏军队出兵。

为了顺利完成任务，同时保证飞羽人员的安全，他不得不提前做好准备。

烛火微亮，在夜空下的悬崖峭壁间尤其惹眼。

多闻使走出营帐，目视星火，喃喃自语道："但愿此番，你们能够顺利完成任务……毕竟我大汉，再也经不起又一次的北伐了。"

第二日一早，飞羽各队便已集结完毕。

皇甫朝云站在队列最前方，身后分别是游兆、强梧、徒维，游兆身背长剑，强梧背负巨弓，而徒维则手拿法旗站在最后，一身道法之人的打扮，面容清秀，寡言少语。

另一边，以端蒙为首的飞之部也已集结完毕，端蒙位于最前方，一身干练的黑色劲装套在她的身上，却怎么也掩盖不了原本完美的形体和优美的气质；她的身后则分别是尚章、昭阳、商横和祝犁，各个皆有与众不同的气势散发出来。

"横艾呢？"

皇甫朝云话音刚落，天际忽然传来一声凤鸣，紧接着身穿淡青色服饰的横艾便乘着五彩灵凤出现在所有人面前。

"朝云，我没有来晚吧？"横艾一笑，歉意地问道。

"当然没有。"皇甫朝云微微一笑，转身看向其他人，"既然横艾已到，那我们便该出发了。记住……此次任务不在杀敌多少，而在于制造动静，迫使曹贼出兵，各位切勿忘记使命。"

"既如此，那我们便先行一步了。"端蒙抱拳，朝皇甫朝云拱了拱手，其余人也纷纷行礼。

"一路保重！"焉逢回礼。

"走！"端蒙下令，当先如疾风一般骑马飞掠而出，后方四人同样各展身法，跟在端蒙身后离开。

眨眼之间，飞之部五人便已消失在群山高峰之中，不曾留下半点身影。

"我们也走吧。"

"等一下……"

此时游兆忽然站了出来，拱了拱手，皱眉问道："我有一事不明，还望焉逢说明。"

皇甫朝云道："说。"

游兆沉默片刻，说道："既然多闻使已经说明，以杀敌多少来评论我等功绩，可你刚才为何却说，此次任务不在于杀敌多少？你要知道，我们的战绩次次领先于飞之部，他们此番一定会不顾一切地割敌人的耳朵，若是我们不尽力的话，便有可能被他们抢占先机。"

强梧嘿嘿笑道："朝云……这次我觉得游兆说得对，毕竟杀敌跟完成任务，好像并不冲突，你说呢？"

皇甫朝云摇头道："各位，希望各位记住——飞羽是一家，莫非我们飞羽之间非得分出个胜负才行？不论飞之部或是羽之部，我们都是为了大汉而战，都在为了天下百姓而战，既然如此，又何必分出个胜负？"

横艾用指尖绕了绕头发，走到皇甫朝云身旁说道："朝云说得对。"

徒维没有说话，但是却往前走出一步，站到了横艾身旁。

强梧愣愣地一笑，摸了摸背上的弓说道："哈哈……我也认为如此，成绩这等身外之物，实在非吾之所求……再说我们也赢了那么多次了，给他们赢几次也无妨啊。你说是吧，游兆？"

游兆不满地道："各位别忘了，那些人都是曹魏的子民！非我大汉族类，便当杀无赦！"

皇甫朝云心底叹了口气，游兆的选择没有问题，可正如他所言，既然大汉兴仁义之师，为何还要拿百姓开刀？

这是极没道理的一件事，但是作为大汉最忠诚的部队，飞羽向来没有任何多余的选择。三位使君下达什么命令，作为飞羽第一将的他都必须带头遵从，在如此禁锢之下，他唯一能做的事情，只有利用自己飞羽第一将的身份，规劝其他人减少杀戮。

毕竟天下太平，百姓安康……才是大汉北伐的最终目标啊。

想到这里，皇甫朝云摇头说道："杀人终归不能解决问题。若是杀人便能一统天下，丞相北伐便不会屡次皆以失败而告终了。"

游兆冷哼一声道：“那只不过是曹贼龟缩、蜀道山川险恶而已，若是正面厮杀，那些人又怎会是我大汉的对手？”

皇甫朝云语重心长地道：“非也。打仗打得不只是军队，最重要的还是人心……得人心者得天下，失人心者失天下。如此道理，游兆你熟读兵书，心里莫非还不明白？”

游兆冷笑道：“我自然清楚，但是军人上战场，便当以杀敌立功为首要任务！任何一切站在我大汉对立面的敌人，便都该杀！焉逢你作为飞羽第一将，却如此妇人之仁，又如何领导飞羽？”

强梧踏出一步，挡在游兆面前：“游兆此言差矣。当初比武排名，焉逢的实力是大家有目共睹的，不论是个人还是指挥策略，他都担得起飞羽第一将的名头，你这么说就不对了。”

游兆看了一眼强梧，说道：“当初焉逢靠什么手段夺得的第一，你们莫非已经忘了？”

强梧哈哈大笑：“忘倒是没忘，但你不也是被端蒙大姐压制得抬不起头来？即便没有焉逢横空杀出，你以为你能夺得第一将的名头？”

游兆神色一冷：“强梧，不要忘了，你也是我的手下败将！”

“你！”强梧气得浑身哆嗦，最终重重一哼，别过头去。

游兆不理会强梧，眼睛直盯着焉逢，目光闪烁：“焉逢，我要向你挑战……待此次任务结束，回归军营之后，任你决定时间与地点，我自会前往赴约！到时我还会请多闻使大人做个见证！”

皇甫朝云捏了捏手中的方天画戟，不假思索地道：“我不会与你比试。”

游兆嘴角浮现出一抹笑容：“你莫不是怕了？三年修为不曾长进，不知道如今的你，还能在端蒙大姐手里走过几个回合？”

皇甫朝云笑道：“若是我输了，能够让你心里减少一些不平的话，那我现在就认输便是。”

横艾忍不住扑哧一声笑了出来。

强梧嘿嘿一笑，抱手站在一旁。

游兆则突然感觉一股气堵在胸口发泄不出去，只能冷哼一声，愤然转身，用力一脚踩向地面，嘭一下，整个人便飞身上马，扫视几人一眼，白龙枪接着重重地往马屁股上一拍，眨眼间便绝尘而去。

"哈哈哈，还是焉逢制得住他！"强梧大笑道。

"你不担心他会出什么事吗？"横艾不由得好奇地问。

"不会，游兆虽然对我不满，但是对于大汉的忠心却难有人能够与他相比，况且作为名将之后，他的自控能力，可不比任何人差……任务完成前，我相信他不会再与我起太大的争执了。"皇甫朝云说道。

"那比试，你打算如何处置？"横艾好笑地看着皇甫朝云说道，"朝云，这下子可是有人明摆着要挑战你的权威了哟……你若当真拒绝了他，那以后你在飞羽，恐怕会遭到更多人的不满。"

"随遇而安吧。"皇甫朝云翻身上马，随即朝横艾挑了挑眉头，说道，"不过他们若真因此而不服我，那我至少也还有飞羽第一将的令牌可以使用啊，哈哈哈……"

一阵大笑之后，皇甫朝云举起长戟，往马背上一靠，马一吃痛，便前蹄一扬，后蹄一蹬，疾驰而去。

第十五章
不同的目标

横艾看着焉逢远去的背影，嘴角微弯，整个人忽然痴痴地笑了起来："真是看不透你……明明实力已经大有长进，体内的禁锢也已打破，打败游兆绰绰有余，可你为何还是这般故意隐藏？也不知道游兆若是知晓了你真正的实力，会不会气得无话可说？"说罢，她笑着摇了摇头，唤来五彩灵凤，如一阵清风般乘坐到上面，说了句"凤儿，我们走吧"，便与灵凤扶风而去。

剩下的徒维与强梧相视一眼，也紧跟着跳上马背，如疾风一般眨眼间消失在山川古道之间。

数日之后，郏岭前方。

"报——"

一名身上挂满树枝草叶的斥候飞奔而来，单膝跪到一匹骏马之前高声说道："报将军！正前方五里处，发现有人迹出没！"

高头大马之上，廖化沉声问道："可知有几人？"

斥候回道："按照行迹来看，大约有五人！"

廖化思索道："这一日我们沿途走来，周遭尽是惨死的凶猛野兽的尸体……莫非与这几人有关？若当真如此的话，那这几人的实力便不容小觑了。"

他身后一名做文士打扮的中年男子骑马上前两步，沉声问道："将军可曾听说，我大汉有一支神秘部队？他们人数极少，但是每一位却都是绝对的精英，作战能力以一当百，鲜少有过败绩。"

廖化点头道："自然听过，此部队神龙见首不见尾，极少出现在世人眼前。先生莫非是说，前面这几人便是他们？"

文士肯定地说道："八九不离十，在下恭喜将军，有此几人在前，那我等前往邽岭的路途，定会顺利许多了。"

廖化认同地点点头，朝斥候下令道："再去查探，有任何消息立刻来报！"

斥候抱拳道："是，将军。"遂领命而去，身影几个闪烁之后便消失在茂密林间。

"继续前进！"

一声令下，先锋大军停顿片刻后便继续开辟道路，往深山之中挺进。

与此同时，距离大汉先锋部队十里远的地方。

一声凤鸣从天上传来，横艾乘坐着五彩灵凤俯空而下，直接落在焉逢身前。

"横艾，怎么了？"皇甫朝云问。

"朝云，我感觉这里有些不对劲……"横艾小声说道。

"这里能有什么不对劲的？荒山野岭中，最强的不过就是几头斑纹虎罢了，那玩意儿来多少我射多少。"强梧大咧咧地嚷道，走了半天，他感觉累了，袖子高高卷起，随手摘了一大片树叶扇风。

横艾不理他。

游兆与徒维也围拢过来。

"强梧，别说话。"皇甫朝云转头问道，"哪里不对劲？"

在整个飞羽之中，如果说谁对危机的察觉能力最强，那无疑便是横艾了。之前执行任务之时，正是横艾的提前预知，才使得飞羽小队多次脱离险境，避免了人员伤亡。

此番她特意从"天上"飞下，皇甫朝云相信……前方不远处，可能真的会有危险存在。

"很强的一股气息……可能你们两个加起来也不是它的对手。"横艾看了一眼游兆和强梧，似笑非笑地道。

"横艾，都什么时候了，能不能别开玩笑？"强梧大声嚷嚷，随手从旁边的树枝上摘了一个果子，咬下一口，果汁四溅。

"其实它离我们还有些远……但是此去偷袭砦堡，难说会与此物碰上，我必须要仔细查探一番才行。"横艾认真地道。

"横艾，你真不是在吓唬人？"强梧啃着果子问。

游兆也蹙起眉头。

皇甫朝云看了看两人："你们别忘了，前几次执行任务时，我们遇到危险是怎样避开的。"

"这倒是，前几次要不是横艾，我们能不能活着回去，都还不好说呢。"强梧一下将果子扔掉，双手下意识地摸了摸背上的弓箭，神情也变得严肃起来。

"大家都注意安全！"皇甫朝云吩咐一遍，转头看向横艾："横艾，你来吧。"

点点头，横艾单手放出用艾叶折成的符鸟，符鸟立于掌心，很快便幻化成山中翠鸟的颜色，扇动翅膀，轻巧地飞了起来，在空中盘旋数圈，消失在密林绝峭之中。

徒维专心地看着横艾的一举一动，面色似古井无波。

"辛苦你了，横艾。"

"无事。"横艾微笑。

强梧对朝云说："花了快两日时间，眼下似乎只走了一半的路程。"

游兆有些不安，皱眉说道："不知端蒙他们的飞之部进展如何了？我们可不能落后……"

皇甫朝云摇头道："我们都是飞羽人，只需做好自己的任务即可。"

游兆不满地道："端蒙大姐可是很有心与我们竞争啊！她把我们视为竞争对手，而你却一而再再而三地……"

"我明白，她很在意立功……"朝云闭上眼睛，"我不清楚她背后有什么情况，让她如此在意每次任务的成绩，不过我觉得我们大可不必如此，当然……你的情况与我们不同，所以我不会过多要求你，这种事情，还是看个人的考虑吧。但是在此基础上，我希望飞羽能够团结一致，不论是飞之部还是羽之部，都能同心协力，共同抗击敌人，这才是我们应当做的。"

强梧也劝解道："是啊，游兆！我同意朝云所言！我们都知道你跟端蒙一样，在乎每次任务的成绩。虽说你是希望不辱没先人的功业与颜面，但如此计较成绩，未免太累了，偶尔输一次又有什么关系？诸位都是为了大汉在作战，放轻松点又如何？"

游兆深吸口气，缓缓吐出，说道："你们都有理，算我说不过你们。想起那时我因不想屈就女人之下，所以选择来羽之部，没想到……是我错了。"

强梧唾沫横飞，横眉冷竖道："胡说什么，游兆？我们这一队在朝云的领军下，不论袭击敌营或扰敌，近来成绩都远比端蒙那一组好，不是吗？"

游兆闭口不言。

强梧冷笑着问："游兆，虽然你一直绝口不提你的祖父是谁，但我们都知你是名将之后。既然如此，你怎不顺着正常军职报效国家，却宁可来和我们这种活跃在暗地里的飞羽部队抢功呢？"

游兆知道他是在嘲讽自己，却出奇地没有发怒，反倒认真地道："祖父大人曾告诉我，飞羽虽然人数不多，却是精英中的精英，是培育大汉新一代栋梁与尖兵的部队。祖父过世前曾殷切地吩咐我，要我来到飞羽磨炼自身，以便将来担负起捍卫汉室的重任……"

"原来为的是想当精英啊。"横艾掩口而笑。

"你笑什么？难道你从不曾以身为精英部队飞羽的一员而自豪吗？"游兆皱眉反问。

"这个……真没笑什么，飞羽确实是精英部队，我确实是很高兴能来到飞羽。"横艾依旧笑嘻嘻地道。

游兆双目紧紧盯着横艾："是吗？但在我看来，却实在不明白你怎会加入飞羽？或者说……堂堂的尖兵部队飞羽，怎么会愿意让你加入？"

横艾微笑不语，若有若无地看了一眼皇甫朝云。

皇甫朝云会意，环视大家一圈道："大家不要忘记，当初我们选出天干十将名号时，横艾跟我们一样，是从最底层一路靠实力赢上来的。"

"话是不错……而且我还记得当初十将名号争夺战的其中一战，我和横艾交手，差一点输给她，险些被淘汰！横艾的实力……不可小觑。"强梧摸着下巴，若有所思地看着横艾。

"正因如此，所以我也是不折不扣的大汉精英啊！"横艾微笑。

"横艾，你到底是什么人？什么来历？你手段奇特、实力高强，却偏偏宁愿排去第九……而且还从不在乎军功，漠视法纪……若是其他人，或许早就被逐出飞羽了！"游兆有点不悦地问，"就因为此，我曾问过多闻使大人关于你的事，他竟然只是摇头不语。"

"你去向多闻使大人打听横艾的事？"朝云有点讶异。

"游兆，真没想到你对我这么好奇。可惜如今我心有所属了，你来不及了。"横艾故意捂嘴轻笑。

"你少胡言乱语！我只是担心你来历不明罢了！"游兆神色微怒。

"飞羽中的每个人来历都不明，不是吗？"横艾看看朝云，撇撇嘴道，"例如朝云是孤儿，你是某某名将的后人……我呢，不过是一个在乱世，学习法术以求自保的操妖师而已。"

"那你师父是谁？出自何门何派？"

"不能说。"

"为什么不能说？"

"这是约定。"

"什么约定？"

"总之，承诺过不能说。"横艾依旧微笑。

朝云抬手制止两人："游兆，不管横艾是什么出身来历，我只看她的贡献。只要她替飞羽效力，不断有好的表现，我便不会去过问她的来历。"

"让一个来历如此不明的人待在队伍之中，你当真放心？"游兆问。

"我信得过她。"

"你信得过她？"

"是。"朝云眼神沉稳，"就像我也并非完全知道各位的来历，但我也相信强梧、相信徒维、相信游兆你一样……我只需知道，我们都是大汉尖兵，我们都是飞羽之人，我们都是兄弟……这便足够了。"

游兆张口，却说不出话来。

强梧哈哈大笑，直拍朝云的肩膀："说得好！"

横艾也笑了起来。

皇甫朝云拍拍游兆的肩膀："好了，时间已经不多了，我们也该上路了。出发！"

与往常一样，徒维走在最前面。

一道道白色光芒在树丛草木之间闪烁。

原本茂密无道的丛林，在他的一次次施法之下，立刻就被开辟出了一条条足够两人并行通过的小道。

几人沿着徒维开辟的小道继续前进。

半日之后。

"嗷呜——"

突然，一阵虎啸从远处传来，穿过树林，传进所有人的耳朵里。

"又是那斑斓大虫？"强梧冷声一笑，张弓搭箭，想要循声射出。

"不对！听起来像是……守门虎？"游兆阻止了他，转头看向皇甫朝云。

"不错，正是守门虎……我们已经到达白柳砦地界了！"皇甫朝云将地图折起，放进怀中，脸上露出一抹笑意。

"守门虎是秦岭之间那些砦堡用来守护自身安全的猛虎……这斑斓猛虎被关于砦堡之内，一般只有堡主之类的人才能驯服。"横艾不知何时已出现在几人之中，她接着说道，"听这守门虎的声音，恐怕比起之前我们杀死的那些，要强大不少。"

"再强大又如何？我一箭射出，那畜生还不得乖乖毙命？"强梧毫不在意地说道。

"不过据我观察，砦堡里面应当只有百人不到。"横艾看着皇甫朝云说，"但是……"

"但是什么？"

横艾挑了挑眉毛："但是很奇怪，我放出的符鸟并没有找到砦堡入口。"

说着话，天空之上忽然有几只鸟儿叽叽喳喳地飞来，落于横艾手掌之上，甫一落下，便迅速幻化成了几片艾叶，被横艾随手收入袖中。

"找不到入口？"皇甫朝云思索片刻，迅速做出决定，"我们分头行动，各自注意隐蔽自身，往不同方向寻找入口，无论是否找到入口，一个时辰后都回到此地会合，明白了吗？"

"明白。"几人点头。

"好，行动！"皇甫朝云手势打出，徒维与横艾向西，游兆向南，强梧向东，几人明确了方向后，便各自离开了。

皇甫朝云径自直线前进，刚才的虎啸之声，说明他们已经进入了白柳砦的地界内，顺着走了没有多久，他果真看到了一个砦堡。

眼前的砦堡不大不小，是一个用木材和黄土盖起来的三层楼高的山寨，十分厚实，远远看去，可以清楚地看见门头之上写有"白柳"二字，遒劲有力，气息厚重，正是白柳砦无疑。

但是此时此刻，白柳砦却是门户紧闭，无人进出，很显然是处于戒备状态。

皇甫朝云面色微沉，隐匿在草丛之中，继续前行至距砦堡百米处，抬头往上看去，只见砦堡顶层插着一根破烂的旗帜，旗帜上书一字：魏。

"果真是投靠了曹贼……"皇甫朝云微微皱眉，在来之前，他还寄希望于邦岭的砦民并非真心实意地投靠对方，现在看来，做出如此严实的防备，又将魏字旗高高树立在砦堡之上，意图再明显不过，如此一来……他们想要攻下砦堡，就不会是一件简单的事情了。

第十六章
问路

　　"不管了，先找到入口再说。"思考片刻，皇甫朝云一步踏出，另一脚再跟上之时，整个人已经去到了一丈之外——缩地成寸，这是武道第三境之人方可使用的身法。一步踏出，便相当于数步的距离，因为十分消耗灵气，在平时极少有人使用，但如今为了尽快找到入口，他不得不使用一些非常手段，哪怕消耗灵气，也暂时顾不上了。

　　只是他并没有发现，在他刚刚离开的地方，数根藤蔓忽然从暗处伸了出来，窸窸窣窣的，如蛇一般抬起"头"来，"看"向他离开的方向。

　　白柳砦西边。

　　横艾与徒维行至砦堡边侧，发现周围没有人，便找个地方坐了下来。

　　"我们休息一会儿，让他们去找吧。"横艾刚一坐下，便拿出艾叶，开始折起符鸟来。

　　符鸟能够幻化成任何鸟类的模样，随着横艾心底的指引，飞到任何她想要去的地方，刺探情报，并及时地反馈到主人的脑海之中。

　　可以说，这些艾草折成的符鸟，某种程度上就好比是横艾的千里眼一般。

　　刚才她查探到砦堡里有百人不到，依靠的正是符鸟传递回来的信息。甚至她已经通过符鸟找到了砦堡入口，只不过没有跟包括皇甫朝云在内的任何人说出来。

　　她知道，一旦把砦堡的入口告诉了其他人，自己就会成为害死砦堡里面那上百条人命的罪魁祸首。

　　没有谁比她更清楚游兆的德行……虽然一开始朝云就下达了命令，让他不可对砦堡内的百姓随意进行屠杀，但是一旦砦堡内有人反抗，他便能找到理由，杀死那些普通人，然后割下他们的耳朵带去邀功寻赏。

　　包括强梧，某些时候也是如此。

　　横艾不愿意做那样的罪人。

　　即便她答应了多闻使，永生永世为大汉效力，但是在某些问题上，她却十分坚持自己的原则。

　　这一点，她跟皇甫朝云很像。

　　"横艾，我问你一件事。"徒维没有坐下，而是走到横艾面前，眼神毫无波动地看着横艾。

　　"说吧，什么事？"横艾微微有些意外，仿佛没想到徒维会主动问她问题。

　　"你……是不是喜欢上焉逢了？"

　　"什么？"

　　"我说……你是不是喜欢上焉逢了？"徒维眼睛明亮，重复了一遍。

　　"你从哪里看出来的？"横艾好奇地眨了眨眼，手里把玩艾草的动作停了下来。

　　"你常常在很多人面前维护他，而且我怀疑你进入飞羽，就是为了跟焉逢在一起。"徒维十分认真地说道。

　　"不错，我喜欢焉逢。"横艾展颜一笑，大方地承认下来。

　　徒维不由得皱起眉头，一张脸愁苦到了极致："但是……你不能喜欢上一个凡人。"

　　"凡人？他要是凡人该有多好……"横艾轻声一笑，站起身来将手里的符鸟放飞，回过头说道，"好了，我们过去吧。"

　　"横艾……"

　　"再不走，他们就得过来找我们了。"

　　徒维皱起的眉头缓缓放松了下来，横艾说什么他都会听，但是唯独这件事，他不能听，他不能放任横艾跟皇甫朝云这么发展下去。

这很危险。

不论是对横艾还是皇甫朝云，在他们没有实力抵抗阻碍两人在一起的力量时，这样的感情终究会变得毫无意义、不堪一击，一旦如此，到头来受伤害的便不单单只是其中一人了。

想到这些，看着横艾的身影，徒维仿佛是下定了某种决心，神情在此刻变得前所未有的决然起来。

同样的一幕在此时发生，徒维前脚刚刚跟随横艾离开，一根藤条突然间穿梭而出，抬起"身子"来默默地注视着他们。

而在此时，天上的符鸟惊叫一声，迅速追着横艾而去……

已经在西面绕了一圈了，横艾与徒维便早早到达原定地点等候其他人，而强梧则在砦堡东面的位置来来回回仔细搜寻了三遍，甚至去到村落之中盘查了一番，却仍旧没有发现任何能够进入砦堡的地方，泄气之下，不得不返回原地守候。游兆也遇到了相同的困境，砦堡的南面全部都是由山石堆砌而成的石山包构成的，石山包之下同样有村民居住，然而不论他如何威逼利诱，也没有一个人回答他的问题。

"还有一炷香的时间，不知道朝云能不能有所收获。"强梧少有地以一种担忧的语气说道。

"现在太阳已经落山，天马上就会黑下来，若是再找不到砦堡入口，我们就只能等到明日再行动了。"游兆皱眉说道，"可现在，没准端蒙他们已经拿下了赤门堡，而我们却连人家的大门都进不去。"

"再等等吧，若真是找不到入口，我们不如在这里放把火就回去交差吧。"横艾眨着明亮的眼睛，双眸里满是笑意。

"说得轻巧！"游兆瞪她一眼，侧过头去。

横艾笑了笑，继续把玩起手里的艾叶。

"咦……歌声？"

不远处，皇甫朝云一惊，他正要往砦堡侧边移动，忽然听到一阵悦耳且稚嫩的歌声传过来。

走近一看，才发现是一个十岁左右的小女孩。那小女孩扎着两条小辫子，穿着破旧却整洁的棉布衣服，手里拿着一把花，正哼唱着蜀中儿歌，在花丛里跑来跑去，追着翩翩飞舞的蝴蝶，十分可爱。

朝云郁闷的心情不由得变得轻快了许多，他快步向前走去，来到小女孩面前，弯下身子笑着问道："小姑娘，你怎么一个人在这里呢？"

小女孩被皇甫朝云的突然出现吓了一跳，怯生生地说道："大哥哥，我在捉蝴蝶呢。"

朝云温和一笑，蹲下身子道："小姑娘，别害怕，大哥哥是好人啊。"

小女孩用怀疑的眼神看着朝云："你……真的是好人吗？"

朝云点头道："当然是啦，你看大哥哥哪里像坏人吗？"

小女孩上下打量朝云一番，摇摇头道："那倒不像。不过，大哥哥你怎么一个人在这儿呀？"

朝云摸了摸小女孩的脑袋，故作疑惑地道："我想问一下小妹妹，你知道白柳砦在哪儿吗？"

小女孩狐疑地看着皇甫朝云道："你真不是坏人啊？那你为什么要问白柳砦在哪里呢？"

皇甫朝云笑了笑："当然不是，我徒步来此，似乎迷失了方向，喏……这是我的图，我要确定方向，才能继续往下走啊。"

小女孩嘻嘻一笑："原来是这样啊。白柳砦就在这附近啊！"

朝云故作惊讶地指着砦堡说道："啊？莫非我刚刚看到的那个砦堡，就是白柳砦？"

小女孩开心地笑道："就是那个呀，大哥哥真笨！"

朝云笑了笑："你是砦里的人？"

小女孩小嘴一嘟："才不是呢！哪有那么好？"

朝云似乎松了一口气："那么你是住在附近的人？"

"对啊，我住在附近的村子里，住溪的那边。"小女孩伸手指了指另一边。

"我还以为你是白柳砦里的人呢！"

"那个是我们这边儿的柳爷建来防山贼坏人的，平日他才不会让我们进去呢，小气鬼！"

"柳爷？"

"就是！我们这附近的田地都是他的呢！他的武艺很高哦，曾经提着大斧，带着大家打跑过山贼呢！"

朝云点点头："听你这么说，真想去瞧瞧这一位砦主。"

小女孩露出一口小白牙："嘻嘻，他们说最近坏人很多，所以把门都封了起来，你去的话，会被赶出来的哟！"

朝云疑惑地道："把门封起来了？那他怎么出入？莫非这山砦不止一个出入口？"

"答对了！大哥哥真聪明！"小女孩天真无邪，俏皮地回答。

朝云试着问道："嗯……那小妹妹能不能告诉大哥哥另一个入口在哪里呢？"

小女孩嘻嘻笑着说："爹爹、姥姥说过，不可随便告诉其他人。山贼很坏，万一让他们知道了出入口在哪里，那可就糟糕了。"

朝云苦笑着搔搔头，说："我可不是山贼啊！"

"爹爹、姥姥说过，不可以随便告诉其他人的哟！"小女孩依旧嘻嘻笑着，不肯说。

朝云苦笑一声，面对一个十岁左右的小女孩，他除了套话之外，没有任何办法。

小女孩蹲下来继续摘着花，不时在头上比画着："好不好看，大哥哥？"

朝云的心情又变得舒朗起来，笑着说道："嗯，好看。这是什么花？"

"蓟花！"

"啊，该不会是这个花吧？"

朝云惊讶，伸手从怀里掏出了一对耳饰，耳饰晶莹剔透，上面分别雕刻着一朵紫色的、看起来如同蒲公英一样的花朵。

就跟此时此刻小女孩捏在手里的蓟花一模一样。

耳饰一出现，便立刻吸引了小女孩的目光。

她惊喜地道："对啊，就是这种花！大哥哥，你怎会有这个耳饰？"

皇甫朝云笑道："这是我姐姐留下的耳饰。"

小女孩开心地拍起巴掌，蹦蹦跳跳地道："好好看！我也好想有这个，我以前看隔壁姐姐嫁人时戴过，好好看！"

朝云灵机一动："真的吗？如果你愿意告诉我怎么进去白柳砦，好让我可以认识认识一下那位武艺不凡的柳爷，我就送你这个耳饰的其中一只。因为听你这么一说，我蛮想见见他的。"

小女孩似乎大为心动，歪着头考虑了好久。

"等一下哦……不行，那我要两只！"

"不可以，这可是我失散的姐姐留给我的，总共也没有几样。小妹妹，你好歹要留下一只给大哥哥我当纪念物吧？"

"可是……只有一只很奇怪啊！"

"哈哈，等大哥哥这次回去之后，下次再来，一定多带几对来给你！"

"真的吗？"小女孩眸子中闪烁着期待的光芒。

"当然！"朝云笑着说。

小女孩笑嘻嘻地指着远方的一棵大树说："再过去一些，就可以找到白柳砦的秘密入口了。"

"好，这是你的了！"朝云开心地笑了笑，将其中一只耳饰给了小女孩。

小女孩笑得很开心，马上戴到了耳朵上，摇晃着小脑袋问道："大哥哥，好看吗？"

"好看，好看！小丫头，你让我想起了我的那位姐姐。"朝云笑着说。

"真的吗？你的姐姐也很好看吗？"小女孩天真地问。

"是啊，我如今还常梦见她呢。"朝云说着，双目黯淡，开朗的心情也被蒙上了一层阴影。

当年关羽领兵北伐，襄阳以北风声鹤唳，当地百姓忙着逃命，而皇甫朝云，正是在那一次逃命途中，与姐姐弟弟走散了。如今十多年过去了，每当想起当初的一幕幕，皇甫朝云的心依旧会十分难受。

"也不知姐姐和弟弟，在曹贼的领土上，过得还好不好……"朝云拿起剩下的一只耳饰，仿佛看到了当初姐姐的模样，"为了完成任务，姐姐……朝云对不起你……"

"阿童！"

一位老妇人忽然出现在不远处，满脸焦急地往这边赶来。

"姥姥！我在这儿！"

小女孩招招小手，伸手把耳饰摘下："这是我的姥姥，姥姥要叫我回家去了。"

朝云笑着点点头："快跟姥姥回去吧，别让你家里人担心。"

小女孩开心地点点头，扬扬手里的耳饰道："谢谢大哥哥！"

朝云想起什么，忙朝着小女孩的背影喊道："小姑娘，今晚记得待在家里，哪儿也别去！一定要记住！"尤其是砦堡里面……皇甫朝云在心里补充。

老妇人一把拉过小女孩，将她抱在怀里，责备道："那人是谁？不是吩咐过你不要跟陌生人说话吗？"

小女孩嘻嘻笑道："姥姥，他不是坏人啦！我跟他聊了好多好多耶！他是好人！"

老妇人一脸不信的样子，她看了看朝云，又看了看小女孩说："算了，咱快走吧！再不回家，你爹得多担心！现在是乱世，你自己一定要多加小心！"

现在是乱世，你自己一定要多加小心！

这……不是当初姐姐对自己说过的话吗？

皇甫朝云猛然转身，但是老少二人已经远去，只剩下两个模糊的背影。

傍晚时分，大伙儿都已聚集到了一起。

"朝云，可有发现？"

皇甫朝云一出现，强梧就连忙迎上去询问，游兆也快步走上前去，虽无言语，但是神情却比任何人都要急切。

"稍后说。"皇甫朝云看向所有人，"你们呢？有没有找到合适的入口处？"

第十七章
偷袭白柳砦

"我找到一个村落，但村里只有几名老人。不管我如何拐弯抹角地问，他们都闭口不言，充满了戒备，始终不愿意回答。为了不打草惊蛇，我最后并未深入追查下去。"游兆迅速说道。

朝云点点头，看了看强梧。

"朝云，你可别太期待……我并没有打听到秘密入口，不过我倒是打听到堡内只有五十至一百人左右。"

"这事还用你打听？方才我不是已经说过了吗？"横艾在一旁笑了笑。

"嘿嘿，咱这不是没横艾妹子有本事嘛。"强梧挠了挠头，讪讪一笑，"不过我倒是还听说了另外一件事。"

"什么事？"

"据村里的一些后生说，目前堡内居住的都是这白柳砦当地的豪族。原本几年前，我们大汉王师一路北上，横扫至街亭的时候，老族长曾有归附大汉的打算。

"不过后来马参军在街亭大意惨败，他们一发现局势逆转，立刻转变态度，加上曹贼见机便派官吏前来安抚，如今他们简直是摆明了要支持曹贼，甚至之前还派了壮丁去支援敌将曹真、郭淮来打我们！你说说，这气不气人？！"

"看来我判断得不错，白柳砦确实真的归顺于曹魏了……"朝云思考着。

"应是如此。这些家伙，吃汉家的米，喝汉家的水，却帮着敌人打我们，实在可恨！"强梧望着远方，不悦地说。

"这就是战争呀……"横艾有点哀伤地抚弄着手上长长的艾草叶。

"横艾，你有没有打探到什么情报？"

"我吗？嗯，完全没有。"

"徒维呢？"

徒维摇头。

游兆冷笑："焉逢，有一件事我必须要让你知道。"

皇甫朝云诧异地道："游兆，你说。"

游兆十分不满地指着依旧面带微笑、似乎没把任务当回事儿的横艾，说道："横艾她根本没有去找入口。大伙儿分开后，我看到她从头到尾都坐在巨石上，玩着她袖子里的艾草！"

朝云笑了笑，打断他："不要紧。横艾她向来都是如此，不过她也未曾妨碍过什么任务，不是吗？"

"话是没错，可是……"

"朝云，你呢？你找到没有？"强梧挤了挤眼睛，打岔道。

"方才我遇到了一位小姑娘，询问之下才得知，白柳砦侧面有一棵古树，而砦堡的入口，便在那棵古树之下。"朝云笑意满满地说。

"太好了！"游兆捏了捏拳头，果真不再理会横艾之事，转身便朝古树所在的方向飞奔而去。

"游兆，你要干吗去？"皇甫朝云连忙将他叫住。

"此时已近晚间，明日便是我们完成任务的最后期限！今晚迅速拿下砦堡，明日一早，我们才能准时赶去与飞之部会合！"两句话说完，游兆身形一闪，已经消失于大伙眼前。

"这个游兆，怎么如此不听指挥？！"强梧不满地说道。

"无妨，我们也走吧，尽快赶上游兆。"皇甫朝云皱了皱眉，他担心一旦自己不在，游兆便会随意杀人。

"走吧。"横艾点点头。

恰在这时，一只符鸟惊叫一声，突然从空中垂直落下，如自由落体般直愣愣地撞向横艾怀中。

那符鸟撞入横艾怀里后，扑腾了两下，马上化作了几根艾叶。

"怎么了？"

朝云停下脚步，符鸟如此慌乱，与横艾相识以来，他还是第一次见到。

"无妨，只是翅膀折断了。"横艾不在意地笑了笑，随手将符鸟幻化的艾草塞入袖中，"我们快走吧。"

朝云疑惑地看了横艾一眼，见她不说，只好默然应了一声，带头往古树的方向走去。

白柳砦侧边的古树并不高，也就两三丈而已，但是枝干却异常粗壮，估摸着，至少需要七八个成年人手拉手围成一圈，才能将这棵树环绕住。

"如此粗壮的一棵树，在汉中可是极为少见呐……"强梧惊叹一声，忍不住伸手拍了拍枝干。

"焉逢，我们要如何下去？"游兆凝眉，他先前绕着古树转过几圈，却没有找到入口所在，心下不由得疑惑起来。

"这叫什么，这叫来得早不如来得巧！"强梧哈哈一笑，得意地看了一眼游兆。

"好了，听我的……左三圈右三圈，绕着这棵古树跑，跑完之后叫一声开，门自然便出来了。"朝云看着众人古怪的眼神，解释说，"这道门其实是一个简单的阵法，若是商横与祝犁二人在此，或许一眼便能看出来……估计徒维也看得出来吧？"

徒维点点头，什么话也没说。

"原来如此……"略一思索，游兆便按照朝云所言，提起白龙枪，围绕着古树开始奔跑起来。

片刻之后，游兆站定，轻喝一声："开！"

刹那间，古树周围响起一阵轰鸣之声，数道白光自树根底部直冲天上，将暗黑的天空照耀得如同白昼。

这里的动静自然惊动了砦中之人。

白柳砦内虎啸阵阵。

数十根火把迅疾地出现在砦堡的城门之上，各种呼喊声与惊叫声远远传来。

"敌袭！敌袭！"

片刻之间，城楼之上弓箭手成群出现，将箭支对准了朝云等人所在的地方，在白光的照耀之下，朝云他们几人明晃晃得如同天然的靶子一般。

"放箭！"

嗖嗖嗖！

数十根羽箭同时破空而来，朝云等人连忙钻到大树后面，堪堪避开。

"嘿……跟我玩箭？"

强梧哈哈大笑，顿时从后背拔下弓来，五根手指扣住三根羽箭，一同搭上箭弦，手臂微微用力，只听嘎吱一声响，弓箭便已弯曲得如同月牙一般。

"就让你们尝尝爷的三分之箭！"

嗖——

手指一松，箭弦轻弹。

三根羽箭破开黑夜，在白光的照射下沿着之前羽箭射来的轨迹，射向了砦堡城楼上的三人。

噗——

羽箭穿过血肉，却不停止，而是当的一声稳稳地钉在后面的木板之上。

羽箭没入木板至少有一半之深。

混乱中，所有人都被这突如其来的反击吓得愣住了。

那三名弓箭手更是瞪大了眼睛，看着汩汩流血的胸口，难以置信地往后倒了下去。他们至死也不明白，究竟是何人，竟然能够一次性射出三支箭，穿透人体之后，还能钉入木板之中……

扑通声接连响起。

又是三支羽箭如光点一般飞来。

另外三名弓箭手齐齐倒下，死不瞑目。

六名弓箭手，顷刻间毙命。

砦堡之上，一名裨将声嘶力竭："快关闭砦口！你们守住这里，其他人跟我到砦口处阻击！"

黑暗之中，火把燃烧，官兵吼叫，一片混乱。

恰在此时，白光迅速消减下去。

原本亮白如昼的旷野瞬间没入黑暗，而古树之上，一道黑色的暗门赫然出现，这道门不大不小，却已足够两个人并排进入。

"强梧游兆开路！横艾徒维跟上，我来断后！"

"遵令！"

几人齐声应下，按照皇甫朝云做出的安排，分别闪身进入了暗门之中。

暗门之后是一条狭长无比的通道，通道极宽，两旁的墙壁上还摆放着不少兵器，看样子是为囤积兵士所设，但飞羽偷袭得突然，他们还没来得及反应，整条通道便被占领。

"山贼又来了？！"

砦堡之内，柳涉作为白柳砦的砦主，听到禀报之后，便立刻从床上爬起，急匆匆地往外赶。

士兵跟随在后面一路继续禀报："来者只有四五人，他们破开了古树阵法，从古树下面的通道进来了！"

柳涉冷笑起来："派两部分人，一部分出去封锁入口！另一部分留在里面封锁出口，两头夹击！我倒要看看他四五个人怎么闯入我白柳砦！"

士兵一阵惊喜，又问："砦主，是否要命人向魏军那边求援？"

柳涉一把揪起士兵的衣领，啪地一个大耳刮子扇了过去："他奶奶的，四五个人你好意思去向魏军求援？！给杂家滚！"

士兵被一脚踢在腹部，滚出几圈后，立刻吓得抱拳离开。

通道之内。

游兆与强梧在一道石壁面前停了下来。

走过数百米距离之后，出现在他们面前的不是明亮的出口，而是一堵厚实而光滑的墙壁！

"这……"

强梧运转灵气，朝着墙壁一掌打出，然而却无法撼动石壁分毫。

"我使用武道第三境的力量，竟然于事无补，这可如何是好？"

"我来看看。"

游兆后退数十步，手提白龙枪，突然加速朝石壁直刺而来。

锵——

白龙枪与石壁撞击在一起，擦出一串绚丽的火花。

一股反推力量透过枪身传递而来，将游兆撞出数米之远。

"这不是普通的石壁，而是……铜矿石！"游兆站定身子，收枪而立，语气变得有些凝重。

他们通过通道一路走来，根本来不及细查这条通道的结构，没想到挡住他们去路的，竟然是一块铜矿石……相比普通石块而言，铜矿石的硬度非常高，想要凭借蛮力撞开，除非是武道第四境乃至第五境，否则几乎没有可能。

一丝焦急爬上游兆的眉角。

"周围都是墙壁，看不出来有机关的存在。"强梧仔细摸索了一遍，不得不皱着眉头说道。

"怎么了？"

皇甫朝云、横艾与徒维一同赶来，不等两人回答，看到那一面光滑的石壁后，他们瞬间就明白了过来。

"方才这些人从后面尾随着追赶过来，被我挡了回去，随后他们便将暗门关闭起来，我着急赶来，没有阻止，现在看来……他们是想将我们困在通道里面。"朝云沉思着分析。

"这该如何是好？"强梧砰砰砰地捶打了几下墙壁，神情十分懊恼。

"不急，我来看看。"

朝云走上前去，扎下马步，双手运功，一股肉眼可见的灵气能量顿时如同水流一般，从丹田顺着他的经脉流动起来，最后汇聚到掌心位置，如同一束光线般喷薄而出。

砰！

灵气汇聚而成的能量与铜矿石壁相碰，发出震耳欲聋的声响。

石壁登时轰隆隆地摇晃起来，抖落无数碎石块。

还没有结束。

朝云眼神一凝，再次运气于掌心，同之前一样双手用力推出，将贯穿于掌心之上的灵气完全释放。

轰——又是一阵巨大的声响。

这一次，整个石壁通道都摇晃起来，如同地震一般。

"这力量……"

强梧不禁看呆了，要知道，刚才他使用相同的方法，可是连石壁都不曾撼动分毫，但是现在，皇甫朝云竟能够制造出如此之大的动静！

这只能说明，他的力量比自己的不知强了多少。

同样的情绪也出现在游兆身上。

他无比惊讶地看着眼前的皇甫朝云一次又一次地运掌推出，感受着面前那一道厚实的石壁越发摇晃，心里震惊之情早已溢于言表。

这等力量，恐怕已然不下于武道第四境……可是他明明只是武道第二境的实力，甚至剑道境界更是几乎为零！

莫非……

想到一种可能，游兆皱眉深深地沉思起来。

横艾面带笑容站在一旁，徒维脸色平静，不知在想些什么。

片刻之后，朝云停下手来。

面前的石壁虽然剧烈摇晃，但是想要将它推倒，单单凭借一人的力量显然无法做到。

"我们不能再在此地耽搁下去了，万一他们在后面使什么手段，到时候受罪的就是我们了，至于这堵墙……"游兆抽出剑来，用力在石壁之上划出一条线，"既然无法推开，那我们便将它割开！"

"用剑将墙壁划开……好主意啊！"强梧一乐，瞬间抽出背上的宝剑，接着刚才游兆划出的一条线，两剑之后，便划出一个长方形状来，高与宽恰好够一人进出。

"如何？"强梧哈哈一笑，看向皇甫朝云。

"不错……那我们便一同用剑，将它割开。"朝云点点头，转身看向徒维，"徒维，借剑一用。"

"给。"徒维取下佩剑，交给朝云。

"朝云！你……"强梧愣了一愣，他可是知道，朝云的剑道修为从三年前的第三境直接退化到第一境，而武道境界停留在第二境也已三年。

此时他伸手向徒维要剑，莫非是已经恢复了剑道修为？

游兆更是眯了眯眼睛。

方才朝云无穷的力量就已经让他震撼，以至于他也生出了跟强梧一样的想法，那就是……这家伙的实力已经恢复了过来，否则这一切根本就无法解释。

也罢，且看他这一剑如何划下去吧。

第十八章
焉逢的实力

想要将一块将近一米厚的铜矿石用剑划开，需要耗费的灵气与功夫极大，至少也需要剑道第三境配合武道第三境的修为才行，不到关键时候，没人愿意这么做。

而他与强梧也就是武道第三境配剑道第二境而已，这种情况下，必然需要多试几次才能成功，甚至可能会因此而体力不支。

焉逢不可能不清楚现在的状况，他敢从徒维手里接过剑来，就说明他对此一定有着绝对的把握，否则他不敢冒险……或者说，若是一个没有剑道修为的人，值此关键时刻，又怎敢开口说"让我来"？

"我往上，游兆往左，强梧往右！"

"横艾与徒维照顾后方！"

吩咐完毕，一人认定一条线后，三人同时退后十步，又同时向前踏出两步，身形如风一般往前飞去，手上却以一个非常普通的姿势将剑刺出。

嗖——

剑气比灵气更为纯粹与霸道，从剑尖上喷发出来后，便带着剑身钻进了墙体，很快朝云手上的剑就全部没入其中，只剩下剑柄留在外面。

"黄色剑气！"

游兆与强梧惊呼，便连守护通道后方的横艾，眸子之中也是异彩涟涟。

黄色剑气，代表剑道第三境。

再看那剑身整个没入墙壁，游兆与强梧再无怀疑，皇甫朝云的剑道修为的确恢复了，而且看样子……比之前更强！

为何？

因为同样的速度之下，他们剑道第二境的修为，只能将剑刺入墙体一半，便再无法继续前进，但是朝云轻轻松松地便将整柄剑送入了墙体之中。

这样的实力，绝对是剑道第三境无疑！

即便在第三境中，也属于佼佼者。

游兆忽然想起之前他向朝云提出挑战的事，此时此刻，他竟然觉得自己的脸颊有些烫，仿佛着火了一般。

"别愣着，一同用力，将墙壁割开！"

朝云轻喝一声，右手整个手掌横握剑柄，如同拉动机关一样，双脚后退，整个人带着没入墙壁的宝剑缓缓后退，每退一步，上面的裂口便增大一分。

与此同时，游兆与强梧也各自收起心思，相视一下之后点点头，便各自握住剑柄往下拉动。

像是用极钝的钝器在撕开某种韧性十足的布料一般，三人的动作都显得极慢，剑气如同绚丽的烟火，从墙壁的缝隙之中连连喷洒而出，却又转瞬即逝。

"他们在这里！"

通道后方忽然响起一道怒喝声，数十名砦堡官兵蜂拥而至，将通道后方围得水泄不通。

"真的在这里……"

领头的裨将战战兢兢地一挥手，身后数十人立刻摆出阵型，或蹲或站，拉弓搭箭，对准了通道尽头的五人。

"投降吧！你们若是投降，说不定砦主还会饶你们一命！若是负隅顽抗，只有死路一条！"

裨将咕咚咽下一口口水，大喊着砦主柳涉教给他的话，以便活捉几人送到魏军营中领赏。

但是喊完这句话后，他便不敢再多发一言。

先前所有人都被那个力气极大的人射出的羽箭吓破了胆，而他们大着胆子追过来后，眼前这名模样可人的姑娘只是一挥袖子，就将他连带着身边的人扇飞至数米之远。

这几人根本不是山贼，而是怪物！

只有怪物，才会有如此可怕的本事！

通道里因此出现了诡异的一幕。

数十人守在另一边，距离通道尽头的五人足有数十米距离，却只敢搭箭，不敢射出，更迟迟不敢上前一步。

而那五人，三人贴在石壁之上，如蜗牛一般拉动宝剑，做着奇怪的事情，丝毫未顾及身后的数十名敌人；而另外的一男一女站在通道中央，正对着他们，最令人感到可怕的是其中那名年轻女子，此时如仙子一般站在通道中央，没有任何的动作，脸上透着甜美的笑容，静静地看向对面一支支弓箭和一张张恐惧的面孔。

对了，还有另外一个男子。

身穿法袍，背着法旗，面色沉静如水，双手抱在胸前，背靠在石壁之上，安然且安逸，竟是在闭眼冥思。

砦堡里面。

柳涉手提斧头，带着剩下的三十余人围堵在了通道出口处，眼神冰冷地看着那堵光滑的墙壁。

原本他以为，只是几个小蟊贼混了进来，顺手解决掉，就可以冒充蜀军送去魏营领赏，但是没想到的是，人没抓到，他手下的人反倒先被弓箭射死了六个；离开砦堡围堵通道后方的人，也有不同程度的损伤，现在还不知有没有进入通道里面，追上那几人呢。

最重要的是，眼前这足有一米厚的铜矿石壁，竟然不停地摇晃着。

对面得有多大的力量，才能让铜矿石壁不停地摇晃？

柳涉感到一阵阵不安。

“来人！”

“砦主！”

“你赶快找一匹快马，立即向魏军送信，就说我白柳砦遭遇敌袭，请求他们支援！”

轰！

士兵还未领命离开，面前摇晃个不停的石壁终于齐整整地倒在地上，如同山崩地裂一般，震得所有人都瞪大了眼睛。

一团白灰升起又落下。

"呸呸呸！"

一个身材魁梧的汉子从石壁那头走了出来，不停地扇去身前的烟尘，而在他的身后，四名身穿黑衣的年轻人一起出现，或面带笑容或冷峻如铁，便这样静静地看着他们。

紧跟着，身后那数十人追了出来。

看到如此场面，那些人全都无一例外地愣在当场。

柳涉张着嘴巴，保持惊讶的动作。

其余不少人更是吓得连武器都掉在了地上，见无人看到，才又一把拾将起来，哆哆嗦嗦地站起身子。

空气凝固了数个呼吸的时间。

忽然，一道低沉的吼声在空旷的砦堡内响起，将这片刻的宁静打破。

一头足有半人之高、体长一丈有余的老虎缓缓地走了出来。

它的目光紧紧地看向朝云几人。

老虎每走几步，便发出一声低沉的怒吼。

威胁之意不言而喻。

"老虎？"

"是守门虎！"

朝云眼神微凝，作为武道第三境的武者，他自然看得出来这头守门虎实力不弱，换作人类武者，极有可能已经达到了武道第二境！

没想到在这山野之地，一头老虎都能有如此强大的实力！

"哈哈哈！尔等宵小，见我守门虎，还不快快投降？"柳涉大笑，挥舞着斧头，脸色骤然一冷，"上！"

"嗷——"

老虎闻声，如同饥饿许久见到了猎物一般，后腿蹬地，猛然间便飞跃而起，扑向站在最前面的强梧。

"强梧小心！"

"一只臭虫罢了！"

强梧冷冷一笑，不躲不避，同样跳将起来，使足力气一脚踢出。

砰的一声！

老虎与强梧在空中相遇，还未等老虎落地，强梧便突然抽出背部的宝剑，唰地一下闪电般挥出，从老虎肚子底下划过，顿时老虎的肠子内脏掉落一地。

"嗷——"

老虎砰的一声摔在地上，发出一阵哀鸣，没过多会儿，头一偏便死了过去。

而强梧则在空中连翻两个跟头，稳稳地落到原先的位置，哈哈一笑道："杂家杀的老虎，比你见过的还多！它再强又怎样？第二境罢了，杀它如屠狗！"

包括柳涉在内的那些白柳砦人，又一次集体愣住了。

守门虎可以说是整个白柳砦最强大的存在了，守护白柳砦几十年，从未失手过，可是现在……竟然一个照面，便被对方一剑斩杀。

究竟是守门虎变弱了，还是……对面这些人太强？

柳涉下意识地摸了摸额头，发现上面已经布满了细密的汗珠。

他宁愿相信是前者，可惜不是……

"杀！"

下一刻，游兆人枪合一，化作一道白光冲向围攻他们的兵士。

锵锵锵锵！

刀枪相碰，仅仅一个回合，却已有数人殒命在白龙枪下。

"混账！！！儿郎们，跟我杀死他们！"

柳涉眼睛充血，提起手中的斧头，当先便朝着朝云冲杀过去。

"这里交给我，你们去其他地方，严防有人出去报信！"朝云长戟横挡，化去柳涉的力道，同时大声朝游兆与强梧吩咐道。

"好！"

两人领命而去。

柳涉被朝云长戟的力道扫过，跌倒在地，他艰难地爬起身来，一脸狰狞地问道："你、你们到底是什么人？"

　　朝云长戟横于胸前，朗声道："大汉北伐军，前来声讨你们之前背叛王师之罪！"

　　"什么？！"柳涉闻言，突然仰头哈哈大笑，笑过之后，他几乎是怒吼着说道，"原来又是诸葛蜀寇！诸葛蜀寇啊——当初背信弃义，如今又偷袭擅闯我的砦堡，杀我子弟！我饶不得你们！饶你们不得！杀啊——"

　　斧头劈下，一道灵气猛然出现，闪烁着幽幽红光。

　　"竟是武道第一境！"朝云有些意外。

　　他没想到一个普通砦堡里面，竟然会有武道第一境的武者存在。而且看他凶猛的气势，即便是一般的武道第二境在他面前，恐怕也讨不到多少好处。

　　"可惜了，你遇到的是我……"朝云摇摇头，眼看那斧头就要落在他身上，便在这时，他缓缓伸出手，连长戟也不曾使用，仅用五指便将斧头捏住。

　　"你……"

　　"去！"

　　一脚踢出，柳涉高高飞起，又砰的一声落在地上，狠狠地吐出一口鲜血。

　　周围数名兵士迅速奔涌上来，凶狠地盯着朝云，将他围住，片刻之后突然同时出手，手持武器，从四面八方向朝云攻击而去。

　　咔嚓咔嚓！

　　左手一把搂住数根长枪刀剑，右手随即将长戟抛上天空，顺势一掌劈下。

　　不论刀枪或剑棍，皆在这一掌之下断成两截。

　　便在此时，朝云向天伸手，黑色方天画戟恰好稳稳地落在他的手中。

　　"杀！"

　　长戟一横，白光闪烁，站在他面前的几名兵士便纷纷倒地，再也无法站立起来。

　　这一刻，整个白柳砦内刀光剑影，杀戮不停，惨叫与哀号声同时响起，淹没了整片黑夜。

　　夜风吹来，饱含着血腥的味道。

　　脚下走过，遍地皆是鲜血。

　　"恶魔！你们都是恶魔！"

柳涉坐在地上，痛苦地捂着胸口，脸上全是惊怒之色。

朝云闭上了眼，又猛地睁开，他知道此时自己不能心软！一旦砦堡里有一人生还，跑去魏营报信，那么多闻使的偷袭计划便会失败，到时候对于整个北伐，都会产生极其不利的影响。

他只能按照命令，收服……或者杀死这里所有的人。

朝云举起黑色长戟，指向倒在地上的砦主，长戟尖端距离柳涉的面部不足一掌，随时都能取其性命。

"胜败已分，砦主！"

"慢着……先别杀他，朝云！"横艾突然出声制止。

"为什么？"朝云转头。

"不太对劲……这和我们以前每次袭击敌营的气氛都不同。"横艾闭目，仿佛专心聆听什么，过了片刻，她突然睁开眼睛，"我听到了妇女和孩子的哭声……不对！这次绝对和以前不同，我们先收手！"

朝云仔细一听，果真如此，他不由吃惊地看向倒在地上的柳涉："白柳砦并非全是男丁，莫非还有老弱妇孺？"

砦主痛苦地喘着气："蜀寇……你们不必假装仁义……要杀要剐，随你们便！我白柳砦柳家男儿，可没有一个是吃素的！哈哈哈……"

朝云看了看横艾，又看了看了地上的柳涉，自语道："怎么回事？难道当真……"

"上一次你们……什么诸葛丞相……写信给我们……说什么一堆大义之类……鼓舞我们起来起义反正，背叛朝廷，效忠大汉……结果街亭一战败……他自己就忙着退兵了……让我们留在这里……被朝廷派兵围剿……我们人单力薄……只好归降……如今你们……你们竟还有脸……拿投降当理由……跟我们提什么……大汉不大汉……王师不王师……你们蜀中……距离我们那么远……根本不能保护我们！"

朝云缓缓放下长戟，心底已经明白了什么。

"我……只是本地的小地主……只求苟全在乱世中……但求本地平安……少卷入战事……所以才为大家……筑这么一个砦堡……以求自保……如今……反而……反而……害了大家……罪孽……罪孽啊！"

砦主愤恨地看着朝云，满脸尽是癫狂之色。

"我对不住大家！"

他猛地拾起剑来，不待朝云反应，便将剑横于脖颈之前，用力一抹。

哐啷！

剑掉落在地。

人双目圆睁，缓缓倒下。

妇女孩子的哭声更加清晰，随着夜风传入耳朵，朝云忽然感觉自己的身体有些冷。

莫名地冷。

第十九章
染血的耳饰

"那么，你还要砍下他的耳朵……或头颅吗？"横艾悠悠闭目，然后缓缓睁开，眼光锐利地盯着朝云。

朝云低垂着头，紧咬着嘴唇："不……"他猛然回过神来，"不……横艾，先别动手。"

"焉逢！你们在哪里？"

横艾抬起头："是游兆，他在找我们。"

朝云的眼神有点迷蒙："嗯……"

"原来在这儿。"游兆从堡顶上方飞跃而下，揖手行了一礼，"焉逢，此次我们诛杀了六十多名敌人，已依照任务要求，砍下他们的耳朵，暂先堆置堡顶，等候增长使前来验收。"

"好……我明白了。"朝云心不在焉，微微点了点头。

"嗯。"点点头，游兆转身离去。

堡顶之上。

强梧与游兆并排而立。

强梧一脸严肃，闭目不语。

游兆面带笑意指了指地面上的麻袋："焉逢，敌人的耳朵都堆在此……"

"嗯。"

朝云点点头，顺着游兆所指，低头往地下看去。

原本他有些心神不宁，但是当目光落到地面上那些耳朵上时，他脸上的表情突然凝固起来，一抹惊恐之色缓缓出现，紧接着他的身体便不由自主地颤抖起来。

"朝云，你怎么了？"

"没事。"

朝云摆摆手，推开所有人，然后弯下腰，从那一堆耳朵里拾起了一样东西，头也不回地问道："这堡内，可有老弱妇孺在？"

强梧叹了口气，点头回答："有……他们的砦主担心我们汉军北伐，此地会卷入战乱，所以吩咐村民自今日起，都暂入堡内避难。"

朝云竭力压制着心中的怒火："所以，你们连那些老弱妇孺也杀了吗？"

"这……"强梧犹豫着，不知该如何回答。

游兆正色抱拳道："在黑暗中，我们误杀了一些……后来察觉到声音不对劲，因为还有许多妇女的尖叫声，我们便住手了。天色渐亮，我们才发现刚才杀死的许多不是堡内的民兵，只是一些拿斧头抵抗的老人与妇孺。强梧觉得不妥，因此我们暂时把他们关在下面了。"

朝云闭目，手心攥紧："等一下，就把这些老弱妇孺全都放了吧。"

强梧点点头。

"对了，焉逢……你刚捡起的是什么？有什么不对劲的地方吗？"游兆纳闷地看着朝云。

朝云低头，咬着嘴唇说："一个耳饰……"

"有好几个小姑娘，不幸被我们误杀了，这是我的错……不过你捡起的这耳饰，是有什么特别的地方吗？"

"没什么……"

朝云低头不语，痛苦地闭上了眼睛，心中已如滴血般疼痛，那是刚才，他送给那小姑娘的那枚耳饰啊……

溪谷之旁。

增长使如约而来，如多闻使一般，脸上戴着黑色面具，袖口绣有金色领边，唯一不同的是，相比多闻使而言，增长使的身材更加魁梧，气势更为强盛，声音出口，便如黄钟大吕，令人振聋发聩。

事实上，自打持国使离世之后，多闻使便同增长使与广目使二人，共同领导飞羽。多闻使为主，增长使与广目使为辅，如今魏军当中都在传言，这三位使者必然是当今大汉某几位地位极高的将军或是大人。

否则他们在军中的职务不会如此之高，自然而然地，陛下与诸葛丞相对待他们，也不会如此信赖。

但猜测终归是猜测，因为终日掩面、来无影去无踪的关系，大汉军中，至今为止也没有谁曾真正亲眼见识过三位使君的真实面目。

或许这三位，便有一位是他们当中的一员。

这样的事，谁又说得准呢？

增长使如虎般的目光扫过两队，沉稳地说道："羽之部所砍下的耳朵数目多九枚，此次任务羽之部获胜！之后，你们便先行回营修整，待有任务，多闻使自会向尔等传达！"

说罢，不等众人回应，增长使一卷披风，便有一圈黑色烟雾升腾而起，裹挟着他消失于原地。

"多谢大人！"

游兆远远地抱拳，十分兴奋，但他回头望去，却见朝云闭目不语，强梧一脸愧疚，横艾担忧地望着朝云，而徒维却如往常一般，依然是一副古井无波的表情。

游兆不禁有点泄气："焉逢，我们赢了！"

朝云若有若无地点点头："嗯……"

然而此时他的心中，一点喜悦的感觉也没有。

他抬起头，望着天空，心中默默想着："姐姐，我仿佛有种亲手杀死了你的感觉……我是不是错了？姐姐，是不是呢……"

横艾秀眉轻蹙，担忧地看着他。

朝云没有注意到周围，他用力握起拳头，低头闭目，喃喃自语道："对不起，小姑娘……终究是我害了你……"

另一边。

端蒙所带领的飞之部没能获胜，作为飞羽第二将、飞之部领导人的她，低垂着头，咬着嘴唇，看得出来心情极度不佳。

昭阳特意笑了笑，上前安慰道："端蒙，我们已经尽力了，没什么好遗憾的，不是吗？"

端蒙摇摇头："你不懂……"

你真的不懂。

微微仰头，看着天边混沌的乌云，端蒙心底仿佛落了一场雨……

"父亲，对不起！女儿又让你失望了……"

邽岭山脉。

魏军军营中，司马懿正和诸将讨论事情。

突然一名将校焦急地闯入，抱拳禀报："司马都督！方才接到消息，我军后方不远处的两个砦堡，被蜀寇一夜之间给攻破了！"

司马懿震惊得站起身来："什么？！"

张郃皱眉道："莫非蜀寇见我们按兵不动，派出部队企图抄我们的后路，以形成前后夹击之势？"

不愧历练丰富，经历了许多战争，司马懿立刻恢复镇静，徐声问道："可知道他们袭击的兵力大约多少？"

那名将校摇摇头："对方攻陷砦堡之后，立刻放火焚烧，然后又回到林中，不知究竟有多少人。"

"哦？你是说，他们并未占据那些砦堡？"

"正是！天色一明，他们便失去了踪迹，只见浓烟冲天，我们也是因此才发觉此事的。"

"原来如此……"司马懿沉吟起来。

将校抱拳说："司马都督，如今营寨内的士兵们为了此事惶惶不安，他们希望您能解除禁令，好出兵扫荡那群宵小。"

第二十章
可否不杀百姓

司马懿低头不语，若有所思。片刻之后，他轻轻挥手，坐了下来："不必出击，而且也不准出击。"

众将吃惊："为什么？"

那名将校脸色焦急，抱拳道："司马都督，敌寇都袭击至我们的后方来了，怎可以……"

头发已至花白的司马懿并不为所动，而是从容抚须，笑了笑说道："假若蜀寇抄后路的军士众多，势必会占据砦堡，以屯驻他们的人马，如此才是常道，怎还会舍得用火烧掉？显然他们是打算采取游袭战法，所以才急冲冲地烧了砦堡，好把动作做大，以扰我军心罢了！我们若沉不住气，当真派兵出营扫荡或防御，反倒中了他们的奸计！"

将校吃惊："这……"

司马懿接着说道："切莫担忧！想想看，蜀寇孤军深入，始终有粮秣辗转、补给不易之忧，因此巴不得我们赶快出来，速战速决！我们越不出击，他们才会越紧张。我们若此时出击，岂非着了他们的道？"

"只是……万一……"

司马懿摇头说道："我们只要按兵不动，继续坚持消耗战，等诸葛老贼自己粮尽兵疲、束手无策之时，必会自行退兵！届时趁他们师疲兵老，我们再行出击，一战便可大败之，而诸葛孔明的首级，到时必将高高挂于洛阳城楼！"

将校有些犹豫，抱拳行礼："……是！"

突然一位白发白须的老将军，大步走了出来，出声制止："仲达且慢！此事怎可如此草率？"

说话之人，正是在街亭大败马谡的魏国车骑将军——张郃！

张郃不悦地说："仲达！战场不容儿戏，胜败间不容缓……万一当真是后路被蜀寇抄了呢？"

司马懿抚须笑道："张老将军莫急，这只不过是蜀寇的扰敌之计罢了，至于理由，本都督方才已有解释！"

白发老将军甚是不以为然，大大咧咧地抱起双臂："仲达，如此判断，未免太过轻率！你刚担任关右关中地区防务，所以有些事并不清楚。老夫与蜀寇曾交手过无数次，深知诸葛亮此人用兵小心谨慎，能平绝不险。此次他竟出奇兵，这意味着必是有相当多的人马已绕至我军之后，意图前后夹击！请仲达暂解禁令，派出人马出营搜索扫荡，并以一部人马驻守后方，以防蜀寇夹击。唯有如此处置，军心方得以安稳！"

司马懿想也没想，直接否定道："不成……敌人正一心求战，我们若派兵出营垒，即便兵力不多，他们也求之不得，势必把握良机，发动攻击！若友军遭袭，营寨内的大军只有被迫出援，如此一来，坚持多日之消耗战略，必将瓦解！"

张郃问道："万一敌人真的重兵抄我后路呢？"

司马懿回道："本都督说过，那不过是幌子罢了！本都督既已决心贯彻消耗战，便坚决反对派任何部队出营！"

张郃冷笑："哼！那恐怕在你的消耗战略奏效之前，我们王师就已被敌人给断了后路，全都沦为诸葛老贼的盘中之飧！若是如此，你于心何安？"

司马懿毫不退让："本都督说过，那绝不可能……"

张郃依然冷笑："怎么不可能？仲达！莫非你内心中，其实是在惧怕那些蜀寇不成？"

"你说什么？！"司马懿陡然变了脸色。、

"我说你惧怕敌人，畏蜀如虎，所以才千方百计，回避出战！司马大都督，你必将为全天下人所耻笑！"张郃毫不客气地道。

"你……"司马懿愤怒地站起身来，与张郃相互瞪着对方。

一日之后，邙岭军营内。

多闻使一身黑袍站在营帐之中，皇甫朝云疑惑地道："我们的下一个任务，便是夺取隐藏在白柳砦山道之后的许家堡？"

多闻使点点头："不错，昨日袭击白柳砦与赤门堡，并没有让敌营有所动作。这一次的目标，比白柳砦更接近敌人的防线，若是能将其拿下，必然会给予敌军极大的震动，到时……我不信司马懿他还能坐得住，即便他依然龟缩不出，他手下的那些老将，也必会与他翻脸。"

朝云沉吟片刻，抬头问道："大人，我有一事相求。"

多闻使轻轻点头："说。"

朝云咬咬牙："大人，此番任务，我们可否不杀那些普通百姓？只需拿下砦堡，燃放狼烟即可！"

多闻使轻叹一声："当年持国使大人说得不错，你一颗赤子之心，用得不好，便会成为妇仁之心，于己于人，皆无好处……"

朝云沉默下来，他知道多闻使的意思，也知道身处大汉最强大的精英部队、身为飞羽第一将焉逢，他必须带头更好地发挥表率作用，更知道，作为飞羽的他们为了完成任务，可以使用任何手段，不论是杀人还是放火。

但是……这真的是他加入飞羽的初衷吗？

是他错了，还是师父错了，还是先生错了，还是诸葛丞相错了，抑或是眼前的多闻使君错了？

朝云不知道。

他的手里，不知何时又捏起了那一枚染血的耳饰。

盏茶工夫后，所有人都已在峭洞之中集合。

朝云正色说道："……这一次，我们只负责把这砦堡拿下，并焚烧狼烟，表示已顺利攻陷，诱导敌军出击即可。而且，在可能的范围内，不要杀戮堡内的百姓，尽量以击退为原则。"

"不要杀戮堡内百姓，以击退为原则？"朝云还未说完，强梧便诧异地问道。

"正是，虽然增加了一些行动上的困难，但以诸位的实力，完成下来应是绰绰有余！"朝云面容严肃地说道。

"且慢，焉逢！若不杀死堡内之人，那我们如何割下他们的耳朵？莫非你打算砍下活生生的人耳不成？"游兆皱眉质疑，"前几日去白柳砦之前，你便说过同样的话，我看在大家都同意的分儿上，勉强答应下来，但是此次为何又是如此？要知道，每次的战绩都关乎我们以后的成就！"

朝云看向游兆："还是那句话，飞羽之间，何必如此在乎成绩？你我之成就，便是彼此之成就！"

第二十一章
进发许家堡

"这……"强梧皱起眉头，"朝云，前次白柳砦杀敌与否其实都不重要，因为我们自身不会受到安全威胁，但是此番前往许家堡，为何却要我们打不还手？万一像前次一样，冒出个踏入武道境界的人来，搞个突然袭击，那我们该如何抵挡？"

"说得不错！另外我想问，这可是多闻使他们的意思？"游兆尖锐地质问朝云。

"不是，这是我自己的判断。"朝云转头看向强梧："强梧，你应当知道，我们身为飞羽一员，早已将生死置之度外，况且他们根本无力伤到我们。"

"焉逢！你这可是擅自改变任务内容！"游兆不悦地说。

"朝云，我也认为如此做，有待商榷……"强梧结结巴巴地说。

"既如此……"朝云眯了眯眼，伸手取出飞羽令牌，"这是我首次以飞羽第一将的身份下令！即便是飞之部在此，也得照遵不误！"

"焉逢，你……"

"是……"

横艾与徒维抱拳接受命令。

强梧犹豫片刻，终于挠头哈哈笑道："朝云使官威，还真少见……那我也遵令！"

游兆皱眉看了看三人，强梧一脸傻笑，横艾面带微笑，而徒维依旧是没有任何的表情。

横艾感受到游兆的目光，转头微笑着看了看游兆："你呢？"

游兆咬了咬嘴唇："好，既然是命令的话，我自当遵从……"

朝云严肃地点头："好，出发！"

许家堡位于秦岭山脉间地形最为陡峭的地段之上，位于邦岭深处，距离白柳砦与赤门堡仅有二三十里山路，三个地方原本呈犄角之势相互拱卫，但因另二者昨日被灭，许家堡便成了大山之中一座孤零零的堡垒，除了前方有魏营驻扎外，它的周围再没有任何营寨存在。

今日的许家堡中，气氛相比于往日，要显得沉闷不少。

堡主许赉是一位已过花甲的老人，原本年轻时继承了祖宗基业，打算靠这稳固的砦堡，安安稳稳地度过一生，但谁承想当年黄巾之乱贻害全国，许家堡周围数年之间积累了数不清的山贼，后来得亏官兵收缴，才让贼祸平息。

但谁承想还未太平多少年，又听那诸葛亮要北上伐魏，如今汉魏两家更是将战场架在了他的家门口，这让他这些年来，真是连一个安稳觉也没睡过，生怕哪一天晚上睡下去，第二天早上人头就不见了。

提心吊胆地过了多少年，总算听说曹营来了个不喜欢打仗的领头人，唤作司马都督。司马都督将营寨安插在许家堡、赤门堡与白柳砦前方，某种程度上而言，就将他们给护佑在了后面的位置上，他想着哪怕再怎么打，也不会再打到家门口来了吧？

但还是没想到，那说话不算数的蜀寇竟然翻越邦岭，一夜之间覆灭了白柳砦与赤门堡，让他一颗得以安歇的心再次狂跳起来。

今日本是自家儿子选定的大婚之日，可是昨夜的消息传来之后，许家堡上上下下的人便都没有了心情，一瞬间全都忙着稳固堡垒去了。

但许赉知道，想要依靠一座许家堡抵挡住蜀寇的袭击，又怎么可能？没看到白柳砦与赤门堡那么强大的实力，还不是一夜之间就被人家说灭就灭了？因此光靠自己不行，还需要向魏军求援！

"阿宝，今日你带两三个人亲自去一趟，找到魏营，请他们当官的派兵过来支援许家堡，你便说，若是许家堡没了，那么大魏后方便会空虚，而持续不断地供应的粮食，也将会失去保障！"

堂下跪着一名年轻人，听完许贲的吩咐，不由得抬头道："舅舅，那树妖……"

许贲冷笑起来："若是那树妖醒了，岂不是更好？这样蜀寇便进不了我许家堡了！"

年轻人点点头："堡主说得对，那我就先去了！"

许贲摆摆手，抚过下巴上的一撮胡子，眼神变得悠远起来："但愿魏营能派一些人来。"

"朝云，还有多久才到？"

"快了，大约半个时辰，我们便可到达许家堡地界！"

"如此便好……只是我总感觉，有什么东西在跟着我们……"强梧拧了拧眉头。

"嗯？"

皇甫朝云停下身来，往身后看了一眼，并未发现任何异常。

"子君，你莫不是感觉错了？"

"这……"强梧烦躁地挠了挠脑袋，"这感觉说不出来！就像有东西在周围看着我们一样！"

"我看你这几日也累了，走到中间去休息片刻，这段路便由我来断后。"朝云笑着拍了拍强梧的肩膀。

"唉！也好，如此便多谢朝云了！"强梧抱拳，然而话还没有说完，前方突然传来一阵异动。

"嗯？"

两人连忙飞奔上前，才发现走在最前面的游兆此时已经停下了脚步，而位于中间的徒维也赶了上去，面色沉着地看向前方。

"怎么回事？"

"不知道，前方好像有人在喊救命……"游兆不确定地说。

"横艾？"

"我看一看。"

横艾打出几个手势，波光流转之间，三只符鸟顿时便分成三条光线飞往不同的方向。

片刻之后，沿着这三条光线，三只符鸟先后飞了回来，径直落在横艾的掌心之内。

"如何？"朝云迫不及待地问道。

"前方有人被困住了。"横艾收回符鸟，皱了皱眉说。

"被困住了？"

"是一名年轻男子，像是被树根盘住了一样……"横艾顺手摸了摸腰上的炼妖壶，脸色忽然在此刻变得沉静下来，原本时常带在脸上的笑意也不知去了哪里。

"过去看看！"朝云说道。

"好！"

"朝云……"

"横艾，怎么了？你的脸色……"

"我没事，但是这条路……"

"无妨，这条路本就是前往许家堡的必经之路，如今有人被困住，我们搭手一救也无妨。"朝云递给横艾一个放心的眼神。

"也罢……那便过去看看吧。"横艾咬唇点了点头，但是脸色却依旧没有改变。

"救我，救我！"

"嗯？这是什么东西？！"

几人循声到达，才看到那年轻人竟是被一截树根给卷住了后腿，正拖着他不停地向树林深处中移动。

而在他的周围，还有同样的几根树枝或是树根不停地向后移动，除了那人之外，竟然还有几根树枝上面裹卷着老虎和狍子，至于野兔野鸡更是不计其数！

除了那人尚有性命之外，其余动物竟好像都已失去了生机，连一声哀号也听不见。

"这是……树妖？！"

朝云瞳孔微缩，许多仙家典籍上面都曾经记载过，秦岭蜀道之间多树妖，喜食活物，人亦难逃其口。但树妖所在处，往往有天灵地宝存活，是武道修行者向往之地。

但是仙家典籍上还记载，能成树妖者，大多都活了上千年。而这些树妖经过千年的自然生长与自主修炼，早已达到了智近如妖的级别，一般的低阶剑修与武者根本不能与之抗衡。

"怎么办？"游兆问。

"救人！"朝云不假思索地道。

"可是我们的任务……"

"若是我没有猜错的话，这人必然是许家堡人，至于他出来做什么……难说不是许家堡派向魏营请救兵的，经过此地时不小心而被树妖困住。你们想想，能让许家堡堡主放心地将一族性命交于其手上的人，在堡内身份地位会简单吗？若是我们将他救下，携救命之恩动之以情晓之以理，带他一同前往许家堡，令其劝说堡内之人，那么拿下许家堡，或许便可少费一番功夫了。"朝云耐心地解释。

"此话有理，可我们救他，势必会耽搁许多时间，若是……"

"磨刀不误砍柴工，就这么决定了！你们在此等候，我去去就来！"

朝云二话不说，手持长戟，高高地跃上半空，浑身灵气顿时便汇聚于长戟之上，化作一道光芒斩向那将人捆住的树根。

"断！"

光芒乍起，一戟斩下，那树根竟然只断了一半，汩汩地冒出绿色的汁液，但是剩下的一半却仍旧在拖着那人向后退缩移动。

"这……"

不只朝云没有料到，便连站在不远处观战的几人也不曾想到，这树根竟会如此坚固！

要知道，放在平日里，皇甫朝云这一戟斩下，便连巨石都能碎成两半，但是此时此刻，却只是将那手腕粗细的树根斩断了一半！

"不行，我去帮忙！"

强梧拔出背上的宝剑，几个闪跃间便已来到朝云身旁。

两人相视一眼，彼此心照不宣，同时举起武器，再次凌空斩下。

刺——

两处灵气汇于方才的一点，终于将剩下的一半树根斩断，那被斩断的树根如同受惊的鸟儿一般，迅速缩进了草丛深处，速度快到令人来不及反应。

"多谢！多谢两位义士救命之恩！"那身穿一身文衫的年轻人感激涕零，连忙跪下磕头。

"不用谢，路见不平拔刀相助罢了，倒是不知小兄弟为何会单独出现在这荒郊野外？"

"唉！"文衫年轻人叹了口气，没有回答，反而抬起头来看了一眼朝云与强梧，"不知两位为何会出现在此处？"

"我们在问你话！"强梧冷喝一声，吓得那文衫年轻人哆嗦了一下。

"子君……"朝云抬手制止，然后看向年轻人，笑着说，"小兄弟是许家堡人吧？"

"你……"那文衫年轻人一惊，可随即便镇定下来，"不，不是……我只是周围的山民，今日……今日与家中两位弟弟到地里割麦，谁想不小心遇到了树妖，两个弟弟跑了回去，就只留下我一人在这里。"

"可为何你这文书上，却写着'许家堡'三字？"朝云蹲下身去，随手将一本小册子捡了起来，放在手里磕了两下。

"这……"文衫年轻人下意识地摸向怀里，才发现许贲交给他的书册不见了，顿时一脸呆愣地看向朝云手里的册子。

"许家堡，请朝廷派兵援救……"朝云翻开册子，一字一句地念了出来，越念下去，他脸上的笑容便越发浓厚。

"哈哈哈！果然是许家堡派出的人！"强梧哈哈大笑，连忙向横艾等人招手，让他们一同过来。

"你叫许阿宝，是许家堡堡主许贲何人？"朝云收起册子，递给一旁的强梧等人传阅。

"唉！既然诸位义士已然知晓，那我便直说好了！"许阿宝一边哀叹一边说道，"我确实是许家堡人，本名许阿宝，是许家堡堡主的外甥。"

"哦？外甥……"朝云笑了笑，"看来你很得你这舅舅的信任。"

"不错，否则他老人家也不会派我去向魏营求救了！"许阿宝摇头叹气，"方才在下欺瞒各位，的确是身不由己！还望各位恩人莫要计较！"

紧接着，许阿宝便将他为何会携带册子向魏营求援的缘由细细说了一遍，临了还不忘骂两句蜀寇该遭天打雷劈。

"许阿宝，若是我说……我们便是大汉之人，你……信与不信？"朝云将他扶将起来，递了一壶水给他。

"这……"许阿宝喝水的动作骤然停下，看了一眼面前这一圈人，除去其中一个男的面色冰冷和那位救他命的人脾气不好外，其他的看起来都不像是坏人啊，尤其是那名美貌如天仙般的女子，更是自然而然地散发出一种让人心静的气质来。

这样的人会是那些杀人不眨眼的蜀汉贼寇吗？

许阿宝猛然摇了摇头，讪笑道："恩人，您就别吓唬在下了……你们这模样，跟那些传说中见人便杀的蜀汉士兵一点也不像啊！"

"哈哈哈！谁告诉你蜀汉士兵一定是见人便杀的？我们这不是将你救下了吗？"强梧乐得捧起肚子。

"你们……你们当真是蜀寇？！"许阿宝吓得一把扔掉水壶，转身便跑。

"嘿……回来！"强梧一步踏出，轻易便揪住了他的后衣领，一把就将人给提了回来。

"各位义士、各位恩人！求你们放小的一马，放小的一马！小的家里上有老，下将有小，而且平生从未做过坏事，反倒常常拿自家粮食接济周边乡民，小的……"许阿宝痛苦流涕，吓得忙跪地求饶。

"行了，起来。"

"恩人……"

"起来吧，我们不会杀你。"朝云说着，便伸手将他一把捞了起来。

"这……"许阿宝一把抹去眼泪，似乎是难以置信。

第二十二章
飞羽不杀无辜

"你听谁说的我们逢人便杀的？这样说吧，白柳砦与赤门堡被攻陷确是我们所为，但那都是不得已而为之……尤其你这位救命恩人，在那之后可是整整忏悔了许久，今天一天都没进一滴水！"强梧斜瞥了朝云一眼，"嘿，今日来之前，他还特地嘱咐我们，今后但凡遇见老百姓，只能击退，不可伤人，更不可杀人！否则你以为谁愿意花工夫把你从树妖手中给救出来？"

"这……这是当真？"

"那是自然！"

"实不相瞒，今日我们将你救下，便是希望你能劝说许家堡之人，让他们不要反抗，配合我们点燃狼烟，让魏军知晓即可，一旦事成，我可保证不伤你许家堡一草一木！"朝云面色沉着地道，"当然，你方才也已见识到我们的实力，也知晓我们一夜之间便可以将白柳砦与赤门堡拿下，我若真要杀你们，又何须多此一举？"

"恩人莫要生气，您话虽如此，可这毕竟关系我许家堡上百条性命啊！我又如何才能相信于您？"许阿宝一边抹泪一边试探着问。

"这样吧……"皇甫朝云沉吟片刻，"若是你答应带我们前往许家堡，说服堡主，让他归顺大汉，那么我可以替你们除去这千年树妖！我想……这树妖已经在这里为害多时了吧？"

"恩人……所言当真？"许阿宝睁大眼睛，又是一把鼻涕一把泪地哭诉道，

"实不相瞒，这树妖从几年前开始，便在为害乡里，有时候堡中小孩出去玩耍，它都能悄无声息地将孩子卷走！我舅舅的小孙女，也就是我的侄女，去年才七岁，便是在随父母外出时，被那树妖给吃了！他的父母前往寻找，只找到了一堆骸骨！天可怜见，那还是个孩子啊……"

"好，既然如此……那我便去会会这树妖！"朝云的手指不由得又捏住了那枚耳饰，一个十岁左右的小女孩间接地死在他手上，他不能为她报仇；但是一个七岁的孩子死在树妖手上，他有足够的理由为她报仇！

"朝云！"闻言，横艾眉头轻蹙，早在几天之前，符鸟便回来报信，告诉她这里有一个千年树妖，根系蔓延周围数十里，实力强大，足以达到人类武道或剑道第四境，非一般武者能够匹敌！

当时出于对稳定军心的考虑，她将此事隐瞒了下来，却没想到今日还是遇到了。

"焉逢，此事万万不可！我们此次的任务是拿下许家堡，只要他们不反抗，我们便可不杀他们，至于除去树妖等分外之事，应当另作打算！"游兆正色道。

"是啊，朝云……你又不是没试过，那树妖的皮肉厚着呢，想将它除去，哪有那么容易。"强梧咋舌，同样持反对意见。

"大家不要说了，此事我意已决。你们可以留在这里，也可以跟我一同前往！"朝云提起黑色方天画戟，越过所有人径自向树根收拢的方向追去。

"这……"

"唉！早知如此，还救你作甚？那许家堡一族人若是不降，杀了便是，朝云也就不必如此大费周章了！"

"我们过去吧，也算……为周边乡民做一件好事。"横艾的脸色变得凝重起来，一个相当于武道第四境的树妖，绝不是他们几人能够轻易对付的。

但是此时朝云已经表了态，她除了跟随前往，没有其他的选择。

"等等！"

许阿宝忽然抬手叫道："各位恩人等等！若是各位相信在下，现在便叫回恩人，先随在下前往许家堡，在下保证，一定会竭尽全力劝说堡主！劝他们莫要反抗！"

"你说什么？"

"在下愿去劝说堡主！"

"哈哈哈！如此甚好，如此甚好！"强梧拍了两下许阿宝的肩膀，若是许阿宝能够直接带他们前往砦堡，对那堡主进行一番劝说，势必会加快他们完成任务的进度，同时也能减少许多不必要的杀戮。

这也是朝云救下许阿宝的初衷。

"小兄弟，你此番可是救了你一族人的性命！"强梧粗着嗓子说道，"若是朝云前往灭杀树妖遭遇什么意外，不用说我也会拿你许家堡全族人陪葬，幸好你及时醒悟过来，许家堡才免遭这一祸害。"

"在下明白，在下明白！"许阿宝连连抹去头上的冷汗，心底暗自庆幸。

许家堡背靠高山，坐落在山脚之下，整个砦堡足足占据了半座山的大小，相比赤门堡与白柳砦而言，不论规模或是派头，都要宏大许多。

此时，许家堡寨门之前。

朝云一行人行至此处。

"这便是我许家堡的大门了，各位恩人暂且稍后，我去去就来。"许阿宝双手揖礼，转身向着寨门小跑过去。

"朝云，你说他真的会为我们充当说客吗？"强梧有些不相信地问道。

"自然会，他是一个聪明人。"朝云未曾说话，横艾便笑着插嘴。

"但是能否劝说成功，却不一定。"游兆眼中闪过一抹冷光。

"等会儿便知道了，跟许阿宝进去再说。"朝云出声。

"不错，进去之后，答不答应便不由他们说了算了。"强梧飒然笑道。

许家堡内。

"堡主，堡主！好消息啊！"一名后生急急忙忙地跑了进来，脸上尽是惊喜之色。

"何事？"许贲抬起头来，惨然一笑，"在我侄儿大丧之际，何事能称得上是好消息？"

"不……堡主！阿宝他没有死，现在已经回到堡内了！"那后生高兴地说道。

"什么？！你说……你说阿宝他没有死？"许贲猛然站起身来，整个人仿佛又活过来了一般，颓废之气尽扫。

"是啊是啊！听说阿宝是被几位义士救了，现在阿宝正带着他们来见您呢！"后生兴奋地道。

"好好好！阿宝无事便好！否则老夫……该如何向他死去的父母交代！"许贲说罢，立刻起身挥手，亲自出去迎接。

"舅舅！我回来了！"许阿宝一见到许贲，立刻便奔上前去，深深地躬身行了一礼。

"好好，回来便好！回来便好啊！"许贲握住许阿宝的手，老泪纵横。

"舅舅，这次我能从树妖手下逃生，多亏这几位恩人相救！"许阿宝转身向许贲介绍起身后的朝云等人来。

"多谢各位救了小侄，老朽给各位叩头了！"许贲扑通一声跪在地上，砰砰砰磕了三个响头。

"老人家快请起，我们当时也是恰好路过，搭把手罢了，不必如此。"朝云忙将老人扶起。

"好好，各位义士快进厅堂，我们去里面细说！"许贲连忙伸手虚引，往厅堂走去。

一行人走进厅堂，各自落座。

"舅舅，我与你介绍一番，这几位便是大汉派来的前锋，这位是……"

"什么？！你……你们，就是昨日袭取白柳砦、赤门堡的蜀寇吧？"不等许阿宝说罢，许贲的脸色瞬间狂变，刚刚坐下的身子更是猛地站了起来，一个趔趄差点摔倒。

"舅舅，他们是好人……"

"闭嘴，来人，把他给我带到后院去！"

"舅舅……"许阿宝忙挣脱出来，跑到许贲面前说道，"舅舅，你听我说啊！各位恩人承诺不伤我堡内一草一木，你要相信他们！"

"蠢货！当年你父母是如何死的你不记得了？！正是他们那什么狗屁诸葛丞相失信于我，以至于许家堡被魏军攻下，你父母才双双身亡！你……你如今竟然还带他们进入我许家堡内，真是气死我也！气死我也！"许贲怒得青筋暴起，恨不得一把将许阿宝扇出厅堂。

"舅舅，你说的我都清楚，但是为了保住许家堡老老少少上百条性命，还请舅舅三思啊！"许阿宝一把抱住许赍的双脚，仍是不肯撒手。

"来人，把他给我拖下去关起来！没有我的允许，任何人都不准放他出来！"许赍怒吼道。

"是！"从门外走进来两名壮汉，生拉硬拽地将许阿宝拖出了门。

"舅舅！舅舅三思啊……"许阿宝声音渐远，很快便消失于无。

"你们……你们竟胆敢携救命之恩，用阿宝威胁于我……你们当真是蜀寇无疑啊！"许赍一脸悲愤。

"笑话！要不是我们，你那侄子此刻很可能就只剩一把骨头了！"强梧浑身散发着凌厉之气，一站起身来，便吓得周围不少人瑟瑟发抖。

"你……"

"子君，坐下……老人家，你是堡主，你当知道，我们并不愿滥杀无辜，若你们能投降，我承诺放过你们。"朝云按下强梧，自己则站起身来抱了抱拳。

"投降？你们蜀寇昨日血洗两山寨之事，你以为老夫都不知吗？"许赍义愤填膺地道，"枉我称你们一声义士啊！那里面可是有老弱妇孺，你们连几岁的孩子都不放过，如何才能让我相信于你？！"

"这……"

"我们早知你们蜀寇言而无信，就算投降，也照杀不误！当年诸葛老贼便是如此，幸好老夫早有准备，你们就瞧着吧……"

许赍猛地站起身来，大手一挥，顿时他的袖中便刮出一道黑风。黑风盘旋几圈，忽然在厅堂中央停住，紧接着缓缓地幻化成了一只老虎的模样。只是与普通老虎不同的是，这只虎浑身上下都有黑色烟气缭绕着，看起来显得诡异无比。

"这是……"

"呵呵，这是昔日太平道留下的虎妖符，老夫一直留在身边，作为我们山堡最后的保护符！尔等蜀寇，别妄想我许家堡会束手就擒！"

"又是一只臭虫？"强梧咧嘴笑了起来。

"此虎妖，实力强大，可不是白柳砦那守门虎可以相比的！"老堡主的眼神十分凌厉。

"哦？这么说，我宰它还得费一番功夫了？"强梧不在意地笑了笑，"朝云，交给我如何？"

"好，尽快解决。"朝云点头。

"哈哈哈！三招之内，我必杀它！"强梧一声大喝，整个人如同老鹰一般飞跃而起，双手展开，朝着那虎妖落下。

虎妖一受到挑衅，立刻便亮出一排锋利的牙齿，怒吼一声，四爪撑地，猛地跳跃而起，直往强梧身上扑去。

"来得好！"

强梧大喝一声，登时伸开双手，对着虎妖的脑袋猛地用力挤去，想借此直接将老虎的脑袋打爆。

但是在千钧一发之际，那虎妖眼中竟闪过一丝奇异的光芒，硬是在全速前进的状况下，一个翻身躲开了强梧的攻击。

强梧一愣，还没反应过来，那翻身躲避的虎妖竟然从空中诡异地飘移过来，张开锋利的爪子，一下子就往强梧腰部的位置划了过去。

刺啦！

衣服被虎爪撕破，隐隐还能看到皮肤之上溢出的丝丝血迹。

"嗯？臭虫，竟敢伤我？！"

"嗷——"

虎妖见血，越发兴奋，不时伸出舌头舔舐着嘴角。

"朝云？"

"不用，下一回合，子君应当能够将这虎妖解决了。"

游兆缓缓点头。

"哈哈哈哈！没看到你的人已经受伤了吗？竟还大言不惭，敢讲下一回合便杀我虎妖，哪有如此容易的事情？！"许贲满脸尽是嘲讽之色，他一族之性命，今日可以说全系于虎妖一身，若是虎妖败，那他许家必亡；只有虎妖胜，他许家，也才能继续苟存于乱世。

"堡主若是不信，细看便可。"朝云也不辩论，只将目光转向中间。

"臭虫而已，胆敢伤我，我便杀你！"

强梧双手放于胸前，缓缓下压，同时一股股肉眼可见的灵气便在他周身来回环绕，然后经由身体各处，缓缓汇聚于双手之间，没有多久，那些灵气便在强梧手中凝聚成一个光球。

即便是站在很远的地方，也能真切地感受到那光球之上散发而出的巨大能量。

不用说，若是这光球打到人的身上，灰飞烟灭必是瞬息之间的事情。

许贲的脸色变得惊惧起来，他半站起身子，颤巍巍地道："这……这是第三境武者！"

虎妖同样感受到了来自那光球的莫大威胁，四爪着地，不停在强梧面前走来走去，试图寻找破绽，起而攻之。

突然，就在下一刻。

虎妖蹦跃而起，而此时强梧也猛地睁开双目，双手一推，顿时光球便以一种如光一般的速度撞击在了虎妖腹部的位置。

很安静。

没有任何的声响。

光球直接穿过虎妖，在它腹部留下一个巨大的窟窿，没过多会儿，那窟窿便迅速变大，直至虎妖的身体全部消失。

第二十三章
收拢民心

砰的一声！

剩下的灵气能量击打在厅堂背后的墙壁之上，直接穿出一个洞，不知飞向了哪里。

许家堡厅堂内外，此刻变得鸦雀无声。

没有谁能想到，看起来如此强大的虎妖，竟然真的被人在三招之内杀死了。

过了许久，山风吹过厅堂，许家堡所有人才反应过来。

紧接着，便是遍地的哀号与哭丧声。

"可恨啊！看来我许氏一族今日就要命丧贼寇之手了！"老堡主老泪纵横，扑通一下瘫软在地。

朝云看着跪地落泪的老堡主，起身对强梧、横艾说："按照答应许阿宝的，放过他们。"

"嗯……既然你已有决定了，就依你的意思吧。"强梧走了过来，眉头少见地皱了起来。

"您当真不打算杀死我们？"老堡主闻言，讶异地抬起头来。

朝云不语，只点了点头。

"谢谢……谢谢！感谢各位大人放过我们族人的性命。"老堡主跪着拭泪。

"谢谢大人，谢谢大人不杀我们……"其他堡民也纷纷磕头感谢，哀号惨呼之声瞬间被泪水淹没。

朝云见状，百感交集。

明明自己是一介赤裸裸的入侵者，却因最后愿意放过敌人，便让对方如此感激；对坚信自己是大汉王师的信念，朝云忽然之间又动摇起来……

朝云闭目，转身背对民众，对横艾与强梧说："你们去放狼烟吧，通知增长使我们已夺下此堡。"

朝云走了几步，游兆从后头追了上来："慢着，朝云……你当真要放过这些堡民？我们之前约定，若是他们不反抗，那便不杀，可如今他们放出了虎妖！谁能保证以后他们不放出蛇妖、狼妖？"游兆再次反对，"今日一旦放过他们，日后我大汉军队到此，他们必将成为阻碍！到时死的，可就是我们大汉的兄弟姐妹了！"

"我们这几次任务，目的只是为了让曹贼的军队军心动荡，引诱他们出战。此目的若能达成，我们的任务便算成功。而这里，不过是民间自保的砦堡罢了，我们无须屠杀他们，不是吗？"朝云耐心地说道，"至于日后，我相信他们此次感念大汉恩德，不说帮忙，至少也不会阻拦我大军通过！"

"好，即便你所言有理，可我们仍在与飞之部互相竞争！这可攸关……"

"攸关我们的战绩吗？"是横艾的声音，她、徒维和强梧也跟了上来。

"朝云，我也认为你如此擅自变更任务内容并不明智。"强梧叹了口气，看着朝云，"此番若是他们不反抗还好，你如此做，一旦传将出去，那日后想要收服其他砦堡，便会困难许多，而且……而且这些事情，增长使他们知道吗？"

"子君……"

"朝云，你莫误会！我并非在意那些战绩什么的！但你是我好友，我认为你在阵前如此做，确实有待商榷。"

"别担心，子君！我自然事先征询过增长使的意见，他当然不可能接受撤销袭击民间砦堡的扰敌任务……但他同意我在适度的权限内，自己视状况斟酌来执行任务。将在外，军令有所不受，他认为这本来就是飞羽队长可自行判断的。"

"这么说，你征询过增长使，他也默认了？"

"正是，请诸位切莫担心。我领导飞羽，自然不会让诸位为了我，扛上任何不必要之责任。"

"但是我们的战绩势必因此落后，该怎么办？"游兆问。

朝云回过头，正色说："战绩？游兆，我们是大汉王师。为了贪图战果而杀戮百姓，那是王者之师该做的吗？"

"这我明白，但……"

"我相信如果我们真的这么做，只能是把陇右的民心，全部白白地推向曹贼那边，不是吗？得民心者得天下，想要得民心，必须就要收拢民心……而方才我做的这些，不正是为大汉收拢民心吗？"

"原来如此！"强梧的眉头终于松开，咧嘴大笑，转头看向游兆，"朝云如此判断甚有道理。于我们而言，不过是增添了一些例行的战绩，然而若因此让大汉失去了百姓的支持，岂不是因小失大，得不偿失？"

始终一直以欣赏的眼光微笑着看向朝云的横艾，此刻也闭目轻轻说道："说得没错！因为我们是大汉的尖兵，大汉最忠心的飞羽部队啊！"

"嗯……"游兆不禁语塞。

"不好了！那……那树妖找上门来了！"一个小厮跌跌撞撞地跑进来，磕倒在门槛上，结结巴巴地说道。

"树妖？！"闻言，在场之人皆是大惊。

最近几年，树妖在许家堡周围已经成了人人皆知的恐怖存在，以至于没有兵祸的时候，许家堡也鲜少有人出门，都担心不小心遇到树妖藤蔓，被裹挟而去。

"最近一段时日，树妖已经掳走了周边七八个乡民，加上之前莫名失踪的，恐怕已经有不下双手之数了！"

"造孽啊！这遭雷劈的树妖，怎么就没人治他呢？"

"对了，方才阿宝不是才从树妖嘴里逃出来吗？他……"

说到这里，所有人都看向了站在厅堂之中的皇甫朝云五人，眼神中皆带着无尽的祈求与希望。

"诸位义士……"老堡主许赟也反应过来，扑通一声跪在了地上，"老朽求各位义士出手，降伏那树妖！"

"求义士出手，降伏那树妖！"如浪潮般，从里至外，所有砦堡里面的百姓都跪了下去，不停地磕头。

"诸位快请起，如今诸位皆是我大汉子民，树妖作乱，伤我大汉百姓，我们又哪有不管的道理？"朝云神色肃穆，连忙招呼着人将老堡主扶将起来，同时横艾与徒维也赶紧将身边之人都拉了起来。

"多谢，多谢义士，多谢义士啊！"以许贲为首，全体乡民再次对着他们作揖拜谢。

游兆与强梧本想言语，但看到此情此景，只能将想说的话硬生生地咽了回去。

朝云他们随着乡民的指引来到砦堡之外后，才看到砦堡前面的一片空地之上，已有一根根枝条凌空飞舞，不远处的树林之中，无数鸟儿惊叫起飞，然而往往飞出不远，便被不知从哪儿窜出的一根枝条给猛地抓住，一把拖入树林之中。

尖叫声传出极远。

而此时此刻，更多的枝条树根围堵在了砦门之前，虎视眈眈，想要进攻，却似乎又有所忌惮，咝咝地如蛇一般吞吐不前。

"这……"

上百名羸弱的乡民吓得瘫软在地，唯一能站得起身来的，便只有数十官兵与老堡主许贲一人。

"各位义士，这……要不你们还是走吧！趁现在那树妖还没攻过来，你们快走！"许贲掩泪，转身厉喝，"唤我许家儿郎，排兵布阵，随我一同抵御树妖！"

"是！"

身后手拿武器的年轻人奔走相告，不一会儿砦堡之内便响起号角之声，一支数十人的队伍迅速集结起来，手持弓箭或刀枪，群情激奋。

"树妖杀我族人，如今更是欺压上门……儿郎们，这孽畜，该不该杀？！"许贲单手举起大刀，豪气冲天。

"该杀！该杀！该杀！"数十名兵士们士气高涨，喊声震耳。

"好！既然如此，那便让树妖看看我们的厉害！"许贲看向其余人，"老弱妇孺全部进入砦堡后山躲避，若是我们还有人活着，自当会去叫你们出来，若是我们没有人活着，那你们……便一直躲在里面，永生不见天日，也胜过被这妖怪吞食入腹！"

"堡主！"

"堡主！让我们留下吧！"

哭泣之声传遍整个许家堡，不少人不愿离去，因为那数十道站在他们身前抵御树妖的高大身影里面，有他们的儿子、有他们的丈夫、有他们的兄弟、有他们爱的人！别时容易见时难，此时若离，再欲相见，谁能保证不是阴阳两隔？

此情此景，极大地触动了朝云。

他转头看向横艾，只见横艾眼中已有泪光闪烁，徒维正小心地看着她；他再看向强梧，强梧喘着粗气，显然也已被众人的情义感染；而游兆此时，则紧紧握住了白龙枪，也许下一刻，他便会自行冲向树妖，将那些飞舞在空中的枝条一一斩断。

"飞羽羽之部，随我出战！"朝云回过头来，举起令牌，金色的令牌在日光下闪烁着耀眼的光芒。

"遵令！"包括游兆在内，所有人都重重地抱拳。

"各位义士，你们这是……"许赍不解地看向朝云。

"老堡主，我说过，你们都是我大汉子民，作为大汉军人，怎能在此生死攸关之时离你们而去？

"我朝云不才，却也知晓忠义二字！

"我飞羽人数虽少，却也不曾惧过敌众！

"此番树妖猖狂来袭，不斩杀此孽畜，我朝云与飞羽众人，便不会轻易离你们而去！"

"义士，义士啊！"老堡主再次泪奔，连身后百姓乡民，又一次地跪地磕头表示感谢。

"老堡主，你将你手下之人安排在砦门之上，以弓箭远程攻击那树妖，而我则带领手下人与树妖直接交手。"朝云不容置疑地说，"老堡主莫要与我辩驳，你们的兵士太弱，与树妖接触，非但起不到任何作用，相反还会带给我们诸多不便。"

"这……唉！老朽无能，不能多帮助几位义士！"许赍自觉羞愧，侧脸无言。

"好了，老堡主你尽快做出部署……现在，就让我们去会会那树妖！"

"哈哈哈！我早就等不及了！方才砍了一根树根不过瘾，这次一定要将这孽畜给连根拔起才行！"强梧豪爽大笑，说话的同时，已经拿下身上的巨弓，五指扣三箭，拉弓放弦，整个动作如行云流水一气呵成！

嗖嗖嗖！

三根羽箭破空而去，直接将最前面的三根枝条射穿，穿透之后，更是毫不停歇，又连连射断后面的数根。

"好箭法！"许贲眼放光芒，同时心中暗自庆幸，幸好阿宝与他们相识在先，自己也并未殊死抵抗，否则论此人除去虎妖与一弓三箭这能力……屠灭许家堡，或许只是眨眼的工夫罢了。

"哈哈哈！再来！"

这一次，强梧直接将灵气加诸羽箭之上，三根羽箭飞出之时，箭体上下波光流转，强势得连空气都响起嘭嘭的破空之声。

如此强势的羽箭射出，不出所料，那凌空飞舞的枝条瞬间便有近十根断裂，然后歪歪扭扭地掉落于地面。

"杀！"

开弓得利，朝云当先一步，在所有人前面凌空跃起，飞至半空时，双手一甩，黑色方天画戟便被高高举起，携带着巨大的灵气能量，朝着漫天的树妖枝条一戟斩下。

嘭嘭嘭嘭！

灵气四处炸响，数不清的枝条在这一戟之下断裂成数段，彻底失去生机。

另一边，游兆弃白龙枪而用剑，剑一出鞘，顿时一道黄色剑气便凌空而起，如同匹练一般在枝条之间穿梭而过，每经过一个地方，那些枝条便无一例外地纷纷断裂，变成无数枯木掉落在地上。

剑出而见血，身动而杀敌。

仅是一招而已，就已有无数枝条顷刻殒命。

不远处，横艾出手。

她没有持剑，更没有使用任何武器，而是凌空跃起，乘坐于五彩灵凤之上，不知从哪里拿出笙来，放到嘴边轻轻吹奏。

笙的声音十分美妙，十分悦耳动听。那些飞舞的枝条原本要朝横艾攻击而来，可听见笙响起的乐音后，却停顿在了原地，好似睡过去了一般，竟然连动也不会动了。

与此同时，站在地上的那名清秀少年则拔出背上的法旗，看似随意实则极有规律地摇动起来，每摇动一次，那些被乐音迷惑的枝条便会成片倒下，化作一根根干裂的普通枝条，再也无法兴风作浪。

　　如此持续了半个时辰，那铺天盖地的枝条终于被收拾得零零散散，整个过程中，许家堡的人都插不上一刀一剑。

　　正如朝云所言，他们与树妖接近，不会落得好处，相反会带给他们麻烦。

　　起初老堡主还有些许不信，但是现在面对眼前的场景，他却再无话说，心里更是愈加庆幸自己所做的决定。

　　"啊！救命！"

　　一道惨呼声响起，原本已经斩退枝条的皇甫朝云，立刻循声看去，只见地面之上不知何时突然出现了一些树根。

　　这些树根粗细均有，正如同蛇一般贴着地面爬行。

　　方才那人之所以惊呼，便是因为脚踝被树根裹住，正将他拖住不停地往后拉动。

第二十四章
横艾出手

"孽畜！树枝没了便用树根？"

朝云脸色一冷，手持黑色方天画戟，凌空高高斩下，这一次，仅是一戟下去，那树根便彻底断成了两截，然后汩汩地冒出一些绿色的汁液。

"朝云，这鬼东西又来了！"

强梧收起弓箭，抽出背上的宝剑，脸色稍显凝重地道。

相比枝条而言，这些树根才是最难对付的部分。枝条虽看似可怕且繁多，但几乎一招便能解决不少，但是这树根却异常牢固，遇到粗壮一些的，一剑两剑、一刀两刀下去，有时都不能将它砍断。

"真是令人着恼！"

强梧高高举起剑来，嗖一下往下斩去，那树根顷刻间断成两截，发出一声如同虫鸣一般的尖叫。

其他人面前，此时也聚集了不少，都在虎视眈眈地做出将要进攻的模样，随时都有可能将人勒住，勒死之后，拖曳着往林中退去。

"这样，横艾与徒维守在此处，我、你和游兆去那树妖的老巢，直接将它连根拔起！"朝云一咬牙，同其他人说道。

"此计可行！"强梧点头。

"我同意。"游兆说道。

"那好……"

"不行！树妖本体强大，你们根本不是对手！这样吧，我去……我与朝云去寻那树妖，其他人都在此处等候！"便在这时，横艾乘五彩灵凤飞下，还不等其他人反应，就已经一把将朝云提到了五彩灵凤之上。

唳——

五彩灵凤一声长鸣，便带着两人飞出百米之远，随后没入前方的树林之中。

"横艾……"徒维眉头轻蹙，露出一抹担忧的神色。

"这……"游兆无言。

"也罢，那我们便在此等候！"强梧摇了摇头，顺手一剑斩下，斩断一根细软的树妖根茎。

"在那儿！"

横艾一眼看到，在无尽的茂密丛林中央，一棵足有数十丈高的巨型树木直立在那儿，那些枝条从它身上向四面八方延伸而去，将周围数十里范围内都覆盖了。

它的根部更是延展出不知多少，即便此时此刻，也仍旧有不少正破出泥土，窸窸窣窣地往森林之外跑去。

"这……便是树妖的本体？"

朝云一眼看去，除去被树妖高而粗壮的形体震惊到之外，还被它周围如同万骨深窟一般的景象所惊呆。

那些新生的枝条上面，几乎每条都裹挟着一根根骨头或是一个个头骨，又或是一具具骷髅。

几根枝条因为争夺那些骨头，相互之间还扭打在了一起，咔嚓咔嚓几声，弱小的枝条被粗壮的枝条直接拧断，掉在地上抖动两下，便直接被地面上的树根拖入泥土之中吞噬了。

"看得出来这树妖为祸已久，既然上面不收你，那就让我替他们来收你！"横艾脸上的笑容瞬间消逝，一张俏脸变得如同冰霜一般。

朝云也注意到了她的变化，但是此时此刻他心中也早已被愤怒填满，树妖害人不浅，若是不及时除去，还不知道会有多少人命丧于它口中。

"横艾，我来。"

轻声说了一句，伸手将横艾挡在身后，皇甫朝云便手持方天画戟，以一招天龙摆尾凌空斩下，然而等庞大的灵气撞击在树妖身上时，却只溅起了一点小小的火花，几根枝条爬上去窸窸窣窣地挠了几下，顿时便什么事都没有了。

朝云惊呆了。

横艾也愣了一下。

"这怎么可能？"

刚才那一击，他可是使出了全力，然而即便如此，却连树妖的皮肉都难以伤到分毫……这树妖的防御力量该有多强大？

"再来！"

朝云不信邪，再次灌注灵气于方天画戟之上，这次他不再砍，而是突破一根根枝条与树根的封锁，直接刺向树妖的枝干部位。

刺！

长戟以灵气开路，顿时戳开一个小洞，在树妖身上留下拳头大小、半臂深浅的一个口子。

"果然管用！"

朝云一喜，然而不等他全身而退，突然一根同他身体差不多粗细的枝条便携带着凌厉的狂风朝他飞来。

砰！

朝云不及闪避，被抽出近十米之外，重重地落在地上。

"朝云！"

"我没事……喀喀！"

"你休息，让我来。"横艾将朝云扶起，担忧地看了一眼他的伤势。

"不……我来！"朝云一把将横艾按住，"这次……我便用剑试试！"

唰！

一根枝条凭空飞到朝云手中，顷刻之间，这普通的枝条便幻化为一柄晶莹剔透的宝剑，朝云再次蓄力，催动丹田之内的剑胎，带动体内剑气，顿时，枝条幻化的剑身之上便布满了更加尖锐与强大的能量。

"杀！"

朝云一剑刺出，剑身之上闪现出黄色剑气，虽然朝云本身可以控制剑气变幻成任何颜色，但是此时他心意一动，没有任何预兆地使将出来，金色剑气却自行变成了黄色剑气。

这只能说明，他如今剑道的威力，已经真正达到了第三境。

剑携人，人随剑。

无数枝条在这时一同朝皇甫朝云奔涌过来。

"断！"

一声大喝，那些飞扑而来的枝条纷纷断作两截，无力地坠落下去。

携带着余威，朝云持剑直直地刺向那粗壮的树干。然而这一次，树妖没有再让朝云接近，在他即将一剑刺出的时候，无数枝条与根脉忽然聚集在一起，凝结成一堵墙挡在了他的面前。

一剑挥出，剑气划破层层树枝与根脉，却再难前进分毫。

就在朝云想要再次挥出一剑时，那挡在树干面前的无数枝条忽然成围拢之势向朝云围堵而来，瞬息之间，便将他整个人都包裹在了里面。

"朝云！"

横艾飞掠上去，随手幻化出一柄宝剑，一剑向树妖没有防备的后方扫去，树妖吃痛，聚拢在前面的枝条忽然散开，朝云扑通一下掉了下来。

"朝云！你没事吧？"横艾连忙将朝云扶了起来，担忧地问道。

"我没……横艾小心！"

朝云猛地一把将横艾推出数米，随后一根极其粗壮的枝条横扫而来，将朝云狠狠地抽飞，化作一个黑点，摔落至数十米之外。

"孽畜！你找死！"

横艾怒了，一拍腰间的炼妖壶，顿时壶中便有一圈白色烟气升腾而起，那白色烟气落地之后，赫然变成了一个白色的人形。

"都灵使，替我收了它！"

"是，主人！"

那白色身影领命，身形顿时猛地变大，嘴巴更是张得仿佛空洞一般，只见这叫作都灵使的白色身影嘴里一吸气，肚子一瘪，顿时周围便刮起飓风，无数草木在此刻被连根拔起，然后纷纷扬扬，坠入那张巨口之中。

树妖怒吼，伸出无数枝条与树根，紧紧抓住地面上一切能够抓握的地方，用以抵抗来自那张巨口产生的吸力。

就这样，树妖与都灵使二者相持在了一起，似乎谁也奈何不了谁。

"孽畜！还不受降？！"

横艾抽出艾叶，艾叶顿时幻化成一柄晶莹剔透的宝剑，自行飞向那树妖。

刺的一声，艾叶幻化而成的飞剑将树妖的树干割开一个巨大的口子，无数绿色且充满怪味的汁液从中流出，如同暴涨的溪流一般，哗哗啦啦地倾泻出来。

方才朝云的长戟都难以割开的表皮，却在横艾一柄普通的幻化飞剑之下，割开了一个巨大的口子……

树妖吃痛，一时间枝条与树根再无力气抓握住地面，纷纷弹回！

都灵使口中的吸力不断增大，山岭之间仿佛地震一般，树妖再也难以保持原先的姿态，埋在土地下面的树根被接连拔起。

轰隆隆！

一时间，整片山岭数十里的范围内，山崩地裂，无数巨石土木凌空飞起又高高坠下！

许多山包从中间崩开，草木动物死伤不知凡几。

哀号遍野！

树妖根部很快便被全部拔出，庞大的身躯在巨大的吸力下不停地变小，最终猛地加快速度，到达都灵使嘴前时，已变得与正常树木大小无异。但是它上面的枝条与树根却纷纷攀附上都灵使的鼻孔或是汗毛，紧紧拽着不愿意进去。

"放肆！"

都灵使怒喝一声，抬起巨大的巴掌便往嘴上拍去。

啪的一声！

树妖的根茎与枝条纷纷断裂，最后的希望被一巴掌扇灭，树妖哀号着，声音越来越小，直至消失在都灵使口中。

"嗝——"

都灵使的身形嗖一下变小，忍不住打了一个饱嗝，随后化作一道光芒进入横艾腰间的炼妖壶中。

横艾片刻不停，直接飞掠到皇甫朝云身旁，将他扶了起来，仔细帮他检查了一番，发现他只是晕厥过去并无大碍后，才放心地松了口气。

"对了，妖邪所在之地，一般都有宝物生长……"

横艾眼珠子一转，带着朝云返回到树妖生长之地，果真看到树根底下的坑里，散发出一阵微弱的金色光芒。

将朝云放平在地上，横艾过去一看，才发现那是一颗如同珍珠大小的珠子，只是看起来与珍珠不同的是，这颗珠子的表面更有生机，而且散发出的光芒给人一种安详的感觉。

"生命丹！"

横艾脸色一喜，连忙伸手去取。

"你大意了。"

突然，一道粗哑的声音出现在背后，一柄剑随之卡了横艾的脖颈之上，闪烁着丝丝冷光。

"我跟踪你们已经十日有余，总是想等待你落单的机会，却总是难以找到……今日我尾随而来，果然寻到了机会。"

"你是谁？"横艾缓缓收回伸向生命丹的手，头也不偏地问道，"你想做什么？"

"杀你。"随后，那道粗哑的声音沉默片刻，似乎在思考要不要透露自己的身份，不过片刻之后，他便摇头笑道，"告知你又有何妨？我便是王五，大汉内部通缉的犯人。"

横艾秀眉轻蹙，她在想王五是谁，谁是王五？

"你不用管我是谁，总之今天我是来杀你的。"王五杀意迸发，"杀了你，我才能洗脱罪名，才能接我的父母妻儿从曹贼家中离开。"

"你不是我的对手。"横艾忽然笑了起来，声音很轻，却很自信。

"不错……你方才杀死树妖的手段，我闻所未闻、见所未见，但是，如今你在我的剑下，我杀你只不过是顺手而为罢了。"王五胸有成竹地说。

"是吗？那你应当看看，你身后是谁？"横艾轻笑一声，趁王五愣神之际，忽然一个闪身离开剑刃，顺手一把抓起生命丹，眨眼间便回到了朝云身边。

这一刻，她才真正看清面前粗哑声音的主人。

王五，先帝身边最强大的侍卫，身材魁梧，此时身穿一袭青色袍子，手提宝剑站在对面，正眯眼看着她。

"你知道我的实力，那么此刻……难道不应该逃跑吗？"横艾微笑着说。

"你也应当知道，方才我若想杀你，早就可以动手了……"王五缓缓向前走了几步。

"那你为何不动手？"横艾偏着脑袋问，手心里一上一下抛玩着生命丹。

"你不需要知道理由，你走吧……但是我要提醒你，曹睿已经派人出来，伺机刺杀你了。"说完这句话，王五开始缓缓后退，每后退一步，他的身形便消失几分，直到最后整个人都融入到虚无之中。

横艾眉头轻蹙起来，不过很快就不再将这件事放在心上，她扶起皇甫朝云，将他靠在自己膝盖上，然后便将生命丹一整个放到了他的口中。

"生命丹，普通人食之，可增强各种天赋；修行者食之，可增强修为与武道根基……而你食之，则可早日激发体内恐怖的金色剑气。所以方才我才单独带你前来，我想这么厉害的树妖，生机一定十分旺盛，没想到还真被我猜到了。"

横艾看着朝云平静的面孔，开心地笑了起来，双眸之中闪过丝丝柔情。

"朝云怎么还没回来？"

许家堡砦门之前，强梧背着弓箭，双手抱在胸前走来走去，神色焦急地看着前方。

"树妖方才毫无预兆地退去，想来是他们那边得手了，你不必担忧。"游兆面色如常，既无战胜树妖的喜悦，也无战绩为空的不满。

"是啊，两位恩人武力高强，那树妖怎会是对手？想来此时两位恩人已在回来的路上了，两位义士不必着急。"许贲感叹地劝慰着，此次打退树妖，保住上百族人的性命，可以说功劳完全在眼前这几人身上，此时此刻，他的内心才算真正归顺了大汉，连考虑问题也不由得站在了强梧等人的角度。

"话虽如此，可树妖已经退去这么久，此刻已经有两三盏茶的工夫了，按照那五彩灵凤的速度……"强梧皱着一双横眉，担忧之色丝毫不减。

"欸——来了来了！"

第二十五章
魏延之计

唳！

便在这时，高空之上，五彩灵凤扇动翅膀远远飞来。只是数十个呼吸，便从极远处飞到了许家堡前方，顺势停下。

五彩灵凤上紧接着走下来两人，正是他们期盼已久的朝云与横艾。

"哈哈哈！就知道你不会有事！说吧，那树妖是不是被你杀了？"强梧挤了挤眼睛。

"不……"

"当然啦，那树妖想要攻击我，结果被朝云几招给铲除了！我们的飞羽第一将焉逢！"横艾抢在朝云之前，笑嘻嘻地说道。

"当真？"强梧眼中精光爆闪，那树妖的实力怎么说也有武道第四境，再加上强悍的防御能力，如果树妖真是死在朝云手下，那么朝云的实力，便真正值得思索了！

"义士！"

后面，许贲带着许家堡上百乡民，躬身行礼，集体下拜。

"快快请起！"

朝云顾不得解释树妖的事情，连忙将许贲扶起，又招呼着让其他人都直起身来。

"诸位义士若不嫌弃，可否到我砦堡之中暂且歇息一晚，明日再走？噢，我已吩咐下面准备酒食，今晚老朽便与诸位举杯共庆！"

"多谢堡主好意，只是今晚我们必须赶回去复命，就不留在这里打扰许家堡诸位乡民了。"朝云抱拳说道。

"这……"

"老堡主，只要以后咱大汉军队到这儿，你别帮着那曹家贼寇打自家人便好！"强梧拍拍许贲的肩膀，半开玩笑半威胁地说道。

"不敢不敢！日后大汉军队若是惠临此处，我许贲必当像待亲人一般招待他们！"许贲说着，又是长揖一礼。

"对了，那许阿宝也当放出来了。"朝云笑了起来。

"哦哦！义士放心，义士放心！哈哈哈……"

"那我等便先行告辞了！"

"后会有期！"

"后会有期！"

朝云、游兆、强梧、横艾与徒维翻身上马，告别许家堡，一路骏马疾驰，往大汉军营奔去。

大汉军营内。

争论已持续了多时。

杨仪拱手，向诸葛亮说："丞相！我军存粮恐将于近日内耗尽，然而敌寇目前仍坚壁不出，似乎在等待我方粮尽自行退兵……"

魏延抱臂，皱起眉头："怎么回事？汉中李严大人的那一批粮秣，至今还未运送来吗？你们后勤是怎么搞的？"

杨仪看了看魏延："已派人马前去汉中催促……但李大人回复，月初已派了六批木牛运粮部队出发上路，估计本旬之内能够抵达。"

魏延冷冷地说："蜀道难行，加之最近那地方大雨连连，寸步难行，果然本旬能抵达？"

"魏将军，我们派去催粮的传令，在往返汉中的途中，确实遇到了运送粮秣的木牛部队，正努力在大雨中前进。然而有些栈道因雨而冲失，已吩咐他们日夜赶工修复，务必在本旬内兼程赶来。"

廖化："原来如此……对了，之前我进入邦岭时，遇到了那支不知名的部队，这次他们似乎又在背后暗中协助我们大军？"

姜维对着廖化说："虽然至今我们都不知他们是何来历，但听说他们忠心耿耿，屡建奇功。他们此次去袭取敌人后方的砦堡，应是企图逼司马懿主力部队离开营寨，同我们对决。"

"话是如此没错，我也听说他们曾把敌后的几个砦堡都攻了下来……但那司马老贼似乎根本不为所动，目前仍依山傍险，坚壁不出！实在拿他无可奈何。"廖化叹息。

杨仪皱着眉头："我一直不明白，他们这群人，既然一直在帮我们，为何又不让我们知道身份？"

邓芝也表示疑惑："确是如此，我也有如此疑问。他们真是一群神秘之众……或许他们有自己的一些想法？"

姜维担忧地说："倒是此次魏营派来的援军，据说还有那个老将张郃。他骁勇善战，街亭一役威名犹在；新任主帅司马懿则是昔日曾以奇兵诱杀孟达的狡猾之人，颇善用兵，亦不能轻视……"

魏延不悦："伯约，你这是干吗？长他人威风灭自己志气？"

邓芝制止他："文长，伯约只是提醒我们罢了。不过倒真没想到，曹贼那边的反应会这么迅速，立刻改派这号人物，前来接替那个病死的曹真！"

"你说曹贼那个年轻头子曹叡吗？唉，那家伙确实颇有乃祖之风，远超出我们的预料！"杨仪还是深深皱着眉头。

此刻，原本一直闭目聆听的诸葛亮，缓缓睁开眼睛。

"……粮秣短缺，行将告尽之事，如今士兵可曾知晓？"

杨仪抱拳行礼："禀告丞相！粮秣行将告尽之事，目前始终未曾让士兵们晓得，军中士气仍算高昂，但从长远局势看来，确实对我军十分不利……"

"之前以十万枯枝引诱司马懿来袭，顺便安抚了军心，但若粮草再不送到……"诸葛亮似乎忧心不已，又闭上了眼睛。

魏延冷笑："哼！丞相当初若用我的计谋，以出其不意的奇兵，走子午谷偷袭长安，如今长安、关右早就是我们大汉的了，也不必被困在这种鬼地方唉声叹气！谨慎用兵？谨慎用兵？哼！"

杨仪愤怒地斥责："文长，不得无礼……"

魏延反讥："哼！我有说错吗？"

廖化向诸葛亮说："丞相！如今我们大军深入，敌寇又坚壁不出，而李大人的粮秣也不知何时才来……我们是否应在士兵知情前，先退返祁山，与那里的王平将军会合，至少那里尚有存粮。然后等待李大人的粮草抵达，再伺机北上？"

姜维反对："不成！我们大军好不容易抵达此地，日前才刚击败郭淮、费曜，士气如虹，战意正旺，怎能轻言退兵？属下建议应坚持下来，看李大人的粮秣，能否在旬日内运抵！"

"不行，这太冒险了！万一粮秣始终没有来……"邓芝摇摇头。

"行军作战，本来就该有所冒险！"姜维坚持着。

"别吵了！"魏延大声呵斥，然后转向诸葛亮："丞相，我有一提议，应可两全其美，不知你是否要听听？"

"说吧，文长！"

"既知曹贼他们打算敛兵固垒不出，我们何不反过来好好利用此点？"魏延自信满满，"我们正好利用他们不敢出战的想法，大大方方地去割取他们上邽城外将熟的麦子，好作为我军粮秣。"

此时上邽的守将正是之前大败的郭淮、费曜二人，上邽守军约有千人，在司马懿的数万人主力部队与诸葛亮遭遇之前，便被派来协助防守上邽。为求行军快速，所以他们兵马不多，只有数千人。行军途中与诸葛亮部队遭遇，众寡不敌，被诸葛亮击败，暂退至上邽，坚守不出。

"好法子！不愧是文长！"廖化赞许。

"曹贼他们若继续固守，自然很好……我们正好安心割麦。这些麦子，应可支撑大军数日，以降低李大人的粮秣不能按时抵达的风险。若曹贼憋不住，大军追杀了出来，我们也正好迎头痛击，可谓一举两得！"

"文长此计可行……"诸葛亮沉吟之后，抬起头说，"好，就这么办！"

夜幕降临。

从许家堡赶回之后，皇甫朝云并没有着急休息，而是盘腿坐于床上，开始缓缓梳理体内的灵气与剑气。

今日与树妖大战，他耗费极大。舒缓两者，可以在某种程度上增强灵气与剑气流通的程度，在日后不论是对于修炼还是直接使用，都具有极大的好处。

然而没过多久，一丝疑惑便出现在心里。

"奇怪……以往我静坐之后，身上虽然舒畅，感觉却跟现在完全无法相比……要知道，今日的战斗消耗比往常要大得多。"朝云疑惑。

"咦？对了……横艾说她今日送了我一份大礼，莫非和这个有关？"

朝云急忙向丹田的位置看去，只见丹田之上，一柄金色小剑不停地转动，它的周身，金色剑气上下缭绕，看上去极具神秘感。

然而他仔细地看了看，也没有发现什么特别的地方。

"不对，我体内什么也没有……横艾她自然不会骗我，那究竟是什么礼物？"朝云更加疑惑。

咚咚咚！

一阵敲门声传来。

"朝云！"

"子君？"

"朝云，原来你在啊。"强梧嘎吱一声推开门，笑呵呵地说道。

"子君快进来坐。"朝云一笑，连忙放下心中思绪，从床上起身，递了一个蒲团过去。

"子君，找我何事？"

"这……朝云，我来找你，是有疑惑不解啊。"

"哦？子君请说。"

"我们偷袭了三处砦堡之后，那司马老儿仍旧不肯出兵，如今我大汉粮秣快要没了，我看退兵恐怕是迟早的事。"强梧十分郁闷，一把将蒲团摔到屁股底下，才坐了下去。

"毕竟谁也没有料到，几日之内接连失去三座砦堡，那司马懿竟然还能如此沉得住气。"朝云叹了口气，退兵便等同于北伐又一次失败，下一次再来，不知又要有多少人妻离子散。

"所以……我们的任务算是成功了还是失败了？"强梧不由得发问。

若算成功的话，那成功之处何在？拿下了三个砦堡，杀死了数十名在敌人领土上反抗的百姓？若算失败的话，又失败在何处？不曾达到目的，还误杀了数十个手无寸铁的无辜百姓？

朝云眉头轻挑，没想到强梧竟会主动找到他询问这个问题。

细想片刻，他回答道："若是硬要选择的话，那便是失败吧。"

强梧沉默地点头，忽然又抬起头来："……对了，今日回来之后，游兆的情绪似乎有些不对，我想……"说到这里，他小心地看了一眼朝云，后面的话便没有再说下去。

朝云知道他的意思，笑着说道："此番怨我……是我不顾大家的战绩，按自己的意思去行事。"

强梧摇摇头："你也别往心里去，你也知道，游兆便是那样一个人……能多包容，便多包容吧。至于那什么挑战的事情，你也都忘记吧……反正他现在的实力也不如你。"

朝云皆应承下来。

飞羽之中，除了横艾之外，真正能够让他交心的，也就只有强梧了。也只有他，才会跟自己说这些话吧？

换作其他人，谁又会呢？

"那我便先去休息了！朝云，你也好好休息……我想值此关键时刻，飞羽的任务又少不了了！"强梧抱了抱拳，闪身离开峭洞。

朝云点点头，轻叹口气："是啊，飞羽的任务又该来了吧？"

这次的任务，又会是什么呢？

杀人还是放火？

又或者……两者兼有？

不知为何，朝云心中忽然产生了一丝怀疑与悲痛。

峭洞之外又传来悦耳的笙音，随着夜风闯了进来，变得更加好听了。

第二日一早。

蜀军军营中间，一座高大的营帐之内。

多闻使身穿一套黑袍，戴着黑色面具，微闭着双目，端坐在正中主位之上，食指轻轻敲击着桌面。

不一会儿，一角黑袍出现在大帐中央。

黑衣人单膝跪地，长揖行礼："大人，焉逢的修为的确增进了！据属下打探得知，游兆曾约定要与焉逢比武，但是此次回归之后，两人却对此事只字不提。"

多闻使不动声色地道："说说看，如何判断的？"

黑衣人说道："朝云不慕名利，有感念天下苍生的心气；而游兆身背祖辈光环，尤其在乎战绩，喜欢与人比试。此次本是游兆挑战在先，然而事后却……"

多闻使敲击桌面的指头停了下来，微闭的双目也缓缓睁开，用欣赏的语气说："你变聪明了。"

黑衣人摇头道："都是大人教导有方！"

多闻使缓缓站起身来，走到黑衣人面前，将他拉了起来："好了，去通知焉逢、端蒙，让他们二人前来接领新的任务。"

黑衣人眼中光芒一闪："丞相打算……"

多闻使负起双手，缓缓踱步："上邽割麦，等待粮秣，攻打郭淮、费曜，逼迫司马懿出兵。"

黑衣人缓缓点头："原来如此，看来丞相是不打算退兵了……"

多闻使叹了口气："此番李严大人若能按时将粮草运到，或许情况便能有些改变了，又何至于如此进退不得……丞相所思不错，但奈何天意弄人……"

黑衣人不再多言，默默地离开了。

没过多久，皇甫朝云与端蒙便一同前来，在帐外求见。

第二十六章
强大的横艾

多闻使拿出令牌，高高举起。

他刚刚向朝云以及端蒙二人，宣布完新的任务。

"总之，这就是此次最新的任务。若无问题，请二位分别去通知你们所属之战士，依照分配，于明日未时开始执行任务，你们还有半天的时间做足准备。"

"是，遵命！"

朝云与端蒙起身，抱拳行礼。

多闻使殷切嘱咐道："去吧，记住……任务只可成功，不许失败！"

"明白！"

二人点头，端蒙冷冷地看了看朝云一眼，率先走出营帐。

朝云不以为意地摇了摇头。

他知道，端蒙是个好姑娘，只是面冷心热罢了，很多时候看起来冷若冰霜，可实际上心里却又火热得紧。

比如他差点被多闻使砍头的那一次，她可以不顾一切地想要劫法场……光这等义气，便不是一般人能够拥有的。

可惜……不知为何，她与游兆一样，比任何人都更看重功绩。

若是没有功绩的压迫，或许她会变得更欢快一些？

谁知道呢？也许她的父亲或是祖上，也跟游兆一样，是某位名将吧？

也许吧。

想着这些，朝云已经离开了多闻使的大帐，找到了徒维。

一如既往地，这家伙任然在闭目默默端坐，好似周围的一切都与他无关似的。

只是当感觉到有人进来时，他才微微睁开了眼睛。

"徒维心思之沉静，真是宛若深潭一般。"朝云心底笑了笑，徒维不喜杀生，不追名利，也许是师出同门，于是与横艾一样，都有同样的追求？朝云心底不禁生出了这个想法。

"见过焉逢大人。"徒维双手揖礼。

笑着摆摆手，让他直起身来，朝云拿出指令说道："徒维，我们的新任务下来了。丞相下令：明日未时，派部队前去割光上邽附近一带田里的麦子。我们的任务，便是引诱可能出城阻止割麦的敌人部队，不让他们干扰我军兵士割麦。"

"是！"

"这一次可能需要借助你与横艾的法术。我会在与横艾讨论细节之后，再跟你解释该如何去做。"

"是！"

"有没有其他问题？"

"没有。"

"那好，自行做好准备。"

"是！"

徒维与横艾师承一脉，两人都拥有不可思议的术法能力，比如横艾擅长折制符鸟，身上还带着一个炼妖壶；而徒维则擅长使用法旗，随意一挥，就能够产生莫大的威力，这些都是飞羽其他人所不擅长的。

此次上邽割麦，用术法之道来迷惑与引诱敌军，是再好不过的选择了。

这也是朝云首先找到徒维，并与他说明任务的原因。

离开徒维的峭洞，去到游兆所住的地方时，朝云一眼看到峭洞遮起了帘布，再进去一看，才发现原来没人。

"游兆……去哪儿了？"

此时正值卯时，应当是稳固或者提升自己修为的时候，按理说他不应该离开峭洞之内啊。

朝云皱了皱眉，到处找了一遍之后，还是没有发现他的身影，不由得想起昨天晚上强梧与自己说的那些话。

游兆对功绩看得太重，甚至超出了战友，超出了很多情感之内的东西，他曾试图去改变游兆内心的想法，但是几次下来，却几乎都起到了相反的作用，以至于如今他与自己的关系，也不如一开始那么亲近了。

"算了，先找到横艾吧。"想到这里，朝云便起身离开，往山顶而去。

山顶之上，横艾一个人站在那里，伸手将一只符鸟放了出去。

"横艾，你在做什么？"一声厉喝突然响起，游兆手持白龙枪，出现在她背后。

横艾回头看了看，脸上挂着一抹笑容："游兆？原来是你啊，有什么事吗？"

游兆严厉地道："你还未回答我刚才的问题，横艾！你方才是是在做什么，我想你需要好好解释一下！"

横艾笑着摇摇头："怎么了？你莫非不知道这是符鸟？放出符鸟，自然是为了调查附近的情况，好提供给大家啊，你这么凶是做什么？"

游兆冷笑："调查这附近的情况？"

横艾点头道："当然！孙子曰：知己知彼，百战百胜！"

游兆脸上的冷笑之意更浓："这附近方圆一里之内，都是我们汉营，你在调查什么？调查清楚我们汉营的底细吗？"

横艾轻笑出声："我以草叶折的符鸟，可以飞翔数百里！要不要我教你怎么用草叶折纸鸟？"

轰！

游兆一扫白龙枪，将旁边的一块巨石击碎："够了……横艾！我一直疑惑你的来历，这次找你，正是想看看你究竟是何人！"

横艾笑嘻嘻地道："我的来历？我说过了啊！我只是乱世中一个楚楚可怜的弱女子！"

"你少跟我打哈哈，横艾！"游兆愤怒了，拿起他的长枪，枪尖指着横艾的脸，"我一直怀疑你是曹营派来的奸细！让你这种底细大有问题的人留在我们大汉的精英部队里，实在是太危险了！"

横艾惊讶地道："我是曹营的奸细？"

游兆冷哼一声："这只是我的怀疑罢了！若你不是，那就证明给我瞧瞧！"

"呃……"横艾眨了眨眼，想笑却又觉得不好笑。

"怎么了，拿不出来证据来吗？"游兆黑发飞舞，面容冷峻。

"是不知该拿什么来证明我这一身的洁白无垢、冰清玉洁。"横艾摊手，看了看自己的衣服。

"你别以为用这种乱七八糟的回答便可以蒙混过关……你果然是敌人的奸细！"游兆愤怒地舞起长枪，毫不留情地刺向横艾，"就让我以常山枪法，为国除害！"

"唉！"

轻叹一声，面对威势无边的长枪，横艾不躲不避，轻轻挥起手上长长的艾叶，便毫不费力地化去了游兆的一切攻势。

哐啷！

长枪飞落在地。

游兆不禁目瞪口呆。

横艾冷然怒道："拿常山枪法来对付一个无辜的弱女子……若是你的祖父知道了，只会因你而颜面无光！"

轰！

横艾一甩袖子，一道青色光芒出现，如天罗地网一般罩住了游兆。

游兆先是一脸茫然，紧接着突然惨叫一声，痛苦地跪倒在地。

横艾眼神冰冷，对此毫无怜悯之色。她知道，若刚才站在她位置上的是一名武道境界低于第二境的人，那一枪必然是致命一击，好在她有法力护身，面对他那强大的攻势才能不受影响，否则受伤与否，便真的不好说了。

光芒笼罩之下，游兆一脸痛苦，恨恨地对着横艾说："横艾……我……我刚刚特地去查看……你那奇异的炼妖壶放在房里……并未带在身上……所以……所以我才来找你……没了那只炼妖壶……你竟然也可以施法？！"

横艾眯了眯眼，不置可否道："可别小看我啊，游兆！"

游兆忍住痛苦："横艾……你有这等实力，莫说排行第三的我……恐怕连焉逢、端蒙他们，也非你的对手！"

横艾却摇了摇头："我不是焉逢的对手。"

游兆震惊："什么？"

横艾叹了口气："等他自身的力量觉醒的话，力量绝对比我强大。所以你当初找他挑战，真的是很愚蠢……"

游兆捏起双拳："你来我们飞羽，究竟有何目的？你到底是何来历？"

"既然你这么想知道答案，"横艾的表情突然舒缓了，"好吧，那我就告诉你好了。"

游兆凝眉："你……你怎会……突然愿意告诉我？"

"嘻，因为一直有问题憋在心里，你不是很难受吗？"横艾笑了笑，蹲了下来，"所以告诉你也没关系。第一个问题：我为何来飞羽？答案是：因为我最心爱的人恰好在飞羽，所以我才来飞羽，就这么简单。"

"什、什么？"

"至于第二个问题，我是什么来历？我的答案是……"横艾在游兆耳畔轻轻说，"有秘密的女人才最美丽……所以，嘻，你自个儿慢慢猜吧！"

横艾站了起来，轻步离开游兆，拿出笙，像往常一样缓缓吹奏起来。

身后围拢在游兆周身的光罩自上而下缓缓消散，随之附着在他身上的疼痛感也一同消失。

游兆目瞪口呆，随即用拳头愤怒地捶地。

"怎会如此？！怎会如此？！"

没人知道他话里的"如此"是指什么……

朝云来到山顶崖边时，正好看到依旧跪地愤怒不已的游兆，与巨石上面对深渊吹着笙的横艾。

游兆的长枪落在一边，闪耀着银色的光辉。

看到这一幕，他隐隐知道了什么，忍不住严厉地问道："这是怎么回事？"

横艾轻轻放下笙："游兆怀疑我是曹营的奸细，坚持要我拿出凭据证明我并不是。你问问他吧！"

朝云转头看向游兆，轻吸口气，问道："游兆，刚才到底发生了什么事？"

游兆挣扎着站起来，带着痛苦之色说："焉逢，你要小心这个女人！她的来历绝对有问题……"

朝云反问："所以你便私下拿着武器，来威胁诘问她吗？"

"我……"

朝云缓缓吐气道："游兆，如果你对横艾有什么怀疑，你大可以直接禀告多闻使大人或增长使大人，但绝不可私下拿着武器逼问！你该明白，飞羽一直严格禁止私斗！先动手者，一律严惩，甚至可以除名！"

游兆呆住了，喃喃道："除名……"

朝云微微眯眼："游兆，对于此事，我必须要有所处置！"

"哎呀，朝云！"横艾忽然笑了起来，"事情根本没那么严重，你干吗这么严肃？其实游兆是来逼问我的底细没错，但他没动武，而我呢，也一直懒得回答他。所以他套问了我大半天，仍拿我无可奈何，因此一时怒火攻心，一怒之下，就把自己心爱的枪给用力地扔在地上泄恨。整个过程就是如此，你说对不对，游兆？"

"真的吗，游兆？"朝云一脸怀疑，转头看向游兆。

"这……"游兆顿时哑口无言，他看了一眼横艾，横艾仍是一脸笑意，他当下愧色难当，"既如此，那便是了！"

游兆抱拳行礼，一脸冰霜地离开。

朝云看了一眼游兆的背影，又转向横艾："刚才游兆明明与你动手了，你为何还要帮他开脱？"

横艾笑了起来："你怎么知道他与我动手了？"

朝云伸手一指："那击碎的巨石不就是证据吗？"

横艾嘻嘻一笑，按下朝云的手："朝云，别理会这些小事情了。对了，你特地上山顶来找我，有什么事吗？"

朝云不得不作罢，开口说道："有新的任务……而且要倚仗你的能力！"

横艾眼眸微闪："哦？什么样的任务？"

朝云说道："前往上邽，掩护友军割麦。上邽城外种有大片粮食，若是能够成功收割，便能供我军食用数日，这样一来，说不定就能够等到李严大人将粮食送到了。"

"之后就不用退兵了，对吧？好吧，挺新鲜的任务。"横艾笑着说，"我们下山去，路上你顺便把细节跟我说说。"

此次上邽割麦，飞羽的任务便是吸引城内守军，掩护割麦队伍，以帮助割麦队伍顺利完成任务。至于横艾，便负责用草人变出一个假的诸葛亮，以诸葛亮之身吸引城内守军。

"要我制作一个孔明大丞相？没问题，交给我了！保证一模一样，栩栩如生！"横艾笑了起来。

"这就好！"朝云放心地点点头。

第二日午时，上邦城不远处的山脉之中。

羽之部五人围拢在地图之前，面色皆严肃无比。

"各位，对于这一次掩护友军割麦的任务，大家对各自的任务分工都明白了吗？"

"明白！"强梧点头，"你和横艾以草人做成的丞相负责吸引巡守士兵的注意，把他们引诱到反方向去；我们则埋伏在更后面，防止可能越界的敌人。"

"很好，既然都已明白，便各就其位，立刻行动！"

"遵令！"

强梧、徒维报拳行礼，告辞离开，游兆态度冷淡，面色冰冷，直接转身离开。

"游兆，是因为昨天的事情吗？"

朝云察觉到了游兆的状态，若有所思地望着他离去的背影。

上邦城外，大汉军队已经集结完毕。

早已准备好的割麦队伍已经手拿镰刀，大大方方地推着木轮车，提着绳子往城外金黄色的麦田走去。

城池另一侧，数万大军埋伏于上邦城数十里外的山谷之上，滚石巨木堆积在草丛之中，连成一片。

"一旦司马懿应援上邦，那么这些东西，都将会随山坡滚落而下，砸他个人仰马翻！若是他不派兵前来，那这些粮食便将全部归我大军所有！哈哈哈哈……"魏延站立在上邦城旁边的山顶之上，意气风发。

"是啊，只盼司马懿，到时能够派兵来援，这样我们不仅能收得粮食，还能趁机狠狠地打击他。"姜维负起双手，略微期待地看向邦岭的方向。

"咦？那是……"魏延忽然朝上邦城外的山包上看去，忽然双目圆睁，"丞相怎的跑那地方去了？！"

"啊？真是丞相！"姜维同样一脸惊讶。

第二十七章
无处不在的诸葛亮

按理说丞相此时应该坐镇军中才对，怎么会叫两个少年带着他来到这么危险的地方？

"那里距离上邽城不过一里之遥，一箭便能射下来！丞相怎能如此大意？"魏延气得捶胸顿足，"来人！赶快派一路兵马去保护丞相，若是丞相有什么闪失，我拿你们是问！"

"等等！"姜维忽然眯起眼睛，摇了摇头，"不对……文长，我们方才出发的时候，可是快马加鞭而来，丞相那时还在军中处理军务，他坐着小木车，怎会赶得上我们的快马？"

"嗯？"魏延缓缓放下手来，沉思道，"伯约所言甚是啊……但那人究竟是谁？竟敢冒充丞相，出现在那山头之上？！而且……太像了！"

"我也纳闷……"姜维眯起眼睛，看向坐在小木车里的诸葛亮。

"像不像？"

"像！太像了！"

更靠近上邽城郊的一侧，朝云与横艾推着小木车爬上山坡，在几乎与城墙等高的山坡顶上停了下来。

小木车内坐着的正是诸葛亮，一眼看去，此人与真人一般无二，而且浑身上下还自然而然地流露出一股淡淡的仙气。

"朝云，魏军城外的那些巡逻士兵，在看我们了。"

"当然，没想到你竟用草人变出一个真的丞相替身来！"朝云笑着说，"不仔细看，还真看不出来！他们士兵看到，一定会以为我们丞相本人亲自来上邽城外督促割麦了！"

接着，他把假的诸葛亮转向敌人，让那些人看得更加清楚。

"来来来！你们的大敌蜀寇孔明大丞相在这里哟！"横艾笑着对巡守的士兵们招招手。

远方的魏军士兵互相看了看，似乎犹疑不定，围在一起讨论片刻，开始往这边赶来。

"哈，他们追上来了。"

"依照原来的计划，我去将他们引开！"

朝云正要往一边的山头上跑，横艾却一把将他拉住，笑嘻嘻地道："有我在，还用你引着他们跑？"

"横艾，你这是……"

"缩地之法！"

横艾稍稍正色，双手结印，顿时就把一条光线打到了数十里之外的一座高峰之上，诡异的是，那群士兵原本正朝着他们冲来，但当那条光线打出之后，他们竟然开始往光线落在的山峰上行去！

"这……"

"别惊讶，还有呢。"

横艾微微一笑，双手一拍腰间的炼妖壶，顿时一条匹练似的光华凭空飞起，竟然落到那群士兵的脚下，将他们转移到了距离光点更近的地方，如此每隔一段时间，那段匹练便带着那些士兵移动一次，距离那光点也越来越近。

朝云早已看呆："这就是所谓的缩地之法？"

横艾拍拍手，笑嘻嘻地道："对啊，他们被我们引到很远的地方去了——喏，就是那座山顶之上，想要回来可就没那么容易了。"

朝云啧啧赞叹，一开始那道光线落下去，只是让那群士兵转移了目标，紧接着，横艾又用匹练带着他们往光点的方向前进，以便让他们知道自己正离目标越来越近，不至于察觉出什么异样。

这等手法，真是前所未见。

朝云看向横艾的眼神，隐隐又增添了几分欣赏之意。

眼看那群士兵已经消失在眼前，朝云却又想到了另外一个问题："也不知，飞之部那边进行得如何了？"

横艾一脸轻松地道："商横的法术不差，魏国士兵应该也被他耍得团团转了吧？魏军一定没想到城南城北，到处都看得到孔明大丞相，嘻嘻！"

朝云脸上布满了笑意："这便好……嗯？又有一批士兵追上来了。"

横艾微微一笑："来得好，我现在就把他们引到另一条路上去！咦……不对！朝云，你看！这次有校尉一起出来呢！"

朝云同样惊讶，想了想道："看来他们大概是察觉到不对劲了，所以这大家伙才会亲自出来查看吧？"

横艾结着手印，光华在她十指之间流转："没事，今日我们便抓一个校尉玩玩。"

朝云抬手："等等……你听，他在说什么？"

顺着风去，只听魏国巡守的校尉高声叫道："诸葛逆贼，你好大的胆子！竟敢只身在这边装神弄鬼！一下在城北，一下在城南的，遛得我们团团转，这下子被我们捉到了吧？"

横艾开心地笑了起来："老兄，我想被捉到的人是你吧？"说着，手上一条匹练远远地腾空而去，径直落在那校尉与身后数百人脚下，那匹练自行移动，将校尉身后的数百人不知移送到了哪里，而原地只剩下魏军校尉一人。

横艾捂着嘴咯咯笑起来，朝云也忍不住笑出声来。

"贼子！你……你究竟对我做了什么？为何我手下之人全都不见了？！"那校尉惊恐地大喊。

"嘻嘻！好好玩吧，你那些兄弟们已经到三十里之外了！"横艾向他招手，最后还拿出笙来，放到嘴边吹奏起一支欢快的曲子。

闻见笙音，游兆、强梧与徒维忽然间出现在校尉背后，冷冷地道："要么束手就擒，要么将命拿来！"

校尉看着眼前突然出现的几人，匆忙镇定下来，连忙拔出腰上的剑，与三人战斗在了一起。

然而仅仅一招过后，那校尉手中的剑便被挑飞，头上与身上的盔甲更是被削成了无数细碎的鳞片，一枪一剑一刀同时架在了校尉的脖颈之上。

朝云看着这一幕，满意地点点头："今日城中守军被我们引出不少，想来割粮的队伍应当不会受到什么影响了。"

横艾摇摇头道："但是看样子，魏军那边，好像并不为所动啊……"

朝云也担忧起来。

虽说上邽城外的这些粮食足够大军食用数日，但是一旦李严大人那边不能按时到达，最终迫于军粮不济，丞相也会下令退兵。如此一来，北伐之功，岂不是又一朝化为乌有了吗？

上邽城东西两面。

上千名士兵在周围埋伏着的兵士的掩护下，将收割好的粮食一把一把地捆在一起，然后一堆堆放于车上，再由穿戴盔甲、手持武器的兵士运走。

如此来回几趟，大片金黄色的麦地顿时变成光秃秃一片，而城墙之上的守军，此时虽然愤怒，但也不敢擅自出战，只能眼睁睁地看着大汉的军队将粮食一车车运走。

"将军！下令开城门吧！不用多，只需给我一千人！我必将带此一千人，将城外那些偷粮的蜀寇杀得片甲不留！"上邽城将军府内，一名满脸胡须的魁梧大汉单膝跪地，双手抱拳声音洪亮地请命。

"周将军，你当知道……坚守不出，乃是都督所令，你难道是想逼淮抗命不成？"主位之上，郭淮一脸正色地看着下方之人。

"将军，那可是我大魏百姓的粮食啊！那些粮食足够十万大军食用数日，一旦粮食尽数落入蜀寇之手，那么他们便会有力气继续攻打我军！到时我们可能连这上邽城都要拱手送人了！"周运气急了。

"淮知你心意，但此乃都督之令，我们只需在此等候二三日，到时都督必会派遣援军前来。"郭淮面色沉稳，双手却不由自主地颤抖起来。

早在多日以前，他便派人去向司马懿求救，但是直到现在，那边也没有传来任何风吹草动，他说的这句话，既是在安慰军士，也是在安慰自己。

半日之后，上邽城周围的粮食尽数被收割干净。

朝云与横艾已经离开一开始埋伏的山头，来到一处麦子被割得干干净净的地方。

这里的麦地被大军收割之后，就连地里其他还未成熟的庄稼也被践踏得不成样子，整片麦地，用满目疮痍形容也不为过。

横艾突然讶异地指着前方："朝云，你看那是怎么回事？"

朝云顺着横艾的指引，看了过去。

只见麦地不远处的大路边，几位农夫农妇和七八岁大的孩子正看着麦田默默拭泪，其中几个甚至伤心地跪地痛哭。

"怎么办，接下来该怎么过呢？呜呜……"一位农妇跪下来，伸手擦拭着眼泪。

"你们把我们的麦子都割光了，我们一家六口，下半年要靠什么活？"一名农夫搂着两个孩子，泪水流过脸颊，滴答滴答地掉落在光秃秃的麦田里面。

"怎么办，我们接下来的日子该怎么过呢？"

"可恨的蜀寇！诅咒你们将来一定不得好死！"

"蜀寇，还我粮食！"

麦田里出现阵阵的哭声与咒骂声。

看着眼前这一切，朝云心中突然一震："难不成……他们是因我们……"朝云看向被割空的农田，又望向那些伤心痛哭的百姓，霎时间，心里就像被刀割一般的疼。

"朝云，这次割麦，受害的反而是这些农民……"横艾望着朝云，认真地说，脸上再也没有一丝笑意。

朝云无言以对，不禁低头看了看自己的双手，愧疚地闭上了双眼："又是我害了你们……可是怎么会这样？不对啊！我们大汉王师，应是为了正义与大义，所以才北伐的！为何事情却会如此呢？"

建兴九年，诸葛亮挥军第四次北伐。

大军越过祁山，深入敌境，导致补给线漫长，而途中又前往邽岭，经过素以艰险难行而闻名天下之秦岭蜀道，粮秣补给益发困难。

数日之后。

上邽收割的粮食已食用殆尽，然而李严派出的木牛运粮队伍，却出乎所有人的意料，迟迟未到。

大汉军营中，诸葛亮放下羽扇，缓缓说道："撤军吧。"

这句话仿佛用尽了他全身的力气，说完之后他便剧烈地咳嗽起来，杨仪等人连忙上前关怀。

魏延沉声道："丞相，真的要撤军吗？"

姜维叹气："此番我大汉战线过长，又不曾料到山中多雨，导致山道阻塞，粮草未到，否则也不至如此！"

诸葛亮摆手道："撤军并非是撤出祁山……吩咐下去，令后军变前军，沿着前时之路线，逐步后退，先退至南方祁山附近，在那里协助王平攻打祁山堡垒，并停留等待来自汉中李严的粮草补给，粮草一到，我们便再次挥师北上。"

"遵命！"

魏延闻言，与姜维对视一眼，皆松了口气。若真如此便退回汉中，那此番北伐必将再次无功而返。好在丞相明智，在一定程度上保留了再次北伐的可能。

两人领命而去。

依照诸葛亮的军令，魏延、姜维、张翼等带领汉军缓缓向西撤退，抵达卤地。而魏军闻声之后，也由邽岭启程，经上邽跟踪而来，抵达汉军附近。

司马懿仍采取长期消耗战原则，仅一路遥遥尾随，保持距离，并依山安营，敛兵固守，避免让汉军有任何主力侵袭，造成对决之机会。

此时，被汉军包围之魏军祁山守将费曜，派将领魏平奋勇突围而出，走偏道抵达卤地之魏军大本营，向司马懿请求援兵……

魏军军营。

司马懿大帐中。

魏平身经数难，艰难地抵达军营，身体匍匐在地，向司马懿苦苦哀求："司马都督！恳求您发兵前往祁山！我们祁山堡垒兵寡力微，求您派出援军！"

"这……"司马懿摸着胡须，显得有些犹豫。

魏平不依不饶："求求您！祁山如今已被诸葛贼寇的手下王平包围了许久，

至今始终苦待援兵前来！若您愿意派兵前往我处救援，守军们必会士气大振！只等待您一声令下了，司马都督！”

司马懿终究还是挥了挥手：“此事且容本都督考虑后再议，你先退下吧！”

魏平愣住了：“这……”

此刻，站在一旁、叉着手臂听着的老将军张郃，终于按捺不住情绪，愤怒地站了出来，朗声道：“仲达，此事还有什么好犹豫的？老夫实在不解！”

司马懿偏过头：“张老将军是……何意？”

张郃分析道：“祁山堡垒被围已久，正在等待我们的救援。我们本来就是要去救援祁山，结果你听说诸葛亮越过祁山、先去打上邽，你就说先改去上邽围堵诸葛亮。堵了诸葛亮，却又不敢与他正面作战，只会尾随在后……既然如此，不如派出兵力，前去救援祁山啊！”

司马懿立刻回绝道：“张老将军，持久战已日渐奏功，此刻一但分兵出击，岂非正好给敌人可乘之机？如此必坏大局。”

张郃冷哼一声：“坏什么大局？哼，仲达！你的战术委实是缩头乌龟！一路只敢尾随，不打也不战，老夫简直看不懂你这是在干吗？昔日曹都督曹真镇守关右，可不是如此作战的！”

第二十八章
铜雀六尊者

司马懿面上微露不悦，但仍耐着性子解释："本都督说过，蜀寇兵多，远超出我军！我们当下只有让蜀寇自己耗尽粮草，等他们兵困师乏，狼狈退走之际，我们再行出击，如此自可一战而胜，把诸葛亮的首级，高高地挂在洛阳城头上！"

张郃极其不满，冷冷地反讥道："想得倒好！你莫非看不出诸葛老贼正打算退往祁山，先攻下祁山堡垒，然后利用当地的存粮，好整以暇，等待汉中补给部队抵达？一旦兵秣充足、士气饱满，届时我方早已军心低迷，敌张我弛，阁下又打算如何制敌？"

司马懿猛地站起身说道："本都督自会观察时机，伺机出击！战场时机的拿捏，难以一言而尽，本都督自有主张，请张老将军不必过于担忧！"

张郃怒气冲冲："呵！老夫曾听说你昔日袭击孟达之时，调兵如神，行军如火……结果如今亲见，反不如耳闻，实令老夫失望万分！老夫实在不懂陛下怎会派你来接替曹真都督？"

司马懿已有些按捺不住，眯眼冷声道："张老将军，还请你注意说话的态度……"

帐中其他人皆不敢言，只好默默地低着头，当作没看到也未听到。

张郃一拍胸脯："仲达，若你不敢出击就罢了！让老夫来替你出击！"

司马懿尽力压下心中的怒气："你说什么？"

张郃冷笑道："老夫替你绕道去祁山，去狠抄那诸葛老贼的后路！一旦祁山蜀军被击溃，措手不及的诸葛老贼就会进退两难，到时军心必乱，仲达你正好伺机出击！”

司马懿闻言，不禁劝阻道：“张老将军，祁山的蜀将乃是王平！此人冷静英勇，据闻您当初街亭大捷后，以疑兵遏制您追击的，便是此人！”

张郃极不在意地道：“是没错，但那又如何？勇者不惧战，老夫可不会因敌人厉害，便当缩头乌龟，放着自己友军等死而不去救援。今日再会王平，正好争一口气回来！”

司马懿极力阻止：“不准！本都督不准……”

张郃直接打断司马懿：“老夫只带自己所属的人马出击，如此总行吧？你若要告诉陛下，说老夫不受你节制，来治老夫的罪，那也无妨！好了，该说的都已说了！老夫这就随魏将军一道前去祁山！为了国家，为了社稷，老夫甘愿受罚，回来之后自会请罪！更何况陛下聪明睿智，老夫相信陛下绝对不会因此而降罪于老夫。告辞！”

张郃一甩披风，愤而转身离去，魏平看了一眼，也起身跟随张郃离开。

“你……”

司马懿大怒，用力捶着桌子。

其余几人见此情景，也都不敢多言，抱拳行礼之后，便陆续离开。

“怎么了，已压不住张老将军了吗，司马都督？”就在这时，营帐后方帘帷遮掩的地方，忽然传来一个年轻人的声音。

司马懿一阵惊讶，闻声转过头去，只见原来是几名穿着颜色各异长袍的神秘人物，其中最边上那位身穿青衣，是一位面容清秀的少年，少年旁边是一位身穿赤衣，面容秀丽的女子；另一边，一名身穿白衣的年轻男子持剑而立，浑身上下皆散发出冰冷的气息，他的身旁，分别是身穿黄衣与乌衣的年轻人，而正中间那位，一身紫衣，有紫色面具蒙面，正是之前前来营中犒劳军队的紫衣尊者！

“怎……怎会是您？”

“没错，是我们！”

司马懿急忙走下主帅台，向几人行礼。

“没想到诸位尊者亲自驾临前线，老夫有失远迎，还望恕罪……”

“洛阳已收到消息，得知你们前线如今士气浮躁，军中不安，所以紫衣才特地带我们赶来。"身穿一袭赤衣的女子微笑着说。

"原来如此……"上次偷袭木流渊成功，还得亏紫衣尊者手下之人厉害，虽说最后得知那些都是枯枝败叶冒充的粮食，但是从那一次，司马懿便真正看出了紫衣尊者的实力之强。再加上他来自皇帝身边，自带尊贵且神秘的身份，故而司马懿的震惊与尊敬，便都在情理之中了。

紫衣尊者抱臂沉思道："没料到采用长期持久战，老将士们如此不满……这作战方式应是对的，但有些军心细节，当初真的并未考虑周全。"

司马懿抱拳道："但这是陛下亲自下达的战术啊！"

赤衣尊者扑哧笑了："那个笨皇上，大概自己也没料到将士的情绪会如此激动，把主帅搞得焦头烂额。所以呀，我们才决定前来帮仲达你呀！"

紫衣尊者抬头，认真地对司马懿说："以后若遇到此类情形，我教你一个法子！也就是佯装写奏章回去请示皇上，然后用他的名义来堵大家之口，如此他们便无话可说。"

司马懿闻言，小心地试探道："但如此做来，恐长久之后，有伤皇上圣明，仿若我们臣属回避自身所该担当之责，全推给陛下，实在不敢造次！"

"既然他要当皇帝，这责任就是他必须扛的，不然还当什么皇帝，你说对不对？"赤衣尊者笑盈盈地看着紫衣尊者。

"妹子说得对极了。所以仲达，你以后不必考虑那么多，就依我所言。洛阳朝廷若收到你的奏章，自会立刻派如辛毗、刘晔等正直之臣前来前线，帮你压住那些难以驾驭的老将老兵们，切莫担心。"紫衣尊者笑着说道。

"是！如此，老臣便放心了！"

"倒是妹子，你觉得此次张老将军贸然出击祁山，有可能会赢吗？"紫衣尊者忽然看向赤衣。

"很难说。张老将军老当益壮，勇气可嘉！而且他的想法确实也没错。只是听说那个飞羽，这一次也来到了前线……"

"没错，飞羽一众人等，确是十分棘手的问题。"紫衣闭目想了一下，猛然睁眼道，"仲达！你立刻带部分兵力去，准备支援张老将军！"

"啊？但……"

紫衣笑着反问："你怕坏了消耗战术吗？如今张老将军已经出击了，数千人的部队就算绕走山道，蜀寇迟早也会侦察得知……所以消耗战术，如今只好暂时抛到一旁，首先是要保全张老将军。敌人有飞羽这一群奇兵异人暗中助阵，善以奇袭扰我军心，张老将军或许还不知他们的棘手之处。我们此行，其实也是为了再次探查他们的底细与实力。"

司马懿微愣，疑惑地呢喃道："飞羽？"

赤衣笑了笑，从怀中拿出符节，高举着说道："仲达听令！立刻准备出击！此令等同皇上亲下之谕旨。"

司马懿急忙半跪："是！懿这就立刻去调度兵马，准备支援张老将军。"

营帐内只剩下铜雀六尊者。

看着司马懿的背影，紫衣尊者喃喃自语："飞羽……诸葛老贼也真不简单，何时竟训练出如此厉害的一群高手，摆在身边了呢……"

白衣尊者站了出来，正是之前闯关偷袭木流渊的徐暮云！

他面无表情地说道："当初我与他们中的五人交过手，其他的都不足为惧，倒是那飞羽第一将焉逢，算是有些本事。"

黄衣也点点头，看了一眼赤衣："我们两个当初去援救白衣的时候，也遇见了那个人……当时初次交手，才发现我们竟非他的对手。"

紫衣尊者点点头："我听说过此人，当年号称是蜀汉之地百年一遇的剑道天才，可惜后来不知为何，修为连连倒退，最终泯然于众人。只是没想到在与暮云一战后，他竟恢复了修为。不过妹子与你皆擅长术法，遇到他不敌，也在情理之中。"

徐暮云也点点头："想来定是被我打伤之后，破立而获新生，从而才止住颓势，一朝恢复修为。"但这些都是其次，最重要的，怕还是与那金色剑气有关吧……徐暮云心里想。

汉军营寨中。

离开邦岭之后，飞羽十将的驻地便从峭洞回到了营寨中，与军中其他官兵一般，同吃同住。

此时营帐之中，皇甫朝云一个人站在里面，来回踱步，若有所思。

突然间，他愤愤地把拳敲向拱立营帐的木桩，砰的一声，木桩震动起来。

他喃喃自语道："不对……身为王者之师，岂能如此做？不应该！不应该！"

"唉……你啊！连我也不知道该如何劝你了。"空气中，一道苍老的声音感叹道。

"先生，您知道吗？每次一看到那些受苦的百姓，我便会想到当初与我离散的姐姐和弟弟，如今我竟连他们在哪儿都不知道。"朝云痛苦地说。

"早日助丞相完成天下一统，找到你的姐姐弟弟，便能轻松许多。"苍老的声音说道。

"可是……天下一统，到底是为了什么？若是为了天下太平、百姓安康，为什么却先要让百姓受苦？"朝云按了按脑门，这个问题他已想了很久，却始终难以想通。

苍老的声音停顿片刻，悠悠地叹了口气……

"怎么了，朝云？"一个声音忽然从背后传来。

"子君？"朝云闻声转头，才发现强梧不知何时已站在了门口，那道苍老的声音也隐匿起来，不再出声。

"我有事找你，而且我看到你一整日都待在营中，也不出去走走，便顺道过来看看。"强梧皱着眉说，"你脸色不太好，发生什么事了？"

朝云疑惑地道："子君，你觉得我们上回把上邽百姓的麦子都割完，是否是对的？"

强梧被问得一愣，挠挠头道："怎么说是否是对的？"

朝云缓缓地道："那或许是百姓一年的粮食，甚至可能是他们过冬的粮食……"

强梧嘿嘿一笑："我还当是什么呢，这也用得着心里不畅快？那些粮食可是支撑了我军数日！他们那些粮食用到我们手里，我们应当感到高兴才对！"

朝云摇头道："你不是他们，你体会不到他们的感受……"

强梧干咳两声："……好吧，不过先别说此事。朝云，你不觉得这几日来，游兆的态度似乎有些奇怪？"

"游兆？"

强梧皱眉道："是我私下里的感觉……他对横艾与我，都一脸冰霜，唤他他都不理睬。"

朝云深有同感地点点头："我亦有此感觉……"

强梧难得严肃地说道："我建议你私下去找他谈谈吧？如此下去，恐怕不太好。"

朝云点头应下："我这就去找他。对了，子君，多谢你提醒我！"

强梧哈哈一笑："自家兄弟，何必客气？"

朝云收起思绪，直接来到游兆的营帐内，但是进去之后，才发现里面连个人影都没有。

"奇怪，他会去哪儿呢？"

"朝云，多闻使吩咐我前来通知你！他说有要事，请你单独去一趟他的主帐。"就在这时，横艾从远处向这边走来。

"横艾？多闻使找我，说是何事了吗？"朝云笑着打了个招呼，问道。

横艾摇摇头："总之不像是有任务的样子。对了，增长使也来了……他们很少同时出现的……看来，应该是有什么要事，你快过去吧。"

"对了，你见到游兆了吗？"朝云问。

"从昨日到现在，都不曾见着。"横艾摇头，笑着问，"怎了，是想关心关心他吗？"

朝云无奈一笑："他毕竟是我羽之部的人，不论关心还是照顾，都是应该的。"

横艾笑眯眯地道："就知道你会这么说……去吧去吧。"

朝云笑着点点头，不知为何，心里忽然生出一丝不好的预感。

"你来了？"增长使先说话。

"焉逢拜见二位大人！"朝云抱拳行礼。

"焉逢，有一件重要的事，我们得告诉你……"多闻使开口。

"大人请说！"

"……这是一件人事调动的事情。"多闻使犹豫着，认真地说道，"游兆今日来找我们，提出离开羽之部，调入飞之部的请求……"

"呃！游兆？怎会如此……"

"他觉得羽之部，并未认真执行分派下来的任务。"增长使沉声说道。

"未认真执行任务？"朝云反问。

"本座仔细询问过他，大致就是之前你屡次放过砦堡内的人，不愿杀死他们的那几件事……"多闻使谨慎地说。

"焉逢，战场是战场，你对他们仁慈什么？"增长使极其不满地说。

"两位大人！属下认为他们不过是寻常百姓罢了，而非我们大汉的敌人！若为了一时之战绩，而滥杀无辜，我担心会伤及他们对我大汉王师的向心力！"朝云连忙抱拳解释。

"果然如此……本座明白了！"多闻使沉吟着，"此乃当初本座给你与端蒙的权限。你如此处理，确实也不能算错……"

"但游兆他并不能接受，他不同意你执行命令的方式。"增长使严肃地说。

"嗯……"多闻使不置可否。

第二十九章
跟着你是对的

"焉逢，游兆如今要离开羽之部的意愿已十分坚决。我们已探问过，应无转圜余地了。你可否接受如此调动？"增长使认真地询问。

"若游兆已如此决定，属下自当尊重他本人之意愿。"朝云抱拳行礼，但难掩落寞之色。

"好，明白了。"多闻使点点头，"既然如此，从今日起，游兆便归入飞之部所属……正好祝犁也被派往蜀道架设流马，飞之部正缺少一成员，对于你们而言也算公平。"

"焉逢，有一事也一起告知你，你让麾下队友主动求去，此事将扣除你所累积之部分战绩。如今你的积分，已暂时屈居端蒙之后。"增长使说。

"属下领导不力，甘愿受此处罚！"朝云半跪而下，接受安排。

多闻使挥挥手，沉声说："今日先如此吧。难为你了，你先回去休息吧。"

朝云起身，抱拳行礼，转身就要离开，然而还未走到门口，却又转身回来，向二人再次行礼："二位大人，属下另有一件事，久耿于心，不知可否一问？"

"什么事？是关于方才的处置吗？"多闻使有点讶异。

"不，其实属下最近内心万分迷惑……因为近日来，不论是袭击白柳砦、许家堡、韩门村、赤门堡，还是割取上邽麦子一事，属下总觉得似乎有违我大汉义师之初衷！不知今后我们可否避免此种作战方式？"朝云深深地低下头去，一一将心中的想法如实地说了出来。

"嗯……你认为违背了什么初衷？"

朝云认真地道："属下一直深信，我们大汉王师北上，目的乃是吊民伐罪、消灭曹贼、安抚百姓、重振汉室。若屡次皆伤及黎民百姓，岂非有悖于此立场？"

"唔……"多闻使无言。

朝云语气沉重："近来，由于屡次执行此类任务，属下内心其实万分苦闷。不知自己的所作所为是否正确……"

增长使微微不悦："焉逢！你乃大汉未来的名将栋梁之材，我们所有人都很器重你！没想到堂堂一介沙场战士，却会为了此等无意义小事，而在那里多愁善感！"

"但我觉得百姓之苦痛，并非小事……"朝云低头，闭目喃喃说，"自小，我的爹娘就死于兵难，之后我与姐姐、弟弟一起逃难，后来又经历生离死别……童年之痛，至今心头仍难以忘怀！所以每一次执行对平民百姓下手之任务，属下内心都隐隐作痛，好像自己正在残害如今不知身在何方的亲人……"

"焉逢，你到底想说什么？！"增长使怒喝。

"且莫动怒……我多多少少，大约能体会焉逢的一些感受！"多闻使伸手制止增长使，使气氛稍稍缓和，"不过，焉逢……本座也觉得既然身为大汉战士，又为飞羽领导者之一，你实不该如此沉溺于感伤之中。战场厮杀，本就严峻非常，若非你死，即是我亡！若心存太多仁慈，多有顾忌，最后恐怕不只会害死自己，甚至会危及队友！"

"话虽如此，但……"

"不过你这提议，我们自会斟酌考虑……但本座相信，此事应只是你近来一时情绪低落所致。反过来想，若我们全力协助丞相，届时北伐有成，歼灭曹贼，重振汉室，天下太平……岂非生民百姓今后反而都能过上平安幸福的日子？"多闻使温和地解释起来。

"是……"朝云抱拳躬身。

"焉逢，如今正值北伐战事火热之际，你万不可因此等情绪，而妨害了任务。"增长使也恢复平静的语调，对朝云说道，"切莫忘了，我们是大汉的尖兵……大汉最忠心的飞羽部队！"

"是！"朝云再次抱拳行礼，然而内心，却愈加迷茫起来……

为何身边的人都认为这是对的，唯独自己……会有如此之多的想法与感受？朝云的心情变得十分低落。

返回营帐后，他发现横艾一个人正在那儿等着自己。

"横艾？"

横艾关心地问："朝云，多闻使找你去，可是因为游兆要离去，改投飞之部的事吗？"

朝云点点头："你也知道了？"

"我早就有这个感觉了。所以你方才离去，我便以艾叶卜了一卦，卦象显示将有身边同伴求去。你也知道的，若时日很近之事，我这草卦还是挺准的……"

"嗯……"朝云神色黯然，语气低沉地说道，"是我领导无方，弄成如此局面……"

"朝云！胡说什么？我反而觉得你做得才对！"横艾一脸认真地说道。

"……我做得对？"朝云愣了一愣，横艾应当是第一个认为自己所做的事情是正确的人吧？

"你放过了许家堡的人，以及你为了失去麦子的百姓担忧……"横艾情绪微微激动地说，"这些才是我认识的朝云应当做的事！"

朝云眼神中充满希望地问："横艾……你当真觉得我身为战士，这么做是对的吗？"

横艾重重地点头："朝云，天底下有多少追求英雄霸业、立功封侯的人，真的在关心那些黎民百姓呢？我反而因为你如此做，才真正觉得跟着你是对的！"

朝云心中升起一股暖流："横艾……"

横艾语气缓和地道："所以你别再在意了，朝云，而且……我的草卦其实还显示，近日会有新队友加入我们羽之部，所以你别太担心。"

"新成员？"

横艾笑起来："不错，你就相信我神准无比的草卦吧！而且若真要说起来，游兆的离开，说不定我也有责任啊！"

"嗯？什么责任？"朝云疑惑地道。

横艾想了想，说道："那一天，他认定我是曹营奸细，打算逼我招供。可惜本姑娘偏不是奸细，要我拿什么来证明自己是奸细呢？结果他生气了，拿起长枪想动手动脚的，很不幸的是，这小子色厉内荏，却并非我的对手。"

朝云无奈地道："那日我便看出来了，你却不承认。"

横艾神神秘秘地道："是啊！若你愿意，你可立刻把此事告诉多闻使、增长使他们，那么他……"

朝云立刻拒绝："不成！游兆跟我好同伴一场，他最大的心愿便是立功封侯，好不辱没先人的荣耀……我不能出卖他，不能为了自己，就葬送他的未来！"

横艾开心地嬉笑起来："嘻！了不起，不愧是焉逢！"横艾欣然而笑，"我其实是故意的，我就想看看我这么说你会怎么做？你果然没让我失望。如今，我更坚信跟在你身边是对的了！"

"横艾……"朝云有点哑口无言，心里却越发温暖，"对了，我有件事想问问你。"

"什么事？"

朝云好奇地问道："横艾，若你的实力本可打赢游兆，何以当初在比试排名之时，竟输给我们这么多人，让自己屈就后面的名次，甚至还不如你的师弟徒维？"

横艾神秘一笑："朝云，你猜猜看？"

朝云摇了摇头："我猜不到……"

"嘻，因为……"横艾笑着说，"你也知道，我喜欢各种艾叶啊！所以我第一眼，就决定挑选横艾这个名号了啊！"

"什么？就为了这个目的……"

"是啊！若骗你，我是小猪小狗。"

"哈……哈哈哈！"朝云不禁忘掉了今晚的心事，笑了出来，"虽然不敢相信……不过，这才像是真正的你。"

"嘻，这就是我啊！"

横艾也跟着一起笑了起来。

朝云的心情好多了："没想到我们大家如此在意的东西，你竟如此不重视。"

"那才不是什么重要的东西，至少对我而言。"

"那么，什么是对你而言比地位更重要的？"

"你说呢？"

"我猜不出。"

"那本姑娘给你个提示，答案就在这首曲子里，你听听！"

横艾微笑着拿出她的玉笛，吹奏起来。

那是一首与之前的《悲织》完全不同的曲调，更显轻柔优美，听起来便如同潺潺流水在耳畔响起。

心静。

怡悦。

舒畅。

美妙。

像是卧听叮咚流水。

更似坐观云卷云舒。

重重唯美的感觉传遍朝云全身，他已经许久没有如此安逸过了。

朝云不禁闭目，沉醉地听着……

咚咚咚咚！

突然，营外传来一阵密集且激烈的战鼓敲击声。

笛音戛然而止，余音被淹没在战鼓声中。

"焉逢、横艾二位大人，多闻使召见！"

"好，我们马上到！"

传令兵离开，朝云脸上浮现出一抹兴奋之色："听这鼓声，应当是要打大仗了！"

横艾收起笛来，无所谓地说："打吧打吧，这曲子呀，以后再吹给你听。"

来到多闻使的营帐中，发现飞羽其他人都已到齐，朝云一眼便看到了游兆，想要上前说话，却被一旁的横艾拉了拉袖子，示意多闻使还在，朝云只好作罢。

至于三位使君，只见多闻使一人，方才还在这里的增长使已不见身影。

见人已到齐，多闻使沉声说道："既已来齐，那我便宣布各位的任务！"

众人抱拳揖礼。

多闻使接着说道："刚刚接到至要军情！曹贼派出了数千人马，偷偷绕往祁山，企图攻击如今正在围攻祁山堡垒的王平将军的部队！"

"哦？曹贼他们终于按捺不住了，派部队偷偷出营，妄想抄我们的后路……"强梧兴奋地拍了拍背上的弓，忍不住乐了。

"是的。而贼将司马懿，大概是为了掩护他，方才也派了军队离开固守的营垒，出军向我军袭来！"多闻使说道。

"这正是我们求之不得的良机！"游兆兴奋地握了握拳，朝云看了过去，他却仿佛没有注意到朝云的注视。

"大人，我们此次的任务，是否是去偷袭和骚扰司马懿？"昭阳问。

多闻使摇摇头："魏延将军已向丞相领命，带着高翔、吴班两位将军正面迎击！我们要做的，则是对付袭击祁山的张部、魏平部队，扰乱他们，让魏将军无后顾之忧。"

"攻击祁山的……是张部？"端蒙的眼神突然变得锐利起来。

"是的！就是三年前，在街亭大败已故的马参军大军的那个老张部。"多闻使道。

"那个老家伙……"端蒙恨得咬牙切齿。

尚章也紧紧地握起了拳头，骨节咔嚓作响。昭阳则是一脸担忧地看向端蒙，带着丝丝关心。

多闻使扫视下方一圈，举起令牌下令道："端蒙！袭扰张部部队之任务，便派给你飞之部执行！祝犁不在，着你带领其余部下，即刻出发！"

"是，属下定当完成任务！"端蒙用力抱拳，眼中更是闪烁着一丝仇恨的光芒，那仇恨如火，仿佛要将天下燃烧殆尽！其余飞之部成员一起抱拳，接受了任务，一同退出营帐。

"游兆……"

朝云轻轻拉住从自己身边经过的游兆，想说什么，但是一时间突然不知道该如何开口。

"有事吗？"

"我……"

"若是无事，请勿妨碍我执行任务。"

"游兆，你……"

游兆用力一甩，便将朝云扯着自己衣袖的手甩开，面无表情地走出了营帐。

朝云叹了口气，心底不禁有些落寞。

"至于羽之部，"多闻使目送几人离开后，看了看朝云，举起令牌，"你们也带着部下，绕过山道，至祁山偷袭魏平的部队！即刻出发！"

"遵命！"

朝云、强梧、横艾、徒维四人，一起抱拳行礼，转身离开营帐。

朝云的营帐内，几人围在地图前制定策略。

"此次我们一共带两百人，我飞羽下属部队皆是骁勇善战的精英战士，所以待会儿我们必须在日落前越过卤地，饶到魏平后方，袭击他的后方部队！"朝云环视一圈强梧、横艾与徒维，纤长的手指顺着地图划过，"这里、这里，按照魏平军队的行军速度，他们的先头部队到时会到达此处，即三丫口与竹林峰之间的路段上，此地两边都是茂密的竹林，便于打伏击，若是廖化将军能够料到这一点，并将兵士埋伏在此地，加上我们在后方袭击的话，必然可以打他一个首尾不顾！"

"朝云，我有疑问！"

"讲！"

"按照我们手下两百战士的速度，日落前通过艰险的山道，绕到敌军后方，完全不成问题，到时我们作为奇兵杀出，可以起到极大的心理震慑效果，但是……"强梧皱着眉头，看了一眼朝云，将粗大的手指放到三丫口与竹林峰之间，"你怎么保证那魏平，会在通过三丫口后，选择走这条道？相比于三丫口到竹林峰这条道路而言，另一条山道前段险峻，但是后半段却是一片坦途，且不具备设置伏兵的条件，只要走过前半段，后面即可策马奔腾，转瞬即可到达祁山堡垒！"

第三十章
朝云之计

　　"另外，即便魏平当真选择竹林峰这条路，廖化将军他，却不一定会选择将兵力部署在此地，要知道三丫口之后有三条道路，三条道相隔极远，却皆可以最快速度到达祁山，我们的廖化将军，可没有如此多的兵力用以布置三处埋伏。"强梧脸色凝重地接着说道。

　　"强梧，此事不必担心，我自有妙计……至于廖化将军，我会将此事与多闻使禀明，请他下令让廖化将军在此地设置伏兵，到时我们只需负责完成任务就好。"朝云笑了笑。

　　"哦？是何计策？"强梧眼睛一亮。当初飞羽比武排名时，朝云的真实战力虽不及端蒙，甚至比游兆也只是强了一点，但是在计谋策略方面，他却是实打实的第一，领先第二的端蒙不知多少。此时他说有妙计，指不定还真有妙计。

　　朝云没有回答，而是转头看向横艾："横艾，这次可就要拜托你了！你现在便立即赶往三丫口，按我交代的完成任务后，再直奔卤地后方与我们会合。"

　　横艾微微一笑："放心吧，交给我了！"随后便招来五彩灵凤，一跃飞至半空，落在灵凤身上，往三丫口的方向飞去。

　　"横艾这是……"强梧疑惑不解地指了指天边消失的黑点。

　　"这就是我与你说的妙计。"朝云笑了起来，站起身看了看强梧与徒维，"好了，等任务结束之后，我自会一一向你们解惑，至于现在……立刻召集我们以及横艾手下各五十人，到此处集合，待我将计划告知多闻使君后，我们便立刻出发！"

"遵令！"

强梧与徒维抱拳，虽说心中生出许多疑惑，但是此时时间紧急，已经来不及再向朝云询问更多了。

游兆转投飞之部，带走了他手下的五十名战士后，现在飞之部四人手下，一共还有两百名骁勇善战的大汉精英战士。这些人从成立飞羽的那一刻起，便由飞羽暗中管辖，只是平时他们都与普通战士一起吃住，只有到了紧急时刻，飞羽召集的时候，他们才会脱离普通战士的身份，成为飞羽下属中的一员。

很快，人员召集完毕，而朝云也与多闻使谈到了最关键的地方。

"你有几分把握？"多闻使问。

"十分！"朝云自信地道。

"十分？朝云，此事非同小可，若是我令廖化埋伏于竹林峰两侧，而魏平没有从竹林峰通过，你可知道会造成什么样的后果？"多闻使沉声问道。

"祁山堡垒得救，正面作战计划失败，埋伏部队无功而返，甚至即便撤退回归汉中，一路也不会顺畅。"朝云一一说道。

"既然你清楚，那么就当知道，这样的后果不是你或者我所能承担得起的。"多闻使的语气是前所未有的凝重。

"但是……我可以立下军令状！魏平必走竹林峰！"朝云的眼神无比坚定。

"不行，老夫不能同意！"多闻使转过身去。

"大人！此战若胜，对于我军而言必是一大鼓舞，更是对那整日龟缩不出的司马老贼的重重一击！如此一来，即便……即便我军最终因粮草不足而撤回汉中，此次战斗也足以震慑住他们，使曹贼不敢随意来追！"朝云抱拳道，"另外，廖化将军若是将兵马埋伏于其他路段，或是分而设下伏兵，导致魏平溜走，那与我此计失败又有何异？"

"这……"

"使君大人！请下令吧！"朝云叩首。

"好！朝云，你是我大汉的精英，是我大汉当今最有天赋的武道天才，既然你说魏平会走竹林峰，那我便选择信你，我会即刻给廖化将军下令，让他将伏兵设于三丫口与竹林峰之间！"多闻使深吸一口气，"若最后你错了，丞相下令惩处，老夫自当一力承担！"

"大人……"朝云双手抱拳,重重地跪拜而下。

朝云离开多闻使的营帐,走到自己的营帐前,便看到两百兵士高喊着嘹亮的口号,整装待发,只待他的到来。

他不由得缓步走将过去,铠甲摩擦起哐啷哐啷的声音。

马匹已经被牵来,朝云翻身上马。

"众位兄弟!许久不见!"

"焉逢!焉逢!焉逢!"

朝云抬手示意,看向他们:"今日——恭贺你们又成为飞羽的一员!依照惯例,现在请告诉我,飞羽的口号是什么?"他举起了手中的长戟。

"大汉最忠诚!大汉最精锐!"

"很好!"唰一下,朝云收回高举的长戟,喊声戛然而止,朝云眼神凌厉地扫过两百战士,高昂的声音持续不停,"今日,再次考验各位忠诚与精锐的时候到了!何为忠诚?那便是做无愧于大汉、无愧于君王、无愧于你们良心的事!何为精锐?那便是令行禁止、骁勇善战、热血昂扬、做其他军队做不到的事!大声告诉我,你们——能否?!"

"能!能!能!"

三声口令,响遏行云!

朝云满意地点点头:"现在距离太阳落山还有一个时辰,而我们,需要在这一个时辰之内,翻越穷山恶水赶到卤地,在敌人到来之前,埋伏在悬崖边上,等候他们的到来……此去路途艰险,绝对超乎各位想象!现在——我只想问各位一句,有没有谁想要退出?!站出来,我焉逢会亲自为他奉上一百两白银,送他回家侍奉父母,照顾妻儿!"

"没有!生为飞羽人,死为飞羽鬼!生做大汉兵,死为大汉魂!"

"好!很好!有诸位若此,真乃飞羽之幸、大汉之幸!"、

朝云在马上抱拳,低头鞠躬。

"出发!"

两百人一同翻身上马,朝云、强梧与徒维领头,马鞭甩下,两百将士便如风驰电掣般呼啸而去。

末了,黄昏的山路上,便只看得到飞扬的尘土,和模模糊糊已经远去的红黑

旗帜。

旗帜上有两个字。

如鲜血书写，遒劲有力，却又充满生机。

"飞羽"。

大汉最精锐的部队，大汉最忠诚的灵魂。

便是飞羽。

另一边，端蒙带领的飞之部已然到达战场，正埋伏在张郃必经的大路两旁。

"商横！你的符箓准备得如何了？"端蒙冷声问道。

"放心，那些符纸都是火符，我已将部分符纸穿于线之上，一共九九八十一张，每一根线上放九张，拉往大路两边的丛林。曹贼急行军，定然不会注意到脚下的东西，只要他们一碰上，我保证能将那些人烧个哭天抢地！另外一部分，我交由手下随身携带，每人五张，皆穿于箭头之上，待张郃老贼一到，便一同射出！让他葬身火海！"商横嘿嘿一笑，脸上露出一抹带着邪气的笑容。

"很好！尚章，滚石准备如何？"端蒙满意地回了一句，又转头看向一名秀气的少年。

"已经准备妥当！我借助商横大哥的术法之力，将两边山道上的石头都搬到了山顶上面，一旦火符燃烧，那些巨石就会滚落而下！数百块巨石，足以将曹贼砸成肉酱！"尚章兴奋地说道。

"不错！另外，这次大规模作战，与平日顶多数十人的打斗不同，你自己当心。"端蒙微微偏头，看向身后的少年。

"姐……不，端蒙，你就放心吧！天底下，能伤我的人还没有出现呢！"少年纯真一笑，露出一排白牙。

"去吧，听端蒙的，注意安全。"一旁的昭阳不由得伸手，笑着拍了拍尚章的肩膀。

"遵令！游兆大哥，商横大哥，我先去山顶了！"尚章见两人点头，便抱拳离开，走出两步，又折了回来，凑在端蒙耳边说："姐，你也当心。"

"嗯，放心吧。"端蒙点点头，冰冷的目光中闪过一抹温情。

张郃率领手下数千人离开司马懿的军营，与魏平兵分两路，直逼祁山堡垒而来！

半道上，一名裨将拍马赶上须发花白的张郃，急切地道："将军，末将以为，此去祁山，路途多凶险，没准此时那蜀寇已在大路两旁设下埋伏，只等我军往里面钻呢！"

张郃头也不回，怒道："贾栩！你怎么也变得和那司马懿一样胆小？！"

裨将抱拳道："将军，末将并非如此！只是诸葛老贼向来谨慎，且常常伺机与我军开辟正面战场，如今将军领麾下数千人出击，那诸葛老贼怎会轻易放任我军到达祁山？所以在前方道路两旁，必有重兵埋伏！属下建议，将军先派小队飞奔前往查看，大军稍缓前进，待确认前方情况后，再做部署不迟！"

张郃冷笑着反问道："本将怎会不知那诸葛老贼将设下重兵埋伏我军？"

裨将惊道："那为何将军还……"

张郃毫不在意地道："我麾下数千将士，皆是军中精良，且士气兴奋旺盛，那蜀寇即便伏军上万，又有何惧哉？！此外，我若是再晚一些，那祁山便危矣！"

贾栩还想说什么，却被张郃挥手打断："贾将军切勿再言！你若不解，自可查看地图，待想明白之后，再来与老夫论述！驾！"

贾栩愣住了，连忙让兵士拿来地图，翻开仔细一看，才发现这条山道前半段两侧宽阔平坦，在祁山周围，竟然是少见的平地良田，根本无法形成有效的设伏条件。此外，大路后半段，则是高耸无比的天险峭壁，在代表峭壁的线条旁边，还有张郃亲笔点下的标志，标志旁注字：光滑无石木，箭矢不可及，虽有险可据，却无物可攻！

"这……张郃将军，真乃英雄也！"

贾栩收起地图，心里已然明白，脸上的迟疑之色顷刻间消失不见，马鞭一抽，便向狂奔前行的张郃追去……

竹林峰。

顾名思义，便是指生长着很多竹子的地方。

但也正是因为这个名字，廖化心中的疑虑却始终不曾消失。

他已率领三千甲士埋伏在此，一眼扫去，可以看到竹林里的阴暗处闪烁着冷冷的刀剑光芒，草丛之中或是古树之上，一名名弓箭手紧握箭矢，随时准备射出手中的箭。

这是一个绝佳的设伏之地，但正因它适合埋伏，所以廖化才担心曹贼魏平不会选择此路通过。为何？因为三丫口之后有三条道路可以选择，三条道路相差不多，魏平想走哪条、会走哪条，没有人清楚。

所以，多闻使下达给他的军令，令他产生了许多焦虑和疑惑。他本打算再次请示丞相，然而时间上已经来不及了，因此他只能听命。更何况，军令上说若是立功，那么功劳归他所有，若没有立功，那么一切罪责由多闻使承担。

军令上虽如此说，可他还是不放心。

直到脑海里忽然想起之前行至邘岭，遇到过的那一群人……廖化的心底才微微镇静了下来。

"但愿你们有办法让魏平走竹林峰，否则一旦魏平攻至祁山，那王平将军便危险了……"

距离廖化埋伏部队数十里之外，朝云、强梧与徒维已率领手下两百人弃马而行，飞跃至此。作为武道修为至少都是第一境的兵士，这两百人的战斗力可以想见有多强大，因此半个时辰之后，他们便已经穿过其中最为艰险的山道，到达了卤地，只需再往前翻越一座高山，便能按时到达预定的设伏地点，等待敌军的到来。

"将军！前方十里处发现敌军一百人左右！"一名斥候飞奔而来，停在朝云身前禀报道。

"可是在我们必经之路上？"朝云问道。

"正是！他们驻扎在此，看样子已有些时日了！"斥候回禀道。

"那应当是魏平的残部，留守在那儿等待魏平部队到来。"朝云分析，伸手拿过地图，指尖在地图上串联起来的各个红点上敲过，随后他缓缓点了点头，脸上露出一抹笑意，"如此，便先将他们拿下！"

"朝云，我们现在不是要迅速赶往埋伏地点吗？若是被一小股魏军耽误了时间，可是得不偿失啊！"强梧皱眉道。

"谁说我们要全都去拿下他们了？"朝云笑了笑，一招手，自己麾下五十人便迅速围拢过来，"你们去将那一百人拿下，记住不许有太大的动静，更不能放一人逃离。"

"遵令！"顿时，那五十人便如旋风一般在山路间飞奔着离开了。

第三十一章
太阴迷宫阵

"走吧，我们过去之后，他们差不多就能够处理好了。"朝云对着强梧笑了笑，当先往前面走去。

"将军有令，不能有任何动静！"

前方，当先的一名军士下令，后面四十九人点头之后，瞬间便如鬼魅一般掠向了正在前方不远处修整的魏军那一百人。

"唔——"

一名魏军士兵刚瞪大眼睛，想要喊出声来，便已被一把匕首狠狠地插进了喉咙之中，咕嘟咕嘟呛进几口空气之后，瞬时丧失了生机。

"去！"

另一边，一柄飞刀旋转着飞出，在几名魏军身前旋转而过，紧接着，那几人便捂着喉咙向后倒去，而此时，一名黑衣士兵转瞬而至，一把捏住旋转着的飞刀，又奔往下一名魏军士兵。

如此一幕幕，在这小片的区域内无声地上演着，上百名魏军士兵，仅仅只是数十呼吸间，便全部死在了那五十名黑衣劲装之人的手下，没有一个人反抗，没有发出一丝声音。

朝云来到此地时，手下五十人已列队等候，他们的身后，歪歪扭扭地躺倒在地上的，都是刚刚死去的兵士。

"一将功成万骨枯……"

"这有何好感叹的？朝云，你一定不曾见过当年水淹七军时的场面，啧啧……无数百姓尸横遍野，曹贼将士更是溺死不知凡几，即便数月之后，那大街小巷上，依然闻得见尸臭的味道……"

"好了，强梧！我们即刻赶往竹林峰，等待魏平的军队！"朝云看了强梧一眼，制止他再说下去。

太阳已快落山。

按照之前的估计，半个时辰之后他们便能抵达设伏地点，但是此时时间已过去一刻，一群人才发现，他们竟然还在原先的路线上打转！

"不对！这里我们已经走过一遍……朝云你看，那是我方才留下的记号！"强梧伸手指向旁边一棵高大的古树，只见上面刻有一个"梧"字。

"这……"朝云感觉到了不对劲，立刻拿出地图来，顺着走过的路线一一查看了一遍，良久他才吐了口气，神色稍稍放松了下来。

"朝云，怎么了？"

"我们已经进入太阴迷宫阵中了……我早已听闻卤地有某位大将布下的迷阵，当初以为是传闻，没想到我们今日却进入了其中。"朝云脸上露出一抹忧色。

"这……这是何阵法？我怎么从未听说过？"强梧一脸迷茫。

"太阴迷宫阵，只在太阴之日启动，今日正是神历太阴日，大阵启动之后，我们不知不觉就步入了其中。"一直不曾说话的徒维开口，脸色平静地说道。

"不错，徒维比我要清楚得多。"朝云点点头。

"那……可有解法？"强梧担忧地道，"原本按照计划能够赶到埋伏地点，如此一耽搁，恐怕要误事啊！"

"徒维？"朝云转头看向徒维。

"此阵无解，需用强力破开！"徒维面色平静地说道。

"强力破开？如何用强力破开？"强梧左右看了看，到处都是山石树木，这如何使用强力？

"此阵有阵眼，便在方才魏军扎营之处。"徒维说道。

"你怎么不早说呢？！"强梧气得哼哧一声。

"子君，莫急！徒维，你说需要以怎样的强力才能破开？"朝云问道。

“那里有一块巨石，击碎巨石即可。”徒维伸手指向方才袭击魏军的方向。

“好！你们在此等候，我去去便来！”

不等强梧说话，朝云已经使出最快的速度，往刚才走过的地方飞跃而去。

朝云来到方才上百人伏诛的地方，果真在中央位置看到一块巨石，巨石并不出奇，但是形体巨大，与小一些的山包没有两样。

“这便是阵眼所在？”朝云围绕着巨石走了一圈，握起方天画戟，顿时想也不想，便如砍柴一般举起长戟朝巨石斩去。

砰！

方天画戟之上，如闪电般的灵气撞击在巨石表面，可是除了响起一阵轰鸣之声外，那石头竟是没有丝毫反应，表面上甚至连一丝细小的裂纹也看不到。

“这……”

朝云愣了一愣，他清楚，刚才自己使出的足有七成力量，若是换作平时，再大的石块也会被击打得四分五裂，但是现在，这重重的一击落在上面，眼前的石头竟是毫发无损。

“不能再耽搁了。”朝云眼神一凝，这一次他不再使用灵气，而是开始调动流动在空气中的剑气。

只是眨眼间，一个硕大的剑气团便出现在朝云手中，双手推送而出，那剑气闪烁着黄色光芒，如同黄色的闪电从天而降，转瞬间就劈打在了巨石表面。

轰隆！

剑气团炸得四分五裂，火光闪烁，可处于中心位置的巨石，却仍旧与之前一模一样，没有丝毫的改变。

“怎会如此？！”

朝云不禁看了看自己的双手，又抬头看了一眼石头，两招之后，眼前的局面着实让他大感吃惊，这根本不像是一块巨石，反而像是一块铁，实心的铁！

“朝云，使用你体内的金色剑气……此阵怪异，不像是简单的太阴迷宫阵。”空中，那道苍老的声音再次出现。

“多谢先生提醒！我这便试上一试！”

言罢，朝云迫不及待地运转起体内的剑气。这些深藏于他体内的剑气本身便是金色的，但是由于他可以让剑气变幻成任何颜色，所以每次使用时，为了不那么惊世骇俗，他会尽量让剑气变化成剑道第三境之前的颜色。

但此时已经顾不得那么多了。

他体内已然成形的剑胎在不停地旋转，旋转的同时，那些流散于四肢百骸内的金色剑气便开始缓缓汇聚到丹田之上，随后凝聚成一团，并不停地缩小再缩小，数十个呼吸后，原先脑袋般大的金色剑气团只剩下拳头大小。

然而便是这拳头大小的金色剑气，忽然间冲出丹田，直接汇聚到了朝云右手的手心之中，顿时，朝云手心里便如同握着一颗明亮的夜明珠。实际上，这团金色剑气甚至比夜明珠更加明亮，里面蕴含的能量巨大到只需一眼看去，便能感受到一抹心悸的感觉。

朝云的眼睛盯着手里的金色剑气光团，凝重地道："接下来，便看你的了！"

"去！"

如扔石块一般一把扔出，那金色剑气在空中没有丝毫停留，朝云动作才做完，它就已经落到了巨石上面。

轰——

这一次，巨石炸裂，细碎的石块如漫天箭矢般在空中划出痕迹，向四周飞散，击穿无数草木，然而石块甫一落地，便直接化作虚无，连剩下的残骸都跟着消失不见了。

"成功了！"朝云大喜。

忽然，他的眼神变得古怪了起来，因为就在巨石被击碎的时候，一道光突然飞向了他，并钻进了他的体内，他丝毫来不及防备。

"这……"

朝云连忙查看，从头到脚全部感应了一遍，却没有发现任何异常。

"奇怪，那是什么东西？"

他明明真切地感受到那道光进入了他的体内，现在却连一点痕迹都查不到了。一个太阴迷宫阵里，莫非还藏着什么要紧的东西？

"先不管了，与强梧和徒维会合要紧！"

既然无法寻找到答案，朝云只能暂时放下心里的疑惑，沿着来时的路，急速赶往强梧和徒维所在的地方。

"哈哈哈！出来了！"

远远地，便听到强梧大笑，临近一看，才发现原来他们此时已经到达了卤地边界的悬崖峭壁上，也就是说，他们刚才在遇到魏军那一百人的时候，便已经快要到达设伏地点了，只是身处迷宫之内，多转了两圈。

"太好了！强梧，徒维，吩咐下去，让所有人沿线排开，做好战斗准备！另外，强梧，将你手下的弓弩手全部安排在悬崖顶上，只等曹军一到，便立刻射箭！徒维，命人架设好绳索，只待箭雨过后，其余人便冲杀而下！"朝云拿出地图看了一眼，确认无误后，便立刻将任务分布了下去。

两人领命，片刻之后，所有准备工作都已就绪。

强梧站在悬崖顶上，乐呵呵地看着下方说道："嘿……你还别说，这样的高度，一般人可射不到那么远，唯有飞羽的弓弩手，才有如此本事。"

朝云深有同感地点点头："有你这样的神箭手教授箭法，飞羽弓弩手的强大也是在情理之中的事情。"

"报！敌军自五里外奔袭而来！"

朝云微微一笑，抬手下令道："命令所有人，做好战斗准备！"

"将军，前方不远处有两座悬崖，我们是否要先派人过去查探一番？"

魏平军中，一名将士向魏平禀报道。

"本将知道那两处悬崖，之前我已经在那里安插了一百人的队伍，正是为了防范敌军设伏，因此不必担心，若是有情况，他们早就来向我汇报了。吩咐下去，快速通过，支援祁山堡！"

"是，将军！"那名将士抱拳退下。

魏平与其余两位神将骑马在前，身后数千名兵士迅速奔跑起来，漫天灰尘扬起，很快地面震动与马匹嘶鸣的声音便传到了飞羽这里。

紧接着，一支军队迅速出现在悬崖下方，披坚执锐，一眼就看得出来此乃魏国训练有素的精英部队，与一般军队相比，战斗力要强大得多。

悬崖之上，所有弓弩手都已搭箭拉弓做好准备，只等令下。

"好了，可以下令了。"朝云手持方天画戟，站在悬崖顶上，看着下方已进入埋伏范围内的军队，面色古井无波地说道。

"好嘞！"

强梧一笑，顿时高举手臂，然后用力挥下，只说了一个"放"字，那早已准备好的连弩或弓箭便射出了漫天的箭矢，那些箭矢带着破空之声，如雨点一般密集，却又比雨点快百倍千倍，全部密密麻麻地射向了悬崖底下的军队。

嗖！

最快的一支箭从天而降，在一名士兵惊恐且迷茫的眼神中射向了他的脖颈，然后以惯性带着他的身体向后重重咂去。

嘭的一声，士兵倒下，流出一摊血迹。

嗖嗖嗖！

数不清的羽箭同一时刻从天而降，甚至没有人来得及反应，这些箭矢便如黑白无常的链子一般，勾住了他们的魂魄，带走了他们的生命。

"敌袭！列阵准备战斗！"

魏平坐在高头大马之上，一刀斩去朝他飞来的箭矢，转身朝身后已开始出现混乱的军队吼道。

霎时间，听到命令的数千人便井然有序地排起队列，在身前支起一排排盾牌，将身后的骑兵全部护在中央。

与此同时，魏军部队中的弓弩手也已做好准备，将弓弩对准了悬崖上面。

仅仅一轮箭雨过后，敌人整支军队就已迅速反应过来，做好了一系列对战准备，便连站在悬崖之上的朝云也不禁摇头感叹："这等作战反应能力，难怪都说魏军强大……不过可惜，今日你们遇到了飞羽。"

"停止射箭！"朝云下令，"除弓弩手外，所有人跟我杀！"

"杀！"

一百多人如同攀山的猿猴一般，顺着早已布置好的绳索滑降而下，迅速地从悬崖顶上飞掠下来。

魏平震惊地看着悬崖壁上宛若从天而降的身影，不由得问道："那是什么?！"

一名将士禀报道："将军，应当是蜀寇部队！"

魏平不敢相信地摇摇头："不可能，蜀寇怎会有如此强大的部队？射箭，快射箭！"

嗖嗖嗖！

一轮轮羽箭反射而上，然而还不等接触到对方身边，便被悬崖顶上又一轮的箭雨彻底淹没，由于魏军的弓箭手处在下方，在他们仰头搭箭之时，上方飞羽的弓弩手就已经再次射出了羽箭。

第三十二章
走竹林峰

此时此刻，魏军的弓箭手根本发挥不出作用。

"停止射箭，所有人跟我应战！"

魏平迅速转变战略，大手一挥，后军瞬间便涌上前来，结成铁桶一般的阵营等待着如神兵天降般的飞羽。

"我道是多少，原来只有区区百余人……兄弟们，杀了他们，咱们好去祁山堡饮酒吃肉！"魏平冷笑起来，区区上百人也敢来这里挑战他的数千人马，莫非当他手下之人都是吃素的？

便在这时，飞羽所有人都已从悬崖上顺绳而下，还未落地，他们的脚就向石壁上一蹬，借着石壁上反弹过来的力量和来自绳索上端的拉力，身体如同抛物一般高高跃起，在所有人不可思议的目光中，直接越过最外层那些手持盾牌防卫的步兵，落在了大阵最中间的骑兵身上。

更有数十人直接跃到了马背之上，一剑将骑马之人抹了脖子，便端坐于马上，向着阵外冲击而去。

同样的一幕在阵中各处上演，霎时间，魏军就已经死伤数十人。

而已被一圈圈人围在中间保护起来的魏平气得目眦欲裂，想要将自己周围的人推开，与飞羽之人决战，却又被身边的将领硬生生地拉了回来。

"将军不可啊！这伙人来历神秘，而且强大无比，您若是轻易与他们对战，那正是着了他们的道啊！"一名将领苦苦哀求。

"正是，将军！他们毕竟人数有限，在此耽搁不值得！我们快走吧，祁山堡要紧哪！"另一名将领劝说道。

"唉！走！"

魏平策马奔腾，位于最前方的军队如同蚂蚁一般，跟在将领后面，迅速便撤出了与飞羽的战场。剩下来的数百人却在坚持战斗，他们脸上虽有恐惧之色，但是神情却都坚毅无比，没有任何退缩。

"嘿！看不出来你们这些曹贼还挺硬气，那我今天就陪你们好好玩玩！"强梧哈哈大笑，一把抽出剑来，反手一扫，一阵黄色光芒闪过，数名士兵便捂着脖子齐齐倒地。另一边，朝云也用黑色的方天画戟斩杀了数人，徒维则使用术法，不停地挥动法旗，将一名名士兵围困在阵中，并让他们相互将自己捆绑了起来。

至于其余的一百五十人，则每个都找到了自己的对手，至多十招，少则一两招，他们的对手便都身亡伏诛。

半个时辰不到，战斗就已经结束。

在飞羽的冲击下，魏平部队损失惨重，粗略估计，也有两三百人！

"哈哈哈！大获全胜！"强梧举着染血的剑，看着遍地魏军的尸体，高兴得大笑起来。

"我军是否有伤亡？"朝云问道。

"报告焉逢将军，我军二百人无一伤亡。"那士兵抱拳说道。

"好，我知道了。"朝云挥挥手，接着他抬头看向远处，"横艾，我们杀完人，你总该回来了吧？"

远在数十里之外，三丫口的一座山峰上，横艾安稳地坐在一块石头上面，闭着眼，静静地吹着笙。

笙吹出的乐曲十分好听，正是那日游兆离开羽之部的时候，在朝云心情低落时，她吹奏的曲子。

吹了一会儿，她停了下来，睁开明亮的双眸看向远处。

"还未到，说明他们还在打。"

说罢，她便又开始吹奏起来，就这样持续了数次，远方忽然传来阵阵马蹄声，没有多久，魏平所率领的剩余部队就已来到眼前。

"嗯……三条路给你留了两条，就看你们会不会偏偏选剩下的被堵起来的那一条了。"横艾睁开眼睛，脸上带着一抹淡淡的笑容，看着在三丫口前缓缓停下的魏军说道。

"将军！我们走哪条路？"前方有两座山峰，将道路割成了三条，像是一个垭口一般，因此此地便被称作三丫口。

若是放在平日，魏平不会停下，一定会按既定的路线带兵前行，但是现在他勒马停了下来，眼神略带思索与凝重地看着面前的三条路。

原因正是最中间需经过竹林峰的一条路，现在被几块巨石堵了起来，并且路口处立了一块石碑，上面以红字写着：两边为生，中间为死。

"两边为生，中间为死？"

魏平重重地冷哼一声："蜀寇贼子，雕虫小技便想骗我？！"随即挥手道，"搬开石头，继续前进！"

那名将领犹豫着道："将军……我看我们还是选两边的路吧！中间这条路需要经过竹林峰，万一两边竹林中设有伏兵，那……"

魏平冷笑道："你莫不是被方才那几个攀岩的贼子吓破了胆？三条路，他诸葛老贼哪里有如此多的兵力在所有路上都布置埋伏？他蜀寇敢写中间为死，我倒偏要看看，中间这条路，到底会让我如何死！"

将领劝道："将军，此乃激将之法啊！您……"

魏平重重地挥手："休要多言，出发！"

横艾如仙子一般立在岩石之上，看着下方魏平做出的选择，不由得摇了摇头，一抹淡淡的哀伤出现在她的眉角："我替你们选好了生路，你们却偏偏要走死路……自大妄为，却要如此多的性命与你陪葬，何必呢……"

看着魏平大军从中间道路通过三丫口，往竹林峰的方向行去，横艾唤来五彩灵凤，直接跃至上面，往卤地朝云所在的方向飞去。

"端蒙，敌人来了。"

商横指着不远处升腾而起的漫天灰尘，露出一抹邪魅的笑容来。

"很好……命令所有人，做好战斗准备！商横——你的火符！告诉尚章，让他在火符燃烧将止的时候，便从悬崖上推下落木与滚石！其余人，则等待滚石落完之后，随我一同杀向敌人！"

"是！"

所有人都兴奋而激动地点头应下，如此大的战争场面，飞羽十将都极少参与，因此每个人心中都有着不同程度的期待与紧张！

同一时刻，竹林峰。

"将军，前方十里处发现敌人踪迹！"

"多少人？"

"三千人！"

廖化猛地站起身来，不敢相信地问道："多少人？"

传令兵再次说道："三千人上下！"

廖化闻言，抚摸着胡须哈哈狂笑道："多闻使君果然料事如神！想不到曹贼部队放着其他两条路不走，竟然真的选择了中间这条路！真是天助我也！"片刻之后，他又召来传令兵，说道："立刻出发，将此处的情况告知前方高翔与吴班两位将军，请他们一同截杀魏平，快去！"

战斗一触即发。

张部所率领的数千人也已行至端蒙等人设下的埋伏圈下。

忽然，行在路边的一名士兵踩到了一张黄纸上面，火轰隆一下燃烧起来，眨眼间就已将他湮灭在火海之中，与此同时，其他几名士兵同样被火侵身，不用片刻，就已经被烧成了人形黑炭！

一片惊叫声响起。

张部大喝道："发生了什么？！"

旁边的贾栩连忙禀报道："将军，有几名士兵被火……烧死了！"

张部吹胡子瞪眼地道："你说什么？！此处哪里来的火，他们如何被烧死的？给我去查啊！"

"啊！火！快救火！"

"我身上也着了！快帮我……"

"水，快找水来！"

片刻之间，军中各处都出现了不同程度的惨叫与惊呼声，原本整齐的军队顿时乱作一团。

"快保护老将军！保护老将军！"

一声令下，无数人围拢过来，将张郃护在最里面的位置。张郃自然知道是遭遇了埋伏，抬头一看两侧悬崖，竟然感到一阵头晕目眩，他迅速镇定下来，挥手大声道："有埋伏！迅速通过此处，迅速通过！"

端蒙的脸色少有地激动起来："老贼想跑，来不及了……放！"

一支支带有火符纸的箭羽射向军队之内，刚一落到人身上，便砰的一声燃烧起来！霎时间，上百支羽箭射来之后，张郃的军队立刻被淹没在一片火海之中！但即便如此，所有人依旧尽力保持着阵型，按照张郃的命令以最快的速度通过这条路！

端蒙命令道："通知尚章，不能放走张郃！"

商横点点头，连忙往尚章所在的悬崖顶飞掠而去，将命令传达了过去。

"放心吧！我不会放过他……推下去！"

轰隆隆！

悬崖峭壁间忽然响起了天崩地裂般的声音，一颗颗圆而大的巨石和一根根粗壮的实木从悬崖顶上坠落下来，朝着下方奔跑的人马直接砸了下去。

顷刻间，哀号声传遍四野。

张郃被保护在最里面，已经冲出悬崖两侧的他，看到这一幕，早已是目眦欲裂，仿佛心头都在滴血！

这些都是跟随他多年的部下，没有死在正面战场上，却死在了敌军的埋伏下！被那些不知名的蜀寇贼子用火烧焦、用石头砸得尸骨不剩……一口闷气憋在心坎处，噗一声，一口鲜血吐了出来。

周围数名将领连忙上前扶住张郃，却被他挥手赶开，他张着满是血迹的嘴喊道："尔等自己走，不用管我！"

几名将领潸然泪下："将军！您若不走，我等何以苟存于世？！"

张郃悲愤大笑，低着头趴在马背上片刻，骤然直起身道："既然如此，那老夫便带你们冲出去！走！"

一队队士兵越过已经将悬崖下方的通道堵住的巨石，跟上了前方张郃的部队，而剩下的数百人，却被飞奔而下的飞之部斩杀殆尽。

半个时辰后。

站在硝烟遍地的战场上，端蒙紧紧地握住了手中的剑柄，脸色冰冷得如同万年不化的寒冰！

"张郃老贼，总有一日，我定让你血债血偿！"

尚章懊恼地捶了捶胸口："姐，都怪我！我当时应当早些将圆石扔下去的。"

朝云在一旁拍了拍尚章的肩膀，摇头劝慰道："你已经做得很好了……天命如此，不可强求。"

端蒙冷冷地看了一眼张郃离去的方向，在心底说道：若真是天命，那我便逆天而行，不杀老贼，誓不还家！

此次战役持续了整整两日。在高翔、吴班与廖化的共同指挥下，魏平部队被歼灭大半，只剩随身百人逃回司马懿营中；而张郃的军队突破峡谷之后，遭遇魏延当头一棒，手下三千人几近覆灭；与此同时，司马懿派出的救援部队被魏延率领手下一击而溃，同样有所损失。

卤地埋伏之处。

横艾已经从三丫口回到这里，将发生在三丫口的事情同朝云等人细说了一遍，如此强梧才反应过来，终于知道为何之前朝云敢肯定地说，那魏平必走竹林峰。

"嘿！朝云啊朝云，你不去领兵打仗可真是可惜了！"强梧哈哈大笑，伸手往朝云胸膛上捶了两拳。

朝云笑着摇摇头："魏平此人好大喜功，且极度自负，我也不过是利用了他的心理罢了。"

强梧摆摆手："总之在飞羽十人中，你最有将领天赋！"

横艾撇撇嘴道："你再夸他，他万一真不在飞羽了，到时上哪儿找他去？"

强梧挠头哈哈一笑。

朝云也无奈地笑了笑，他知道横艾在同他开玩笑。离开飞羽的事情，他暂时还没有想过呢。至少在丞相知晓和认可他们之前，他不会做出这样的选择。

就在这时，一名黑衣人迎面飞掠而来，朝几人抱拳行了一礼之后，说道："焉逢将军，多闻使大人请你回营后到帐中一叙，其余几位将军可随后赶来。"

朝云一怔，随即抱拳道："多谢……子君、横艾、强梧，那我便先走一步了！”

强梧哈哈大笑：“去吧！此次大胜，你可是功臣！”

横艾也嘻嘻一笑：“朝云，你的功劳可有我一半的苦劳在里面哦。”

朝云笑道：“横艾才是此次大胜的关键所在！若无横艾，我的计划可就没法完成了。”

横艾骄傲地哼了一声：“算你有些良心！”

众人都大笑起来。

与大汉军中的喜悦不同的是，此时的魏军军营里面，气氛却显得有些压抑且沉闷。

不少战败归来的士兵如同木桩一般杵在营帐外面，有的身上盔甲脱落，有的手中兵器丢去了不知哪里，还有的抱着受伤的手脚不停地哀号与咒骂，满目看去，皆是战败之后的惨淡景象。

第三十三章
紫衣布局

大帐之中。

气氛同样沉闷而可怖。

司马懿负手在上，一脸不悦地看着张郃："张老将军！你擅作主张，不听节制，让我军一下子折损了甲士三千、弓弩无数！此事你该如何向本都督解释？"

张郃哀叹一声，使劲抱拳道："罪将自知死罪……此次折兵损将，罪责难逃！罪将已有觉悟，甘愿受最严厉之处置，请司马都督降罚！"说着，头发花白的老人半跪下去，羞愧得低头不起。

"哼！既如此……"

司马懿举起军令牌，正要下令，但似乎突然想到了什么，微微回头看了看身后的紫衣尊者，隐约用眼神询问他的意见。

紫衣尊者轻轻摇了摇头。

司马懿会意，收起军令牌："也罢……这次折兵损将，责任就全归在本都督身上吧。你起来吧！"

"啊？"

张郃顿感吃惊，不禁抬起头，望向司马懿。

司马懿摇头叹气："胜败乃兵家常事。老将军昔日战功彪炳，此回不过偶一战败，实在不算什么。何况本都督当时也并未力阻，所以罪责应在本都督身上。"

张郃没想到，自己一路来屡次顶撞司马懿，此刻在他败战之时，司马懿却毫不记仇，反过来还替自己扛下了败战的责任，并设法开脱，他心中不禁既感动又惭愧。

张郃再次低头自责道："感谢司马都督大量！但罪将心中仍愧疚难安，恳请司马都督还是重重降罪，以严军令！"

司马懿故作不悦，说道："本都督说过，责任在我。张老将军，您莫非打算再次违逆本都督军令？你莫再自责，起来吧！"

张郃羞愧地站起身来，抱拳说道："是……罪将多谢司马都督！"

司马懿点点头，但下一刻却变得严厉无比，说道："但……本都督也要再次严令重申一次：若任何人，今后再有此等违令不受号制之举，本都督绝不再宽恕！你们可否明白？"

司马懿眼光冷峻，环视在场的几位将军。

"明白了，司马都督！"包括张郃在内，众将抱拳应允。

"这便是仲达的聪明之处……"一直站在后方的紫衣尊者十分满意地点了点头。

司马懿背着手，缓缓踱了几步，借此看了一眼紫衣尊者的反应，见他点点头，他才转身对着众将说："其实，原本我是不愿明言的……固垒不出，消耗敌粮，此谋略原是本都督自荆州移防关右之时，圣上所亲自交付之战略！"

"这……这原来这是圣上的意思？"

众将吃惊，不禁你看我，我看你，张郃更是一脸茫然，接着便更加羞愧起来。

司马懿点点头："正是！圣上早已料到，诸葛蜀寇越是深入，则越会苦于粮秣转运不易，故不可能久持。然而，此次诸位的躁进贪功，险些让圣上此谋略功亏一篑，化为乌有！要知道，懿之荣辱，尚在其次；但圣上之明，切不可为我辈所辱没！好在此次应变得当，损失尚属有限，但望今后，诸位务必严守本都督之号令，不得再有任何质疑，可都听明白了吗？"

众将再次抱拳道："是，司马都督！"

众将领离开后，紫衣尊者与另外五位尊者从后面走了出来，司马懿连忙行礼。

"好了，仲达！你军务繁忙，便留在营中，不必相送，我与其他几位尊者，会自行出去走走。"

司马懿连忙躬身道："君尊慢走。"

"觉得刚才仲达处置得如何？"刚一离开营帐，赤衣尊者便笑意盈盈地问紫衣尊者。

紫衣尊者点了点头，十分肯定地说："嗯，相当不赖！仲达果真干练，还主动替张老将军扛下了败责。相信张老将军今后心中必会有所感念，不会再与他有什么心结。"

"有仲达如此栋梁镇守关右，洛阳可轻松了。"赤衣掩口笑着。

"不错。接下来，我们也该有所行动了……"紫衣尊者转身，对着白衣尊者、黄衣尊者二人说："我想请你们二位设法越过敌人的祁山防线，往蜀寇的大后方走一趟。"

"是要破坏对方的粮秣补给线吗？"白衣尊者眼眸微闪。

"不愧是贤弟，立刻就明白了为兄的意图所在！粮秣线被切断，这大概是诸葛老贼如今昼夜难安、内心最害怕之事吧？贤弟前次一人闯过蜀寇关卡，将其木牛流马尽数破坏，可谓极大地震撼了蜀寇，因此此事交给贤弟你一人处理便可。有你在，一人足可挡千，应已足矣。"紫衣尊者说道。

"是！义兄便放心地交与我吧！"徐暮云抱拳行礼，心中隐隐有些期待起来。

此去蜀军后方，若是能够再遇飞羽第一将，他必定要好好与之切磋，并设法弄清楚他体内的金色剑气由何而来！

"有虚空剑在手，白衣师兄的实力可是提升了不少呢。"赤衣在一旁笑道。

"好了，"紫衣尊者的目光从徐暮云身上掠过，移至黄衣尊者身上，"至于你，需要你去蜀寇成都老巢一趟，散放一些流言。至于流言内容，我已仔细记载于方才交给你的那一份竹册内，你先到汉中，拆开来看，便知该如何处置。一路上小心飞羽那一众人等，尽可能避开，切莫与之交手，一切以完成任务为中心。"

黄衣抱拳："遵命！"

"好，你们二人即刻出发！路上多加小心。"

"遵命！"徐暮云与黄衣尊者同时抱拳。

目送二人离去后，紫衣尊者抬头远望天空，嘴角浮现微笑："原本我还想着诸葛老贼会向吴国借粮，但现在看来，是没有这个可能了。如今大致布局已经完成……那么，飞羽的诸位，你们将会如何接招呢？我倒想好好看看了！"

另一边。

刚一回到营中，朝云便马不停蹄地赶到多闻使处。

"朝云不必多礼！"多闻使哈哈一笑，连忙将进入帐中的朝云扶了起来，满意地上下看了看，才点点头道，"此次大战，你功不可没啊！"

朝云同样高兴，忙抱拳谦虚地说道："一切都是为了大汉！"

多闻使不置可否，抚须说道："此次你功绩卓著，我已经将飞羽的一些事情告知丞相，他听到后十分高兴，并亲口夸赞了你们一番。"

朝云稍显意外："丞相他夸赞了我们？"

多闻使点点头："不错。"

朝云问道："那丞相已经知道我们飞羽有哪些人了？"

多闻使摆手道："丞相若是知道你们的身份，那日后还想如此随性地执行任务，便没有可能了。若是你，你会如何选择？"

多闻使将问题抛了过来，朝云一怔："那自然还是保密为好。"

多闻使笑了笑："因此你们的身份……便只有等日后再说了。现在可以告诉我，你到底是如何判断出魏平会走竹林峰了吧？"

朝云闻言，不由得笑了笑，旋即将自己之前的计划与多闻使详细地说了一遍。

"原来如此，原来如此！"多闻使连连感叹，"我大汉的飞羽第一将，果真是名不虚传！"

正感叹间，以端蒙为首的飞之部五人，以及羽之部其余三人也一同走了进来。

不等几人行礼，多闻使便挥手道："赶快起身！今日都无须多礼！"旋即满意地笑道，"不愧是飞羽！此次战斗中，你们可是发挥了不小的作用啊！每人带五十兵马，便将敌人的大军挡在了祁山堡垒之外，辅助魏延等将军成功消灭了敌军，可谓大功一件！"

"大人！虽说此次我军大捷，但属下没能直接杀死张郃那老贼，最后让他逃了，属下万分惭愧……"端蒙十分遗憾，垂首行礼，懊恼之色始终不散。

多闻使笑着摇了摇头，语气温和地道："端蒙，你可知道，因为你们扰敌成功，所以魏延将军、高翔将军、吴班将军他们，都因此而获益，斩杀敌人逾三千，加上祁山的敌人，大概不下五千之数！而缴获的铠甲兵器更是不知凡几。本座将此事禀报丞相之后，丞相亦是十分高兴，昨日便说了不少肯定与称赞你们的话！"

"丞相竟然知道我们了？"尚章兴奋而惊奇地问。

"自然，我想了想，诸位有功在身，自当一五一十地与丞相禀明。"多闻使笑道。

"多闻使大人，陛下与丞相何时才能知道我们的真实身份？"游兆抬起头，有些期待地问。

"等消灭曹贼，重返故都洛阳，本座便会让陛下与丞相知道诸位的身份，一并追功封侯，光宗耀祖！"多闻使说，"但在那之前，我们仍需各自维护自身身份之秘密，以便保持执行任务时之最高自由。"

"只盼这一日能够早些到来吧……"游兆微微感到失落。

"这一天总会到来的。"多闻使看出了游兆的心情，不由得安慰道。

"大人，曹贼们吃了此次败仗，定然又会开始固垒不出，打算继续玩之前那套持久消耗战，所以……我军粮秣如今还够吗？"强梧担忧地说。

多闻使叹气："其实，粮秣已快用尽了……所以本座今日就是来交付你们新任务的。"

九人连忙一起半跪而下："请大人指示！"

多闻使愈加欣赏地点点头，高举令牌道："此次任务，较为危险……就是设法潜入贼军统帅司马懿的主营寨，制造骚动！"

多闻使说："如此做之目的，在于让曹贼军队直接感受到强烈的心理威胁，知道汉军有本事随时潜入他们的大营中！一旦军心不安，便不利于他们长期采用持久战……"

"明白了，我们今晚立刻出击！"九人站起来，抱拳再次行礼。

"你们可由敌营后方的山道突袭，但务必注意一件事：此次任务，可能极危险……焉逢与端蒙，你们二人可自行研判是否临时取消任务。切勿为了贪功，而伤及宝贵的战力！明白吗？"

"遵命！"

"好！那么……出发吧！"

　　司马懿的军营驻扎在卤地，与大汉军营相距不远。

　　"此地有一条密道，虽然道路险峻，但是魏军防范薄弱，便于我们进入。"横艾拿出地图来，指着其中一条蜿蜒的小道说。

　　"横艾，前些日子雨势极大，你确定这条道此时能够走得通？"朝云严肃地问。

　　"确定，我方才已派符鸟查探过，确定能够走得通。"横艾肯定地说。

　　"这么说来，倘若我们选这条密道的话，不但可以节约近一半时间，而且还不容易被提前发现？"强梧思索片刻，眼睛微亮地问道。

　　"不错，这条山道的优势便在于此。"横艾点点头，微笑着说。

　　"那其他的道路呢？比如端蒙他们走的这一条……"朝云指向与密道相隔极远的另一条路。

　　"此路尚可，但既然要偷袭司马老贼的军营，制造出极大的动静，那我们是不是从另一面夹击更好？朝云，你想想看，我们是聚在一个地方袭扰好，还是两个地方同时进行让他首尾顾不得的好？"横艾笑了笑，看着朝云的眼睛。

　　"好！既然如此，我们便选择密道……今晚若是遇到可以威胁到我们战力的阻碍，大伙需及时撤离，不可恋战！"朝云下令道。

　　"遵令！"

　　"好，出发！"

　　卤地与祁山堡相连的部分，是一段十分险峻的山脉，此山脉以西为汉水北岸，东为卤地，而朝云等人选择的路段，正是位于山脉之上的稠泥道。

　　稠泥道直通司马懿军营后方，但因为道路险峻，常因大雨而阻塞，不适宜人畜通过，因此防范较为松懈。

　　朝云、横艾、强梧与徒维只用了两个多时辰，便已通过了此地，虽说道路确实艰险，但沿途并未遇到魏军的营帐或是乡民堡垒，因此行进得颇为顺利。

　　"前面路口再转过去，便可进入敌军大营！"朝云看了一眼面前的地形，松了一口气。

　　"嘿嘿！还是横艾妹子厉害啊！这条道不仅节约了近一半的时间，而且顺着走下来，竟还如此轻易地便摸到了曹贼的老巢！"强梧十分兴奋，"嘿嘿，今晚我定要杀个痛快！"

"且慢……等我一下。"横艾说。

横艾放出草叶符鸟，抬头目送它飞舞着离去。

"哎……横艾妹子，是要探查附近的情况吗？"强梧说。

横艾点点头："我让它飞去敌人的主营那里，先转几圈，查一查实际情况。它等一下才会回来，我们先继续往前……"

"且慢！"

朝云突然伸出手，打断了横艾的话。

第三十四章
征伐之调

"怎么了？"横艾问。

朝云眯了眯眼说："这附近有股不寻常的气息，我感受到了……"

"不寻常的气息？"强梧有些惊讶，到处看了看，"没什么啊……"

朝云摇摇头，缓缓地将微微颤动的方天画戟抬了起来，看向黑暗中的某个地方，冷笑道："既然来了，那便出来吧！"

强梧睁大眼睛，转头四顾，却什么也没看到，只好缓缓张弓搭箭，瞄准了朝云视线聚集的地方。

"咯咯咯……不愧是飞羽第一将！小女子这与你……是第二次见面了吧？"远方的鹿砦中，凭空走出一位美丽的红衣女子，笑盈盈的说着。

来者正是魏营的赤衣尊者。

"什么人？"朝云皱眉，厉声问道。

"这么快就把我忘记了？还有啊，你问我是什么人？"女子依旧笑盈盈的，"但我也想问问诸位，你们是什么人呢？"

"是你，赤衣尊者……"

朝云眉头轻蹙，已经想起，那日他从山洞中出来，遇见的正是这名女子，除这名女子外，那日他还遇到了黄衣尊者！

"终于想起我了？那日你还把人家打得不敢还手呢，不过今日嘛……"

刚说到这里，赤衣尊者身后，便走出一位身穿紫衣的年轻男子，脸上戴着紫色的面具，看着仿佛是画里走出来的人一般。

"她是赤衣，那你便是……紫衣尊者——铜雀六尊者的领头之人？"朝云握着方天画戟的手不由得加大了力气。

铜雀六尊者盛名在外，他自然知道那六个人中没有一个简单的。而早先与白衣尊者的交手也印证了这一点，所以作为铜雀六尊者的领头之人，这紫衣尊者会是简单的人吗？

一丝凝重之色缓缓爬上朝云的脸庞，而强梧也已反应过来，充满戒备地盯着面前的两人。

紫衣尊者笑了笑，算是回应朝云的话，接着他便说道："妹子，我说得没错吧？蜀寇果然来袭营了。"

赤衣撇撇嘴："但是告诉你他们今夜要来袭营的可是我呢！"

"好吧好吧……这功劳算你的，哈哈！"紫衣大笑。

大敌当前，两人对于面前的朝云等人似是毫不在乎，自顾自地嘻笑交谈，这样的态度引得强梧大怒："管你们什么尊者，先吃我一箭！"

"子君！"

朝云想阻止，但是已经来不及了。

嗖的一声！

强梧手指一松，手上的三根羽箭便飞射而出，其中两根射向紫衣尊者，另外一根朝着赤衣尊者飞了过去。

"雕虫小技！"

紫衣站在原地，负手不动。当羽箭即将接近两人时，赤衣嗤笑一声，伸手一甩袖子，朝两人射来的三支箭便突然变换了方向，沿着来时的轨迹朝着朝云等四人射了过去！

"小心！"

朝云手持方天画戟，轻轻一挑，便将三支羽箭挑落在地。

啪啪啪！

对面的紫衣尊者忍不住鼓起掌来，摇头赞叹道："不愧是大汉最有天赋的十位年轻人，箭法好，连戟也用得十分熟练，不错，不错！"

这话虽尽是夸赞之词，但听在耳朵里面，却与嘲讽无异。

横艾在一旁暗暗思考，不知正在想些什么；徒维仿佛没有看到眼前的局面似的，眼神平静地站在后面，而强梧则是一脸愤怒，恨恨地看着面前的两人；至于朝云，面对眼前的两人似乎并不担心，反倒是脑海里升起一个问题：那白衣尊者为何没来？

白衣尊者实力强大，且是杀死丈二先生的罪魁祸首，若是他来，朝云心底已经打算，会与他再战一场！

可惜周围除了眼前两道怪异的气息外，他再也找不到第三道气息。

这只能说明，那个穿白衣服的家伙，今晚并没有出现。

不知为何，当推断出这个结果的时候，他心里竟有些失落。

也许是因为无法为丈二先生复仇，也许是因为长鄂剑还在对方手上，也许是别的原因……

“你们飞羽今日来偷袭大营，是打算让我们军心大乱，以便我军不能坚持持久战，不错吧？”紫衣尊者抱起手臂，微笑着问道，“可惜我们早料到你们若来，必会走此道，所以今晚特地在此恭候诸位。”

“什么……”

闻言，朝云脑海中立刻抛却了刚才想到的那些事，转而有些惊诧。他们此行的目的与行踪，竟然全都被敌人说得一清二楚。

赤衣尊者微笑着看了看朝云，又看了看横艾。

横艾轻轻一笑，闭上眼睛，轻轻挥了挥艾叶，并不理会赤衣尊者的注视。

赤衣尊者不以为意，上前几步，笑了笑说道：“紫衣对你们这群人，一直都很有兴趣，所以今天打算会一会诸位，试探一下诸位的实力大约到什么程度。”

与此同时，紫衣尊者笑着后退几步，饶有兴味地看向面前众人，说道：“接下来就看你的了，妹子。”

赤衣尊者咯咯一笑：“放心吧。”说着拿出琵琶，将纤细白嫩的手指搭在了弦上。

“嘿！不是要开战吗？我们可不是前来听你弹奏的……”强梧大喝一声，手上不知何时又多出了三根羽箭，相比之前，这一次的羽箭上已灌注了磅礴的灵气！

“别急嘛。”赤衣尊者微笑着道，闭目专心弹奏她的琵琶。

"慢着……这是征伐之调！大家小心，她对我们发动攻势了！"横艾忽然睁开眼睛，脸色稍显凝重地说。

"什么？"朝云吃惊。

随着赤衣尊者拨动琵琶弦，乐音袅袅，空中开始出现一连串透明缭绕的波光，这些波光缓缓地凝聚在一起，最后竟变成了一头野兽的模样。

这野兽大约有一丈之高，体长更是不知多少！相比而言，许家堡的虎妖在此物面前，显得弱小很多。

"这是什么东西？！"强梧惊诧不已。

"这是幻兽！顾名思义，是由乐音幻化出的野兽的样子！"横艾皱起弯弯的眉毛说道。

"幻兽？"朝云的脸色沉静下来，他感应得到，这只幻兽的实力应当是在武道第二境到第三境之间，也就是临三境的境界上！

"但是没有那么简单，因为它是由乐音幻化出来的，所以虚无缥缈，没有实体，想要将它杀死，将会很难！"横艾仿佛知道朝云的想法，不由得开口解释。

"要真是这样的话，那还真有些麻烦……也便是说，连我的噬灵箭，对它也无甚作用？"强梧有些不可思议地问。

"不错，一切实物的攻击，对它都没有用，除非……"横艾说到这里，忽然停顿了一下，然后转身看向朝云。

"除非如何？"

"……小心！"

横艾将袖中的艾叶一甩，顿时便将从幻兽口中喷出的气体扇灭了。

"这是幻灵气，会让人迷失神志，大家小心！千万不能吸入体内！"横艾认真地说，她的眼神忍不住看向了站在紫衣身边的赤衣尊者，眼睛微微眯了起来。

"不错……你居然认得这么多！来吧，飞羽的诸位！打败它给我们看看吧。"赤衣尊者嘻嘻笑着说，并且竟然像观众一样，退了下去，站在紫衣尊者身边，饶有兴趣地看着场中的幻兽与朝云等人。

"我来！"

强梧大喝一声，先是将三支灌注了磅礴灵气的羽箭一同朝那幻兽射出，接着他抽出背上的宝剑，身形一阵闪烁，顿时蹿上半空之中，与幻兽身高齐平，随着方才飞出的羽箭射入幻兽体内，造成幻兽身体一阵扭曲，他连忙伸出一剑刺向幻兽的脑袋！

呼——

没有任何的阻碍，强梧的剑如入无人之境一般，毫不费力地就刺进了幻兽的眼睛中，但是等剑身全部没入，他才发现他刺向的居然是一道已经幻化至虚无的影子！

"嗷——"

"子君当心！"

强梧骤然转过身来，但是还没等他看清楚那只巨兽去了哪里，便忽然感到一阵怪风朝着自己吹来，遮天蔽日一般将他遮住，他下意识地抬手去挡，却被一阵巨大的力量压得半跪在地。

砰！

是膝盖重重地压在地上的声音！

此时一看，才发现原来是幻兽抬起脚来，将强梧狠狠地踩在了脚下。

"嗷！"

幻兽再叫一声，又一次抬起脚来，想要狠狠地往下踩去。

"大胆孽畜！"

朝云大喝一声，手中长戟便如流光一般飞出，重重地往幻兽背部砸去。

轰的一声！

幻兽被长戟直接打散，旋即又在另一个地方缓缓凝聚起来，似乎根本没有办法将它彻底除去。

接过飞回的黑色方天画戟，朝云连忙飞奔过来，将强梧扶起，急切地问道："子君，有没有受伤？"

"没有！呸呸！他奶奶的！倒是呛了老子满嘴的灰尘！"强梧站起身来，拿起剑，"朝云，你退去一边，让我亲手宰了这玩意儿！孽畜，看剑！"

强梧推开皇甫朝云，再一次冲杀出去，那刚刚聚起的幻兽看见有人朝它攻击而来，大口一张一吐，顿时一阵缭绕的雾气便喷洒出来，全部朝着强梧围拢而去。

"强梧，捂住口鼻！"横艾呼喊道。

"好嘞！"强梧哈哈大笑，一绕脖颈上系着的围巾，便将整张脸都捂了起来，只留下一双黑漆漆的眼睛。

"来吧！孽畜！我今天倒要看看你究竟能扛到什么时候！"

唰——

黄色的剑光在夜空下如银河般倾泻而去，铺满整片天空，幻兽被笼罩在剑光之中，忽然开始变得不安起来。

因为这些强大的剑气已经给它造成了威胁！

它的形体被剑气包围，体表开始缓缓消散，整个形体像是被侵蚀了一般，先是耳朵、尾巴和四肢没了，紧接着连头也在消散！

而且可以感受得到，幻兽的气势在随着体形的消散而逐渐减少，这说明强梧这一剑，真正对幻兽形成了极大的伤害。

"哈哈哈！孽畜，我还以为你有多耐打呢，原来也就是一头纸老虎，中看不中用啊！"强梧收起剑来，乐呵呵地站在原地，看着幻兽逐渐消亡。

"不……这不是消亡，而是重新凝聚。"横艾呢喃一句，双眸紧紧地注视着幻兽。

"嘻嘻，兽儿……出来吧！"赤衣站在紫衣身旁，轻笑着说了一句。

下一刻，便见原先形体还在慢慢变小的幻兽，霎时间消失在原地，剑气还在，但是里面却已空无一物！

"这……"

强梧愣了一愣，忽然感到背后有劲风袭来，他连头也不回，反身便一剑挥出！

强大的剑气霎时而去，将再一次凝聚起形体的幻兽打散在空中。可是仅仅片刻，它又缓缓凝聚起来，身体变小了很多，但是随之而来的，它的整个身形却凝实了不少，凝实到甚至能够看见它的皮毛！

"还真是杀不死……"强梧揉了揉握剑的手腕，绕着幻兽慢慢走动，似乎是在寻找对方的破绽。

便在这时，朝云一跃而来，朝强梧点点头道："让我来！"

强梧毫不犹豫地摇摇头："朝云，你可别挡我，今日我若是不将这孽畜斩于剑下，我便不配叫作强梧！"

朝云欲言，强梧却已化作一道影子飞向了面前的幻兽。

再次举剑，再次劈砍而下！

轰隆！

出乎意料的，这一次那幻兽不躲不避，竟然直接抬起前爪，对着强梧的剑狠狠地拍了过去。

剑与兽爪相遇，发出巨大的响声。

周围山野震荡，无数鸟儿惊叫着飞起，山间嚎叫的野兽更是霎时间闭口不再叫喊。

巨响之后，整片山谷都变得安静下来。

强梧倒退数步，艰难地站稳在地；而那幻兽，则被他刚才的一击打得身形虚幻，倒飞出上百米，方才堪堪停稳了身子。

"好！"朝云握了握拳。

"看来强梧要拿出真本事来了。"横艾轻笑起来，徒维看了横艾一眼，脸上的表情几无变化。

对面，紫衣尊者负手而立，看着场中的局面，不知在想什么；赤衣却将手搭在琵琶上，面带笑意，似乎毫不担心幻兽的存亡。

"孽畜，吃我一箭！"

没有丝毫的停歇，强梧弃剑而不用，伸手从背后掏出三支羽箭，眨眼间便搭上箭弦，向后拉动。

嗖！

三支羽箭一同飞出，灵气旋裹其上，在夜空中十分明亮耀眼。

幻兽似乎感知到了来自箭支的威胁，面对三支飞速射来的羽箭，它慌忙地拖着虚幻的身体不停后退，想要极力避开。

但是不论它如何躲避，三支箭还是稳稳地射中了它的脑袋。

"嗷呜——"

幻兽惨叫！

那三支羽箭携带的灵气如火一般开始燃烧，极短的时间内，就顺着幻兽的头部蔓延而下，很快就遍布了它的全身。

第三十五章
乌衣信号

此时此刻，幻兽不再是幻兽，反而如同一头火兽。

惨叫声没有持续多久，被灵气包裹着全身燃烧起来的幻兽便化作虚无，眨眼间就消失在了空气之中。

强梧粗粗地喘了口气，动作娴熟地将弓收在背后，捡起剑来，转身走到朝云背后。

啪啪啪！

面对化作虚无的幻兽，紫衣尊者竟然如同看完一场好戏一般，鼓掌说道："果真厉害，武道剑道皆步入第三境！且对于灵气与剑气的使用竟如此娴熟，已有步入临四境的趋势！不错，你们如此善战……必然会是我铜雀今后的好对手啊！"

强梧冷笑。

"要不要再来个几只？"赤衣尊者对于消失的幻兽毫无怜悯，轻轻一笑，顿时拨动琵琶，打算发动第二波攻击。

啾！

就在这时，远方高空处突然响起一声声尖而高的鸣箭声，旋即便看到一支燃烧着的箭升空而起，绽开一朵绚烂的火花，旋而垂直落下。

看到这一幕，紫衣和赤衣二人对视一眼，赤衣说道："是乌衣的信号！看来……他那边也遇到敌人了。"

紫衣笑了起来："飞羽的另一队吗？有趣！我们过去看看吧！"

两人相视而笑，然后赤衣轻轻拨弦，一阵白色光芒闪烁，二人顷刻间消失得无影无踪。

"消失了……"

朝云若有所思，放下方天画戟，看了看横艾："横艾，你知道那个女子的攻击方式，还有刚才那……幻兽？你莫非知晓她的底细？"

横艾摇摇头："那是一种以乐音十二律作为攻击招式的法术，我以前曾听说过。至于幻兽，则是由此演变而出的一种虚无且不存在的战斗力……"

"乐音十二律？"强梧纳闷。

"嗯，每一律各有自己独特的力量，例如方才那便是征伐之调。不过这种攻击，乍看之下十分悠闲，但实际上非常消耗施法者的灵气，比如那幻兽一旦消失，她体内的灵气便会接近于干涸，所以并无法持久。我猜想，她大概是因此才借故离开的吧。"

"原来如此……"

朝云若有所思："原来这才是那赤衣真正的实力。除去那白衣之外，我之前只见过赤衣与黄衣，交手之后，以为除去白衣外，他们铜雀六尊者其余的人并无多么厉害，如今看来，竟然个个都实力不弱……而且听他们说，飞之部那边也遭遇到他们的埋伏了，我们现在便过去看看吧，既然相遇了，又岂能畏惧？"

横艾与强梧皆点头："好！"

司马懿军营另一边。

端蒙及身后几人皆警惕地看着面前出现的身穿乌衣与青衣的两人，那青衣看起来年纪不大，也就十八九岁，且容貌清秀、气质脱俗，身上的衣物虽是青色，却与中原衣物的构造截然不同；另一人身穿一身乌衣，手持宽大的厚实刀刃，面容刚毅，行动极为敏捷。

这便是他们越过山道进入敌营之前，突然出现在眼前的两人。

"你们是谁？"端蒙冷声问道。

乌衣嘴角微动，轻轻一笑说道："杀你们的人！"

"猖狂！"

游兆怒喝一声，白龙枪如猛龙出海一般，旋转出一个个幻影枪头，朝着乌衣尊者直刺过去。

乌衣尊者微微一笑，只是抬起手来又缓缓压下，说了一个"慢"字，空气便突然出现了一阵诡异的扭曲，接着游兆的身形恍然间变得缓慢了下来，他手中的长枪明明已经朝前刺出去很久，却诡异地停在了乌衣身前，前进的速度顿时如同龟爬。

"这是什么手段？！"端蒙无比惊诧。

"这是一种术法，出自北方门派，而且仙门当中，也有此术法传授！"商横在一旁解释道。

"原来如此！"

"要破这术法不难，依照游兆的实力，应当不成问题。"商横胸有成竹地说道。

果然，便在下一刻，原先还被诡异地困住的游兆手腕一动，灵气就开始顺着他的丹田冲击上来，经过右臂，聚集到白龙枪之上，最后轻轻一扭动，那扭曲的部分在灵气的冲击下迅速溃散，空气中响起一道嘭的声音。

乌衣似乎已经料到，嘴角一笑，在白龙枪到来之前急速闪身后退，随后隐约朝青衣点了点头，顿时化作一道残影闪没在山野之间。

"哪里走！"

游兆不肯罢休，直接朝着那道身影追了过去。

"我去帮他！"商横说道。

"注意安全！到时在此地会合！"端蒙迅速嘱咐。

"好！"商横即刻追逐两人而去。

那青衣想要阻拦，却被尚章一剑挡住："嘿，小家伙！你的对手是我！"

青衣冷冷一哼，一面镜子忽然出现在他手中，那镜面与一般铜镜别无二致，大小也相差无几，但是当他高高举起，照向天上的月光时，那镜子竟如同会张嘴吸食一般，将天上的月光成缕地吸收到了镜子里面。

"嘿，这又是什么玩意儿？"尚章眨了眨眼，方才他看青衣年轻，特意叫对方小家伙，其实他自己也才十八，并不比对方大。

"这是……"

端蒙面色严肃，她隐隐感受到，这面镜子吸收的并非是月光那么简单……

"灵气？以及……剑气？！"

她的面色变得难看起来。那些看似聚成一束如同月光一样的东西，并不是简单的月光，而是灵气与剑气混合在一起，形成的一股力量。

那股力量不停地灌入镜子之内，可想而是，若是从中释放出来，会产生多大的威力！

"小心！"

端蒙才刚刚想到这里，忽然就看到那青衣举起了铜镜，对着正在一旁得意的尚章照射了过去。

一缕白光从镜面上照射出来，速度极快，快到尚章根本不能反应。

"啊！"

一声痛呼，那白光异常强大，照射到尚章身上，顿时便将他的衣服烧裂一块，与此同时，他整个人也如同被重物击中一般，远远地飞了出去，随后砰的一声落在地上。

"尚章！"

端蒙与昭阳同时大喊，飞奔过去查看，发现尚章已经昏迷了过去。

"找死！"

端蒙牙关紧咬，手中长剑顿时如同灵蛇一般飞了出去，携带着强大无比的剑气，狠狠地杀向青衣。

青衣嘴角浮现出一抹冷笑，不与端蒙交手，直接一个闪身隐没在黑夜之中。

端蒙喊道："昭阳，照顾尚章！"说罢，便同样飞身而起，向青衣的方向追去。

"端蒙……"昭阳一急，想要将端蒙叫住，抬头却发现她已经消失在眼前。当下也顾不得许多，连忙将尚章扶起，运气帮他疗伤。

"啧啧啧……"

就在这时，一道赞叹的声音忽然出现。

如同凭空出现一般，一名身穿紫衣的年轻男子和一名身穿赤衣的年轻女孩出现在昭阳面前，正好整以暇地看着他和尚章。

"你们飞羽果然个个都是能人，可惜……这里就只剩下你了。"那名身穿紫衣的年轻人笑着说道，仿佛他跟昭阳早已认识，就像是跟老友在聊天一样。

"铜雀——紫衣尊者？"昭阳眼睛眯起，刚才看到青衣和乌衣，他心里就有了一定的猜测，此时看到紫衣与赤衣出现，他才确定下来，这几人原来就是魏国大名鼎鼎的铜雀六尊者！

"不错……看来我声名传播得挺远，连你也知道我是谁了。"紫衣笑笑说，"好了，妹子，让我看看他的本事吧……所有人中，也就只有他不曾出手了。"

"好呀。"赤衣嘻嘻一笑，"这位小哥，先听小女子为你奏一曲吧。"

"装神弄鬼！"昭阳不等赤衣演奏，突然一个闪身出现在两人身旁，腰上软剑如同细软的铁片一般弹了出去，从空中划过时，带起一连串绚烂的花火，然后带着剑气刺向了紫衣！

擒贼先擒王，这样的道理昭阳十分清楚，所以一开始他刻意将目光对准赤衣，却在赤衣刚把手指搭上琵琶准备发动攻击的时候，他便携软剑刺出，目标看似指向一旁，等到了两人面前时，软剑却忽然调过一个诡异的角度，尖而锐利的剑刃直接划过紫衣的脖颈。

然而紫衣却不躲不避，嘴角依旧保持着刚才的笑容。

"嗯？"

就在这时，一阵音波如同重锤一般响起，狠狠地敲打在他的心头之上。昭阳脑袋一震，发现站在他面前的紫衣不知何时竟然变成了两个，两个虚影摇摆不定，微笑地看着他，根本不知道谁真谁假。

琵琶音又如重锤般敲落心头。

砰的一声！

昭阳的剑偏离轨道，从紫衣身旁三寸左右的地方刺了过去。

一剑刺空，昭阳猛然醒悟过来，身体如旋风一般不停地旋转后退，直到退出近十米远，他才堪堪停下身子，略微凝重地看向对方。

那名紫衣人神秘无比，是整个铜雀六尊者的领头之人，虽然他没有出手，可面对刺向他的剑却能如此从容，这般心态可不是普通人所能够拥有的；另外一名赤衣女子，她手中的琵琶便是她的武器，若非那琵琶音忽然震得他心头一阵狂乱，或许现在那名紫衣男子已经死在他的剑下了。

"不错不错！策略精确，反应迅速，难得的天才之选……可惜你为蜀寇所用，否则你来我大魏，我紫衣必将你奉为座上宾！你考虑考虑？"紫衣抬手，让赤衣停下攻击，鼓着掌缓缓向前走去。

"做梦！"昭阳一甩长剑，根本懒得跟他废话，这一次他速度极快，直接掠向赤衣。

既然他主动攻击的是赤衣，且紫衣已经有了防备，那么再去做一开始的选择就太不明智了，因此此刻他只有一条选择，那便是拿下赤衣！

"咯咯咯……来得好。"赤衣掩嘴一笑，等到昭阳已经冲出来一半，她才轻轻拨动琵琶弦，然后轻声说道，"去吧，兽儿。"

"嗷——"

一阵强大的烟气化作一头猛兽的模样张开大嘴朝昭阳飞来，昭阳用剑阻挡，只觉得面部像是被飓风刮过一样，疼痛难忍。他刚要伸手去挡住脸颊，这种疼痛感忽然消失不见了，紧接着，他的背后又响起一声怒吼。

"哪里来的孽畜，吃我一剑！"

昭阳举剑，舞出一个个漂亮的剑花，那些剑花之上都带着强大而磅礴的灵气，剑每落到一处，那些剑气就会留在那里，等到昭阳舞完一剑之后，半空之中明晃晃地出现了一个"镇"字！

这个"镇"字的每一笔每一划都是由强大的剑气所组成，上面充满了能量，就像闪电一般，却又比闪电稳定地固定在空中。

昭阳站在"镇"字下面，毫不犹豫地道："去！"

一剑挥出，整个"镇"字骤然间放大无数倍，以迅雷不及掩耳之势迅速地贴在了幻兽的脑门之上。

"这是封印？"赤衣惊讶地张了张小嘴。

"封印是符箓师一脉相传的技能，莫非此人除了剑修之外，还是一名符箓师？"紫衣也拧了拧眉头，符箓师本便不多，整个铜雀台也就只有黄衣罢了。但是飞羽中，却好像有两名，加上另外一位不曾见到的，或许有三名也说不定。

"但是威力如何，还要看看他能不能封住我的幻兽再说。"赤衣嘟了嘟嘴，有些生气地看着场中。

却说"镇"字贴到幻兽身上之后，昭阳并未放松，而是趁着它被固定住的那一刻，猛然高高跃起，举起剑来，调动体内的无数剑气，朝着幻兽劈砍而下。

轰隆！

剑与幻兽接触，那"镇"字随之散发出一道金光，在轰隆巨响中，直接将幻兽化为虚无。

堂堂武道第三境的强大怪兽，出来之后却连一招也来不及出，便被昭阳打得消散在空气中。紫衣饶有兴趣地点了点头，赤衣却仿佛真正发怒了一般，幻兽刚刚消散，不等昭阳喘过气来，她便再次发动攻击。

这一次没有幻兽出现，但是那流动而出的一个个音符，来到昭阳面前时就会变成飞刀一般的利刃，或是一个个带着巨大能量的音波，狠狠地朝着昭阳攻击过去。

昭阳不慌不忙，在各种各样的音符中自然周旋。忽然，赤衣拨动琵琶的频率变快了起来，琵琶声阵阵，听起来像是两军大战，万马奔腾一般。随着节奏的加快，那些带有极大攻击力的危险音符出现的速度也越来越快，昭阳抵挡与挥舞软剑的速度也随之加快。

第三十六章
轮番战昭阳

片刻之后，场地中央便只看得到昭阳的一道道残影，那些音符无止无休地飞出，像是过境的黄蜂一样，为了抵挡且不受伤，昭阳已经使出了平生最快的速度躲闪。

"妹子，别杀他。"紫衣在旁边轻轻提醒了一句。

"好吧，反正我也快没力气了，不过他杀了我的幻兽，我得为兽儿报仇。"

紫衣摇头一笑，只好随她去了。

赤衣撇撇嘴，手上拨动琵琶的频率不由得减弱了下来，没有多会儿，那些音符再飞出去时，就变成了一个两个，再也没了之前的数量。

但是正当昭阳下意识地放松的时候，赤衣手上的动作猛地又加快起来，那些音符如同雨滴一般密密麻麻地飞向昭阳，昭阳躲避不及，被其中一个从腹部划过，衣服顿时破裂，一丝血迹显露出来。

昭阳皱了皱眉，虽然血迹看似淡薄，但那是因为他极力用灵气封堵的关系，若不是他体表有微弱的灵气与剑气护体，说不定会直接被划成两半。

那边赤衣咯咯笑了起来，然后手上终于停止了拨动，转而笑眯眯地看着昭阳。

"你很不错嘛，一个书生模样的人能有这些本事，也很值得骄傲了。"

紫衣上前一步，认真地说道："还是那句话，若是你愿入我大魏，我可奉你为座上宾，封侯拜相、万户千户，皆可随你之愿！"

昭阳运气堵住腹部的那个血窟窿，唰一下从衣服上扯下一块布将腹部围腰包裹起来，却始终没有抬头，就像没有听到面前两人在同他说话一般。

做完这些，在对面两人注视的目光下，他才微微抱拳一礼，当真如同一个书生一般，笑了笑说道："在下才疏学浅，且武道不精，担不起两位的邀请。"

紫衣摇头笑道："既然如此，那我还真留你不得了。"

声音刚落，昭阳的左右两边，忽然分别出现了一道身影，正是之前飞奔离去的乌衣与青衣两人！

乌衣邪笑，青衣面无表情，冷淡地看向他。

昭阳心中升起一种不好的预感，厉声问道："他们人呢？"

紫衣笑着说道："切莫动怒，他们只不过进入我吩咐人布下的迷阵当中罢了，不用多久便能从里面出来的……只不过出来之后还能有几分生气，那便无从知晓了。"

昭阳眼神一冷，顿时明白过来。

原来刚才那乌衣与青衣两人的目的，正是调虎离山，将他们的人分开到各个地方去，从而各个击破！

想到这里，他看向紫衣的目光变得不同起来。铜雀尊者的领导者，看似亲和爱笑，风度翩翩，但心思却委实可怕，胸中计谋令人防不胜防……仅仅一个如此简单的布置，便能将飞羽飞之部一网打尽，不得不说，此人的厉害之处远超他的想象。

"你现在不用为他们担心……至少目前而言，他们暂时还没有危险，倒是你自己……"紫衣摇摇头，叹了口气，"可惜啊……天下英才不能为我所用，可惜，可惜！"

一旁的赤衣忍不住扑哧笑了一声："我可是很少见咱们的紫衣大尊者发出这样的感叹呢……怎么，舍不得杀他？"

"妹子，你知道如今我最想要的东西是什么吗？"紫衣没有回答，反倒是带着一股淡淡的忧伤问。

"什么？"赤衣好奇地眨了眨眼。

"玩弄天下。"紫衣朗声一笑，顿时便转过身向黑暗中走去。

"喊——说得像你以前不是如此似的……"朝着紫衣离开的方向努努嘴，赤衣摆摆手道，"两位师弟，交给你们了。"

乌衣邪笑着点点头，青衣抬起剑做了一个行礼的动作，然后便一起看向被夹在他们中间的昭阳，各自缓缓地朝昭阳走了过去。

"不行！如今端蒙有危险，我不能被他们拖住……可是尚章，尚章怎么办？"昭阳心底在这一瞬间挣扎起来，"不如我将他们引开，然后再回到这里，将尚章一起带走？"

想到这里，昭阳却又猛地摇了摇头："如此更不可行，万一到时候找不到端蒙，还有可能连尚章也弄丢了……"

片刻之后，他的眼神忽然变得坚定起来："不管了！总之我不能丢下尚章一个人不管，更不能让尚章的生命受到威胁，让端蒙伤心……所以今晚，我即便拼了自己的命，也要把尚章救出去。"

"去！"

昭阳解开自己的衣袍，露出精壮的上身，随后将衣服一甩，便将离他不远、正端坐在地上的尚章的全身裹住，昭阳手上动作不停，只见尚章身上的衣服仿佛有灵性一般，随着昭阳的动作系了几个疙瘩捆在了尚章的背上。

做完这些，昭阳心底才微微松了口气。

而一旁的赤衣看到这一幕，却笑着点点头，轻声说道："看不出来，竟然能够为了自己的伙伴这么做……所以，我是不是该放他走呢？"

"出手吧。"昭阳轻声说着，手中的剑已斜指地面，缓缓抬起到了胸前的位置，直直地指向乌衣。

"我先来。"乌衣露出一抹阴冷的笑容，刚刚说完，忽然间幻化出无数身影，如同一个人化作无数个人一般，从四面八方扑向了昭阳。

"这不是简单的身影，应当是他制造出的一种幻像……此人擅长术法，所以只要找到破绽所在，就能找到他身在何处！"短短一瞬间，昭阳稍一思索，就已经找到了破解敌人身法的办法。

于是下一刻，出乎所有人的意料，面对四面八方涌过来的乌衣，昭阳却闭上了眼睛，静静地感受着每个方向上传来的不同的声音。

东面是风，南面是风，西北方向无风，而方才……乌衣是站在自己的北面！此时北面无风，说明乌衣没有从北面来，他应当是利用制造出的幻影跑到了自己的右手边或者身后！

但是身后此时有青衣守在那里，一般来说，乌衣不会选择去到青衣那边去偷袭自己，那么他真正所在的地方……就是自己的右手边——东面！

唰！

下一刻，昭阳猛地睁开眼睛，手中软剑如同灵蛇一般吐芯而上，将灵气全部刺向了朝自己扑来的其中一个幻影上。

噗的一声！

幻影尽数破裂，而被他刺中的那一道身影，竟真的在此刻渐渐凝实，露出了乌衣原先的模样。

此时的乌衣，用自己手指夹住了昭阳的剑，但是他的肩上已经在流血了，滴答个不停，他根本就没有料到昭阳竟然能够识破他从何方而来！

要知道，凭借他最引以为傲的万重身影，一般的临四境高手，也已有数人被他杀死，更不用提那些个第三境的武者了……可是现在，他最强大也最自信的一招，却被对面这个清秀的书生给轻易破解了。

若非他反应迅速，将身体微微侧开了一些，或许刚才那一剑就不仅仅是戳到他的肩膀上那么简单了，很有可能已经从他脖颈之上轻轻划过了！

乌衣没有顾及肩膀和手上的疼痛，脸上的邪魅之意悄悄退却，进而变得严肃甚至愤怒起来，他两指用力一弹，昭阳手上的软剑轻轻一偏，倒退而回，乌衣也趁机飞退。

"小师弟，你也出手！"乌衣偏头朝青衣说了一句。

青衣闻言，抱在胸前的手臂放了下来，朝乌衣点了点头。

"我们尽快将他解决，也好去拿下其他人。"

"好。"

三言两语交谈完毕，两人遂一前一后地将昭阳包围起来，就在这时，忽然一道剑光从天而降，直接洒落在青衣身前！

"昭阳，快撤！"

一道冰冷又有些急切的女声传来，昭阳惊喜地转头一看，发现端蒙不知何时已经出现在自己身边。

一剑斩落之后，趁对方不曾反应过来，端蒙迅速拖住昭阳的手臂往来时的路急速后撤，情急之下，昭阳也不忘顺手扯上处于昏迷状态中的尚章。

"我方才被困在迷阵之内，此时游兆与商横皆已安全，但曹贼已派遣大量兵马守候在营帐外面，我们一旦进去，必然会被万箭穿心！所以，现在必须撤！"端蒙一边跑一边冷静地说道。

"好！"昭阳点头，神情变得凝重起来。

"想跑？哪有那么容易。"一道清澈的女声出现在前面，那名身穿赤衣的女子怀抱琵琶，如同飘飘临世的仙女一样，挡在了两人撤退的路上，正笑容浅浅地看着他们。

与此同时，方才因端蒙的突然一击而顿住的青衣和乌衣也已赶到，与赤衣形成合围之势，将两人围困在了里面。

"飞羽第二将端蒙，据说擅使剑、飞刀与长枪，来历不明，但是实力强大，不论剑道与武道境界，皆已触摸至临四境门槛，可谓是蜀汉万里也难挑一的天才女子。"赤衣笑了笑，对着端蒙眨着长长的睫毛说道，眼眸中还透露出一丝欣赏与好奇。

端蒙冷冷地皱着眉，不出声，却下意识地将昭阳及尚章挡在了身后。

"原本我打算将你们逐一击破的，但是你既然来了，那就留下吧，也省得我再多跑那几趟了。"赤衣笑嘻嘻地说道，若不是见识过她恐怖的手段，一般人看到她，估计都会以为这是一个未经世事的小姑娘。

可惜……

端蒙忽然如风一般飘动起来，整个身体轻飘飘却又无比凌厉地朝着赤衣闪烁过去，同时手里出现了一柄短刃，短刃上闪烁着幽幽寒光，对着赤衣的脖颈便割了过去。

赤衣没想到端蒙的速度如此之快，下意识地偏头躲避，但就在这时，端蒙刀刃一转，却是直接将匕首往旁边横拉而过。

刺啦一声！

赤衣抱在怀中的琵琶顿时琴弦尽断，连一根也没剩下。

"嗯？"

赤衣迅速反应过来，趁端蒙还未离开，以极快的速度轻轻往前推出一掌，那一掌看似轻柔，实则极重地打在了端蒙的腹部，端蒙借力急速倒退离开，捂着腹部，脸上露出一抹痛苦之色。

"端蒙！没事吧？"昭阳连忙将她扶住，担心地问。

"无妨，一掌罢了。"说着，端蒙便直起身来，脸色愈加冰冷。

"无事便好！"昭阳放心下来。

"唉……这可是紫衣送给我的。"赤衣嘟了嘟嘴，有些懊恼地看着端蒙离开的背影，"这下他又要在我面前唠叨，怪我不小心了……"

"那赤衣姑娘最厉害的就是手里的琵琶，这下你把她的琵琶弦割断了，那她对我们的威胁就要小多了。"昭阳接着说道。

"也不尽然，除去曾与我们交过手的白衣尊者实力强大外，没想到其他几人，竟也如此厉害。尤其是那个青衣少年，年纪轻轻，却也有着不下于我的实力。"端蒙皱着眉头说道。

"那我们今晚想要冲出去，恐怕……"昭阳淡淡一笑。

"闭嘴！有我在，就一定能够出去！"端蒙喘着粗气说。

"我是说，如果到时候不行的话，你就带着尚章先走，我来断后……端蒙，尚章是你的弟弟，也是你唯一的亲人了，所以……"

"闭嘴！"昭阳还未说完，端蒙便朝他怒吼一声，"我说过，有我在，就一定能出去！"

"想要出去？你们蜀寇屡次北伐，边境不知有多少百姓因此妻离子散，简直该死！今晚若不将你们留下，我黄衣如何对得起君主、对得起死去的大魏百姓？"乌衣邪魅的脸庞上，渐渐溢出一抹冷笑，冷笑中蕴含着无比强烈的杀意。

"师兄说得对，你们，该死。"青衣只吐出一句话，意思却已非常明显。

"……两位师弟不急，让他们聊够再说。我都快被他们的真情感动了。"赤衣轻笑着缓缓摇头。

"赤衣师姐……"

赤衣摆了摆手，让他们不要说话。

乌衣与青衣只好闭口不言。

"我相信你。"这边，昭阳眼含柔情，看了端蒙一眼，伸手想要抚摸她的脸庞，伸到一半却又缩了回来，黯淡一笑，然后顺手解开身上的衣带，将尚章放了下来。

手里握紧了剑，昭阳缓缓开口道："端蒙，若我死了，记得去我家里，帮我看看爷爷，他一个人，我不放心……"

"你……回来！"

端蒙急切地大喊。

只见昭阳在放下尚章的那一刻，整个人便快得如同一道闪电一样冲了出去，软剑竖直，不顾端蒙的大喊，目标直指方才说话的乌衣。

著
冷场大师

漠之雪

之

轩辕剑

【下】

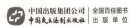
中国出版集团公司 ｜ 全国百佳图书
中国民主法制出版社 ｜ 出版单位

第三十七章
守株待兔

因为他知道，只有挡住了乌衣与青衣，端蒙才能带着尚章越过无法发挥琵琶威力的赤衣，从而迅速离开这里。

他想得不错。

没有人想到昭阳会做出这样的选择，包括端蒙。

但现在已不再是意气用事的时候，连多闻使君都曾说过，要时刻记得保持飞羽的宝贵战力，而他们被困住的三人当中，尚章受伤昏迷不醒，唯有昭阳与她有能力冲出这里。最重要的是，飞羽十将当中，尚章排名最末，即便不在，对飞羽的影响也是最小的。

几乎是转瞬之间，端蒙脑海里就已想到了这些问题。

所以在昭阳与尚章之间，她要选择谁？

昭阳，还是尚章？

片刻之后，她闭上眼睛，缓缓说道："父亲，女儿对不住您……我不能眼睁睁地看着别人为了救我们姐弟而死，所以……"

深深吸了口气，将已经滚落到眼角的泪水硬生生地憋了回去，端蒙睁开眼，双眸之中已变得冰冷无比，看也不看地上的尚章一眼，便冲过去一把拉过昭阳，挡住了来自青衣与乌衣的攻击，然后急速掠过赤衣，往来时的方向一路飞奔离去。

"不用追了。"赤衣笑着摇摇头。

"赤衣师姐，那两人可是飞羽的顶梁柱，这番放他们离去，日后我们……"

"不是还有这个吗？"紫衣指了指地上的尚章，"我料定他们今晚一定还会再来，所以我们何不来个守株待兔？"

"这……"

"放心吧，他们一定会回来的。"赤衣笑着说，心里在想，因为紫衣说过他们会来，那他们就一定会来……

"先布阵，到时候就可以将他们一网打尽！"赤衣微微一笑，可转眼看见断了弦的琵琶，却又嘟起嘴来，满脸不高兴。

另一边，朝云带着强梧、徒维和横艾，一路穿过敌军的封锁线，直接来到了端蒙他们进入的路口处，但是来到这里之后，却发现周围空无一人！

"怎么回事？"朝云往周围看了看，没有发现任何踪迹。

"莫非他们已经回去了？"强梧不确定地问道。

"不会！即便离去，这里也太过安静了一些……"横艾摇摇头说。

"不错，他们要么遇到了什么危险，要么是藏在了哪里……"朝云思索起来，突然，不远处的树林中传来一阵异动，朝云往那里看去，面色一喜，"是游兆的气息！"

"确实是游兆！"强梧眼睛一亮，跟随朝云小心翼翼地往那边接近。

然而等到几人来到这边的时候，看到眼前的一幕，却大惊失色。

"你们……你们这是怎么了？"

只见在隐秘的树根下，游兆脸色苍白，正在默默地调息疗伤，而商横身上也有不同程度的伤痕，昭阳更是连上衣也不知去了哪里，光着膀子，腹部有一道流血的伤口，端蒙站在一旁，不发一言。

横艾对徒维说："师弟，你去帮他们疗伤。"

"好！"

徒维走到商横、游兆处，半跪下来，开始施法替他们治疗身上的伤。

"谢谢你，徒维！"商横感激地道，他虽是术法师，可在治疗方面却并不擅长。

"不谢，这是应该的。"徒维还是老样子，毫无抑扬顿挫的语气。

这时候，昭阳才看了眼朝云，叹气道："我们刚刚遭遇了铜雀六尊者其中几人的袭击……"

"铜雀尊者，果真如此……"朝云凝重地点点头，"因为，我们也遇到了。"

昭阳无奈地道："没想到那些人的实力都不弱，以个人来说，较我们单个人更强……而且他们玩了一招调虎离山，把我们五个人全部分开了。随后那紫衣尊者和赤衣尊者就出现了，并且与我战斗了一番，而其余之人则被困在了那赤衣变出的迷阵里面，大家冲出来后，都受了不同程度的伤。"

"原来他们一红一紫二人，是跑去袭击你们了？"强梧放下抱着的手臂，想了想，还是走过去看了看游兆，"你的伤势还好吧，游兆？"

"没什么大碍。"游兆冷淡地摇摇头。

"今后可棘手了……想不到除了白衣尊者外，铜雀其余人竟也厉害至此！"不理会游兆的态度，强梧皱起眉头。

"铜雀六尊者，能够在偌大的魏国脱颖而出，怎会简单？"横艾心不在焉地拨弄着手上的苇叶，"只是我们第一次与人家相遇便败得如此惨烈，以后可得小心了。"

"等等！尚章他人呢……怎么没看见他？"朝云环顾一圈，问道。

昭阳面有难色，隐隐露出一抹愧疚，不由得抬眼看了看端蒙。

端蒙面无表情，仿佛没有听到。

昭阳叹了口气，转过头，忧郁地对着朝云说："焉逢，其实都怪我……尚章一开始被那青衣小子的镜子伤到了，昏迷了过去，后来我们逃出来的时候，他……"

"什么？"朝云惊诧，"他现在在哪儿？"

昭阳深深地吸了口气，看了看刚刚逃出来的方向说："我们逃出来时，他还在路口处，被敌人包围着，又昏迷着……如今，他很可能已经被敌人带走了吧？"

"原来如此。"朝云凝眉说道，"我们总不能放着自己的同伴在敌阵中，不管他的死活，所以我建议大家过去看看！"

"嗯……我也是这么想的。"昭阳说着，又偏头看了一眼端蒙。

端蒙依旧没有回应，脸色冷冰冰的，连眼神也变得如寒铁一般。

朝云摇摇头："既如此，我们走吧！"

昭阳点点头，正要起身。

"我说过，我不允许……"一直不曾出声的端蒙忽然开口，坚定而冰冷地说道。

众人都惊诧地转头看向她。

"铜雀六尊者实力强大，不能为了救一个不知是死还是活的战友，便又回到敌阵，再次犯险！"端蒙冷冷地说。

"端蒙，你怎么可以如此说？"朝云极其不悦地道，"飞羽的成员，都是大汉万中选一、珍贵无比之战力！更何况我们并肩作战那么久，怎可怕有危险，便轻易弃之不顾？"

"端蒙，当时你强硬地把我拉过来，现在我要回去救他！你不能为了我，而舍弃尚章！"昭阳的语气变得激烈起来，他心里原本就不好受，现在焉逢提议让大家一起去救尚章，哪怕知道这条路是九死一生，他也要去闯闯，否则心中的愧疚与遗憾，怕是要永生难忘了。

端蒙毫不犹豫地打断他："不准！多闻使大人有吩咐，必要时务必以保全战力为最优先！目前我们最多不过损失一个十人中最弱之尚章，若依焉逢和你的提议，冒险回去救他，届时全军覆没，岂非要造成飞羽部队更大、更难以弥补的损失？"

昭阳抬起头说道："话是这样没错，但是端蒙，尚章他可是你的……"

"我说过了，不准就是不准……"端蒙不为所动，语气坚定地道，"这是我的命令！"

昭阳失望地叹了口气："端蒙，你若不去，那我与焉逢去。"

端蒙将手伸进怀里，掏出一块银色的令牌，令牌上写着一个大大的"飞"字，她将令牌举到昭阳面前："这是我第一次以飞羽飞之部领队的身份命令你——不准去！给我待在这里，谁也不准去！"

昭阳面色一沉："端蒙，你……"

端蒙看着他冷冷地说道："难道你想抗命不成？"

"唉！"

昭阳狠狠地一甩袖子，干脆坐到了地上，什么也不管了。

朝云上前一步，说道："端蒙，我尊重你的决定……但羽之部愿意过去，冒险去救尚章。"

"我建议你最好不要如此，焉逢！"端蒙面无表情，冷着声音缓缓说道。

朝云不理会她，转头看了看横艾、强梧、徒维："此行危险，你们有谁愿意一起去？我不强迫！"

"我去，朝云！"横艾说，"我支持你的做法，并肩作战的好同伴，怎能随便弃之不顾？那你呢，强梧？"

"这……好吧。"强梧若有所思，不过也挠挠头答应下来。

"徒维，你呢？一定支持师姐吧？"横艾问徒维。

原本正在帮游兆施法治疗的徒维，也起立抱拳："是，我支持师姐，我也一起去。"

横艾笑着说："很好，我们羽之部团结无比，大家的意见完全一致！"

端蒙的面色冷若冰霜，紧咬着嘴唇。

朝云向自己的队友们抱拳致敬："各位，那我们出发吧！"

过去几步，强梧对朝云说："朝云，我觉得端蒙说得极有道理！敌暗我明，而且他们实力不弱，我们当真要去冒险救出尚章？"

朝云点点头："自然，你不也同意了吗？"

"因为横艾都那么说了，让我无法不接受。"强梧瞧了在一旁掩口而笑的横艾一眼，继续无奈地说道，"我想了想，还是觉得端蒙说得对！如今牺牲一个人，总比牺牲一群人好啊。"

朝云拍拍他的肩膀，笑着说道："别担心，若情况不对，我也会立刻折返……但是至少过去看看情况，总不能什么也没做就弃自己同伴于不顾吧？"

强梧若有所思地点点头："嗯……这倒是。"

"因为我也知道危险，所以不勉强各位一定得去。子君，你不必勉强自己。"朝云认真地说。

"你胡说什么呢，朝云？正因为危险，我才更应该一起去。如今少一份战力，便是增一份危险。"强梧不满地说道。

"哈哈哈。"朝云哈哈大笑。

"走吧！不过路上务必谨慎一些。"强梧没好气地看了一眼朝云，知道自己是钻入他的激将法圈套里了，不过要去就去一趟吧，再不济也能保住命回来吧？

顺着昭阳告知的路线，朝云带头，很快四人就穿过狭窄的路段，来到了方才端蒙与昭阳跟敌人大战的地方。

"是尚章！"朝云眼睛微亮，一眼看到了正躺在地上、看不出生死的少年，顿时连忙上前检查了一番，待发现尚章没事之后，他才松了口气，"不过他似乎被对方设下的什么法力给镇住了！"

一眼看去，只见尚章身上、两肩和两脚处，各放着一颗诡异的石头。

"朝云，小心一些！"强梧戒备地说，"这必定是什么陷阱！对方故意拿他当诱饵！"

"应当是陷阱，说不定他们还在周围看着我们呢……"朝云点点头，环视周围一圈，问横艾："你怎么看？"

"确是陷阱没错，这阵我知道，是一个法阵陷阱。"横艾说，"不过既然我们都来了，总不能在这里放手不救尚章吧？"

"但是如果救他，不就是中了敌人的诡计？"强梧不安地环顾四周。

"我们若想救尚章，便会被拉入一个异界法阵之内。"横艾说，"法阵四方有正好与这四个封印石相对应的幻兽，只要一一击败，便可卸除他身上的四颗封印石，把尚章救走。这个法阵对我们羽之部而言，是足以应付得来的。"

强梧皱眉，大咧咧的性格此刻却变得谨慎起来："我总觉得对方在引诱我们掉入什么更大的陷阱。"

"你不相信？"横艾摇摇头，"若是我没推测错误，这法阵应该就是陷阱本身。"

"不论是何种情况，我们都不能见死不救。"朝云肯定地说道，"对了，周围有没有人埋伏？"

"不清楚，符鸟没有探到消息。"横艾看着朝云，"朝云，你打算如何处置？真打算要冒险吗？"

"就像你说的，我们都来了。我打算冒这险，至少试试能否把尚章救回，你们认为呢？"朝云略带笑意地看着他们。

"这个……"

"好了，明明谁说不去你都是不会同意的，还问了做什么？"横艾没好气地说。

"嗯……横艾妹子说得对啊！"强梧幽怨地看了朝云一眼。

"哈哈哈，既然是阵法，那我们一人一个角，便来好好地会会它！"

说着，朝云往前踏出一步，当他将手伸向尚章的时候，一阵白光突然闪过，四个人一同消失在原地。

"这是什么鬼地方？怎么到处白花花的……"强梧看着周围的一片白茫茫，不由得挠起了头。

"我们现在是进入法阵之内了，这法阵分为四角……四角之处各有幻兽一只，只要将幻兽杀死，便能解除法阵，救出尚章！"横艾解释了一次，然后看向朝云，"我们一人一个角吧？"

"好，那幻兽强梧最有作战经验，而我们也都观战过，因此大家都尽量快些解决！"

"遵令！"

第三十八章
不抛弃，不放弃

强梧与徒维抱拳，横艾点点头，然后便朝着白茫茫世界的四个方向跑去。

而就在这时，四个角落里，幻兽的怒吼声一同响了起来。

"端蒙……"昭阳递了一壶水过去，"喝点吧，今晚都怪我，怪我没有能力把尚章带出来。"

"不怪你，这是我自己的选择。"端蒙冷冷地说。

"可他是你的弟弟！而我……而我只是你的战友罢了。"昭阳盯着她的眼睛说。

"那又如何？"端蒙不看他，站起身来，转身离开。

"端蒙……"

昭阳缓缓低下头去，他刚才明明已经决定付出生命，让端蒙带尚章走，可是没有想到的是，在那样危急且关键的时刻，端蒙却扔下了尚章，带着他一起逃了出来。

他知道，这一切都是端蒙为了保留飞之部的实力才做出的选择……若是当时换作他受了严重的伤昏迷过去，昭阳相信，端蒙也会将他丢弃，带走能带走的人。

所以，他不为她这样的选择而高兴。

相反，浓浓的愧疚充斥在他的心里……可以想见的是，端蒙的内心此刻定然无比煎熬，也定然比谁都要难受，可是她强忍着，她不哭也不怒，不让任何人去接近她的内心世界。

这就是端蒙，这就是他倾心已久的端蒙。

"如果我能承接你的痛苦，那该多好。"昭阳呢喃一声，看着端蒙的背影自语。

"孽畜，受死！"

再也没有掩藏，周旋一阵之后，朝云直接将一道金色剑光挥将过去，那幻兽顿时四分五裂，在哀嚎中化归于虚无。

白色法阵内，其余三个角落里陆续响起了幻兽的哀嚎之声。

不过片刻，白色的世界开始碎裂，眼前看到的一切都慢慢消失，直到黑暗降临，熟悉的月光洒落在身上，朝云等四人才睁开眼来。

"出来了！"强梧脸色一喜。

朝云与横艾也笑了笑，相视点头。

而此时，尚章依旧倒在地上，但是刚才放在他身体周围的四颗封印石已经消失，那股来自法阵的压迫之力也已悄然不见。

"得亏咱是四个人来的，要是少一个还真得耽搁些时间。"强梧嘿嘿笑道。

"尚章怎么样？"朝云着急地问。

"并无大碍，只是昏迷了过去。"横艾微笑着说，"对手要拿他当诱饵，所以才没杀死他，真是侥幸。"

"这便好……"朝云放心地点了点头，环视四周，"虽然我们破了敌人的幻兽陷阱，但恐怕他们还有其他陷阱，大家千万不要放松。"

"徒维，你先帮他简单地施法治疗一下，然后我们就尽快带尚章离开此地！"横艾对徒维说。

"是！"

而这时，他们都没有注意到的是，三道身影躲在阴影处，正偷偷地看向这边。

正是之前不曾离开的青衣、乌衣与赤衣三位尊者。

"这样好吗，赤衣师姐？您竟然让飞羽的人救走同伴……"乌衣尊者皱眉，

"我们应该利用这个机会，趁机歼灭他们！要知道，正是他们这样的人的存在，才使得魏蜀两国战争不断……"

"师弟……乐趣要慢慢品尝，如此才有意思啊！如果一下子就把对手全灭了，那可就一点乐子也没有了。"抱着手臂的赤衣尊者，笑嘻嘻地说，"我想看看他们飞羽第一将，会怎么处置落入敌人陷阱中的同伴……看看他是像之前那位一样贪生怕死，还是宁可舍弃生命也要救出同伴的有情有义之人？嘻，确实没太让人失望。"

乌衣摇头道："但我们如此做，紫衣大人他……"

"哈！方才忘了告诉你们，其实……这就是他的意思呀。"赤衣微笑着转身，"战场对他而言，只不过是拿来玩调兵遣将、征服天下的博弈游戏罢了……好了，今晚就到此为止吧，我们走！"

简单的治疗过后，朝云连忙带着依然昏迷的尚章返回至端蒙处。

他们刚一出现，昭阳便连忙起身，赶到朝云身前，帮忙将尚章接了过来。

"太好了，还好尚章没事！"昭阳半跪着，看了看暂时被安放在地上的尚章，然后起身，认认真真地向朝云等人抱拳行了一礼："昭阳在此，谢过诸位！"

"不必客气！我们都是飞羽之人，何须如此？"朝云不在意地笑了笑。

就在这时，端蒙亦走了过来，默默无言地看着地上的尚章。很明显的是，她的眼睛里面，闪过了一道光彩。

昭阳向朝云点点头，然后便转身，看着端蒙激动地说道："端蒙，尚章他总算……"

"别说了！"

端蒙眼中的光彩一闪而逝，不等昭阳说完，便伸手制止，然后冰冷冷地走至朝云面前，低头抱拳向朝云行了个礼。"嗯。"朝云点点头，同样抱拳回礼。随后，端蒙便背起尚章，转身离开了。

"焉逢，你别在意……端蒙她就是这个样子。"昭阳笑着说。

"无妨，我知道她的性子。"朝云理解地笑道。

"唉，端蒙大姐有时候真是挺冷酷的……"一旁的强梧摇摇头说，"比如此次我们可是出生入死，替她救出了尚章……可话说回来，有时候她人又很好，比如多闻使要斩你那次，就是她带着我们，准备去劫法场的。"

"所以，这也算是我报了她一个恩情吧……"朝云笑了笑，"好了，此地不宜久留，我们还是赶紧离开吧。"

"说得是！"强梧点点头。

"徒维、横艾……嗯？"朝云回头呼唤横艾，却发现站在他身后的横艾此时正抬头望着天空，伸出手，仿佛在等着什么。

原来是横艾之前放出的用艾叶折的符鸟，此时正飞回来，翩然降落在横艾手上。

"查到什么了吗？"朝云停下来问。

"嗯……查到一些敌人营寨的内部分布情况……对方设防十分严密，并不好攻！而且营寨布置与八卦相同，实在不好对付。所以，我们如今还要袭击他们主营吗？"

"不，算了……加上之前的白衣，如今铜雀六尊者皆已现身，且都实力不弱；况且如今昭阳、商横、游兆与尚章四人都已负伤……我们还是先离开此地，早些返回主营，向多闻使大人禀报此事吧。"

"这才是朝云！"横艾笑了起来。

"走吧！"朝云也笑了笑，带着其他人迅速离开了树林。只是片刻后，他的脑海里忽然间蹦出一个疑问，铜雀六尊者中的四位都已到齐，那么其他两人又去了哪里？

尤其是最强大的白衣……他去了哪里？

与此同时，在汉中负责粮草调度的李严正在批阅着公文。

突然传令兵带着一位将校，急急地闯进来："报、报告李大人，大事不好了……"

李严搁下笔，怒道："何事如此慌张？说！"

将校结结巴巴地道："我……我军蜀道上的木牛部队，遭到敌方袭击，全、全被打入了山谷中！"

"你说什么？"李严大惊，直接站了起来，"敌人派出了多少人马，前来偷袭我们木牛运粮部队？"

　　将校犹豫着说："启禀李大人……您、您一定不相信，对方只有一个人……"

　　李严大怒："只有一人？你胡说八道什么？"

　　将校头也不敢抬，说道："是真的！我特地带了负责押车的徐长史一道来，证明此事！"

　　李严转头看向一位老者："徐长史，这是真的吗？"

　　徐长史颤抖着身子回道："启禀李大人，此事千真万确！连日大雨方止，栈道也已大致修复，所以属下立刻下令两批木牛部队共两百车先行上路，不料路上遇到一位白衣神秘人士拦劫。他只是一挥手，便把我们两百木牛的粮草一下子全都击落到山谷中。"

　　李严一惊："什么？当真如此？"

　　徐长史点头道："句句属实！很意外，他竟放了我们一条生路，没杀我们……属下立刻吩咐后面四百车的木牛一律暂停向前，并立刻赶回汉中，向您禀告！"

　　"这……这该如何是好？"李严面无血色，"我立刻修书，向丞相禀告此事！"

　　李严刚坐下，要提笔写信告知诸葛亮时，他身边的一位幕僚张膺，阻止他说："慢着，李大人！您认为丞相他会相信这种奇怪的说辞吗？"

　　"嗯？"李严心头一紧。

　　张膺看了看徐长史和传令兵。李严会意，立刻挥挥手，示意他们先退下。

　　张膺见所有人都离去之后，才开始说道："李大人，您也是知道的……诸葛丞相素来执法如山，惩处严厉。而您和丞相都是先帝昔日托孤之臣。您对他独占大权，素来颇有不满，而他也隐约已知此事。若您今日告诉他说：有一个不知从哪儿来的奇怪的白衣人，把他如今在祁山、陇川等到望眼欲穿的粮草，全给击落到山谷下……您想以诸葛丞相的为人，会接受这种鬼话吗？恐怕正好拿您的失职来严厉地惩办您！"

　　李严惊惧之下，一时乱了方寸："那……那该如何是好？"

　　张膺走近他，边作揖边轻声说："您……何不诉诸圣上之名义？"

　　李严闻言，恍然大悟，低声自言自语："有理……对，有道理！如今只有陛下能稍微命令孔明……对，只要孔明奉诏提早班师回朝，应该就不会再行追查粮草坠谷之事……"

张膺说道："既如此，那属下便先告退了。"

"等等！"李严忽然抬起头来，阴寒的目光直视着他说，"我记得你父当年作为益州守将，阻止先帝夺取益州，被庞军师捉拿之后，不愿屈服，因此殉职……"

张膺连忙跪下说道："大人！大人明察！小的自归顺大汉以来，做事无不兢兢业业，为人无不善良地道，何以敢有如此想法啊，大人！"

李严抚须微笑起来："好了，我方才的话是想告诉你，你此番为我出了个好主意，为表感谢，老夫应当赏你一赏……你父亲的坟墓年久未修，是该花些钱财找人替他打理一番了。这些你拿着吧……"

嘭！

一袋金银放在了桌上。

张膺眼珠子急转："大人，这……"

李严说道："你若是不想要的话，那……"

张膺立刻反应过来，连忙一把抱住桌上的金银，跪地磕头道："大人放心，小的就是死也不会说出今晚之事的！"

李严笑着点点头："你比你父亲聪明……去吧。"

"是。"张膺小心翼翼地站起身来，头也不敢抬，便躬身缓缓退出。

看着张膺的身影一点一点消失，李严的脸色随之变得阴冷起来，在烛火的映照下，显得尤其可怖："丞相啊丞相，此番并非我之所愿……你若要怪，那便怪你已不得汉中人心，已不得天意吧！"

离开留守府，张膺往周围看了一眼，发现没人之后，才急急地走进一条小巷里，然后来到一间偏僻的屋子面前，伸手敲了三下。

"谁？"里面传来一个男子的声音。

"是我，张膺。"

"哦？"

嘎吱一声门被打开，一名身穿黄衣的年轻男子走了出来，正是之前被紫衣派至汉中的黄衣尊者！

一见张膺，他便问道："事情办得如何了？"

"一切都按照您的意思进行。"张膺行礼。

"好，很好……"黄衣随手掏出一个钱袋，微微一笑，"此乃给你的酬劳。"

张膺看都不看，一巴掌将钱袋打落在地："大人！我张膺不需要这些东西！"

黄衣略微诧异："为什么？"

张膺顿时愤愤地道："刘备、诸葛亮这些老贼忘恩负义，我们招待他入川，他们却反夺我们巴蜀……我父亲张任，便是被他杀害的！而李大人本是我们益州人，却卖主求荣，平步青云，好不风光！我还得感谢你，教了我这招，让李大人与诸葛亮这些狗子们互咬！"

黄衣心中暗笑，表面却摇头道："实不敢当。对了，还有其他事也有劳您！"

张膺道："什么事？请说。"

黄衣小声说："我想麻烦您去成都一趟，帮我散播一些消息。"

"哦，什么消息？"

黄衣尊者微笑着道："就说：诸葛亮拥兵自重，时已多年，俨然他才是当今大汉的至高领袖！如今军国大事，几乎皆不受节制，甚至连圣上做什么决定，也要事先知会他！民间已有谶言：汉室将亡，亡于复姓之人……哪日一不小心，恐怕成都便将重演王莽、董卓之祸……"

"大人此乃妙计啊！"张膺感叹着，旋即阴狠一笑，"我这就去办……"

黄衣笑着点点头，然后揖手一礼："有劳了。"

张膺离去了。

黄衣看了眼留守府的方向，缓缓开口说道："是时候去和白衣师兄会合了……"随即便关上宅门，收拾东西，离开了此地。

第三十九章
尚章来投

祁山，大汉军营内。

多闻使在大帐之中，背着双手，不停地来回踱步。

此番遣派飞羽去袭击司马懿军营，他与增长使两人可是商量了许久，是在认为即便是铜雀六尊者一同出现，也不足以对飞羽造成太大威胁的前提下，才让他们前往完成任务的。

但是很明显，他们低估了对方的力量。谁也没有想到，除了神秘的紫衣尊者与实力强大的白衣尊者外，其他几人竟然也有如此高强的本事，竟让飞之部四人都不同程度地受了伤！

这是整个飞羽都始料不及的。正因如此，多闻使才越发焦急，尤其是在大汉缺粮，面临退还是继续留守的关键问题上，敌人竟然一下子冒出了足以匹敌甚至压制飞羽的战力，这让他与增长使一下子失了方寸。

但这些都不是主要问题，问题是敌人似乎非常了解他们，但是他们却不一定了解对方。

"如何才能解决这个问题？"多闻使不禁思量起来。

"大人，焉逢将军到！"传令兵进来禀报。

"哦？请！"多闻使眼中光芒微闪。

"焉逢拜见多闻使大人！"

"不必多礼。"多闻使转过身来，看着朝云说道，"今日我找你来，是想了解清楚一些事⋯⋯你上次提及，曹贼他们那里，铜雀六尊者来了四位，仅仅四位，不包括白衣，便已将你们的计划全部打乱，并且还伤了飞之部四人，是不是？"

"是的⋯⋯他们的实力，确实超出我们之前的预料！"皇甫朝云禀报道。

"既然如此，我还要交给你们一个任务！"多闻使语气加重。

"大人请说！"

"为了平衡你们的实力，我希望羽之部能接纳一个人。"多闻使虽是商量的话语，但是语气却不容置疑。

"大人请讲！"

多闻使沉吟片刻，说道："飞之部有人希望转调至羽之部。端蒙她也同意了。"

朝云一喜："是游兆他打算回来了吗？"

多闻使摇摇头："不，不是游兆⋯⋯而是其他人。"

朝云讶然："其他人？"

多闻使说道："是的，尚章⋯⋯他希望调至你麾下。"

"这⋯⋯为什么？"

多闻使看了眼朝云，说道："也许是为了报答你的救命之恩。"

朝云蹙起眉头，说道："去救他，本是我们身为飞羽成员所应该做的，他大可不必如此！"

多闻使说道："但他的意愿很坚决，飞之部有人劝说，但是也不管用⋯⋯所以你愿意接纳他吗？"

朝云抱拳回道："若是他已经决定了，羽之部自然不成问题，十分乐意接纳。"

多闻使点头道："很好，那便这么决定了！尚章加入你羽之部，如此一来，飞之部与羽之部回归平衡，各自五人！还有另一件事，我要你们去执行一项任务，返去蜀道一趟。"

朝云心中忽然升起一股不好的预感，忙问："怎么了？是不是⋯⋯"

多闻使打断他："你猜到了？"

朝云想了想，说道："昨晚我们袭击司马懿的营寨时，铜雀六尊者只碰到了其中四位，剩下的两人——白衣与黄衣却不曾出现，因此我想，他们一定是有什么更重要的任务在身，若是我没有猜错的话，那大人所想要跟我说的事情，定然与他们二人或者二人之中的一个有关！"

多闻使面色微沉道："不错，祝犁那边出了些问题。"

朝云睁大眼睛说："祝犁？他之前被另派遣任务，去蜀道架设流马的运输线……这么说来，是粮道遇到袭击了？！"

多闻使点点头："还不敢肯定……但蜀道那里似有不寻常的迹象。祝犁跟横艾学过符鸟，今早透过符鸟，送来紧急请求援助讯息……"

朝云问道："什么异常迹象？"

多闻使说道："他说，有人把前几批运粮的木牛都由栈道打落谷底，我想那应该便是黄衣与白衣其中一人所为……祝犁担心架设中的流马也会受到影响，他一人无法照顾周全，因此请求支援！"

朝云蹙眉分析道："白衣之前偷袭了木流渊，以为消灭了十万军粮……此番又有人到我大汉后方作祟，我想恐怕与白衣脱不了干系。"

多闻使点点头道："总之，此事应为曹贼派人去做的无疑！或许至今粮秣未抵达，与此事也有关联！如今飞之部半数皆负伤，因此只有派遣你们羽之部辛苦走一趟了。"

朝云领命："是！"心中的热血燃烧起来，与白衣的对战他已经等待许久了，自从自身实力提升之后，便再也没有与白衣对战过，如今粮道若真是被他所破坏，那朝云必须要会会他了。

多闻使看了眼朝云："那你去通知其他人，今日即可启程，速往蜀道，但是有一点……莫要逞强，毕竟那白衣，真的太强大了。"

朝云点了点头，抱拳离开。

回到营帐中。

强梧正喝着茶水，听见消息，立刻噗一口喷了出来，大呼小叫："什么？尚章要来我们羽之部？！"

朝云平静地点点头道："正是！"

强梧兴奋地道："那可太好了！我原本以为，日后整个羽之部就需要我们四个人一同奋斗了呢，没想到尚章那小子，居然会想到来加入我们！嘿嘿，这叫什么？这叫知恩图报……端蒙大姐肯定气坏了吧？"

朝云好笑地摇摇头，说道："这件事是经过端蒙同意，以及多闻使许可的。

我想端蒙应该也理解尚章吧。"

强梧哈哈大笑："不用管她高兴不高兴，咱高兴就行！"

"报！尚章大人到！"

"哦？说谁谁到……快请！"强梧眼睛一亮。

"不，我们出去迎接。"朝云摆摆手，让传令兵退下。

"哈哈哈！对对！得亲自出去迎接！"强梧大笑，当先便大跨步走了出去。

营帐外，尚章一人站在外面，垂手静立，脸上还带有难以掩饰的激动与紧张，而他的身上，原先所穿的飞羽所属的黑色衣服上面，左胸口处的"飞"字已经改成了"羽"字，至少从服饰上而言，他已正式加入了羽之部。

"哈哈哈！尚章小兄弟，欢迎啊！"强梧一出来，就连忙抱拳行了一礼，然后拍了拍尚章的肩膀。

"多谢强梧大哥！"尚章忙回一礼，纯净的眼神里带着笑意。

"尚章，其实你不必如此的，虽说我们救了你，但所为却是飞羽，而不是为了让你感激我们。"朝云认真地说道。

"不，焉逢大人！若是没有您，没有羽之部的其他人，或许我现在已经死了……我理解端蒙的选择，但是我更钦佩您的为人。救命之恩，当涌泉相报！我退出飞之部，加入羽之部，是经过深思熟虑的，绝非一时兴起而为之，因此……恳请焉逢大人接纳！"说罢，尚章一撩衣摆，单膝跪了下去。

"既然如此……那我便代表羽之部，欢迎你的到来！"朝云一边伸手将尚章扶起，一边笑意满满地说道。

"多谢焉逢大人！"尚章激动不已。

"嗯……不用大人大人地叫我，叫我焉逢便好了，若是不嫌弃，叫我朝云也不成问题。"朝云看着尚章说道。

"那好，以后尚章就冒昧地称您焉逢了！名字的话……我现在叫不合适……"尚章挠着头笑了笑。

"哈哈哈……无妨。"朝云满意地看了看尚章，忽然想起什么，问道，"你现在伤势如何？"

尚章拍拍胸脯道："区区小伤罢了，根本无碍！"

朝云摇摇头，关心地道："这可不是小伤……所以，这两日你还是留在营帐中养伤吧，至于任务，就交由我们前往完成就好。"

尚章顿时情绪激动地道："焉逢，我真没事啊！你看——你看——"说着，他左右两只手便挥出灵气与剑气，将一旁的地面划出一条深深的痕迹来。

朝云眼睛骤亮，如果要比天赋的话，其实尚章与其他成员不遑多让！如今小小年纪，已经是武道临三境与剑道第二境并举，两三年之后，达到剑道第三境与武道第三境，也并非什么难事，或者可以说，那就是预料得到的事情。

"焉逢大哥，要是有任务的话，你一定要带着我去！昨晚去袭击曹营，我还没出手就被那穿青衣的小屁孩给打晕了，简直丢死人了！"尚章恨恨地说道，"下次任务，若是再相遇，我一定要让他尝尝我的厉害！"

"哈哈哈……如今便有一个任务，需要我们羽之部前往完成。"朝云说道，"你确定自己的伤不受影响？我们可是要千里奔波的。"

"千里奔波？"尚章与强梧都吃惊地看向朝云。

"没有千里也有数百里了……多闻使大人要我们回到汉中，即祝犁架设木牛流马的地方，同他一道保护粮道安全，并解决来犯之敌！"朝云眼神坚定地说道。

"一定是粮道出问题了，对不对？"强梧问道。

"确实如此……而且我怀疑，此事与白衣、黄衣二人，恐怕脱不了干系。"朝云看了眼强梧与尚章，稍显凝重地说道。

"又是那个白衣！前次木流渊大战，我们几个人都没将他拿下，不过朝云你的实力已经恢复，因此这次若再相遇，那我们应当不至于如前次那般被动了。"强梧头头是道地分析着。

"没错，我如今正想与他相遇呢。"朝云眯起眼，看向天际。

"焉逢大哥，尚章请求随你们一同前往！"尚章诚恳地道。

"你身上的伤当真无事？你要知道，这种事情不必勉强，日后还有许多任务在等着你……"

"不，我既然加入了羽之部，便要随羽之部其他人一同行动！再说我身上的伤势真的已无大碍，没有理由整日待在营帐之中。焉逢大哥，你就带我去吧！"尚章恳切地道，说着，又是抱拳一礼。

"好，那我们一个时辰之后，在营外集合，今日便出发前往！"

"遵令！"尚章激动不已。

尚章与强梧离开后，横艾出现在营帐外面，笑着说道："怎么，又有任务了？"

朝云点头说道："不错，多闻使命我们前往保护粮道。"

横艾轻轻点头："看来那曹贼是想对粮秣下手了……"

"先别说这个……"朝云笑了笑，"横艾，从今天起尚章就加入我们羽之部了。"

横艾眼睛一亮："嘻嘻，我就说吧！朝云，我说会有新同伴加入我们羽之部的。你看，我的草卦是不是很准呢？"

朝云笑道："嗯，没想到这么准，真了不起！"

横艾傲娇地道："呵！越接近的事，我的草卦越准哦！"

朝云忽然想到了什么，面色一动道："真的吗？要不要帮我们大家卜一下这次北伐的前途？"

横艾犹豫片刻，摇了摇头："嗯……卜这种草卦，会耗费我很多灵气，越大的事越是如此，有时甚至会让我的力量失去个五成，一年半载才能慢慢恢复。最近我们还有很多场仗得打，所以之后再来卜吧？"

朝云略微有些失望，旋即又笑道："嗯……说得是。反正以后的机会还多得是，不急着非得现在不可。不过，我真的很好奇，卜出来的会是如何的结果？"

横艾轻笑道："你觉得呢？"

朝云说道："我倒希望一路北上，直取长安，拿下中原……随后再挥师南下，剿灭东吴，如此一来……天下便可太平，而百姓也不用再遭受战乱了。加之丞相素有治国之能，一旦天下无战事，凭借丞相的能力，已足以打理好整个国家，让我大汉国力蒸蒸日上，百姓幸福安康。"

横艾听闻至此，眼神里波光流转，笑道："真有那么一天吗？"

朝云重重地点头："我相信一定会有！好了……去收拾收拾吧，通知徒维，一个时辰后我们便在营外集合，向汉中出发！"

汉中留守府，李严正在府中踱来踱去，眉头已经拧成了一个疙瘩。

他刚刚得到消息，说多闻使派了使者前来，打算监管与保护粮道。但是区区几个人而已，想要保护粮道几乎是不大可能的，至于这监管倒有可能是真的，不过恐怕不是监管粮道，而是监管他李严！同时很有可能，是为了查清坠粮事件的始末！一旦这些问题被多闻使得知，那他无疑就要麻烦临头了。

第四十章
小人献计

要知道，多闻使乃是皇帝身边之人，深得皇帝信任，如今被派去诸葛亮身边，名为监军，其实却是作为帮衬诸葛亮以及监视诸葛亮的人而存在的。此番他写信到皇帝陛下手上，请求撤军，加上粮道的事情，若是都让多闻使知道，那他身上的罪责可真的就难以逃脱了。

"该如何是好……"看得出来李严已经有些着急。

"大人，其实不用担心……你想，不就是派了五个人来吗？若是您能够……咔嚓！"身后，张膺又一次蹿了出来，挂着一脸阴冷的笑容，向李严伸手比画了一个杀人的动作。

"你是说……让我杀了他们？！"李严转身，眯着眼问道。

"不错，若是大人能够……"

"闭嘴！这五人能够得多闻使信任派至此处，必然是我大汉一等良才，你这厮竟有如此恶毒之想法，究竟是何居心？！"李严厉声斥责，他虽然不希望军粮误期的罪责降到自己头上，但是心里却也有底线，知道什么该做、什么不该做。

"大人！小的这是为您着想啊！您想想，若是任由他们将事情如实上报，那上头再去丞相耳边吹吹风，不但您的位置有可能不保，而且难说还会遭受更大的罪责……"

张膺小心翼翼地说道，说到这里，他抬起头来观察了一下李严的脸色，看到对方没有斥责，他才继续弯下腰，谄媚地道："大人，此时此刻，除此之外，已别无他法……小人虽人微言贱，可所言却是全心全意为了大人所着想啊！望大人明鉴！"

嘭！

张膺双膝跪下，身体趴伏前倾，磕了一个响头。

"看在你如此忠义的分儿上，方才那些大逆不道之言，我便不追究于你，下去吧！"李严摆了摆手，如同赶蚊蝇一般，看都不看地上的张膺一眼。

"大人……"张膺抬头还想说些什么，却猛地看到李严朝他投来的阴冷目光，顿时吓得浑身一颤，丢了魂似的撒腿往外跑去。

李严缓缓地睁开眼睛，眼眸里有担忧，也掺杂着丝丝的阴冷，盯着挂柱上的烛火看了片刻后，他再次闭上眼睛，伸出手去，将火光拂灭……

房间里，霎时陷入黑暗。

山道上，五匹骏马飞驰而来。

"吁——"

当先的一名年轻人将马勒住，从怀中掏出一份地图看了一眼，才放松地点了点头。

"怎么了？"

"我们离李严大人所在的留守府不远了。"朝云笑着说。

"赶了这么多天的路，差不多也该到了。"强梧揉了揉大腿，"嘿！这马真没劲！把我强梧的胯都快磨破皮了！"

"哈哈哈！强梧大哥，早让你学我，在马鞍上装两袋棉花，保准你骑个一天一夜都舒舒服服的！"尚章大笑。

"一小屁孩，你懂什么？"强梧朝他瞪了一眼。

"行了，强梧，这次尚章说得对，你不用反驳了。"朝云也笑着说道。

"嘿嘿，还是焉逢大哥英明！"尚章乐得像开了花一样，露出一口白牙，嘚瑟地朝强梧递眼色。

"嘿……才多少天，你们两人便沆瀣一气了？"强梧看向横艾，"横艾妹子，你也不管管！"

"朝云说得对，强梧你啊……真是嘴上不饶人。"横艾掩嘴一笑，倾国倾城。

"算了算了，反正我强梧说啥都不如你们说得好！"强梧满脸不屑，又转头看向徒维："你小子倒是说句话啊！一连几天几夜，你也憋得住？"

"我听你们说便好。"徒维脸色平静，无悲无喜。

"嘿……早知道你如此了，也不知道你这脾性啥时候能够改改？"强梧摇了摇头，"如此清秀的一个少年道法师，却不喜欢说话，怪哉怪哉！"

"好了，前方不远处便是目的地，我们再快一些，争取在天黑之前赶到，去面见李大人！"朝云指了指前面的一座高山，"走吧！"

"等等……"横艾忽然出声叫道。

"嗯？何事？"朝云勒住马，转头问道。

"我觉得这里不正常……"横艾轻蹙眉头，往周围看了一眼，神色越发不对。

"没错，我也觉得……是不是太过安静了一些？我们一路行来，飞鸟爬兽，层出不穷，可是这段路走来，不用说鸟叫声，便是连个放屁声也不曾听见！"强梧早已收起了笑意，脸色严肃地说道。

"横艾，看一下是怎么回事！"

"好。"横艾掏出符纸，三两下就折成了符鸟，放飞了出去。

"我们继续走，大家当心，相互间不要距离太远。"朝云抬起手来，认真地吩咐道。

"遵令！"

强梧、徒维与尚章抱拳，眼神都变得警惕起来。

"朝云，我知道了！"

走出去一段距离后，横艾拧起一双细长的眉毛，说道："前方不远处有伏兵……大约三十人，全部趴在左侧树林中，而且为了不被我们发现，都躲在百米开外。"

"伏兵？这可是大汉地界，哪里来的伏兵？"强梧极其诧异地道。

"大汉地界内有三十人之多的伏兵，恐非敌国之人……"尚章思索道。

朝云点了点头："他们埋伏在此，极有可能便是专门等候我们前来……但是各位，这些人若非敌国之人，那么他们会是谁？"

"这……"尚章挠了挠头，眼神里露出一抹茫然。

"这谁说得准，也可能就是几个山贼罢了，到时候一并打死算了！"强梧不在乎地摆摆手。

"不……这不是山贼，山贼不知道我们会走这条道，不知道我们会在此时来到此处……"朝云摸着下巴分析，"看来，只有一种可能了。"

"是他？"横艾看向朝云，惊讶地问。

"我不确定，先过去看看再说，毕竟这件事太过凑巧，先不要下论断。"朝云眯了眯眼，心里想着，本以为这次任务只需打打杀杀便好，没想到一来到汉中地界，就已经被人惦记上了……玩这些阴谋手段，可不是飞羽的专长啊……

"好了，继续走……前方两百米处停下，我倒要看看这些人是谁，想要干什么。"

"安排好了？"

"是的，大人。"

"好……那位尊者呢？"

"已经离开了。"

"何时离开的？"

"一个时辰之前，在帮大人布置好伏击之后，便自行离开了。"

"真是个怪人。"

"好消息是，大人您不用再担心了，等多闻使得知消息，再派其他人来的时候，丞相那边早已班师回朝了，而坠粮之事，自然也便无人追究了。恭喜大人，贺喜大人。"

"恭喜？贺喜？"

李严仿佛忽然间老了十岁，惨然道："保命罢了，何以谈得上'喜'之一字？倒是你，连出了两个主意，害我无法回头，我该如何赏你？"

张膺吓得扑通一声跪倒在地，撕心裂肺地喊道："大人，属下所谏言的一切，都是为了您啊！"

李严叹了口气："你父亲当年乃是益州守将，看着自己的父亲死在先帝手中，你自然是心有不甘……现在你可以告诉我了，前几日晚上你离开我府中之后，转到巷子里去做了些什么？"

张膺的脸色变得苍白如纸，惊恐地道："大人，小的是……"

李严抬起手来，走到他面前说道："你去找了那位所谓的尊者，是他指使你，利用此次山谷坠粮事件，故意挑拨我与丞相之间的关系，不知可是如此？"

张膺匍匐在地，浑身颤抖犹如筛糠："大人！小的对您忠心耿耿，从未做过对不住您的事情啊！大人明鉴啊！小的……小的给您磕头了！"

砰砰砰连磕几个响头，张膺已吓得面无人色。

李严叹了口气："并非我不愿意保你，只是善恶终要有报，你说呢？"

张膺抬起一张惨白的脸来，哆嗦着道："大人，您……您要做什么？"

李严反问道："你说呢？"

张膺顿时明白过来，连忙哭喊道："大人！小的还有七岁的女儿和五岁的儿子，小的不能死啊！大人，看在小的跟在您身边，鞍前马后这么多年的分儿上，您只要放小的一条生路，小的便可以躲到天涯海角去，那日晚上与今日发生的事情，小的绝对闭口不言，绝对闭口不言！"

李严的声音毫无波动，冷淡地道："你本便如此阴狠，莫非还不知道，什么人保守秘密最为安全？"

张膺扑通一下，如烂泥般瘫软在地。

"好了，与你说了这么多，让你明明白白地死去，也算是对你跟我如此多时日的报答……来人！张膺通敌卖国，押下去即刻斩了！"李严背过身去，令一下，顿时便有数名官兵涌了进来，将已呆滞在原地的张膺拖了出去。

"冤枉啊！大人！大人……

"李严你不得好死！你不得好死！

"哈哈哈……想不到我张膺有朝一日，也会落得同父亲一般的下场！蜀寇贼子，蜀寇贼子！等着吧，你们离亡国不远了！"

咒骂声渐渐远去，最后在府衙之外戛然而止。

一名将校进来禀报道："大人，张膺已伏诛！"

李严轻声应了一下，端起桌上的茶水抿了一口，脸上的神态从容自然，仿佛刚才杀的不是一个人，而是一只鸡。

山道之上。

树林中，隐隐约约闪烁着刀光剑影。

"朝云，我们已经进入他们的射程范围了。"横艾小声说道。

"好……强梧、徒维、尚章，准备战斗！"

"遵令！"

几人小声地交流完毕，便与之前一样，仿佛什么事都没有发生似的，骑着马小跑着通过这一段路，面上仍旧有说有笑，但实则横艾已经拿出了笙，徒维面色平静，却已握住了法旗，强梧已经将手摸向了背上的长弓，尚章已经紧紧握住了手中长剑，朝云则脚蹬马镫，随时准备一跃而起！

一切准备就绪。

便在这时，一排呼啸声忽然从左边的树林里传来。

"杀！"

转头看去，才发现那是一排带着寒光的羽箭。

而羽箭背后，数十个黑衣蒙面人手持长刀，从竹林里如鬼魅一般闪烁而来，看上去气势极足，仿佛在战场上冲杀一般。

"我当是有多厉害呢！"

马背之上，强梧冷冷一笑，以闪电般的速度，一把抽出背后的弓。这一次，六支羽箭一起搭上箭弦，上面全部闪烁着灵气产生的流光溢彩。

嗖的一声！

这六支箭以比对面射出的箭快无数倍的速度反冲直上，分别对准了冲在最前方的几人。

唰唰唰唰！

六支箭先后穿透蒙面人的喉咙，六个人顷刻间毙命。

"杀！"

旁边忽然闪耀起一阵剑光，这剑光带着淡淡的黄色，更多的却是橙色，就在那些羽箭破空而来、如雨点般朝他们头上下落时，那深橙色又带些黄色的剑光，霎时间将所有箭都笼罩了起来，然后便听到一连串树枝爆裂的声音。

砰砰砰！

数十支箭在此刻化作灰尘，随风散落在地面上。

　　而这时，那剩下的二十四人也已冲到了五人面前，并将他们紧紧地包围了起来。

　　"你们是什么人？"没有立刻动手，朝云沉声问道。

　　"杀尔等之人！"一名黑衣人说道。

　　"哦？成都口音……这便有意思了，身为大汉之人，你们胆敢刺杀大汉将军，莫非不知这是死罪？！"朝云一声大喝，其中带上了几分灵气的力量，吓得那些黑衣人不由自主地颤抖了一下。

　　"你们可知，若是你们因此而获罪，死的便不只是你们自己，还有你们的妻儿与父母！莫非你们就忍心看着他们被株连？！"朝云又一次大声说道，眼神锐利地扫过每一名黑衣人，试图逼迫着他们放下武器，供出幕后主使。

　　"兄弟们，不要听此人胡言乱语！他哪里是什么将军，你们见过哪家的将军，是这副打扮的吗？再说，即便是将军又如何？这是主人吩咐的命令，即便死……我们也要完成！"领头黑衣人脸色沉稳，看着其他黑衣人说道。

　　"不错！只要杀了他们，我们不但能得到巨大的赏赐，同时还能脱离奴籍，从此如普通百姓一般生活！"又一名黑衣人高声说道。

　　"杀死他们！"

　　"杀死他们！"

　　"杀死他们！"

　　二十四人声音齐整，原先有过动摇的黑衣人，在两名黑衣人的劝导与激励下，神情也变得决绝起来。

第四十一章
飞羽到来

"好啊，既然已给过你们机会，你们不珍惜的话，那……强梧，交给你了。"朝云说罢，便不再理会，而是闭起眼来，如同调息一般，直接无视身前的黑衣人。

"好嘞！交给我吧！"强梧哈哈一笑，"看来刚才那几箭并没有让你们害怕啊！如此也好，那便让你们尝尝我的另一剑吧！"

强梧狂笑，一把抽出背上宝剑，随手重重一挥，顿时便将想要攻击朝云的几人横扫出去，那几人被黄色剑光带出极远，倒地之后，留下一摊血迹，便再也没有起来。

剩余之人被这陡然发生的一幕惊呆了，但不愧是专作刺杀的人，没过片刻他们便都反应过来，也顾不得其他人，在这一刻，那些黑衣人都把目标对准了那个身背弓箭、手持宝剑的年轻人，现在的强梧，对他们的威胁才是最大的。

山道上山风吹拂，吹得人衣发凌乱。

因为处在深山的关系，即便穿得再多，身上也会跟着生出几分凉意。

凉意侵袭而来，那些黑衣人忍不住紧了紧身子，握着刀剑的双手跟着颤抖了一下。

也便是在这颤抖的瞬间，一道冷血的剑光在他们眼前出现，映照得他们连眼睛也难以睁开。

这时候所有人才知道，原来刚才的冷意不是来自山风，而是来自这柄剑，来自这位名叫强梧的年轻人的一剑。

这一剑聚集了天地间无数剑气，从白到黄，四种颜色聚集在一起，相互混合，相互交融。于是便在交融与汇合间，强梧使出了也许是毕生最大的一次力量，他抬起剑来，重重地挥了出去。

剑光将眼前的一切都淹没了。

仿佛时光静止了一样，黑衣人保持着握剑的姿势，保持着惊讶的表情，保持着躲避的姿态，保持着逃生的渴望……所有的一切，都在这一刻被四彩的剑光全部覆盖。

轰！

持续了一个呼吸不到，四彩的剑光纷纷飘散，如同极地闪过的极光，四处飞掠，没有目的，飞到哪里，哪里便被破坏殆尽。

一棵数人围抱的古树被一片黄色剑气拦腰斩断，一块茅屋般大小的巨石被红橙混合的剑气击碎成无数细小的石块，更有数不清的花草、树木甚至山包与一头刚刚潜伏而过的猛虎，都被这可怖的剑光削成了碎片。

碎片翻飞，一声声惨叫同时响起。

惨叫声不知持续了多久方才停下。

等到那些剑光平息下来的时候，周围的一切才跟着恢复了宁静。

放眼看去，只见凌乱的山道之上，剩下的二十四名黑衣人趴伏在地上，瑟瑟发抖，有些胯下已经流出了不明液体，但这些人中没有一个人受伤。

当然不是强梧杀不了他们，而是故意不杀他们，他所需要的，便是通过这种方式，让他们产生恐惧，逼迫他们说出背后主使之人，只有这样，等到留守府的时候，他们的心里才能有底。

"现在，可以说了吧？"收起剑来，强梧冷笑着开口。

"我说我说！"

"你闭嘴吧，我来说！"

"爷，这位爷！我是头儿，我来告诉您……背后指使……我们……我们的人是……是……李……"

"是谁？！"

"是……李……严！"

一把卡住自己的喉咙，领头的黑衣人在这一刻突然脸色爆红，全身充血，片刻之后，便一头栽倒在地上，彻底死了过去。

"李严？！"

"怎会是李严大人？"

朝云与横艾对视一眼，皆从对方的眼中看到了惊讶。

李严大人与丞相一样，都是当年先帝于白帝城托孤的重臣，怎会对他们做出这种事情？莫非……

"看来李大人是担心我们发现什么……"朝云说道。

"如今前线缺粮草，但是李大人的粮草却迟迟不至，想来他是担心丞相追查，因此才感到害怕，做出这等荒唐之事！"横艾分析道。

"可是再如何，也不至于如此……这只能说明，此次毁坏粮道之敌人，不可以常理度之，李严大人担心报上去之后，丞相不会相信，因此才行此险招……"朝云接着说道，"但光杀死我们还不行，若是我所猜测不错的话，李大人此时恐怕已经写信呈给陛下，让他命令丞相退兵了。"

"如此一来，那此次北伐，便当真没有任何翻盘的余地了。"横艾幽幽地叹了口气，"屡次北伐，劳民伤财，却寸功不得，也不知道咱的孔明大丞相，究竟在想些什么……"

"好了，现在我们先去留守府找到李严大人，查明事情真相再说……当然，我们最重要的事情，还是保护剩余完整的木牛流马，避免它们也遭到曹贼破坏。"

"朝云，剩下这些人怎么办？"强梧抬起剑来，指了指活着的黑衣人。

"子君，你不是已经做出选择了吗？"朝云看着强梧由衷地笑了笑，"你变了。"

"嘿！谁让我一天到晚跟在你身边呢？是个人都会受你影响吧？"强梧故作无奈地咂咂嘴，然后看向依旧趴伏在地上的黑衣人："都起来吧，爷今日高兴，不想取尔等性命！劝尔等一句，日后莫要再做这伤天害理之事，否则总有一日会遭天谴！听见否？！"

黑衣人连忙点头抖动身子："听……听到了！"

强梧挥挥手："滚吧。"

二十几名黑衣人连忙爬起，对着强梧不停地作揖感谢，过了一会儿，所有人才抹着眼泪离开。

"哈哈哈！这便是承人恩惠的感觉？"强梧大笑，"爽啊！难怪朝云你小子喜欢做……"

朝云笑着摇了摇头，什么话也没说，便当先策马奔腾而去。

"李大人要杀我们，我们还要去他府上？"强梧大喊。

"去，自然要去，为何不去？"

留守府，厅堂之内。

"报！报大人，五位使者在门外等候！"

"什么？！"李严满脸急切地问道，"说清楚，什么五位使者？！"

"就是……就是丞相那边派来的人……"

扑通。

李严顺着椅子瘫倒在地，但不愧是多年身在朝堂之上的人，不过是瞬息之间，他的脸色便回转过来，眼眸一闪，仿佛什么事也不曾发生似的，只凝声开口道："有请！"

"请"字刚落下，门外五人便已进来，齐齐半跪而下，抱拳行礼道："末将见过李大人！"

李严脸上早已爬上一抹笑容，他上前将几人扶了起来，说道："不必多礼，诸位都是我大汉未来的栋梁之才，不必对我一个老头子客气。"

朝云抱了抱拳，说道："大人，我们此次前来，乃是为守护粮道，以及查清粮草坠落之事，来之前多闻使大人曾嘱咐，让我们一切调度都听从大人指挥。"

李严闻言，点了点头，捋着胡须说道："此次粮道坠落，实属意外，说出来诸位可能不信……唉！"叹了口气，接着说道，"那粮草，乃是被人打下去的。"

朝云眼睛微亮："大人可知是何人所为？"

李严抚须道："曹魏之人，但我方才说过，说出来诸位可能不信，此次，粮道尽毁于一人之手！"

朝云讶然道："一人？"

李严叹气道："一名身穿白衣之人，只他一人，便击退了我运粮部队，将流马索全部斩断。"

"看来是白衣无疑了……"朝云的眉头皱了起来，心里琢磨着，"前次我驻守望风亭，守护木流渊，也是被他所破……看来此人，是斩粮道上瘾了。"

"李大人，敢问除一名白衣人之外，是否还有一名黄衣人？"强梧抱拳问道，眼睛直愣愣地盯着李严。

"黄衣之人？这个倒不曾见过，据属下来报，只见到过那白衣人……诸位想想，一个人怎能破坏我大汉运粮的粮道？但谁让这便是事实呢……不瞒诸位，本官至今，都不知该如何向丞相禀报……"李严深深地摇了摇头，脸上尽是忧愁。

"大人不必担心，我等前往查看之后，若事情属实，自会如实向多闻使大人禀报。"朝云笑道，"还望大人能够配合。"

李严拱手道："这是自然……那老夫，便拜托各位了！"

既然杀不死你们，那只有利用你们了……至少，也要帮老夫多递一些好话到丞相耳边去，李严心里默默想着。

但此时此刻，他心里想得更多的，是他派去的那些人为何没有将这五人拦住？莫非是堵错了路线，还是说那些人拿了钱财却不替人消灾？他脑子里转过了无数种可能性，却唯独没有去想朝云五人会将那三十人摆平……

"来人，去山道口……"

离开留守府，带着李严赠予的粮道地图，朝云便带着其余四人赶往了架设木牛流马的峡谷。

路上，强梧摇头道："果真被你猜对了，朝云。李严大人是因为不敢将这件事跟丞相禀报，所以才出此昏招，意图半路将我们截杀，然后蒙混过关。"

朝云点点头："不错……只是不知道丞相他老人家听到此事，会是如何一种心情？"

峡谷距离留守府不远，而由于汉中多雨，许多军粮都被滞留在了此处，以至于成片的山谷之中，全都搭起了帐篷存放粮食，而每个帐篷周围，都有数名官兵看守。

走过这一片屯粮的地方，再往前走，便到了将粮食搬上峡谷流马索上的隘口处，到了这里，几人才发现情况有多么严重。

原来一根根连在一起的粗壮的流马索，现在却仿佛藤条一般，直接顺着崖壁垂落了下去，而上面的栈道更是被破坏得摇摇欲坠，不用说运粮，恐怕只要一阵风吹来，便能一连串掉下山崖。

"原来这便是祝犁搭设的木牛流马和流马索……叹为观止，叹为观止啊！"尚章看着悬崖两壁上挂着的那些绳索与器械，虽说现在都已被破坏，但仍然能够感受到其曾经的恢宏壮观。

"确实厉害。"横艾也点了点头说。

"可惜……难怪军粮滞留，流马索被破坏至此，还如何运粮？看来那白衣，可真是下了狠手了……"强梧气愤得紧皱眉头。

"好了，我们先找到祝犁，找到他之后，就知道到底是什么情况了。"朝云的眼神扫过一圈的流马索，心中同样感到震撼，当然也有浓浓的惋惜。

若是他们能够早来一些时日，或许这里便能减少些破坏。

几人继续前行，突然，一个人影吸引了他们的注意。

"是祝犁！"尚章大喊。

只见山道之上，一个身影背靠巨石，看起来奄奄一息，而且手里撑着一柄剑，很显然刚才经历过了一番战斗。

"真的是祝犁！你还好吧？"尚章冲过去，焦急地问。

"太好了……你们总算来了……"祝犁很虚弱，咧嘴笑了笑，"我没事……别担心……刚才……那白衣人……把木牛……都打落至谷底……还想破坏……我的流马……"

"难怪这一带的吊绳都断了。"

"你为了阻止他，所以受伤了？"朝云担忧地问。

"嗯……"祝犁十分虚弱地说。

"那他人呢？"

"他发现此地……似乎还有其他木牛部队的踪影……于是便飞过去找了……"

"飞过去？"强梧愣住了。

"他能……站在剑上飞……我……我不会看错……"祝犁确定地说。

"御剑飞行……那是剑道第四境的能力！可他的修为……莫非他在如此之短的时间内，修为又上升了一个境界？"朝云的眉头紧皱在一起，若真是如此，那事情便麻烦了。

"放心吧，剑道境界哪有如此容易突破，即便他是天才，也断然不止于此。"横艾安慰道，"兴许只是使了某些法子罢了。"

"这个白衣，与我们的差距真是越拉越大了……看来，他还真是不同寻常啊。"强梧皱着眉头感叹。

尚章更是啧啧赞叹："若真是剑道第四境，那就太恐怖了！我们几人加起来，也不是人家的对手啊。"

"说得不错，之前……之前我便听说他……已经好几次……把木牛……都推落谷底……所有守军，无人能够阻挡……连我在他手下，也撑不过三招……"

"三招都撑不过？！"强梧惊讶得张大嘴巴，当初他们至少还与白衣争斗了一番，现在看来，他真的又变强了！

第四十二章
白衣现身

"当初我在他手下，也不曾撑过三招。"朝云想起了自己剑道修为恢复的那一天，想到了那个冷如寒冰的白衣年轻人。

"果真是个相当不好应付的对手……该不会是其他人也来了？"强梧皱着眉头。

"黄衣？"横艾抬头。

"恐怕是的……加上白衣，一共两人，我们得更加警觉才行。"朝云脸色凝重，他之前的修为恢复与上升后，心底觉得跟白衣至少有一战的能力，但是现在，他却担心起来，担心这里的所有人加起来也不是对方一人一剑的对手。

毕竟，那虚空剑的恐怖他亲自尝试过。

更何况，那白衣徐暮云手上，还有丈二先生的长鄂剑！

这两柄宝剑落在对方手上，简直是如虎添翼，让人揪心！

便在这时，祝犁忽然一把抓住朝云的手，断断续续地说道："焉逢……请帮我保护……剩余的流马索……这是……我花上好大力气……才架好的……"

"你放心，我们会的！"朝云点头。

横艾站起来，转头看着已被破坏的流马索说："朝云，敌人随时都可能返回，破坏那些仍然完好的流马索……唯有把他给击败，才能阻止他的破坏行动。"

朝云同意地点点头："嗯。不击败他，整个蜀道都无法顺利运粮……"

强梧起身道："朝云，我们得先找个隐秘处把祝犁安置起来。"

尚章往周围看了一眼，沮丧地道："这周围都是山川大石，距离有人的地方还有很远，如何安置？"

朝云沉吟片刻："这样吧，由尚章照顾祝犁，其余人与我一同埋伏在暗处！"朝云看了看这里仍然完好的流马索道，"我们先在此处守候一阵子……虽不知对方何时会出现，但若对方确有破坏此地流马索的打算，必定会回来。"

"好！"强梧点头，横艾与徒维也应下。

"焉逢大哥，这……我……"尚章扶着祝犁，一时间不知该说什么。

"尚章，你要知道，此时此刻，照顾好祝犁，也是一项重要的任务！"朝云严肃地道。

"就是，你照顾好祝犁，回头给你记功！"强梧哈哈一笑，得意地拍了拍尚章的肩膀，一脸挑衅之色。

"强梧，你别欺负尚章了……赶快做好准备，随时提防敌人到来！"朝云说罢，便提起方天画戟，一跃进入山洞的一块巨石后边。

"嘿嘿，自己玩着，咱走咯！"强梧哈哈一笑，转身藏到朝云身边。

"唉……"背起祝犁来，尚章左右看了看，忽然间眼睛亮了起来，"若是将祝犁放在山洞之中，再让徒维设置一个障眼法阵，我不就可以抽出身来了吗？哈哈哈……"

"大人！那五位大人进入山里之后，便没有出来！"一名士兵来报。

"没再出来？莫不是被那白衣人杀了？但这不可能……那白衣人似乎只是为了破坏粮道，并不杀人。"李严沉思片刻，抬起手说道，"你继续监视，有情况立刻来报！记住，一旦发现他们有任何危险，立刻带人营救，不得耽搁！"

如今也只有博得对方的好感，施以恩情，从而换来他们在丞相耳边的几句好话了……

"是！"士兵领命离开。

李严站在厅堂之内，继续沉思起来。

朝云与其他几人仍旧埋伏在山洞之内，眼睛紧紧地盯着外面的栈道与流马索，片刻不敢放松。

就在这时，旁边的人突然打了个呵欠。

"那个家伙还不来吗？"尚章拍了拍嘴巴，一脸疲倦地说。

"嗯？你……你何时进来的？"强梧满脸惊讶地看着身边之人，眨了眨眼。

"嘿……强梧大哥，这个便需要靠脑袋了。"尚章嘿嘿一笑，朝强梧挑了挑眉。

"你……"

"强梧，既然尚章来了，便让他待着就好……不过祝犁呢，你将他放到哪儿了？"朝云偏头问。

"哈！我把祝犁大哥安置在一个隐秘的山洞里面了，然后我请徒维帮我做了法阵，将那洞口给遮掩了起来，一般人是绝对看不到的。"尚章得意扬扬地说。

"如此也好，到时也能多一份战力。"横艾笑了笑说。

"嘿，你个小鬼头！"强梧点了点尚章的头，转而说道，"也许今日之内，那白衣是不会折返回来了……但我们又不能贸然离开，说走就走。"

"嗯……既如此，我来吹一首曲子吧，恰好能给诸位解闷。"横艾说着，便已拿出笙来。

强梧无奈地拍了拍自己的脑袋，看着拿出笙的横艾说道："横艾！你行行好吧？对方若察觉到此地有人，还会过来吗？"

横艾摇了摇手中的笙，说道："这你便错了。对方是高手，察觉此地有乐音，反而会特意前来。"

"这……"强梧哑口无言。

横艾不理他，开始吹奏起笙来。

没过片刻，朝云仿佛察觉到了什么，转头看向栈道遥远的另一端，激动而兴奋地说道："来了！"

"来了？什么来了？"强梧诧异地问。

"我察觉到有一股强烈的剑气逼近，应该是他……"朝云眼神戒备，他说是"应该"，其实十分肯定，因为他与白衣交过手，白衣身上的气息对于他而言，已是无比的熟悉，他绝对不会感应错。

"啊？我没感觉到什么，也没看到什么啊？"强梧朝着朝云眼神的方向看过去，什么也没看到。

"我也是啊……"尚章苦恼地说道。

"横艾，你感应到没？"

强梧转头问横艾，却发现横艾照旧闭目兀自吹着她的笙，不由气结。

"大家戒备……他来了！"朝云压低声音提醒道。

果然，话音方落，便看到峡谷之间，一名身穿白衣之人，白发飘飞，踏在一道白色的剑气上，气势如虹，直奔栈道！

"这……真的会飞？"强梧愣了一愣，指着外面半晌才说出话来。

"剑道第四境？！"尚章已然呆滞。

"不……这不是他的境界，而是他脚下的那柄剑的。"横艾观察片刻，做出了自己的判断。

"剑无形，只有剑气……那是虚空剑！"朝云接着横艾的话说道，心里不知为何轻松了些许，只要白衣不到第四境，那么自己便有战胜他的可能……更何况，他体内的金色剑气，如今已经基本上可以为他所用了。

徐暮云乘剑到达朝云上方，居高临下，在高空俯瞰着脚下千丈深渊上密布的流马索阵，突然间，像是感应到了什么一样，他微微转头，目光看向了山洞之内。

"飞羽也在？那便不枉费我跑这一趟了……"

徐暮云盯着洞中几人，尤其是朝云，看了片刻，似乎思考了一下，然后毅然举起手，重重地用力划下。

"住手……"

朝云大喝一声，想要阻止，但是已经来不及了。

一道金色剑气猛然飞出，无数条流马索应声而断。随着轰隆巨响，断裂的流马索，以及流马索上的粮食，全部坠入千丈深渊。

"这、这剑气是……我体内的金色剑气，他怎么也有？"朝云双目微颤，早已顾不得坠入山下的那些粮秣，心思已全部被白衣徐暮云挥出的剑气所吸引。

其他几人也同样震惊不已，天底下剑气分为白、红、橙、黄、绿、蓝、靛、紫八种颜色，可是唯独没有金色！如今猛然看到这金色剑气，他们怎能不震惊？

然而此时，横艾却是面色平静，看到金色剑气出现，她只是若有所思地点了点头，没有任何惊讶的表现。

徐暮云紧接着把头转向朝云他们，面无表情，仿佛在看一群死人，他的手再次高高举起，明明手中无剑，但是一劈下来，一道金色剑气便又一次飞流直下！

"看箭！"

强梧顿时拉满大弓，磅礴的灵气灌满整支箭，朝白衣尊者狠狠射出。

嗖！

飞箭破空，威势极大。

然而徐暮云却不为所动，等到箭已经飞至眼前，他才轻轻在空中一拉，顿时一片刚好落在他手上的树叶，便幻化成一柄宝剑，顺手一划，剑刃上一条凌厉的金色剑气横射而出，与恰好飞至面前的羽箭碰撞在了一起。

顿时，金色剑气与灵气相碰，金色剑气霸道而狂野地将灵气瞬间吞噬，而那柄承载着灵气的普通羽箭，也轰然破碎，只剩下飞飞扬扬的灰尘。

还没有结束。

剑气仍继续前进，最后重重地打在强梧脚前不远处的栈道上，被击中的栈道同样应声崩落，一片片坠入深渊。

面对如此情况，朝云他们急忙后退，才堪堪稳住身子，总算没掉下去。

"好……好强大的破坏力！"尚章无比震撼地说。

"这根本不是第三境武者或剑修能够达到的实力！"强梧同样异常震惊。

"他变强了……这一切都与他体内的金色剑气有关，可那日他闯关之时，并未使用金色剑气，莫非……"朝云想到一种可能，心里止不住沸腾起来，"莫非他与我一样，皆能控制金色剑气变幻成任何颜色的剑气？否则这根本解释不了之前发生的一系列事情！"

朝云的脸色变得不同起来，看向白衣徐暮云的眼中，少了一些仇恨，多了一丝好奇。

下一刻，徐暮云再次高高举起手，手中之剑赫然已变成了长鄂！

"长鄂剑！"朝云压下去的怒气瞬间喷涌而起，丈二先生为大汉而死，可他随身携带的宝剑，如今却仍旧在敌人手上，这如何让人不怒？

"大家小心，不要硬抗他的金色剑气……"横艾大喊。

徐暮云把高举的剑用力往下一挥，一道远比之前更强烈的金色剑气笔直射出，朝着羽之部五人飞射而来。

然而令人讶异的是，朝云似乎心有定见，关键一刻踏出一步，只身挡在所有人之前，把黑色方天画戟用力插在栈道上，然后抽出强梧背上的宝剑，如徐暮云那般用力挥下。

一道同样是金色的剑气，轰然射出，与白衣尊者所释放的剑气在空中迎面撞击！

轰隆隆！

剑气炸裂开来，激烈的剑风，把栈道上朝云他们与空中的白衣尊者，都吹震得不由得后退了好几步，悬崖之上，更是不知有多少碎石掉落下去。

"果然如此！"

剑气的冲击消退，空中的徐暮云仿佛被刚才同样发出金色剑气的朝云所震住，眼神锐利地注视着朝云，心里却想，看来那日他身上溢出金色剑气不是偶然……他体内原来真的有金色剑气！

他与自己究竟是什么关系？

为何整个天下，他所见到过的所有人中，唯有对面的飞羽第一将焉逢的剑气与他相同，即便连威力，也是一模一样？

他想不通。

徐暮云皱眉思索了许久，却找不到能够令人信服的答案。

"也罢……"白衣尊者喃喃自语，"义兄吩咐我，切莫和飞羽纠缠，何况黄衣已等我多时……今日来此只为求证，既然已知晓，那倒不如退了。"

这是其中一个理由，最重要的是，他相信日后不久，他与焉逢还会再次相遇！

嗖！

一道白色剑芒从峡谷中划过，白衣徐暮云以极快的速度离开了这里，一瞬间，那脚踩虚空剑的人，便已化作一个黑点，消失在天边。

"竟然走了？"强梧看了一眼，难以相信地咽了口唾沫。

"太……太强大了……"尚章断断续续地说，眼神中满是惊叹。

朝云眼神微凝，双拳紧握，看了眼峡谷中已被破坏殆尽的流马索，深深地吸了口气。

他知道，木牛流马被破坏，粮食坠入谷底，便说明前方将士将再无粮可食，而退兵，也许就不用多少时日了。

"终究还是要退兵……"朝云感叹一句，微微闭起双眼。

"没事吧？"横艾担忧地看了他一眼。

"没事。"简单地摆摆手，朝云便带着所有人离开了，找到祝犁。

"对不起，祝犁，流马索还是被对方给破坏了……"朝云低下头，略带歉疚地说道。

"没关系……对手很强……我知道。"祝犁虽如此说，但是眼中却泛起了泪花。

木牛流马是丞相亲手设计的，而他负责将木牛流马安装起来，以在峡谷之中形成一条运输粮食的通道。但是现在，他花费了无数个日夜、带着无数人费尽心血建起的流马索，却在一朝之间，被敌人尽数破坏了。

即便换作任何一个人，面对此情此景，恐怕也不会释然。

第四十三章
孪生兄弟

"其实还有一些可以用的……"尚章小心地说。

"尚章，让祝犁休息一会儿，随后我们便一同返回留守府。"朝云对尚章摇了摇头，示意他暂时出去。

来到山洞外面，看着方才坍塌的栈道，尚章讶异地看着朝云，好奇地问道："焉逢大哥，为什么你的剑气跟那白衣人一样，也是金色的？"

听到这个问题，其他人也凑了过来。

朝云有些郁闷地说道："嗯……我体内天生便是金色剑气，与任何人都不相同，因此我也不知是怎么回事。"

强梧像看怪物一样看着尚章，摇头说道："我们羽之部成员都知道此事，不过朝云他自己很少使用这股力量。"

尚章讶异地问道："这么强的力量，为什么不使用呢？"

"因为……"

"……因为不稳定！"横艾微笑着说，"有时候用得出来，有时候却用不出来。在他修为提升之前用一次之后，当日之内大概就怎么都用不出来了。而且力道控制也不太稳定，就好像是看天吃饭的招式，太不可靠了！不过如今总算好了一些，他的剑道修为也提升了，也不知是个什么境界，武道修为亦步亦趋，也向着临四境迈进了。"

朝云苦笑了一下。

"原来是这样啊……"尚章若有所悟地点点头，旋即又变得疑惑不已，"那为何那个白衣人，也有这样的能力呢？"

强梧拍着他的肩膀说："这个问题……你便需要亲自去问问那曹贼白衣尊者了。不过话说回来，我也很疑惑啊！两人莫不是失散多年的亲生兄弟？哈哈哈……"

尚章闻言一愣，旋即摇头道："怎么可能？那人一头白发，脸色冰冷，而朝云大哥可是个正常人。"

两人嘻嘻哈哈，仿佛开玩笑一般。

然而所谓说者无意，听者有心，当听到强梧那句话时，朝云整个人都颤动了一下，脑海里回忆起当初与姐姐弟弟告别的场景……

"亲生兄弟？可他长得根本不像弟弟……还是说，我小时候的记忆，已经开始出现偏差了？"

疑问只停留了片刻，等驻守数日，仍不见来犯之敌后，朝云便带着其他人按原路返回了留守府。

其实他们大致也知道了李严的用心，但毕竟坠粮之事是李严和属下疏于防范所致，再怎样遮掩，也逃脱不了该有的罪责。尤其李严为了掩盖事实，还打算杀他们灭口，如此行径则更加不可饶恕。

拜别李严后，朝云便带着众人连夜向卤地出发，而早在出发之前，横艾便已利用符鸟传递了消息，他们将这件事情的始末及时告知了多闻使君，也是为了让丞相知道这些消息好早日做出判断。

另一边。

汉军与魏军已在卤地僵持多日，双方皆无法奈何得了对方。

而就在此关键时刻，诸葛亮却突然收到了汉帝刘禅亲笔写来的诏书，吩咐他即刻班师，退返回成都。

虽不知班师回朝所为何事，但由于汉军士卒们都不知部队即将面临缺粮之窘境，反而皆因之前的祁山胜利，士气如虹，诸葛亮始终相信李严的粮秣部队迟早会抵达，一旦粮秣到达，他必然能够领军与司马懿再行对抗，因此犹豫着是否要抗命……

此时，汉军大营中。

诸葛亮正在伏案办公，荧荧的烛光映照在诸葛亮憔悴的脸颊上面。

他已连续三夜不曾入睡。

姜维在一旁担忧地看着诸葛亮，行礼说："丞相，您实在不必如此辛劳！常常战士们都入睡了，您却还在伏案处理公事，虽然令属下感佩万分，但长久下去，恐会得不偿失啊。"

"不打紧，伯约……我身为丞相，除了军务之外，还有很多政务案牍必须亲自批决，若不如此，我即使入寝也难安。"

姜维叹了口气："丞相，小的事情您交给属下去办即可，又何须亲自操劳？"

诸葛亮头也不抬地说道："北伐大计，哪怕是一丝微弱的火光，也可能引起一场大火。因此，事必躬亲，老夫……才能放心啊。"

姜维还想说什么，一个传令兵忽然走了进来，抱拳行礼道："丞相！费祎大人刚自成都抵达大营，想求见丞相。"

诸葛亮搁下笔："哦，是文伟吗？他怎会突然由成都前来？快请他进来。"

姜维皱眉："费祎大人此时前来，恐怕不会是为了简单的事……"

诸葛亮说道："不论何事，先闻之而后议。"

姜维受教地点点头。

"丞相！老臣拜见丞相！"费祎一进来，便抱拳弯腰，躬身行礼。

"文伟不必多礼。"一抬羽扇，示意费祎起身，诸葛亮接着问道，"听说你自成都前来？有何要事？"

"丞相，我确实是有要事须禀告您，可否私下单独禀告？"费祎看了看姜维，面露难色。

姜维会意，向诸葛亮行礼："丞相，那属下先告退。"

诸葛亮摇摇头，笑了笑说："文伟，本府一向开诚布公，没有什么事是需私下讲的。伯约，你留下吧！"

"呃……是。"

诸葛亮点点头："究竟是什么事，文伟？尽管说吧！"

费祎转头看向姜维："此事攸关重大，还请伯约务必保密……"说罢，便转头看向诸葛亮："其实是有关丞相您的事情。"

诸葛亮心中升起一抹疑惑："有关本府的事？"

费祎叹了口气："是的……属下今日前来，是因为得知陛下已有些许不悦，不解您为何收到退兵的诏书却迟迟还没有班师回朝的打算……"

"原来如此，本府已经修书向陛下解释了。如今我军方有小捷，军心士气正旺，班师退兵，何其可惜！"

"但陛下似乎不太能接受……他觉得您未免太无视他的诏书，打算抗命，因而颇为不悦。属下觉得，应该私下告知您此事。"

"你是说，陛下他不悦？"诸葛亮有些讶异。

"孙子说过：'将在外，君命有所不受。'丞相身在前线，比远在千里外的陛下更加明白第一线的局势如何！既然丞相都已解释清楚了，陛下何以不能接受？"姜维气愤地说。

"或许丞相在外用兵多时，成都内如今有些气氛诡谲，您有所不知……"费祎谨慎地说，"最近成都有不少流言，说丞相您独揽大权，独断专行，从来没把陛下放在眼中。还说您久拥重兵在外，也未见您积极求战建功，不是临阵畏敌，便是另有贰心……"

"什么？本府临阵畏敌，另有贰心？"

"放肆……丞相一心为国，夙夜匪懈，是谁传出如此流言？"姜维大怒。

"属下已查到了，是一个叫张膺的长史，他是汉中李严大人的属下……"费祎说，"问题是流言早已沸沸扬扬一阵子了，陛下他听多了，如今也对您有所疑虑！若您觉得士气可用，抗拒不返成都，恐怕只会让陛下与大臣们的疑虑更深……"

"丞相乃堂堂托孤大臣，陛下他怎可如此怀疑丞相的忠诚？"

"陛下年纪渐长，如今已二十有五，已非昔日那个什么事都全然信任丞相的少主了！"费祎担忧地看着诸葛亮，"属下也是素来明白丞相为人，因为敬爱丞相，所以才急忙赶来前线，知会您如此不安的局势，还请丞相切莫轻心以对！"

"且慢，此刻孔明大人若返回成都，说不定才更危险……"姜维愤怒，转身面向诸葛亮，"丞相！属下认为，这必是李严大人心中素来不服您，所以在背后暗中主使！说不定另有其他陷阱！"

"切莫这么说，伯约……方正他的为人，应不致如此，我信任他。"

诸葛亮起身，默默地背着手踱了几步，缓缓走到营帐门口，然后抬头看着营外黝黑的星空，抚须若有所思。

"但是丞相，还有另一件要事，您需要知晓……"费祎想了想，依旧抱拳说道。

"哦？何事？"诸葛亮问道。

"此事……与李严大人有关。"费祎说道，"前些日子蜀道断粮，导致军粮无法按期送达，而李严大人为了推脱罪责，便写信呈与陛下，力荐陛下令丞相早日班师回朝，试图以此来掩盖自己的过错。"

"此事当真？"姜维蹙眉问。

"千真万确。"费祎说道。

"丞相，李严大人其心可诛！"姜维面露愤慨之色，抱拳说道。

诸葛亮没有说话，只缓缓站起身来，轻轻摇动羽扇，心里却在想着昨日多闻使君禀告他的事情，多闻使说前些日子李严大人为了掩盖坠粮真相，免去自己的罪责，曾令人在半道截杀他派去调查与守护粮道之人；且粮道如今已被破坏，粮秣运送几无可能。

起初他并不如何相信，还抱有一线希望，但此时看来……事情并不如他所想的那么简单。

诸葛亮微微闭上眼，费祎和姜维知道他正在思考，只好站在原地，默默地注视着他。

过了不知多久，仿佛是用尽了全身力气一般，诸葛亮重重地叹了一口气，转身对费祎与姜维说道："也罢，上无心而下无力……我们后日一大早，便班师……回朝吧！"

"班师回朝？"

虽然心中已有所预计，但猛然听到丞相的命令，朝云还是有些吃惊。

因为班师回朝的命令太过突然，按理说怎么也需要数日的准备时间才行，如此仓促，除去粮秣不济外，恐怕还有其他原因。

"此乃陛下旨意。"多闻使说道。

"陛下旨意？"

朝云等人一听，皆是齐齐一愣。

陛下难道不知丞相为了北伐大计整日殚精竭虑，辛苦操劳，为何却在此时仓促下令，命大军撤回？

"唉，人言可畏，丞相别无选择。"多闻使叹道。

"大人，您是说……"

"好了，此事暂且不论。"多闻使看着面前的飞羽十人，说道，"正如刚才所言，后日黎明，我们便要撤军返回汉中，所以各位的任务便是，协助魏延将军断后！"

"唉，实在可惜……好不容易一路奋战到如此地步了，却奉命班师！"游兆恨恨地小声说道。

"没法子，粮秣用尽了，早点儿撤退才是正确的决定，更何况……人言可畏嘛。"横艾心不在焉地说。

"我们大军将沿祁山道退返汉中。虽然丞相已经派遣魏延负责这一次大军的断后工作，但本座与增长使商议之后，决定在半路上一处叫木门道的险要处，再设下一道埋伏，以多一道防止敌袭之防线。"多闻使看着祝犁，"祝犁，你那边串发元戎弩预备得如何了？"

"多闻使大人，都准备好了！"

"好……此前你奉命架设流马索，如今有伤在身，却又要劳烦你布置这些，实在辛苦。"多闻使真情流露道。

祝犁连忙抱拳："大人！此乃属下职责，万不敢言辛苦之事！"

"好！此次断后任务，非常需要仰仗你的机关才华，祝犁你需慎而又慎……"多闻使转过头，接着对其他人说："你们两组人马，分批前往木门道，安设好祝犁之前帮丞相改良设计的串发元戎弩。飞之部今晚先行，羽之部黎明随后……不管是否遇到追兵追击，六日后大军全数退返汉中，此任务便结束，随后你们直接返回成都，与本座会合。"

"是！"

十人领命，即刻离去。

刚一出大帐，横艾就一把将朝云抓了过去，说道："方才多闻使说人言可畏，大概是有人在陛下耳边说了孔明大丞相的坏话，所以……"

朝云微忪："你是说，有人会害丞相？"

横艾若有所思地点点头："你还记得之前在留守府见到李严大人，问他有没有见过一个黄衣人的时候，他的反应吗？"

朝云点点头："他看似镇定，但实际上眼睛里却闪过一丝慌乱。"

横艾说道："不错……因此我怀疑，此事恐怕仍旧与李严大人有关系，也许那些可畏的人言，也有他一份。而且那黄衣，在其中一定起到了关键作用，很可能伏击我们的那些人，都是他借李严大人之手，亲自布置的。"

朝云点点头："说得对……应当是李严大人将我们的行踪告知了对方，而且一般人埋伏的时候可不知道要躲避我们如此远的距离。"

横艾笑了笑："不错，所以想要保孔明平安，还需让李严大人说出实话。"

第四十四章
魏营争执

　　朝云揉了揉眉头："我明白了，若是回到汉中之后，丞相当真遭遇危险，我们便一起想办法，逼李大人认罪！"

　　与此同时，司马懿大营中。

　　主将司马懿立于主位，他的身后，正站着紫衣尊者等人。

　　一名传令兵突然在此时冲了进来，半跪道："启禀都督！蜀寇大营突然毫无预警地急速撤兵。"

　　司马懿一愣，旋即惊道："什么？"

　　紫衣尊者却已笑了起来："哈哈哈！果然一如预料，诸葛老贼不得不退兵了。"

　　司马懿回头看了眼紫衣尊者："君尊，此事……"

　　"此事我之前便已在准备……如今看来，是我的布局发挥作用了。"年轻的紫衣尊者，似乎对这结果感到十分满意，"这场棋局，看来应该算我们铜雀赢了飞羽。"

　　"棋局？"司马懿不解。

　　"是啊！遣兵用计，正好比博弈之戏，这可是至高的乐趣啊！"乌衣在一旁挂起邪魅的笑。

　　"可惜我们不能亲眼看到飞羽战士们灰头土脸、垂头丧气的模样，这真是太遗憾了！"赤衣尊者掩口而笑。

　　"这……"

战争对他们而言，似乎只是在享受一场游戏……这使得司马懿有些吃惊。

"好啦，仲达，关右如今应该没事了。有你镇守在此，我也很放心。那么接下来，我要前去寿春一趟，准备对付南方孙权那老贼。"紫衣尊者接着说道。

"孙权？"

"原先我担心诸葛老贼会向吴寇借粮，但现在已无可能。"紫衣尊者话锋一转，"但是，最近那老贼子又蠢蠢欲动，我猜近日吴寇必有什么军事行动。我打算去寿春那里，实地调查一番，关右就交给你了。"

司马懿抱拳道："遵命。"

紫衣尊者点了点头，旋即吩咐道："我们该离开了，走吧！"随后转身离开大营。

司马懿拱手行礼，注视着他们离去。

等到紫衣尊者等人全部离开之后，司马懿捋了捋胡须，嘴角忽然露出了一抹冷笑，然后他便转身，直接去到了张郃的营帐之中。

此时的张郃正召集其他将领，聚在一起商量着什么。

司马懿脸上挂着笑容，慢步走了过去，掀开帘子，径直来到大帐里面。

众将急忙抱拳行礼："见过都督！"

司马懿回了一礼，笑着说道："诸位不用客气。"

张郃直起身来，惊喜地问道："都督，听说蜀寇粮尽退兵了！"

司马懿负手点头："嗯，本都督已知悉此事。"

"蜀寇狼狈撤退，我们是否要趁此机会追击？"

"是啊！都督，您不是正在等这一刻吗？我们正好给他们来个措手不及……"

除了张郃之外的众将七嘴八舌，争相建议追击，神情均十分激动。毕竟之前他们不敢打，现在人家走了，他们总不能再缩在窝里不去追吧？

"且慢，此时不宜追击……"张郃突然伸手制止。

其余人皆是一愣，不明白张老将军是何意……要知道，平日里嚷嚷着要跟蜀军决战之人，可正是张老将军啊。

"不宜追击？"司马懿同样有些讶异。

"张老将军，您怎么主张不要追击？"一名神将小心翼翼地问道。

"是否是上次被蜀寇吓坏了？"一位年龄稍大的将军冷笑着讥讽。

"放屁，老夫何曾怕过贼寇？"张郃大怒，转头看向说话之人。

"那您为何还……"

"张老将军，您如此打算，岂非与之前积极求战的立场迥然相反？本都督万分不解。"司马懿轻抚胡须，故作疑惑地看向张郃。

张郃摇头说道："不，正如末将之前所言，诸葛老贼用兵向来谨慎，因此撤兵之际，必会仔细安排断后之事。若是此刻我们追击，恐正中其埋伏矣！"

"哦？"司马懿冷冷地看了张郃一眼，心中突然冒出一个想法，嘴角的冷笑越发明显。

大汉军营中。

朝云来回踱步："丞相令后军变前军，除了留下魏延将军带三千人马殿后，其余人皆无一留下，这是不是太冒险了一些？"

空中一道苍老的声音降下，说道："魏延有大将风范，不论计谋还是武力，皆属上乘；三千人留下给他，他完全可以当作上万人来用，这一点你不必担忧。"

朝云点点头："您说得对，正如此次退兵一样，魏延将军便设置了两处防线，一道暗一道明，应当足以抵挡曹贼来袭了……但我担心粮道防线，恐怕阻止不了敌人的袭击。"

苍老的声音笑了笑，说道："你只需告诉我魏延将军将伏兵设置在何处即可，我与你分析一番，为何他要设置这两处一明一暗的伏兵。"

朝云点点头，说道："一道设置在木门道，主要由飞羽领防，一道设置在卤地军营之外的山道上，说是要将曹贼追击之人引入其中，然后来一个关门打狗。"

空中那道苍老的声音笑了起来："你此去可完全放心，不用为掩护部队担忧了……相反，需要担心的，应当是曹贼才是！"

朝云一愣，问道："这是为何？"

苍老的声音还没说话，忽然大帐外传来一阵脚步声，原来是强梧进来了。

"朝云，多闻使与增长使请你到帐中一叙！"

"好……强梧，你的脸色不太好看，怎么了？"朝云看到强梧有些憔悴的面色，不由关心地问道。

"唉！朝云，你说……你说丞相年年带兵北伐，却年年无功而返，你说这当真是一件好事吗？"强梧说着，一双浓重的眉毛便拧了起来。

"强梧，此乃天下太平计，又如何能谈好与坏呢？"朝云笑了笑，"好了，随我一同去见两位大人吧，明日我们便要开拔奔赴木门道，今日好好做一些准备才是。"

强梧点了点头，虽然朝云已与他说了这些话，但是他心里的困惑却并未消失。因为他知道，朝云也仅仅是在安慰自己罢了，也许他的内心，比自己还要纠结⋯⋯

另一座营帐之中，端蒙端坐于蒲团之上，手里拿着一把匕首，不停地擦拭。

"端蒙，快启程了，你收拾一下吧，今日晚间，我们便要前往木门道设伏。"昭阳从外面走了进来，有些担忧地看着端蒙。

他知道从上一次在峡谷当中放走张郃后，她整个人便变得更加少言寡语，再加上前段日子是她找到尚章，让尚章主动提出脱离飞之部、加入羽之部这件事，对外却宣称是尚章自己要离开飞之部，投身羽之部报恩，更是引得不少人对她指指点点，妄议她的领导才能。

昭阳看在眼里，疼在心里。

"也不知，此次曹贼是否会派人追击⋯⋯"端蒙开口说话，语气冰冷，毫无情感。

"我想一定会，他们被我大汉军队抵制多日而不敢出击，此时那些个将士定然憋了一口气，想要与我军大战一场⋯⋯此时他们若不趁此机会前来，反倒显得不正常了。如今唯一不确定的是，曹贼会派谁来追击。"昭阳略微思索道。

"但愿⋯⋯来人是张郃老贼。"端蒙眼眸一闪，手腕一动，飞刀瞬间飞入了营帐的木桩之内，整柄没入其中。

黎明时分，全军开始撤离。

而飞羽两部也早已按令于昨日晚间与今日凌晨先后到达木门道，端蒙与朝云各自带领飞之部和羽之部，埋伏在木门道两侧，木门道两侧飞羽之后，则是隶属于飞羽的五百人小队，此时所有人都已做好了准备，滚木落石等等皆已准备妥当，如今就只等曹贼来犯了。

木门道顶端，多闻使、增长使和朝云并排而立，俯瞰着下方。

"多闻使大人，我军已越过木门道，离开卤地，往祁山方向前进……"朝云问，"看来曹贼似乎没有派出追兵。"

"有也好，没有也好，我们这只是多一道预防万一之准备。"多闻使说，"就算我们这一道失守，后方还有魏延将军的断后大军在，不必担忧。"

便在此时，昭阳飞奔来报，激动地说道："启禀多闻使大人！曹贼他们派出了追兵，如今正朝这个方向前进。"

"哦，何时抵达？"

昭阳露出思索之色："不知什么缘故，他们还在很远处慢慢前行，似乎不急着追击……"接着他说道，"至于领军之人，乃是老将军张郃，人马不多，约三千人！以他的孙子张皓为先锋。"

"什么？张郃？！"多闻使吃惊地道，"当真？"

昭阳抱拳："属下没有看错，正是张郃那个老家伙的大旗。"

"没想到，竟然来了个意料之外的大猎物……"多闻使十分满意地点了点头，拿出令牌，转身向朝云说："焉逢听令！你们羽之部撤出埋伏，负责去把张郃引诱至木门道！"

"是！"朝云毫不犹豫地半跪而下，接受任务。

昭阳抱拳行礼："多闻使大人，您应该知道，端蒙向来以张郃老贼为头号敌人……属下冒昧请求，不知可否改派飞之部，来执行此任务？"

多闻使摇摇头："正因如此，本将才担心她会情绪激动，如此反易失败，因此才派羽之部负责诱敌，让飞之部留在此地，负责最后击杀，不要让老贼逃了，如此为佳。"

"原来大人有所考虑，遵命！"昭阳与朝云一起抱拳行礼。

回到埋伏地点，朝云便将多闻使下达的命令吩咐了下去。

"太好了！竟然是张郃！"强梧激动地握拳，张郃在曹魏的名气，如今可是数一数二啊，即便比起那些个曹氏宗亲里的将军，也不弱分毫，如此大人物前来追击，怎能不令人激动？

"一旦将他拿下，对飞羽而言，必然是大功一件！"尚章既激动又忧愁，他在想，一旦将其拿下，端蒙心里的疙瘩或许就能够解开了。

"放心吧，此次我们一定会将那张郃引来此地，不会再让他逃了！"朝云拍着尚章的肩膀，语气坚定地做出了承诺。

"谢谢焉逢大哥！"尚章抱拳，一拜而下。

"就算咱们抓不住，魏延将军那边，也不会轻易放过老贼……如今唯一的问题在于，朝云，接下来你打算如何把那个张郃引诱到埋伏地点？"强梧看向朝云，问道。

"这件事不必担忧……我听说前锋张皓，是他的孙子，而且为了快速追击我军踪迹，那小子只带着一百人马而已，我打算从张皓身上下手……"朝云不紧不慢地说，脑海中已经思索起计策来。

横艾也点了点头，凑上来说道："我的符鸟刚才绕了一圈回来，知悉张皓的人马走得颇快，已接近此地，与后面他祖父的部队渐行渐远。看得出那个老张郃似乎并不打算积极追击，但张皓却不同，他看起来比任何人都要着急。"

强梧哈哈大笑："年轻人嘛，总想着立功！但他或许不知，他立功心切，可是会害了他祖父的！"

横艾问道："你打算设法擒下张皓，引诱张郃？"

朝云点点头回道："不错，以他孙子为诱饵，到时便看他愿不愿意为了他的孙儿主动跳进陷阱了。"

"如果可以杀死张郃，那就太好了！"容貌清秀的尚章，此时竟咬牙切齿地说，"都是他，害得我们家破人亡！"

"怎么你跟端蒙一样，都跟那个张郃有过节？"强梧问。

"是的，其实……我们是姐弟……"尚章说。

"姐弟？"朝云讶异，"为何之前我们都不知道？"

"真不能想象……"强梧更是惊讶，他瞪大眼睛，啧啧地打量着尚章，"那她上次竟不准大家冒险去救你，打算把你牺牲掉呢！"

"正因为我们是亲人，所以她才忍痛这么做的……"尚章低下头说，"因为，她不希望为了救自己的亲人，再让战友冒险，甚至牺牲……"

"原来如此……"朝云点点头，"你姐姐了不起。"

"嘿……看来朝云说得对，端蒙大姐就是一个面冷心热的人，可她肯牺牲自己弟弟的性命换取其他人活着，这便不仅仅只是心热那么简单了。"

第四十五章
捉拿张皓

尚章犹豫片刻，抬起头说道："其实要我来羽之部，也是姐姐的意思。"

"嗯？"朝云讶异。

"啥意思？"强梧也问。

尚章叹了口气，解释道："我被救出来，家姐内心其实很感谢你们的。她说不出口，但她觉得自己亏欠了羽之部一份人情，所以希望我来羽之部，以递补之前游兆大哥加入飞之部之后羽之部的战力空缺。"

"嘿！想不到她是这样的人……"强梧喃喃自语，"听你这么一说，我对端蒙大姐的印象可是又恢复了……"

"端蒙人其实很好啊！"朝云微笑着说，"尚章，你怎么说是张郃害得你们家破人亡？"

"这……家姐吩咐我不可以说！"尚章犹豫着，面上露出一抹难色。

"为什么？"朝云问。

"她想要等我们功成名就、受爵封侯，证明我们真的有功于国家，而非大汉罪人之后，再告诉世人我们的真实身份。"尚章说道。

"横艾妹子，又是一个跟你一样爱搞神秘的。"强梧看着横艾，撇撇嘴道，"你们女人，莫非都爱来这一套吗？"

"有秘密的女人才最美丽啊！"横艾微笑着应了一声。

"是是！反正我永远也说不过你。"强梧撇撇嘴回应道。

"好，我们继续上路，拿下张皓，引诱张郃！"朝云下令，当先便拍马往木门道前方赶去。

木门道前，峡谷山道上。

"将军，我们这都走了一个多时辰了，除了蜀寇丢弃的东西外，连对方半个人影也不曾看到，要不咱们还是到别处找找去吧？"一名校尉有些哀怨地说道，后面所有人都一同请命。

今日一大早，所有人都正睡得好好的，谁承想一道命令突然下来，让他们即刻离开营帐，前往追击撤军之蜀寇，顿时引起多数人的不满。

大家都在想，蜀贼诸葛亮诡计多端，此番正带领数十万大军将他们围得好好的，怎会轻易就撤军了呢？所以大多数人都认为，这肯定又是诸葛老贼设下的诡计，目的就是引诱他们离开营帐，好伺机围而歼灭之。

可惜张郃老将军虽明白，却抵不住司马都督的命令，只能率兵前来。若是来了之后，都如张老将军一般，慢悠悠地行在后方也便罢了，可张老将军这孙子，却偏偏要自己请命，带一百人来前方探路，看他那激动的样子，莫非以为那些蜀寇都是手到擒来之人，随随便便就能抓住几个？

若真是如此简单的话，司马大都督又怎会选择与蜀军对峙至此，半年不出？

因此方才他那几分哀怨，也只是做出的样子罢了。

他们的目的，就是要让张皓感到枯燥无聊，好调转马头到别处追踪，以便去个安全的地方，不用再担心埋伏。

然而张皓却极不在意。

"你懂什么？这一路上丢弃的重资，正好说明他们便是往这条路走了……不用多，我们只需抓住几十个或上百个，或者发现他们大军的踪迹，回去之后也能有一份不小的功劳！"张皓明眸皓齿，神采奕奕，可惜眉目之间，却难以掩盖地流转着丝丝纨绔之气。

"将军，前路凶险未知，即便要追，我们也需要谨慎行之，与老将军保持一定的距离，不可一路策马向前啊，否则一旦遭遇敌军埋伏，到时候再想逃脱，便不是那么简单了。"那名校尉见张皓不为所动，只好抱拳劝阻。

"本将乃是先锋！先锋乃是剑之尖，寻求的便是'快'之一字，若是慢了，岂非白白让蜀寇逃走？！"张皓脸色转怒，看着校尉说道。

"将军！前方若是有埋伏，张老将军一定赶不上救援的……"

"你若再敢多嘴，我便将你按军法处置！"张皓双眼一瞪，瞪得那校尉叹着气低下头去，他才满意地收回目光，高声道："继续前进！"

另一边，一名黑衣士兵飞奔而来，半跪在朝云面前，禀报道："焉逢大人，前方五百米处发现张皓的队伍！"

朝云眼睛一亮，问道："多少人？"

士兵回道："百人左右！"

朝云缓缓点了点头，嘴角流露出一抹笑意："看来真如强梧所言，年轻人立功心切……带着百人的队伍，便敢横穿峡谷，虽然勇气可嘉，但谋略不堪啊。"

强梧挥手让士兵再去打探，哈哈笑道："既然他自己送上门来了，那我们便去迎接一番如何？"

尚章激动地道："正合我意！"

朝云神色微凛："走吧，先将他拿下再说！"

不过片刻，下面的山道里就已经传来阵阵马蹄之声，不用说也知道，来者正是张皓无疑！

"当先那位骑着汗血宝马的，便是张皓！"兵士指着下方经过的上百人，对朝云说道。

"很好！你们守在此处，待我下去将人捉了，你们再将其余人歼灭。"朝云吩咐完毕，顿时如同大鹏展翅一般，顺着峡谷两旁的山坡便张开双臂，一路跳跃着飞纵了下去。

"何人？！"

马匹受惊，嘶鸣不止，行在最前方的张皓看着突然出现在自己眼前的朝云，惊慌之中瞪大眼睛厉声喝道。

"大汉飞羽军！前来请你前往一叙。"朝云手提方天画戟，如同战神一般，一人挡在山道中央。

他的对面，是曹魏来势汹汹的百人部队！

"原来是蜀贼啊……"张皓眼中涌现出兴奋之色，"你一个人便敢挡住我的去路，难道是不怕死？"

"死不死另说，不过今日，你怕是要跟我走一趟了。"朝云微笑着说完，顿时一跃而起，手持长戟朝冲上来的官兵横扫而过，紧接着，他的身形忽然连续闪烁，突破重重阻碍，直接来到张皓面前。

张皓原本还毫不在意，可看到这里，方知自己遇上了高手，当即大喝一声，同样从马背上高高跃起，随后持手中大刀，对着朝云的脑袋狠狠地劈砍了下去。

砰！

刀与戟相碰在一起，发出一阵巨大的碰撞声，而上面泄出的锋锐灵气更是四散而开，将周围的兵士杀伤不少。

一击过后，张皓被击翻在地，他爬起身来，疯狂后退，朝云微微一笑，以比张皓后退要快出数倍的速度欺压直上，不等他再多走一步，就已经伸手提起张皓的衣领，带着他几个闪烁跳跃，进入了茂密的丛林之中。

"救将军！"

"快救将军！"

后面的上百兵士大惊，连忙往朝云离开的方向追去。

然而便在这时，数十人突然冒出头来，张弓搭箭，对着他们发射而来。

嗖嗖嗖嗖！

一阵密集的箭雨过后，毫无准备的上百曹魏兵士，就已经倒下大半，而剩下的不少人，刚刚组织起有效的抵抗，就被冲下来的飞羽部队直接消灭了。

整个过程，从捉走张皓到消灭他手下的百人部队，持续了不过短短数十个呼吸，再之后，峡谷之中就像没有发生过什么似的，渐渐回归了平静。

张郃的部队，正停留驻扎在一处山道之上。

"张老将军，如此停下可好？"张郃的一位部将忧心忡忡，抱拳行礼问道，"司马都督不是吩咐您追击吗？"

"追击？"张郃冷哼一声，极其不悦地道，"我都已经跟他说得如此清楚了……蜀寇必会设下埋伏，以防我军追击！扫荡他们，只不过是掉入他们的圈套中罢了！"

部将不解地问："可是为何司马都督还要特别指派您出来扫荡呢？"

张郃混浊却有神的双眼闪烁了一下，重重地哼了一声道："那家伙打算整一下老夫，所以才故意指派老夫出击……他是都督，老夫又欠他一份人情，如今不好抗命，只好领军慢慢走，应付他一下，以免届时损兵折将，反伤大军元气。"

"原来如此……"部将明白过来，点了点头。

另一位部将担忧地问道："可是您的那位孙儿，并不理会我们的阻止，还自称先锋，自己带着数百亲信，已一路直追过去了！"

张郃大手一挥，不在意地道："那小子从小就如此……哼！让他稍微吃点苦头，等一下自然就会夹着尾巴乖乖地逃回来了……"

就在此时，一位士兵急匆匆地闯了进来，手上拿着一支箭，单膝跪地道："报……报告将军！张、张皓将军他被蜀寇打倒，被他们给活捉了！"

"什么……"张郃大吃一惊，其他部将也瞪大双目。

那士兵小心翼翼地抬起双手道："蜀寇方才用箭射来一封书信，上面署名要给您，您要不要过目？"

"拿上来！"

张郃急急忙忙地展开绑在箭上的白布信，读着读着，不禁咬牙切齿。

"将军，信上写着什么？"部将着急地问。

张郃愤怒地一把摔掉白布，冷冷地道："他们说，想要救回我孙儿的性命，便要老夫亲自领兵，前往木门道指定地点去一趟……"

"什么？这分明是陷阱……"几位部将着急地说，"将军，他们想要把我们的部队引至他们设有陷阱的地方，若我们当真前去，必会全军覆没！"

"老夫怎会不知晓？"张郃叹了口气，"只是，唉……"张郃垂下手臂，闭上眼睛，再不说话了。

"将军，"一位部将试探着问道，"莫非……莫非您打算牺牲张皓将军的性命？"

张郃没有回答，然而其他人却看到他的眼皮在颤动，最后连身体也止不住地颤抖起来。

木门道悬崖顶端，多闻使与飞羽十人全部到齐，其他飞羽军的战士们也都在，所有人此刻都在等待魏军张郃部队前来。

此时木门道中央，被绑着的张皓，低头跪在那里，脸上满满的都是愤恨之色，不住地漫骂着——

"蜀寇！有种把我杀了！将我绑在此地，算什么英雄？！

"你们竟然想用我引祖父前来，简直卑鄙无耻！

"不过我不怕！到时候祖父一定会为我报仇，将你们这些蜀汉贼子打得屁滚尿流！

"蜀寇！蜀寇……"

无人应答张皓的漫骂，此时此刻，木门道两侧都无比安静，仿佛暴风雨即将来临。

"张郃老贼会来吗？"悬崖上，尚章有点坐立难安，"他一定会猜到我们设下了陷阱，说不定根本不来了！"

"有可能，张郃乃曹魏名将，做些非同一般的取舍，也在情理之中……"朝云点头，眉头也缓缓皱起。

说这句话的时候，他转头看了看端蒙，发现端蒙在咬着嘴唇，看得出内心也十分紧张。

紧张？

朝云微微讶异，在端蒙脸上看到如此神色，还是头一次……看来那张郃在她心里，已远非仇人那么简单了。

"他们会不会反过来包围我们？"这时候，尚章担忧地问。

"之所以选在木门道设伏，便是因为这里的地势不可能被反包围。"多闻使出声解释道，"周围都是悬崖峭壁，我们有密道撤退，所以不用担心。"

"如此便好……"多闻使话一出口，尚章和其他人都不由得松了口气。

"若是我，一定会放弃自己的孙儿！"强梧脸色冷冽地说，"毕竟为了大义，什么亲情，都只是微不足道罢了！"

"哦，为了大魏曹家的堂堂大义吗？真是感人肺腑！"横艾微笑着看向强梧。

"呃，这……横艾妹子，你咋能这么打击人呢？"强梧被反问得直翻白眼。

"报告朝云，强梧帮敌人说话！"横艾笑着说。

"好了，你们别闹了……"多闻使制止他们道，"曹军过来了。"

“真的来了？！”

只见多闻使指去的方向，为首一位面色沉静的老头儿骑在马上，身后带着不少的士兵与将领，正缓缓往木门道走来。

看到这里，所有人都紧张且兴奋起来！这可是张郃，曹魏名将，在街亭打败参军马谡之人！现在，终于要落入他们设下的埋伏里了吗？

多闻使轻微地吸了口气，朝云、强梧与横艾等人的面色都变得严肃起来。

“竟然真来送死，愚蠢……”游兆轻蔑地说，“等一下叫你们全都有来无回！”

然而，就在这时，令人惊讶的一幕发生了。

张郃抬起手来，看得出来他是在下令部队停止前进，全体留在弓弩射程范围之外。

随后，他自己一个人走下马，只挎着一柄长刀，缓缓往这边走来。

“怎么回事？”

飞羽众人，包括多闻使在内，不禁都对张郃出乎意料的举动感到奇怪，一时间怔住了。

“你是不想让部下白白牺牲吗……” 多闻使喃喃自语，从面具中透出的眼神，犀利而又带有钦佩之色。

第四十六章
万箭穿心

在悬崖上所有人的注视下，在刀光剑影的闪烁下，张郃独自一人，走到跪于地上、被绑缚在悬崖下的孙儿张皓面前，然后轻轻地单膝跪了下来，伸手朝张皓的头上抚摸了过去。

"祖父，孙儿该死！您不该来，不该来啊！"张皓大哭，泪水如决堤般涌了出来。

"我张郃之孙，怎能在敌人面前哭泣？给我振作起来！"张郃面容严肃，即便面对周围如铁桶般的围困，也仍旧面不改色。

张郃抬起头来，朗声对悬崖上的人说："吾乃大魏车骑将军张郃是也！本将已依约前来。蜀寇，你们尽管提出释放人质的条件吧！"

"我们的条件很简单。投降我大汉王师，或在此一死……唯有如此而已。"多闻使答道，声音洪亮，穿破峡谷。

"投降？我们张家战士，从不知有'投降'二字！"张郃如闪电般的目光扫过悬崖上方，冷笑着说道。

"那就拿命来换！"端蒙怒声回答。

"本将敢亲自前来，便是已抱着必死之心而来，至少你们应该放了老夫孙儿！"张郃大声说道。

听闻此言，张皓再次抑制不住地大哭起来，整个人浑身颤抖，痛悔不已。

"张郃老贼，你觉得如今还有什么资格跟我们谈这些条件？"端蒙冷冷地说，语气中散发出的杀气，足以将人剿灭。

"本将早料你们蜀寇必是设下了什么埋伏，妄想歼灭我军，"张郃冷冽的面容露出微微一笑，"很不幸，今天你们最多只能杀死我祖孙二人罢了。"

"你……"端蒙咬牙，顿时无言。

"祖父，是我对不起您……都怪我贪功……才害了您……"张皓再次跪着哭倒在张郃脚上，对自己连累祖父，悲痛不已。

"哭什么？不准哭！"张郃怒斥张皓，"我们张家没有懦夫！你给我像个战士一样，即便死，也要给我挺起胸膛！"

"不……我对不起您……对不起您……"张皓依旧悲泣，无法停止。

原本一脸严厉的张郃，抬头看了看悬崖顶端的飞羽军，又看了看张皓，叹了口气，脸上的表情一下子柔和了起来。

"唉，也罢……都已是最后一刻了。"他把手轻轻放在张皓头上，用慈祥的语气缓缓说道，"皓儿，你听好！自古人生总有一死，只惧死不得其所而已！如今我们祖孙二人，为了朝廷而殉难，忠义之心，千古之下栩栩如生！所以有何遗憾？爷爷年近七旬，视死如归，你不必为爷爷难过，只可惜你尚如此年轻，却……"

"爷爷……"张皓哭得已没有眼泪，更是无法抬起头来。

悬崖顶上的多闻使，看到这一幕似乎有些动容，嘴里呢喃道："没想到这老家伙早年为保命到处投奔，如今老了，反而还是条汉子……"

端蒙闻言吃惊，不禁急忙对多闻使说："多闻使大人，此乃老贼的哀兵之计，我们切莫被他影响……"

多闻使摆手，示意端蒙不用继续说下去，对着张郃再次喊道："张郃老将军，本将敬重您，所以再给您一次机会……您要否投降我大汉王师？若降，我则保证陛下与丞相会以国士之礼相待！"

张郃抬起头来，大义凛然地道："本将自讨董之役而起，便跃马沙场，随武皇帝驰骋征战四方，至今四十年有余矣！曹家以国士待我，我深蒙大魏重恩，就算肝脑涂地，也毫无遗憾！要本将投降汝辈蜀寇，哼！免谈！"

多闻使长叹一口气，惋惜不已。

端蒙立刻转头对着正目瞪口呆、手上仍牵着连弩开关线的祝犁下令："可以不必听他啰唆了，放箭吧！"

只要祝犁手一拉，张郃就会被一口气同时发出的"串发元戎弩"的羽箭活活射死。

"放箭？"祝犁的态度似乎犹豫起来，看了眼多闻使，却见对方已闭上了眼睛。

"我说放箭，你还犹豫什么？"端蒙冰冷地拿出"飞羽"令牌，"此乃命令……"

"是……是！"祝犁点头，旋即双手一动，便用力拉下串发元戎弩的开关。

木门道悬崖顶端的所有元戎弩，同一时间万箭齐发。所有的箭，如最猛烈的雨点般，全部朝着山崖下张郃祖孙二人而去。

山崖下，白发老将军张郃，将孙儿张皓扶了起来，二人直直地昂首挺立，闭上了眼睛……

崖顶之上，横艾不忍看，把头转过去，而端蒙、尚章、游兆与强梧，皆是一脸冰冷严肃，看着山崖下方。

嗖嗖嗖！

箭雨飞至，刹那间，一切都结束了……

威震关右的大魏帝国白发名将张郃，于当日壮烈阵亡于木门道，而位于远处，奉令不准上前援救的魏国士兵们，此时不禁纷纷跪下哭泣，哭声传遍荒野。

这一刻，包括多闻使在内，朝云、祝犁等人，都不禁低头闭目默哀。

这是一位伟大的对手。

默哀，是对其最大的敬重。

"厚葬张郃！"

多闻使下令，带着其他人转身离去。

翌日。

众人撤走之后，一道白衣身影如白色闪电般十分迅猛地赶至木门道，在狭长的山谷中，徐暮云步履沉重地走到张郃战死的地方，然后双膝一弯，痛苦地跪了下去。

"义父，您便是在这里被蜀寇杀死的吗？万箭穿心啊……蜀寇贼子，怎能下得如此狠手？！"

徐暮云抬起头来，冰冷的双目中流淌出两行滚烫的热泪，他张口，喃喃说道："义父，暮云能有今日，全是您的恩惠……孩儿将为您守墓一年，以报您如山恩情……一年之后，孩儿立誓，一定会找出将您杀死的蜀寇，以他们的人头，祭奠您在天之灵！若违此誓，则天打五雷轰！"

山谷之中飘起了雨，雨簌簌而下，淋湿了白衣。

纪元二三一年，因粮秣不济，以及突然到来的撤军令，诸葛亮不得不率军回返，沿途经祁山到达汉中，最后抵达成都。

成都丞相府内。

"丞相，李严大人此事，您看需要如何处置？"姜维问道。

"正方误我……"诸葛亮闭着眼睛，只说了一句话。

"李严大人虽贵为托孤大臣，可如今却未尽托孤之事，为了逃避罪责，反倒假传消息，误导陛下，他还与曹贼暗通，意图伏杀我大汉督查粮道之人，简直罪不可恕……"姜维不忍说下去，眼眶已经微红。

丞相为国鞠躬尽瘁，整日操劳无人能比，然而如今遭受奸人谗言所害，导致北伐失败，最后竟连陛下也对其失去信任，令其撤军，如此种种，皆是因那李严所为！

"陛下对此事也出离愤怒，他已下令将方正发配至边疆……但因本府念其之前功劳与旧情，特请陛下将其贬为庶民，留待成都，不得为仕。"诸葛亮叹了口气，"只可惜我北伐又失于自己人之手……"

姜维知道诸葛亮说的是什么。

当年北伐，马谡失街亭，导致北伐失败；如今因为李严误粮，生怕担罪而谎言欺瞒，以至匆匆撤军……两次北伐皆失于自己人手中，丞相心中苦闷，自是可知。

"伯约，本府想准备一番，待开春之时，再行北上之事，你看如何？"诸葛亮转身看着姜维，征求他的意见。

"丞相，属下……属下担忧朝中老臣们，怕是不允呐！"姜维抱拳，没有说理由，因为在撤军回归的途中，譬如百姓积怨、上下疲敝之类的话，丞相耳中已经听了无数，但丞相依旧坚持北伐，可见再说也无用。

"本府又何尝不知？陛下临终之时，曾嘱托我定要光复汉室，而今我已半百之年，谁又知道还剩多少时日可以前去完成陛下遗愿？每多一日悠闲，本府心中便多一份焦虑与不安……伯约，此情你可知晓？"诸葛亮背过身去，微闭着双目说道。

"丞相！"姜维跪拜而下，涕泪横流。

"起来吧……明日我再行上奏，若陛下不准或是群臣反对，那便听他们之言，秣马厉兵、好生修整，留待他日再战！"

纪元二三二年，诸葛亮在处理完李严之事后，经过数月修整平息，决定再次挥师北上伐魏，然众臣劝阻，皆认为已连续征战四年，大汉人力凋零，国家疲敝，当与民稍事休息。

这一次朝廷上下的反对声浪异常之大，远远超出诸葛亮的预料。

甚至，已成年的皇帝刘禅，也对诸葛亮屡次北伐，掌控大军，却始终未能有太大建树，至今仍无法踏入关中一步而感到不满。

诸葛亮也第一次明白，自己对年轻皇帝与朝廷的支配力，正在逐渐流失，左右权衡之后，最终他忍痛接受了众议，暂时偃兵息武，以安内为先，借此储备国力。

同年。

东吴，建业。

皇宫之内。

碧眼棕发的孙权坐于龙椅之上，目光微沉，看着下方的文武百官。

"陛下，如今蜀国北伐失利，正是我吴国趁机扩张的最好时机啊！"一名头发全白的老者颤巍巍地站出来说道。

"不可！老大人怎可如此糊涂？如今曹魏强盛，我东吴与蜀汉乃一体之联盟，若是趁此攻打蜀国，岂非置我东吴本身于死地？所谓唇亡齿寒之理，老大人应当明白。"一位年轻人走了出来，厉声斥责那名老臣之后，转而看向龙椅之上的孙权。

"你……"

"伯言所言有理……何况孤今日召你们前来，也并非商量此事，而是想询问询问……当年关羽与张飞手上的神器，都去了哪里？"孙权问道，"关、张二人乃一代名将，孤昨日询问天官得知，若是能够寻得他们当年所用之器物，置于船体之上，便足以镇压邪佞，出海之事，也会顺利许多。"

"陛下……此等荒谬之言，您怎能相信？再说那神器下落固然可查，可为何非用张、关二人之兵器，而不是我吴国名将之兵器？"方才那位白发老者再次站出来说道。

"爱卿当知，我吴国神器，也仅仅只有当年公瑾手中使用的那把羽扇罢了！而那把羽扇，当年赤壁之后，便由公瑾赠给了诸葛孔明，如今出海寻求仙丹，若无神器，如何可行？"孙吴看向老者，犀利的目光看得老人不由自主地缓步退下。

"伯言！"

"在！"

"此事便交由你去办，无论如何，势必寻找到三大神器——青龙偃月刀、丈八蛇矛乃至赵云之白龙枪！孤给你一年时间，寻到它们，然后带回。"

"是！陛下！"

"退朝！"

孙权起身，在太监尖锐的喊号声中拂袖离开，陆逊与其余人等相互对视了一眼，纷纷从对方眼中看到了无奈。

"如今陛下年老，日益痴迷于出海寻求不老丹药……可这世间，又哪有不老之药？无非是那些方士胡言乱语，欺瞒陛下罢了。"陆逊说罢，叹了口气。

"是啊……如今曹魏有虎狼之势，伺机南下，蜀国虽败，却气运犹存，唯我东吴士族纷争不断，贵族势力不思进取……还不知我等百年之后，会是怎样一番景象……"另一人感叹。

"好了，此言忤逆，莫让他人听见。"陆逊拍了拍那人的肩膀，便当先离开了大殿，然而离开大殿之后，陆逊并未赶回府中，而是在一名太监的引导下，来到了翠云湖中。

"伯言来了？"翠云湖一座亭子里，只见方才刚刚退朝的孙权正站在那里，伸手朝湖中撒着鱼食，湖面上一条条鱼儿蹦起，争相夺食。

"陛下。不知陛下召臣前来，有何事吩咐？"陆逊跪地，抱拳说道。

孙权撒着鱼食，让陆逊起身，然后才说道："孤召你前来，是想问问你……

你认为此番诸葛孔明退兵回到蜀国，明年开春时，是否还会继续北上？"

陆逊抱了抱拳道："回陛下，臣认为不会。"

孙权面上露出一丝好奇之色："为何？"

陆逊说道："其一，根据前线将士来报，蜀军撤退紧急，毫无前兆……我想应当是内部出了问题，否则不会如此；

"其二，诸葛先生大权在握，自刘备驾崩后，年年领兵北伐，如今蜀汉各地早已是民怨沸腾，便连朝中也是议论纷纷，流言蜚语持续不断……我想作为聪明人，诸葛先生此时一定会选择偃旗息鼓，安内然后再北伐；

"其三，我听闻，蜀汉皇帝阿斗年已二十有五，再也不是以前任人摆布的少年了，如今的他也有担忧，更有野心与实力……因此他对诸葛先生产生了很大的猜忌，此番紧急退兵，除去粮秣运济不周，最大的原因恐怕还是源于此。"

说完这些，陆逊想了想，才接着说道："所以根据以上三点，臣判定来年开春，蜀国断然不会再北伐曹魏。"

第四十七章
寻找神器

孙吴赞许地点了点头，似乎很认同陆逊所言，接着他又问道："那你是否知道，他们会何时北伐？还是说就此占据蜀中，再不往外扩张半步？"

陆逊思索起来，过了许久，他才摇摇头说道："诸葛先生继承刘备遗志，只要他在，那蜀国便会一直北上，试图夺取中原，绝不会停止北上的步伐……但是陛下问臣，蜀国何时才会继续北上，这……臣以为，三年之内，蜀国恐怕是无力为之。"

"好！"

孙权笑了起来，一把将鱼食撒入池中，转过身说道："知道孤为何非要让你找到那三柄神器吗？"

陆逊试探着说道："陛下不是说为了出海顺利吗？"

孙权摇了摇头，脸色变得严肃起来，说道："孤让你去找神器，目的只有一个，那便是寻我吴国精英，锻造一支能够以一敌百的部队！我听闻曹魏有铜雀六尊者，蜀国有飞羽十将，那我们也可以组一支神秘部队，但凡最终各项技能能够排名前三者，便以此为奖励！将三大神器交由他们使用，专门为孤效力，所谓孤之所指，尔等必至。"

陆逊惊讶地道："陛下，您……"

孙权略微期待地看着陆逊，说道："孤知晓伯言何意。如今我东吴境内士族云集，士族与士族之间皆无团结之意，但也有不少士族对孤忠心耿耿……因此孤此意，是想要知道，那些表面上阿谀于孤之人，私下里在想些什么。若这些人胆敢产生不轨之意，那杀之又有何妨？杀了他们，孤正好要让天下人知道，顺孤者昌，逆孤者亡！"

陆逊闻言，身体不由得一颤，随后连忙跪拜而下，高呼万岁。在这一时刻，他忽然间产生了一种错觉，那就是眼前的吴主孙权，大志依旧不减当年，甚至隐约间犹有过之……

翌年。

纪元二三二年初春，多闻使召回飞羽十将，单独命飞之部前往北方驻防，并协助搭设粮道，数日后，剩下的羽之部等人，也接到多闻使令，召他们到府中一见。

"多闻使大人，我们因为粮尽班师，至今已一年有余，怎如今都再无任何出师北伐的消息呢？"朝云抱拳一进来，一番行礼寒暄之后，便直接开口问道。

"朝廷上下，方今皆反对丞相再次兴兵，甚至连圣上也明白表达反对之立场，因此丞相只有中止北伐之议。"多闻使说，"老实说，我们大汉自建兴六年出兵北伐，建兴七年也出兵，建兴八年又出兵，去年建兴九年还是出兵……一连四年，举国都在征战动员状态，人民也确实累了，是该暂时歇息歇息了。"

"咦，这么说来，我们以后都不再北伐了？"尚章讶异，眼中泛起一抹光彩。

多闻使摇了摇头："不清楚。未来的事，谁也说不准。但以我观察，诸葛丞相他似乎心中并未放弃北伐大业的意愿，可能是想暂时避开非议之论，先行安内，以待他日适当之时机，徐图再举。"

"哦……原来如此。"

"如果不上战场杀敌，我们飞羽可就没有立功机会了！"强梧耸耸肩，大咧咧道，"所谓的英雄无用武之地。"

多闻使笑了笑："不必担忧！这段没有战争的期间，我另有新任务要派给你们。"

"该不会，又是要去骚扰敌人后方，好诱逼他们主动求战了吧？"横艾努努嘴，斜眼看着多闻使。

多闻使笑着摇头："非也！我们大汉如今为了北伐而元气大伤……这段时间，实在不宜再启兵端。"

"请问是怎样的新任务？"朝云问。

多闻使郑重道："本座要你们去找寻我大汉几位开国元勋失落在各方的珍贵重器。"

"珍贵重器？"

"是的。"多闻使说道，"这是已故的飞羽创立者持国使他死前最后之遗愿。之前我们因为北伐，始终无暇处理此事，如今正好交付你们完成。"

"哦，是哪些珍贵重器？"强梧好奇地问。

多闻使看了一眼几人，问道："你们应该都知道关羽将军、张飞将军、赵云将军这三位吧？"

"当然！他们三位，都是我们景仰崇拜的英雄，是我大汉真正的栋梁……"朝云认真抱拳说道，强梧与横艾几人也都一一抱拳。

多闻使点了点头，看着几人说道："你们羽之部接下来的任务，便是去找如今失落四方、昔日他们三位所使用的武器……关将军的青龙偃月刀、张将军的丈八蛇矛，以及赵将军的白龙枪。"

"三大神器？"横艾有些讶异。

"不错，其实找到这三大神器，目的还是为了不让它落入奸人或敌国之手，否则对于我们而言，必然是一种沉重的打击。"多闻使严肃道。

"这是真的吗？"尚章却没有思索后面的话，兴奋地握了握拳，"太好了！能接到这样的任务，真的如同做梦一般！"

"对啊！真没有想到，我们能替大汉英勇无双的这三位英雄，去找回他们遗失的武器！而且那可都是有名的神器啊！"强梧双眼炯炯有神，哈哈笑道，"我们一直都以他们为典范，希望有朝一日，也能成为如他们一般的不世英雄！你们说对不对？"

"嗯，这次的任务，听来似乎还挺有趣的！"横艾收起心思，心不在焉地玩弄挥动着手上的艾叶，"总算不必再一直砍砍杀杀了。"

"谢谢多闻使大人！"朝云用力抱拳，"但问题是，三位前辈使用的神器很久以前便没有了下落，请问是否有何线索，可供属下着手找寻？"

"只要你们不认为任务枯燥乏味便好……实际上，之前本将已动手查访了一些，把范围大致缩小了。今后此一任务，便交给你们羽之部继续执行。"增长使向周围的人扫视了一圈，"首先，就先由张将军的丈八蛇矛开始吧？"

"嗯……为什么先由丈八蛇矛开始？"朝云疑惑问道。

"因为丈八蛇矛失落于吴国。"增长使说，"如今那里算是我们友邦，比较容易着手找寻，你们执行任务的时候，遭受的阻力也会小一些。"

"张将军的丈八蛇矛，为什么会失落在吴国啊？"尚章讶异，眨了眨眼睛看着多闻使。

"因为昔日张将军对待手下士卒过于凶暴严厉，所以被部属范疆、张达所杀，二人把蛇矛当作信物之一，带去东吴献给了孙家。"增长使遗憾地叹了口气，似乎有些追忆过往的意味，"……本将只查知蛇矛最后被此二人带往东吴，其后如何便不得而知了。"

"明白了，接下来就由我们接手寻找。"朝云抱拳。

"可以再给你们一个建议。"多闻使朝几人说道，"你们可以去江东建业城，找孙夫人。"

"孙夫人？"

"也就是孙权的胞妹。当初为了联手抗曹，所以先帝便娶了孙权唯一的妹子为妻。不过两人大概感情并不深厚，所以后来先帝入川，也没带她同行，而她也私自不说一声，就突然从荆州归返江东娘家，一去不回。"多闻使解释道。

"哦……"尚章不知这些往事，听得目瞪口呆，"原来先帝还有这样一位夫人啊？"

多闻使点了点头："不管如何，名义上她至少还是先帝妃子，而且如今汉孙和睦，或许你们可以去找她，透过她来查出蛇矛进一步的下落。若不行的话，再设法另觅他途。"

朝云抱拳："明白了！我们这就去江东建业，找孙夫人。"

"本座给你们一块特使令牌。有此令牌，你们今后便可自由往返江东，不受国界关隘的盘查。"多闻使伸手入怀，拿出了一块背面镌刻有大汉二字的令牌，而令牌正面，则方方正正写着一个"使"字。

朝云双手接过，恭谨地放入怀中，抱拳说道："多谢大人。"

多闻使点了点头："此去路途遥远，你们需注意安全……如今我大汉对外无战事，但朝堂内外却需要你们，因此在找到神器之后，你们不必回来，直接前往汉中与增长使大人会合，之后他自会将其他两件神器的事情告知于你们。"

"是，大人！"

"好了，去吧……"多闻使挥了挥手，"你们可休息一日，明日一早出发！"

五人抱拳，领命离去。

紧接着，一道黑影映射在厅堂之内，一名黑衣人从空中一步踏出，出现在厅堂之中，并朝多闻使抱拳行了一礼。

多闻使朝着几人离开的方向，凝视了许久，才收回目光，开口问道："如何？"

"大人，根据线报，吴国那边……似乎也对神器产生了兴趣。"黑衣人皱眉说道。

"哦？"

"而且此事乃是由陆逊所主持，他们的目的，应当是要利用这三柄神器，缔造出一支与飞羽相似的部队。"

多闻使道："有趣……魏国有铜雀六尊者，我大汉有飞羽十将，多少都与仙门有关……吴国远离南北两大仙门，想要培养出同我大汉飞羽一般的人来，可能性很小，所以他们才会寄希望于神器。"

黑衣人认同道："大人所言有理，属下认为，即便他们能够培养得出一支如此具备天赋的队伍，十年内恐也无法与飞羽相提并论。"

多闻使沉思道："这是自然……不过三大神器乃是我大汉已故三位将军的贴身兵器，怎能随意落入他人手中？"

黑衣人问道："所以您才立刻让飞羽出手，将神器夺回？"

多闻使点了点头："不错。可惜如今飞之部五人正在北方协助魏延将军修筑防线和搭设流马索，否则派他们与羽之部共同前往，找到的希望会大上不少。"

说到这里，多闻使忽然将目光转向黑衣人，若有所思地看了他一会儿，直到看得黑衣人不明所以时，他才开口问道："不如，你跟他们去一趟？"

"大人，这怎可使得？"黑衣人立刻摇头，"当年持国使大人将我派到您身边之时，便竭力嘱咐，告诉我一定要时刻贴身保护大人安全，一步也不许离开。此乃持国使大人遗命，属下不敢不从啊。"

黑衣人笑着说道："我知道你是为我安全着想，但如今我身在成都天子脚下，府中又有兵士保护，哪里需要担忧安全的问题？反倒是三柄神器，万不可出任何差错，这不但事关当年持国使大人遗愿之事，也事关国之荣辱，更事关国之安稳——虽说我不相信凭借三柄神器，吴国能够培养出如飞羽一般的天才人物，但万事没有绝对，我们还是防范为好。"

黑衣人还想说什么，却见多闻使摆了摆手道："此事暂且勿论，你准备一番，明日一早，便跟随在他们身后出发……这不单单是为了神器考虑，同时我也担心朝云等人在吴国那边遭到麻烦，一旦如此，届时你便可护得他们周全，至少也会帮助他们减少许多麻烦。"

黑衣人抬头道；"大人，可是属下还是担心您的安全，不如……"

多闻使摇头说道："影卫，你需要记住……飞羽十人是大汉未来的栋梁，保住他们，比保住我一个人要强得多。"

黑衣人默默点头。

他知道多闻使一旦决定了某件事，必然是难以劝说回来。再行劝说，反而适得其反，倒不如不说了。

"那大人，属下现在便去准备，明日一早立即出发！"黑衣人抱拳郑重道。

"好……朝云五人，便交给你了。"多闻使嘱咐道。

"大人放心，有属下在，便不会让他们少一根汗毛！"黑衣人抱拳朗声说道，话毕，便缓缓起身，没入空中消失不见。

翌日一早。

成都城外。

朝云骑在马背之上，手里捧着一副地图，地图上弯弯曲曲标明着一些地方，注有大江、汉水等字样。

他指着其中一条说道：

"此行我们需走水路而去，而水路弊端在于，沿途不少地方水盗猖獗，地方官兵屡次征伐而不灭，因此，此行遇上盗贼的概率极大，我们要多加防范才行。"

强梧喊了一声，毫不在意地挥动大手："几个水贼罢了，翻手就能灭掉的事情，有何需要担心的？"

第四十八章
鬼魂拦路

　　横艾笑着瞥了强梧一眼，说道："可我听闻，大江之上，水盗群贼皆是武道修为了得之辈所组建，说不好那里面会有武道第四境的高手存在，你觉得你能翻手灭掉第四境之人？"

　　强梧愣住，挠了挠脑袋，讪笑道："这……这不太可能吧？"

　　朝云无奈一笑："横艾说得不错，生存在大江上的水盗，本事都不会太差，否则当地官兵也不会屡次征伐而不得用，反倒让那些水盗日益猖獗起来。"

　　尚章蹙额道："这么说来，我们此次行程，会在途中遭到一些阻挠？"

　　朝云点点头道："可以如此认为……不过也不见得，我说此事的原因，只是想要让大家知晓，大江之上有比我们强大的群体，所以到时应当小心一些。"

　　强梧恨恨道："本以为此次寻找神器，便是如同游玩一般，不承想竟然还有如此危险……"

　　尚章舒展眉头，嘿嘿笑道："强梧大哥，莫非你怕了？"

　　"怕？！"

　　强梧一声哇哇尖叫，满脸横气道："我强梧手上杀的人恐怕比那群水贼见过的还多！说我怕他们？简直笑话！到时若是他们真敢出现在我面前，管他武道第几境呢，先杀了再说！"

　　朝云好笑道："我们可不是去杀水盗的，完成了任务，找到丈八蛇矛，到时若是相遇，你再与他们纠缠厮杀不迟。"

"听到没？小子，找丈八蛇矛要紧！"强梧瞪了尚章一眼。

"强梧大哥，知道啦！"尚章朝强梧做了一个鬼脸，气得强梧抬手要打，尚章吓得连忙拍马而去。

朝云与横艾相视一笑，也随之离开。

从成都出发到建业，需先到汉中口岸驿站，再由此乘船东去，最后方能抵达。以朝云等人的速度，陆路出发到驿站，也仅仅只用了三日时间。

第三天晚上，他们便已来到了渡口处。只是因为晚上的缘故，此时人少了很多，只有一些零零散散的客商还在搬运货物，私人船只则都已停泊在了别处。

"官府给我们安排的是私船，因为想要到达吴国地域，战船不方便开动。"朝云解释说。

"可是这大晚上的，让我们去哪里找私船？"强梧苦恼地挠了挠脑袋。

"这是汉水之地，船家挺多，我们沿途找找，肯定能够找到。"横艾说着，便已转身向另外一个渡口走去。

"几位客人，是要乘船吗？"

就在这时，一名看起来样似官差的小吏跑了过来，笑嘻嘻地问朝云几人。

"正是，莫非小哥有船可用？"朝云问道。

"嘿，这大半夜的，我跟各位客官说啊，这私人的船那是不敢走了，不信您可以去问问，汉水方圆几十里地，也就唯有我家的船只敢夜间行走。"那小吏说着，一脸傲然之色。

"哦？这是为何？"

"不瞒诸位说，最近这水上啊，不太平……周围人都说是有北去的冤魂拦路，活人夜间都不敢走，也走不了，生怕撞见那些冤魂，就被一个个拖下水去了。"小吏一脸担惊受怕地说道，语气尤其阴森，加之配着夜色，更是给人以惊惧之感。

然而来到这里的五人，又岂是会被这阴森景象吓到的？不用说冤魂之类的不可信，即便是有，朝云强梧横艾等自然也不惧。

到是这小吏有些意思，明明身上穿的是官府的衣裳，看他这行事也有一些官府衙役的味道，然而此时此刻，他却跑到这里来招揽乘船客人，岂不奇怪？

朝云笑了笑，问道："不知道小哥如何称呼？"

那小吏见自己所讲的事情没有吓到几人，不禁微微有些意外，便说道："小人张囿，是汉中人士。"

"张囿……你方才说这水上有鬼魂拦路，所以私家的船晚上都不敢走，而只有你家的能走，是与不是？"朝云问道。

"是是！这位客官记性真好！"张囿赔着笑脸道。

"为何只有你家的能走，其他家不能走？"朝云又问。

"这个……这个到时候，各位便会清楚了。"张囿打了个哈哈说道。

"那为何你这厮身上穿的却是官府的衣裳？"强梧粗声粗气地问，眼睛略瞪，看向张囿。

"这……这位义士，我身上这身衣服是当差的不假，但那船是我家的也真，各位若是不信，随我去瞧瞧就是了。"张囿被强梧吓得一个机灵，连忙讪笑着伸手虚引道。

朝云与横艾、徒维、强梧和尚章对视了一眼，几人相视片刻，皆点了点头。

"好，那就去瞧瞧，若是可以，便坐你家的船。"强梧挥手道。

"好嘞！各位请随我来。"小吏连忙在前面引路。

"朝云，我总感觉这厮怪怪的……他不会是随便编几句胡话，让我们害怕，然后好上他的船吧？"强梧落在后面，小声对朝云说道。

"天下鬼魂皆为灵体，鬼魂之说不可信，再说即便有，咱也不怕……不过这水上是否有什么东西，却也不得而知。"尚章在一旁说道。

"横艾，你觉得呢？"朝云偏过头去。

横艾无所谓地努了努嘴，不在意道："坐什么船都一样，只要能到东吴便好。不过……我总感觉这水上确实有些不同寻常。"

朝云看向横艾，眉目微动道："我以为只有我有同样的感觉。先跟他过去看看，到时若真有问题，再离开也不迟。"

"好！"

几人点点头，很快就跟随着张囿来到了一艘巨大的船只旁边，这船只高至少有两丈，连上帆布，足有四五丈之高！这等船只，即便是放去战场之上，也足以归类为最庞大的一类了。

"这船……像是战船？"

"不错，正是战船！虽然船体表面被帆布覆盖，可是上面的兵槽却无法遮掩。"朝云说着，伸手指向船只两侧的一些凹坑，通常这里都是放置兵器的地方。

"好啊！当地官府之人竟敢动用战船牟取私立，当真是无法无天了！"强梧大怒，想冲上去一把揪住那张囿问个明白，却被朝云拦了下来。

"勿急，先去看看是怎么回事，再计较也不迟。"朝云对着强梧摇了摇头。

此时战船旁边，还有许多普通商人正准备上船，而朝云则被张囿直接带到了一侧，顺着搭在上船的扶梯上了船。

来到船上才发现，整艘船有六人管理，加上张囿一共也就七人。这七人中，有六人身穿差服，分别站在船只各处，而其中一位尖嘴猴腮、瘦骨嶙峋之人，则作书生打扮，亲自过来迎接朝云等人。

"吴章先生，这几位是远方来客，打算乘咱家船去往吴地。"张囿抱拳行了一礼，才直起身来介绍。

"哦？几位要去吴国？"那尖嘴猴腮的中年人瞪着一双鼠目，拧着眉头问道。

"不错……在下听这位小哥说，最近水上不太平，晚间普通人家的船都不敢出船，只有你家的船可以走水上的夜路，因此我便跟着过来看看。"朝云抱了抱拳，笑着说道。

"看几位打扮，不像是商人，也不像是逃荒的穷苦之人，更不似是耕种天地的百姓……几位手里皆拿着武器，像是剑客或是武者，就是不知诸位乘我这官船，要去吴国作甚？"吴章脸色警惕，一双细小的眼睛滴溜溜在几人身上打量。

"嘿！咱去吴国做什么，关你何事？！要走便走，休要啰唆！"强梧上前一步，大声怒喝，同时嘭的一声一巴掌打在船舷之上，顿时，整艘船便跟着摇晃了起来。

"你……"吴章脸色一变，站在船上各处的兵士也将冰冷的目光看向了这边，仿佛只要强梧再有所异动，他们就会冲过来一样。

"强梧……"朝云抬手将他制止住，抱拳说道，"我等去吴国，自是有要事去办，船家若是不走，那我们便等天明，再乘其他人家的船即可。"

"好，上船！"吴章眯了眯眼，给了张囿一个眼色，便转身离开。

张囿一路殷勤地将几人送到了乌棚里面，说了几句客气话后，便自行匆匆离去。

"方才那人好生奇怪。"尚章啧啧说道。

"岂止是那人奇怪，这满船的兵士都奇怪……他们不像是普通士兵那么简单。"朝云隐约往周围看了一眼，这时候正好有一双目光与他对上，他只礼貌一笑，便回过头来。

"嘿嘿！总之他敢挪动官船，私自携带商人百姓前往东吴，这本身已是死罪！我倒要看看，这群人在耍什么鬼把戏！"强梧冷冷一笑，一双大手抽出弓来，不停用力做出拉弓放箭的动作。

"我看呀，大概是为了钱财呗。"横艾微笑着说。

"如今战事停息，这一年之内，丞相都不会带兵北上，而大汉与魏国叫好，因此两国之间交通要道便不似战时管制的严苛了。这几人大致便是看上了这一点，才胆敢冒杀头之罪而刮取百姓钱财。"朝云思索着说，"而那水上鬼魂拦路的说法，想来也该是他们所做的把戏罢了，原因便是为了不让私人船家与他们抢生意，因此才编造出这么个事情来。"

"如此一来，那他们更该死！"尚章恨恨道。

"无妨，我们今晚先看看……至少去看看那水上鬼魂拦路是怎么一回事。"朝云说着，便已微微闭眼，开始查探起自己体内的剑胎来。

自从前些时日在望风亭前好好观察过一番，之后，因为战事吃紧且任务频繁的缘故，他便没有再仔细观察过自己体内的金色小剑，而且就连武道与剑道修为的提升与否也不如以前掌握得准确。

他内视看去，只见金色的剑胎还是同原先一样，停留在丹田上方，随着剑气的流转而不停转动着。

剑胎周围的金色剑气相比之前聚集得越来越多，而外界进入体内的灵气，在碰到金色剑气之后，就会被吸收和同化。

此时皇甫朝云的体内，灵气如溪流一般，顺着他的经脉缓缓流动，而后汇聚到丹田里面，丹田里很快便聚集了无数的灵气，金色剑气遇到突然增加的灵气，变得比之前更为活跃了起来，从而带动着剑胎转动得越发迅速。

这便是皇甫朝云为自己找到的修炼剑道之法。

如今已然可以看得出来，他的金色剑气等级极高，对于一般的剑气与灵气皆有同化之能，之前在重新拥有剑道修为后，他一时间找不到提升修为的方法，后来在几次战斗中发现，自己的剑道修为在不经修炼的前提下，便有了不小的提升，以至于如今真实境界都已到达了第三境。

而形成这一结果的原因，就是他不停调动周身灵气发动攻击所带来的。

空气中的灵气与剑气会增加金色剑气的活跃程度，普通灵气与剑气越多，金色剑气便会越发活跃。如此一来，活跃的金色剑气促进了剑胎的成形，自然而然，也就无形中提升了朝云自身的剑道实力。

至于武道一途，武道大多数需要天赋辅助，一般人终其一生能够踏入武道第一境便算了得，而拥有武道天赋之人，能入第三境也算得上不错。

唯有那些天赋极强者，能够年纪轻轻就达到其他人终其一生才能够达到的高度……比如说飞羽，比如说铜雀六尊者中的那几位……这些人无一不是万里挑一的天才，无一不是整个国家少有的宝藏。

朝云的武道与剑道修为已算恢复得很快了，到现在，已经隐隐拥有了向临四境踏入的趋势。只要脱离第三境，到达临四境，那么在他剩下的日子里，达到第五境乃至第六境，亦或是更高的境界，也就不是没有可能了。

而天底下，第五境者不常见，第四境就已是武道的顶峰，第三境武者已是高手中的高手。为何？因为据说一旦武者到达第五境，便需要进入仙门，接受仙门的培养，从而为踏入更高的境界做准备。否则……否则没有人知道后果，一旦拒绝，或是陨落，或是被强行带入仙门，便无从得知。

说到仙门，仙门分南北。北方仙门在魏国领土之内，南方仙门位于大汉国境之中。两家仙门实力相当，却向来不合，不过由于有世俗国家作为过渡，二者冲突却也极少，只有遇到某些天灵地宝出世，相互争抢之时，才会发生一些不大不小的争斗。

但是这些都无伤大雅。

总之两派仙门想要打起来，也不是一件简单的事情。

第四十九章
诡异浓雾

窥视着自己体内的一切，皇甫朝云不由自主地想到了与修炼有关的很多东西。从灵气到剑气，从剑气到修为，再从修为到天下两仙门，这些都是作为一个踏入武道或是剑道之人所应当知道的常识。

除去这些东西，还有如今散落在各地的神器。所谓神器是指那些拥有莫大威能，即便一个孩童拿在手中，也有可能发挥出毁天灭地之能的武器。这些武器通常杀气横溢，普通人根本无法驾驭。

此次多闻使派他们几人寻找的青龙偃月刀、丈八蛇矛与白龙枪，即是其中之三，天底下能够称为神器的武器不在少数，但从一出世便具备神器之能的却少之又少，恰好这三种武器都名列其中。

因此此去东吴，最重要的就是将丈八蛇矛寻回。之后再逐一找到其他两样武器，如此持国使遗愿才能完成，而对于大汉实力，也将有某种程度上的增强。

窥视体内，运转数次灵气于剑气之后，时间不知不觉中已来到了半夜。

皇甫朝云睁开眼睛，身旁徒维正闭目打坐，强梧在横躺休息，尚章则靠在船篷上睡了过去。横艾？

一阵笙的乐音从外面飘荡进来，声音很轻，却具有极大的感染力，刚一飘进朝云耳朵里，他便不由自主闭上了眼睛，静静聆听起来。

聆听片刻，他才起身来到外面，甫一离开乌棚，果真就看到一袭淡青色长裙的横艾正站在甲板之上，对着平静的湖面吹奏着笙。

朝云轻轻走了过去。

"朝云，你来了？快看，湖面上是不是很漂亮？"横艾嬉笑着，伸手指向倒映在水里的月亮，水面波光潋滟，确实十分漂亮。

朝云笑着点了点头。

"你说，若是某一天我离开了你……你会不会……会不会记得我？"横艾放下笙，忽然转过身来看着朝云，一双眸子特别明亮，蕴含着温情，就像水里的月亮。

"当然会！"朝云想也没想，便盯着横艾的眼睛说，"横艾……你为何说这种话？除非天下一统，否则飞羽的使命便没有完成，飞羽还会继续存在下去。你自然也就不会离开飞羽。"

"也许吧。"横艾轻轻一笑，心里却想，傻瓜啊傻瓜，我不是问离开飞羽你会不会想我，而是问你……若是我真有一天不在你身边了，你会不会想我？

"别想那么多了，快进去休息一下……自从北伐以来，还是头一次有如此难得的机会，可以好好休息一下，可千万别错过。"朝云一脸轻松地说。

"好吧……等等。"横艾原本已转过身，准备跟随朝云进入乌棚，却突然停下脚步，看着湖面蹙眉道，"今晚的湖水有些不平静。"

"不平静？"

朝云顺着横艾的目光看去，只见月光照射下的湖面，像是有一层雾出现在了水中，这层雾看起来很轻很薄，但实际上却很重很厚，它的后面，被遮掩的一片白茫茫，什么都看不见了。

"刚才还不曾出现雾，为何眨眼之间，这雾便已升腾了起来？"朝云疑惑地思忖着，想着想着，他嘴角不由露出一抹笑容，看向横艾说道，"莫非是所谓的鬼魂来拦路了？"

横艾撇撇嘴，朝皇甫朝云翻了个白眼："这世上唯有人、仙、灵、怪而已，哪有什么鬼魂？即便有，也仅仅只是一些弱小的灵物罢了。但是这雾却不像是一般灵物制造得出来的，我想……这应当是人，人利用术法之道制造出的幻象而已。当年北方仙门附属的太平道里，便有专门记载术法取雾的书籍，我恰好看过一些。"

"哦？那这么说来，这个操控雾气制造鬼怪幻象之人，极有可能便是一位术法师？"朝云问。

"极有可能，但是也不排除一些实力强大之人拥有这样的本事。"横艾折了一只符鸟，放在手心轻轻上抬，符鸟便振翅离开，"趁着雾气还远，让它去看看雾气后面有什么。"

"横艾，你真聪明！"朝云由衷赞叹道。

"物尽其用罢了。"横艾拍拍手，笑了笑说，"走吧，咱们先进去等着。"

船舱处，吴章低头站在案桌前，浑身上下瑟瑟发抖。

而他的面前，一位全身都仿佛蒙在黑色里的人转过身来，声音粗哑且深沉地问道："今晚来了多少人？"

吴章颤颤巍巍回答道："禀告大人，今晚一共有一百一十九人，包括我方才与您说过的那五人。"

黑暗里的人停顿了片刻，只提出一个要求："其他人我不管，榨取的钱财你皆可以自行留着……唯独这五人，今晚必须拿下。"

吴章楞道："大人，那五人有何不寻常的地方吗？怎会使大人您如此在意？"

黑衣人摆摆手："你知道得越多，对你越不好……相信我，遵照计划行事吧。"

闻言，吴章立刻吓得浑身一抖，他记得前几日黑衣人便说过这样的话——"你知道得越多，对你越不好"，随后一个试图与他讲道理的穷书生便被他一掌打死，直接扔进了江中喂鱼。

这是他亲身经历过的事情，如今想想，连头皮都还在发麻。

拜别黑衣人，吴章回到船上，看着不远处的浓雾越来越近，连忙召集了其他六人来安排事项。

"待会儿浓雾一到，你们所有人便趁机进入那个乌棚里面，将里面的人全都控制住，若是敢有不听话的，直接杀了就是。是否听清楚了？"

"是！"

"很好，速去准备！"

几名身穿差吏官服的精壮汉子立刻返回到各自岗位上，手里不知何时已经提起了刀剑，眼神若有若无地在向朝云等人所在的乌棚打量。

而就在这时，其余乌棚里的人也慌慌张张蜷缩在了一起，近日从汉江来回的人都知道，水面上出现迷雾，就预示着拦路的鬼魂要出现了，一般船上，除了船家之外，其余人都会被抓去替命，也就是坠落江水中溺亡；唯有这艘大船，这段时间以来，都能够安然无恙通过迷雾，并且那些鬼魂从不现身，这也是为何大多数人都宁愿多出钱，在晚间选择此船的原因。

虽说相信那迷雾中不会有什么东西出来，听着以往那些传闻，船上不少人还是忍不住浑身都开始打战。

"我已经忍不住想冲上去破开他那狗屁法术了！"强梧躲在乌棚里，气哼哼地看着越来越近的一片迷雾说。

"徒维大哥一定早就看出来了，对不对？"尚章笑嘻嘻地看着旁边一脸沉静、仍旧在闭目打坐的徒维。

"嗯。"点了点头，徒维便又闭上眼睛，继续沉浸在自己的世界当中。

"徒维大哥果真厉害！不过想不到大汉的国土之内，竟还有官府敢如此名目张胆，败坏良心，竟然与术法师勾结，以鬼怪之说作为掩盖，肆意杀害百姓，榨取钱财，简直罪不可恕！"尚章怒气冲冲地骂道。

"尚章，嘘——"

就在这时，接着"嘘——"的声音，一只符鸟翩然飞了进来。

横艾伸手接住，细细聆听片刻后，忽然莞尔一笑，将符鸟塞进袖中，抬头看向几人说道："符鸟告诉我，迷雾里什么都没有，而所谓的鬼怪，也只是如我猜测的那样，只是术法制造的幻象罢了……甚至连这整整一大片雾，也都是术法幻化出来的。"

朝云放心地点了点头："如此不论遭遇到何种危机，我们也足够应付了。

迷雾越来越近，没有多久，就已经将整艘船全都覆盖了起来。处在迷雾中，除去朝云等五人之外，其余所有人都产生了一种微妙的感觉，那就是他们觉得自己进入了另一个世界当中。

这个世界犹如地府一般，到处都是尖锐且恐怖的鬼哭狼嚎的声音，仿佛出现在眼前的不是雾，而是一张张扭曲的恐怖血脸和手印！

因为这一切的影响，他们并没有听到在另外的船篷上所发生的一切。

六名原先站在船板上的精壮年轻人于此时集体涌向了朝云等人所在的船篷里面，不由分说，便将刀剑全都架在了几人脖子之上。包括方才笑脸相迎的张囿，此时嘴角也出现了一抹弯曲得诡异的弧度，呈现出无声而阴冷的笑容，看着刀下的几人，如同在看一具具尸体。

啪啪啪！

一阵鼓掌的声音从远及近传来，抬头一看，才发现原来是一个从未见过面的黑衣人，黑衣人的打扮十分奇特，整个身上除去眼睛之外，其余每个地方都陷落到了黑暗的包围之中，看上去就像是黑白无常中脾气阴冷扭曲的黑无常。

"各位，我们终于第一次见面了。"

黑衣人开口说话，他的声音粗哑而且十分难听，却偏偏带着冷笑的声音，听起来就像是一根转动许久的木轴在与锐物摩擦。

"你是谁？"

没有去管架在自己脖子上的刀，朝云缓缓站起身来，直视着黑衣人的眼睛问道。

"大魏紫衣尊者座下，黑衣暗卫是也。"出乎意料，黑衣男子竟然连想也不想，面对朝云的问题，直接就脱口而出，报出了自己的身份，没有丝毫要隐瞒的意思。

至于此人，也正是之前在紫衣尊者面前，将王五刺伤之人。

"曹贼？！"

强梧猛地站起身来，瞪着眼睛大喝。

"嗯？"

那柄架在脖子上的刀随着强梧的动作又往前凑近了几分，一个简单的"嗯"便是属于手握长刀之人的警告。

强梧强忍着怒火，眼睛盯着黑衣人，缓缓后退了两步。

"竟然是曹贼！"

"没想到你胆子大到如此地步，竟然敢进入我大汉之内，扮作官府之人，在此行贪墨和滥杀无辜之事！当真可恨！"朝云一脸怒容，看向黑衣人的时候，眼睛里燃起了少有的怒火。

"其实紫衣大人并未叫我杀这么多人，甚至都没有叫我连你们一起杀了，他只让我杀一个人而已……"黑衣人说着，头转向横艾，才发现此时此刻的她一脸满不在乎的模样，仿佛搭在她脖子上的不是一柄剑，而是一根树枝，仿佛刚才黑衣人颇具威胁与恐吓效果的那些话，都只是从耳旁吹过的风，与她没有任何关系。

"你不害怕？"黑衣人眯着毒蛇般的眼睛看向横艾。

"怕？为何要怕？"横艾轻笑一声，反问道。

"紫衣大人令我随王五而来，若他不杀你，那便我来杀你……那日在树妖处，王五放过了你，自从知晓你们要去吴国后，我就早早来到这里，并且准备了许久。包括鬼魂拦路，夜里不让其他人家的船入水，这些都是我一手所为……我的术法算不上厉害，但是用来骗一下你们蜀汉的普通百姓与官兵，却也已经足够。"黑衣人娓娓道来，将一切秘密拖出，他的语气平淡到仿佛不是在说一件事，而是在用难听的嗓音念一段话。

"这一切看起来很麻烦，但是结果却令我满意，你们都踏上了我的船——不，这是你们蜀汉伐魏时，从水路进击而使用的战船，不过被我抢了过来，船上这数人，也都被我利用一些小手段控制住了。"黑衣人笑了起来，笑声十分粗糙，仿佛他想要的一切都已掌握在了手中，包括眼前所有人的命。

"如今，你们可以借由我的剑，到黄泉路上再相见了。"黑衣人的语气突然变得如寒风一般冷冽，他的手中不知何时出现了一把剑，这把剑通体黑色，煞气无比强烈。

就在这时，一直看着他不曾说话的朝云开口了，他只问了一句话：

"你说够了？"

尚章紧跟着用鄙视的语气说道："没想到一个大男人竟然如此磨叽！"

徒维也少有地点了点头，说道："确实磨叽。"

横艾忍不住扑哧一笑，掩嘴说道："人家这是在向你们展示他的计划多么详尽与周密，在向你们宣扬他的强大，你们这些人啊，怎么连一点面子也不给他？"

强梧哈哈大笑："想要面子，那就先从我强梧手里活下来再说！"

一道剑光如闪电般朝黑衣人飞去，强梧不知何时从背后拔出了剑，拔剑的同时剑刃一转，便将身后兵士杀死，同时借力而起，一剑横扫过去。

第五十章
两招杀你

剑气很强，发出吱吱的响声。

然而面对如此情景，黑衣人只笑了笑，随后轻描淡写地举剑一挥，这凌厉的攻击就已被他挡了下来。

"剑道第三境？尚可，却不行。"黑衣人轻蔑地笑了笑，不顾强梧咬牙切齿的表情，转头看向朝云，"听闻你是飞羽第一将焉逢，我倒想试试，你是不是比他们要厉害一些？"

"我不比谁厉害，但我却想试试能不能杀死你。"朝云微眯着眼，浑身上下的杀气在这一时刻不停溢涌而出。

自闻知丈二先生死讯以来，他还从未有任何一次如现在这般想杀死一个人……这个人来自曹魏紫衣尊者身边，在这里，在大汉的汉江口岸，他杀死了无数普通百姓，仅仅只为了让人相信，夜间江面上有鬼魂拦路。

其次，他还要杀死横艾。原来从很长之间以前，他便跟随在飞羽身边，等待时机，寻找杀死横艾的机会。朝云不想知道理由，这样的人想杀死横艾，莫非还会有什么高尚的理由不成？

所以他必须死。

不论是为了江水里那些尸骨未寒的百姓，还是为了横艾。

他都必须死。

朝云的眼神变得无比锋利，就像剑一般，透过空气，落到了黑衣人的身上。

黑衣人大笑起来，声音异常刺耳难听。

"你说你想试试能否杀死我？你可知助你疗伤的王五，在我手里走不过三招……他是武道剑道皆已达到第四境的高手，如此尚且不是我的对手，又何况你？"

"试试不就知道了？"朝云面色冷然。

"好啊！既然你想死得快一些，我成全你。"黑衣人黑发随风飞扬而起，手里提着冰冷的剑，如同杀神。

这一刻，那六名差吏全都知趣地退开到甲板之上，让出中间一块空地供两人使用。

江面上，大雾越来越深。

那些躲在乌棚里的人，个个缩成一团，相互拥挤着，身体不停地颤抖。

突然，一阵疾风吹来。

浓雾被吹散，一缕剑光如流星一般划过，穿透雾气，朝着朝云飞了过来。

剑光很明亮，也很凌厉。

朝云没有躲避，抽出强梧背上之剑，看似随手实则重重一挥，剑上便有一道剑光飞出，与迎面而来的光芒碰撞在了一起。

没有想象中激烈的画面，相互碰上的时候，两缕剑光顿时相互抵消，静静地消失在空中。

第一回合，两人不分上下。

但是围观的所有人却都知道，黑衣人挥出的那一剑真的只是随意的一剑，而朝云挥出的那一剑，看似轻松，实际上却已耗费了他很多的剑气。

两者谁高谁低，一招之后便看得清清楚楚。

"还不错……原本我计划一招之内杀你，现在我改变主意了，我决定两招之内杀你。"黑衣人如同在叙说一件十分平常的事情，他的语气没有泛起任何波澜，毕竟两人的境界差距就摆在那里，战胜甚至斩杀朝云，对他而言也不算什么了不起的事情。

"两招若杀不了我，你又当如何？"朝云冷着脸反问。

"若是两招杀不死你……我自当就此离开蜀汉，返回大魏，并且不再刺杀你旁边的女人。"黑衣人邪笑着说。

"好，两招……"朝云话一说完，身形一闪，整个人就极速隐匿到了浓浓白雾之中，速度快到令人难以想象。

然而这一切对于黑衣人而言，并不值得惊奇。

就在朝云刚好隐匿的同时，他手中的剑又一次挥动，并斩出一道绿色剑光，飞向浓雾中某个方向。

绿色剑光，是剑道第四境的标志。

"朝云小心！"横艾轻呼。

绿色剑光没入白雾，突然停在了某个地方，然后嘭一声炸开，与一道黄色剑光扭裹在一起，相互吞噬，最后两两消失。

"噗！"

一口鲜血喷了出来，染红白雾。

朝云从雾霭中跌跌撞撞地坠下，他的嘴角，还有一抹鲜红的血迹。

"朝云！怎么样？"横艾连忙扑过来问道。

"无妨。"朝云摆摆手。

"竟然没死……"黑衣人微微有些意外，他刚才使出的是全力，第四境的力量全力攻击之下，对方竟然只是受了点伤？

"还有一招。"朝云抹去嘴角鲜血，平静地说。

他的身后，强梧与尚章捏紧拳头，想要上来帮忙，却被他一手拦下，而横艾则站在一旁，轻轻放开扶着他的手，后退几步，眼中的期待越来越强。

"一招，那你……去死吧！"

黑衣人这一刻变得无比疯狂，他话一说完，就将蓄力已久的绿色剑气全部灌入手中之剑上，不给对面的朝云任何躲闪的机会，一道携带着巨大绿色光团的剑气直飞向前，如同一团巨大的闪电，几乎可以将朝云整个覆盖。

这一次，就连强梧与尚章也齐齐变色，唯有横艾眼睛盯紧，准备好随时出手相救。

剑团在飞行，速度快到令人发指。

朝云此时仿佛定在了原地，面对铺面而来的闪烁着绿色光芒的剑气，他没有半分退缩，而是扔掉了手中的剑，只缓缓抬起手来——抬起了右手，伸直五指，以手作剑，高高扬起，对着绿色剑团，由上而下，重重劈砍而出。

这一刹那，仿佛连浓雾都震动至破散。

只见一道金色光芒如日中闪耀的金光一般，从朝云小臂至小指顶端激射而出，不偏不倚地向对面的绿色剑团斩了过去。

咝——

像是无数人在同一时刻倒吸了一口凉气，就在绿色剑气将要到达朝云身上时，那道金色光芒从它中间斜斜斩下，撕裂着将绿色的光团割裂成了两半。

这一切发生的时候，时空如同静止了一般，那绿色剑芒不论如何挣脱，也前进不了分毫。而劈出的那一道金色剑气，在将绿色光团划成两半之后，并没有消失，而是又折返回来，再次将剩下的两半割裂成四块，如此往复，因为速度快到如光一般，也就是大约一个呼吸的时间过去，那团绿色剑气就已经被金色剑气分解殆尽，最后只化作点点绿色的能量消散在空中。

而金色剑气在做完这一些之后，却不作任何停留，直接化作柔和的金光飞回到了朝云体内，像是从未出现过一般。

战船上很安静。

黑衣人大大地睁着眼睛，用唯一裸露在外的眼睛的呆滞，表达着对这一切的震撼。天下从未有谁的身上带着金色的剑气，可是对面的年轻人身上，却偏偏有，不但有，而且还异常强大，仅仅一招就将他强大的攻势全部化解。

这到底是怎么回事？他明明只是第三境而已，换做一般武道与剑道处在第三境之人，在他方才的出手之下，不死也会重伤，但更多时候还是会直接魂飞魄散，化作虚无……可是他把自己的攻势化解了，化解得如此轻松写意，没有任何难度……

不理会黑衣人的呆滞，横艾却欣喜地看着朝云，脸上的喜悦之色怎么也掩盖不住。金色剑气是朝云特有的，从出生起便出现在他身体之内，威势无比强大，但是后来他不能驾驭，以至于金色剑气在体内四肢百骸到处肆虐，将他好不容易吸收进体内的普通剑气与灵气全部吞噬，导致修为不升反降，丢掉了天才的名头。

如今他的修为恢复，对于金色剑气的掌控能力，也较之前提升了不少，甚至已经能够达到随手而为的地步，比起一开始的靠天吃饭，不知要强上多少。

横艾笑了起来，那身穿白衣的家伙已经显现出了剑气之体的能耐，同一境界压制他人完全不是问题，本想着你也许还要一些时日，但不曾想到竟会在如此之快的时间内，就开始掌握金色剑气，这一点，有些出乎她的意料……

而强梧与尚章则愣愣地站在那里，仿佛在看一个怪物般盯着朝云。之前在守护流马索时，曾与白衣尊者有过打斗，当时两人就已为那金色剑气惊为天人，却没想到此时面对一位武道与剑道境界皆已踏入第四境的人，也能占据如此之大的优势，一股震惊、欣喜的意味扑面而来，让两人如坠梦中，犹然不敢相信。

徒维依旧和平日一样，静静地站在横艾身边，脸色平静，没有过多的情绪表现出来。

"噗！"

又是一口鲜血喷出，朝云霎时间后退几步，跌倒在强梧怀中。

"朝云！"

强梧着急地大喊，却见朝云微闭着眼睛，摆摆手道："无妨，就是……就是有些累。"说完话，头一歪便晕了过去。

"徒维，快帮朝云看一下！"强梧朝站在一旁的徒维喊道。

"我来吧。"横艾说着，已经伸出两根青葱玉指，搭在朝云脉搏上，静心感悟起来，就这样在强梧等人的焦急等待下，横艾笑着睁开了眼睛。

"怎么样？"

"横艾姐，焉逢大哥不会有事吧？"尚章担忧地问。

"放心，他只是使用剑气过度，晕过去了。身体没有大碍。"横艾站起身来，脸色略微轻松地说道。

"如此便好。"强梧咧嘴一笑，松了口气。

"喂！黑衣蒙面的家伙，现在你该怎么说？焉逢大哥跟你过了两招，莫非你还想赖账不成？"尚章看向黑衣人，壮着胆嘲讽地说道。

"尚章，这次咱俩陪他好好玩玩！总之他杀了我大汉许多无辜百姓，这笔账不会轻易跟他算了！徒维你上不上？"强梧转身看向十分安静的少年，眼神里带着些犀利的味道。

"师弟，去吧。"横艾轻声吩咐。

"是，师姐。"徒维抱拳行了一礼，随后拔下背上背着的法旗，与强梧和尚章站成一排。

"法师？"

"嘿！咱徒维才是真正的法师，就你这半吊子的，在他面前什么都不是！"强梧极尽嘲讽，眼神瞥向徒维，"徒维，交给你了……把他这迷雾退了，让其他人都看看是怎么回事！"

"好。"徒维轻轻点头，手拿法旗挥舞，没过一会儿，周围的浓雾竟然真的在缓缓消散，没有多久，迷雾就完全消散于空中了，江面上，再次看见了倒映的月亮，远处再小的山峰，也已看得清清楚楚。

"还真散了？"强梧目瞪口呆，刚才他只是随口一说，想在言语上打压一下黑衣人，没想到徒维还当真将浓雾驱散得丝毫不剩。

"好厉害的法术！"尚章惊叹。

"当真是术法师……我很想知道，你师承何门何派？说不好我们还有些关系。"黑衣人盯着徒维问，眼神余光时不时扫向由横艾扶着的朝云。

"这是秘密。"徒维说道。

"秘密？"黑衣人显然没有想到徒维会如此回答，冷笑一声说道，"我既然跟你们打了赌，若是不履行承诺，岂非说我大魏欺人？既然没有两招杀死他，我自会离去，若是你们想要拦下我，与我比斗，我会杀了你们。"

黑衣人粗哑地笑了起来，随着笑声的逐渐减小，他的身体慢慢没入空中，最终彻底消失不见。

"去哪儿了？！"强梧与尚章左顾右盼，却看不见黑衣人的存在。

"他已经走了。"

"走了？！"

"不错……你若真想跟他比比，我现在便帮你把他叫来。"横艾一脸笑意地看着强梧。

"这……横艾妹子，这就不用了，赶快救朝云要紧！"强梧嘿嘿一笑，连忙一个转身，扑到朝云身上。

"好了，大家都出来吧，外面没事了。"横艾也笑着跟其他乌棚里的人说道。

下一刻，原本还颤颤巍巍缩在里面的人，听到这句话，都不由得抬头看了看外面，待发现迷雾果真散去，而甲板上已经有人时，都不由得欣喜不已，连忙从里面爬了出来。不少人都在小声嘀咕，说为何平时浓雾都要持续半个时辰，这次却只待了一刻钟不到便全都散了？

　　也有方才躲在屋棚里听到外面对话的人，刚一出来，便朝着强梧、横艾等人跪拜了下去，连呼多谢义士恩人救命之恩等等。

　　"大家不必如此，所谓鬼魂拦路这种说法，都是曹贼奸细胡编乱造的罢了，他们的目的是想借此蛊惑人心。大家看到的那些浓雾，其实是曹贼使用的一些术法手段，而浓雾里的鬼魂也同样如此，都是一些幻象，并不会对人造成伤害，至于那些死去掉入江水里的客人……却也是被曹贼狠心杀害的。如今我们识破了他们的诡计，将曹贼赶跑，这迷雾自然也就散了。大家日后不论晚上或是早上，都可以放心乘船，不必再担心什么了。"横艾看着出现在甲板上的乡民说道。

第五十一章
麻烦再临

"原来如此！"一位妇人恍然大悟。

"这位姑娘没有说谎，我就在旁边，亲耳听见的。"一名大腹便便的商人含泪说道。

"多谢恩人！"

"多谢各位义士！"

……

一瞬间，人们纷纷跪拜行礼，朝着几人磕头感谢。还有一些人也是作揖鞠躬，喜极而泣。

"诸位快请起，不必如此！"横艾连忙招呼人起来，强梧、尚章与徒维也都在一旁帮衬。

"等等！"

突然就在这时，一道有些尖锐的声音传进每个人的耳朵，众人回头看去，才发现原来是那位尖嘴猴腮、眼睛细小的家伙，这家伙叫吴章，不少人都知道，以前正是他在管理这艘船。

"曹贼的狗腿子！"

"帮着曹贼杀自己人，你该死！"

不少人愣了一下之后，便反应过来，愤怒地咒骂起来，还有不少人直接顺手捡起地上的东西，使尽力气甩了过去，还有一些人则直接扑了过去，跟吴章扭打在一起，若非他身旁那六人将人分开，说不好他会被拳头招呼至死。

愤怒的人群逐渐平息下来，吴章顶着一只青紫色的眼圈，小心翼翼地掠过那些暴怒的百姓，从而将目光转向横艾等人，突然间恶狠狠地指着五人说道："诸位，我要揭发真相！真正制造迷雾，让诸位以为有鬼魂拦路的，不是什么曹魏奸细，而是眼前这五人！"

"什么？！"

"可为何我方才却亲耳听到，他们将那曹贼给打跑了？！！"

"百闻不如一见，我吴某只想问，各位有谁看到了？"吴章冷如毒蛇的眼神掠过横艾等人，"他们自己制造的迷雾，自己布置的说辞，目的便是为了让你们产生误判，从而对他们感恩戴德，如此心思，简直恶毒！"吴章说着，仿佛受害之人一般，眼睛恶毒地盯着横艾几人。

"即便你诉说属实，你又如何证明？！"一位乡民指着吴章问道。

"证明？很简单，我身边这几人都可以证明！"吴章看了眼站在自己周围、将人群隔开的那六人。

实际上，自从刚才黑衣人突然离开之后，这些如同傀儡一般的差吏就已经恢复了神志，再次变得如同正常人一样。但是正因如此，他们才不敢声张，因为他们都清楚，自己脚下的船，乃是大汉出征时所用的战船。

他们作为当地官府差吏，私自挪用战船，趁机搜刮民脂民膏，本身已足够构成杀头之罪，更不用说还与曹贼相互勾结，杀死普通百姓数十人……这可是株连之罪！即便他们本身根本不知情，但到最后处理起来，谁会相信自己是被控制才做了这些事情的说法？

没有人相信，因此他们需要找到替罪羊，让官府抓走这最为活跃的五人，将一切罪责都分担到他们头上去！

这是吴章与他们商量得来的办法，不论发生什么，都必须按照之前的计划来做，才有可能获得生还的机会，否则一旦回归府衙，等待他们的将是被杀头的惩罚。

"你们如何证明？"

"很简单，这几人武艺高强，他们强迫我们这么做，若是我们不按他们所说行事，便会遭遇杀身之祸！我们也是逼不得已，还请各位父老乡亲恕罪！"张圉为先，领着其他人鞠了一躬，甚至还假模假样摸了一把眼泪。

这一次，不论态度与说法，这六人加上吴章的说法，皆令不少人产生了信服之感。

"那为何他们要将那鬼魂拦路的真相说出来？"那位肥胖商人皱着眉头，看了眼横艾等人，又将头转向吴章。

"很简单，因为我发现了他们的把戏！他们本想杀人灭口，可惜最后没有杀死我！"吴章微眯着眼，神情无比怨毒。

"这……"

这一刻，甲板上的人左右看了一眼，刹那间心里全都没有了主意。可以肯定的是，这两拨人有一边说的是真话，有一边说的是假话，但是谁真谁假，谁好谁坏，他们却无法辨别。

但没有人注意到的是，在整个过程中，包括已醒过来的朝云在内，其余人脸上都挂着一抹淡淡的笑容，不发一言看着眼前的一切。

"唉！原本打算放过他们一马，毕竟是被那黑衣人控制，逼不得已才做出这些事来，现在看来……他们是不需要了。"强梧遗憾地摇摇头。

"我们不出声，他们还以为我们怕了他们！不如……"

"尚章，不用着急。这吴章之前与现在并无两样，说明他脑袋一直是清醒的，只有其他六人是被真正控制住了。你想想，明明他是清醒的，为何如今却要唆使其他人来故意陷害我们？"朝云脸色还微微有些苍白，说这句话的时候，他像是想到了什么，忽然笑了起来。

"为什么？"强梧与尚章不解，一同疑惑地问道。

"因为……他可能是水贼，此行或许是恰好碰上了劫持战船的黑衣人，因此不得不委曲求全，此时黑衣人一走，他自然也就显露出原先的面目来了。"横艾嫣然一笑，看向朝云，"我说得对不对？"

"不错，与我猜想的一般无二。"朝云点了点头。

"这……你们这是如何知晓的？"强梧急得直挠脑袋，尚章一脸茫然，眼睛使劲打量，却依旧看不出吴章哪里像一名水贼。

"都是凭空猜测的，至于是与不是，稍后再看。"朝云面带笑容，"不过看他的装束与这六人对他的态度，我猜测他的身份不仅仅是一个普通的水贼那么简单，还有可能是一个被水盗头子安插在官府里面的奸细。"

"这……"强梧与尚章越发惊讶了。

"好了，我们也该做些什么了，否则黑的被他说成白的，最后倒霉的可是我们自己。"朝云自信地笑了笑，挣开几人的搀扶，一步一步走上前去，直接来到了吴章面前。

"这位老哥，不知是否还认得在下？"在众人目光注视下，朝云行了一礼，微笑着问。

"诸位，他便是这五人的头儿，那些迷雾鬼魂之类的东西，没有谁比他更清楚了！"吴章冷笑，竟是不给朝云任何说话的机会。

百姓皆愣愣地站在一旁，不知该相信谁。

"好，你说那些东西是我弄出来的，有何证据？"朝云依旧笑着问道。

"证据？我们这里一共七人，被你们胁迫坑害那些无辜百姓，这难道还不是证据吗？"吴章一脸阴森地反问。

"哦？那请问我们在哪里劫持的你们？又是如何劫持的？"朝云又接着问。

"自己清楚，何必多问？"吴章冷哼一声。

"不知道，还是不敢说？"强梧冷笑一声。

"这有何不知道，又有何不敢说的？你们这群人，正是在渡口那儿将船截下的！"吴章比画着，斩钉截铁道。

"你确定？"朝云眯眼一笑。

"当然！"吴章抱起双臂，看似十分不屑。

朝云笑了起来，连横艾也掩嘴一笑，小声在强梧与尚章耳畔说道："这人要被朝云玩坏了……不信你们等着瞧。"

朝云掩嘴咳嗽一声，让身后安静下来，自己则接着问道："看你的装扮，与你身旁这六人对你的态度，你应当是官府幕僚一类的文士，是与不是？"

吴章冷哼道："那又如何？"

朝云接着问道："我想知道的是……你一个小小的当地官府的幕僚，是如何有机会登上战船的，而且还是在渡口处，还是在我大汉休战、秣马厉兵之时？"

吴章一愣，眼中闪过一抹慌乱，但随即便镇定地说道："当时杨大人令我督办修船事宜，其余人等皆可作证。"

话音刚落，张囿连忙点头："没错，我们可以作证……战船破坏较多，需要及时修缮。"

"哦？"朝云一笑，伸手指向覆盖在船体上的那一层粗糙布料，"莫非修缮战船，还得先将它盖起来再修？"

吴章脸色越发冷了下来："当然不是，但是为了战船不受到风雨侵蚀，自是需要以布料覆盖，这又有何问题？"

朝云点了点头："这自是没有问题，可问题是盖住战船的布料，有点像是……水贼船上用的。"

吴章大惊："你……"

朝云抬手往下压了两下："先别着急，待我说完，你再一一与我解释，那也不迟。"朝云继续说道，"我当年第一次离开大汉国土时，便是乘船离开，而在途中曾与一伙水盗相遇，我记得尤其清楚，布料上如同骷髅一般的标志，便来自于汉江之上的水贼，而恰巧……虽说你极力掩饰，我还是在兵槽处看到了那个骷髅。"

"没错！我当年与大汉水师有过接触，无论如何，大汉水师也不会将水盗遮盖船体用的布料，拿来保护自己的战船！"人群中，一名书生打扮的年轻人起身回道，说完之后，又向朝云等人抱拳行了一礼，"因为汉江水盗猖獗，近些年已成编制，水盗船只与官船几无两样，为了有所区别，水盗便将骷髅画在船帆之上，好在与官军混战时，能够辨别敌我……因此无论如何，水师断然不会将标有水盗符的布料用到自家战船上头。"

朝云点点头道："说得好！这位小兄弟方才说的话，便是接下来我将要与大家说明的。对于此，我想请问，吴章你还有何解释？"

吴章嘴硬道："一块破布罢了，莫非你还能凭借一块破布来掩盖你犯下的罪行？"

朝云眯眼道："你还想狡辩？"

吴章转动着眼珠子，冷哼一声道："我不知道你凭借一块布料，说这些是什么意思……总之今日，我吴章要为民除害！杀死你们这些无辜伤人性命的曹贼奸细！"

朝云笑了起来，连横艾、强梧、尚章与徒维，也带着一抹奇异的笑容，看着面前叫嚣不已的吴章。

船仍在缓缓行驶，距离下一个渡口只剩片刻的时间，朝云身披月光，只说了一句话："吴章……你的身份，恐怕不仅仅是一个幕僚那么简单，不知我所说是否正确？"

吴章脸色一下子变了，恶毒的脸色变成了愕然："你……你什么意思？"

朝云背起双手，缓缓踱步道："你不是问我，刚才说那么多是何意思吗？现在我便告诉你，那些话所有的意思就是……你不仅仅是一个幕僚那么简单，很有可能，还是一名水贼！"

"什么？！"

听到朝云此话，船上的普通百姓脸色齐齐一变，不由自主地都往后退了几步，特意与吴章拉开了距离。

水贼与水盗皆指一类人，这类人依靠江河湖海为生，专门打劫过往商货船只，烧杀抢掠无恶不作，俨然与土匪一般无二。

尤其在大江两地，很久以前，这些人就已经成为当地官府与百姓心中的一根钉子，不拔出来始终不觉安逸。

"你……你这等胡言乱语污蔑于我，究竟是何用心？曹贼，我不会放过你们！杀……把他们都杀了！为民除害！"

吴章叫嚣着，他身旁的几名差吏稍稍犹豫了一下，还是在吴章的命令下举着刀朝朝云等人逼近了过来，但是不敢出手，刚才在一旁的时候，他们已亲眼见识过眼前这人的厉害，手中之剑随便一挥，就足以要他们性命，因此这六人都只敢举着刀将几人围成了一圈，却着实不敢再多上前一步。

吴章见此，同样不敢再说什么，只好眯眼威胁道："也好！你再厉害，我不信你能对抗官府！一到渡口，我便将船泊到岸边，我要让张将军过来，将你们这群曹贼抓起来，全部杀头！"

闻听于此，朝云等人皆是好笑地摇了摇头。若要说官府的话，他们也足以算作官府之人，只是不知这吴章口中的张将军，与他是否有连带关系？

"我们先不与他理论，到了渡口处再看，若那张将军不是好人……到时就连他一锅端了！"强梧凑在朝云耳边，小声建议道。

"嗯……水贼猖獗至此，竟敢盗用大汉战船，如此嚣张气焰，不狠狠打压，如何能行？"朝云义正词严，双目盯着吴章不放。

第五十二章
污蔑

"看他紧张的神态，几乎可以确定此人便是水盗无疑了……这张将军应当是某位专门管理水师的校尉，负责此地水域防务，唯一不知道的是，他对此事是否知情。"横艾在一旁分析着，"若不知情，可治他一个不察之罪，若是知情，便与这吴章等罪。"

朝云微微点头。

船即将靠岸，吴章额头上早已冒出了一层细密的汗珠，他用手擦拭了几遍，仍旧觉得浑身热气腾腾。而将朝云等人包围起来的那六名差吏，眼神也是闪烁不定，似乎是有些相信了刚才朝云说的话……如果真要算起来的话，他们只不过是汉江两地当地官府中的小小差吏罢了，连踏上战船的资格都没有，可是此番他们却与吴章共同出现在船上，若被张将军得知，还不知会如何处置他们。

"你们还有机会选择……放下刀，说出吴章如何引诱及威胁你们六人，到时到了官府面前，我自会为你们做主。"朝云看向张囿，笑着劝说。

"已到渡口处，尔等曹贼还敢妄言？！"吴章大叫，生怕那六人听了他们的话，恐惧之下就将之前的计划和盘托出，若真如此，到时即便是天王老子下来，也都救他不得了。

"对……你们都是曹贼！我们抓了你们，还有功！"张囿犹豫片刻，眼神变得坚定不已。

其他人也纷纷如此，他们没有选择，吴章是幕僚，与那些官员说得上话，只要跟着他，吴章就有可能将他们身上的罪责降到最轻……而朝云只不过是不知从哪里来的年轻人罢了，即便身上会些不同寻常的本事，可在大汉朝廷面前，却什么也算不上，根本救不到他们。

这是一种很简单的选择，考虑不过片刻，所有人心中就已经做好了决定。

"看来这便是你们的选择了……"朝云略微失望地摇了摇头。

"曹贼休要啰唆！待会儿我一定会将你们犯下的罪行，逼迫和控制我等为你办事的事情，一五一十、丝毫不漏地说与张将军听！让他亲自来处决你们！"吴章见手下六人没有背叛自己，不禁有些得意忘形地叫喊起来。

朝云微微闭眼，不与对方争执，静待渡口处的到来。

横艾看了他一眼，知道朝云是不想放过为民除害的机会，同样想让真相水落石出，也便没有催促他，静静地站在一旁。

而强梧若不是有尚章拉着，或许早已冲出去一剑结果了吴章，哪里还会容得下他在此胡言乱语？

"强梧大哥，武力终究不是解决问题的方式……此人虽可恶，但为了让船上百姓看清他们的真面目，唯有让其自己遁形，千万不可直接起剑而杀之，否则到时恐会赢得一身骚味。所谓死无对证，说的正是此理。"

尚章在一旁，如同贤者一般劝说着强梧，强梧被他说得一愣一愣的，最终咬牙将剑送回剑鞘。

船很快就到达了渡口处，天边也早已泛起了鱼肚白。

不少客商都选择在此下船，盘弄着大批的货物，也有一些选择了留在船上，但没多久，一名满脸络腮胡的校尉便带着数十名士兵上来，将他们全都赶下了船。

"张将军！您可算来了！"吴章一脸谄媚地迎了上去，对着络腮胡的校尉深深抱拳一礼。

"我听人说，这船上有曹贼奸细？"张将军的目光如虎一般扫视过船上每一个人，微微在朝云与横艾身上停留了片刻，便又转向了吴章。

"正是！将军，曹贼派来的奸细，便是他们！您应当听闻过前段时间汉江江面上鬼魂拦路的消息，那正是这些人耍的把戏！"吴章满脸嫉恶如仇，连说话也带上了几分正义之气。

"哦？具体如何，说来听听。"

"将军，是这样的……"

接下来，吴章就将之前已经编造好的谎话完完整整跟张将军说了一遍，同时还叫了其他六名差吏作证，这下子，全部矛头都指向了羽之部五人。

张将军听罢，缓缓转身看向朝云："你叫什么名字？哪里人士？"

朝云笑了笑，抱拳说道："皇甫朝云，大汉人士。"

张将军又看向横艾，问道："你呢？"

横艾轻笑一下，说道："横艾，嗯……大汉人士。"

张将军眉头一挑，问道："横这个姓氏，为何我从未听说过？另外，说到大汉人士的时候，你为何犹豫？"

横艾反问道："横自然不是我的姓氏，但横艾却是我在这里的名字……至于后面的话，我说我是天上来的，你相信吗？"

张将军平静地点点头，忽然转身一声爆喝："全部拿下！"

"是！"

身后数十人刀剑铿锵出鞘，顿时便三五人一个，将朝云等人全部围拢起来。

"带回府衙候审！"

张将军说罢，转身便要离开。

"等等……你为何要抓我们？"朝云笑着问道。

"我张天成抓人，还要问为什么？不过既然你问了，我便告诉你……盗取战船、挟持官府幕僚、谎报身份、杀我大汉百姓，这几条，够还是不够？若是不够，便再帮你加上一条曹贼奸细，如何？"

"哈哈哈！原来这就是我大汉的将军……一个小小的校尉，竟然敢让人称你为将军，如此也罢，可你偏听一面之词，不听我等之言，就胡乱抓人，你说你该当何罪？！"强梧同样声音粗犷，话一出口，便震慑当场。

"来人，将他嘴给我堵上！"张将军眉头一皱，随即下令。

"慢着……这位张将军，莫非你只信他的话，而真不想听听我们想说什么？"朝云仍旧微笑着看向此人。

"吴章乃是我将军府幕僚，他说的话我自然相信，何须再听你们多言？曹贼奸细，光这一条，便足以判你们死罪！如此一来，我恰好能够用你们堵住江面鬼魂拦路的传闻，也省得我再去追查……如此说来，我还当奖赏吴章一番，若非他替我解决了这诸多问题，上头来了，我岂不是要被训斥一番？"张将军淡淡一笑，随后挥手道，"自然，也感谢诸位……带回去！"

"嘿嘿……曹贼，我看你们还敢嚣张！"吴章小人得志，其余几人更是松了口气。

"我保证你会死得很惨。"强梧眯着眼说。

"至少你会比我先死……"吴章冷笑一声，拂了袖子转过身去。

"慢着……"却在此时，朝云再次出声。

"有何事，去本将牢房里再说！"

"若本将不去呢？"

"嗯？你说什么？"

张将军猛地转过身来，盯着朝云，又看了其他几人一眼。

"我说……若是本将不去呢？"朝云微笑着回道。

"嘿嘿！你一个小小的校尉而已，敢在我等面前自称将军，还如此嚣张且不明道理，你说……爷待会儿该如何招待你？"强梧突然一声爆喝，猛地将周身几人直接震飞，然后顺手从怀中掏出了一块令牌，只见令牌有巴掌大小，上书两字：虎贲！

"虎贲郎将？！"张将军突然愣住了。

接着，尚章也震开周身几人，从怀中掏出一块令牌，令牌上书三字：左中郎！

"左中郎将？！"张将军又一次呆住。

随后，横艾摇摇头，也从怀里摸了一块牌子出来，令牌正面写着"军祭酒"三字，铜光闪闪，异常亮眼。

"军……军师祭酒？！"张将军已不知如何开口。

接下来，徒维也掏出了一块令牌，上面写着"参军"二字，强梧好心在一旁解释道："张将军，这位乃丞相参军。"

扑通！

张将军直接跪倒在地，颤抖着身子匍匐不起，嘴里哆嗦道："各位大人，各位将军，小的方才有眼无珠，冒犯了诸位大人，还望诸位大人、将军恕罪！"

此时此刻，周围那些士兵也早已反应过来发生了什么，有些直接吓得腿一软，扑通一声跪了下去，再坚强些的，至少也目瞪口呆，不敢相信地趴伏在地。

至于方才还在狐假虎威的吴章，这一刻早已惊得嘴巴大张，看着眼前一幕根本不知道该说些什么，他的周身，原先那六名差吏也与他表情一般，愣住了，呆住了，直到看到张将军跪了下去，才反应过来，颤抖着趴在了地上，牙齿打战，不敢发出一丝声音。

"唉……何必呢？" 朝云失望地摇了摇头，然后下令道，"张将军，我命你即刻拿下吴章与其余六名差吏，至于缘由，本将稍后自会与你解释！"

"是！谨遵将军令！"

张将军将头往地上重重一磕，毫不怀疑朝云身份，直接抬起头来朝那些同样跪下的士兵说道："拿下吴章等人，等候处理！"

"是！"

数十军士一起行动，然而便在这时，那吴章忽然大笑一声，瘦小且萎缩的背倏地挺直起来，短短一瞬，其便从一个瘦小之人变得与常人无异！

"这……"

"武道第三境！"

有踏入武道之人惊呼出声，看着眼前的吴章，仿佛在看某种不可思议的神奇物件，皆带着不可思议的目光。

这一变故，无人料到，就连朝云在内的羽之部所有人也微微一惊，实在没有料到，吴章如此一个不起眼之人，看似弱小，谁想竟然是武道第三境之人！一旦武道达到第三境，剑道修为也不会太差，只怕此人实力已然能够达到他们的水准了。

"就凭你们，也想拿下我？"

吴章哈哈大笑，一甩袖子，顿时便将一群士兵打入水中，溅起一串串水花。

他傲立于船头之上，无比轻蔑地看着船上几人。从江心岛来到此处，只用了半年不到，他就混入官府做了个幕僚，随后他与岛主联系，开始谋划着抢几艘战船回去，以便日后抵挡官兵使用。

不承想那天晚上他才带着手下几人摸到战船之上去，却迎头撞见了一名黑衣人，接下来的数天时间，他都在那黑衣人的控制下做着各种各样的事情，直到今晚遇见朝云等人，他才算真正从中解脱出来。但自己解脱，战船却不能不要，因此又特意计划出刚才发生的所有事情来。

　　眼前的变故使人所料未及，朝云看着满脸懵懂地张将军，不由解释道："这是一名水盗，在官府某差事，本身却是个水贼。"

　　张将军有些难以置信地点了点头，表示已经明白，旋即他又变得惊恐起来，自己方才二话不说，听了吴章的话就要抓这几位将军，那他们会不会认为自己与水贼暗中勾结，从而直接判自己通敌之罪，斩首示众？

　　想到这里，他的身体忍不住颤抖起来。

　　"放心吧，你顶多也就是个不察之罪罢了……"朝云拍拍他的肩膀，随后便在张将军感恩的目光中突然闪烁不见，下一刻，便只看到他出现在空中，与吴章对峙，手中也不知何时已经出现了一杆长戟。

　　"哈哈哈！我早已想与你交手了……能够在那黑衣人手下走过真正的两招，你实力一定不弱……只是不知在我手中，你能撑住几招？"吴章轻蔑地看着朝云，脸上流露出一抹轻视的笑意。

　　"几招？"皇甫朝云微微摇头，"试试不就知道了？"

　　"朝云，让我来！"

　　"我跟强梧大哥一起！"

　　"稍后片刻，你们负责将他擒住即可。"朝云回头一笑，不等吴章怒骂、强梧与尚章泄气，他便直接冲天而起，一举将体内数股金色剑气灌注到长戟之上，用力高高地劈斩了下去。

　　"威势虽强，却无技巧，又有何用？"

　　吴章三言两语点评完，旋即手中握起一把大刀，往后飞跃数步，然后双脚借力高高弹起，大刀一举，直接对着那团混有金色剑气的灵气用力斩杀下去。

　　轰隆！

　　二者相碰，绽开一抹绚烂的光华。

　　吴章脸上自信的笑意还不曾退去，突然就被眼前的一幕惊呆。只见原先碰撞的地方，两缕金色的气体不曾散去，而是旋转环绕在周围，忽然间像是两条毒蛇一样迅猛地窜出，朝着他飞射而来。

　　"去！"

　　吴章连忙举刀挡去，然而那金色气体到达它刀刃上时，却没有片刻停息，像是穿过泥土一般轻松，直接将刀刃窜出一个空洞，直直射入了他身体之内。

第五十三章
抓捕吴章

"啊——"

一声惨叫响彻周围，吴章双手按着自己的腹部，从空中重重落下，摔落在地。强梧与尚章对视一眼，愣了数吸的时间，就连忙扑向吴章，将他直接捉住。

直到这时候，朝云才从空中旋转而下，落在几人身边。

"哈哈哈！朝云，该如何处置这厮？"强梧直接用灵气将他困住，使得他逃跑不得。

朝云思索片刻，说道："一个水上的强盗，杀死如此多人，依大汉律例，该如何处置，还得交由当地官府审理才行，不过他妄图陷害及杀我大汉诸将，此等重罪，身为军中之人，我自可全权处置，不必向上禀报。"

吴章体内的灵气与剑气皆被强梧压制，此时与普通人无异，他斜眼看着皇甫朝云，疯狂地说道："你敢杀我？！"

朝云笑道："为何不敢？你一个迫害百姓的小小水贼，莫非还敢和我大汉军威对抗不成？"

吴章气急，但是朝云说得对，他充其量只是一个水盗罢了，朝堂之上若要认真，随意派来一支上千人的军队，便能将那江心岛整个拿下，让他无处可逃。

朝云接着说道："不过也不是非要杀你……"

吴章挑眉问道："如何可以不杀我？"

朝云笑了笑，说道："我问你一些问题，若是回答的让我满意，我可以不追究你的罪责。"

　　吴章思索着点头道："你问。"

　　朝云伸出一个指头来："其一，你们有多少人？"

　　吴章皱了皱眉，回答道："一千不到。"

　　朝云点点头："其二，踏入武道境界者有几人？分别是几等境界？"

　　吴章怨毒地看了一眼朝云："你想做什么？"

　　啪！

　　强梧一巴掌打在吴章脑袋上，嘿嘿笑道："此等废话，不必说出……你只需按照问题回答便可，否则你每说一句废话，我便伺候你一个耳光。"

　　"你！"

　　啪！

　　"休要废话！"

　　"好……"吴章咬牙，紧紧捏着拳头道，"踏入武道境界者一共四十一人，第一境三十一人，第二境七人，第三境三人！"

　　"包括你自己？"

　　"是。"

　　朝云满意地点点头："你作为江心岛踏入第三境的三人之一，地位一定不低，因此也一定知道岛上布防情况，知道兵力部署，可对？"

　　吴章冷笑："休要指望我会告知于你！"

　　啪！

　　"休要有一句废话！"强梧横眉冷目，粗声粗气道。

　　"好……"吴章又一次咬牙，"我知道布防，也知道部署情况……我可以全都告诉你，但是你必须承诺放我离开！"

　　"我答应你。"朝云微笑着说。

　　"我如何相信？"吴章硬抬起头问。

　　"你没有选择。"朝云说道。

　　"……拿笔墨来！"吴章咬着腮帮。

　　朝云招了招手，很快笔墨纸砚便呈递到吴章面前，"画吧，越详细越好。不过……若是让我发现有造假之处，你当知晓后果。"

吴章冷哼一声，拿起毛笔来，蘸了下墨，铺开纸张，便开始在纸面上绘制图纸，一圈一线，很快一幅画便跃然纸上。

"哦？这便是江心岛所有的布防？"朝云拿起看了一眼，"确定没有出错？"

"江心岛乃是我参与布防，岂会出错？"吴章冷冷一笑，极为不屑。

"很好！张将军，让人将他带走吧……"朝云挥了挥手，收起图纸。

"你……你言而无信！"吴章大怒。

"我答应过你，不追究你谋害诸位将军之命，如今你却还说我言而无信，是何道理？"朝云无奈地说道。

"正是！你杀害无辜百姓，抢掠过往商船，更是妄图劫走水师战船，这些……可就不是我们所能原谅的了。"强梧畅快说道。

"带走！"

"是！"

数名官兵立刻上来，将吴章五花大绑，几乎捆成了一个粽子，直接扛起来带走了。

"你……你们言而无信！你们不得好死！"

"什么狗屁大汉王师！都是一群饭桶！哈哈哈……"

"即便给了你们图纸又如何，你们也还是攻不下一座小小的江心岛……"

声音逐渐远去，朝云抬了抬手，跟张将军说道："起来吧，有事吩咐你。"

张将军连忙站起身来，弯着腰低着头，抱拳道："大人有何事，尽管吩咐！"

朝云将图纸递到张将军面前，指着上面一圈图案说道："这是江心岛布防图纸，哪里有多少人，又有多少暗器，哪里有多少逃生通道，哪里又有多少金银财宝，全都标注好了……我命你即刻返回府衙，将此图交到郡丞手上，让他即日提兵，拿下江心岛！可有问题？"

张将军急忙躬身道："没有！"

朝云点点头，将图纸递到张将军手中，说道："我日后会再来此地，如果到时你们还不曾剿灭一伙小小的水贼，那我便会向上奏请，新账旧账与你一同结算。你可明白？"

张将军连忙说道："属下明白！"

朝云挥手："去吧，本将也要出发了，你们在此好生看守，不可再出现不察不举之事，否则你知晓后果。"

张将军连忙点头应下，战战兢兢地躬身行礼。

"去吧……"

"诸位大人……"

然而再等他抬起头来时，却发现原本还在自己面前的几人，不知何时已悄然消失在面前……

直到此刻，他才发觉自己的后背已经被冷汗浸湿……

如淋雨一般。

无比的冷。

……

"怎么样？我制造的令牌好用吧？"横艾一脸得意地说。

"简直跟真的一模一样！"尚章啧啧赞叹，拿着刚才写有"左中郎"三字的令牌，不停地把玩。

"某人还担心露馅呢……刚才左一个'本将'又一个'本将'不是说得挺舒坦吗？"横艾满脸微笑着看向朝云，语气中满满的好笑。

"呃……冒充军职可是大罪！好在我们没被识破，否则麻烦大了。"朝云一副语重心长而又担忧的样子。

"行了，装什么装？一开始商议方案的时候，这可是你最先提出的。"横艾撇撇嘴，"咱飞羽也就是这点不好了，去到哪里，拿出飞羽的令牌来都无人认识，只能依靠自己的本事让人信服，麻烦最多了。"

"可我们也是最自由的，不是吗？"朝云笑着说。

"就是！你看看大汉军中，有哪个部队像咱们一样，天宽地阔任我遨游？"强梧甩着手里的"虎贲"将军令牌，咧嘴笑道，忽然他看向朝云，脸上闪过一抹疑惑之色，"不过朝云，方才你为何要放过那两人？若是按我的意思，早便将他们给咔嚓了！这等祸害，于民无益，于国亦无益，留之何用？"

"这个……横艾，你来说吧。"朝云微笑着说道。

横艾笑了笑，轻轻点头："很简单，其一，我们此行任务是寻找丈八蛇矛，若是杀了那两人，势必又要去官府报备与澄清，会耽搁很长时间……当然，杀了便离开也行，然而回去之后，如何与多闻使或增长使大人解释？还有另外一个原因，留下他们，可以更好且更快地解决汉中水贼的问题，尽快让当地乡民过上舒心日子。如此两益之事，何乐而不为？"

强梧闻言，有些气愤道："这个问题我也想过，可是吴章那厮实在太过可恶！连那个张将军也是一墙头之草罢了，若今日遇见此事的不是我们，还不知道会发生怎样的事情！"

朝云拍拍强梧的肩膀，感慨道："天下哪里都有不平等的事情，也哪里都有恬不知耻的小人……天下不平事难尽，天下小人者难除，所谓水至平而邪者取法，镜至明而丑者无怒，说的便是此道理……"

"水至平而邪者取法，镜至明而丑者无怒……"

听到最后一句话，强梧忽然愣在原地，口中反复念叨，数遍之后，他仿佛是有所悟一般，愤怒的情绪竟在不知不觉间缓缓降了下来……

下一刻，他的脸上就出现一抹恍然之色，然后哈哈大笑起来。

"朝云，我明白了！"

声音传出很远，朝云笑了笑说："走吧，我们争取早一些到达建业！"

经历昨日的事情，飞羽一行人离开渡口之后，又换乘了一艘船，在水上足足走了三天三夜，才算真正进入吴国境内。

不过因为多闻使赠予的使者令牌的缘故，通过检查时十分顺利，没有受到任何阻碍，便直接进入了建业城内。

建业是吴国都城所在地，与魏国临近，其城池临江控淮，恃要凭险，是东吴水军江防要塞和城防据点。建业城跨水而立，周围数十里，设有子、罗城二重城，商业繁华，盛况非常。当年吴代名臣张纮以为此地有天子气，便劝其主定都于此。

纪元二一一年，当时还未称帝的孙权听大臣之谏移至此地，在原先金陵邑的基础上加以改建，用以储军械、食粮等物资，这也就是所谓之石头城。纪元二二一年时，孙权又迁都于武昌，直到纪元二二九年在武昌称帝后，才又重新将国都迁至建业。

因此可以说，如今的建业还宛若一座新城一般。原本想着如此崭新的一座城池，比之程度应当会有些差距的，但是一行人进入城中之后，方才发现此地与大汉国都相比，竟是丝毫不差！

店铺里头各种物件琳琅满目，应有尽有；即便是来来往往的客商，也是不知凡几，甚至偶尔还能看到一些异域来的商人，可谓是让朝云等人长了许多见识。

"没想到这建业城如此阔气！"尚章有些感叹。

"当年洛阳，繁华程度也就如此吧？"朝云一边观赏，一边说道。

"洛阳？洛阳可比这大多了。"横艾微笑着说。

"横艾，你见过？我说的可是数十年前的洛阳。"朝云说道。

"嗯……这个嘛，你若认为我没去过，那便没去过咯。"横艾嘻嘻一笑。

几人有说有笑，沿着街道走了一段，又问了路人客栈在哪里之后，便去到街头找了间店住了下来。接下来才考虑去拜见孙夫人的事情。

"我方才出去打听了一下，说是这长公主府，便在建业皇城不远处，沿街道行进过去，不用多久便能看到一座极大的府邸，长公主孙尚香便住在里面。"尚章倒是积极得很。

"我也打探了一下，所说皆与尚章所言无异。"强梧也点点头说。

"如此便好……我们收拾一番，今日便前往拜访！"朝云想了想，决定下来。

"今日会不会太仓促了一些？"横艾问。

"不……所谓迟则生变，能尽早见到孙夫人，尽快与她说明我们的来意，也是一件好事。"朝云解释道。

"好，既然你已经决定了，那我们今日便去拜访一下这位孙夫人。"横艾点头说。

"不过，据说孙夫人当年是被她的皇兄以其母病危为由诱骗回到东吴的……而且当初在回东吴途中，还因为听人谎报先帝死于乱军之中而痛哭，并差点投湖自尽……由此可见，孙夫人也是一位性情中人，至少忠义孝三字，她也算占全了。"朝云同众人说道。

"还有这样一段曲折的故事？"尚章眨了眨眼。

朝云唏嘘道："我也是方才听这里的人说的，大汉那边却是不曾听说过。"

强梧眼睛一亮："那岂不是说，我们此行，一定能够得到孙夫人的帮助了？毕竟孙夫人对先帝感情至深，怎么说也得念几分旧情吧？"

朝云说道："但愿吧……我们先前往长公主府拜访，待见到孙夫人之后，这些便能明白了。"

长公主府确实在街道尽头，但是因为戒备森严的缘故，街道尽头一转过去，基本上便没有什么人了，一连看过去都是清一色皇亲国戚的府邸，至于长公主府，则是位于其中最耀眼的一个位置上，府邸门头比其他都要高处些许，连站在门口的侍卫，也要比其他府衙前多出两人，而且令人感到惊奇的是，这些侍卫全部都是穿甲佩剑的女子，府门侍卫里，没有一名男丁。

"当真与传闻中一样，孙夫人身边果真都是女子。如今竟连门前站岗的也是女子。"强梧满是惊奇。

第五十四章
女中豪杰

"这才是女中豪杰。"横艾点头微笑。

"站住！来者何人，所为何事？"朝云等人才临近门口不足一丈，门口两名身穿武服的女子便上前一步，将几人拦住，一顿质问。

"两位姑娘，我们几人乃是大汉多闻使帐下飞羽军，如今来到贵地，是为拜访长公主殿下。"朝云抱拳行了一礼，然后将怀中的使者令牌拿出，并将之前已写好的呈词递了上去。

"大汉？"那女子接将过去，仔细看了一眼，蹙眉问道。

"正是。"朝云又行一礼。

"你们且在此等候，我先进去通报，至于长公主见与不见，那便不是我所能决定的了。"女侍卫说罢，与门口几人交代了几句，便兀自拿着信物往府中跑去。

"报！公主！门口有五人自称是大汉使者，要求见于您！"女侍卫径直来到府衙后花园之中，将令牌与呈词皆交到一名正在持剑的女子手上，女子对面，还有一名肤色较深，看起来却极为健康与漂亮的女孩，同样手持宝剑。

"夷娃，你过来……哦？竟是飞羽……"女子招招手将对面的女孩叫了过来，看到呈词之后，却微显惊讶，嘴角不由得弯起一抹好看的弧度，"大汉竟派飞羽前来，有意思……"

"母亲，飞羽是什么？"深肤色的小姑娘好奇地问。

"飞羽……那可是一群很了不起的年轻人。"女子笑了笑说。

"他们莫非比我还要厉害？"小姑娘不屑地哼了一声。

"夷娃最厉害！"女子爽朗一笑。

"公主殿下，我看那几人过于年轻，又自称是蜀汉那边的人，恐怕不是善意之辈，您要不要……"

"不，请他们到厅堂去，我随后就到。"女子将手中之剑归鞘，带着身后女孩，一边往前厅快步疾走，一边吩咐身后之人道，"记住，需以礼相待，不可怠慢。"

"是！"女婢神情微凛，连忙领命，又向府邸门口跑了回去……

…………

孙尚香年约三十六七，与传闻中一样，棕发碧眼，容颜尚可，身边除了一般侍女之外，还有一群拿刀拿枪的武装婢女们，而她自己身上也是一袭女中豪杰的打扮，干脆利落，颇有侠义之风；而她的身边，竟有一位身着夷州服饰的女孩，皮肤深而成褐色，此时正一脸乖巧地坐在她身旁，眨着一双明亮的大眼睛，好奇地打量着他们。

"当年本公主返回江东，带着三岁阿斗小娃，结果被张将军和赵将军横江拦劫。阿斗小娃儿便是今日你们的皇上了。时光易逝啊……"孙尚香手中握着呈词，轻叹道。

朝云连忙抱拳躬身。

"你们的要求，本公主大致明白了……"孙尚香坐着说，"真没想到，你们竟会专门来找寻张将军的丈八蛇矛。张将军为人豪爽粗犷，武艺高强，可惜他太不爱护士卒，最后才不幸遇难。当本公主听说他首级被送来之时，也不禁黯然，吩咐哥哥务必善予厚葬。"

"朝云替大汉上下感谢夫人！当年之事我等也是刚刚听闻，但张飞大人毕竟是我大汉股肱之臣，他的武器，我们自当是要寻回。若夫人您知道任何有关蛇矛的线索，还望告知在下。"

"不，其实本公主也不清楚那长矛的下落。"孙尚香摇摇头说，"不过此事并不难查，本公主可派人替你们去询问它的下落。"

"如此，便多谢夫人！"朝云感激行礼。

"但，本公主有个条件。"孙尚香忽然微笑着说。

"条件？"

孙尚香点头道："不错。你办得到，本公主才替你查。"

朝云行礼："夫人请说。"

孙尚香问道："你呈词上说，你是隶属西川飞羽特殊部队的成员？"

"是的。"

"本公主曾听陆逊陆都督说过，西川的飞羽奇兵部队，人人皆是万中选一的精英，而你名列其中首位焉逢，号称飞羽第一将，更应是精英中的精英了……"孙尚香站了起来，"你应也有听说过吧？本公主向来好武，不知可否有此幸，能与你比试比试，好领教一下飞羽高手的风采？"

"比试？"

"没错！"孙尚香转过身来，"我们比试不用灵气，更不用剑气……只凭借拳脚功夫分胜负，但前提是你必须打赢我，我才愿意替你查访蛇矛下落。"

朝云连忙抱拳道："夫人，即便不使灵气与剑气，可刀剑无眼，若比试过程中，有什么闪失，这责任朝云担当不起……"

"无妨！不过切磋性质之比试罢了，所以只点到为止。"孙尚香笑了笑，"而且，就算本公主万一不幸受了伤，也绝不会跟你追究任何之责。我们此地经常都如此的。有时婢女们练就了新招，与本公主切磋，把本公主打到负伤休养了数日，本公主也从不予计较，甚至还予以嘉勉再三。这一点，在场的人都可做证！"

孙尚香转头，朝在场的婢女问道："是不是如此？"

"是！"武装婢女们异口同声，叽叽喳喳说道，"夫人真的是如此。"

孙尚香身边的深色皮肤小女孩也猛点头，小脸上的认真之色让人看了便觉得可爱。

"这……"

"别再推辞了！再推辞的话，本公主可要生气了。"孙尚香微笑着拿起身边的长刀，伸手比出一个架势来，"有请飞羽焉逢赐教……"

朝云为难地抱拳，然后转头看了眼其他人，挤挤眼睛征求意见。

强梧咧嘴笑着，却是缓缓摇头，看得出来很紧张。

尚章则一脸茫然地站在原地，因为他还从未见过如同孙尚香这般类型的公主……心里不免想起来之前多闻使同他们说过的话，现在看来，这位公主、这位先帝的夫人，还真是性情中人，难怪当初会做出抛下先帝，返回东吴的举动。

徒维与之前一般，微微低着头，一脸平静，不知在想什么。

"上吧上吧！人家都这么恳求你了。"只有横艾开心地拍手，不停地在旁边敲边鼓，唯恐天下不乱。

"唉，好吧……"朝云叹气，转过头来抱拳躬身道，"那么就得罪了，夫人！"

"得罪什么？上吧！"孙尚香露出一抹得逞的笑容，挥舞一下长刀，比出了一个进攻的架势。

朝云点点头，手提黑色方天画戟，缓缓上前两步，咚一声将长戟踩在地上，伸手说道："夫人请出招吧。"

孙尚香微笑着点点头："好，接招！"

话音方落，孙夫人便携长刀而上，因为身着扎腰武服的缘故，她的身体显得尤其轻盈，脚下速度也极快，只是脚尖一点，人就已经来到了朝云面前，朝云不敢硬抗，只好在长刀砍下之时急速后退。

孙夫人一招不成，冷喝一声，再次欺身直上，高高举起长刀，朝朝云身上重重地砍将下去。

这一次不论力量还是速度都要比上一招更猛，朝云眼见如此，连忙闪烁躲避，既不还手，也不进攻，像是与孙尚香耗着玩一般。

"原来这就是飞羽第一将焉逢啊，之前还听闻他多么厉害，如今看起来……也太普通了吧？"

"就是，才两招而已，便已被夫人打得连连后退了。"

旁边的丫鬟们纷纷议论起来。

如此来回几个回合，孙尚香已经看出来，朝云是不想出全力与自己比试，他现在是能让则让，不能让也就只随意挡一下，完全没有比武时的真正快感。

"哼！我看你躲到何时？"

孙尚香秀眉微挑，英武之气蓬勃散发，她这次干脆直接将朝云逼到了墙角处，不停挥舞长刀，一副誓不罢休的模样。

"唉！这该如何是好？"

朝云心中憋屈，他不敢出手，亦是不敢还手，只能凭借力量到处奔走，因此看起来，他仿佛是被孙尚香追着满屋子打一样。

婢女们大声叫好，深色皮肤的少女也拍起巴掌，咯咯咯直笑，双眼闪烁着迷人而又明亮的风采。

飞羽这边，强梧皱起眉头，一脸担忧；尚章相比之前，更是吃惊得合不拢嘴，直言孙夫人竟是如此厉害；而横艾则微笑观战，时不时为孙夫人喝彩一声，打压两句朝云。

"还不还手？！"

孙尚香很清楚朝云根本没拿出真正实力，只是在应付自己，不由面露不悦之色，怒喝一声，开始猛出重招，招招直袭朝云，要逼招云认真应战。

几招下来，朝云不使用灵气与剑气，竟是有些抵挡不住，发现真得需要拿出实力来比试才可，否则自己任务还未完成，便会屈死于这长刀之下。

细细琢磨片刻，在硬接下几招、退了几步之后，朝云脚步一顿，设法稳住自己的身子，随后调整呼吸，摆出架式，准备要拿出实力来应战。

孙尚香见此，满意地颔首微笑。

朝云迅速出招。不料才出第一击、第二击，孙尚香就再无法接住方天画戟强猛的攻击力道，以双手持长刀的柄杆勉强接住，节节后退。

"这……"

"这还是刚才那个人吗？怎会如此厉害？"

"是呀，竟然连夫人也不是他的对手……"

"看来此人之前是隐藏了实力……真是过分，跟公主过招，为何还不肯使出全力来？"

两招下来，深色皮肤少女看到夫人不敌，不禁着急跺脚。

其他婢女也纷纷露出担忧或吃惊的表情，旋即有些不忿地议论起来。

朝云继续挥出第三击，这一次他的速度快到常人难以反应，长戟落下，孙尚香的长刀一下子被朝云打飞，整个人也因为不支而坐倒在地，脱手的长刀则笔直地落在深色皮肤少女身边不远处，插在地上，嗡嗡摇晃。

众婢女纷纷回避闪躲，只有深色皮肤少女闪也没有闪，也不害怕，只看了看笔直插着的长刀，突然就生气地瞪了一眼朝云，然后连忙跑过去将孙尚香扶了起来。

"我自己来……"

孙尚香摆了摆手，让深肤色的少女退后，然后自己挣扎起来，脸上仍是一副难以置信的神色。

她对自己的实力十分自信，普通十来个官兵，在她手中往往走不过数十个回合，却没想到自己竟会在三招之内，就被使用实力的朝云直接打败。

"孙夫人，承让！"朝云收起招式，往后退走两步，持戟抱拳，深深行礼。

孙尚香笑了笑，一样抱拳回礼，说道："我输了。果然是英雄出少年，你很不错！"

朝云再次抱拳道："夫人，您太客气了。"

"等一下！"

突然，刚才那位穿着夷州服装的深色皮肤少女一声娇喝，横在了孙尚香与朝云之间，抬起头十分傲娇地看着朝云，并鼓着腮帮子说出一句话来：

"换我来接受你挑战！"

"呃，"朝云一愣，"你是……"

"我是长公主的女儿！你打败长公主还不算！还得打败我，这样才算打赢！"深肤色的少女昂着头，瞪着朝云说。

母女？

强梧愣了一愣，与尚章二人相视一眼，皆是吃惊不已……莫非先帝的这位夫人，后面改嫁了，而且还生了一个女儿？

朝云同样吃惊，看了眼孙尚香，为难道："公主殿下，不知规则上何时又多冒出了一个女儿来？"

孙尚香知道朝云等人在想什么，不由得笑了笑，然后看向少女，说道："是我比试输了。你退下吧，夷娃！"

"不行！我们是母女，所以他还要打败我，才算真的赢！"耶亚希认真地说，眼睛特别明亮。

"这……"孙尚香苦笑，"这孩子其实是我义女——夷娃。夷娃自小心性如此，焉逢，你可否再加打一场？"

"呃……"朝云说道，"我是没什么关系，但……"

"那就麻烦你了！"孙尚香抱拳，直接打断了朝云后面的话，认真说道，"其实我也想看看，夷娃与你实力之间的差距。"

朝云问道："她是您义女，实力应该还远不如夫人您吧？"心中却在盘算，这大概是孙夫人想送给她义女的练习赛罢了，到时自己应付一下即可。

"不！她好几次打败了我……"孙尚香看了看耶亚希，目光里带有一丝怜爱，"应该说，自从我教了她武术，结果此后，本公主几乎再也没有打赢过她！"

第五十五章
再胜

"什么？"

不仅朝云，连后面观战的强梧、横艾、尚章都十分吃惊，这小女孩看起来也就十五岁左右的模样，但听孙夫人的话，却是比她还要厉害……要知道，孙夫人起码也是武道第二境之人了，一个大概十五岁的小女孩比她厉害，那这孙夷娃的天赋，该有多恐怖？

夷州少女抱拳，样子十分可爱："快一点，请你指教了哦！"

朝云收起震惊之色，点了点头，抱拳一礼道："郡主请。"

耶亚希嘻嘻一笑，手里已经多出一柄长剑来，这柄长剑长约三尺，表面朴实无华，但是仔细一看，却能感到寒气逼人，即便不如虚空长鄂等剑，可俨然也是一柄了不得的好剑。

朝云转过身："徒维，借你宝剑一用。"

徒维点点头，一拍剑鞘，宝剑便直接飞出，落到了朝云手上。

"郡主用剑，我也当用剑。"朝云执剑一礼。

"好呀，本郡主要先出手咯？"

"请赐教！"

耶亚希小脸登时变得严肃起来，深吸一口气，眨眼间已提剑上前，与朝云缠斗在了一起。

然而这一次，朝云却没有再像与孙尚香比试时候一般，处处相让，而是一开始就直接占据主动，并在三招之后就将耶亚希全面压制。

"哼！"

耶亚希哼了一声，突然间，她的身体变得虚幻起来，朝云还未晃过神，忽然感到背后一阵凉意刺骨，登时想也不想，连忙向右踏出一步，再转身避开。转身的同时，借着余光向后看去，却出人意料的什么也没发现。

"在这儿呢，笨蛋！"

突然，一个银铃般的酥脆声音出现在朝云前面，朝云再次转过身去，发现眼前那一片空白，哪里有什么人影

就这样，那声音一会儿出现在他的左手边，一会儿又出现在他的脑后，一会儿又出现在他眼皮子底下，来来回回，让人分不清真人究竟在哪儿。

朝云无奈地摇摇头，干脆闭上了眼睛，希望通过感悟周围的动静，判断出耶亚希身处何处。

"呀，怎么还闭上眼睛了？"耶亚希开心地笑了笑，掩嘴站在远处。

然而还不等她的笑容从脸上退去，朝云忽然往前踏出一步，跨越数丈距离，以无比迅速的手法，径直将剑搭在了耶亚希脖颈之上，直到此时，朝云才缓缓睁开眼睛，笑着说道："承让了。"

耶亚希顿时愣住，一副不可置信的模样，似乎是不敢相信，年龄并不比她大多少的朝云，竟然如此厉害，仅仅只是五个回合不到，就轻易将她击败了。

"承让！"朝云抱拳，正式地跟耶亚希行礼。

"他确实很强吧？"孙尚香朝耶亚希笑了笑，"输给他，确实心服口服，不必觉得太介意。"

"嗯……"耶亚希站起来，眼中异色散去，向朝云抱拳行礼，开朗地笑道，"谢谢你"

朝云也微微一笑，再次向耶亚希抱拳行礼。

孙尚香走上前，说道："既然我们依照约定完成了比武，而且你也胜了本公主，本公主就答应你，帮你寻找那丈八蛇矛的下落。"

朝云激动地抱拳，诚挚地说道："多谢夫人！"

孙尚香点点头："不过，此事可能会得花一些时间。若查着它的下落，本公主会立刻派人至你们的落脚处通知诸位。"

"朝云代替大汉多谢夫人！"

说罢，朝云领头，带着其他几人抱拳半跪而下。

"何须说谢？再怎么说，我与大汉，也算有着姻亲关系了……"长公主微笑着摇摇头，"起身吧，有消息我会通知你们。"

"是，夫人！"

朝云等人起身，与孙尚香道别。

看着他们几人离去的背影，孙尚香脸上的追昔之色越发浓厚，她喃喃道："当年有愧于你，今日我便为你的大汉做一些事吧……"

一名婢女担忧道："夫人，陆都督接陛下令，也在寻找这三大神器，您若要帮他们的话，岂不是要违背陛下旨意了……"

孙尚香笑着摇摇头："本公主这一生行事，何时顾及命令了？此事无须担忧，本公主自会好好处理……"

"报！公主，陆都督在外求见，说是有事情要与您商议！"突然，一名身着武装的婢女快步进来抱拳禀报。

"哦？陆都督早不来晚不来，偏偏在飞羽离开之后来，有意思……"孙尚香微微一笑。

"夫人，那见还是不见？"婢女抬头问。

"见，请陆都督进府来。"孙尚香站起身来，"恰好，本公主也有事与他商议……"

离开长公主府，得到长公主的亲口承诺后，朝云等人的心情不由得放松了许多。此番接多闻使令前来寻找丈八蛇矛，心里早已想到会遇到许多困难，却不曾想到从进城到与长公主会面，整个过程都顺利无比，没有出现任何困难和阻碍，着实令几人都放下心来。

"没想到此次任务，进行得还挺顺利的呢！"朝云十分满意，"这位孙夫人，为人倒挺直爽的！"

"朝云……我觉得你今日实在不该接受那场比试。"强梧抱臂皱眉，担忧道，"当你在比试之时，我一直提心吊胆……想想看，若万一不幸失手伤了孙夫人，而她又翻脸不认之前所有承诺，这可会危及我们大汉与孙家的宝贵结盟关系，而最后势必追究责任至你的身上！"

"多谢子君提醒。"朝云笑着，看了看强梧，"我其实对此事也有顾虑，所以本不打算接受比试。但后来拗不过，只好应下……不过我下手也一直有所保留，不敢出手太重。"

"那就好！"强梧松了口气，转头看横艾，"还有，横艾妹子啊！我在一旁提心吊胆，你却在那边替人家孙夫人一直附和个什么劲？"

"久闻孙夫人尚武英勇，不亚须眉、不让诸兄，今日的机会多么难得，不亲眼看一看她亲自打上一场，岂非毕生遗憾？"横艾微笑着说。

"孙夫人当真是女中豪杰！"尚章嘿嘿笑道，"多亏横艾姐，大开眼界了。"

"唉，你们几个……"强梧无语，"总之，以后我们还是多方谨慎的好。"

"哈哈，放心吧……今日大家舟车劳累，早点儿歇息。"朝云拍拍强梧的肩膀，打圆场道，"我们预定在建业先停留几日，等候孙夫人询查的结果，到时再作计划。"

"不如我们去逛逛这建业城如何？想来，孙夫人想要查到八丈蛇矛的下落，恐怕还需要好几日才行。"横艾提议说。

"我也想去看看！第一次踏出大汉国土，不顺道看看东吴风情，岂非可惜？"尚章眼睛一亮，也跟着附和。

"不可！我们是来此执行任务，这建业城有何好逛的？"强梧不满地阻止，让他逛街，倒不如直接睡觉。

"强梧不去的话……朝云，你若不去，那我便与尚章一同去了？"横艾笑着说。

"子君若是不去，我也就不去了。"朝云无奈，特意转头看向强梧。

"唉！我去我去！我算是看出来了，你们现在完全在一个个联合起来算计我！"强梧唉声叹气地说。

"哈哈哈……子君此言差矣！之前任务繁忙，如今有了时间，到处走走看看也未尝不可。"朝云笑意满满地说，"我们一同去看看这建业城，相比成都又有何不同。"

"也罢，只要我们不惹事不多事，想来也不会出事。"强梧点点头。

"强梧大哥，你何时胆子变得如此小了？在大汉时，你可是天也不怕地也不怕，怎的如今……"

"小屁孩你懂什么？这里是吴国领土，我们做的任何一件事，都有可能影响到我大汉与吴国的关系，你说我该不该小心些？"强梧没好气地瞪了一眼尚章。

"对对，子君所言不差……我们在外，代表的便是大汉的形象，因此万事都当小心谨慎，切莫张狂大意。"朝云特意顺着强梧的意思，笑眯眯地说道。

"朝云，你……"

"好了子君，我们早些出去，早些回来，有话路上再说也不迟。"

说着，朝云便当先离开客栈，而横艾与尚章朝强梧笑了笑，带着徒维追了上去……

长公主府，一个亭台里面。

孙尚香沏了一壶茶，倒了两杯，一杯端给在对面落座的陆逊，另一杯自己抿了一口，缓缓放在桌上。

"不知陆都督此番到来，所谓何事？"

"长公主殿下，臣此番前来，确有要事与公主殿下商议。"陆逊起身，对着孙尚香抱拳行礼。

"说吧，何事？"孙尚香抬手，示意他坐下。

陆逊点点头，问道："臣斗胆，敢问公主殿下，方才是否单独接见了来自蜀汉的几位年轻人？"

孙尚香说道："怎么？这与都督要与我所谈的事情相关？"

陆逊回道："公主殿下应当知道，臣之前接陛下旨意，负责寻找蜀汉失落的三柄神器，分别是当年关羽的青龙偃月刀、张飞的丈八蛇矛与赵云将军的白龙枪。而据我所知，此次蜀汉暗地里也派出人来，前往各地搜寻这三柄神器的消息……而此次西川特殊部队飞羽出动，便是为了直接拿回这三柄神器。因此……"

孙尚香起身说道："陆都督的话，本公主明白了……来我府上的那五名年轻人，确实是飞羽之人，当先一人还是飞羽第一将焉逢；而且他们也问了本公主关于丈八蛇矛的下落，至于都督所说的其他两样神器，却并未提到。"

陆逊点点头，忙跟着起身说道："不知公主殿下……"

孙尚香忽然笑了笑，反问道："不知陆都督认为我，应当怎么做呢？"

"这……"

陆逊低眉沉思片刻，抬头说道："公主殿下，您如何行事，臣不敢妄加指引，但此乃陛下之令，而三柄神器也几近关乎到我吴国兴衰气运，断不可让他人获得……"

孙尚香打断道："陆都督的意思是，捡了别人丢掉的东西就不用还了？"

陆逊言语一滞。

孙尚香接着说道："陆都督，我已答应帮他们找寻丈八蛇矛的下落，若是得到一些讯息，我便会如实告知他们……至于最后谁能得到——是陆都督拿到，还是飞羽拿到，本公主都不会去管。"

陆逊闻言，松了口气："如此，臣便放心了。"

孙尚香一笑："放心？陆都督还是小心些好，你之前曾告诉过我飞羽的厉害，我如今也可以告诉你，他们的本事，远超你的想象。"

陆逊轻轻皱眉。

孙尚香说道："行了，本公主今日打斗了一番，也累了……该说的也已说完，陆都督请回吧。"

"陆都督，请。"自有婢女上来，为陆逊伸手虚引。

"既如此，那臣便告退了。"陆逊抱拳一礼，跟着婢女缓缓退出……

然而离开公主府后，陆逊眉头却紧皱起来。长公主殿下的威风他虽没有亲眼见过，但是也算有所耳闻，刚才在府中那些佩带刀剑的婢女，连一个端茶送水或引路的，看向他的时候，眼神中都带着一丝丝杀气，令他着实感到不舒服。

最重要的不是这些，虽说长公主承诺，查到消息只会告知飞羽等人，绝不会插手帮助任何一方，但这毕竟只是嘴上说说的事情，谁都知道长公主与其皇兄关系一直不好，如今陛下也念及当年之事，深感愧疚，即便长公主到时帮助飞羽夺了蛇矛，也无人敢说什么。

为了以防万一，他必须要面见陛下，将此事与他说个清楚。

想到即做，陆逊出了府门，没有直接回到都督府，而是一路直奔皇宫，觐见孙权，并将此事禀明圣上。

"陛下，一年前臣寻得丈八蛇矛之后，无奈那器灵过于凶猛，为灭其凶性，故而臣不得不将其放置于钟山皇家祠堂内，意图借龙脉迅速消其锐气……此番听长公主殿下的意思，一旦她得知神器放置之地，定会将其告知于蜀汉飞羽之人，因此臣不得不来向陛下禀报此事。"陆逊跪坐于下方，低头说道。

第五十六章
骗子道士

　　"蜀汉派人来，竟是为了此事……"孙权眯眼思索片刻，抬头看向陆逊，"伯言此番着急见孤，一定是想到了什么办法，不妨说来与孤听听？"

　　"陛下，您知道，神器之所以被称作神器，是因器灵存在，而丈八蛇矛器灵继承张飞意志，断不为我所用……虽说我可以灭它，但是此物一灭，那丈八蛇矛也便失去了神器之能，与一般兵器也就别无二样了。"陆逊说道。

　　"所以，伯言的意思是？"

　　"陛下，臣斗胆谏言，若是长公主殿下查到丈八蛇矛下落之后，来找您商议，您全可答应长公主殿下，让她带蜀汉之人进入皇家祠堂，去取那丈八蛇矛。"陆逊说道，"他们乃是蜀汉之人，丈八蛇矛一定会收拢凶性，随他们离开……而就在这时，我会在皇陵周围埋伏兵马，命人出击，将丈八蛇矛夺回！如此一来，不但能够省得消磨凶性之所用时间，还能直接收服那器灵，让其真正为我吴国所用！"

　　"好！伯言此计甚妙，既如此此事便交由你去办，长公主那边，便交予孤了。"孙权十分满意地说道。

　　"陛下，臣还有担心……"陆逊为难道。

　　"何事，一并说吧。"孙权摆手道。

　　"陛下……臣斗胆问一句，若到时长公主殿下亲自陪同飞羽等人去取那蛇矛，臣……该如何处置？"陆逊说罢，长揖而下行了一礼。

"伯言，连你也学会将问题抛到朕身上来了？"孙权身子前倾，眯眼说道。

"陛下，臣不敢！"陆逊身子一颤，连忙起身，长拜而下。

自登基称帝以来，陛下都不喜欢自称为朕，往往以"孤"代"朕"，然而每次一旦有令他不满的事情发生，在任何人面前，他的自称便会自然而然由"孤"变成"朕"，称呼上的改变，代表的却是陛下对整件事情的看法，这一点，陆逊十分清楚。

看了眼陆逊，孙权起身思索着说道："也罢，若到时真是如此，你……便自行看着办吧！"

"陛下……"

陆逊闻言愣住。

这转来转去，问题最后还是扔到了自己身上。看来陛下对其妹，愧疚之情颇深啊，毕竟连他也不愿独自面前当年之事……

"那臣告退了……"

"去吧。"

孙权挥挥手，陆逊起身，作揖离开……

建业城当真是繁华无比，出来转了一圈，朝云与其他人便纷纷摇头感叹，之前进城没来得及细看，此时才发现，这里的街道比成都要宽阔不少，就连街上来往的人群，也比成都要拥挤得多。如此富庶安泰之地，也难怪江东被称作是柔美水乡，人杰地灵。

横艾也少有地开心起来，走在大街上，这边瞧瞧，那边逛逛，还时不时掏出兜里的碎银子，买一些好吃好玩的新鲜玩意儿。便连一开始极不愿意跟随众人出来的强梧，此时脸上也挂起了一抹赞叹与欣赏之色，这里很多东西是他之前所不曾见过的，比如一些据说是大海里面才有的龙葵虾子，那模样生得极丑陋怪异，可吃起来味道却极佳，着实令人垂涎，更不用提还有小酒馆中酿出来存了数年的莲子酒，一口饮下，当真有神清气爽、如饮仙露般的感觉。

尚章则跟在朝云屁股后面，也是那边看看，这边瞅瞅，兴奋喜悦之情溢于言表。只不过朝云极少掏出银子买什么东西，均是看看即走，因此见了横艾与强梧大吃大喝，尚章眼馋，也自己买了一些并分与朝云，只是朝云都没要。

到了他如今的境界，这些食物吃与不吃皆没有什么两样，毕竟临四境已足以让人保持在七至十日内不进食的情况下仍保持充足的战斗力。实际上，在从汉中出发到进入建业城之前，他都没有吃过什么东西，只是进城之后到了客栈里，随意补充了一些食物。

肚子一吃即饱，吃过之后，朝云自然也就没有心思再去理会那些美味的东西了。

"临四境就是好啊，不进水进食，也不用担心挨饿。"尚章咂咂嘴，故意当着朝云的面狠狠撕了一只蟹腿，放进嘴里，肉汁四溅。

朝云看得直苦笑摇头。

几人一路闲逛，不知不觉已经来到了街道尽头，本已想转身离去，忽然听到不远处传来吵吵嚷嚷的声音，声音极大，已有不少人围观了上去。

"要不过去看看？说不好又是什么好玩的新鲜东西呢！"横艾眼睛发亮，如同孩童一般。

"焉逢大哥，走吧！"尚章也嘿嘿笑道，"强梧大哥也想去啊，你看他眼睛都瞪直了！"

"子君？"朝云无奈，转头一看，果真看到强梧已经伸长脖子看向了不远处那群人，只不过他的神情好像有些奇怪……

"怎么了，子君？"朝云走过去问。

"朝云，你是否觉得那人群里的姑娘有些面熟？"强梧偏过头来，用眼神示意道。

"熟悉？"朝云闻言一愣，人群里的姑娘，说的是穿白裙的那位？难不成在这他乡之地，还能碰见相识之人不成？

"没错……此人，极像是咱们出发前，在成都城墙上看到的画像……人生得极美，因此我记得尤其清楚……不错！真像！"强梧点点头，十分确定地说。

"成都城墙上挂着的画像？那不应当是通缉令吗？"尚章疑惑道。

"嘿嘿！不错，正是通缉令，那上面说，近日有一名美貌女子伙同一名双目异色的道士在城中行骗，已有数十百姓遭罪，但官府却抓她不着，因此才下发了通缉令。"强梧解释道。

"双目异色的道士、美貌女子……那说得不正是眼前这两人吗？"尚章一阵惊讶，"竟然从成都行骗到了建业城？"

"别妄下定论，我们先过去看看再说，若此人真是在此行骗，我们再出面不迟。"朝云看着两人说道。

"好，先过去看看！横艾妹子……咦？横艾去哪了？"强梧一愣，转头一看，身边的横艾已不知去了哪里，只有徒维还跟在他们身边，脸色平静地看着前方。

"徒维，横艾人呢？"朝云问。

"抓鬼去了。"徒维平静地说。

"抓鬼？！"朝云、强梧与尚章皆是一愣。

"师姐说你们不用管她，她去去就来。"徒维点点头说道。

"也罢！那我们便过去等她，他们师姐弟两人能够互相感应到对方的存在，有徒维在，便不用担心横艾找不到我们。"朝云看着众人说道。

"嗯……"强梧与尚章点了点头，强梧嘿嘿笑道，"你都不担心，我们也就不担心了。"

"嘿嘿……"尚章也是一副坏笑的表情看着朝云。

朝云无奈一笑。

几人走了过去，只见百姓围着中间的空地处，站着一名道士打扮的男子，在他身边则是一位白裙姑娘，此时一名年轻汉子一脸激动之色，正向那道士恭敬有礼地说："多谢青冥道人！多谢青冥道人！"

那道士一摆浮尘，微笑说："不必多礼，幸好暖暖通知得早，否则后果真不堪设想。记得，回去将这些符纸化水洒在屋舍四周，便能将残存的秽气消除。"

年轻汉子连声称是，忙恭敬地接过道士身旁白裙姑娘递过来的几张符纸。

"徒维，那符纸是真是假？"朝云饶有兴趣地小声问。

"假的，有形而无神，可侵扰灵体，却无法驱鬼。"徒维回答之后，极少地补充了一句。

"看来强梧说得不错……"朝云点点头。

"那是，我可记着这姑娘呢……"强梧嘿嘿一笑，凑在朝云耳边说道。

这时，人群中一位黑衣中年人向那年轻汉子问道："怎么回事呀？"

那年轻汉子见有人询问，便连忙说道："就在刚刚，我老娘本来还在与我闲聊，突然间一翻白眼，在我面前咽气了！小弟急得团团转，紧接着这位道人就来到了我家里，说有鬼怪作祟，比画三两下，真有一只鬼怪从我家冲了出去！接着道人替我娘作法，我娘真的就回魂了！三十两换来一家平安，值得！值得！即便是于君道教，也有法术高超的法师嘛。"

那黑衣中年人顿感兴趣，不信道："真这么神？那我也来试试。"

其他围观的百姓起初不信，此时听了年轻汉子的说法，不由得纷纷作揖道："青冥道人，刚刚是小人有眼不识泰山，还望道人莫要计较啊！"

黑衣中年人见一群人抢在了自己前头，登时不满地道："喂，明明是我先来的，道人应该先替我消灾！"

一时间，围观百姓皆争先恐后，要请那道士帮忙。

"各位父老乡亲，别急别急，一个一个来。青冥道人从成都远道而来，正是要与诸位广结善缘！不管小病绝症还是消灾解厄，青冥道人都能替各位解决！"那位身穿白裙，名唤裘暖的女子笑着招呼道。

"大家都听暖暖姑娘的，不论大事小事，总是要分个先来后到！"一名百姓跟着说道。

"不错不错！我是最先来的，你们都排到后面去！"当先一人说着，便一把将前面之人推开。

众人一阵你推我搡，朝云摇头笑了笑，忽然朗声说道："诸位！我们也是从成都远道而来，之前便听说成都出现了江湖骗子，以治病除厄为名，骗走老夫妻给儿子娶妻的老本！此外，还有不下数十人被骗！"

青冥一愣，抬头看向朝云，连忙说道："难不成少侠认为那是青冥所为？青冥愿以祖师之名立誓，若有做欺世盗名的事情，便遭那……"

"停停停！"不等他把话说完，道人身旁容貌极美的裘暖便上前一步，抬手抢着说道，"人家来踢馆的你看不出来吗？"随即冷哼一声，眼睛直直地盯着朝云，质问道，"敢问公子，你这么说可有凭据？随便信口雌黄的事我裘暖也会说！若公子不信青冥道人尽管走，可别挡着道人替乡亲解厄。"

那些不知实情的百姓闻言，纷纷说道："就是就是！"一时间，所有人都将矛头指向了朝云几人，责怪这些人耽搁他们向青冥道人请教。

裘暖一看所有人都向着自己，不由得意一笑，接着道："裘暖奉劝公子，此地可是东吴建业，不是在成都！所以公子最好还是……少！管！闲！事！哼！"

　　"对！你们蜀汉的人怎的如此霸道？自己不愿意看病，为何非得拦着别人？"方才那黑衣中年人不满地说道。

　　"快走快走！别拦着青冥道人施法！"又一名老太婆嚷嚷道。

　　"呃……"尚章愣神间，已经被这群人你一把我一脚给推了出来，旁边的强梧与朝云也好不到哪里，皆是还未来得及说话，便已被挤到了人群之外。

　　那边，青冥和裘暖仍然在为那些老百姓"排忧解厄"，青冥有些后怕地说道："本以为今日有麻烦了，想不到却被暖暖你三言两语便轻易解决掉了。"

　　裘暖傲娇道："那是，也不看看本姑娘是谁！"

　　青冥笑了笑，道："此来建业城，这些乡亲可真是好心，给我们师派的献钱一点都不吝啬，而我也算是尽了道门职责，替乡亲们除去了家中污秽。"

　　裘暖摇头道："早跟你说了，这世上多的是需要你的人。就连我也是你救的，你可别看轻自己了。"

　　武者耳力眼见皆要超出常人，尤其作为武道第三境乃至以上的武者，更是如此。此时即便来到了人群之外，朝云与强梧、尚章还是听到了两人细声的交流，尤其看到越来越多的百姓围拢过来，心下更是无奈。

　　"这下麻烦了……我们手里没有证据，如何能够揭穿他们？总不能说城墙上挂着这两人的画像吧？"强梧一阵苦恼。

　　"别担心，这不是还有它吗？"横艾忽然一个闪身出现在几人面前，拍了拍悬挂在腰上的炼妖壶，满脸笑意地说道。

　　"横艾，你去哪儿了？"朝云疑惑地问。

　　"当然是捉鬼去了！"横艾神秘一笑道。

　　"捉鬼？"

　　"是啊，你们不是已经确定那两人是骗子了吗？可你们除了知道那是假符纸之外，可知百姓看到的鬼从何而来？"横艾笑着问。

第五十七章
骗子逃了

"莫非你方才说去捉鬼，捉的便是这骗人的鬼？"朝云惊讶地问。

横艾点点头："说的没错，我去捉的鬼正是那两人专门用来骗人的鬼。"

强梧哈哈笑道："横艾妹子，好样的！我们还在愁要怎么揭穿这两人呢，没想到你早已将他们玩把戏的手段都识破了。"

横艾傲娇道："那是……"

"各位父老乡亲，今日时辰已晚，青冥道人也需要回去休息了。等明日此时，他还会来此与诸位广结善缘，还望诸位到时捧场！"

就在这时，裘暖已收拾起了摊子，抱拳朝众人说道。旁边青冥道人也将行李整理完毕，一甩拂尘准备离开，不少百姓还依依不舍，恳求青冥道人能够再多留片刻，却都被道人一一婉拒。

"且慢！"

一道清朗的声音忽然响起，众人转头一看，发现原来是刚才离开的那位年轻人。

裘暖循声望去，皱眉道："又是你？"

青冥笑着说道："暖暖别急着气，也许是公子愿意相信我们，来找我们帮忙呢。"

说罢，青冥隔着人群对焉逢微微点头，笑道："不知公子染了什么病，青冥马上替公子燃符祛病。"

朝云笑着摇摇头，道："道人？骗子罢了，你别顾左右而言他，因为我们已经找到你们骗人的证据了！"

裘暖脸色微紧，急道："你、你别乱说！"

朝云不作回答，只笑了笑道："你可还记得它？"

说完，横艾微微一笑，伸手一拍炼妖壶，顿时一道红光从壶中跑出，却被横艾一把抓住，直接扔到了地上。

众人这才发现，倒在地上的居然是一个红衣小鬼！

不少人均大吃一惊，吓得连连后退，青冥更是失声道："这不是我方才驱走的鬼怪吗？怎么会……"

裘暖惊道："啊，忘了先招回它了，反倒成了把柄。"

青冥一愣，一开始还不清楚缘由，怎的自己捉的鬼怪，倒还说自己骗人了？此时听到裘暖的话，顿时反应过来，当即向裘暖厉声问道："暖暖，你这是什么意思？"

裘暖急忙道："青冥，你听我说，我……"

青冥一甩袖子，低声吼道："不要说了！我说过我青冥只愿为天下人排忧解难，不需要你如此另类的关心！我双瞳异色又如何？我不需要这等廉价的怜悯！"

周围吵闹，两人的话无人听见。

裘暖一时间急得眼泪都要掉出来了。她做这一切都是为了青冥好，可现在却发现，自己好像是害了他……

另一边，百姓一来一回听罢，方才知道上了当，一下子全部齐声指责道："骗子！还钱！"整个街道尽头，那些被青冥道人骗了的普通百姓，已将这里围得满满当当。

青冥一时无言以对："这……我……"

尚未离去的年轻汉子更是气氛，这假道士竟然特意放了一只小鬼去他家中，将她母亲吓得昏厥过去，之后装模作样进到他家中捉鬼收钱，着实可恶！不由得怒道："我去找官府来捉你们这些骗子！"

其余被骗的同样情绪激动，纷纷嚷着要让官府处置两人！

裘暖一看局面失控，一咬牙道："不要说了！青冥快走！"便突然拉起青冥，撞入人群中，试图制造混乱，乘机逃脱而去。

"想跑？"

朝云眼睛一眯，刚想追将上去，忽然看到那裘暖在众人包围中捏碎一张符纸，下一刻，一道白烟闪过，两人就已消失于原地。临走前，只留下一道冷冷的目光看向朝云……

"这……人去哪儿了？"

"人呢？"

几人一阵寻找，却已不见对方身影。

"妖怪啊！"

围观的人群这才反应过来，一阵惊呼，旋即轰然而散，只留下无奈的朝云等人留在原地。

"这下好了，这么大的事情，官府一定会来追究。"尚章一脸愁苦。

"为了不惹上不必要的麻烦，我们还是走吧。至于那两人……想来在这建业城中，也算是混不下去了。"朝云看着他们说。

"最好日后不要让我强梧遇见，否则定让他们好看！"强梧握了握拳头，满是愤怒地说。

"好了，以后能遇见再说。赶快走，否则官府来了，徒添麻烦。"

朝云说罢，几人点点头，便转身迅速离开。

谁也不曾想到出来随意逛逛便能遇上这种事，回到客栈后，尚章还担心那些百姓会带着官府的人找上门来，待过了一日，发现没什么动静，这才算是放下心来。

"可惜了，那么漂亮的一个姑娘，竟是跟那假道士一伙儿的骗子。"强梧摇头叹息。

"天下人天下事，常人想不通的不知凡几……比如你知道为何咱孔明大丞相年轻时，会乐意取那位黄家丑女吗？"横艾嘻嘻一笑问。

"这……"强梧一愣。

"横艾！你怎又随意议论丞相？"朝云皱眉道。

"人家说的不对吗？世人皆传，黄家丑女多么多么贤惠，有多么多么聪明，但实际上……这些都只不过是传言罢了，又有谁真正见识过呢？"横艾轻叹一声。

"横艾，那你又怎知黄夫人不是贤惠聪明之人？"

"这个嘛……猜的咯！"横艾笑了笑，满不在意地说。

"不管怎么说，横艾你往后还是少议论丞相的好，毕竟我们是飞羽，是大汉最忠诚的部队！我们更应当理解丞相的为人才是。"朝云劝说道。

"好吧好吧！不说就是了嘛，朝云你可别生气哦。"横艾嘻嘻一笑。

"唉！你真是……"朝云摇头无奈地笑了笑。

时间很快过去，自来到东吴之后，已足有三日。但长公主府那边至今还未传来任何消息，强梧不禁有些着急，怀疑是不是孙尚香骗了他们。毕竟神器的多少，对于一国之气运有着无穷帮助。长公主虽是先帝夫人，可早年回到东吴之后，怕是早已对大汉没有了半点感情，此番她答应帮助飞羽寻找丈八蛇矛的下落，也许只是一时兴起，口头上答应一下罢了，实际上会做些什么，却无人知晓。

然而除强梧外，其余几人却是持不同意见。

朝云尤其相信，孙夫人是诚心实意想帮助他们，如今查不到，兴许真的是难以找到神器的下落，并非是人家刻意为之。横艾、尚章与徒维听完之后，也都纷纷点头表示认同。

"哼！但愿孙夫人不要辜负你们对她的信任。"强梧不满地说。

"我方才卜了一卦，是关于此次能否顺利找到丈八蛇矛的卦……"横艾笑着说，"你们猜猜看，结果如何？"

"自然是能够找到。"尚章自信地说。

"朝云，你呢？"横艾问。

"我？我从未相信有飞羽完成不了的任务。"朝云笑着说道。

横艾露出一抹神秘的笑容，点点头道："强梧，该你了。"

强梧满脸不高兴地说："我同意朝云说的话，但这与孙夫人是否会帮助我们没有关系。"

朝云不由得摇头一笑："横艾，告诉大家吧，卦象如何？"

"嗯……"横艾思索片刻，脸上的笑意渐渐淡去，露出一抹为难之色来。

朝云心头咯噔一下："横艾，怎么了？"

尚章看得一愣："横艾姐，该不会是……"

强梧满脸不信："横艾妹子，你可别吓人……"

横艾看着几人的样子，尤其是朝云无比担忧的模样，忍不住扑哧一声笑了出来，这一笑，更是让其余几人一头雾水，只有朝云迅速反应过来，无奈笑道："横艾，你能否不要如此吓人……"

"啊？什么意思？"尚章不解。

"此卦是吉是凶？"强梧在问。

横艾刚想说话，突然一阵敲门声传来，朝云连忙去开门，只见一位武装婢女站在门外，一见到朝云，就抱拳说道："焉逢大人，长公主要我前来通知您，已查到张将军蛇矛的下落了。"

"长公主？"朝云神色一喜，"太好了！请问长公主如何吩咐的？"

那婢女说道："长公主说请您至府里一叙，由她亲自告诉您。"

朝云点点头，感激道："好，明白了。我们这就出发。"

婢女点点头："那奴婢先行告辞。"

朝云也抱拳道："多谢姑娘！"

强梧从屋里蹿出来，忙问道："朝云，怎么了？是不是有神器的下落了？"

朝云说道："没错！刚才孙夫人派人来报，说她已经替我们找到了丈八蛇矛的下落，现在要请我们去府中一叙。"

"太好了！"强梧与尚章兴奋不已，"没想到横艾的卦象这么准！"

"唉……某些人方才还在担心长公主殿下会不会帮他们呢……"横艾摇了摇头，弄得强梧挠头讪笑。

"好了，横艾，让徒维准备一下，我们立刻赶往长公主府！"

"好。"横艾也笑着点点头，不再拿强梧打趣。

收拾准备完毕，五人一路径直来到公主府门前，因为之前与门卫已经打过交道，简单的通报之后，便出来一位婢女，将几人领至厅堂之内，按规矩行礼之后，五人一一端坐了下来。

孙尚香此时也正坐在主位之上，耶亚希则很意外地穿着大汉服饰，并规规矩矩地坐在孙尚香身边，时不时看向朝云等人，露出一个无邪的笑脸。

"本公主已为诸位查到了张飞将军蛇矛的下落。"孙尚香一上来便开口说道，"当初哥哥得到张将军的首级与蛇矛之后，即以战利品的名义，将其送至祭祀我们父兄的孙家祭祠，向他们祭告。后来彼此邦交恢复，便将张将军的首级归还给贵国，但蛇矛却始终留在该祭祠之内，并未送回。"

"那么，请问祭祠位于何处？"朝云开口道。

"祭祠位于钟山上，钟山则在我们建业城东北城郊之地。此事我已知会家兄了，他说让我径行取回无妨……只是那里最近有些古怪。"

"古怪？"

孙尚香点点头："嗯，其实最初本公主是想替你们直接取回来的，然而，最近无人敢接近那祭祠的周围……"

"呃？"朝云问道，"此事怎么说？"

"据说最近那里出现巨大山鬼作祟，时现时隐，弄得人心惶惶……所以如今没什么人敢随意接近该地。"孙尚香皱起眉头，略微思量起来，"不瞒你们说，原本之前有许多相者，都盛赞钟山祭祠一地有虎踞龙盘之势，气势雄伟恢宏，所以家兄一度想将孙家皇陵筑于该地。但近来全中止了……原因便是因那作祟的山鬼。"

"此事不打紧！我们飞羽不怕山鬼。我们自己去取回来即可！"朝云起立行礼，"飞羽队伍中横艾、徒维二人，本身便长于道法之术。甚至顺利的话，还可以替贵国收服那山鬼也说不定。"

"嗯，若能如此，最好不过了。"孙尚香说，"对了，夷娃她会随你们一道前去，一则她可帮你们引路，省却你们的时间；二则她本事不差，可以为你们此行应付那不明山鬼提供一些助力。"

"既如此，朝云在此先感谢夫人的美意！"朝云起立抱拳行礼，并看了看耶亚希，"那么，此行麻烦郡主了。"

"不会的！"耶亚希明朗地微笑回应。

此时，钟山之上。

"都督，他们会来吗？"钟山一座亭台内，一名身材魁梧的黑衣之人询问。

"当然会。"陆逊微微闭眼。

"那待会儿……"

"待会儿若他们将那丈八蛇矛降伏，你们便出手将它拿走，记住……速度要快，且万万不可泄露身份。"

"属下明白！"

"好了，下去准备吧……不用多久，他们便该来了。"

钟山脚下，朝云一行人果真已经到达。

"此地还真是个好地方啊！"强梧看着山上的风景，由衷赞叹。

"钟山汇聚八方龙脉，是不可多得的龙气聚集之地，自然是个好地方。"横艾也在一旁点头说道。

"想想马上便能拿到神器丈八蛇矛，真是激动！"尚章握拳道。

"你们先别兴奋得太早……我总感觉，此行不会那么简单……"朝云说着，看了眼耶亚希。

"对哦，那山鬼很厉害，连陆都督都无法接近！"耶亚希认真地说道。

"陆都督？陆逊？"朝云皱眉问。

第五十八章
皇家祠堂

"正是！陆逊大都督可厉害了！他是我们吴国的大英雄！"耶亚希十分崇拜地说。

"那这么说来，他也知道丈八蛇矛放在此处？"朝云接着问。

"自然知晓……根据母亲打探得来的消息，这丈八蛇矛还是陆都督亲自放进去的。"耶亚希笑嘻嘻地说。

"原来如此……"朝云沉思起来。

突然，数名士兵从密林中蹿出，持戈挡住几人去路："止步！此乃皇家重地，来者何人？"

"卫兵大哥，是我！夫人吩咐我带他们来，去山上取蛇矛。"耶亚希一笑，连忙向卫兵行礼。

"哦，原来是夷娃。"卫兵放下戈，对耶亚希微笑道，"夫人吩咐过了。若是你带人来，就放行让你带他们上山。"

"谢谢！"耶亚希谢过卫兵指着皇陵内说道："焉逢大人，就在这里面，我带各位进去。"

"谢谢你，因为有你领路，我们一路上才省去不少工夫。"朝云向耶亚希致谢。

"这是我应该做的！"耶亚希抱拳行礼，笨拙认真的样子十分可爱。

"真是个可爱的小姑娘，"横艾微笑着说，"本事又不差，难怪孙夫人会想收你当义女。"

"真的吗？"耶亚希开心一笑，"嘻嘻！"

"对了，夷娃小姑娘，你的口音好特别，似乎与此地一般人都不同。请问是哪儿出生的？"朝云好奇问道。

"我吗？"耶亚希似乎有点不好意思，扭扭捏捏道，"我是夷州的人。"

"夷州？"朝云讶异。

"有这个州？"强梧抱起手臂，"我怎好像未曾听过？"

"嗯……夷洲在大海还要过去好远、好远的地方，很少人知道的。我的故乡就在那里。"

"那你怎会来江东，成为孙夫人的义女？"朝云越发好奇。

"我……这个……"

"怎么了？"

"孙夫人吩咐我，不可以告诉其他人，除非问过她才行。"

"哦？"朝云讶异，"既如此，是朝云唐突了。"

"不好意思，焉逢大人！"

"不会的……"朝云摸摸头，笑说，"是我们问得太多了。"

"看吧，又是神秘兮兮的！"强梧一脸促狭之色，看看横艾，"天底下的女人，不论大的小的、老的少的，当真每个都最爱来这一套了。"

"有秘密的女人才会美丽啊！"横艾笑着回应。

"啊？"耶亚希一脸不解地看向两人。

"也许有什么缘由，所以她们才不方便说。"朝云对二人说。

"不，焉逢大人！"耶亚希抱拳行礼，一脸认真地说，"回去之后我问问夫人，如果可以的话，我再说给大家听。"

朝云哈哈一笑："不打紧，我们也只不过一时好奇问问而已。"

"没关系的，我回去问问夫人。那我先继续带大家上山。"

"好啊，那麻烦你了。"朝云笑着点头。

钟山位于建业城东北城郊，被选作皇陵之地后，山上除去一些已建造起来的墓室之外，还有许多砍伐完树木、挖掘到一半而废弃的土坑，听耶亚希所言，这些都是因为山鬼的出现而被迫停下来的工程，山上的那些匠人，早在多日之前就全都被撤到山下去了。

因此一路行来的山上，除去一些守陵士兵外，看不到其他行人。

"焉逢大人，快看！那就是皇室宗祠，据说山鬼就在里面呢。"耶亚希朝山林中一片雄伟的建筑指了过去，建筑成片立于半山腰的平地上，依山而起，十分气派。

"不愧是皇家祠堂，竟如此恢宏……"强梧啧啧赞叹，尚章也连连点头。

"夷娃小姑娘，我们先过去吧。"朝云提议道。

"好的，焉逢大人！各位请跟我来。"耶亚希欢快地走在前面，带着众人来到了祠堂门口，向门口卫兵通报之后，几人直接进到了里面。

里面亭台楼阁应有尽有，看起来与一般的府衙别无二致，而且祠堂中央还放有一座元鼎，元鼎巨大，象征着鼎镇四方的威严与至高无上的皇权。

穿过中央宽阔的场地，进入后面一排建筑之中，才算真正来到供奉孙氏一族的祠堂里面。

"焉逢大人，母亲说这里就是放置丈八蛇矛的地方了，但是具体在哪里，她却没说……而且这里有山鬼出没，你们要当心……"耶亚希说着，自己却已紧张起来了，作出防卫的姿势，小心翼翼地往祠堂四周看去。

"不用担心，我们先寻神器，若是那山鬼出现了，再收拾它也不迟。"朝云出声打气。

"朝云说得不错！有我们在，还用担心一个小小的山鬼？"强梧哈哈一笑，丝毫不以为意。

"那……那我帮你们一起寻找吧……"耶亚希结结巴巴说完，连忙躲到了朝云背后。

朝云苦笑一声，摇摇头道："大家一起找，丈八蛇矛是神器，应当能够感应得到。"

横艾缓缓走到朝云身边，小声说道："我感觉这里不对劲……那所谓的山鬼，应当就在周围。"

朝云额头轻蹙，横艾的感觉通常很准，她说有问题，十有八九真的会有问题。

"横艾，你是否能感应到，这山鬼有多强大？"

横艾摇摇头，有些不确定地说道："只有等它出来才能知道，不过现在我感应到了一股不寻常的气息……"

"什么气息？"朝云问道。

呼噜……呼噜……呼噜……

朝云问完，横艾还未作声回答，忽然，祠堂大殿里就响起一阵怪异的声音，这声音像是邪风吹过，又像是谁在打呼噜……

"这是什么声音？！"强梧愣住。

"不会就是山鬼吧？"尚章兴奋得不行，"若是山鬼在就好了，还能问问它丈八蛇矛在哪儿。"

"小心！"横艾轻呼一声。

众人回头，只见在他们身后，一阵黑风突然从大殿正前方的位置上旋转出现，黑风体形庞大，很快将整个大殿全部覆盖了起来，使得里面的人像是处在黑夜中一样，伸手不见五指！

"快撤！"

朝云大喝一声，连忙拉住横艾、护住耶亚希疯狂后退到大殿之外，而强梧、尚章与徒维也都连连向外飞掠躲避。

大约过去了一刻钟时间，旋转的黑风才终于停了下来，而朝云等人也已安全退到大殿之外的宽阔场地上，幸运的是，六人没有谁受伤。

"这是什么东西？"强梧有些后怕地拍着胸脯道。

"这风来得好生奇怪，恐怕不会简单。"尚章面色凝重地说。

"这……这就是山鬼！他们都说山鬼就是这样的。"耶亚希指着里面说道。

"山鬼？"

忽然就在这时，那停顿下来的黑风又是一阵旋转，众人一惊，刚要有所动作，却发现那黑风不再是旋转着不停扩大，而是迅速变小，直到只将大殿覆盖一半时，突然急速收缩，那些黑色的气体不停地向中间缩拢，直至变成一个人形的模样！

这一刻，一个奇怪的家伙出现在大殿之中，明晃晃地站立在众人眼前！

"这……这就是山鬼？！"强梧一阵惊呼，下意识地连忙后退。

倒不是因为这家伙实力强大，而是它的模样很吓人……而且令人讶异的是，山鬼竟然顶着一个络腮胡的容貌，拖着巨大而长的蛇尾巴，正一脸狰狞地看着众人。

"原来你……你就是那个山鬼？"耶亚希吃惊地说道。

"这山鬼，怎会酷似昔日张将军的容貌？"横艾讶异道。

"张将军？"朝云诧异。

"是谁？你们是谁……"山鬼怒吼，"你们也是跟杀死俺兄长的吴狗一伙的吧？敢打扰俺睡觉，通通偿命来！偿命来……"

山鬼发怒，巨大的蛇尾用力一甩，顿时祠堂内堆砌着的巨石横木便应声飞起，朝众人迎面打来。

"退！"

朝云一把护住身后众人，连连倒退数步，左让右避，才堪堪躲开空中飞来的那些东西。

"呼……好强大的力量！"强梧惊叹。

"这山鬼已然达到武道第三境了，但是力量绝对要比一般第三境界之人大很多……只是不知为何，它只能在祠堂之内逞威，却无法离开祠堂半步。"朝云蹙眉分析。

"山鬼好可怕……"耶亚希吓得发愣。

"你们待在这里，我去将它降伏！"朝云看向横艾与强梧，"横艾、强梧，护住夷娃姑娘。"

"放心吧，你自己当心！"横艾应承道。

"嗯！"朝云点点头，下一刻便直接飞身而上，落到山鬼面前。

"小儿，你敢一人前来送死？！"山鬼怒嚎。

"接招！"朝云没有废话，提起方天画戟，高高跃起，随后携带着涌动的灵气一戟斩下。

嘭！

山鬼抬起双手，硬生生将朝云的长戟紧握在了手里，尽管在这一击之下，明显看得出来它变得虚弱了很多，但它仍旧一咬牙，猛地向上用力，顿时将朝云掀起，飞出去很远。

"朝云！"

祠堂之外，一众人连忙上前，却见朝云挥挥手，示意他们退下。

"力量果真很强！"

朝云心中暗忖，这般强大的力量即便是与武道第四境相比，恐怕也相差不大。

"力量上胜不了，只能靠技巧了……"朝云想了想回头说道，"横艾，帮我个忙！"

"朝云，需要我做什么？"横艾飞掠而来，站在朝云身边问。

"你用法术将它定住片刻，我来将它拿下！"朝云快速地说道。

"好！"横艾双手结印，一朵璀璨的莲花在她手心中生成，随后她两手中指一弹，这青色的莲花便飞舞而出，落在山鬼头上。

便这样过去了三吸时间，那暴躁的山鬼身体竟被缓缓定住，双手与巨尾扬在空中，保持刚才的姿势一动不动，只剩一双眼珠子怒瞪着两人。

若是眼神可以杀人，那万千军队在此，也不够它一眼！

"朝云，搞定！"横艾笑着拍了拍手。

"谢谢你，横艾！"朝云感激地道谢，随后便如刚才一般，直接将长戟作棍用，高高跃起，朝着山鬼用力砸下！

嘭！

长戟砸在山鬼头上，定身术破开，山鬼怒嚎一声，刚要举起双手，却吧嗒一下软了下去，直接跪倒在地上！

刚才朝云那一击，不仅仅使用了力量，而且还用灵气将他浑身的经脉都暂时封堵起来，使他失去了反抗能力。

"可恨啊……"山鬼倒在地上，仍愤怒咆哮，双手捶地。

"横艾，你一开始说，这山鬼容貌酷似昔日张飞将军？"朝云歇了口气，对横艾说，"可这山鬼究竟是什么来历？为何要故意装成昔日张将军的模样？"

"嗯……我大约知道这山鬼的真面目了！"横艾轻轻走到山鬼面前，微微转身对刚刚聚集过来的众人说，"大家先别动手，交给我来处理。"

"横艾……"朝云看着她说，"小心些！"

横艾对朝云笑了笑，然后转身对着山鬼说："……你便是张将军的丈八蛇矛，对吧？”

“什么？”众人讶异。

“你、你是谁？”蛇矛山鬼怒吼，“你怎知我是张将军蛇矛幻化出来的？”

“别担心，我们并非吴地之人，”横艾笑着说：“我们是大汉差遣前来接您回去的人。”

“大汉？”

“是的，我们今日前来，就是要带您归返故乡。”横艾认真行了一礼，“我们奉命来找寻大汉昔日三位名将……关将军、张将军、赵将军如今失落四方的三样武器，好带它们回到大汉。您今后不必留在吴地，被人当战利品而受辱。”

“哦？”蛇矛山鬼态度平静了下来，问道，“你有何证据证明此事？”

横艾一下子愣住了：“呃，证据……”

蛇矛山鬼冷笑：“没有证据，莫非又是和吴贼一伙合起来欺骗我？！”

“前辈息怒！”朝云连忙上前，拿出飞羽令牌说道，“此令牌可否作为证明？”

山鬼依旧冷笑：“这又是啥？你想拿这东西证明个啥？”

“这乃是我们所属大汉飞羽部队的令牌……”朝云谨慎地说，“飞羽部队，是以昔日张飞将军、关羽将军的名字而命名，希望以他们为典范。”

“飞羽……”蛇矛山鬼沉默了一下，呢喃道，“二哥……”

第五十九章
陷入埋伏

"若您还需要什么其他证据，我们去设法找来，证明给您看。"朝云又行一礼。

"不需要了……俺就相信你们好了。"突然蛇矛山鬼身上发出一阵光芒，随后他的身影消失无踪，只在原地留下一只丈八蛇矛。

横艾大大地呼了一口气："太好了，它愿接受我们的说法，让我们带它回去了。"

"真的吗？"朝云有点讶异，"我似乎也没有真的证明什么……"

"大概你诚恳的态度，让蛇矛愿意相信你吧。又或者是'飞羽'二字，令他想起了当年跟随张将军叱咤风云的时光……"横艾微笑着说，并向丈八蛇矛行礼，"蛇矛君，我们这就带你返回大汉，回归故土！"

"慢着！"

就在这时，一道冷冷的声音忽然出现在所有人耳边。

"嗯？"

循声望去，才发现整个祠堂外面，不知何时竟已经被数十名身穿黑衣、黑布蒙面的人密密麻麻地围了起来，正中间，一名身材魁梧的壮汉重重踏出一步，显然是这群黑衣人的领头。

"怎么回事？"朝云皱眉，其余几人也是一阵惊讶。

"怎么回事？"领头壮汉冷笑道，"没有允许，私自闯入皇家祠堂，盗取贡物，那是死罪！"

"谁私自闯入了？我们明明得到了长公主殿下的允许！"耶亚希向前一步，双手叉腰，鼓着腮帮子不满地说。

"长公主殿下？请问你们有长公主殿下的手谕吗？"领头黑衣人冷冷地问。

"你……"

"来人，给我拿下！夺回贡物！"

"是！"

数十名黑衣人闻风而动，五人一批，迅速冲进祠堂里面，刻意避开耶亚希，与她后面的朝云等人缠斗在一起。

"竟然是入了武道境界之人！"

朝云与众人大惊，这些黑衣人中，几乎全是第一境以上的武者，其中不乏第二境乃至第三境之人！如此实力庞大的一群人，怎么会在此关键时刻突然出现在他们面前？而且听他们的意思，好像是专门奔着贡品而来……

被他们拿走的贡品，不就是丈八蛇矛吗？

想到这里，朝云等人立刻变得警觉起来！

"横艾，收好蛇矛！强梧、徒维，从左侧打开缺口，方便离开！尚章保护耶亚希，我来对付那领头之人！"

"遵令！"

几人应下，朝云即刻便飞跃而起，与对面好整以暇的壮汉缠斗起来。

嗖！

对面黑衣壮汉挥出一剑，一道黄色剑光飞速划来！

朝云一个翻身避开，同时以水中捞月之势持长戟向上一挑，登时便与对方长剑碰撞在一起！

砰砰砰！

连续三声巨大的碰撞声响起，朝云震退三步，对面黑衣人被震退五步开外！

"年纪轻轻便有如此实力，实在难得……"那黑衣壮汉眼神微凛，显然是感到出乎意料。

"你们究竟是什么人？为何要来截杀我等？"朝云趁机逼问。

"什么人？总之是你惹不起的人……"黑衣人不待说完，抢先占据主动，再次与朝云缠斗一处。

如此反复多次，朝云稳稳占据上风，但是想要重伤对方却也并不容易，对方则越打越震惊，朝云的实力可谓是大大出乎他的意料，本以为剑道第三境以及武道临四境，不会比他强多少，却没想到每一次交手，他都被对方打得只能自保，没有丝毫的还手之力！

"这便是飞羽的战力吗？"

"你知道飞羽？！"

"知与不知，今日那蛇矛都必须留下！留下蛇矛，我可以放你们走，否则咱们便打到守陵官兵前来，到时看看你们还能不能走得了！"黑衣人冷笑不已，他不再选择进攻，而是暂且停下来，试图与朝云谈判。

"蛇矛乃我大汉已故张将军之武器，岂是你说留便能留的？"朝云丝毫也不妥协。

"既然如此……那我便只好杀了你们，取回蛇矛！"黑衣人大喝一声，由剑换成刀，再次冲杀了上去……

除去朝云这边，强梧与徒维负责突围的左侧，黑衣人越聚越多，原本只有数十人，但是一番打斗下来，又有数十名从祠堂周围的树林里冒出来，现在加起来至少能有上百人！而且这上百人各个训练有素，加上武道第一、二、三境界的人都有，让飞羽几人一时间对付起来十分困难。

"朝云，再打下去，我和徒维就要被活捉了！"强梧大吼。

"再坚持片刻！"朝云大声回应。

"夷娃别担心，有我在！"尚章举着剑，冷漠地看着周围的黑衣人，将耶亚希护在身后。

"不用与那两人缠斗，所有人围攻青衣女子，逼她交出蛇矛！快！"

领头黑衣人大喊，趁此机会，朝云双目微眯，一戟将他武器打落，直接将长戟架在了黑衣壮汉的脖颈上面，速度快到令人无法反应。

"你现在只有两个选择，一是让他们后退，放我们离开，二是你死！"朝云面无表情地说道。

"哼！我倒要看看你杀了我，还如何离开吴国！"黑衣壮汉有恃无恐，冷笑回应。

"朝云……"

就在这时，强梧被数十名黑衣人一起猛扑了上去，这数十人皆是武道第二境以上的武者，数十人的力量加在一起，直接便将强梧彻底压得翻不起身来。

"徒维，救强梧！"朝云大喊一声。

徒维闻令，迅速挣脱数十人的包围，一个闪身来到那些黑衣人周围，对着所有人一剑横扫而去

一阵白光闪过，上面没有防备的数十黑衣人被一同掀飞，而躺在下面的强梧也趁机爬了起来，一手拉住一个黑衣人，爆喝一声，便将人远远地扔了出去。

至于那些围攻横艾之人，此时此刻却早已迷失在横艾的乐声之中，如同傀儡一般，站在那里不摇不动。另一边，黑衣人没有谁去攻击尚章，更没有谁去招惹耶亚希，他们二人，是此时所有人中最为轻松的。

"尚章哥哥，我呼唤母亲前来！"

"啊？"尚章一愣，正想问她如何呼唤，却见耶亚希从腰间摸了一块玉出来，并且对着玉说了几句话，然后一脸认真地朝他点了点头。

"这是……"

"这是母亲送我的玉佩，我遇到危险的时候，可以通过玉佩告知于她。"耶亚希解释说。

"原来如此……那孙夫人大概何时能到？"尚章着急地问。

"我也不知道啊……"耶亚希皱着一双好看的眉毛，不停揪着自己的指头，显然也是紧张不已。

"住手！"

突然，一个尖锐的女声远远传来，尚章与耶亚希抬头一看，才发现一位身披红色披风的女子手提双剑，风风火火从祠堂大门处冲了进来。

她的身后，上百名持剑婢女随之涌入，片刻之间，就已将所有黑衣人全部围拢了起来。

"母亲！"

耶亚希欢快地叫了一声，兴奋地冲出大殿，扑向了女子怀中。

"孙夫人？"朝云与其他人先是一愣，旋即脸色一喜。只要孙夫人来，那他

们眼前的麻烦就一定有办法解决了！

果然，下一刻所有人耳中就炸起一个声音：

"尔等何人？好大的胆子，竟敢黑衣蒙面，在我吴家祠堂面前大动刀剑！尔等可知，这是满门抄斩的大罪？！"

所有人黑衣人登时齐齐一愣，全部转头看向领头之人。

领头黑衣人似乎根本没有料到孙尚香会在这个时候来到这里，愣了半晌，不甘地看了眼横艾手中的蛇矛，才闷声闷气地道："撤！"

"想撤？哪有那么容易！"

孙尚香怒极，顿时命手下女婢将所有人团团围起，自己则快步来到领头之人面前，冷笑一声道："我倒要挑开你这黑布看看，敢来大闹我吴家祠堂的人，究竟是谁？！"

朝云与飞羽其他几人也是眉头一皱，他们同样想知道，在这吴国境内，而且是在皇家祠堂中，究竟是谁如此大胆，敢扮作黑衣人，半路拦截他们？

"长公主殿下！"

就在孙尚香的剑伸到黑衣人面前，挑起一角黑布时，突然一个稍显厚重的声音恰好出现在祠堂门口，众人不由得转头看去，只见说话之人乃是一位身穿文衫的中年男子，此时他正面色紧张地往这边快步走来。

"陆都督？"孙尚香冷笑一声，"陆都督怎么也到这儿来了？"

陆都督？那不就是吴国大名鼎鼎的陆逊吗？

朝云与强梧、尚章等人相视一眼，皆从对方眼中看到了一抹讶色。这陆逊可不简单，当年奇袭荆州，间接导致关羽将军身亡，三年之后又于夷陵火烧七百里连营，击败先帝，自此一战成名……如今大汉上下提起此人，咬牙仇恨之余，也无不承认其天纵之才，可以说，陆逊挥兵之能，绝不亚于当世任何豪杰！

"长公主殿下，下官乃是负责督造这皇陵之人，自然需要时常关注此地……之前听卫兵来报，说有人胆敢在皇家祠堂殿前持械打斗，因此便急急赶来，未想公主殿下已带人至此，是下官失职了……"陆逊说着，便长揖而下，深深行礼。

"陆都督来得可真是时候啊……"

"公主殿下莫怪，下官这就命人将这伙来路不明之人全部拿下……来人！将身穿黑衣之人全部拿下，送到牢中候审！"

"是！"

一群皇陵卫兵冲了上来，不待说话，三下两下，便将一群黑衣人捆住，包括领头之人在内，都带离了祠堂。

"陆都督，这么着急将人抓走，莫不是心里有鬼？"孙尚香冷冷道。

"哪里……公主殿下乃是陛下之妹，堂堂万金之躯，下官卑贱，何以敢欺瞒公主殿下？"陆逊说着，又一次长揖而下。

"也罢……既然陆都督来了，我便将话与你挑明，这几人皆是大汉使者，奉命前来取当年张飞将军所用之武器，如今那丈八蛇矛既已寻到，也是时候让他们几位离开了，你以为如何，陆都督？"

朝云等人皆抱拳向陆逊行礼。

"既然公主殿下已做决定，下官自当遵命。"陆逊看了几人一眼，又一次躬身行礼。

孙尚香缓缓向前走了两步，然后俯下身来，凑在陆逊耳边说道："陆都督，当年逼云长被杀、火烧玄德连营之事，本公主时时刻刻都记在心里！那黑衣人是你属下，莫要以为本公主不知，此番我让你面子，也希望陆都督不要再做令本公主心生仇怨之事，否则……"

陆逊闻言，忙又一次抱拳低头道："公主殿下，臣这便告退！"说罢，陆逊起身，微微眯眼扫了朝云等人一圈，果真就转身离开了，丝毫也不耽搁。

看到陆逊离开，所有人都松了口气。

朝云连忙上前抱拳，向孙尚香行礼："感谢孙夫人前来，才让我们摆脱黑衣人，顺利找回丈八蛇矛。"

孙尚香收起剑来，仿若刚才什么都没有发生过一样，微微一笑道："不必客气，此乃约定好之事。不过倒是有一个问题……我来之前，夷娃有帮上忙吗？"

"有，她帮了我们非常大的忙。"朝云躬身行礼。

"正是！若不是她这块玉佩，我们现在说不定还被黑衣人围着呢……"尚章说道。

"嗯……你觉得这娃儿如何？"孙尚香点点头，又看着朝云问。

朝云想了想，道："她十分开朗活泼，我们大家一路上都挺喜欢她的。"

"那就好。"孙尚香微笑着，随即若有所思地微微低下头，"对了，焉逢……你们接下来打算去哪里？"

朝云抱拳道："我们打算继续去找寻关将军的青龙偃月刀与赵将军的白龙枪。"

孙尚香又问："可有线索？"

朝云回道："我们大人已查到一些，应不成问题。"

"近来天下较为平静，你们飞羽暂时应不需上战场吧？"孙尚香嘴角浮现一抹笑容。

朝云点点头："嗯，是的。所以几位大人才会差遣我们，来找寻失落的名将们的武器。"

孙尚香突然盯着朝云直直看去："既如此……焉逢，那本公主有个不情之请。"

"不情之请？"朝云讶异，"夫人请说。"

孙尚香笑着点点头，看了看耶亚希："在这段你们找寻武器的期间，本公主希望让夷娃与你们同行，一起外出历练一番，不知可否？"

第六十章
让夷娃跟着你们吧

"什么？"朝云吃惊不已，忙抱拳道，"孙夫人，此事恐有些……"

"有些为难吗？"孙尚香微笑说。

"嗯……"朝云犹豫起来。

他们任务繁重，谁也不知道接下来寻找青龙偃月刀和白龙枪会不会遇到什么危险，耶亚希贵为孙夫人义女，是东吴郡主，身份尊贵，万一在跟随他们的时候，遇到什么无法预知的危险，比如今日一般，若非孙夫人及时赶到，说不定就真有麻烦了。

一旁的耶亚希露出担忧的神色，紧张地扭着自己的手指，微微低着头，时不时抬起眼睛偷偷看朝云两眼。

"你不必担心，这孩子懂事明理，且有照顾自己的身手，断然不会给你们带去什么困扰的。"孙尚香看出了朝云的担忧，笑着说，"我们孙家的传统，是每一位子弟都要早早学着独立，十四、五岁便须四处历练。夷娃乃本公主之女，自然也希望她能如此。"

"但……"朝云面露为难之色。

"哎呀，这有什么关系嘛？朝云！"横艾开心地猛敲边鼓，笑嘻嘻地说，"有这么一位可爱乖巧的小姑娘，一路可以陪我消磨解闷，这多美妙！"

"横艾！你美妙，我们可不美妙。人家好歹也是孙夫人的义女……若出了什么万一，这责任谁担当？"强梧皱眉，"比如今日，若是之后我们再遇到这种截杀……"

"孙夫人，这正是晚辈心中一大顾虑……"朝云再次向孙夫人行礼，希望婉拒。

"哈哈，此事你不必担心。"孙尚香从容地说，"焉逢，之前我们比武，你把本公主打倒在地，这件事岂非更严重？本夫人可曾计较过吗？"

"这……"

孙尚香说道："你们是如今天下闻名的飞羽，机会万分难得，所以本公主才希望夷娃能与你们利用这段不须上战场执行危险任务的时间，一起同行历练。"

朝云思虑道："虽说如此，可外出历练仍不免吃苦或受伤啊……"

"不也正因如此，才会有所成长？"孙尚香笑了笑，看了看一旁紧张得低着头、一直扭着自己手指的耶亚希，"本公主年轻时亦是如此。因此，就算夷娃旅途中受了什么伤，本公主绝不会同你们计较。希望能给夷娃这个宝贵的机会。这是我以大吴长公主的身份，来恳求于你。而且你带着她，离开吴国的时候，即便遇上官差为难，也都不用担心了。"

"这个……"

"朝云！人家堂堂一国的长公主都这么拜托了，你就快快答应吧！"横艾向朝云挑挑眉毛，开心地笑着说，"这样两国邦交今后会更加稳固，我们离开会省去很多麻烦，而我身边也多了一个小女娃可打发时间，一举数得，备极完美！"

"横艾妹子……"强梧皱眉不悦。

"我想想……"朝云低眉，沉思起来。

"反正都是姐妹，她也最多是我横艾来照料，所以你们大可安心！"横艾继续煽风点火。

"好吧，如果只限于这一段不必上战场的期间，我可以考虑考虑。"朝云思考之后，睁开眼睛，平静地说。

"真的吗？"孙尚香以及耶亚希都喜出望外，尤其耶亚希，更是兴奋得差点跳了起来。

"嗯……"朝云点点头。

孙尚香开心地看了眼耶亚希："还不跟焉逢大人道谢？"

耶亚希哦了两声，连忙抱拳行礼："谢谢焉逢大人！"

"不客气……不过只限于找寻武器的这一段期间而已。"朝云说，"你可否接受？"

"当然接受！"耶亚希露出一口齐整的小白牙，无比高兴。

横艾嘻嘻笑着说："夷娃小姑娘，你也该感谢我呀！"

耶亚希连忙行礼："谢谢你，漂亮的大姐姐。谢谢你帮我讲话。"

"嘻，嘴儿真甜！连我也想收你当义女了。"横艾很开心，"以后只要叫我横艾姐就可以了！"

朝云看了一眼几人，抱拳向孙尚香行礼道："孙夫人，那我们这就前往汉中去了。"

孙尚香点头："路上小心，夷娃就麻烦你们了。"

孙尚香走到耶亚希面前，半跪下来，望着她的脸说："夷娃，母亲能帮你做的都已做了，接下来就看你自己的努力了……自己的幸福，要自己争取。可不要像母亲这辈子一样……"

"嗯？"耳朵敏锐的横艾，听了她们母女对话，不禁心中有点疑惑。

"怎了，横艾？"朝云问。

"没什么……"横艾作出若无其事的表情，笑着摇摇头。

"谢谢您，夫人……夫人对我这么好，夷娃这一辈子……都难以报答夫人大恩……"耶亚希边说边低头开始落泪，她擦着泪水，"我……我一路上……都会想念夫人的……我……我……"

"傻孩子，怎的如今就开始依依不舍了？"孙尚香慈爱地微笑着说，"夷娃！你虽是我义女，但我们母女一见如故，所以我始终把你当作我真正的女儿……你已是我们堂堂孙家的女儿！所以，拿出孙家女儿该有的气魄来！莫再哭了。"

"是……母亲！"耶亚希点点头，擦着泪水，"好讨厌哦，眼泪老是停不下来……"

孙夫人眼眶里也闪烁起泪光，她此生无子无女，当年抱着三岁阿斗返回江东，最后还被赵云张飞截了回去。如今与耶亚希一见如故，名义上收其为义女，实际却已将她当作自己的亲生女儿……

如今女儿即将离家，做母亲的哪有不伤心的道理？只是片刻之后，她便收起了悲伤的情绪，伸手摸着耶亚希的脑袋，轻声说道："去吧，去追求自己的幸福……"

　　朝云走过来，担心地问："孙小姑娘还好吗？"

　　"夷娃很坚强，不打紧的。"孙尚香对着朝云俯身行礼，"那么，祝你们接下来一帆风顺，任务成功。"

　　"孙夫人，告辞！"

　　"告辞！"

　　离开长公主府，众人皆是长舒一口气，此番前来东吴，前面倒还顺利，但是取了丈八蛇矛之后，不承想冒出一群黑衣人来，反手就要将他们到手的蛇矛强去。

　　幸好后来长公主赶到，才令守陵士兵将那群人全部围住，逼迫着陆逊让他们退走，否则此行能否顺利找到神器，还真是尤未可知。

　　"那陆都督一来，我还以为今日之事怕是难了了。"强梧感慨道，"没想到当年心狠手辣火烧连营的陆逊，在孙夫人面前竟是如此恭敬谦逊。"

　　"你这话说得可就不对了……当年关羽还水淹七军呢，淹死了不知道多少普通百姓和官兵，但他如今还不是被人传颂为忠义之士？不同的阵营罢了，根本就没有区别。"横艾在一旁玩弄着艾草，轻轻摇头说道。

　　"横艾，你怎么能这么说？关将军可是……"

　　"怎么？你不是说当年你亲眼见到过水淹七军后的惨状吗？现在又维护起人家来啦？"横艾微笑着反驳道。

　　"横艾！算了，我也说不过你，随你怎么想吧。"强梧气恼地将头转向一边。

　　"行了，你们两个也不要争了。"朝云心情舒畅道，"不管怎么说，我们此行东吴的任务算是完成了，之后先回汉中，找到增长使大人，请他告知青龙偃月刀的下落，随后就可以顺道去看看江心岛上的事了。"

　　"朝云，你说……"强梧瞅了两眼耶亚希，忽然走过来，附在朝云耳边小声说道，"我们带着她回汉中，增长使若是知道了，会不会责罚我们？"

　　"放心吧，子君！增长使不是那种人。"朝云说，"况且有我担着，你怕什么？"

　　"朝云，我不是那个意思，我……"

　　"强梧，你不是这个意思是什么意思？这么个可爱的小女孩跟在身边，难道你不高兴？"横艾凑过来，故意大声地说道。

　　"啊？横艾姐，怎么了？"耶亚希眨巴着一双懵懂的大眼睛。

　　"没事，有人不喜欢你呀，姐姐喜欢你！"横艾轻轻一笑，搂着耶亚希走到一边去。

"横艾，你……夷娃小姑娘，你别害怕，谁要是敢不欢迎你，我强梧揍他！"强梧气势汹汹地比画了一个拳头。

"还有我！"尚章嘿嘿一笑。

"你们真是……"朝云站在一旁，无奈地摇了摇头。

因为有夷娃相助，离开东吴返回汉中的路途上十分顺利，没有几日，一行人便经由水路与陆路并进，最终抵达汉中。

"夷娃，你还好吗？"朝云关心地问，"第一次出远门，会不会很不适应？"

"不会的，我可以习惯的。谢谢焉逢大人！"耶亚希嘻嘻一笑，早已忘记了离开时的悲伤。

"那就好。"朝云松了口气，"我们已抵达目的地汉中了。"

"这里就是汉中啊？"耶亚希张目四望，"这儿的一路上，都跟我的故乡好像哦！到处都是山……"

"你的故乡都是山？"

"是啊！"

"夷州吗？"强梧问。

"嗯……那儿有好多很高很高的山，从山上往下直直望去，下面便是蓝色的大海。"耶亚希说，"那儿真的好美丽！我相信焉逢大人看了，一定也会很喜欢的！"

"这怎可能？"尚章挠挠头，一脸不解，"我记得……高山和大海，不都应该是距离很遥远吗？"

耶亚希嘟嘟嘴："可是，我说的是真的啊！我的故乡就是那样。"

"哎呀！夷娃说的，应该是高耸于海边的悬崖吧？"横艾笑着说。

"啊，悬崖啊……原来如此。"尚章恍然大悟。

"多用一点想象力啊，尚章……"横艾轻拨苇叶，无奈摇头。

"悬崖？"耶亚希露出纳闷的表情："什么是悬崖啊？"

"呃，什么是悬崖……"

向来伶牙俐齿的横艾，没料到会被问及这样简单的问题，一下子不知该如何回答："悬崖就是……悬崖啊！"

"你这算哪门子的回答啊，横艾？"强梧哈哈大笑。

"夷娃，我来解释给你听。"朝云亲切地对耶亚希说，比手画脚地解释着，"我们刚刚一路上看到的那些很深的河谷，其实都算是悬崖。也就是本来很高很高的山，似乎突然被谁切断了似的……直直插入河谷中。"

"哦！"耶亚希拍手，"原来那就叫悬崖呀？"

"哦，对啊。"横艾笑着说："就是这样子没错。你懂了？"

"横艾姐，多用一点想象力啊，好解释给人家夷娃听一下嘛！"尚章促狭地说。

"没想到向来伶牙俐齿的你，也有被人问倒的一日啊？"强梧大笑不已，"真稀罕。"

"好啊！你们两个趁机联手修理我，是不是？"横艾笑了笑，然后努努嘴，"因为我没想到会有人问这种怪问题，所以冰雪聪明如我，一下子也呆住了。"

"……怪问题？"耶亚希小声说，眉毛挤到了一起。

朝云转身面向大家，笑着说道："好了，诸位！接下来我们先去与多闻使会合，把蛇矛交给他，然后问我们接下来要完成的目标。"

"是！"

几人离开船，刚从渡口下来，突然看到一个熟悉的身影。黑色衣袍，黑色面具，浑身上下只露出一双眼睛，此时正负手立在江边，双目凝视着前方。

"多闻使大人？！"朝云微微惊讶，没想到多闻使竟然亲自来到这里迎接他们。

"真是多闻使大人！"强梧笑了起来。

"朝云携飞羽等人，拜见多闻使！"包括朝云在内，所有人都抱拳，微微躬身道。

"各位辛苦了！"多闻使转过身来，笑了笑，看着所有人说，"没想到，你们此番取得张飞大人的蛇矛，比本将预料中的还要更快。相当好！本将十分满意。"

"不敢，大人过奖了。"众人抱拳回礼。

"多闻使大人，"朝云细想片刻，又单独抱拳道，"孙夫人她希望我们带着她的义女孙夷娃，在这段不必经历战争的期间，一同行走历练。属下为了顾及两国友好，于是冒昧地将此事承担了下来，如今向您禀告并请示。"

朝云略微转头，以眼神向耶亚希示意。

"见过大人！我是长公主的女儿……孙夷娃，请多指教哦。"耶亚希有模有样，抱拳行礼，十分认真。

第六十一章
岛上机缘

多闻使看了眼耶亚希，向朝云点头说道：

"无妨！此乃你权限之内的事，我完全尊重你。若自己觉得不妨害任务便可。"多闻使说，"而且带着她游历，孙夫人多少欠了我们飞羽一份人情。今后若有需要她协助之处，无形中也多了许多便利。"

"正是如此，多谢大人！"朝云感激道，其余几人也开心地笑了笑。

"接下来我们该找寻哪一件的武器，多闻使大人？"强梧抱拳上前问道。

"接下来，就先找寻关将军他的青龙偃月刀吧！"

朝云点点头，问道："大人，可否有什么线索？"

"线索并不多。"多闻使负手沉吟，片刻后说道，"你们应也知道，昔日关将军北伐失败，败走麦城，不幸被一心争夺荆州之孙仲谋部众所杀害。他们为了卸责，便把关将军首级与青龙偃月刀一起送往洛阳，献给曹贼。

"不过曹操那老家伙与关将军昔日曾有不错的交情，而且也看穿此乃孙仲谋嫁祸之举，因此下令把关将军的首级以重礼厚葬。后来，听说青龙偃月刀被送至曹贼的采邑邺城去了，此后便下落不明。我所查到的消息，大致便只有如此。"

朝云皱眉："这么说，得去敌人的境内从头查访起？"

"不错，你们设法避开大路与关隘，绕偏僻山路过去。虽然多少有些不便，但对你们而言应非太大问题。"多闻使接着说，"你们可先潜入洛阳，去找徐大人，他应该可以给你们不少的助力。"

"徐大人？"

"嗯，也就是丞相年轻时代的好友，而且曾一度还是先帝麾下智囊，此人足智多谋，有定军辅政之才……"多闻使抚着胡须说道。

"哦？这位大人是……"

"徐庶徐元直大人。"多闻使微笑道。

"竟是这位徐大人！当年他可是最早追随于先帝的军师啊！"朝云与强梧皆惊呼起来。

"不错！"多闻使点点头，接着说道，"徐大人已告老还乡多时，如今居住洛阳自宅中，不再出仕。之前我们打听青龙偃月刀的下落，曾多次麻烦他多方协助查寻。你们如今可先至洛阳，找到他，再请教他如今是否有更多的新线索。"

"是！"朝云与众人激动抱拳，"那我们便前往洛阳，找到徐大人！"

"另外，你们之前是否在此地抓到了一名水盗？"多闻使忽然问道。

朝云微微讶异，连忙抱拳道："正是！属下听闻那伙水贼在此地猖獗已久，那日去往江东时恰好碰见一人，于是便顺便将他抓了，交由当地官兵处置。"

多闻使点点头，又问："听闻你们还使用了将军令牌？可有此事？"

"这……"

朝云转头看了身后几人一眼，低头道："大人，当时属下也是迫不得已，才不得不使用伪造之身份令牌，已消除当地守将的疑虑。还望大人恕罪！"

多闻使闻言，忽然哈哈大笑起来："你们非但无罪，而且本将为了表彰你们，还要送你们几人一份机缘！"

"啊？"

众人已经做好被训斥的准备，却没想到多闻使不怪罪，竟然还要奖赏他们。这是为何？

"不用多想，你们作为大汉尖兵，能够为我大汉百姓考虑，让本将知道当地官府懒政不为，如何不当奖赏？"

众人闻言，惊喜道："多谢大人！"

"好了，无需多礼。如今江心岛已被我大汉官兵拿下，你们即刻启程前往，机缘便在岛上，能否遇见，就要看诸位的运气了。"

"这……"

"好了，去吧！夺回青龙偃月刀之后，再来与我领受白龙枪的消息。"

"遵令！"

多闻使点点头，扬起披风一扇，旋即黑风闪过，整个人便消失于原地，不知去了哪里。

众人又是躬身一礼，朝云看了看辽阔的江面，说道："既然多闻使大人有令，那我们便去岛上看看如何？"

"嗯！多闻使大人说岛上有机缘，一定是有什么好处在等着我们！"尚章无比兴奋。

"没想到江心岛已经拿下来了，这么说来，上面的水盗也都消灭干净了吧？这样一来，汉中倒是不必再受盗贼影响了，这也有我们一份功劳，不论是否有机缘，也当上去看看。"强梧也有些高兴地说道。

"横艾呢？"

"我？我跟着你们啦。"横艾搂着耶亚希，轻笑着说道。

"徒维呢？"

"徒维自然是跟我一起，对不对？"横艾问。

"是的，师姐。"徒维抱拳一礼。

"好，既然如此，那我们便出发，前往江心岛！"

江心岛位于汉江宽阔江面的最中央，实际上要比内陆很多湖泊中央的岛屿都大，水域也更宽，即便是乘船顺风前往，按照普通船只的速度，也需要一个多时辰甚至两个时辰才能到达。

朝云与众人找了一只小舟，几个人一同乘坐，借助庞大灵气的力量，使小船变快了许多，仅仅一个时辰，就已经到达岸边。

"果真有灵气波动！"一到岸边，强梧便惊喜地说道。

"不错，岛上确实有极强的灵气波动，只是不知是何物……"朝云眯了眯眼，有些跃跃欲试。

"有灵气波动，必然是有宝物出世，或是聚灵大阵出现……总之不论是什么，应该都会对武者提升修为有所帮助。"横艾有些期待。

"那我们赶快上去吧！我也想提升修为！"耶亚希兴奋拍掌。

这些天她跟随朝云等人一起，知道了许多关于武道修为的事情，很奇怪的是，耶亚希明明可以使用灵气，就连剑气也是随招即来，但是本身却没有任何境界，体内更是没有剑胎形成。

对于此事，所有人，包括横艾在内，都感到有些诧异。不过几天之后也都习惯，大家也就没人再提起。但是眼前岛上真有可能是一个聚灵大阵，这样的话，将耶亚希放到里面，说不准会有惊喜出现。

"走吧！我都有些迫不及待了！"

"站住！何人敢闯入岛上？"几名士兵忽然出现在朝云等人面前，持矛喝问。

哦？居然还有官兵守护……朝云几人抱拳道："大汉特殊部队飞羽，奉命前来岛上。"

"飞羽？你们听说过吗？"一名士兵偏头向身边几人问道。

"我们刚拿下江心岛，外面到处戒严，你们是如何上来的？"另一名士兵问。

朝云摇头一笑："你们的张将军，是不是驻守在岛上？"

那士兵疑惑地点点头："那又如何？"

朝云伸手道："你可以带我们去见他，也可以请他过来见我们。如此自然便知晓我们是何人了。"

几名士兵相视一眼，点点头，一开始说话那人说道："张将军公务繁忙，岂是你们想见便能见的？"

朝云依旧笑着问："那你们要如何才肯放我们上岛？"

几名士兵冷冷一笑："要么，持有大人手令；要么……出些买路财，自然放你们过去。"

"你这厮，居然敢跟我们要买路财？！"强梧一瞪眼，勃然大怒，便连朝云也直蹙额头。

谁想几名官兵非但不怕，还理直气壮道："跟你们要点买路财又如何？你们可知，我们攻打这江心岛死去多少弟兄？岛上那些水贼各个跟通天的妖魔一般，手一挥，便能将几个人扇得连骨头都不剩！

"嘿，后来官府倒是发了一些金钱，让拿去抚慰死去官兵的家人，可是那点钱还没落到我们手中，便被上头那些当官的一个个塞去腰包里了，最后落下来的，还不够孤儿寡母生存一两个月！

"你说，我们不跟你们要买路财拿去抚恤那些死去的兄弟，谁来保证那些没了丈夫、没了爹娘、没了儿子的妻儿父母能够像常人一样继续活下去？！"

"你们这些人，一看便是高官子弟、富商巨贾，咱们替你们扫灭了水盗，让你们来往安生，莫非还不值得你们赏下几个钱来？"

几名官兵说罢，皆抱着手臂冷笑起来。

"朝云，你看……"这下子，便连强梧也忽然愣住，不知道该怎么办了。

"请你们张将军前来，我有话问他。"朝云皱眉道。

"嘿，你们听不见还是怎的？咱说了，张将军忙得很，没时间见你们这些闲人！想要从此过，要么持大人手令来，要么留下买路财！咱也不管你们是什么身份，总之来了这地，便得按咱说的做！"那士兵昂起脑袋，一脸不屑地看着朝云等人。

"好啊，见过这个令牌吗？"

朝云笑了笑，掏出自己怀中之前不曾用过的令牌，放到士兵面前，说道："仔细看看。"

"这啥字啊？"几名士兵围拢过来，看了之后，不由得摇了摇头。但是都知道能够掏出令牌的人身份定然不一般，不由得都小心谨慎起来，没敢再像之前那般无礼。

"你们不认识？那好，让我来告诉你们这几个字如何念……"不等朝云说话，强梧便一把将朝云的令牌拿了过来，凑到几人眼前说道，"听着啊，第一个字，念作'都——'，第二个字念作'护——'，连起来便是'都——护！'听清楚了？"

"都——护？"

"都护将军？！"

"竟然是都护将军！这这这……"

几名士兵吓得语无伦次，咚咚几声，一个接一个，便连忙跪倒在地上，趴伏着身子，哆嗦个不停，半天不敢言语。

大汉再不识字的官兵，听到"都护"二字，也知道那意味着什么。总之无须多做解释，只需知道都护将军乃统率诸将之官便足够了。

"难怪以前官府各位将军大人对这群水盗都是睁一只眼闭一只眼，前几日却突然奇兵突袭……原来是都护大人亲自来了，难怪！难怪！"

几名士兵心底不停打鼓，想到之前那些轻蔑言语，此时更是吓得脸色都变得惨白了几分。

这可是比张将军大了不知多少的官，他们一小小兵士，焉能不惧？

"起来吧，去跟张校尉报知一声，让他过来见我。"朝云背着双手，拿出一副将领的做派来。

"是是！小的这就去禀报！"一名士兵连忙起身，连滚带爬地往岛上跑去。

不过片刻，之前在渡口处出现的那位将军便赶了过来，一见到朝云等人，便慌忙抱拳，连忙单膝跪地道："属下不知几位将军驾临，有失远迎，还望赎罪！"

朝云微笑着说："张将军架子不小啊。"

张将军闻言一惊，转头一看身后几名士兵，顿时猜测到发生了什么，连忙一巴掌打在自己脸上，磕头道："属下管教不严，手下有得罪之处，还望诸位将军见谅！"

朝云沉声道："起来吧，原本本将只是想来这岛上走走看看，却不承想上了岸，却被你手下的兵士阻拦，如此倒也罢了，可他们说的那些话，却着实让本将忍无可忍！"

张将军浑身都颤抖起来，忙小心翼翼地问道："将军，不……不知他们对您说了些什么？"

朝云冷哼一声："我且问你，此次攻打江心岛，死去多少人？"

张将军忙不迭回道："一共一百二十一人！"

朝云又问："这一百二十一人，其身后父母妻儿，是否都已得到了妥善安置？"

"这……"张将军瞬间犹豫起来，不知该如何作答。

"不曾得到，是否如此？"朝云厉声问道。

"是……"张将军身体一软，瘫倒在地。

"原因为何？给本将一一道来！"朝云直接一掀衣摆，坐在身旁一块平整的石头上，就这样盯着眼前的张将军，与此同时，他身上的气势也散发了出来，压得张将军连头也不敢抬。

张将军心惊不已，磕磕巴巴道："原本……原本上头给了许多抚恤钱财，然经过一层一层流转之后，落到士兵手上的，便只剩下十之一二了……"

朝云眯眼道：“你拿了多少？”

张将军闻言颤抖了一下，结结巴巴道：“属下……属下只拿了一点，但是望将军明鉴，属下扣下的这些，都是……都是要孝敬您的！将军您看……”

说着，张将军已将手伸进怀里，摸了一袋子钱出来，颤颤巍巍地递到朝云面前。

第六十二章
进入小岛

"放肆！"

吧嗒！

朝云一声怒吼，张将军吓得浑身一抖，手中的钱袋子便摔在了地上，他将身子紧紧地匍匐在地，惊怖得牙齿都在打战。

朝云怒不可遏："身为将领，却擅自克扣军饷，令牺牲之军士无法得到抚恤之金，你该当何罪？！"

张将军惊恐道："小的该死，小的该死！望将军明察！小的绝无克扣军饷之心，此乃……此乃小的留以孝敬大人之用，望大人明察！"

朝云深吸口气："你莫不是将本将当成了那些贪墨小人？！你放心，此次本将回到成都，一定会禀明陛下，请陛下派人查处军饷贪污一事！此事但凡涉及者，必定会严惩不贷！至于你手中钱财，限你今日之内，将其发放到死去之兵士家中，好生安抚其家人，否则本将定削你职、罢你官！甚至……取你项上人头！"

张将军浑身上下大汗淋漓，忙道："将军放心，小的一定办妥，一定办妥！"

"哼！"

朝云重重地冷哼一声，说道："强梧、徒维、横艾、尚章！"

四人立刻上前，抱拳道："在！"

朝云伸出手来，说道："请你们四位将身上所带钱财借本将一用，此番回到成都，自会全数归还尔等。"

"将军尽可拿去，何须客气？"

"焉逢大哥，我的全给你了！"

"我好不容易攒起来的，都给你吧。"

"焉逢将军，给。"

几人都从怀中或腰上拿了钱袋，递到朝云手上，朝云对四人报以感激的眼神，然后也将自己身上的钱袋掏了出来，掂量一下，随手放到了张将军面前，缓缓说道：

"这些银两，乃是各位将军贴身所带，此时尽数交与你手上……记住，这里每一钱，皆需分配均匀，充作抚恤金，尽快用到该用之处，否则……"

"将军！这乃是诸位将军之银两，属下怎敢领受啊！"张将军嘭一声磕头在地，哭号起来。

"请将军收回！"身后几名兵士也感动得痛哭流涕。

自从从军入伍、征战沙场以来，他们还从未遇到过如此慷慨英明之将军，天底下，何曾听说过有将军能将自身钱财尽数散与手下兵士，并且还承诺将贪污军饷一事呈与陛下，请陛下派人处置？

这一刻，数名兵士与张将军皆趴伏在地，泣涟涟感动无言。

"好了，此事已了，你们退下吧……本将现在要去这岛上转转，无须派人跟随……"

朝云的声音越来越小，直至最后消失在远处。

张将军想起之前几人离开的场景，连忙抬起头来，往前面一看，果真几人不知何时都已离开了岸边，不知道已去了何处……

"将军……"

张将军对着几人离开的方向，又一次重重叩拜而下。

……

"焉逢哥哥，你刚才好生威风！"耶亚希眨巴着一双漂亮的大眼睛，一脸崇拜地看着朝云。

"那是……拿着本姑娘赐予的令牌，一口一个本将地说着，不威风才怪呢。"横艾在一旁故意阴阳怪气地说道。

朝云也摇头笑了笑。

"哈哈哈！横艾妹子，你还别说，朝云那一口一个本将，说得还真像是那么回事！连我都被他代入其中了！"强梧大笑不已。

"不过咱们也总算为下层兵士们做了一件好事……待此次回去，朝云将此事禀报多闻使与增长使大人，相信他们一定会着手处理的。"强梧继续说道，"这样一来，将那些贪污军饷的贪官污吏们一个个抓起来全都查办了，也算是对死去的将士们有个交代。"

"是啊……若不是此次来这江心岛上，我们又何曾会知晓还有这样的事情发生呢？丞相治理严明，这些官员却还敢如此漠视王法，真当是胆大包天。"朝云唏嘘慨叹。

"孔明大丞相可不像当初那般亲力亲为了，人家坐上了丞相的位置，可忙着呢，疏漏一些倒也正常，只是不知道他若是知晓了此事，还会不会觉得自己很得人心呢？"横艾笑嘻嘻道。

"横艾！你怎可如此议论丞相？"朝云不满道。

强梧也摇摇头道："横艾妹子，丞相要管理偌大一个大汉，忙碌一些本就正常，倒是你……此话在我们面前说说便也罢了，可千万别到旁人耳边去说。"

"好好！你们说的都对，我听还不行吗？"横艾翻了个白眼，拉起一旁一脸茫然的耶亚希，笑了笑说，"夷娃，跟横艾姐到聚灵阵那边去，不用跟他们瞎转。"

"聚灵阵？"

朝云与强梧、尚章一愣，随后一喜。

"横艾，你说岛上有聚灵阵？"朝云欣喜地问。

"不然呢？"横艾自顾自往前面走去，然后一回头，"还不跟上来？"

"哈哈哈！还是横艾妹子厉害，朝云……学着点！"强梧伸手往朝云胸前捶了两下，哈哈大笑起来，连忙跟了上去。

"嘿嘿，焉逢大哥，我先去喽！"尚章嘿嘿一笑，撇下了朝云。

"喂！你们……"朝云无奈地摇摇头，忽然看到徒维还在，不由得笑道，"徒维，咱俩……"

徒维抱拳一礼，认真道："焉逢大哥，师姐让我快些赶上，我先走一步。"说罢，也是迅速使出身法，追上了最前面的横艾与耶亚希一行人。

"这……"

朝云看着前面几人，不知不觉间已落在了最后头，相距前方已有数十米远，不由得苦笑一声，只好迅速跟了上去。

江心岛上，一路走来，随处都能看见水盗建起的房屋和一些遗落的物资，一些山坳地段，还能看到不少刚刚填起的新土堆，随风吹来，还能闻到一股股浓厚的血腥味与尸臭味。

很显然，这些都是用来掩埋死去水盗的土包，看样子应当也有三五天时间了。

"横艾妹子，那聚灵阵还有多远？不会就在这些尸体堆上吧？"强梧表情夸张地问。

"嗯……就在小岛对面。"横艾感应了片刻，"还有大约一里路，一会儿便能到了。"

越过坟包，再穿过一片矮树林，众人便一同来到了一座悬崖边，再接下来，所有人就被眼前的一幕惊呆了。

小岛另一边与河面垂直，是一片如同刀削般光滑的壁面，而那个远远就能让人感应到的庞大聚灵阵，就处在悬崖之上。

它成一个半球状，然而圆形底部，却是一半在悬崖上面，另一半伸出于河面之上，也就是一半落在实处，一半落在了空中，如同一把巨大的雨伞一样，将周围的灵气全部吸收到了里面，形成了一个浓厚的灵气聚集地！

那些灵气浓郁到形成了水滴，这些水滴在里面飘荡来回，一次次想要撞破聚灵阵的阵壁，可是刚刚碰到，却又反弹了回来，在里面形成了一幅十分有趣而漂亮的画面。

观看片刻之后，所有人才齐齐反应了过来。

"这聚灵阵虽然不大，可是浓郁程度却真是前所未见！没想到在这小小的江中岛屿上，竟然能够看到如此奇趣的一幕……"朝云不禁神往。

强梧点点头："这聚灵阵形成已有些时日了……只不过不知为何最近才显现出来，否则若是搁在之前，只要消息传出去，即便海盗再强大，有这聚灵阵在此，官府恐怕也早就将此地占领了。"

横艾看了眼耶亚希和尚章，跟他们说道："便宜你们两个了，赶快进去吧！能吸收多少便吸收多少，若是能够借此突破武道境界，那更是再好不过了。"

"多谢横艾姐！"尚章抱拳行了一礼，欣喜一笑，随后便一跃而起，整个人跳入了聚灵阵中。

经过与朝云等人多天的相处，耶亚希也早已了解了武道修行的法门，听横艾说完，立刻就猛点头，然后跟尚章一样，迫不及待进入了聚灵阵中。

"我们也进去吧！"

朝云与其他几人相视一眼，也都各自进入里面，凝神打坐，开始闭目吸收灵气。

唯有横艾留在外面，看着他们都入定之后，便拿出笙来，盘膝坐到一旁的石头上，缓缓吹奏起一首曲子。

曲声悠扬而又空灵，不似乐曲，却偏偏能够令人平心静神，数吸时间后，曲音穿过聚灵阵，进入里面每个人的耳中，使得他们的思绪不由自主地逐渐稳定下来。

伴随着乐音，可以看到聚灵阵里面，随着所有人都开始进入状态之后，那些凝成水滴的灵气仿佛是找到了家一般，不再去撞击阵壁，而是围绕着里面的五人，不停地旋转起来，十分欢愉，而且随着旋转的幅度越来越大，凝成水滴的灵气开始汽化，一滴滴变成了一缕缕，通过皮肤口鼻等等地方，开始进入他们的经脉之中。

横艾看到此处，会心一笑，接着又闭上眼睛，吹起手中的笙来。

时间仿佛在此凝固。

聚灵阵里面的人在不停地吸收灵气储存起来或是用以洗涤经脉和全身，而聚灵阵外，横艾的曲子仿佛永远也吹奏不完一般。她口中的曲调由慢到快，又由快到慢，来来回回已不知多少遍。

终于，聚灵阵里响起了"噼里啪啦"的声响，这些声响十分清脆，像是蚕豆在干锅里炸开，又像是春节时期家家户户放的炮仗……总之刚一出现，就吸引了沉静在笙乐里的横艾。

她轻轻睁开眼，往里面看去，才发现这些声响是来自尚章身体里面的。那些灵气经过皮肤，进入经脉，旋即聚集在他的丹田之上，然后经过丹田又回绕到身体各处经脉之中，由此循环往复。

终于在某一个时刻，他体内的经脉被温养到了一定程度，全身上下四肢百骸都发生了质的变化。那些来回流动的灵气最终进入他的骨骼与血液当中，然后促进着他的身体硬度发生改变，当改变达到某种程度的时候，身体各处就会出现那样的声音。

噼里啪啦！

清脆的声音响个不停，而尚章的脸色也变得越发严肃。他需要操控，操控这些灵气安静地蛰伏在他的体内，不能发生躁动，更不能发生相互不兼容的状况，而在他的体内横冲乱撞，否则一旦如此，他的修为便会崩溃于无，甚至连以后能否再踏入武道，都尤未可知。

这是最关键的时刻，也同样是非常危险的时刻。此时连横艾也收起了笙，目光紧紧注视着尚章，随时准备出手，阻断外界灵气的进入。

声响还在继续，尚章稚嫩的面庞上，严肃的神情尤未退却。接着，他的腹部忽然轻轻瘪了下去，横艾神色随之一紧，过了片刻，才发现原来是这家伙轻轻呼出了一口气。这口气呼出后，尚章的脸上终于露出了一抹放松的神色，放松的神色渐渐扩散开来，最后他嘴角一弯，笑了起来，随之身上的气势便猛然上升，像是从波谷上达至波峰，停留片刻，然后又缓缓下降，最终，这股强盛的气势停留在了某个水平之上，没有再上升，也没有再下降。

气息稳定下来，尚章睁开了眼，眼中两束精光如同流星一般射出，直接穿透阵壁，到达很远的地方，过了许久，才又猛地收回，仿佛从未出现过。

横艾放下心来，递给他一个微笑，眼神示意让他不要弄出动静，小心些出来即可。

尚章点点头表示明白，接着就蹑手蹑脚走到聚灵阵边缘，突然一个闪身，如同一阵风掠到了横艾身旁。

"横艾姐！我突破了！"尚章激动地说，旋即右手一挥，一抹强大的灵气就聚集在了他的手心，比起武道第三境来，要强势了不知多少。

"不错！从第三境直接来到了武道临四境，只要日后努力，很快便能直接晋升到第四境，真的不错！"横艾也一样欣喜地说。

"可惜这里聚集的都是灵气而非剑气，否则我第二境的剑道境界，一定会有所上升！现在倒好，武道境界倒是来到了临四境，剑道境界却停留在第二境界，都相差一个半的大境界了。"尚章苦恼地说道。

　　"不用担心，剑道境界与武道境界的提升皆需要机缘与努力，你如今遇到了聚灵阵，能在里面提升你的修为，这就是你的机缘。若是哪天不小心遇到个什么阵，又将你的剑道修为提升上去，那也是一种机缘。"横艾笑着说，"千万不要埋怨机缘，否则机缘便不会找上门来了。"

第六十三章
境界突破

　　"哦……"尚章闻言，连忙吓得将嘴捂起来，瓮声瓮气道，"横艾姐，我方才说那些不会影响到日后机缘吧？"

　　横艾忍不住一笑："自然不会。"

　　"呼……这便好。"尚章松了口气。

　　"朝云、强梧与徒维我都不担心……只是夷娃，她怎会吸收不进灵气？"横艾有些奇怪。

　　"是啊，横艾姐！你看她明明知晓如何聚集灵气，而且那些灵气也不停围绕在她身边，可是为何偏偏一丝一缕也无法进去？"尚章挠挠头，百思不得其解。

　　"也许……是她的体质特殊吧。"横艾想了想，也只能得出这个答案。

　　"快看！强梧大哥也要突破了！"

　　尚章指去的方向，强梧身上的气势在不断攀升，如同尚章刚才一样，等猛地到达一个临界点后，突然又缓缓降下来，最后停留在一个稳定的水平上，再也不发生任何的改变。

　　接着，强梧睁开眼睛，也蹑手蹑脚离开聚灵阵，然后跑到悬崖边放声大笑起来。

　　"临四境！"

　　剑道第三境，武道临四境！这便是此时的强梧所拥有的剑道与武道境界，对于常人而言，想要武道与剑道均达到第三境及以上，是一件无比困难的事情，但是对于飞羽而言，这一切却显得尤其正常、基本上没有什么值得夸耀的地方。

但能够遇到聚灵阵，在短时间内达到更高的境界，却也值得每个人高兴。

接下来，徒维也达到了与强梧一模一样的境界，而耶亚希却和一开始一样，不论如何吸引与吸收灵气，都无法让一丝一缕到她的体内去。

无奈，坚持到徒维出来之后，她也有些失落地从聚灵阵里走了出来。

"不用灰心，你还年轻，今年过了才十六呢！而且你本身可以使用灵气，对于剑气也可以召之即来挥之即去，和一般武者根本没有什么区别。"横艾安慰她。

"谢谢横艾姐！"听了横艾的话，耶亚希只是伤心了一会儿，又变得开心起来，跟大伙儿叽叽喳喳地聊在了一起。

此时大阵之内，只有朝云一人还在。

他早先就已经达到剑道第三境与武道临四境的高级境界，此番进入聚灵阵中，自然是为了寻求突破临四境，到达更高的武道第四境。但是，但凡到达第三境的武者都知道，想要突破临四境到达第四境是何其困难的一件事情。

虽然临四境代表着已经一只脚踏入了第四境，可也不是说明轻轻松松就能将另外一只脚提过来。想要将另外一只脚迈过来，最好的办法就是天赋加上努力与机遇，以及长时间的积累。

朝云天赋足够，努力也有，但是因为任务繁多的缘故，比起其他专攻武道之人而言，努力也便谈不上更多，至于时间的积累，也算不上充足。从望风亭前到如今，也只过去了一年零几个月罢了，不知多少第三境或临四境的武者，曾困在这两个门槛上长达数十年，甚至终其一生也不曾跨过最后一步。

所以，一年时间在这里，终究显得有些寒酸。

如今，恐怕唯有机遇能够帮助朝云在短时间内跨出到达武道第四境的最后一步。聚灵阵便是机缘，朝云遇到了，没有放过。从进入里面到现在，已足足过去了近两个时辰，太阳已从正当空的位置西斜至挂在西边山顶上了，随时都可能扑通一声掉下去。

横艾看起来并不着急，可她的内心却比谁都要紧张。她知道，朝云想要激发剑气之体，就必须使武道与剑道境界同时达到第四境才行。她不清楚另外一个剑气之体为何会自出生便带有那般强烈的剑气，但是朝云却必须如此，否则他永远不会是另外一个剑气之体的对手。

她不禁更加紧张起来。

其余人虽说等待了许久，但借着这段时间稳定和巩固了自己的修为，时间也流逝得迅速，等完成自己的事情后，他们自然也将目光投向了仍旧在聚灵阵内没有任何反应的朝云，心底也难免为他担忧起来。

终于，里面的朝云动了……他迅速结成手印，双手都在不停地颤抖，经历过突破的人都知道，这显然是在竭力压制体内突然暴动的灵气。

一旦压制下来，那么晋级成功，万一压制不下来，就意味着经脉断裂，后果不堪设想。

"横艾，别担心！朝云可是天才，这种小事他一定能够应付！"强梧说道。

"强梧大哥说得不错，焉逢大哥是一等一的武道天才，比我们都要厉害得多，他一定能够压制住体内灵气的！"尚章也在安慰横艾。

"嗯……我相信他。"横艾轻声说着，但是一双秀手却紧紧捏住了袖子，她的紧张与担忧，已经从内心扩展到了表面。

"焉逢哥哥一定可以的。"耶亚希一双手也握紧了袖子，纯净的眼神当中，满满都是对朝云的担心和关怀。

轰！

一阵白光冲天而起！

聚灵阵内的朝云猛地站起身来，黑发飘扬，衣袂狂飞，猛地仰头向天，狂吼出声！

"啊！！！"

吼声震动天地，整座江心岛仿佛都摇晃了起来。

"好强大的气息！"

江心岛上，张将军震惊地站起身来，往聚灵阵的方向看去。

"这……这是什么东西？"

一群士兵正在吃饭，但手中的饭碗却被这一声吼吓得掉落在地，惊恐无比地抬头看向天空。

与此同时，江心岛的某个隐蔽处，多闻使出现在那里，伸手抚着胡须，嘴角升起一抹笑意，呢喃道："终于突破了。"

终于突破了！

　　聚灵阵旁，所有人心中都喜悦无比，因为刚才从朝云身上散发而出的气势，很显然已经超出了第三境的范畴，也达到了一个并非临四境所能拥有的程度。

　　许久之后，"仰天长吼"的朝云缓缓将身上外放的气息压制下来，很快他整个人就已变得与常人无异，而将他围绕在里面的聚灵阵，此时此刻也已透明无比，终于嘭的轻轻一声，聚灵阵裂开一条细缝，最终缓缓破裂，消散于无。

　　朝云睁开眼睛，深吸口气，又缓缓吐出。

　　此时的他，相貌与之前别无二样，但是身上的气质与神色，相比之前却是有了质的变化。

　　一股说不出的强大与高贵从朝云身上散发出来。

　　横艾惊喜地迎上前去，什么也没说，就这样静静地打量着他；其余人也围拢了过去，纷纷表示祝贺。

　　第四境界！

　　第四境也称窥道境，预示着可以使用神识清楚细微地观察到方圆数百米内的一切异动，清楚到树枝发芽、金蝉脱壳……同时也具备了神识外放的能力，神识外放除了可以更快更准确地察觉周围存在的危险外，还能够使用神识攻击境界比自己低下的武者，这是第四境武者比前三境界武者更为不同的所在。

　　只是因为神识凝练还较弱，攻击效果往往也不会太好，同时会给自身带来一定损伤，一般第四境武者甚少使用神识攻击。但即便如此，却也值得所有人为朝云感到兴奋了！

　　良久，众人的兴奋之情才渐渐平息下来。

　　朝云环视过每一个人，同样高兴地说道："每个人都有了提升，看来此次江心岛，算是来对了！"

　　"横艾妹子才没有呢，她根本没进去。"强梧在一旁出卖横艾。

　　"这个嘛……我就不用啦。"横艾打了个哈哈，转移了话题，"对了，我们是不是该尽快出发，前往洛阳了？"

　　"是的，尽快前去洛阳，尽快完成任务！"

　　"不错，洛阳之行寻找的可是关将军的青龙偃月刀，我很期待啊！"

　　朝云无奈地笑了笑，点点头道："好，既然大家情绪都如此高涨，那我们便即刻出发，一刻也不耽搁！"

"遵令！"

离开江心岛，几乎都有所突破的飞羽羽之部等人，一路上，情绪比起往常来，要好了不知多少。因此仅仅用了往常一半的时间，所有人就已经从汉中经由水路转陆路，到达了魏国境内，再由魏国境内前行数日，就已经来到了洛阳城外。

洛阳城，曾经汉帝国国都所在，繁华无比，是天下权力的中心。后来经历董卓之乱，洛阳成为一片废墟，等到刘协禅位，曹丕入主洛阳，并定都于此，洛阳才又渐渐恢复了以往的几分容貌，如今多年过去，这里已成为魏国最核心的所在。

此时，洛阳城外。

看着丝毫不亚于成都甚至比成都与建业城都要恢宏气派许多的洛阳城池，朝云等人不由得都感到丝丝惊叹。尤其是耶亚希，她本便是从夷州偏远之地而来，以为建业就是天底下最为庞大和繁华的地方，直到此时来到洛阳，才感到天下之大，令人神往。

暗暗感叹一番，朝云看了一眼洛阳城进进出出的人群，以及城门口巡查森严的官兵，不由得转身朝众人说道："我们这就准备前往曹贼的首府——洛阳。到了洛阳境内，也许我们得先换上普通服饰，以避人耳目。"

"朝云，我想应不必如此麻烦。"横艾微笑着说，"因为，自上次遇到了祝犁在木流渊受了伤却差点无处可安置的情形，我便想到今后该如何解决……"

"如何解决？"强梧问。

"用炼妖壶啊！"

"啊，就像横艾姐平日把妖怪吸进去那样？"尚章大惊失色。

"该不会出来也变成妖物了吧？"强梧一脸嫌弃地说。

"别担心！我以我的力量在壶中腾出一块小空间来，可让大家栖身，不会被炼妖壶的炼化力量所影响。"横艾轻轻一笑。

"可是里面空间应该很小吧？"朝云问道。

"胡说什么，里面可是偌大一个世界呢！"横艾翻了个白眼。

"会不会被那些妖魔鬼怪骚扰啊？"强梧惊惧道。

"安心安心！我的力量已支配整个壶中世界了。只要我横艾说不行，那些妖物们在你们眼前，保证连出现都不敢出现！"

"听起来，似乎是一个可行的好办法！"朝云一笑，点点头说，"既如此，到了敌境之内，就麻烦各位暂时栖身壶中世界，由我和横艾带大家走。"

"好吧……也只能如此了。"

"手拉手，全都站好咯。"横艾嘻嘻一笑，然后一拍炼妖壶，只见一道白光倏地从壶中抛出，迅速将几人笼罩，眨眼的工夫，白光闪灭，紧接着，几人就消失在了原地。

"这……都进去了？"朝云眨巴眨巴眼。

"是啊，你以为呢？"横艾一翻白眼，拍拍炼妖壶，嘻嘻一笑说，"都好好在里面待着哦，等进了城就把你们都放出来。"

"横艾，你真是……"朝云哭笑不得。

"怎么，不行啊？"横艾轻哼一声，昂着脑袋便自顾自向前走去。

"行行行！"朝云苦笑一声，摇摇头，也连忙跟了上去。

"咦，等一下……"横艾走了几步，忽然停下脚步来。

"仿佛兮若轻云之蔽月，飘摇兮若流风之回雪……皎若太阳升朝霞……灼若芙蕖出渌波……"

一个略带忧伤的声音忽然传来，传进横艾的耳中，使她下意识停住了脚步，然后转头望了过去。

"这辞赋是……？"横艾微微凝眉，只见城外的洛水之畔，此时，一名中年贵族正负手而立，遥望水面，轻声吟咏。

"怎么了？"朝云看见横艾如此，不由得开口问道。

"朝云，你听！他似乎在吟咏辞赋呢！"横艾指着中年贵族说。

"你听得懂？"朝云诧异道。

"多多少少……"横艾微微点头，闭目聆听。

"芳泽无加，铅华弗御。云髻峨峨，修眉联娟……明眸善睐……仪静体闲……披罗衣之璀粲兮，珥瑶碧之华琚……"中年贵族在洛水的风声中，闭目专注地吟咏着辞赋篇章，神情有些怀念，又有些伤感……

"莫非是他……"横艾忽然睁开了眼睛，专心注视着那位中年贵族，喃喃自语。

"他？"朝云讶异地问道，"慢着……横艾，你要去哪里？"

横艾突然走近那位中年贵族，脚步极快，朝云想阻止已来不及了。

第六十四章
洛神赋

横艾走到对方身后，朝对方委婉行礼："好美的辞赋。"

吟咏中的中年贵族闻听有人，不由得睁开眼睛，回过头来，疑惑道："你是……"

横艾盈盈一礼道："我乃路过此地的过客。方才见您于洛川之畔吟咏辞赋，意境极美，忍不住驻足聆听。"

"原来如此，不胜惶恐……"中年贵族连忙还礼，然后摇头一笑，看着洛水说，"这辞赋，乃是追悼一位我昔日所挚爱的故人，让姑娘见笑了。"

"故人？"

中年贵族点点头："正是……我好久没有听到有关她的事了。她或许已辞世了吧？但我不相信。"

横艾若有所思地问："是位殊丽绝色之女子吗？"

中年贵族点头道："正是……不过，姑娘您怎知？"

横艾笑了起来："您方才所吟咏的辞赋，内容都在颂赞某位女子之绝丽神采啊！"

中年贵族恍然："原来如此。没想到姑娘竟听得此赋之意韵？"

"不瞒您说，并非全懂……不过昔日家姐喜爱辞赋，曾教我读过一些辞章诗文，所以隐约能听懂一些。"横艾微笑着说，"倒是您，怎会想来此洛水之上，吟咏这辞赋？"

中年贵族突然沉默下来，眼神变得黯然，转身看着洛水，不发一言。

"唉……"良久，中年贵族才叹了口气，悠悠说道，"这是我与她第一次见面的日子。"

"她？"横艾脸色不知为何忽然变得有些冷。

一旁的朝云不曾上去打扰，见此却也有些讶异起来，刚想询问怎么回事，却又听那中年男子接着说起话来。

"我年少之日，曾在洛水上，见一美丽仙子翩然舞于夕照之下，如梦如幻。"点点头，中年贵族叹了口气，"后来，她发现我日日都前来看她舞蹈，对我嫣然一笑，竟邀我共舞。自此我们彼此爱慕，但人仙之间，无法有肌肤之亲，只能精神相恋。后来，我选择了离弃那仙子，爱恋上美丽的嫂嫂……甄宓嫂嫂，她也是一位绝色殊丽美女。这辞赋，原本是我嫂嫂被家兄赐死之后，我追悼而写。"

"哦……那么，那位洛水仙子后来怎样了呢？"横艾似乎有些好奇，不由得追问。

"我不知她后来如何……因自从我爱上我的甄姐之后，那仙子便黯然从我身边离开。而我也实在糊涂，从此再不曾来此洛水畔，再看她舞于洛水上的情影。等至后来我再次追忆起昔日她的点点滴滴，再次屡屡前来洛水之畔，苦苦等候她出现之时，已再也见不着她了……"中年贵族仿佛忏悔昔日的过错，闭上双目，深深叹气。

横艾变得冷冷的表情依旧不曾改变，甚至连语气也变冷了起来：

"既然你舍弃了洛水仙子，跑去爱慕你的美丽嫂嫂，如今又拿追悼嫂嫂的辞赋来洛水畔读给那洛水仙子听，岂非欺那仙子太甚？"

"不，并非如此……"中年贵族连忙摇头，似乎忙于解释，终于叹了口气，"我写追悼甄姐之辞赋之时，不知为何，心中所充满的反而全都是昔日那洛水仙子之情影……那时我才第一次知道，虽我与嫂嫂私恋多年，甚至生下了二子，但我内心之中，其实真正最挚爱的人是谁……"

"……洛水仙子？"

中年贵族男子哀声道："是的……这辞赋因当时乃是为了追悼已故甄姐而写，所以我名之曰《感甄赋》……实际上，随着时日流转，我心中终于越来越明白，其实赋中所描绘的那位女子的一颦一笑，原来都来自对那位洛水仙子最深最深之思念……"

横艾脸上的神色，突然变得柔和了起来，轻声问道："所以，你觉得实际上，这首辞赋应是……"

"并非《感甄赋》，而是……"中年男子沉默下来，忽然一字一顿道，"——《洛神赋》。"

"你竟然这么久才发现，太说不过去了吧？"横艾盯着中年贵族的背影。

"对，很糊涂是吧？"中年贵族苦笑了起来，缓缓走了两步，无比沉痛地说，"可是真的便是如此……我曹植一生毫无建树，得先帝垂青却偏不喜权力，有佳人相伴却要舍其而去，可悲……可叹……

"如今我唯一可感到自豪的，便是时时刻刻都对自己内心无比诚实。是以我过了十余年，才真正发现：原来我内心最挚爱的人是谁。我自然大可自私加以否认，但我拒绝如此做，选择了坦承面对。这真是自寻烦恼，很可笑吧……"

"若那位洛水仙子如今永远不回来，你又打算该怎么办？"横艾心中软了下来，眼神柔和地问。

"我已身染绝症，再活不久了……也许这是此生最后一次，能在此日，来到这洛水之畔故地等候她，追忆昔日的点点滴滴吧……"中年贵族悠悠叹了口气，"我一早便来了，会一直等，一直等至日落才走……"

"呃，你得了绝症？"横艾面露惊讶之色，"那为何要抱病等至日落？"

中年男子脸上忽然露出一抹欢心的笑容："因为，我第一次与她相遇是日落时分。她最爱舞于皎洁月光之下。"忽然又变得期盼起来，"若她与我灵犀相感，知我来日无多，知我一直在此抱病等待着她，或许会愿意捐弃前嫌，再次返回洛水畔，于月光之下与我最后一次相会吧……"

横艾若有所思，仿佛是做了什么决定似的，忽然抬头说道："她一定会来的，我相信。"

"哦？"中年贵族虚弱地睁开眼睛，"为什么你如此深信？"

"因为，精诚所至，金石为开……"横艾微笑，"公子您的最后愿望，洛水仙子她一定会感应得到。我有此预感……请您务必等候她到来。"

"谢谢你，姑娘。"中年贵族虽感纳闷，却也感激地点了点头。

"你认识那贵族？"横艾走过来，朝云不由得讶异地问道。

"不认识，但我知道他是谁。"横艾笑着说。

"谁？"朝云追问。

"曹子建啊！"

"啊？我知道，那个号称天下第一才子的曹子建，他可是曹操最喜欢的儿子，可惜被他大哥曹丕夺了皇位，落得个七步为诗的下场……"

横艾高兴地说："是啊，真高兴你也知道。我昔日读过他的辞赋，很喜欢。今日有幸在他病弱辞世之前，意外见到他本人一面，所以和他聊了聊。"

"原来如此，"朝云问道，"他生病了？"

"哎呀，朝云……你是不是在嫉妒我跟他说话啊？"横艾眉毛轻挑，嘻嘻一笑。

"胡说什么？此地乃是敌境，我见你竟和一个敌国贵族攀谈起来，不禁有些诧异罢了。"朝云死不承认。

"哎呀，朝云！你何时也染上了游兆昔日那个坏习惯，怀疑我横艾通敌了？"横艾笑着说。

"我不相信你会通敌，横艾！"朝云正色道，"你可是我最信任的人。"

"那你着急什么？"横艾笑眯眯地逼问。

"这……这个……"朝云快被横艾逼入死角了，只好搔搔头，"好吧！老实说，我真的多少有点在意你跟那个贵族说话吧。"

"真诚实！所以，你刚刚嫉妒了？"横艾开心地笑着说。

"关心！"朝云认真地说。

"嫉妒！"

"关心！"

"好吧，关心就关心！"横艾笑了起来，然后仿佛想到什么，"对了，朝云。"

"怎么了？"

"谢谢你对我的信任。"横艾抱拳行礼，然后轻灵地转过身子，一蹦一跳地往城门走去，回头一笑说，"好了，我们走吧！快去洛阳城内找徐大人。"

洛阳城内。

朝云与横艾安全通过城门口门卫的查问，进到城内，找了一个僻静的地方，将强梧等人从炼妖壶中放了出来。

一出来，强梧便露出一个夸张的表情，然后看着横艾，木讷地摇摇头道："横艾妹子，你知道吗？里面的世界，真是太宽阔了！我足足奔走了一刻钟，却连一座山脉都不曾跨过去！你这壶中的世界，当真是不可思议啊！"

尚章也兴奋道："焉逢大哥！里面除了没有人之外，可是跟外面的世界别无两样，完全是另外一片天下！"

耶亚希也兴奋得直拍手掌："横艾姐的炼妖壶好大啊！都要比我们夷州大了！"

朝云闻言一笑："好了，我们现在已经在洛阳城内，大家待会儿都小心行事，切莫暴露身份，听明白了吗？"

"啥？我们已经到城里了？"强梧激动地环视周围，等看到是处于偏僻之处后，不由得泄气道，"可惜可惜，本还想看看闻名天下的洛阳是何模样……"

朝云哈哈一笑，说道："完成任务，任你看个够！"

强梧眼睛一亮："当真？"

朝云点点头："那是自然，保证自身安全之前提下，任何人都可以去逛。"

"太好了！"

尚章与耶亚希比强梧还要兴奋，毕竟在城外看到庞大无比的洛阳城和城内城外络绎不绝的人群时，便已抑制不住向往之情，此时听到朝云许诺，哪有不高兴之理？

"走，跟我去徐大人府邸。"朝云拿出多闻使赠予的地图，便带着众人往城中另外一个地方走去。

徐庶的府邸在洛阳城的北面，坐北望南，寓意心向南方，其宅位于一条不大不小的巷道里面，顺着图纸一路前行，又向路人询问，没有多久就已来到徐府门前。

一路上，朝云给所有人讲起徐庶的过往。

徐庶早年曾在刘备帐下某差，直到后来其母被曹操所扣，才逼得他不得不弃刘奔曹，但离开之时，他曾许诺刘备，到了曹操那边之后，不会给曹操献任何计策。果真后来他也做到了。

即便是之后被曹操任命为曹冲的老师，他也仅仅是出于对曹冲的喜爱，而尽了为人师的责任，与曹操终究不曾太过亲善。等到曹操故去，他的儿子曹丕、孙子曹叡，如今更是对徐庶连过问都不过问了，像是当他不存在了一般。

"原来徐大人是如此有气节的一个人……"强梧敬佩道。

"所以我们待会儿进去之后，对徐大人要礼敬有加，不可妄言妄行。"朝云嘱咐道。

"遵令！"几人齐齐应下。

"嗯。"朝云点点头，然后伸手敲门。

砰砰砰！

三声过后，门嘎吱一声响，里面伸出一个脑袋来。

"请问各位是？"

"哦，这位先生，不知此处可是徐元直徐大人府邸？"朝云连忙抱拳问道。

"正是，几位有何贵干？"那管家模样的人问。

"是这样的，我们是徐大人的故人，今日冒昧来访，是有要事请教徐大人。"朝云小心翼翼地说。

"原来如此……各位稍后，待我向老爷禀明。"说罢，那管家便掩上门折返回去，没有多久又小步跑了出来，向几人长揖一礼，"各位，老爷有请。"

"多谢先生！"朝云与其他人皆抱拳道谢，随后便跟在管家模样的人身后，一直来到徐府后厅。

后厅之中，一位头发花白的老者坐在正中椅子上，正微微闭目养神，旋而听到脚步声，便睁开了眼睛，看向朝云几人。

朝云连忙上前道："在下飞羽第一将焉逢，拜见徐大人！我身后几位，皆是飞羽部众，此行是我等一同而来。"

"好好！原来你们便是飞羽的人？"徐庶听罢，抚摸胡须，笑着问道，"多闻使、增长使派你们来的？"

"是的，徐大人。"朝云又向徐庶抱拳行礼。

"一路远道而来，辛苦了。坐坐坐……"徐庶指着下方的位子说，"老夫已明白你们此行的任务了。要找昔日云长的青龙偃月刀带回去，是吗？"

朝云笑着点头道："正是，请问徐大人是否有任何消息线索，可供晚辈着手？"

"自是有的。老夫也希望云长老友的刀，能回到它所该去的地方。"

满头白发的徐庶陷入回忆，叹了口气说："昔日在荆州，老夫当时尚年轻，云长他乃是老夫十分欣赏的一位名将……可惜世事多变，老夫因家累而不得不奔来曹家，但承诺先帝不献一计与曹操，因此自那以后便从未上过朝堂。

　　"云长幸运跟对人，被玄德公信赖一辈子，帮助他对抗曹家……没想到却完全出乎意料，死于玄德公他最重要的盟友孙仲谋之手……短短二三十年间，万事流转倥偬，全超乎我辈年轻时代意料之外，实令人感叹造化无常，人生如梦又如云，不胜唏嘘啊！"

第六十五章
蜀寇难分

"嗯……"看到昔日老一代人物垂暮，听着他叙述岁月悠悠，朝云内心不禁有些感慨。

"呵，抱歉了各位……都在讲老夫自己的事。"老徐庶发现在场众人鸦雀无声，才意识到自己离题了，不禁苦笑道，"老夫大概真的老了！所以经常沉溺于昔日的回忆中。惭愧惭愧！"

"千万不要这么说，徐大人。"朝云与一众人连忙抱拳。

"老夫告诉你们青龙偃月刀的下落吧。"徐庶看了看远方，回头说道，"老夫也是花了不少力气才查问到的。那刀当初被当作孟德公的陪葬品，如今放在邺城西门外孟德公的陵寝中。"

"孟德公？"尚章疑惑道，"那是哪一位？"

"曹操，曹孟德啊！"老徐庶笑了起来，"嚯！老夫忘了！在你们那边，不是这么称呼的。"

"晚辈那里，都称呼他曹贼……"朝云谨慎地说。

徐庶深有所感地点点头："是啊，随着敌我立场不同，明明同一个人，一下是公，一下是贼；一下是主，一下是寇……世事荒谬，莫若如此。老夫感受格外深刻……"

朝云起身说道："那请徐大人留步，我们这就出发去邺城的陵寝，找回关将军的刀。"

徐庶摆摆手说道：“急什么？邺城距离此地可远着呢！时已近傍晚，今晚你们不如先投宿于此，老夫家宅中整理个空房出来，明日一早再出发不迟。”

朝云闻言，想了想说道：“徐大人请不必辛劳！晚辈一行人身份较为特殊，多闻使有吩咐不得麻烦徐大人，因此我等投宿洛阳旅店即可。”

“既是已有吩咐，那便不勉强了。”徐庶理解地点了点头，忽然问道，“对了，若你们顺利找到青龙偃月刀，可否带回此地，让老夫瞧一瞧？老夫内心之中，其实甚为思念昔日在玄德麾下的那一段青年岁月……如今垂暮体弱，不知何日而终，万分希望能再次一睹关将军的遗物，以睹物思人，追忆往事……”

“这是自然！”朝云抱拳行礼，“若无徐大人帮助，我们也万万不可能找到关羽将军的刀！若此行顺利找到，一定带回给您过目。”

“如此，就有劳各位小友了。”徐庶也起身，对着几人抱拳一礼，朝云等人连忙躬身还礼。

洛阳城的确很大。

拜别徐庶后，没有片刻停歇，几人来到外面，着实是找了许久，才好不容易找到一家尚未住满的客栈。然而此时，客栈门口却是吵得不可开交，原来是一位前来住店的年轻人与一位姑娘吵了起来，只听那青衣年轻人急道：“许姑娘，在下已躲到这洛阳城来了，你为何还非要跟着来不可呢？在下已经言明，对你实在无意，你这又是何苦啊！”

旁边的一名老妇道：“唉，好好一个姑娘家，怎么当街与人拉拉扯扯的。”

另一位老翁道：“就是说啊，还要强逼人家娶亲，真是哦……”

那一位与青衣青年吵架的粉衣姑娘闻言，环视一周，冷哼一声说：“闭嘴闭嘴，关你们什么事啊！”然后对那青衣青年道：“不管，司徒哥哥你一定要负责！谁教你当日对我、对我那样……人家的清白早就……你说这样，人家除了你，还能嫁谁？”

老妇一听，马上脸色一变说：“原来是这小子始乱终弃啊！真是浑蛋！”

那青衣青年忙道：“冤枉啊！不，不是这样的！”

老翁也立刻愤怒道：“竟是如此……姑娘别担心，我们替你主持公道！押也押他拜堂，再抵抗就送官府治个什么强占民女的罪！”

“强占民女？就算我想也办不到啊！”青衣年轻人号叫道。

　　那粉衣姑娘闻言忍不住一笑，忙抱拳向周围道："谢谢各位。"然后又看着青衣青年说："司徒哥哥，这里的人真热心，你就别推卸大家的好意，咱们就在这儿订亲吧。"

　　老妇也忙点头说道："就是啊，咱们这儿也好久没热闹热闹了。"

　　青衣青年心中哀叹道："这哪门子的好意！"他随即干咳一声，说道："当日那树妖来袭，将小姐拖入水中，小姐溺水，若不即时渡气，可就要没命了。那只是权宜之计，司徒跟小姐绝对清清白白，绝对没有占小姐便宜的意思！"

　　粉衣姑娘道："你说这么多，就是不想负责任，对不对？"

　　老翁立即怒声道："好个人模人样的斯文败类！送官府，送官府！"老妇也跟着附和起来。

　　那青衣青年吓得手足无措，忙道："这，这……喀！许小姐，这太仓促了……我的意思是说这样对老堡主不敬，不如我们的亲事回堡后再议？"

　　粉衣姑娘马上道："你肯跟我回去？愿意娶我，不会再逃了？"

　　青衣年轻人连忙道："这里乡亲这么多，我也逃不了啊。不过，我还有些行李放在客栈，我收拾一下就即刻出发，小姐意下如何？"

　　粉衣女孩思索片刻，点了点头："也好，免得爹爹总说我见色忘亲。那我也跟你一起收，谅你也不敢要花样！"

　　青衣年轻人抹着汗说道："当、当然！"

　　两人一同上了楼，强梧却点点头道："原来是许家堡人……"

　　朝云也笑着道："没想到那老堡主还有一位如此霸道的女儿，竟逮着人家为救她命以口渡气的事不放，追亲追到洛阳城来了。"

　　横艾笑了笑："倒也有趣。"

　　两人刚进客栈不久，突然听见里面传来一阵打破门窗的声音，老翁和老妇都吓了一跳，齐声道："发生什么事了啊？"

　　接着，就见那位粉衣姑娘气呼呼地走了出来，跺脚道：

　　"可恶，又逃了！难道我就这么面目可憎，让人宁可破窗而逃也不愿成亲吗？！司徒哥哥，我许婉儿上山下海也要找到你！"说罢，头也不抬直接拔腿就追。

　　嘭的一声！

"哎哟！"

许婉儿捂住了额头，抬头看向强梧："你眼瞎呀，敢撞本小姐的脑袋？"

强梧闻言，虎眼一瞪，还未说话，却被这姑娘一把推开："让开，不要挡住本小姐追夫君的路！"

"嘿，你这女儿家的……"强梧刚抬起手来，许婉儿却早已没入黑暗之中，哪里还听他说些什么。

"哈哈哈！"朝云不禁大笑起来。

"她可知，那日若非我们几人在，那许家堡早便被树妖吞没了，何以还能留她在此地猖狂？"强梧恨恨地说道。

"算了，谁让你身子宽挡了人家的路呢？没看到那位姑娘正急着去追心上人吗？"横艾也掩嘴笑了起来。

"哼！还亏我刚才替她不值呢，如今我倒替那青衣小子不值了，若真要是娶了这么个母老虎回去，有得他受的！"强梧抱着手臂冷哼一声。

"哈哈哈！好了，先去找房间住下吧。"朝云拍拍强梧的肩膀，忍住了笑意。

围观的人群也陆续散去，几人向掌柜的要了几个房间，简单收拾一下后，又聚在一起，将明天的计划复述了一遍，见众人都点头表示明白，朝云才放心地点头说道：

"那我们今晚就在此安顿。明日一早，我们便即刻启程，前往邺城。洛阳距邺城有一段距离，为避曹魏耳目，我们到时会尽量走山道。今晚我会与子君商讨路线，那么大家早些歇息吧！"

"遵令！"众人抱拳，各自返回房间。

众人散去，只有横艾还留在外面走廊之上，看了看窗口方向，心里却是在默默地想着："快到黄昏时分了……那位曹子建，应该还在洛水畔苦苦等候洛水仙子吧？"

"横艾姐？"耶亚希注意到了这一幕，眨巴了一下明亮的眼睛，看着沉默的横艾若有所思。

此时，日落西山。

天边云彩被太阳染红，晚霞连片而起，如血一般灿烂。

进出洛阳城的行人已经少了下来。

此时此刻，中年贵族曹植一个人，正孤单地站在夕照下的洛水畔，拖着病体，目视洛水，苦苦等待日落。

一位年轻俊美的青年从桥尾走了上来，轻轻走到曹植身后，躬身行了一礼，轻轻唤道："父亲，我来了……"

此人正是铜雀六尊者之首——紫衣尊者！

"你怎知我在此？"曹植头也不回地问。

紫衣尊者说道："我知道您每逢这一日，都会来洛水畔，追忆母亲。"

"我来此并非追忆你母亲……"曹植叹了一口气，"而是洛水女神。"

"父亲！不管您怎么说，我相信您心中最爱的人，永远都是母亲！"紫衣尊者欣然笑了笑说，"那位洛水女神，或许不过是您心中为了填补寂寞所想象出来的女子罢了。"

"你不懂……"曹植神色变得安然，"她是真实的……她才是我初恋的女子……是我辜负了她……"

"父亲……"

紫衣尊者刚想说话，突然二人像是看到了什么一样，一同面对洛水，看着江面之上，双双露出不可置信神情。

"那是什么……"

只见在夕阳的映照下，一位美丽如天仙般的女子，抱着箜篌，身着轻纱，彩带轻扬，踏着洛水，轻盈飘飘而来。最终落在水面之上，伴随着箜篌乐声，翩翩起舞……

紫衣尊者大为吃惊，眼神紧紧地看向了江面。

曹植先是震惊，随后变得无比感动，他眼眶泛着泪水，嘴唇颤抖，仿佛喃喃叫着洛水女神的名字，想要上前踏入洛水，却被紫衣一把拦住。

美丽的洛水仙子，踏在江面上，对着曹植父子嫣然而笑，舞动彩带，翩然飞舞。鲜红如炽的彩霞夕照中，洛水仙子拨弄琴弦，舞于洛水之上。

水波轻轻扬起，彩带如云裳一般交织，霞光与水光流转，这画面美得仿若不是尘世之间的景象。

此景只应天上有，人间难得几回见？

此刻，豆大的泪珠从曹植脸上滚落了下来，他嘴唇颤抖着，喃喃念起了《洛神赋》：

"仿佛兮若轻云之蔽月，飘摇兮若流风之回雪。远而望之，皎若太阳升朝霞；迫而察之，灼若芙蕖出渌波……"

赋、舞、乐，三者交织一起，如身临仙境，美妙不可以言语而述……

一曲舞毕，夕阳更加低垂，洛水仙子轻盈转身，面对曹植，嫣然而笑，然后行礼告退。

"你别走啊……求求你！别走啊！"曹植大声呼唤，却无法挽留……

仙子只是微微转头看了看，轻轻一笑，随后便头也不回地踏着洛水离去，曼妙的身姿，渐渐消失在洛水与晚霞交织的湖面上。

紫衣尊者关心地看着专注吟咏《洛神赋》的父亲，然后再抬头看看洛水上离去的美丽仙子，他不禁露出困惑的神情，心中默默想着：

"那不是赤衣妹子吗？她怎会在那里？"

洛水河畔，桥头之处。

洛水女神出现在桥头隐蔽之处，一阵光芒闪烁之后，竟是变回横艾的模样。

横艾眉头微展，对着在远方桥尾处正黯然哭泣的曹植，轻声祝福道："子建公子，这是我代替姐姐，所能送给你的最后礼物……保重！"

说罢，正要转身离去，赫然发现前方站着一人。

那人竟是仍在目瞪口呆状态中的耶亚希，耶亚希睁着大大的眼睛，许久没有说话。

横艾眨眼道："怎是你，夷娃？"

耶亚希回过神来，连忙行礼道："哦……对啊！我刚刚看到横艾姐偷偷溜出来，所以好奇偷偷跟来了。"

"这……"横艾一阵无语。

耶亚希欢笑起来："嘻，刚才横艾姐跳的舞蹈好好看哦！"

横艾试着问道："你全都看到了？"

耶亚希兴奋地点头："对啊！跳得好棒哦！"

横艾脸上勉强挤出笑意说道："哦……谢谢。"心里却是暗暗叫苦不迭，其他时候不跟，怎就偏偏这时候跟来了……

　　看这样子，耶亚希把刚才所有的事情都看在眼里了！横艾面露头痛不已的神色，紧咬嘴唇。

　　"我也要学横艾姐的法术和舞蹈！教我嘛！"

　　"这……"

　　横艾突然灵机一动："好，教你可以！"

　　"真的吗？"耶亚希惊喜地问。

　　"我可以教你法术，和这舞蹈……不过有个交换条件。"横艾一笑说。

　　"好啊好啊！什么条件？"耶亚希期待地问道。

　　"条件就是……你绝对不可把你刚才看到的事说出去。"横艾严肃地说。

第六十六章
七十二疑冢

"为什么？大家说不定也很想看横艾姐跳这舞啊！"耶亚希懵懂地问。

"这是条件！你若说出去，我就不教你。"耶亚希十分认真地说。

"哦……"

"因为，这是我们一族最秘密、最神圣的舞蹈，所以我不希望让太多人知道。"横艾解释道。

"原来如此，我懂了。"耶亚希点点头。

"你如果可以遵守这个交换条件，我就教你法术，然后是舞蹈。"横艾抱着手臂，继续诱惑道。

"好，我答应。那我们击掌约定。"耶亚希伸出右手来。

"击掌约定？"

"对啊！表示这是重要的约定，让祖先灵魂见证，所以谁都不可违背。"耶亚希认真地说道。

"祖先的灵魂？嗯……这样也好。"横艾考虑片刻，然后笑了笑，与耶亚希击掌约定。

"好！那你绝对不可以泄漏哦！泄漏了就是小猪小狗。"横艾嘟着嘴说。

"好！横艾姐如果不教我法术和舞蹈，也是小猪小狗。"耶亚希也嘟着嘴说。

两人彼此相视一眼，开心大笑。

次日黎明，客栈之中。

众人已聚在一起。

朝云扫过每一个人，严肃地嘱咐道："此次任务繁重，还望各位齐心协力，共克困难！"

"放心！齐心协力，共克困难，这是飞羽的传统！"

"如此便好，我们即刻出发，前往邺城！"

"哈——"

就在这时，夷娃忍不住打了一个长长的呵欠。

众人一愣，朝云也不由得关心地问道："夷娃，你怎么看起来精神不太好？"

耶亚希拍拍嘴，笑嘻嘻地说道："我昨晚跟横艾姐练法术，练了一整晚。放心吧，没事的。"

"法术？"朝云讶异。

"是啊，我教了她一些法术。"横艾微笑说，"真如孙夫人所说，她学东西非常快，已学会很多招了。"

"当真？"朝云诧异。

"嗯！当然啦！"耶亚希用力点头。

朝云笑了笑，点点头说道："夷娃，那么今后战斗中，就得多拜托你咯。"

夷娃用力地点点头："放心吧，焉逢哥哥！以后我还会多向横艾姐请教的，对吧，横艾姐？"

横艾心里无奈地苦笑着，嘴上却认真道："嗯……是的，我以后也会尽心教授夷娃法术的，把我会的都教给你。"

耶亚希开心地拍起了巴掌："多谢横艾姐！"

数日后，邺城。

邺城位于洛阳东北位置，其相比洛阳虽稍显不足，但本身却也是形胜之地，近处看去，有漳水环绕为其襟带，北临邯郸平原，物产丰盛；远处看去，南有黄河屏障，西有太行之险，只需坐镇其中，便可镇抚冀州之地。是不可多得的军事要塞。

当年曹操被封魏王，鉴于许都乃皇帝所在，而洛阳百废待兴，因此便将自己的治理之所设在了邺城，一直到曹丕称帝，才又回到洛阳。

曹操死后，他的陵墓便建在邺城之西，据说站在铜雀台上，远远看去，可以与之遥相对望。但曹操生性多疑，生前担心日后自己陵墓遭到盗掘，因此在殓殡的同时，还命人设置了七十二座疑冢，分别布置在邺城一带，使得人不知其真假。

朝云带着几人循山路前进，避开魏国的关哨，好不容易才按照徐庶先前的指示，找到了曹操的疑冢。

焉逢看着眼前一个高高隆起的土堆，以及土堆上面建造的祠堂，点点头说道："此地便是邺城的曹操陵墓……当然，这可能只是其中一座虚墓。我们稍后进入其中，先查看一番，确认之后再做打算。"

"据说曹操设了七十二座疑冢，我们一处一处找过来，得需要多久才行啊？"尚章啧啧出声摇头道。

朝云摆手道："不用担心，七十二只不过是一个概数罢了，也许仅仅只是二三十座或是十多座而已，真的陵墓与假的陵墓，周围的建造也都不尽相同……况且徐大人已经为我们标明了其中最有可能的三座，我们只要顺着找一遍，相信不用多久便能找到了。"

强梧听着点了点头，不由得问道："怪了，何以曹贼当初不把自己陵寝设于洛阳呢？偏偏要放在离洛阳如此远的地方？"

朝云解释道："因为邺城才是曹操昔日实际上的大本营啊，昔日许都、洛阳名义上虽是都城，但实际权力中心仍在邺城。既然此地才是真正曹家地盘，他把陵墓设于此地，自然较为安心。"

尚章明悟道："原来如此。若设在洛阳，也许就得不时担心那些仍心存大汉之人晚上偷偷跑去掘墓、鞭尸！"

强梧冷笑道："那老家伙果然还是怕人掘他的墓，所以才设下七十二座疑冢。一代奸贼权臣，当年呼风唤雨，好不神气，如今还不只剩一堆枯骨，只能借疑冢迷惑盗墓者，卑微图求自保。"

待强梧说完这番话，横艾便嘻嘻一笑，拍手叫好道："说得好。我们大汉的开国君主高祖刘邦大人、中兴之君的世祖刘秀大人、先帝刘备大人，昔日也是呼风唤雨，但如今大家同样也都可怜地变成了枯骨一堆！"

"横艾！"强梧一听此话，顿时脸色一黑，极其不悦道，"你又在胡说什么？你怎么可以如此侮辱高祖、世祖、先帝他们？"

横艾依旧微笑："我是实话实说啊！天底下，谁将来不成为一堆枯骨的呢？五十步笑百步嘛！所以笑人家曹孟德是一堆枯骨，不也等于取笑高祖、世祖、先帝他们如今也是一堆枯骨？"

"这……"强梧无法反驳横艾，哼了一声，对焉逢说道，"朝云，我讲不过横艾，你来说说她吧！"

朝云有些头疼道："子君，你让我去跟横艾辩驳，不是为难我吗？你我都知道横艾一旦开口，便是丞相的三寸不烂之舌，恐怕也说不过她……"随即转头看向横艾，"不过横艾，拿大汉诸位已故先帝开玩笑，此事确实不妥，并不能责怪子君他会有所不悦！"

"行了行了。"横艾做出吐舌头的样子，笑嘻嘻地道，"焉逢大人，小女子知错了。"

"知错就好。"朝云思索片刻，忽然点点头道，"不过仔细想想，她的话经常还挺有道理的，不是吗？"

强梧闻言一愣，没好气地道："朝云！你怎半途又替她讲起话来了？你这样会惯坏横艾的……"

朝云哈哈一笑："横艾她本就是这样子，你哪怕是如何说她，她也还是她呀。"

横艾撇头一笑："还是朝云了解我！"

强梧脸色更黑了，闷闷地说道："明明知道不能指望朝云责怪你的，我真是自讨苦吃了……"

耶亚希环视了一圈几人，蹙着额头，挠着脑袋道："怎么办，我完全听不懂……今天大家讲的东西听起来好深奥哦……"

朝云哈哈一笑，连忙说道："夷娃，不知这些事也没关系的。慢慢你自然就会明白了。"

"哦……"耶亚希迟疑地点了点头。

"嗯，所以不必担心。"

"真的吗？"

"当然！"朝云点点头，随即眯眼道，"现在，我们还是一同来会会曹贼这七十二疑冢吧。看看它，究竟有多不同寻常！"

几人首先来到的这一处坟墓，建造完整，且位于高土之上，与传闻中曹操的墓穴有很大的相似之处，也难怪在临行之前，徐庶会将其作为比较有可能的其中一处墓穴指给他们。

朝云带着几人，先掠过外面的守陵官兵，随后便悄悄摸进了陵墓里面。陵墓早已被封土，不过对于强大的武道修行者而言，想要进去再简单不过了，徒维只不过是稍微施了个法术，位于几人面前的厚重墓室门便自动打开，露出狭长而漆黑的墓道来。

"徒维，真有你的！"强梧打了一拳徒维的胸膛。

"墓道太黑，而且一定会设有机关，我们点上火把，由我带头，慢些进去。"朝云吩咐道。

"朝云，我来走前面吧。"强梧认真说道，"你是飞羽第一将，是我们羽之部的领头之人，你可不能有什么意外。"

朝云想都没想便直接拒绝。

"子君，我们都是飞羽之人，我们之中任何一个人，都是大汉最具有天赋的人之一，任何一个人都不能失去……"说完这些，他笑了笑，"更何况，这只不过是一座小小的陵墓罢了，多少次比这危险数十倍的任务我们都经历过，怎的倒还担心起这地方来了？"

"朝云，以防万一！这种地方机关密布，千万不能轻视。"强梧严肃道。

"放心吧！我现在可是武道第四境之人，况且如今我体内的金色剑气，早已能够形成剑气屏障了，这些普通机关要伤一些盗墓贼还行，但是想要伤我朝云，却还差得远。"朝云自信地说道。

"朝云说的不错，这些机关确实难以伤到我们……但问题是我总感觉有些不对劲，可又说不上哪里不对劲。"横艾蹙着眉头，微微思索道。

"陵墓里阴气湿重，有这样的感觉也很正常。好了，不多说了，我领头，强梧断后，我们现在便进去，将关将军的青龙偃月刀带走！"

"好！"

几人相视点点头，然后便点起火把，猫着腰身跟在朝云后面，缓缓踏入墓道里面。

墓道十分狭长，即便点着火把，也看不到终点所在何处，更不用提所谓的机关了。因此遇到机关，走在前面的朝云以及后面几人，完全只能凭借感觉避开。

"大家小心一些，我感觉阴气越来越重了……"朝云提醒道。

"没错，这股阴气不同于一般墓地所拥有的阴气……它好像活着一样，说不好这座墓里有什么古怪的东西。"横艾也肃然道。

"难不成像前次蛇矛器灵变成的山鬼？"强梧问道。

"不好说，但是我感觉不像……"横艾回道。

"好了，总之大家注意！"朝云说着，思索了一会儿，又道，"不如我先将手上的火把扔过去，照亮一下前面看看，若是距离不远，我们便直接快速飞掠过去，不用再这般缓慢移动。"

"可以试试！"

"焉逢大哥，扔吧！"

身后几人点头表示同意，朝云也点头道："如此……那我便扔过去了。"

轰！

火把扔向漆黑的墓道，一路照耀过去，众人才发现原来这墓道四壁光滑，没有转口，看起来不像是有机关存在。而且就连尽头也能看到了，就在墓道不远处，那里竖立着一道石门。

"我先过去，你们在此等候！"

朝云展开身形，整个人顿时如同一阵风般掠过，眨眼间已来到了石门这边。

"这石门后面，应当便是墓室了……"

略微思索片刻，借着掉在地上的火把的光亮，向后招招手，示意强梧等人跟过来。

"徒维，你来把它移开！"

朝云喊了一声，原本他也轻易可以破开石门，就像在白柳砦那般，但是为了不闹出动静，惊动外面的守陵官兵，这种事情只能依赖徒维的法术，无声无息地完成。

然而等他喊了一声之后，却发现无人应答，徒维也没有走上前来。

"徒维……徒维？"

朝云不经意转身，才发现自己身后不知何时已了无一人！而且原先狭长的墓道也被一堵石墙封堵了起来，现在的他，完全就是身在一个被石墙四面围堵的地方！

"强梧？横艾？尚章？徒维？夷娃？！"

朝云连续喊了几人的名字，但是除了自己的声音在这狭小的空间内闷着之外，再也听不到其他人任何的回应

"法阵！"

略一思索，朝云就已经想明白了。

以前很多王公贵族的大墓中，都会请来阵法师在里面各处布置一些大大小小的法阵，布置这些法阵的目的，就在于让盗墓者以及某些居心叵测之人有来无回，将他们永远困在里面，作为陪葬品陪伴着墓主人。

如此推算，他刚刚应是触碰到了机关，导致阵法运行，将他本人与其他几人隔离开了。一般而言，很多墓室阵法都具有移送的功能，因此很可能他现在与强梧等人已经相距很远了，所以几声呼唤根本不可能听见。

朝云微微眯起眼睛。

第六十七章
守陵人

地上的火把火苗越来越小，看得出来已经坚持不了多长时间了。一旦火把熄灭，便表示这里的空气将会耗尽，作为一名武道第四境之人，面对没有空气的情况，固然可以坚持，但是想要坚持太久，可能性却不大。

他现在只能想办法逃出这里，等出去之后，再想办法与其他人会合。

想到即做，按照刚才的方位来看，自己正对面的这面石壁就是刚才看到的石门，不过现在法阵启动，说不好那道墓室门已经在不知不觉间改变了方位，他即便将其打开，也是徒劳无功。

"既然如此，倒不如将我身后的石壁打开看看！"

身后的石壁将原先的墓道封堵起来，将这面石壁打开，也许会有一条通道，供他撤离此地，也有可能会是一条死路，或者一条具有更大陷阱的路，等着他踏入其中。总之两种可能性皆有，是哪种，全看天命而已。

"就它了！"

朝云手里不知何时已出现了黑色的方天画戟，他舞动长戟，金色的剑气顿时缭绕其上，如同带着闪电的灵蛇一般，最后这些剑气汇集到长戟顶端的位置，凝成一股粗壮且巨大的金色能量，随着朝云用力一击，这些能量喷薄而出，直接将石壁撞开一个大洞。

嘭的一声！

碎石飞溅，那一堵厚重的石壁应声倒地，溅起满地灰尘。

等灰尘散去，朝云借着微弱的火光一看，才发现前面赫然是一片开阔的石造大殿，而他现在，则是位于大殿正门的位置上。

抬眼看去，只见大殿正中位置，放置着一个高高的座位，下方两侧，则是两排雕塑，两排雕塑大约有二十余座，皆是文武百官的模样，此时都恭敬地"站"在那里，面向大殿正上方的座位，像是在面见皇帝。

"这竟然是仿照百官上朝的样式建造的大殿……"

朝云心里微惊，看来这曹贼生前做了魏王，连死了也不忘记要带着大臣，继续做他的阴间魏王去，这等心思，与当年秦始皇帝是何其相似……

但他真正注意到的不是这些，而是下方虽有百官雕塑在列，可为何正上方那个高高的位子上，却没有曹操的画像抑或是雕塑陈放？

难不成……

"桀桀桀桀……"

就在这时，一道阴冷的笑声突然在大殿内回响起来，朝云还未看到是谁，忽然便看到一阵黑色旋风凭空出现，幻化成一个身穿黑袍的身影，直接坐在了正中座位之上，怪笑着看向他。

"你是何人？"朝云手持方天画戟，一指上面的中年男人说。

"何人？哈哈哈哈……闯入本座安睡的墓室，你竟还问我是何人？"那黑袍身影狂笑起来，笑声当中一股冷冷的杀意释放而出，直接化作一道能量朝着朝云攻击而来。

轰！

朝云急速避开，那能量打在下方的大臣雕塑上，直接将那一座雕塑轰成了飞灰。

"好强！"

朝云微微皱眉，从刚才那杀气凝结成的一击中，他明显感受到了其中一股磅礴的能量，这股能量或许只有武道第四境之人才能拥有！

"竟躲开了……"

黑袍身影似乎有些意外，轻咦了一声，又冷冷笑道："不过无妨，本座在这坟墓之中待了十余年，寂寞如此，谁能体会？如今难得遇到一个可以陪我玩玩的人，岂能轻易便让你死了？"

朝云问道："你自称本座，说明并非曹贼，也非曹贼魂魄……但你又称这墓室是你安息之所，可这分明是曹贼坟墓，你这鸠占鹊巢之人究竟是谁？"

"鸠占鹊巢？"黑袍身影怪笑起来，"真是笑话！本座被奸人所害，封印在这墓室之中，十几年不见天日，如今反倒说本座是鸠占鹊巢？哈哈哈哈……黄口小儿，你可知那曹操老贼当年都做了些什么？他命人设下疑冢，每一处疑冢中都封印了如本座一般强大的武者！以便利用我等杀死那些入侵陵墓之人……那曹贼为了自己，不惜将自己身边最得意的暗卫全都一一叫至疑冢里面，并趁机将其封印，这些事天下又有谁可知？！"

朝云惊道："竟还有这样的事，那便是说，曹贼每一座疑冢里面，都封印着一位强大的武者？……"

那黑袍身影也不着急出手，好整以暇地坐在上面，直勾勾看着朝云，依旧怪笑道："自然如此，否则你以为凭借本座的本事，会甘心留在这里十几年？若非这坟墓本身便是一个阵法，我与其他人早已脱身离开此地，为何还要在此受一个死人节制？！"

朝云点点头道："我明白了，你只是一个灵体……你们的魂魄早在生前就被人抽走，融入到了这大阵之中。因此对于入侵坟墓之人，你们只能将其杀死而不能放走，否则魂魄就会承受无比巨大的痛苦，这种痛苦会转嫁到你们身上，这种痛苦是常人根本无法想象的，我说得可对？"

黑袍身影轻咦了一声，略微好奇道："你竟知道这些……"

朝云笑道："我不仅知道这些，我还知道你属于武道第四境，剑道修为不知，但想来也不会超过第四境。第四境罢了，你也想杀我？"

朝云身上流露出强大的气势，这种气势化作一道旋风直直冲向黑袍身影，轰的一声，撞击在对方伸出的手掌之上，将其打得闷哼了一声。

黑袍身影惊诧得站起身来："武道第四境？！竟如此年轻……"

朝云见目的已达到，不由得说道："因此，你应当清楚，你一个灵体而已，相同境界想要杀死我，根本不可能，而我杀死你，却只不过是费一些功夫罢了。"

黑袍身影沉声道："你想要如何？"

朝云停顿片刻，笑道："你告诉我曹操真正的陵墓是哪一座，作为交换条件，我可以放你出来。"

黑袍身影明显一滞，像是陷入思考，朝云也不急，便这样抱着双臂看着他。

"你说你能放我出去？"

"当然！"

"如何让我相信你说的话？"

"这笼罩在墓室之外的大阵，应当是属于天师道一派的阵法，而我有位同伴，却恰好谙熟此道，只要将他找来，这阵法轻易便能破除。"朝云十分自信地说道，"你既然被封印在其中，应当已经知道，与我一同而来的还有五人，他们五人中，便有我与你说的那位同伴。"

"难怪……难怪你被困住了，那小子却能挥动法旗，将阵法破开逃走。"黑袍身影喃喃自语。

"原来横艾他们没事，真是太好了！"听到黑袍身影的低语，朝云心底不由得大大松了口气，只要他们没事，那自己就可以放心跟对方慢慢玩了。

"但是他们现在已经离开了坟墓，你如何保证那些人还能回来？"黑袍身影沉声问。

"很简单，因为我们是飞羽，飞羽不会抛弃任何一人！"朝云自豪地说道。

"飞羽？飞羽是什么玩意儿？本座从未听说过！"那黑袍身影冷冷道。

"你不需要知道飞羽是做什么的，只需知道我答应你的事一定会帮你做到就好，剩下的譬如我来这坟墓之中所谓何事等等，你也就不用关心了，你说呢？"朝云笑着回应。

"容我思考片刻……"黑袍身影说着，便沉默下来。

"我等你。"朝云也微微闭眼，缓缓调息，将身体调节到了最佳状态。

与此同时，坟墓之外，强梧一行人已经出来，但脸上都挂着一抹担忧之色。

"朝云他在里面应该不会有事，兴许跟我们一样，只是被传送到某个地方去了。"强梧摸着下巴道。

"焉逢哥哥真的不会有事吗？"耶亚希紧张地问，两只手紧紧抓着衣角。

"夷娃放心吧！他才不会有事呢。"横艾笑着说道。

"徒维，你确定那个法阵只会传送人，不会伤人？"强梧不放心，又问了一遍。

"嗯，它只是一个普通的传送法阵。焉逢不懂法阵，所以被困住也很正常。"徒维回道。

"他会被困住多久？"强梧又问。

"多则一两日，少则一两个时辰。"徒维说。

"这么久？"强梧讶异，"幸好朝云武道修为强大，否则一般人能否出来还真难说。"

"没错，所以大家不用担心啦！我们守在这里就好了，反正那家伙会出来的。"横艾开心一笑，拉着耶亚希坐了下来，"夷娃，咱们在这儿等着，你焉逢哥哥马上就出来了。"

"哦，我还是很担心……"耶亚希皱着眉头，小声地说道。

"我卜了一卦，他不会有危险的，放心吧。"横艾宽慰道。

"也是，若朝云真有危险，横艾肯定第一个坐不住，怎还会与我们一同在此说笑？"强梧也明白了过来，顿时心情就变得放松了不少，嘿嘿一笑，也靠在一旁休息起来。

徒维则端坐闭目，像是打坐一样。只有耶亚希一张俊俏的脸蛋满是愁苦，没有看到朝云，她的心上就仿佛悬了一块石头……

横艾注意到了小姑娘的神态，心里不禁产生了一丝微妙的感觉，自然而然地就想起了离开东吴之时，孙夫人与耶亚希说的那几句话……

幸福要靠自己去追寻，谁的幸福？耶亚希要去追什么样的幸福？横艾之前不解，此时此刻，心里似乎已有了答案……

"小夷娃，朝云是姐姐喜欢的男人，没想到连你也……看上他了，还真是一个招蜂引蝶的家伙呢。"横艾想着想着，嘴角却忍不住勾起了一抹微笑，笑容里，分明又有些淡淡的忧伤，只是不知这股忧伤，又是从何而来……

墓室之内，到处变得漆黑一片，朝云只能凭借武道第四境特有的神识，去感触周围环境发生的一切。

高高的座位之上，黑袍身影已经沉思许久。

在这阴气浓厚且暗无天日的地方被困住十余年，此时听到有人能够将他放将出去，却还能如此镇定地思考，足以想见此人耐性有多么好。

不过朝云也不急，只要能够从此人口中得到曹贼陵墓的具体位置，那么拿到青龙偃月刀就是顺理成章的事情，可以为他们省去寻找疑冢的很多时间。他相信黑袍身影一定会做出最好的选择，与他达成交易。

"好！本座答应你，我可以告诉你曹贼坟墓何在，但你须助我离开此地！"黑袍身影沉声说道。

"很好！"朝云心下一喜，"不过还需要你将我送出陵墓，待我叫了同伴一起进来，再让他为你破开法阵……当然，在这之前，你需要告诉我曹贼坟墓的具体位置，待我的同伴们寻到确认之后，法阵便会直接破开。你意下如何？"

"好！本座既已答应与你做了这笔交易，又如何会骗你？倒是你……若是你们到时敢欺骗本座，本座哪怕是拼了这条命，也不会让你们好受！"黑袍身影恶狠狠地说道。

"好，成交！"

"站稳了！本座现在便送你出去！"

黑袍身影说罢，站起身来，双手不停在身前回旋环绕，随着他比画出一个又一个动作，朝云感到周身的一切似乎都发生了变化，像是四季流转，又像是置身于某个旋涡之中。

这种感觉只存在了片刻，朝云忽然感到身体一阵轻松，紧接着便听到了一个惊喜的声音。

"焉逢哥哥！"

耶亚希冲过来，一下子扑进了朝云怀中。其他人听到动静，也连忙起身，来到朝云面前。

"好家伙！我就说你不会有事！"强梧往朝云胸膛上捶了一拳，高兴无比。

"焉逢大哥！"尚章也兴奋道。

唯有横艾瞥了一眼，抱着双臂，一脸微笑地说："才离险境，便有佳人入怀，想来某人已经把我们都忘了吧？"

"啊？"朝云正高兴着，忽然听到横艾此话，一时愣住。

"焉逢哥哥……"耶亚希抬起头来，露出一个纯真无比的笑容。

"夷娃……喀喀！我刚从墓里出来，身上不干净，你……你先松开好不好？"朝云脸颊一红，终于知道横艾说的话是什么意思了。

"哦……"耶亚希乖巧地松开双手，却仍旧开心无比。

"喀喀……大家听我说，"朝云瞥了一眼横艾，见她听着自己说话，才继续道，"方才在这座假墓里面，我遇到了一个灵体……"

接着，他就把刚才发生的事情都跟其他人大致说了一遍，尤其将自己与黑袍身影的约定着重告知了众人。

第六十八章
墓中母子

"还有此事？"强梧听罢，一阵惊讶。

"没错，我也答应了那黑袍身影，只要曹贼墓准确，便会放他出来。"朝云说道。

"这办法可行！徒维，你跟朝云去一趟，我们在外面等候……一旦黑袍将曹贼坟墓的位置说出，你便用符鸟传来给我，等我与强梧和尚章去探查确认之后，再告知你们，届时对那灵体是放是留还是杀，就看你们自己了。"横艾将符鸟交给徒维，笑着说道。

"是，师姐！"

"就按横艾说的办！"朝云点头道，"徒维，我们走！"

"遵令！"

两人身形一闪，再次进入坟墓之中，一进入里面，朝云便喊道："我们来了！"声音刚落，顿时眼前场景一阵变化，再睁眼时，便已来到了原先的大殿之中。

"现在，你可以告诉我曹贼墓的具体位置了。"朝云抱拳行了一礼，微笑说道。

"曹贼墓，便在……"说到这里，黑袍身影忽然一顿，脸色阴晴变化道，"不行，你先要让他展示出能够破开这阵法的本事才行，否则休想知道曹贼坟墓何在！"

闻听此言，朝云点点头，然后看向徒维道："徒维，看你的了。"

徒维点点头："放心吧，焉逢！"

只见他从背上拿下两只法旗，左右扇动了一下，霎时间大殿里面便刮起了一阵飓风，飓风很快形成一个巨大的圆，不停旋转直上，直冲大殿顶部！

轰隆！

像是山体崩塌一样，那飓风直接穿透坟墓顶部的位置，盘旋而上，不停扩大，最后便在无形之中，将整座坟墓从外面覆盖了起来，至于外面的人，则完全感受不到任何的变化，以至于里面发出的轰隆巨响，那些守陵官兵无一人可以听到。

"可以了。"徒维收起法旗，点点头说。

"好！"朝云笑了笑，看向黑袍身影道，"现在，你可以试试……自己还能否掌控坟墓里的一切？"

黑袍身影像是激动，又像是不敢相信一样，胡乱地挥舞了几下，但是却已经指挥不了任何的物体，更无法感应整座墓室的变化，这一下，他停下了动作，难以置信地呢喃道："我……我不再属于这座坟墓了？我、我自由了？"

"不……这座坟墓如今在我们的掌控之中，你想要出去，还需要得到我们的同意才行，否则你仍旧会被一直困在里面，永生不见天日，直到灵体消耗殆尽，百年后生命走向尽头，虚弱至死。"朝云眯着眼说道。

黑袍身影沉寂下来，随后瓮声道："我告诉你之后，你一定要放我出去，否则……"

朝云点头道："这是自然，你我无冤无仇，相互做个买卖，自当没有欺骗你的道理。"

黑袍身影沉吟道："我相信你……你听好了，曹贼坟墓便在距此十里外的南面，那里有数座高大的山丘，其中有一座可以与铜雀台遥相对望，那里……遍是曹贼真正的坟墓所在。"

"好，多谢！"朝云抱拳致谢，旋即说道，"徒维，将消息告知横艾。"

"是！"下一刻，只见一只符鸟翩跹而出，顺着墓道直直飞向了外面……

"符鸟来了！"

尚章叫了一声，横艾伸出手，符鸟自行落在她掌心之上，不用片刻，她就笑了笑说："好了！距此十里外的南面，那里有数座山丘，而曹墓便在其中一座可以与铜雀台遥相对应的高陵里面。"

"铜雀台？铜雀台是何东西？"强梧愣了一下，不由得问道。

"据说是曹操当年收集天下美女的地方，其建筑高十丈，建有房屋上百间，闻名天下……至于铜雀台之名的由来，乃是因为当年曹贼消灭袁氏兄弟后，夜宿邺城，半夜见到金光由地而起，隔日掘之得铜雀一只，因此在此地建楼一座，名曰铜雀。强梧大哥，你真不知？"横艾没有说话，尚章却先抢着说道。

"原来如此……你一个小屁孩儿懂什么？我强梧关心的是家国大事，哪有心思去管他金雀台铜雀台的？好了好了，朝云还在等我们消息，先过去看了再说！"强梧摆摆手，为掩尴尬，干脆一个人当先离开了。

"横艾姐，我说得对吧？"尚章没去管强梧，反倒炫耀似的，喜滋滋地问。

"说得对！"

横艾笑了笑，不由得想起当年自家妹妹那只掉在地上的符鸟，没想到一只普通的符鸟，掉落在地上，竟是变成了铜雀，还好巧不巧促成了一座铜雀楼的建造，也算是一件有意思的事情了。

几人很快来到黑袍身影所说的墓室之前，跟之前一样，趁着夜色和超高的隐匿手段，三人带着耶亚希一起，迅速地进入了墓室之内，这座墓显然不同于其他，一进来，便能看到周围布满了无数的暗器，而且里面的装饰也比其他墓葬更为豪华，有不少的陪葬品。

"果真是此地无疑了。这里与朝云传来的消息上描述的一样，与铜雀台遥遥对望，而且风水位置极佳，能隐隐约约感受到帝王之气，这是其他墓室所没有的。"横艾分析道。

"没错，据说曹贼俭敛入葬，没想到还有如此多的陪葬品……其他墓室可是空空如也，就像是被盗墓贼光顾过一般。"强梧也点头说道。

"好了，我这就将消息传与朝云，让他赶来与我们会合！"横艾说罢，便掏出符鸟放飞，符鸟速度极快，一路飞过山山水水，倏地停在某个山包处，左右看了眼没人，才振翅直接进入墓穴之中。

"符鸟来了！"

徒维接住，聆听片刻，然后对朝云点点头道："师姐说他们已经找到真正的墓穴了。"

朝云握拳道："好！你操控大阵放他离开吧，一个人被抽了魂放在这里十余年，哪怕生前再无德，也已受够了苦了。"

徒维点点头道："是！"旋即挥动法旗，操控着墓室大阵打开了一个缺口，任由黑袍身影飞离。

"哈哈哈！曹操老贼，本座出来了！"黑袍身影张开双手，疯狂大笑，朝云这时才看清，此人竟然没有面目，黑袍笼罩下，面容一片漆黑！

"你可以走了！但愿你出去之后，多行善事，以补恶果。"朝云正视着他。

"本座何时需要你来教导了？曾经失去的，本座一定要全部拿回来！"黑袍一阵怪笑，立刻化作一道云烟消失得无影无踪。

"我们也走吧！"此时，朝云心里隐隐升起一丝不好的感觉，但是又说不出来哪里不好，干脆便摇摇头不再去想。

朝云与徒维离开坟墓，出来之后没有任何停歇，奔波十里后来到真正的曹操墓室当中，进去与横艾等人会合，沿着墓室各处看了一遍，才终于确定下来，这里就是他们要找的真正的曹操墓！

"曹操老贼的墓室，一定会有很多机关陷阱，大家一定要小心！"朝云出声提醒道。

"遵令！"几人应道。

"徒维，将这里面的阵法都破开。"横艾小声吩咐道。

"嗯。"点点头，徒维又一次挥动法旗，不用片刻，就感受到墓室各处传来各种各样的波动，这些波动加起来，起码有不下二十八处！

"竟有如此之多的阵法！"强梧惊讶道。

"这里毕竟是他真正的墓穴所在地，各种各样的阵法机关多一些，也不足为奇。"朝云说道。

"这里不会也有什么灵体存在吧？"尚章问。

"难说。"朝云一边走一边道，"不过不用担心，这些灵体再强，也不会超过武道第四境。我们足以应付得了。"

"快看！那是什么？"

耶亚希忽然伸手一指，只见前面不远处的墙壁上，忽然出现一个巨大的影子。那影子正贴着墙面行走，不仔细看根本难以发现。

"嘿，进来没多久便遇到这些鬼玩意儿，待我强梧来好好招待你……"强梧迅速从背后掏出一支箭来，然后搭弓一拉一放，顿时箭支便直直射向墙壁上的那道虚影！

剌啦一声！一道黑烟从墙壁上冒了出来。

"嗷呜——"

黑影悲鸣！下一刻突然消失在对面墙上，再一看，不知何时已经来到众人身后，然后化作一道巨大虚影扑了上来。

"小心！"

朝云喊了一声，与此同时手里的方天画戟灌注上金色的剑气，一戟横扫而去，顿时便将那道巨大的虚影打作虚无。

"呼……这是什么鬼东西啊？"尚章拍着胸脯道。

"有……有焉逢哥哥在，不、不怕！"耶亚希脸色紧张，紧紧地跟在朝云身后，将横艾都隔离开来。

"没事，这只是一种弱小的灵体，大概只相当于武道第一境的实力，大家不用担心。"朝云安抚道。

"我的箭居然射不死它……"强梧不解地摇了摇头。

横艾笑道："它毕竟是灵而非人，下次你用三支箭，必定能够将它射死。"

强梧哈哈一笑："那我就相信横艾妹子的，下次用三支箭试试……"

几人顺着墓道前进，前面有不少专门对付盗墓贼的机关，但也都被几人轻易破开，之后几次遇到这些巨大的虚影，果真都被强梧三箭解决，很快朝云等人就顺着墓道来到了几座墓室里面。

这些墓室每一间里面都陈列着不少物品，有曹操生前缴获的许多兵器，有他自己喜欢的一些东西，也有不少当年各地奔来的战报，甚至还有临摹下来的诗词等等，如今全都一一封存在里面。但找来找去，唯独缺少了青龙偃月刀……

"会在哪儿呢？"

几人顺着墓室一个一个找，忽然前方出现了一丝动静！

朝云一怔，疑惑道："有人在这儿……一个妇人跟一个孩子？"

其余几人皆是一愣："妇人和孩子？"

朝云点点头："强梧，你们稍等，我过去看看。"

"朝云，当心！"

"放心，他们身上散发出来的是普通人的气息，说明是人，只不过不知道是何人……"

其他人伏下身子，朝云跃了出去，径直走到他们的身后，如官差一样呼喝道："你们是谁！在这儿鬼鬼祟祟，准备做什么偷鸡摸狗的事吗？"

前面那二人不由得吓了一跳，连忙回转身来，那妇人以为朝云是这里的守卫，赶紧作揖说道："差大哥，我们母子遭遇虎豹，逃命中情急之下误闯进了这里，还望差大哥告知我们母子，从此地该如何前往洛阳？"

妇人身边的小孩一听，却抬起头疑惑道："娘，我们不是来找爷……"那妇人立即制止他说："嘘！弃儿别说话。"

朝云装作没有听到，随意摆摆手道："顺着那条道出去就是了！记住别回头，否则官老爷饶不得你们！"

妇人连忙躬身道："多谢差大哥。"说完，便领着小孩，匆匆向焉逢所指方向离开。

"朝云，怎么回事？"强梧连忙跳出来问。

"一对母子在山中迷了路，不小心闯入此地……不过那孩子说的话，却并非如此，他们来这墓中，好像是为了寻找什么东西。"朝云疑惑道。

"他们也跟我们一样？"尚章问道。

"不清楚，先不管了！找到青龙偃月刀，我们便迅速离开此地！"朝云说道。

"好！"几人应道。

哐啷啷！

就在这时，隔壁的一个墓室中忽然传来一声巨大的响动，像是什么被打翻了一样。

"什么声音？"强梧惊道。

"不会是守陵官兵吧？"尚章咂咂嘴。

"过去看看就知道了，走！"朝云当先往隔壁墓室赶了过去，其余几人也跟随而上。

"是那对母子！"

"他们怎么又出现在这里了？"

几人一阵惊讶，只见眼前墓室中，那母子站在中央，此时一个巨大虚影扑了过去，满口獠牙，尤其可怖！

那妇人焦急喊道："弃儿快走！"

小孩道："不要！"

呼！

只见一道劲风吹来，直接吹在妇人身上，将她击飞撞到墙上，又从墙上滑落下来，最后昏迷了过去。

"娘！"

小孩又惊又怒，扑过去看到妇人还有气息，竟是提起手边的巨斧，直接冲了上去，与那道虚影交战在一起！

"这……"

朝云等人站在入口处，皆是一阵惊讶，一个小小的孩童，竟然可以毫不费力地提起与他身体一般大小的巨斧，不停比画着与虚影交战起来！

第六十九章
再遇灵体

"强梧，帮他！"

"好嘞！这可是天生神力啊，可不能被这些小鬼给打死了！"

强梧感叹一声，随即便抽出三支羽箭，直接将灵气灌注其上，一同射向了空中虚影。

嗖！

羽箭飞至，直接穿透虚影，而箭支上的灵气则将黑影迅速吞灭，使其瞬间消散于无。

"孩子，没事吧？"墓室中安静下来，横艾过去，关心地问道。

"我……我没事……娘？娘！"小孩挣开横艾，扑向了倒在一旁的妇人，抱着妇人哭泣起来。

"徒维，帮她治疗一下。"横艾说。

"是，师姐！"

徒维上前，先是用灵气将妇人体内颤抖的经脉与四肢稳定下来，随后便替她将体内伤势治愈，没过多久，妇人就醒了过来。

"娘！娘，你醒了？"小孩看着缓缓睁开眼睛的妇人，双眸变得无比明亮。

"弃儿，你没事吧？"妇人担忧地问。

"娘，我没事……对了，这是差大哥！是他们救了我们！"小孩扶起妇人，激动地对她说道。

妇人一看，连忙向朝云等人欠身道："多谢各位相救。"

小孩也跟着说道："谢谢你们。"

朝云笑了笑说："不用客气。"

妇人想了想，说道："其实你不是官差，也不是魏国人吧？"

朝云也说道："你们不也没去洛阳吗？来到墓中，莫非是来取物？"

小孩点头道："嗯，爷爷的书在这里。"

朝云微愣："书？"

妇人马上呵斥道："弃儿别多话，去找找看经书在不在。"

小孩立刻撅起嘴来，随即走到里面，在一张石案上找到一个锦盒，再把锦盒打开，从里面拿出一本书来，接着兴奋地跑回来，对那妇人道："娘，果真在这里！爷爷的青什么经！"

那妇人接过来看了一阵，脸上也露出一抹放松的神色："嗯，没错。"旋即立刻把书收入怀内，接着回头对朝云道："公子，方才的声响应该引起魏兵的注意了，此地切莫久留。我们母子便先走了。"

朝云点点头道："再会！"

妇人欠身一礼，带着小孩匆匆离开。

"差大哥，再见！"那小孩临走前，又笑着朝几人挥了挥手。

"好，再见！"朝云笑着道。

"朝云，我看这妇人不正常……不像是寻常人。"等那对母子走远，强梧皱眉说道。

"自然不是寻常人，你见过哪个寻常人，会带着自家孩子来到曹贼墓室里找什么书？"朝云说道。

"算了算了！反正也与我们无关，倒是先找到青龙偃月刀再说！否则外面的守陵卫兵就要来了。"强梧神情严肃道。

"不错！大家分头寻找，越快越好！"

"遵令！"

神器都有一定的气息可循，但毕竟曹操墓室庞大，像是宫殿一般，几人寻找起来也有不少困难。

不知过去多久，终于一道兴奋的声音在墓室之中响起。

"在这儿！"

"是尚章！走，过去看看！"

几人连忙赶到尚章所在的墓室之中，发现在墓室正中位置上，一柄寒光闪烁的大刀放在石台之上，其刀身上下，都散发出令人心悸的气息！

"尚章，你立功了！"朝云拍拍尚章的肩膀，显得无比兴奋与高兴。

"好在这里机关重重，没有被盗墓贼盗走，否则便麻烦了……朝云，你去取下来吧，听说这刀可不比你的方天画戟轻多少。"强梧说道。

"好！"说完，朝云便一步向前，正要取刀，突然一阵阴森的劲风从背后吹来！

"什么东西？"

众人一齐转头，才发现他们的背后，一个巨大的灵体飘浮在那里，正一脸狰狞地看着他们！

几人立刻摆开架势，做出战斗姿态。

那巨大灵体怒吼道："你们是谁，竟敢骚扰孟德大人长眠之所？！"

朝云反问："你自己又是何人？"

"我乃于禁！为了报答孟德公恩情，绝不原谅任何打扰他安眠之徒！"说罢，这巨大的灵体便恶狠狠地看向他们。

"原来是灵体！根据黑袍诉说，曹贼每一座墓室中都有灵体守护，看来果然不假！"朝云说道。

"嘿，灵体罢了，看我不将他射穿！"强梧以迅疾无比的速度取下箭支，搭于弓上便直接射出！

嗖！

箭迅猛而至，那灵体却是浑然不惧，面对迅速射来的羽箭，轻轻一挥手，就已将箭支扇飞到了别处！

"这……怎的如此强大？"强梧惊讶道。

"这已是在武道第四境经营多年的高手，强大一些，也在情理之中。"朝云皱着眉头说。

"把它交给我吧。"横艾这时候说道。

"横艾，你有把握？"朝云问。

"当然！法术对这些灵体可是很有用的。"横艾笑了笑，"徒维，我们一起上！"

"是，师姐！"徒维应了一声，便往前走了几步，直面灵体。

"尔等无知小娃，今日便让你们有来无回！"那灵体大怒，直接猛地一张口，从口中吐出无数如刀刃一般的旋风，朝两人直直射来。

"徒维，走！"横艾与徒维相视点头，随后两人便直飞而起，立在半空之中。

借着这短暂的一段时间，只见横艾一甩长袖，她的袖子里，顿时飞出一串闪耀的雷电，雷电并没有击向灵体，而是在触碰墙壁之后，又猛地返回，落在另外一堵墙壁上面，就这样迅速地来回几次，这些雷电便变成了一张大网，直接将下方的灵体覆盖起来！

与此同时，徒维那一边也使出了火系法术，一扇法旗，一道火光便从其上喷薄而出，同之前横艾的雷电一样，在触碰墙壁之后，就立刻返向其他墙壁，如此数次来回，轻易地就和雷电交织形成了一张密不透风的大网，安全地消灭了灵体逃跑的可能。

"啊！"

灵体怒吼，往前直扑，想要攻击朝云等人，却被横艾一道雷电打下，直接将他打得退了回去。

"徒维，落！"

徒维点头，霎时间，两人便操纵着雷与火，从空中带着雷火大网直接降下，将灵体完全覆盖其中。

"吼！！！"

灵体忍受着遍体疼痛，一次又一次冲击上面的雷火大网，却没有注意到，自己下方门户大开，耶亚希这时瞅准了机会，顿时利用横艾教她的法术，刃尖一伸，一道火焰猛攻过去，顿时打破灵体的破绽所在。

遭此一击，灵体怪叫一声，所有力量顷刻瓦解，更被横艾与徒维的雷火大网击中，嘭一声，颓然倒地。

"好样的！"强梧与尚章大喊。

"想不到夷娃也这么厉害了！"朝云感慨道。

"嘻嘻！"耶亚希开心地笑了起来。

那倒地的灵体咬牙切齿地说："可恨！可恨！想不到我于禁变成了鬼，也还要造人俘虏……"

横艾说道："于禁，那便让我来收了你吧！省得你的魂魄无处可归。"说完，便祭出炼妖壶，准备把于禁收入壶中。

"且慢，横艾！"朝云突然制止。

"嗯？"

朝云解释道："他自称是于禁，于禁乃昔日一代名将，师父常提及他，对他也十分敬重。如今他出现在这墓中，此事必有蹊跷！"

横艾说道："即便真是于禁，也只不过是魂魄而已！死后冤魂不散，因而留在此地罢了！"

孙夷娃疑惑道："是不是又是那把刀化成的厉鬼啊？"

朝云摇摇头道："且慢……大家先别急躁！"

强梧问道："朝云，你在想什么？就直接叫横艾把这冤魂给收了吧。收了咱好带着青龙偃月刀快些离开。"

朝云神情微凛道："我可以感受到，这魂魄充满一种难以言喻的悲愤……我想弄清楚此事。"

强梧无奈道："朝云，你的老毛病又来了……这厮摆明不可能会是白柳砦、许家堡的平民百姓吧？"

"别担心，我自有处置。"说完，朝云蹲下身来，对于禁问道，"你当真是于禁的魂魄吗？"

于禁冷冷道："没错！你们打败我了，还想怎样？"

朝云思索道："我曾听说于禁乃一代名将，治军严谨。然而最后一战，与关将军大战于樊城，却因汉水溃堤惨败，最后与另一将军庞德同时被擒。但庞德宁死不屈，而你却选择了投降，让一世英名蒙尘。不知事实是否如此？"

听完朝云的话，于禁不由得悲声大笑道："哈哈哈，小子，你是特地来羞辱我的吗？你跟曹子桓那小子一样，欺我战败却又并未壮烈为国殉难……"

朝云打断道："不，我并非要羞辱你才问这问题的。我是为了我师父，想向您问清楚真正的答案。"

"什么问题？"

朝云说道："师父相信，于禁一代名将，追随曹操，戎马半生，英勇天下闻名，他坚信于禁绝非贪生怕死之辈，投降背后，必有什么苦衷，不知是否如此？"

于禁不由得再次大笑起来："哈哈哈！"可是笑声中尽是悲凉的气息，接着他问，"你师父是谁？他竟知我于禁心中最深之秘密！"

朝云道："我不能告诉你我师父是谁，但真相是否真如他所说？"

于禁悲凉地叹了口气，道："'庞德壮烈成仁，于禁贪生怕死'——天下人都如此说！可恨连孟德公，最后也如此相信了！但所有人都忘了吗？昔日李陵千里孤军战败，无奈之下投降匈奴，其实他一心未曾忘国，不过想先佯降，待他日再伺机刺杀单于、自刎殉国。如此忍辱含垢，荣耀青史，忠烈千秋，可比什么从容就义困难多了！但也唯有如此，才真正算得上忠烈之臣啊！"

"果真如此。"朝云听了，不禁点头。

于禁接着说道："庞德能一死了之，忠固忠矣，但他们可曾想过，我于禁既蒙孟德公半生器重，因而才希望做出比他更壮烈之举，我投降关羽，便是希望效法李陵之心，伺机刺杀关羽。可是无奈关羽那厮，此后不久，便自己大意败死，遂让我永远失去雪耻机会！

"之后，我被送至江东，孙仲谋又待我不薄，我不可能违背一己良知，杀了好人来替自己赎罪！后来他好意将我遣回洛阳，哪知曹子桓不谅我初衷，横加折辱！于是我于禁就永远成了'贪生怕死''晚节不忠'之辈，恶名千古烙身……呜……"

言至于此，于禁竟哭了起来，他接着道："当初一念之误，千古之下，永远失去孟德公信任……如今，我也只将一腔悲忠赤忱化为孤鬼，在此守护孟德公陵寝，不被汝辈宵小之手所污辱。"

说到这里，于禁突然抬头仰天长啸道："呜呼天哉，谁知我心——呜呼天哉！呜呼天哉！"叫罢，便痛哭失声，不能再语。

横艾这时也叹道："英雄唯恨死得不得其时，不得其所……唉……"

焉逢沉吟良久，才道："……师父说的当真没错，于禁不愧是一位忠烈之士！让它留在这里吧，横艾……我们该敬重忠烈之魂。我们走吧！"

强梧忙道："咦……慢着！朝云，你就因为如此，打算放过他？"

朝云说道："是的……在木门道射死了敌将张郃后，我想了很多很多……我回想起师父昔日曾告诉我，即便是敌人，对于其中的忠烈情义之士，我们也应保有一份敬重。就算是有深仇大恨的敌人，亦应如此……"

强梧急切道："朝云，但敌人毕竟是敌人啊。"

"嗯……我明白你的意思，子君。"朝云沉思片刻，说道，"当时我也尚年幼，不懂师父话中含意，所以极不谅解，屡次反驳……但最近才深深体会，也许师父说的才对！即使是曹贼的将领，也有他们自己的大义……"

"但是朝云，我们身为飞羽，身为大汉最忠心之尖兵，怎能如此去想呢？这样的想法，让人隐约觉得有一丝不安！"强梧不禁皱起眉头。

"也许忠义并非那么浅白，它不是非黑即白、非我即恶的东西。有些事物，是超越敌我立场的，当初师父是这么说的。"朝云微笑着说道。

"唉！也罢也罢！"

强梧也无语再来反驳，朝云接着说道："我们取走青龙偃月刀便离开吧！"说罢，他过去把青龙偃月刀拿起，随后带众人转身就走，不再理会沉痛大哭的于禁。

第七十章
墓外有人

"等一下！"

突然就在这时，于禁出声将所有人叫住。

"嗯？"

朝云停住脚步，转过身来，疑惑地看着止住哭号的巨大灵体。

只见于禁缓缓起身，闭上眼，朝几人说道："曹公墓外已来了官兵围堵，人数众多，还有数位气息强大之人，若你们信我，不妨让我将你们送至安全之所，至少能够避开外面围堵的官兵。"

朝云惊讶道："外面有人来了？"

说罢便连忙展开神识往外看去，只见曹操墓外，不知何时已聚集了数千名官兵！这些官兵各个手持兵戈，严阵以待，而他们前方，正是铜雀六尊者中的紫衣尊者、赤衣尊者，以及白衣尊者三人！

"曹贼怎会知道我们来此？"强梧愣住。

"莫非是徐大人……"尚章小声说。

"不可能！"朝云直接否定，眉头也皱了起来。

"我也感应到了，外面确实是有不少人……"横艾也点了点头说。

"之前我感应到有一股强大的灵体气息在十里外出现，不知是否与各位有关？"于禁在这时沉声问道。

"你竟然能够感应得到？"强梧惊讶。

"灵体之间可以相互吞噬，二者之间便仿佛人能够闻得见食物的气味一样，加上实力强大，自然能够轻易感应得到。"横艾解释说。

"原来如此……莫非外面这些人，与那灵体有关？"朝云问道。

"不错，其实我早已猜到，你们能够将灵体放出，必定是打开了坟墓法阵，但是你们或许不知道，坟墓法阵一旦破坏，邺城之中便能知晓。因此他们一定是循着你们的踪迹找到了这里。又或者是……你们放出的灵体，出卖了你们。"于禁此时收起了巨大的身形，变得与常人一般大小，负手站在那里，依稀有几分当年的气势。

"竟是这样！"朝云蹙眉。

"可恨！那黑袍身影竟未将这些告知我们！"强梧握拳，一脸愤怒。

"都怪我，轻易相信了那黑袍灵体。"朝云自责道。

"现在不是讨论这些的时候，毕竟我们已经拿到了关将军的青龙偃月刀，所以该想办法离开才是。"横艾看着众人说。

"因此……若是你们相信我，我可以悄无声息地将你们送到远离官兵的地方。老夫为曹公守墓，是为报答知遇之恩，且这大刀本就属于关云长所有，你们带走它也无可厚非，我不会再作阻拦。"于禁不禁叹气道，"只是可惜了你们这样的英雄豪杰，当初竟未让我遇到。"

"这……"

"信还是不信？"

"这于禁心向曹贼，恐怕不会这么轻易地帮助我们吧？"

"可看他的样子，也不至于欺骗我们。"

"万一他要将我们送到某处地方将我们困住，或是直接塞到外面那群人的包围圈里面，到时候想要脱身可就不简单了。"

"不会的……忠义之士之所以被称作忠义之士，必定是一诺千金之人，断然不会随意欺骗我们。再说，即便他将我们送到一些危险的地方，以我们的实力，也能够想办法逃出来。"

"朝云，这可是敌人！"强梧蹙眉。

"子君，我之前说过，敌人与敌人之间，也有惺惺相惜的忠义之辈，譬如曹贼当年放关将军离开，关将军于华山道饶曹贼一命，这是一样的道理。"朝云接着说，"况且我师父曾说过，于禁乃是忠义之人，我相信他能够说到做到。"

"朝云……"

"好了，此事便这么决定了，时间紧迫，我这便请于禁将军送我们离开。"

朝云与其他几人讨论完毕，便直接来到于禁身前，抱拳一礼道："于将军，那我等便拜托于你了！"

于禁脸上露出一抹伤感的笑容来："我于禁，许久没有得到过别人的信任了……我这便送你们离开。"

朝云几人站到一起，接下来就看到于禁开始催动自身体内的能量，控制着整个曹操墓的大阵缓缓运转起来，大阵之内光华流转，整座墓室都变得明亮不已。而位于几人面前的于禁，身体则越发透明，仿佛催动大阵，已用尽了他全身的力气。

"这是……"朝云几人吃惊不已。

"他是在消耗自己的灵体，送我们离开。"横艾肃然道。

闻听此言，众人皆一阵惊愕，纷纷抱拳："于将军，保重！"

于禁只笑着点点头，然后一挥手，几束光芒凭空出现，笼住朝云等人，再一挥手，光芒就唰一下闪没，带着所有人消失在墓室之中。

墓室里渐渐变得昏暗起来。

于禁停下动作，看着光芒消失的地方喃喃道："你们也保重……"

他的声音极度虚弱，身体也变得越发透明，直到最后，只能隐约看到一个轮廓，他转过身朝着放置曹操棺椁的方向拜了三拜，然后沉默无言地消失在黑暗之中。

坟墓之外，数千官兵镇守在高大的丘陵周围，将这里围了个水泄不通。

"你确定他们已经进入了墓中？"紫衣尊者沉声问道。

"当然，这曹公墓真正的位置，还是本座告知他们的。"一个阴冷的声音凭空出现，只见在紫衣、赤衣与白衣身后，一个浑身披着黑袍的身影慢慢显现，随后语气肯定地说道。

此人，正是之前朝云放走的强大灵体！

"这些人个个都是难得的天才，你将他们抓住之后，可千万不要忘了与我的约定。"黑袍身影桀桀怪笑。

"放心吧，我从不会失信于任何人。"紫衣尊者眯眼说。

"但若是这些人不在里面呢？"赤衣笑了起来，"是不是我再出手，将你给关进去？"

"哼！小姑娘可莫要乱讲，本座说他们在，那他们便一定在！只要堵住出口，堵住周围，莫非还怕他们飞了不成？"黑袍身影似乎有些忌惮赤衣，说话的时候也离她极远。

"好啊，那再等一个时辰吧，如何？"赤衣向紫衣与白衣询问道。

"不……"紫衣摇摇头，忽然转身看向白衣，说道，"义弟，你此番刚从木门道为张老将军守陵回来，还不曾回过家吧？"

"嗯。"白衣点点头。

"既然如此，那你便先回去，想来令尊徐大人也非常想念你了，先去向他老人家报个平安，这里剩下的事情，便交由我与赤儿吧。"紫衣拍拍白衣的肩膀说。

"义兄……"

徐暮云刚想说话，却见紫衣朝他摆手说道："切勿再言，你体内的剑气即将发作，这段时日便留在洛阳静养，待为兄将这边的事情处理完之后，立刻就赶去与你会合。记得，在此期间，切莫再使用剑气，否则你的身体会承受更多的痛苦。"

赤衣也笑道："白衣师兄，放心去吧！这里还有我呢，保护紫衣，顺便与飞羽那帮人玩玩，绰绰有余了。"

徐暮云见此，也不好再说什么，只能点点头应下，抱拳道："义兄、赤衣，那我便先走了。"

紫衣点点头，又嘱咐道："莫要让徐大人起疑，否则若是让他知晓你跟着我做了这么多事，又该责骂你了。"

徐暮云点点头道："我知道。"

紫衣笑了笑："去吧，我们洛阳再会！"

白衣将虚空剑抛向天空，一跃而上，转瞬间便踩着飞剑消失在夜空之中。

看着白衣离开，半个时辰后，周围的士兵已有些困乏，紫衣尊者吩咐道："我们也走吧。"

赤衣嘻嘻一笑：“怎么，等不得啦？”

紫衣尊者摇摇头道：“飞羽那群人来爷爷的坟墓之中，一定是为了寻找什么东西……既然现在都没有现身，一定是早已离开了，我们守在此处，只是浪费时间而已，倒不如赶回邺城、洛阳，沿途布下哨卡防务，给他们制造一些麻烦。”

赤衣啧啧说道：“看不出来你坏点子是越来越多了。”

紫衣哈哈一笑：“这不都是跟你学的吗？”

赤衣撇撇嘴道：“乱讲，人家何曾教过你这些鬼点子？”

紫衣止住笑容，摇头说道：“那一日我在洛水之畔看到一名与你长相极为相似之人，虽说后来知晓那不是你，可你听我说完之后，便肯定地说了一句，一定是飞羽来了，事后证明确实如此……妹子，我一直想问问，你是如何判断出来的？”

赤衣眼珠子一转，说道：“很简单啊！有人扮作我的模样在那翩翩起舞，那一定就是飞羽咯，只有他们才会做这么无聊的事情来吸引目光。”

紫衣不由得笑道：“这是什么逻辑？罢了，我也不追问你了，待你何时愿意告知于我，再一并说吧。”

赤衣露出一抹开心的笑容，欠了欠身子道：“嘻嘻！那磬儿就多谢陛下咯！”

紫衣摇了摇头，无奈一笑：“好了，回去吧！”

赤衣仿佛想起了什么，连忙追上去问：“喂！傻皇帝，你说要送我一把新的琵琶，在哪儿呢？”

紫衣笑道：“远在天边，近在眼前。”

赤衣不由得抬头往前面看去，只见漆黑的夜空中，月光荧荧照下，凭借超乎常人的眼力，隐隐已能够看清远处的黑幕之中，矗立着一座高楼，高楼两边如鸟翼一般高高翘起，像是一只振翅飞翔的仙雀……

赤衣不由得笑了起来，可是下一刻，却故意嗔怪地看了一眼走在前面的紫衣，叫嚷道：“看不见看不见！我不管，你要亲自送到我手上，不然……不然今晚上某人就别想听我弹奏曲子！哼。”

紫衣忍不住哈哈大笑：“全听妹子的，全听妹子的！”

赤衣开心地追了上去。

而躲在黑暗中，被两人刻意遗忘的黑袍身影，却在此时阴冷地看了一眼紫衣尊者，静悄悄消失在数千撤离的军队之中。

与此同时，洛阳南面的城池之外。

几束白光忽然凭空降落，紧接着朝云几人就出现在夜色下的树林之中。

强梧长吁了一口气，拍着胸脯说道："没想到他还真把我们送出来了，而且还送出如此之远。"

朝云深吸一口气："看来师父说得没错，于禁确实是一位忠义之士。"

横艾轻轻点头："灵体消耗完之后，他便等于是消失在世间了，自此天底下将再也没有于禁此人。"

朝云点点头道："我们走吧！此地在洛阳南门，先前答应徐大人要将这青龙偃月刀带去给他看看，可不能食言。"

强梧愣道："朝云，你真打算去？"

尚章也皱眉道："这样会不会太危险了？毕竟曹贼已经派兵来围剿我们了，说明我们几人的行踪已经被他们知晓，这次若是回洛阳，恐怕不会太过简单。"

横艾拍拍腰上的炼妖壶，笑了笑道："没事，你们还是进到炼妖壶里去，等到了徐大人家中，我再将你们放出来。"

朝云看了一眼几人："徐大人此次帮了我们大忙，他想看看青龙偃月刀，或许只是为了追思罢了，毕竟当年他与先帝及关、张二位将军关系极佳……何况，相信大家也看得出来，如今的徐大人病痛缠身，恐怕已时日无多。我们此去，便当是报答他对大汉的一片忠贞之心了。"

强梧思索片刻，终于点头道："好吧！但是我们还是尽快为好，不可再在城中耽搁了。"

朝云点点头："横艾，交给你了。"

"没问题。"

横艾跟之前一样，伸手一拍炼妖壶，除了朝云之外，剩下的几人顿时便消失于原地，进入炼妖壶中。

两人相视一眼，来到城楼之下，猛地一跃而起，直接翻越城墙，躲过城楼上巡逻的士兵，稳稳落在空无一人的街道之上。两人笑笑，按照之前的记忆，一路顺着寻找过去，没有多久，便来到了徐庶门宅之前。

伸手敲门，那管家见是朝云与横艾，也没再进去通报，而是伸手虚引，将两人径直带到了客厅之中。

管家抱拳道："两位稍后，我这便去叫老爷前来。"

朝云连忙抬手道："管家且慢，此时天刚微亮，我们在此等候片刻，让徐大人多睡一会儿。"

管家笑着说道："两位有所不知，老爷几十年来，皆是天边一亮便起床拿书阅读，一年三百六十五日，几乎都保持着这样的习惯，此刻天虽未明，但老爷恐怕已经将那些兵书又翻阅过一遍了。"

朝云与横艾皆是惊讶，没想到一位六旬老人，竟还能坚持这样的习惯……而且一坚持便是数十年，实在是难能可贵！

两人心中顿时更添敬佩之情。

第七十一章
死亡真相

管家离去，朝云让横艾将强梧等人放了出来，几人落座没有多久，便看到徐庶在管家的搀扶下杵着拐杖来到了客厅。

朝云等人连忙起身，抱拳行了一礼。

"不必客气，不必客气！"看得出来徐庶心情不错，此时见到几人，一开口便问："怎样，是否找到云长的青龙偃月刀了？"

朝云笑着说道："幸不辱命，找到了！"

徐庶捻须一笑："如此便好，如此便好啊！"

朝云抱拳道："此番还得感谢徐大人您，否则我们能否顺利找到关将军的贴身武器，还难说得紧。"

徐庶微微笑道："老夫确实帮了你们，可若非你们本事在手，恐也拿不出这青龙偃月刀……看来多闻使所言不错，飞羽当真个个都是能人！"

朝云谦虚道："大人谬赞了，我等只不过是尽力而为罢了。"

徐大人点点头，忽然像是想起什么一样，双目中闪烁着一抹期待的光芒，看向朝云说道："不知小友可否将那大刀借给老朽一看？"

"当然可以！"朝云说着，便给横艾使了一个眼色。

横艾点头一笑，明白朝云的意思。只听她轻声说了一句"出来吧"，那炼妖壶光芒一闪，顿时一柄寒光四溢的大刀便出现在大厅之中。

咚！

朝云一把接过，随手放在地上，便砸出一个闷响来，这下徐庶神情更加激动起来。

他借着朝云的力，接了过去，将刀靠在桌上，一边抚摸，一边不停感叹道："这确实是云长他的爱刀……老夫仿佛看见他当年骑着赤兔马手提此刀之英姿……唉，岁月匆匆，一切都改变了……青年时代一切壮志，如今仿佛都化为轻烟而去。最幸运的该是孔明老友吧，如今已是丞相之尊，仍可实现青年时之豪情壮志！"

横艾却叽叽喳喳道："哎呀，徐大人您错啦！孔明丞相他恐怕也没有您说的那么愉快！"

"呃？"

横艾嬉笑着说："他屡次北伐，屡次退兵，至今连区区长安都收复不了，如今连皇上和不少大臣都质疑起他了，只怕烦恼都烦恼死了。"

朝云马上喝道："横艾，不得失礼。"

横艾嗔道："好嘛，人家不说便是了。真是的，大家都不爱听实话！"

朝云无奈地摇了摇头。

强梧起身道："徐大人，既然您心系大汉，感怀才不遇，何不设法返回大汉呢？"

徐庶摇头道："当年老夫的母亲被曹贼作为人质，如今老母已逝，但妻儿老小皆在洛阳……"

"原来如此，如此确实为难。"

"不过话说回来，当年曹家也算善待老母，老夫欠其一份人情，不为其出谋划策便已做绝，缘何还能弃人而去？"

强梧自知自己所言无理，点了点头，落回座位。徐庶接道："说到妻儿老小，老夫原想介绍我家老三与你们认识认识，他与你们一般大小，功夫也着实了得。"

朝云惊讶道："哦？您家的三公子吗？"

说到这里，徐庶心情仿佛瞬间变好了许多，抚着胡须微微一笑道："是的，他天生拥有异禀，后来也努力锻炼自己，乃是以一敌千百的战士。"

强梧惊讶道："哦！这般厉害，那他岂不是飞羽级的人物了？"

徐庶微微点头道："若有机会，你们彼此可以见个面。"

朝云抱拳道："还望徐大人引荐！"

徐庶叹了口气，道："不，他如今人不在洛阳，他去关右了。因为他听说义父张郃老将军在关右不幸中敌人埋伏，壮烈为国阵亡。他十分悲痛，如今在关右当地结庐守墓，一年之期过去，兴许已在回来的路上了。"

朝云一怔，问道："且慢，您说您的三公子他义父是……张郃？"

"是啊！"徐庶有些伤感道，"他们老少二人，感情深厚。年幼时，他因故紧闭心扉，幸有张老将军慧眼独具，识见他才能，循循启引他成长。若非张老将军循循善诱、悉心教导，或许也没今日的他了。"

"呃，原来……"

徐庶接着道："所以他一听到张老将军在木门道被敌人一箭射穿膝部，伤重不治，才会如此伤痛。"

尚章听徐庶此言，立即道："咦？等一下。那个张郃老贼，分明是被我们飞羽给万箭穿心的啊！"

朝云皱眉道："尚章！"

徐庶却惊讶道："万箭穿心……？"

"这……"朝云一时不知该如何回答，想了想，连忙起身道："徐大人，实不相瞒，那一战我们飞羽也在场！张郃老将军实是中了我们埋伏，被万箭穿心而死……"

徐庶道："怪了，怎的说法全然不同？我们此地都是说张老将军不听司马都督苦劝，坚持去追击你们的撤退大军。结果因为太过轻敌，不幸中了埋伏，被箭所伤。虽然司马都督后率大军赶来，奋勇杀入重围，但他已因失血多时，壮烈殉国。"

"这……"

强梧愤愤道："真是乱来，怎与真相差这么多？张郃不但被我们万箭穿心，而且其实他本不愿追击。为了引他上钩，我们还花了一番工夫！"

徐庶道："哦……"

尚章接口道："还有，事后司马懿哪有派大军来援救，他还是我们埋的呢！"

徐庶恍然道："原来如此，老夫大概明白个中原因了。你们所说，都是亲眼所见的事实吧？"

朝云抱拳道："我们杀死张郃将军一事，请您莫怪罪才好。"

徐庶却摇头缓缓说道："莫担心，不必在意什么，坐下吧！"

见三人重新落座，徐庶才叹了口气，接着道："战场你死我活，原本残酷，老夫自然十分哀伤张老将军之死，但也不会因此怪罪诸位。洛阳本地关于张老将军殉难之事，所有说法全根据司马都督奏章而来。显然，是司马都督为了回避自己大意，将此事改为对自己较有利之说法！"

朝云点点头道："原来如此，甚有可能。"

徐庶微微嘲讽道："若太史们不曾听到你们的不同说法，大概就会以司马都督说法为真，载于史简吧？如此一来，张老将军即便壮烈阵亡，在九泉之下也千古莫辩。"

朝云想了想，说道："若真如此，那便有些过分了，张老将军虽为我大汉敌人，但也是一位忠烈之士，连多闻使大人都为其惋惜不已……"

横艾却道："其实这没什么好过分的，史书毕竟也是人写的呀！史书怎写，后人也只能怎信，所以才说'尽信书，不如无书'嘛！"

"哦？"

徐庶略微好奇，偏头看向横艾。

横艾微微一笑道："如我们将来幸运收复天下，大汉史书也会大书特书此次我们诱杀张郃的功绩！"

强梧反问道："那岂不是很好吗，横艾？"

横艾煞有介事地点头说道："当然，如此一来，我们的孔明丞相他屡次出师无功，也变成一路战绩辉煌、用兵如神了。"

"横艾，你怎又乱说话？"强梧不满道。

朝云瞥了一眼横艾，制止道："横艾，子君他说得很对！我们不该在徐大人面前，拿丞相如此乱开玩笑！"

横艾嘻嘻一笑，装作委屈的样子说道："好嘛好嘛，是我不好，我向大家道歉。"

徐庶却微微眯眼，摆手道："不不，这姑娘倒是别有见地，让老夫有些好奇。不过提到用兵如神，老夫觉得以你们阵营而论，非刘玄德莫属！他除了有刘邦那样的统御才干外，尚且兼具张良般的用兵智慧，智谋奇计层出不穷。

"若非如此，怎能统御如云长、翼德那样的不世武将呢？孔明老友则是萧何、管仲那样的安邦之才，不拘小节的玄德，最缺少的便是这方面的才干。如今擅长治国、不善用兵的孔明老友，自己亲自去带兵领将，确实是太为难他了！"

横艾哼了一声，昂头说道："你们看吧，徐大人也是明白人！"

朝云一时也无从辩驳："这……"接着说道，"徐大人，时候也差不多了，我们该告辞了。"

徐庶点点头，起身说道："你们还有任务在身，那老夫也就不留你们了。"

众人一同起来，强梧道："此行万分感谢徐大人的鼎力协助！"

徐庶笑着摆摆手："不必谢，也算是我为大汉……做一些力所能及的事情吧。"

旋即一路相送，临走至门口时，朝云想起什么，抱拳说道："大人，关于张郃将军一事，还望您莫向您三公子提起，以免增添困扰……"

徐庶点头道："放心吧，此事老夫自会斟酌。诸位请尽管放心！"

朝云等人离去，但是没有多久，一道白衣身影忽然出现在徐府门前。他抬手轻轻敲门，没有多会儿，管家便将门打开，伸出半个头来，忽然他的脸上露出一抹惊喜，连忙将门敞开，伸手虚引道："公子，您回来了？一年不见，公子你瘦了，瘦了……"

"无妨。"白衣身影摇摇头，轻声问道："阿福，父亲起来了吗？"

管家开心地笑道："早早地便起来了，方才刚送走几位客人，如今正坐在客厅饮茶。"

"客人？"白衣低声疑惑道。

"正是，看样子那几人与老爷很熟，老爷与他们相谈甚欢。"管家说道。

"好了，先带我去见父亲……一年了，也不知道他老人家身体如何。"白衣身影说着，便让管家在前领路，一直来到客厅。

"老爷，您看谁来了？"管家当先便弯着腰身，小步跑到徐庶面前，然后伸手往门口一指。

"云儿？"徐庶激动地站起身来，杵着拐杖嗒嗒才走了两下，已到门口的白衣身影忽然便如一阵风般，掠到了徐庶面前，将他扶着坐下，然后双膝跪地。

"父亲，孩儿回来了！"白衣身影说着，便一拜而下。

"快起来，快起来！"徐庶满心高兴，一脸的皱纹仿佛在此刻全都消失不见了，看到年轻人回来，像是忽然间年轻了几十岁一般，脸上慈爱的笑意如何也掩藏不住。

"父亲，您身体还好吗？"白衣身影连忙上前，躬身拉着徐庶的手，轻轻地问道。

"好，好！为父看到你回来便好！"徐庶忍住泪水，尽是期望与满意地看着眼前的年轻人。

"父亲，在为义父守陵满一年之后，孩儿听您的话，并未前往蜀汉，行冲动之事，而是一路阅遍世间百态，回到家中。"白衣身影低着头缓缓说道。

"你能如此，为父也就放心了。"徐庶轻轻拍着年轻人的手，满目欣慰。

"但是……父亲，您知道，义父待我恩重如山，皓兄对我百般照顾，如今他们二人皆被蜀贼万箭穿心，射死在木门道。无论如何，孩儿也要为他们二人报仇雪恨，如此……方可告慰他们在天之灵！也不枉我徐暮云为子为兄一场！"白衣身影说着，又一次跪倒在徐庶面前。

"唉！你可知战场杀伐本就有生有死，文远乃忠义仁厚之人，他若在天有灵，必定不希望你将战场之事引入个人恩怨之中，身背危险，行如此愚忠愚孝之事！你若当真感恩文远与皓儿，便当结草环以报，替他正名，查出真正害死他们的人来！"徐庶深吸口气，说到后面的时候，将拐杖跺得咚咚响。

徐暮云闻言微怔："父亲，您是说……义父之死背后有冤屈？"

徐庶叹了口气，说道："你方才说文远被万箭穿心而亡，你从哪里得知？"

徐暮云拳头捏得咔嚓一响，缓缓说道："我抓住一名蜀兵逼问之后，方才得知！"

徐庶默默点头。

徐暮云急切地问："父亲，义父与皓兄之死，究竟有何隐情？还望父亲告知孩儿！"

徐庶伸手将徐暮云拉了起来，拍拍旁边的椅子，示意他坐下。白衣徐暮云点点头，过去坐了下来，冰冷不变的神情此时竟变得有些紧张起来，可以想见张郃与张皓惨死一事，对他打击有多大！

第七十二章
一介书生

　　"云儿，你可知当年两人共同抗击孔明时，文远与那司马懿关系如何？"徐庶问道。

　　"关系不佳。"徐暮云回道。

　　"你可知当时孔明军队撤退时，你义父是打算追，还是不追？"徐庶又问。

　　"司马懿上奏说，是义父坚持要出兵追击诸葛孔明，因此才遇伏惨死……"徐暮云咬牙道。

　　"那……你自己认为呢？"徐庶又问。

　　"这……"徐暮云眉头微皱，"父亲，您是说……那司马懿欺骗了所有人？"

　　"为父听来的消息，是当时诸葛孔明撤退时，文远并不想带兵去追，全因他深知诸葛孔明用兵谨慎，一路上不可能不设下埋伏，因此极力反对出兵一事，但最后司马懿却以都督身份下令逼迫，才致使他……"徐庶说到这里，不免叹了口气。

　　"父亲，您……说的，都是真的吗？"徐暮云目光闪烁。

　　"为父也是之前方才得知真相的，我不愿看到你被蒙在鼓里，因此才决定将此事告知于你的。"

　　"司马懿……"

　　"云儿，司马懿他是魏国大都督，是曹睿最为仰仗的大臣，你切莫因私念而牵扯到国事……"

"父亲，孩儿明白……但此事，我必定要查一个水落石出！"说罢，徐暮云便起身，躬身向徐庶一拜，径直转身离开。

"云儿，你要往哪儿去？"徐庶急忙问。

"父亲勿要担心，孩儿去去便回！"

话音刚落，那抹白色的身影便悄然消失于院落之中。

白衣离开院落之后，顺着洛阳城的街道，一路来到了一片深宅大院聚集的地方。他轻车熟路地走到第三座府邸面前，看了眼门前依旧挂着的白孝，和门头上显眼的"将军府"三字，轻吸口气，便在两旁侍卫惊讶而又恭敬的目光中缓缓走了进去。

即便已经过去一年，可此时的张府依旧未从当初的悲伤中走出，整个府邸之中，下人来往行色匆匆，脸上均挂着一抹忧色；远处近处，府中许多花草已长久没有打理，墙迹斑驳，红漆脱落，多多少少会令人感到一丝荒凉。

徐暮云脸上的追忆之色越发浓厚，他的脚步也不由自主变得快了许多。没有多久，就已经来到了他记忆中最美好的一个地方——一块宽阔的练武场地。

练武场位于将军府后院之中，这里曾是他第一次遇见兰茵，并与义兄张皓比试剑术的地方。当年他们三人相依相伴、形影不离，可如今数年过去，却早已物是人非，兰茵因被他体内剑气所伤而死，只剩一缕魂魄居于虚空剑中，如今张皓更是被万箭穿心而亡，死时连全尸都不曾落下……

徐暮云冷漠的脸庞上缓缓地出现了一抹伤痛之色。

他没有急着离开练武场，而是走过场地上那些熟悉的兵器架子，伸手一一抚摸而过，微微闭上眼，脑海中立刻便浮现出了当年的情形……

身穿粉色衣服的少女盈盈一笑，抬剑一指道："暮云哥哥看剑！"随后女孩便一跃而起，一剑朝着徐暮云刺来。

徐暮云眉眼含笑，随意一挑，粉衣女孩刺出的剑就脱离轨迹，刺向了一旁。而旁边，张皓哈哈大笑，有些同情地看着女孩说道："兰茵，你跟暮云比剑，不是自讨苦吃吗？"

粉衣女孩踉跄着站住身子，窘促道："柏乔哥哥，你怎么可以取笑兰茵？"

张皓越发笑得不可开交，笑罢才故作责备地对徐暮云说道："暮云，你怎也不知让让兰茵妹子？"

徐暮云便轻声一笑，认真说道："如今正值乱世，危险随时都有可能降临……练剑时万不可大意且随意，否则他日若是遇到了麻烦，想要再应付恐怕就来不及了。"

后来有一日，再见到兰茵时，她忽然说不出话来了。

她的嗓子哑了。

空灵的歌声没有了，清脆的笑声不见了。

徐暮云很急切，看着她微笑着比画，用手势告诉自己不用担心时的模样，心里仿佛被利刃狠狠割了一刀，血无声流淌，伤口无法愈合。

便这样过了许久，徐暮云与兰茵之间的沟通已不成问题，他们之间甚至只需一个眼神或是一个手势，便能轻易地知晓对方在想什么。这让张皓很是羡慕，他常常说，自己与兰茵青梅竹马，如今却还不如暮云与她心有灵犀……

是嫉妒还是说笑，徐暮云不清楚，但心里一想，自己这位柏乔大哥，心里肯定会有些失落与失望吧？兰茵，毕竟也是他喜欢的女孩啊。

再到后来的某一日，他体内的金色剑气爆发，兰茵为帮他压制而道消身死，最终只余下一缕神魂，沉睡在那柄虚空剑中，至今无法醒来。

徐暮云找了很多方法。他跟随曹睿征战四方，目的之一，便是为了方便探查天下各地的奇珍异宝。他想要知道哪里有可以将兰茵救活的神药……即便无法救活，可若是能够将她的神魂唤醒，对徐暮云而言也已足够了。

想着想着，徐暮云又缓缓睁开了双眼，由一块宽阔的练武场，回忆起了小时候的许多事情。由这些事情，便想起了当初的那些人，那些人中无疑兰茵与张皓陪伴他最多。

但这些都不是他今日来到这里的目的。

他终究要醒来，回到现实之中，去为义父洗刷冤屈，为义兄报仇雪恨！

于是他的脸色变得冰冷起来，头也不回地径直走向后院，一间早已中门大开的大厅前面。

此时的大厅里，一位有些憔悴的中年人坐于其中主位之上，周围皆无下人，凉风吹过，显得有些寂寥。原本此时乃是凌晨之时，可此人却是手抚额头，神色极差，仿佛已有几日几夜不曾入眠。

他的身上依旧穿着白色的孝服，连额头上早该褪去的白绫也仍还留着。他的样貌，看上去与张郃有几分相似，只是多了许多文弱的气息。

没错，他只是一个书生罢了。

书生拿不起刀枪，作诗赋文章却字字珠玑，极为凌厉。

可是自从一年前张郃惨死，他质疑真相的态度被权势滔天的司马懿压下之后，甭说拿不起刀，便连双腿也站不起来了，不是害怕，只因无力罢了，无力得连握笔挥毫写奏章的力气也消失殆尽。

他沉寂了一年。

作为张郃爵位的继承之人，他没有为自己父亲的死发出过哪怕一句声音。

他想闭门，什么也不用管，便这样借着父辈的余荫，安稳度过下半生。

但是今日，却有人找上门来了。

此人他熟悉，于是心里忽然间就多出了几分不知是期待还是恐惧的情绪，无论如何……也压制不住。

徐暮云在厅外驻足片刻，最终还是走了进去，抱拳朝座位上的人行了一礼，说道："侯爷，暮云来了。"

张雄闻言，缓缓地点点头，打开沙哑的嗓子说道："坐。"

徐暮云没有客气，拂衣坐下，开门见山道："今日暮云前来，是有要事向您请教。"

张雄仿佛已经知道他想要说些什么，问题还未道出，便摇摇头道："你不用问了，本侯不会告知于你。"

徐暮云面无表情道："侯爷继承义父爵位，却不为义父伸冤，如今所受当真无愧乎？！"

张雄忽然笑了笑，摇头说道："有愧无愧，只要能够活着便好……人已故，还去争那些个虚荣做什么？是非是过，自家人看明白也就足够了，又何须奢望天下之人人人理解？"

"我们虽名为义父义子，可义父待我却恩重如山，说是亲子也不为过。其次张皓吾兄，为人耿直、乐善好施，与我从小一同长大，亲如手足。而今他们二人均死于敌军乱箭之下，被'万箭穿身'而亡，此事若是不查个水落石出，我该如何面对义父与皓兄在天之灵？！"

徐暮云站起身来，情绪少有地产生了强烈的波动。自从兰茵离开之后，他已经有很长一段时间没有像今日这般，一连开口说出这么多的话了。

　　他来这里的目的，是为问清楚张雄是否知晓真相。又或者张雄是否知晓那些知道真相之人的下落，如此他才好确认自己心里的猜想是否属实，但是张雄果真如他之前所料想的一样，打算将此事沉埋于过去，不再提起。

　　若非如此，这一年之内该做的事情他早该做了，又何须在此黯然伤神，独自承受悲痛与不甘？

　　或许明哲保身，不追过往，接受司马懿呈上的奏折里陈述的所谓"事实"，是对他而言最好的选择，毕竟这样可以保全整个张家不受迫害，保证张家的香火能够顺利地延续下去。可是这一切，却是建立在张郃被司马懿陷害、被天下人误解的基础之上。

　　徐暮云不是张家之人。

　　他不会去为张家考虑日后如何生存，他只知道，张郃与张皓，前者是他的师父，亦是他的义父，后者是他的同伴，亦是他的兄长。

　　两人惨死，他不能坐视不管。

　　张雄许久没有吭声，直到徐暮云一头的白发随风飞舞而起，他想到当年某个可怖的场景，嘴唇才微微颤抖着张开，盯着眼前的白衣白发年轻人问道："若我述诸真相，你当真要选择那样做吗？"

　　徐暮云说道："我本想杀蜀寇替义父与皓兄报仇，可家父担心我滥杀无辜之人，极力阻止我，迫使我为义父守陵一年之后，便回到洛阳，我做到了，并且也从未踏入蜀国半步……可今日回归洛阳，义父之子——侯爷你的表现却令我大失所望，若是方才你再迟疑片刻，我不介意为了义父与皓兄，将本属于蜀汉之人承受的罪责附加于你们身上。让张家所有人……都去地下给义父陪葬！"

　　说完这句话，门外吹来一阵风。两扇木门摇晃得嘎吱作响，地上的灰尘卷起一缕，又随风落下，如此反复数次，张雄才杵着桌椅，缓缓站起身来，憔悴的神色在这一刻更添几分苍白。

　　他知道徐暮云的意思，若是今日他不将徐暮云想要知道的一切告知于他，那么这个满头白发飘飞的年轻人，就会举起他手中的剑，不惜屠灭张家满门，让张家所有人去张郃面前忏悔。

他相信对方做得出来。

某些时候，徐暮云便是一个疯子，一个怪物，天底下没有谁能够真正地将他制住，包括他的父亲徐庶大人。

张雄迫不得已站了起来，想要说些什么。

可不等他说话，徐暮云便又一次出乎意料地主动开口道："之前，你们想苟安一隅，我偏偏要让义父的不孝子孙们不得苟安……此刻，你若将所知晓的一切告知于我，义父得以洗冤，我便可以答应你，护佑张家满门！"

张雄抬起头问道："你所言当真？"

徐暮云眯了眯眼。

张雄知道他的意思，点点头道："也罢……既然你想知道，我便全都告诉你吧。"

徐暮云微微点头，眼神如寒冰般冷冷盯着对方。

张雄感受到一阵压力，不由得避过身去，才觉得浑身上下轻松了一些。他负着双手，缓缓踱着步道："先前，父亲的一名卫兵舍命逃到魏国，潜入洛阳城内，将一年前发生的一些事情与我细细讲了一遍，我记下之后不久，那卫兵便死了……"

徐暮云冷声道："是你杀了他？"

张雄反问道："这些重要吗？"

徐暮云没有说话，继续等待着对方回想。

张雄接着说道："他死了之后，但凡知道这些事情的人也全都死了……后来我担心自己哪天忽然记不住，或是忽然离世，这些东西会没人知道，于是便将它全部记录在了一张绢帛上，放到了一个无人可知的隐秘之地。"

徐暮云说道："这不是我关心的事情……我想要知道，义父前往木门道之前，发生了什么？"

张雄没有立刻回答，沉默片刻，才有些不安地问道："你答应保护我张府上下，无人有性命之忧？"

徐暮云耐着性子，点了点头。

第七十三章
剑气紊乱

张雄也随之点了点头，松了一口气说：

"孙子曰：归师勿遏，父亲原本并不同意追杀诸葛老贼撤退大军，因此坚决不出兵作战；然司马懿却在此时下令，着令父亲亲自领本部兵马追击蜀贼，不可耽搁……后来的事情你也知道了，司马懿回归洛阳之后，奏折上说的是父亲不听他的劝阻，执意要领兵追击诸葛老贼，因此才中箭身亡。

"其实这些都不过是司马老儿编纂的谎言罢了……父亲生前一向与他不合，按照那卫兵的说法，司马老儿此举，正是为了公报私仇，父亲一死，他在军中便真的只手遮天，再无能够节制他之人了。"

徐暮云心想果然如此，与父亲所说的一样，义父之死与司马懿脱不了干系……

张雄看了眼徐暮云，又说道："实际上，父亲并未是膝盖中箭而亡，而是遭蜀贼万箭穿心而死……司马懿如此说，看似是为父亲保留尊严，实际却万分恶毒。你想想看，司马老贼将万箭穿心篡改为膝盖中箭，岂非是想借此蒙蔽不知情之人？若是不知情之人皆得知父亲死得凄惨无比，生前与他关系尚可的大臣们，又怎会坐视不理，一定也会多方查询，这样一来，他司马懿的阴谋与把戏不就要败露了吗？"

徐暮云闻言点头："我明白了。"

张雄忽然看到那抹白衣转身就走，不由得惊道："你要去哪儿？"

徐暮云头也不回，冷冷地说道："杀司马懿。"

张雄闻言呆住，立刻冲上前去，拦住了徐暮云的去路，摇头说道："暮云，战场生死本是天命，你父亲应当也与你说过同样的话……你若现在便去杀了那司马懿，不但会无助于父亲洗刷冤屈，还会惹得陛下雷霆大怒，到时即便你拥有再大的本事，恐怕也无法逃出这泱泱大魏，无法再让父亲惨死之真相大白于天下……"

徐暮云停了下来。

不是因为听了张雄的话，而是徐庶不知何时已来到将军府中，正杵着拐棍站在他面前。

"父亲……"徐暮云眉头微蹙，双手抱拳，恭恭敬敬行了一礼。

张雄莫名松了口气，同样抱拳道："徐大人。"

徐庶回礼道："侯爷。"然后才看向徐暮云，叹了口气说：

"为父早已知晓你会来文远府上寻求真相，可没想到你竟如此不知轻重……你若是图一时之快将那司马懿杀了，那你若想再为你义父伸冤，便将再无可能！为何？因为天下人会说司马懿已死无对证了，谁还会相信你们活着的人说出来的话？你们这不是欺负一个死人开不了口吗？

"到时他生前那些党羽们再站出来，在陛下面前一同喊冤，天下士子再集体声讨，到时非但是你，便连整座将军府乃至我徐庶偏安一隅的宅子，都将要灰飞烟灭，不复存在！

"死是简单，老夫活了一个甲子有三年，足够了……可若是临死之前，身后还留下百年千年的骂名，我儿你也愿意？"

徐暮云皱着眉头，没有说话。

徐庶跺了几下拐杖，在管家的搀扶下转过身，往来时的路慢慢离开，到了门口时，老人才停下脚步，说了一句："云儿，你……好好想想吧！为父这便去到家中，做一些可口的饭菜，等你回来。"

做一些可口的饭菜，等你回来……这句话是当年徐暮云每一次离开家中，前来将军府习武之时，徐庶最喜欢与他说的话。

如今多年过去，猛然间听到如此平凡且普通的一声嘱咐，却令他感到有些无所适从。身边的人都不在了，一个都不在了，万一哪一日连自己的父亲也离开……他又该如何自处？可是明知义父死于阴谋，他却只能看着罪魁祸首成天逍遥，而无法报仇，说出哪怕丝毫的真相……想到这里，他忽然有些颤抖，心境产生剧烈的波动，体内的金色剑气因此变得暴躁，在他身体四肢百骸内乱窜起来……

"啊！"

仰天高喊一声，徐暮云满头白发肆意飞扬，如同绝世战神临世一般，身上强大的气势将周遭的草木都吹得呼呼作响，狂风卷起，将羸弱的张雄吹得往后倒退了数步。

等他再次站直身子时，才发现原本还在后院之中的徐暮云，已不知去了何处……

……

洛阳城如铁筒一般被封锁了起来。

数千名军士分布在城池各个方向轮番巡逻，街道之上到处都贴上了画像，画上之人，正是于今日凌晨离开徐家，打算出城的朝云与强梧等人。

此时横艾将几人收了进去，只有朝云留在外面。但是城上城下皆有士兵驻守，白日里目光众多，他们不可能再如昨晚一般直接飞越城墙离开。

"朝云，我们怎么办？"横艾问道。

"先等等看，寻找机会……"朝云也有些纳闷，想着这一定是昨日晚间那群人没有在墓外等到他们，因此才赶回洛阳，布置重兵查询来往路人。

"若是杀出去，只要铜雀那六人不出现，我们就有机会。"横艾看着朝云，想了想说道。

"横艾，这里有如此之多的普通百姓，若是强行杀出去，不知多少人要遭受池鱼之殃。"朝云想也没想，直接否定了横艾的提议。

"那你说怎么办吧？我听你的就是。"横艾嘻嘻一笑，她根本不担心能否出得去，倒是朝云方才的说法，令她倍感开心。

"我们……嗯？白衣！"朝云刚想说话，忽然便看到一个一头白发、一身白衣的年轻人从对面街角处冲天而上，只见他脚踏飞剑如疾风一般从他们头上掠过，引得洛阳城百姓一片惊呼。

"果真是白衣！"朝云脸色凝重道。

"他身上的气息……"横艾轻轻皱了皱眉，"怎会如此强大？"

"难道他的实力又增长了？"朝云有些不敢相信地问。

"不对……这不是实力增长，倒像是体内剑气控制不住了一样。"横艾若有所思地说着。

朝云眯着眼睛道："不管如何，白衣出现在城中，想来其他人也都来齐了，铜雀六尊者人人皆是高手，我们还是先找机会离开洛阳，以完成任务为主，若是再不行……便只能等到晚上人少之时再想办法出城。"

横艾也同意地点点头："确实，现在的白衣气势强盛，我担心连你也不是他的对手。"

朝云笑了笑说："他打败过我一次，那次若非有人相救，恐怕我现在还不知是何种状态……至于前次运粮栈道那里，是我自己实力不济，无法上天遁地与他大战，否则定要与他战个天昏地暗，分个胜负出来！"

看着朝云激动的模样，横艾不由得泼冷水打击道："如今你可以简单地使用金色剑气，应当是有能力抵挡他一下了。只是一下哦，也许下一招，人家就能将你给打败了。"

朝云哈哈一笑："横艾你就知道打击我，看着吧……若是哪天有缘相遇，我定会让他知晓我的厉害！"

横艾也笑了起来，心想我也想看到你剑道大成时的模样啊！金色的剑气，超凡的天赋，想必一定会很厉害吧？

不过那一天，不知要等到什么时候……如今你的身边已经出现了夷娃小姑娘，她喜欢你，不知道以后还会不会出现更多的姑娘陪在你的身侧，为你倾心，搅得你神魂颠倒……

想到这些，横艾轻轻在心头叹了口气。

有些茫然，却也有些释然。

现在去想这些还早，主要是因为，她相信自己陪伴在朝云身边这么长时间，一同与他出生入死不知多少次，以后遇到再好的女孩儿，朝云也不会放下她而轻易选择其他人吧？

不过呀，谁又知道呢……

唉……

横艾幽幽一叹，不知最近自己心里是怎么了，总会想到这些扰人心神的问题……

……

话说徐暮云自将军府离开之后，便径直冲天而起，踩着飞剑越过半个洛阳城，飞落在皇宫后方一处由重兵把守的庭院之内。

嘭的一声！

飞剑与人一同坠落，砸在地面上，发出一道巨大的声响。

"是暮云？"

庭院里面，感受到这股气息的紫衣与铜雀台其余几位尊者一同冲了出来，一眼看去，才发现躺在地上的人的确是白衣徐暮云无疑。

"乌衣、黄衣，你们二人将暮云抬至密室之中，青衣和妹子，你们二人守在外面，切记不可让任何人进来……另外，替我时刻注意飞羽动向，若有抉择，由赤衣你自行决定！"

紫衣吩咐完毕，便脸色凝重地看向浑身上下金色剑气荡漾的白衣，眼中流露出思思心疼。

赤衣连忙抓住紫衣的衣袖，满是担忧地说道："当心。"

紫衣凝重的脸庞上露出一抹温和的笑容："放心吧，妹子！我体内的真龙气息，正好是暮云体内剑气的克星，也只有我，才能暂时将他体内的剑气压制下去。"

赤衣仍旧有些担心，咬了咬嘴唇道："你答应我的，要送我一把全天下最好的琵琶……我等着。"

紫衣不由得伸手摸了摸赤衣的脑袋，点点头道："傻磬儿。"便领着乌衣与黄衣径直前往密室之中。

整座密室位于庭院正下方的位置，只有一间屋子大小，且四面八方皆是铜墙铁壁。进入其中，可以看到四个方位的角落里面，都各有一根粗壮的铁链延伸出来，汇聚到中间凸起的平台之上。

"乌衣，将暮云平放到石桌上面，用铁链绑住，黄衣布置法阵，将暮云周身固定起来！"

"是！"

紫衣下令，两人连忙各自就位，没有多会儿，一个围绕徐暮云的固定法阵便已布置起来，整座法阵波光流转，看起来仿佛一个光圈，而徐暮云则位于光圈最中心的位置上面，脸色苍白，身子不停扭动，显然是在经历着巨大的痛苦。

"陛下，好了。"黄衣抱拳说道。

"陛下，白衣师兄他体内的剑气暂时还不会迸发出来，您要不要先调息片刻？"乌衣抱拳问道。

"不用，现在便开始吧！"紫衣尊者凝重地说道。

"是！"

两人抱拳，黄衣在固定法阵之外又布置了一个法阵，让紫衣进入里面，端坐在蒲团之上。而乌衣则守护在一旁，精神颇为集中，做好准备，以便随时出手，将紫衣救下。

一切准备完毕。

紫衣此时缓缓抬起双手，然后举到胸前，两掌向前平伸出去，停留在距离徐暮云身旁三尺远的位置。随后他缓缓闭上了眼睛，没有多久，一丝丝紫色的气息顺着他的掌心流露出来，丝丝缕缕地缭绕在两座阵法之间，最后，这些紫色的气息都穿破阵法屏障，来到了徐暮云的周身。

紫色气息缭绕不停，每到一处，那些暴躁的金色剑气便会安稳几分。

等着将徐暮云整个身体环绕过来之后，紫色气息也变淡变少了许多，最终渐渐消散，什么也没剩下。

紫衣尊者没有停歇，释放出几缕紫色的气息之后，他深呼吸调整好自身状态，随后又向徐暮云那边渡了出去。

不久，他的脸色逐渐变得苍白，额头上的汗珠黄豆般大小一粒一粒冒出，并顺着脸颊缓缓流淌下来。

乌衣与黄衣在一旁观看，脸上皆出现一抹不忍之色。

眼前的景象他们已见过多次，每次一旦白衣体内的剑气爆发，那么紫衣尊者必然就会将他带至密室，使用自己体内天生带有的真龙气息，将那些暴躁的金色剑气硬生生压制下去。

这是一件十分危险的事情，因为一旦操作不当，那么不但有可能会伤到白衣，还会波及自身，导致身受重伤，甚至……因此而亡。

但是从几年前开始，陛下就从未退缩过，更没有任何怨言……只要白衣有难，他必定会使出浑身解数去帮助他逃离出来。这就是为什么他们其余几人，拥有普通人无法想象的本事，拥有比一般武者强大许多的实力，也仍旧能够心甘情愿跟在紫衣身边，为他鞍前马后也在所不惜的缘故。

第七十四章
惨痛回忆

丝丝紫气缓缓流动而出，散布于徐暮云身体各处。

而徐暮云这边，他体内的金色剑气虽被简单地压制了下去，可这只不过是暴风雨前的宁静罢了，因为此刻，白衣体内各处的经脉之中，更多的剑气仿佛沸腾了一样，开始凝聚在一起变为液态，咕嘟咕嘟冒起了泡。

按照以往经验来看，一旦剑气凝水冒泡结束，便会化作更为暴怒的气体，不停地冲撞徐暮云身体各处的经脉，仿佛不将那些坚韧的经脉冲断，它们便誓不罢休一样。

若是能够在这些金色剑气由气化为液，再由液化作气之后，能够一举将所有暴动的剑气压制下来，那么徐暮云便不会发生什么危险，而周围的人也不会遭受被剑气吞噬的命运。否则若仍任由这些剑气暴躁下去，徐暮云的神魂极有可能将不受控制，他会挣开铁链，冲天而起，杀死无数无辜之人。

而且，即便有能力抵挡白衣的屠杀，可是光是从他身上四溢而出的金色剑气，天下就没有几个人能够抵挡。

因此只要稍出差错，密室里的三人至少都会身受重伤，甚至会被剑气切割得什么也不剩下……

三人的脸色都十分凝重，不敢有人任何疏忽大意。

时间流逝，徐暮云的脸上忽然出现一抹痛苦之色，痛苦之色越发浓厚，突然就在下一刻，他的四肢开始挣扎了起来，四根铁链被他巨大的力量挣得咔咔巨响，听起来随时都可能断裂。

与此同时，那些原本已经被压制下来的金色剑气，则又一次散发而出，嘭嘭嘭地冲击在阵法光幕之上，看得出来，这些剑气比之前要强大不知多少，数量也要更多。

紫衣额头紧蹙，脸色越发惨白。而黄衣与乌衣对视一眼，皆就地盘膝而坐，各自伸出双臂，将自身体内无比纯净的灵气过渡到紫衣身体之内，以帮助他及时调节身体，减轻体内真龙气息大量减少所带来的痛苦。

时间在一呼一吸间过去。

如此过去了半个时辰，突然，躺在石台之上四肢颤动的徐暮云发出一声怒吼，导致他周身的剑气登时如同无数把利剑一同四射而出，击打在周围阵法光幕之上，法阵光幕虽有真龙气息加持，且本身属于防御型阵法，然而在金色剑气的攻击之下，却瞬间变得如同纸片一般薄弱。

只是噗的轻轻一声，那些剑气就从阵法四周飞散而出，最后又击穿铁壁，消失在空气之中。

"乌衣，保护好陛下！"

黄衣说罢，连忙动手布置起一个又一个防御强横的法阵，将紫衣尊者包裹其中。同时更是打出数个手势，将原本包围徐暮云的阵法不断加固，做完这些，他又拿出数枚符箓紧贴在阵法四周，待确认那些剑气不会再伤害到紫衣尊者后，他才松了口气，就地坐下调息身体。

而此时，徐暮云体内的剑气更加躁动起来。

他不停扭动着手脚，脸上的痛苦之色也越发浓厚，像是回忆起了某些不堪的过往，他的神情仅用悲痛一词，已无法形容。

"啊！"

又是一声怒吼！

无数金色剑气又一次冲破法阵，往四面八方激射而去。但很巧妙的是，在黄衣重新布置与加固阵法之后，那些到处飞射的剑气却没有一丝往他们三人这边袭来。以至于法阵许多地方被冲破，而三人所在的位置上，却依旧完好无损……

密室之外。

　　士兵已来禀报多次，告知赤衣与青衣，洛阳城中仍旧不曾发现敌人踪影。赤衣每次皆是挥手让他们再查，心里却是在担心着密室之内正在进行的事情，她生怕徐暮云体内的剑气控制不住，而对紫衣造成什么伤害……

　　天底下，没有多少人能比她更加熟悉金色剑气的可怖之处了。正因如此，每次一与金色剑气接触，她心头便多少会莫名地产生一些敬畏之感，以至于即便拥有再高的修为，也不敢随意压制金色剑气，只能不停避让，不让自己受伤罢了。

　　正是出于这种来自神魂深处的恭敬，一旦徐暮云体内剑气爆发，她都不敢去到对方身旁，只能离得越远越好，可每次她又担心紫衣的安全，因此即便害怕，也只能选择离紫衣更近一些……

　　密室之内。

　　紫衣依旧在不停地向白衣输送着自己体内的紫色气息，黄衣已调理完毕，又一次大力加固了法阵，而乌衣则仍旧与之前一样，丝毫不停地渡入灵气到紫衣体内，协助于他。

　　此时此刻，躺在石台之上的徐暮云，怒吼声渐渐平息了下来，就连他周身所有的金色剑气，也有不断减少的趋势，但是除此之外，他的脸色却变得无比痛苦，仿佛脑海中正在发生的一切，令他无法接受……

　　那是许多年前发生的事了。

　　他与姐姐逃难来到魏国边境。

　　荒野苍茫间，一群强盗凶神恶煞般逼近过来，脸上露出的残忍笑容令人心颤。

　　姐姐护着年幼的徐暮云，蜷缩着身体瑟瑟发抖。强盗们狰狞地上前，粗鲁地将他从姐姐怀里拉开，姐姐却死死拽着他的衣服不肯放手，幼年暮云吓得哭泣起来。

　　强盗头子不耐烦，甩手给了他一个重重的耳光。

　　暮云跌倒在地，更加大哭大喊了起来，可是下一刻，他却看到强盗们抢过姐姐怀中的包裹，撕扯她的衣服，另外一个强盗举起弯刀，向姐姐劈下。

　　看到这一幕，幼小的暮云突然失控地大吼一声，周身突然涤荡起一团金色剑气，发了疯似的向强盗们冲去……

　　唰！

强烈的剑光一闪而逝……接下来，成片成片的鲜血漫天飞舞，那些断裂的肢体更是撒得到处都是。还活着的强盗吓呆了，周围的所有人都吓呆了。

清醒过来的徐暮云呆呆站立着，看着满地尸骸，完全不知道发生了什么。而姐姐，也在那尸群中，脸色痛苦地躺在那里，身上的衣服已被强盗撕裂了大半。

暮云跑了过去，跪在姐姐身边哭喊着："姐姐，姐姐……"

而女孩却一动不动，生前的恐惧神色依旧挂在脸上，但是人却再也没有了任何反应。

尸堆中，那些受伤的强盗痛苦地起身，看到白衣白发的徐暮云，呈疯癫状逃开，几人一边奔逃，一边不停地大喊："魔鬼——魔鬼……杀了所有人，包括他自己的亲人！魔鬼杀了所有人！"

徐暮云猛地抬头仰天，瞳孔血红，嘶吼道："我没有！我没有！我没有！"

轰！

突然间，一阵金光闪过，嘶吼声不见，一切消散于无。

密室之内。

金色的剑气直接冲破周围数道法阵，冲向紫衣尊者等人。

"噗！"

紫衣被一道不小的剑气击中腹部，一口鲜血直接吐了出来。

黄衣与乌衣也不好受，在帮助紫衣挡去数道剑气之后，他们二人身上，也受了不同程度的伤。

然而此时此刻，三人脸上却没有半分痛苦之色，反而露出一抹笑意，深深地松了口气。

他们都知道，一旦这些暴动的金色剑气彻底爆发出来，那么徐暮云的体内便会安稳许久，短时内基本不会再发生诸如今日一般的事情。

紫衣尊者唇角流着血，在身后乌衣与黄衣的搀扶下，缓缓起身，站立在徐暮云身前，艰难地咳嗽了两声，声音充满磁性地说道："你没有，暮云，你没有。那不是你的错，是他们逼你的，你只是想保护姐姐。姐姐的死也不是你的错，如果没有你，姐姐只会更悲惨地死去……你只是替你的姐姐报了仇。"

周身的金色剑气渐渐平息，最后连气势也淡了下去，收回到徐暮云身体里面。

徐暮云睁开了眼睛。

紫衣尊者露出一抹高兴的神色，道："暮云，你醒了？"

徐暮云看到紫衣尊者衣衫破损、唇角流血的样子，心里已知道刚刚发生了什么，顿时无比自责道："义兄，我又伤到你了？"

紫衣尊者解开锁链，摇摇头道："无妨，这都无碍。倒是每次都用这寒铁锁链将你锁住，为兄才过意不去。"

徐暮云脱离锁链，人却无力地跪在地上，低着头闭着眼睛说道："义兄……以后，你不要再管我了。这一世我已欠你太多，我不想到头来，却害了你……"

紫衣尊者扶起徐暮云，认真说道："别再如此说话，既然当日我选择了带你回来，认你作义弟，就选择了此生，与你共同进退。"

徐暮云猛地摇头道："不，义兄，我是个不祥之人。姐姐是被我所杀，兰茵也是，义父与皓兄惨死于木门道，而方才父亲叫我回去，我不敢回去，生怕一不小心也伤到他……如今，所有与我亲近的人，都会死去！你为了治我的心病，一次次被我所伤，我真怕万一……"

紫衣尊者严肃道："没有万一，暮云，相信我，没有万一。愚兄虽不擅武力，亦不通术法，然而却有赤衣、乌衣、黄衣、青衣可以帮忙，帮助为兄以真龙气息压制你体内的剑气。你的剑气虽凶残，却与为兄身上气息相克，为兄自然会知道如何保护自己。"

徐暮云叹了口气，看着曹睿说道："义兄，你答应我。如果真有那么一天，我可能会伤害到你，你一定要让他们杀了我！"

紫衣尊者未置可否地笑了笑。

显然，他不会按照徐暮云所说的那样去做。

徐暮云再次恳求道："义兄！我体内剑气一旦暴动，便无人能够扼制……到时无论如何你们也要杀了我，否则我出去之后，整座洛阳城池，都会变为尸山血海……"

紫衣尊者沉默半晌，才缓缓点头道："好，我答应你。但你也要答应我，永远不要痛恨自己，也不要痛恨你的剑气！你要相信，你所有经历的一切都是上天给你的磨砺。我曹睿看中的人，绝不会存活在自怨自艾里。好事多磨，你的剑气独一无二，只要日后可以操控自如，便是纵横天下的神力。"

徐暮云凝视着紫衣尊者，点了点头："我定会尽快让这剑气大成，成为义兄的左膀右臂，为义兄排忧解难！助义兄早日一统天下，成万世不朽之功业！"

紫衣尊者朗声一笑："暮云，你何时也如此能说会道了？"

徐暮云轻轻摇头，开口说道："义兄，我之所言皆出自肺腑。至于能说……以前并非我不能说会道，只是积压在内心的很多事情，都无法用言语表述出来……义兄你或许不知，当年与兰茵和皓兄生活在一起的时候，我也如他们一般开朗活泼。直到后来体内金色剑气爆发，小时候的记忆片段冲刷而来，知道姐姐死在自己手中，再到后来兰茵哑声，被我体内的剑气吞噬……"

紫衣尊者叹息一声："好了暮云，不要再去想过去发生的那些事情了。为兄告知你一事，昨晚我们并未见到任何飞羽之人，而方才我令馨儿卜了一卦，得知飞羽等人便藏匿在洛阳城中，如今我已将洛阳城严密布防了起来，你在此暂且歇息片刻，恢复之后，便跟随为兄去与飞羽那群人玩玩……权当放松了，如何？"

徐暮云点点头，忽然像是想起了什么，他一下子站起身来，问道："义兄，我想问你一件事……你可以回答，也可以不回答。"

紫衣笑着点点头："问吧，若是为兄知晓，必然会告知于你。"

徐暮云轻吸口气，想了想说道："我师父与皓兄之死，义兄是如何看待的？"

紫衣尊者沉默片刻，开口道："我知道你要问为兄何事……若是你愿意帮助为兄的话，那便相信奏折上所说的那些吧。"

徐暮云不解道："为何？"

紫衣尊者笑着摇摇头，没有回答，而是反问道："暮云，你认为这天下如今有几分在为兄手上？"

徐暮云想了想，说道："如今虽说天下三分，但中原之地富庶，且民生安定，我大魏文臣能治，且猛将如云……如今天下，有一半已在义兄手上。"

紫衣尊者点点头，又问："那剩下的一半呢？"

徐暮云道："在吴、蜀手中。"

紫衣尊者忽然收起笑意，轻叹道："暮云，这便是我为何要阻拦你为张老将军洗冤的原因……为兄告诉你吧，如今天下一半在我手中，而另一半……不在吴蜀之手，而是在他司马仲达触手可及之处！"

徐暮云皱眉道："义兄此话何意？"

　　紫衣尊者背起双手，缓缓踱步道：

　　"如今东吴孙权老迈，他的儿孙无一有先辈之勇，且江东各地各大势力向来盘根错节，十分复杂，一旦孙权死去，局面一乱，东吴便可尽在我手；至于蜀汉之地，虽山高路险，人马难行，然而诸葛老贼也已是垂垂老矣，磐儿与我说，南方将星黯淡，想来应当是诸葛老贼命不久矣。一旦诸葛老贼离世，就凭他蜀中那阿斗小儿，如何与我曹睿相争？"

第七十五章
司马懿，杀不得

徐暮云知道曹睿分析得不错，但是仍旧不理解这与为张郃伸冤有何关系？

曹睿笑道："为兄知道，一旦我将张老将军被万箭穿心的背后真相公布于天下，你便可以放心地将司马懿杀了，这样既不会引起天下人误解，又能为张老将军报仇雪恨。

"但是为兄想要告知你一句……司马懿，不能死。不但不能死，还得让他好好活着，一直活到孙权入土、诸葛孔明去世……如此，剩下不属于为兄的另一半天下，最后才能尽数安稳地归于我之手中。"

徐暮云问道："义兄，你的意思是……若是司马懿一死，剩下的那一半天下，便无法拿下来了？"

曹睿叹了口气："何止拿不下来……说不好我连大魏这江山，不用多久，都要拱手送人。"

徐暮云惊道："这如何可能？"

大魏如今兵强马壮，且曹睿又是颇具武帝之风的一代明君。除去司马懿之外，魏国朝中还有无数能臣武将，譬如钟会、邓艾等人，这些都是具有治国之才、挥师之能的一品贤良。即便司马懿不在了，也还有无数人冒出头来顶替他的位置，何至于会如自己这位义兄所说的这般，连江山都要拱手送人了？

曹睿笑着摇摇头道："贤弟啊……司马懿乃是先帝手中提拔起来的能臣，如今他已是我大魏兵马大都督，可谓一人之下万人之上。便如提出屯田之策的邓艾与钟繇之子钟会，算起来也都是当年他在尚书台担任中丞时的学生，对他皆是无比的尊敬。如今他的两个儿子，一司马师，一司马昭，两人前者文韬武略，后者擅计谋算计，皆已在朝中担任要职……可以说，如今朕的大半个朝堂、大半个天下，都掌握在他司马家族的手中了。

"如今为兄只有保存司马懿，让他继续带领兵马南抗蜀寇，东抵江东，等到诸葛老贼一死，蜀中无人，孙仲谋一去，江东不稳，他……自然也就没有存在的必要了。"

说到这里的时候，曹睿脸上没有了笑容。司马懿的权力之大、根系之深已经让他感受到了威胁，尤其一年前张老将军去世，诸葛亮四次北伐失败之后，朝中无人对他形成节制，这种威胁更是无形间增大了许多。如今，平日里司马懿对他尊敬有加，那都是因为他还坐在皇帝的位置上，本身具备的文韬武略颇有武帝之风，隐隐间有超越先帝之能，使得他不敢逾礼。

如今曹睿将他掌控在手中，原先是打算一方面为了使用司马懿抵挡蜀国大军与防备东吴偷袭，另一方面则是为了平衡朝中曹氏家族贵戚与其他大臣之间的权力和关系。曹氏宗亲自曹真与曹休去世之后，便再也没有了如同两位一般骁勇善战的将军，因此倒反助长了司马懿成为朝中唯一能够说话之人。这一点曹睿之前没有料到。

除去以上所说的原因外，而今他阻止徐暮云去杀司马懿，主要的原因有两个。曹睿看着一脸不解的徐暮云，将心中所想一一说了出来。

其一是送司马懿一份人情，让他知道张郃之事朝廷不是不知道，而是为了保全你的身份与尊严，选择顺同你奏折上所说的一切，以此公布于天下。但是你要记住，这样换来的必须是你的耿耿忠心，否则日后一旦将此事真相公之于朝野，你司马懿害死张老将军的罪名一坐实，那便是欺君之罪，足以将你打入天牢，听候问斩……至少也会革职查办。

其次，便是为了安抚各地军心。一旦此事真相流传到军中，不用想也能知道，许多敬佩张郃为人，与他关系友好的将士，必定会对司马懿群起而攻之。如今魏国正处在战乱之后宝贵的休养阶段，若是军中在此时出现什么纰漏，对于大魏而言无疑会是沉痛一击。

曹睿不可能愿意看到这样的情况发生，因此考虑良久，他才选择将真相隐瞒下来。既送了司马懿一个人情，又顺便解决了许多潜在的威胁与危险，可谓是一举多得的事情。唯一令人感到心情不畅的，恐怕也就是含屈而死的张郃要蒙受许多不实的罪名与冤屈了。

"因此，为了表示对张老将军的愧疚，为兄没有收回老将军的封地，而是将其分封给了他的四个儿子，并让老将军生前最为喜爱的小儿子张雄继承他的爵位。"

曹睿接着说道："此外，原先张老将军手下的将士，明面上是司马懿令人将其发配到各地军中，以减免流言蜚语，实际上是我为了保护他们，而将这些人刻意调离了司马懿麾下，让他们回到地方军营里面，做一名办差的衙役。或许这于他们而言心中会极不舒畅，但终归能够保全性命，不至于留在前线军中，被无端以各种各样的理由处死或是派出去战死。

"为兄今日所说这些，全都是藏在为兄最心底的话。如今一并与你说了出来，只是想让你知道，司马懿暂时不能杀……等到他露出反心，或是老死病死之后，为兄自然会将一年前发生的事情大白于天下，让所有误会张老将军的人，都知道事情背后的真相。

"算是为兄恳求贤弟你了！"

说到此处，紫衣尊者双手揖礼，长长地躬身拜下。

徐暮云连忙也长揖而下，随后便将紫衣尊者扶起。

"义兄，我不知一个司马懿竟会牵扯如此之多，既然义兄已然与我说明，那暮云此后便不会再提杀司马懿之事，更不会再将此事放在心中。望义兄放心！"

"好！有贤弟若此，夫复何求？"

紫衣笑了起来，唯有徐暮云依然是冰冷的面容，冰冷的面容上，已出现了一抹疑惑，若是罪魁祸首司马懿杀不得，那他该找谁替自己的义父与皓兄报仇？

蜀寇？诸葛老贼？

一时之间，徐暮云变得茫然起来。

"陛下，城中兵士来报，他们在一家客栈中发现了飞羽的痕迹！"突然就在这时，青衣冲了进来，抱拳禀报。

"哦？有几人？"

"目前只看到两人。"

"好！"

紫衣微微一笑，转头看向徐暮云说道："义弟你且在宫中休养歇息，待为兄去会会那飞羽几人。"

徐暮云摇头道："义兄，我随你一同前往吧。"

紫衣摆手道："你剑气刚刚平复下来，若是再行使用的话，说不好又会引起剑气暴动。暮云你还是莫要去为好。"

吱！

徐暮云没有说话，只是随手一指，他的食指与中指之上便射出一道金色剑气，那金色剑气直直地冲向右手边的铁壁，发出一道刺耳的声音，声音持续许久，显然那剑气已没入其中极深的位置。

"这……"

黄衣、乌衣与青衣皆是惊诧无比，几人相视一眼，都从对方眼中看到了一抹震惊之色。作为武者，相比紫衣而言，他们对于白衣的实力有着更为直观的感受。便说刚才那随指一剑，仅是一段剑气飞出，就能没入铁壁如此之深，这等功力，即便是一些剑道第三境之人，全力挥出一剑，也不见得能够做到。

但是徐暮云做到了。

他的动作很随意，神情也很随意，仿佛刚才的随指一剑，是因无聊而随意挥出的一样，他根本没有在意。

"白衣师兄的实力，看来又更上一层楼了。"乌衣感叹。

"白衣，你的剑道修为，距离第四境也不远了吧？"黄衣好奇地问。

"嗯。"轻轻点头，徐暮云证实了黄衣心中所想。

然而便是这轻轻的一个"嗯"字，着实让几人倒吸一口凉气。这种剑道修为的增长速度，实在是令人有些难以置信。要知道，两年前，徐暮云只不过是踏入剑道第二境罢了。可是两年过后的今日，却已来到了剑道第四境的门口！

所有人看向徐暮云的眼神都变得不同了起来，纷纷带着一抹惊奇。

然而徐暮云还有一件事没有说出来，那就是在为张郃守陵的这一年里，他的武道修为已经冲破第三境，越过临四境，直接踏入至第四境！

第四境的武道修为，加上如今随时可能突破到第四境的剑道修为，可以说现在的他已然是魏国乃至全天下除了南北仙门之外，最为强大的一批人了。估计能够找得出来与他相比的世俗中人，断不会超过五指之数。

"好啊！"紫衣一时间连飞羽那边的消息也顾不上了，不由得高兴地伸手拍了拍白衣的肩膀，"当年爷爷身边有许褚将军，而如今我曹睿身边有暮云你……此番你修为提升，日后为兄去到哪里，只要带你在身边，又何愁刺客逆贼敢来挑衅？"

"有暮云在，必当不会让贼子接近义兄一步。"徐暮云也抱拳说道。

"好，好！"曹睿朗声大笑。

"行啦！你再笑一会儿，人家飞羽都快跑了！"

就在这时，一直守在门外的赤衣也进入了密室，待看到密室周围墙壁上那些深浅不一的剑痕时，微微惊讶了一下，然后被曹睿的大笑声拉回思绪，她才不由得翻了一个白眼。

"义兄，让我跟随你们一同前往吧。"徐暮云认真说道，他方才挥手那一剑，就是为了证明自己体内的剑气已受控制，而且身体也已无大碍。

"暮云……"

"哎呀！白衣师兄都让你带着他走了，你还磨叽什么？要是没有白衣师兄保护你，到时候被人家飞羽几人打得屁滚尿流，可别怪我没提醒你。"赤衣轻哼了一声，瞥了眼紫衣，然后便跑过来嘻嘻笑道："白衣师兄，快走吧！不用理他，哼。"

紫衣不由得扶额，无奈一笑："暮云，既然妹子她怕我被蜀寇打得屁滚尿流，那你便跟随为兄一同前往吧。"

徐暮云闻言，抱拳说道："多谢义兄！"

赤衣也露齿一笑："怎么，都不谢谢我呀？"

徐暮云又抱拳道："多谢赤衣师妹。"

赤衣嘻嘻笑道："白衣师兄，那这个傻皇帝以后可就交给你来保护了……谁让人家说有了你就什么都不怕了。"

紫衣苦笑道："妹子，你何时也学会这般挖苦于我了？"

赤衣嘟嘟嘴："要你管？白衣师兄，我们走，不用理他！"

说着，便带着徐暮云当先离开墓室，临到密室门口时，又转过身来朝着紫衣昂了昂脑袋，轻哼一声，别过头去，迈开脚步踏出了门槛。

"我们也走吧。"

紫衣摇头一笑，也令黄衣、乌衣等人一同跟了上去。

此时的客栈之中，横艾将其他几人从炼妖壶中放了出来。

强梧满脸郁闷，杵在那儿一直不说话，就在刚才，他看到几个探子模样的人鬼鬼祟祟离开客栈，想着一定是他们的位置暴露，被人给盯上了，于是让朝云赶紧带着所有人出城，他来断后，却被朝云直接一口否决。

尚章则安慰着耶亚希，告诉她别怕，实际上两人在横艾的炼妖壶内，经常坐在一起聊天，很多耶亚希不知道的事情，都是尚章耐心又细心地解释给她听，关系比之前好了不知多少。

至于徒维，却也如同之前一样，脸色沉静，仿佛周围发生的事情都无法引起他的任何兴趣，一直坐在那里打坐，不说话也不起身活动。

唯有横艾与徒维在认真商量各种可行的方法，用以离开洛阳城。所有办法商量下来，最可行的还是留下朝云与横艾，其他人都进入炼妖壶中，如此才能更加容易地带着所有人一起脱身。

"但是每一座城门前，都有两三名踏入武道第三境之人。我们想要避开他们出城，将会很难。"朝云皱着眉头说道。

"所以我说，你们直接闯出去，由我来断后！收拾几个武道第三境之人，你们害怕我强梧不行？"强梧沉默半晌，终于在此时扯着嗓子说道。

朝云看到他开口，也笑了起来："放心吧，我们来洛阳城之前，便知道此行不会如江东之行那般顺利，各种各样的危险我都已经料到，还犯不着让子君你去冒着生命危险护送我们离开。"

第七十六章
紫衣之计

　　强梧知道朝云是为他好，但是如果不由他来掩护，又该怎么离开洛阳？他们现在显然已经被人盯上，按照之前的侦查来看，就连那白衣小哥也出现在了城中。加上昨晚墓室外的其余几人，想都不用想就知道，人家铜雀六尊者中，至少有三位甚至全部都回到了洛阳城。而他们现在，却连自己的踪迹是怎么泄漏出去的都不知道。

　　"好了，此事暂时就这样……待天黑之后，由我与横艾带着大家一同出城！"朝云拍板决定下来。

　　"朝云……不如我们现在便离开如何？"强梧忽然想到了什么，低沉着声音说道。

　　"嗯？为何？"朝云问。

　　强梧解释道："现在已临近午时，进出洛阳城池的百姓正是一日当中最多的时候，我们此时出去，有百姓作为抵挡与掩护，总会减少一些危险吧？毕竟他们那群人，再残忍也不至于为了留下我们，就把城门口阻碍他们的人都给杀了吧？"

　　"不可！"朝云不假思索，直接拒绝。

　　"为何？"强梧急道，"朝云！说现在是生死攸关之际也不为过，你莫非又想为了所谓的'大汉王师'之义而在乎曹魏百姓的性命吧？要知道，他们可是洛阳人，他们可是一群与我大汉没有半分亲近之人！你此时不为自己、不为飞羽考虑，却还要为他们考虑？这又是何意？"

"子君！我不与你争辩，但有一条你须知道，那就是晚上不易让人察觉，凭借我与横艾的隐匿之术，借着夜色离开城池，可以说是一件再简单不过的事情。倒是白天，不知有多少双眼睛在盯着我们，即便甩开客栈外面的那些探子，去到城门前也会被阻拦下来，到时候出城的可能性将会大大降低……我如此说，你可明白？"朝云看向强梧，语气严肃地说道。

"不用说了！我知道你就是担心曹贼的百姓遭遇横祸，故而才以如此一堆理由搪塞于我。总之我强梧保留自己的意见，剩下的你们去决定，我听从便是！"强梧气得哼了一声，转过身去，不再与朝云和横艾说话。

朝云摇头叹了口气。

"焉逢大哥！我倒是有个主意，不知道行不行？"一直在与耶亚希聊天的尚章眼睛一亮，凑上来说道。

"什么主意？"朝云问道。

"嘿嘿……横艾姐不是有五彩灵凤吗？让横艾姐将我们全部人都装进他的炼妖壶中，然后自己乘着灵凤从城门上飞走，这不就可以了？"

"横艾姐有一头凤凰？"耶亚希一副不可思议地表情，捂着嘴看着横艾。

"是啊！夷娃小姑娘，等此次离开洛阳，我让凤儿带着你到天上飞一趟如何？"横艾笑着说。

"好啊好啊！横艾姐你真好！"耶亚希嘻嘻一笑，开心不已。

"哎呀——夷娃，我在向焉逢大哥与横艾姐提意见呢，你别打岔……"尚章撇嘴说道。

"哦……那我不说话好了。"耶亚希嘟着嘴低下头去。

"尚章？"横艾不满地看了尚章一眼，用眼神示意他赶紧道歉。

尚章也反应过来，连忙苦笑道："夷娃，我们现在正困在洛阳城内，大家都出不去了……虽说不用担心离开的问题，但是能安全一些、早一些离开，也是一件好事呀。你说对不对？不过我刚才不该那样跟你说话，向你道歉！"

耶亚希闻言，抬起头说道："没事的，尚章哥哥。其实都怪我不行，连累了大家……"

朝云笑着摇摇头，安慰道："千万别这么说，还记得在曹贼墓中吗？横艾与徒维将于禁鬼魂困住，最后你使用法术将他击倒在地的，要不是夷娃你忽然出手的话，我们说不定还得折腾一阵子，才能顺利拿到青龙偃月刀。"

耶亚希听到朝云的话，脸上愁云散去，一下子又变得开心起来，拍着手说道："真的吗？朝云哥哥，你们真的不嫌弃我？"

"朝云哥哥？"

横艾在一旁眼睛一眨一眨的，心想这称呼怎么变这么快？之前在东吴的时候，可还是叫着焉逢大人呢，后来回到汉中，路上就改叫焉逢哥哥，再到现在，没几天时间，竟然就由焉逢哥哥变成了朝云哥哥……这样以来，不用多久，岂不是就得叫上一声更亲切的称呼了？

这怎么可以！

朝云可是只有她一个女孩才能叫的！

横眉冷对地看向耶亚希，却见小妮子一脸开心与纯真的模样，心里那股子不满意的劲儿顿时便如潮水一般退了下去，心也不知为何突然就跟着软了下来。

唉！莫非当真如强梧所言，夷娃你就是我的克星不成？我横艾与人说话从未吃过亏，可却好几次都栽在你手里，就连我夜间偷偷出去在洛河之畔跳一支舞，替姐姐还愿，也被你悄悄跟上去给看到了……

真是的！即便是克星，也不用来跟我抢喜欢的人吧？而且还抢得如此明目张胆，毫不客气……

横艾一个人思绪飘飞，那边朝云却已将耶亚希安抚下来，同时也跟尚章说道："其实这个方法之前我们便想过了，但是尚章你可别忘了，对方可是有一个会飞的人。"

"白衣？"尚章一拍脑袋，不由得想起之前在栈道前看到过的那抹白色，"那确实是个麻烦，他实力如此强大，要是横艾姐的五彩灵风被他在半空追上，可就麻烦了。"

朝云点点头道："因此，今晚只能按刚才的计划行动了。"

另一边，曹睿也早已将其余人等都安排了下去，洛阳城四个方向各有铜雀六尊者中的四人守护，而他与赤衣，则漫步在大街上，来到了朝云等人所在的客栈外面。

"妹子，你确定他们就在上面？"曹睿饶有兴趣地问道。

"当然，他们身上的气息十分明显，很远就能感应得到。"赤衣笑着说。

"既然如此，那我们便到暮云那边去等吧……暮云守着南门，这里距离南门又是最近的，待天黑之时，他们应该会选取近路悄悄地摸出去。我们守在那儿，正好来一个守株待兔……"曹睿嘴角微弯，露出一抹计谋得逞的笑容。

"为何不现在动手？"赤衣嘟着嘴说，"还给我把琵琶都带来了。"

"哈哈哈……此地百姓众多，即便要抓这几人，也不能伤害到无辜之人吧？待晚上门禁，城里无人，你便可以好好陪他们玩了。"曹睿看了一眼赤衣怀中的琵琶，"这琵琶虽称不上最好，可也是我如今能够找到的最好的一把了……待日后天下平定，我曹睿必定会替你寻遍东吴南蜀，给你找来其中最好的。"

"嘻嘻！这还差不多……不过嘛，你送我，还得看我要不要咯！"说完，赤衣便嗤嗤一笑，转身朝着城楼南门走去，留下紫衣一脸无奈。

……

纪元二三二年，以皇甫朝云为首的飞羽羽之部五人，奉命前往洛阳寻找关羽之贴身武器青龙偃月刀，由于行踪被铜雀六尊者发现，携耶亚希在内，六人被困洛阳城。

铜雀六尊者全部到齐，为捉拿羽之部五人，为首之紫衣尊者在洛阳城四周布下天罗地网，只等夜色降临，飞羽来投……

心中积怨的白衣与修为大涨的朝云将直面对决，新仇旧恨轮番上演，究竟谁……才能成为最后的胜者？

一剑出，勇者胜！

洛阳城铜雀与飞羽狭路相逢，大战一触即发。